人民艺术家·王蒙
创作70年全稿

红楼编
《红楼梦》八十讲

· 32 ·

人民文学出版社

王　蒙

目　录

开讲不说《红楼梦》,读尽诗书也枉然 …………………… （1）

第 一 讲　可怜的石头 ……………………………………… （1）
第 二 讲　没落的危机 ……………………………………… （8）
第 三 讲　林黛玉来了 ……………………………………… （16）
第 四 讲　太黑了 …………………………………………… （23）
第 五 讲　实境与幻境 ……………………………………… （31）
第 六 讲　刘姥姥为什么那么精？ ………………………… （38）
第 七 讲　平地一声雷 ……………………………………… （46）
第 八 讲　微风起于青蘋之末 ……………………………… （55）
第 九 讲　预备着更大的混战 ……………………………… （61）
第 十 讲　宁府的诡秘与败落 ……………………………… （68）
第十一讲　所谓贵族 ………………………………………… （76）
第十二讲　真狠啊！ ………………………………………… （83）
第十三讲　丧钟敲响了 ……………………………………… （91）
第十四讲　牛气冲天的葬礼 ………………………………… （98）
第十五讲　葬礼变成了儿童的闹剧 ………………………… （106）
第十六讲　秦钟死得稀里糊涂 ……………………………… （114）
第十七讲　命名大观园 ……………………………………… （122）
第十八讲　贾政的政治激情 ………………………………… （129）

第十九讲	脆弱与多情	(136)
第二十讲	宅内的风波	(144)
第二十一讲	袭人摊牌,平儿应对	(150)
第二十二讲	命运的暗示	(157)
第二十三讲	青春苦闷的文学生活	(165)
第二十四讲	不入流的人等	(171)
第二十五讲	回眸大荒	(178)
第二十六讲	小红与黛玉	(185)
第二十七讲	黛玉葬花	(191)
第二十八讲	宝玉与蒋玉函的私情	(198)
第二十九讲	美丽的误读	(205)
第三十讲	宝玉的错误成串	(212)
第三十一讲	任性的哲学	(218)
第三十二讲	精神伤病与冷酷的心	(226)
第三十三讲	宝玉挨打	(233)
第三十四讲	后续与总结	(240)
第三十五讲	贾宝玉泛爱无边	(247)
第三十六讲	贾宝玉开始明白一点儿了	(253)
第三十七讲	大观园的青春诗会	(261)
第三十八讲	大家庭的亲热与阴森	(268)
第三十九讲	假与痴	(275)
第四十讲	刘姥姥美炸了	(282)
第四十一讲	享受与解构	(290)
第四十二讲	就这样心悦诚服了?	(297)
第四十三讲	两个人的同一天生日	(304)
第四十四讲	立即出手	(313)
第四十五讲	黛玉悲秋	(320)
第四十六讲	刚烈鸳鸯	(328)

第四十七讲	贾母的处境与性格	(335)
第四十八讲	雪芹的诗学	(341)
第四十九讲	大观园烧烤联欢节	(348)
第 五 十 讲	大观园冬日诗歌嘉年华	(355)
第五十一讲	冷风渗骨	(362)
第五十二讲	洋鼻烟与一丈青	(368)
第五十三讲	外头体面里头苦	(375)
第五十四讲	义正词严与莫名其妙	(382)
第五十五讲	探春不客气	(389)
第五十六讲	包产到户	(396)
第五十七讲	我为情狂	(403)
第五十八讲	低层动乱	(409)
第五十九讲	婆子与小戏子	(415)
第 六 十 讲	物混人乱	(420)
第六十一讲	大事化小，小事化了	(427)
第六十二讲	夺权插曲与文字游戏	(435)
第六十三讲	花与人	(443)
第六十四讲	宁国府的丧事和丑闻	(449)
第六十五讲	尤三姐看中了柳湘莲	(456)
第六十六讲	刚烈的尤三姐	(462)
第六十七讲	余波与恶浪	(469)
第六十八讲	五路重兵团团转	(475)
第六十九讲	完胜与后患	(481)
第 七 十 讲	又一个春天	(488)
第七十一讲	凤姐开始受挫	(495)
第七十二讲	王熙凤的病	(501)
第七十三讲	弄假成真	(507)
第七十四讲	抄检大观园	(514)

第七十五讲　败落的景象 …………………………（521）
第七十六讲　月光三重奏 …………………………（528）
第七十七讲　屠杀大观园 …………………………（534）
第七十八讲　愤怒出诗人 …………………………（541）
第七十九讲　恶俗俗恶 ……………………………（547）
第 八 十 讲　笑更凄然 ……………………………（553）

开讲不说《红楼梦》,读尽诗书也枉然*

各位朋友、各位同学,我们现在开始讲《红楼梦》。为什么要讲《红楼梦》?《红楼梦》这本书太不一样了,在某种意义上说,它代表咱们中国。毛泽东曾经在《论十大关系》当中讲过这么一段,他说我们过去是殖民地半殖民地,不是帝国主义,我们是受人欺负的,工农业不发达,科学技术也比人家差。除了地大物博、人口众多、历史悠久,另外在文学上还有一部《红楼梦》以外,很多地方不如人家。

这可了不得了,地大物博、人口众多、历史悠久,这是三条了。第四条叫做有部《红楼梦》,是咱们的立国之本。

《红楼梦》这本书从出来以后特别的火,为什么大家看了以后都把它信以为真,就跟真有那么个贾府,有那么多人一样,但到底有多少人呢?清朝的时候有一个专家,他统计《红楼梦》里边的人物,说重要的有二百六十二个人。到了民国的时候,有专家画了图表统计,说《红楼梦》中写的人物是七百二十一个人,这个是有名有姓有简介的,可以说出这些人分别是谁。除了七百二十一个,还有古代帝王、古人后妃、列仙仙女、神佛和古代故事中的人物共二百六十二个人,一共是九百八十三个人物,简直可以说《红楼梦》构建了一个不小的世界。

而且人们对这些人物很当真,说是"闲谈不说红楼梦,纵读诗书

---

* 本书是作者在"喜马拉雅"录制的视听节目的文字版。

也枉然",就是说闲聊天没有说到《红楼梦》,说明什么呢?说明你白读了书了,你连《红楼梦》都不会说,你都聊不起来,多么无知,多么无趣,多么可怜!

而且据说清代有两个挺有学问的人,一个说林黛玉最可爱,一个说薛宝钗好,两人争的结果是最后发生了肢体冲突,打起来了。所以你看《红楼梦》大家多较真。而且《红楼梦》还有"红学"一说,专门研究《红楼梦》的,从研究曹雪芹到研究《红楼梦》的版本,到研究《红楼梦》的内容,它里头牵扯的需要考证的东西也非常之多。

所以鲁迅也说,自从有了《红楼梦》,中国的小说的写法完全改变了。什么意思呢?过去的小说都是忠奸分明,好人好报,恶人恶报。然后一个故事是一个线性的结构,比如说从忠臣遭到诬陷开始,经过很复杂的一个过程以后,好人得了好报,忠臣昭雪,奸臣给揪出来了,完了。这是一条线的故事结构。

但是《红楼梦》是一个网状的结构,这个事跟张三、李四、王五等七八个、十来个人有关系,这十来个人又各自跟其他十来个人有关系,也不一样,而且作者更重视的是生活的真实。他并不是说非得要把这个故事给你讲得像破案似的,像推理小说、侦探小说似的有头有尾、有过程、有曲折,他不是走这个路子,他一说就是一大片,一套套房间,一个个庭院,蹬梯爬高,出出进进,是立体化的。所以鲁迅说,到了《红楼梦》,中国的小说结构全变了。

这本书在一九四九年以后更是达到了空前的热潮。前前后后各种版本,再加上中国港、澳、台的版本,以及东南亚的版本,总发行量起码上亿册,统计都统计不过来。

跟《红楼梦》有关的电影、电视剧,各种演出、表演也不少。研究《红楼梦》的专家还分成不同的学派,比如说有索隐派,认为《红楼梦》里有很多谜语,《红楼梦》就好比密码,这密码后边还有内幕故事。《红楼梦》也有考证派,过去叫考据派,说这一段不是曹雪芹写的,那一段不是曹雪芹写的,到现在还在争。到底是谁写的?曹雪芹和高鹗写的,曹雪芹一个人写的,冒辟疆写的,还有说是纳兰公子纳兰性德写的,说法多种多样。全世界您再找不着一本这样的书,这本书是文学,又是历史,又是谜语,又是密码,又是文献、档案。我们研究、聊聊《红楼梦》是很有趣的事情,谢谢你们,听我讲这个《红楼梦》。

第一讲　可怜的石头

《红楼梦》整部作品,带有忏悔录的性质。为什么这么讲呢？我们现在开始讲《红楼梦》第一回,"甄士隐梦幻识通灵,贾雨村风尘怀闺秀"。

"甄士隐梦幻识通灵",里面讲到一个人物,他姓甄。但是"甄士隐"的意思是什么？讲了什么事？是把真事隐藏在后边了吗？"识通灵"说的就是通灵宝玉。贾雨村是另一个人的名字,"贾雨村"是什么意思呢？贾,当然现在写的是"贾",但实际上它就代表真假的"假"。过去讲叫"假语村言"。"村"代表"野"的意思,按照民间的说法,是村言的意思,所以他又把真事隐去了,又说上一大堆假语村言,非主流语言、非高雅纯正语言。他一上来就说,经历过一番梦幻之后,把真事——真正的事迹——隐藏起来了。可是这话本身就是自个儿跟自个儿较劲,梦幻里头没有真事,你这梦幻还有什么不能告诉人家的？把真事隐去干吗？但是他偏偏说既是梦幻,梦幻里又有真事;既是真事,真事又像梦幻一般。

然后往下接着说什么呢？用西方的说法,他的这本书是一部忏悔录,或者说我们可以读作忏悔录。为什么说它是一部忏悔录呢？因为他说是想起当年依靠着——赖着的意思——天恩祖德。天恩是什么？是老天爷的恩典,更是指皇上的恩典。这里的天恩,说的就是皇上的恩典。一个是靠皇上的恩典,一个是靠祖德,也就是靠祖先。祖先,是自个儿的爷爷、太爷爷等一直往上推几辈,他们积德,所以一直过着贵族的生活。靠着天恩祖德,是吧?"锦衣纨绔",穿漂漂亮亮、带花纹的绸子衣裳,也就是穿着特讲究、特漂亮、特高级。然后"饫甘餍肥",吃的是甜的,"甘"指甘甜,"肥"指带肉,带肉也不简单。因为孟子就提出过什么是幸福的生活、什么是小康生活。孟子说,要做到让五十岁以上的老百姓穿上绸子衣服,七十岁以上的吃上肉,说明那时候吃肉有多不容易。各位,孟子那个时代离现在两千五百多年,那时候说的七十岁就跟现在说一个人九十五岁差不多。如果按照现在的标准,七十岁的时候能穿上好衣裳,九十五岁以上能吃上肉,那大部分人可能就吃不上肉了。

可是这位先生,写这个书的人,我们现在都说是曹雪芹了,他说他从小得了皇上的恩典,祖宗给他积德修好,所以他一直吃得很好,荤的、素的、香的、辣的,什么都有。可是他说自己辜负了父兄教育之恩,没有做到父兄教育的要求,负师友规训之德,对不起老师,对不起朋友。他们对"我"这么循循善诱也没做到,所以一技无成,半生潦倒,"我"什么事也不会干。半生,指后半生。前半生吃好喝好又穿好,过幸福生活;后半生潦倒不堪、半饥半饱,不成人样。他说,这是我的过错,我自己的错误、自己的罪恶,我把自己对不起老祖宗、对不起皇上的事写下来,成了这本书。这就有点儿怪了。你都写一本这么厚、这么好的书了,你有什么罪恶呢?你为什么说是你半生潦倒呢?后面要说出来历了,就是说,这个人的故事是从哪来的呢?

佛家讲人有三生,西方有三生石,就是这块石头既表达你的前生,又表达你的今生,还表达你的来生——过去、现在、未来。那么就先从写书的人的前生说起,前生是什么呢?它是一块石头。我们的第一讲、我个人起的题目:"可怜的石头"。怎么说这石头可怜呢?因为中国有个神话故事,说当年这个天空啊,都是石头给砌成的,结果有一年这天漏了一个窟窿,叮铃哐啷的,这是石头还是别的什么掉下来了呢?也有的说是大量的水从那里头下来了,然后是女神,称作女娲,中国人的祖先,她用三万六千五百零一块石头把这天给它砌上,再补上,即女娲补天。三万六千五百零一块石头,专门还留下了一块。后来写这个书的人的前生,没用上它,别的石头都上了天了,辉辉煌煌的,是不是成了天空的一部分?何等的高大上!它们都是高大上的石头。可是这块让女娲给忘了,或者是女娲没选中它,它不成样,补天不好看,所以女娲把它丢在一边了。它一想起自己的遭遇,非常悲哀,整天哭泣。大家想一想可怜不可怜?三万六千五百零一块石头,最后不合格的,只有你一块,这个太有意思了。

我们知道从十九世纪到二十世纪初的俄罗斯的文学,当时俄罗斯的文学里描写什么人?一个二十多岁的天才评论家杜勃罗留波夫提出来,说那叫"多余的人"。他说俄罗斯的知识分子是社会上多余的人,他们没啥可干。你想搞建设,沙皇他不搞建设,是吧?你想强国练兵,沙皇他也不搞强国练兵;你想修水利,没人给你修水利;你想写书,没人看,所以知识分子中的某些人变成了多余的人。中国文学也写了两个字:多余。但是它不是多余的人,它是多余的石头。这个石头更惨,因为人无非是在社会上有没有使命、有没有职业、有没有名声、有没有成就、有没有收入,这就是一般的人。而咱们的《红楼梦》里写的一个东西,它本来可以高大上地成为天空的一个组成部分,现在变成了向隅而泣的那么一块石头,是一块非常悲惨的石头。

我这里要强调的正是一块石头。请记住,到现在为止,红学家对这个情节的交代都不重视,因为我们现在听着很荒唐。这是胡扯,是不?这是忽悠。怎么可能一个人原来是石头呢?怎么这石头会是女娲的石头?但是不,这个非常重要,它埋藏了整个故事的根基。所以这是一个非常重要的情节,下面我们还要细说。

那他为什么惭愧?刚才说了他的前生就是如此惭愧下来的,他为什么需要忏悔?他说从他的前生就应该惭愧,因为他这石头不怎么样,是资质不好、形象不好、颜色不好、色调不好、不够格而被淘汰下来的多余的石头。

那么,第二点,他还有一个感到惭愧的地方。古代对写小说是看不起的,写诗可以,写正经文章可以;但写小说,这不灵。在中国,"小说"这个词最早出现在《庄子》里头,有一句话说:"饰小说以干县(同'悬')令。"县委书记的"县","县"这个字在古代通"悬"。悬,就是高高挂起的意思,很崇高、很高尚、受各方面尊重注目的意思。"饰小说以干县令,其于大达亦远矣",就是说你靠写小说、靠聊小说、靠讲小说,想崇高起来、想获得美好的声誉,没门。这是庄子提出来的。

那时候对小说的看法,用现在的话来说,大体上就是手机段子之类的,真真假假、乱七八糟、胡编乱造,只有没有出息的人才去看,更没有出息的人才去写。那么如果说一个读书人读了好多书,没有任何功名,对社会没有贡献,更简单地说,连一个科长你都没当过,然后你讲点儿在茶馆酒肆里流传的事情,现在来说就是在酒吧,在街头巷尾传点儿小道消息,传点儿真真假假,甚至于不怀好意的或者连编带唬的那种段子,你这个人能算有什么出息?当然没有出息,所以这也是他的一个悲哀。

然后他就把自己的这些经历——他本身是石头变的,我也说不清楚,他得来回地绕——写在大荒山、无稽崖、青埂峰。大荒就不用说了,它实际的意思是无限制的,是吧?没有生命的一个无限的世界。无稽崖是什么意思?无稽,就是没有线索,你找不着的,没有逻辑,没有根由,没有地址。你想发微信说你实际地址在哪儿,实际上没有地址。不可知、未可知的无稽崖。青埂,他写的是青颜色的"青",但是它实际的含义是情的根。可能曹雪芹那时候分不清韵母"eng"和"en",所以他就说是青埂峰,实际上是情根峰。他将它写在这个地方的一块大石头上了。

所以说,《红楼梦》这本书,整个这一本或好几本书,是在石头上写的。这已经荒诞无稽了。后面又找出来一个故事,这个故事是什么呢?是说我刚才说的三生石畔。三生石,人间也有,天上也有。在天上的三生石畔,刚才说的悲哀的石头变成那里头的一个神仙,叫神瑛侍者。神瑛侍者那儿还有一棵草,一棵很漂亮的草,是绛珠仙子。草有点儿干,咱就别较真了,说天上怎么闹旱灾了?不,反正他说有点儿干,草长得不好,于是神瑛侍者每天就弄点儿水往上面浇。神瑛侍者后来就当了贾宝玉了,投生到了人间以后,就成了贾宝玉。绛珠仙子那棵草投生到这人间以后,就成了林黛玉。林黛玉因为是绛珠仙子,多次受过贾宝玉的前身——神瑛侍者往她身上浇的水,所以她欠情、她感恩。她欠情、感恩,怎么办呢?她说我要把我这一辈子的眼泪还给宝玉,我要用我这一辈子的眼泪来抵偿当年神瑛侍者在我身上下的功夫、给我浇的水。

这太绝了!一个可怜的石头的故事已经让你够难受的了,现在更神奇了,又出来一个女性,而且是一棵草,但是她又是仙子。绛珠仙子要把一生的泪水还给贾宝玉,这太让人没法设想了。

然后讲到他的这些作品的时候,讲到他在大石头上写的他自己的一生的经历、他的忏悔录的时候,他又说了一句话:"满纸荒唐言,一把辛酸泪。都云作者痴,谁解其中味"。痴,就是傻,我写的这些内容荒诞不经,你想想,又是石头,又是老天爷,有一个小神仙在那里给草浇水,这都哪儿跟哪儿啊?因此这都是荒唐之言,你可别信,谁信谁负责,是不是?这是满纸荒唐言,但我充满着真情,我这一生的痛苦太多了,我是一把辛酸泪。有的版本说是心酸,都可以。"满纸荒唐言,一把辛酸泪",我再荒唐,我也是充满了辛酸。我这一生受到的伤害太多了,我尝过的痛苦太多了。"都云作者痴",人家都说写这个是犯傻,是不是?又挣不了钱,又提不了级,看了以后还添堵,还恶心。另外,东一句西一句,糊里糊涂的,谁不说你傻?"谁解其中味?"但是你知道我真正的滋味在哪儿吗?

然后他又说一句话,一句什么话呢?"假作真时真亦假,无为有处有还无。"这个太厉害了,这是文学虚构的特色——把假的、并没有发生的事写出来,就当真事写。能够把没有的事儿、假的事儿当真事儿写,这太了不起了。在文学里边,你敢于把虚构的、并没有真正发生的人物和事件,当成真人、真事写出来,而且你写的时候就跟真的一样,这样有可能把你的一个真实经历、你认识的非常真实的一个人,甚至你自己的某些私密都写到文学作品里了。但是写进去以后,跟总体的虚构性放到一块,真的也得算假的,假的也得算真的。因为你写得好,令人信服,让人家听着真感动到了,所以就是不算特别的可靠的事情,甚至于是明显的虚构,他故意告诉你,这是荒唐言,这是靠不住的。没关系,你就这么说,就这么写。

这书的第一回说了很多这一类的事,因此现在学者专家就分析,有的说这个不可能是这小说本身这么写的,哪有小说这么写的,一定是原来旁的人、读这个书的人或者介绍这个书的人写的,再加上那一段。这是一种说法。

但是恰恰现代派中有一种小说叫元小说。元小说是什么意思呢?就是小说里头不但有小说要写的情节,而且有作家写小说时的各种考虑。比如说"满纸荒唐言,一把辛酸泪。都云作者痴,谁解其中味",只有作者本人这么说话,没有别人这么说话。"假作真时真亦假,无为有处有还无",这个也是作者的话,但是这个话现在变成了作品的一部分,所以咱们这位曹雪芹先生在几百年前已经沾点儿现代派了,《红楼梦》已经有点儿元小说的味道了。

你再分析一下,"满纸荒唐言,一把心酸泪。都云作者痴,谁解其中味",这既是对小说的描写,也是对人生的描写,尤其是对一些知识分子来说,他这一生过去了。古代那时候人的寿命也不是特别长,六十岁也好,七十岁也好,八十岁也好,他想起有些事,觉得自己做了很多荒唐的事,有些遭遇他感觉很荒唐,也可能是好的荒唐,莫名其妙地就受了优待了;也可能是坏的荒唐,自个儿上当了、受骗了、做错了事了、倒霉了,所以这个也是人生的滋味。你犯了半天傻,自个儿还琢磨不清滋味,当然有点儿消极。现在一个革命者,按我们现在的三观不会这样说话,可是在清朝有个人这么说,这很自然。"假作真时真亦假",这是文学。

但是这也是人生的一个体会。所以我还要说这个小说的一个特色,是它的各种元素的多重性。

第一,是时间的多重性。在这部小说里至少有两个最大的时间系统,一个时间是女娲时间,是石头时间,实际上是几千年、几万年、几十万年的事。在这样一个长远的时间中,还有一个时间是贾府的时间系统,后面我还会讲贾府时间。

第二,是人物的多重性。刚才已经讲过了,贾宝玉至少有好几重身份,第一他是倒霉的石头,第二他是多情的神仙,第三他是贾府的公子哥。

还有许多言语、许多说法的多重性,比如说刚才讲过的他对荒唐言的说法,他关于真假的说法。所以多重性是让你琢磨不完的,这也是《红楼梦》的特色。

第二讲　没落的危机

《红楼梦》第二回,"贾夫人仙逝扬州城,冷子兴演说荣国府"。

这第二回就开始往贾府上讲了,第一回里头讲到了甄士隐和贾雨村。甄士隐是一个做过官、退休以后回到乡下的人,大概等于一个中小地主。贾雨村是个文人,文笔不错,还有点儿小名气,是正准备求官的人。这甄士隐莫名其妙、无缘无故地就摊上了灾难。

第一个灾难是,他有一个非常美丽善良、名叫英莲的女儿。这英莲也是有含义的,是什么意思呢?当然现在写作英雄的"英"、莲花的"莲",这是女性的名称,但是它实际的含义是你应该可怜她,她太可怜了。因为她很小的时候,家里看孩子的女用人抱着英莲去看灯,上元节,正月十五,结果这个女用人要解手,就把这孩子放到一边,再出来,孩子被人贩子给拐走了。这是甄士隐家的一大痛苦。

第二,不久他家里头又发生了火灾,烧得一塌糊涂,饭都混不上了。这甄士隐就跟着一僧一道出家了。是当和尚去了,还是当老道去了,咱不知道,小说里也没说清楚,反正他就走了。

贾雨村原来受过甄士隐的帮助,后来参加科举考试被录取了,还当了官。当了官,他还牛了一阵子。没当官的时候,甄士隐也帮助他,给他钱花。帮助他的时候,贾雨村在甄士隐的家里边曾经看到一个丫鬟,叫娇杏。他就被娇杏所看重,她认为贾雨村这样子相貌堂堂,将来可能有前途。她从他身边过去,又回头看了贾雨村两次。在中国旧社会,你一个女孩,回头看一个男人,这个起码是不够慎重的表现，也是一种不合乎礼节的表现。但是这小丫头居然回头看了两次，结果就被这贾雨村记下来了。在中国古代的故事里，这是一个模式，所谓"慧眼识英雄"。所以贾雨村当了官以后来到这里找甄士隐，但是这时候甄士隐已经出家了，他就找到了甄士隐的老丈人，姓封。他找到封老头，把封老头吓坏了，一说老爷过来了，派人来找他，快要把他吓死了。这个也有意思，说明在古代官找你，一般好事少、坏事多，所以把他吓坏了。贾雨村来了以后，封老头先问一问缘由。贾雨村说，甄士隐对我有恩。封老头就说，小婿，我女婿，我那姑爷他已经出家了。然后贾雨村说，他原来有个丫头娇杏，有没有？老人家说有，还在我们家伺候，在那儿干着活。贾雨村说我喜欢这个女人，我要讨她当妾。妾，还是奴才。封老头太高兴了，回去赶紧把娇杏送了过来。这是一个闲笔，这一笔在《红楼梦》中丝毫也不重要。

另外有这么一个小丫头，也可能这是一种勇敢，另外也说明贾雨村外表还不错。但贾雨村这人很差，咱们后边再说。她居然敢两次回头看这一位男士，那么她的两次回头就给她造就了美好的命运，那么再底下说得就更逗，他将小丫头娶过去当妾，生了个孩子，这也算对老贾那边的一个贡献。又过了两年，老贾的原配夫人生病死掉了，这娇杏就被扶为正室。这一下子，她等于从奴才变成官太太了，这可不得了。

为什么我要讲这一段故事？这个很俗，在戏曲里头有好多这一类的事，因为它表达了对命运无常的这种感受。这个甄士隐么，好样的，丢了孩子，家里又着了火，最后待都待不下去了，出家了，云游了，当了和尚了，当了老道了，跟人世间没关系了。这是一种命运。他到底干什么坏事了？其实这人极好，没有缺点，没干坏事。

这些零零碎碎的闲笔当中显示出了作者的一种从容，也显示了作者对人世无常的一种感叹。从容是什么意思呢？刚才我讲了，这是一部大作品，从女娲补天开始写起，一直写到贾府的彻底败落，里边写了九百多个人，正式成为小说中的人物，可以对他有所解说、注解的有七百多个,他着什么急?他得慢慢写,他不能一下子就写到贾宝玉身上去。他从石头写起,越写越远了。又远又近。

为什么说又近?因为我说的第二回里头,已经开始通过冷子兴这么一个皮货商人的嘴来介绍贾家。这相当于从一个旁观者的角度,用现在的词儿就是说用"吃瓜者"的眼睛、用"吃瓜者"的身份讲讲贾家的这两大府、两大豪宅、两大贵族家的情况,这个是非常不一般的。哪两大府呢?一个叫荣国公府,一个叫宁国公府。

国公是什么?国公是一个爵位,不是职位。国公可以说是一种地位,如果用英语来说,它是一个 position,是一个 class,但它不是 job,不是说究竟有个什么任务。简单地说,国公不用上班,没有任务。不用上班,可是享受非常好的生活,有最高的待遇,每个人家里都是一个大花园,那是咱们怎么想象也想象不出来的。过去的爵位,分"公侯伯子男",因此公是第一位的,而第一位里头又有国公这一说,国公是第一位里边的第一位,简单说来就是特等一级。这个是最高级的贵族,但没有权力,没有任务、职务,让你吃喝玩乐享受。为什么?功劳太大了,得到荣国公这么高的待遇、这么高的名分、这么高的爵位的是贾源。贾源的儿子叫贾代善,贾代善就是贾母的老公,她先生叫贾代善。贾母的两个儿子,一个是贾赦,一个是贾政,名字都是反文旁的。然后贾政的儿子呢,有贾珠、贾宝玉,后来大儿子贾珠死了,还有赵姨娘生的一儿一女。这是荣国公这边。

贾赦的儿子是贾琏,贾琏的媳妇是王熙凤。荣国公贾源还有个哥哥叫贾演,是"表演"的"演",都是三点水这一辈的,他是宁国公。荣国公和宁国公据说有过战功,辅佐过当年的皇帝,可是作者没说是清朝。他不说朝代,因为说朝代他怕文字狱找麻烦。说他辅佐过皇上,而且在战场上救过皇上,所以这么一想他功劳忒大了,是吧?这两个人豁出命去把皇上救了,您说能不往高了提拔吗?不提拔就对不起他们嘛!

那边还有一个贾演,贾演的儿子叫贾代化。贾代化的儿子叫贾敬,是宁国公那边。贾敬很特殊,他为什么非常特殊?他一心修道炼丹,过去的修道炼丹可不是研究老子的哲学的,他不是因为喜欢老子的哲学,而是信奉道教里头的一些说法,应该说是道教里头糟粕的说法。是什么?一个是说炼出丹来,吃了这个丹,你就不死了。第一它能够让人长生不老,第二它可以让人飞升,可以用手这么一拨拉就上天了。能上天,能够到天上、仙山上,过自己幸福的生活去了。这其实都是胡说八道,但是他信,所以家里边一切事他都不管,自个儿天天在那儿跟一帮道士掺和,在一块胡闹。

那么这样的贾府的两个家庭怎么介绍给读者呢?他写得好玩,因为这贾雨村也姓贾,是吧?他们五百年前是一家,而且不仅仅五百年前同宗同姓,好像他还跟贾府真沾点儿亲,什么亲呢?各位你们自己研究去,我虽然反反复复看了几十遍《红楼梦》,这个也还没闹清楚,我说不太清楚。

这个贾雨村到底跟着贾家是什么亲戚?不清楚。但是一说起来贾家也承认,贾雨村也算他们的一个远亲。那么贾雨村当了官了,娶了媳妇了,有了孩子了;一个妾,说难听的话,就是一个小老婆,又当了正式的夫人了。但是过了没有多久,他被参了好几本,他的表现不好,得罪的人又多,加上贪污腐化,反正有各种的毛病不断地被报到皇上那儿去。皇上看了以后就把他革职了,但是还好,没有把他抓起来,也没砍他脑袋。这个贾雨村当了一段时间的官,积累了一点儿财富,现在从仕途上下来了,于是他就来到苏州,被请去给一位小姐当家庭教师。这位小姐是谁呢?是林如海的女儿,她的妈妈叫贾敏。贾敏是谁呢?是贾政的妹妹。

宝玉应该管他父亲的妹妹贾敏叫什么?很简单,叫姑姑。林如海曾经当过苏州的盐政,监督检查那边的盐业。在中国古代历史中有一个所谓盐铁论:盐和铁一律由朝廷经营,不准私有经营。因为这两样东西太重要了。林如海是管盐政的,他的夫人是贾敏,他们的家庭教师是贾雨村。贾雨村的学生、林如海的闺女,是林黛玉。所以宝玉和黛玉他们俩是姑表兄妹。

这里先说明了林黛玉的老师贾雨村结交了一位和贾府也沾点儿边的皮货商人，叫冷子兴。冷子兴有钱，也知道很多事，社会交际公关搞得也非常好，但是他没有文化，写诗什么的他不会，所以他很愿意结交贾雨村这样的人，文人。文人至少是字写得好，能写诗写文章，到时候能帮着你出个词儿。

冷子兴结交贾雨村，而贾雨村虽然当过官，文笔也不错，还小有名声，还作过诗，但是他现在倒霉了，有这么一个皮货商人跟他结交也是很不错的事。所以贾雨村也愿意跟冷子兴结交。

各位，这个很好玩。用现代的语言说，二十世纪八十年代的时候，二三十年前或三四十年前的时候，常说这个词，这个叫什么呢？叫作家与企业家的联姻。《红楼梦》告诉我们：从古代就有作家与企业家的联姻，他们俩就是贾雨村与冷子兴。

然后赶上一个什么事呢？贾敏——林黛玉她妈，也是林如海的夫人，因病去世，这样林如海又当官又管着一个小闺女，他觉得不是一个好办法。这时候荣国府，就是贾敏哥哥那边，听说了这种情况，很不放心，就跟林如海传信说，你把孩子送到我们这儿来，我们这儿条件好，伺候人的奴仆又多，我们把她照顾好了，你就专心做官，办事情。林如海也同意了，所以就看怎么把林黛玉送到贾府去。

这时候又赶上一个事，贾雨村这个家庭教师因为犯了错误，从官职上给撤了下来。过了三五年，说是皇上又放宽政策，原来犯过错误的一些人，如果表现还好的话，可以重新起用，重新起用的官员里头有贾雨村。这样贾雨村又要去都中，《红楼梦》里用的一个词，叫京都，天子所在的地方。但是书中没说京都到底是哪儿，他不能说是北京，一说是北京的话，读者就知道了时代背景是明清。他不想说这是明清，又不能说是在开封，这也不像宋朝的事，所以他就说要把林黛玉捎到都中来。出发前，贾雨村和这皮货商人一块喝酒吃饭，就听冷子兴介绍贾府的情况，这冷子兴的介绍就太重要了。他说这个贾府

12

现在已经不像从前那样了,说你看着贾府很厉害,地位很高、级别很高、生活很好、花钱又冲,但是已经不比先时的光景。

如今的荣宁两府都萧索了。萧索——它开始衰颓了,开始没落了,开始穷困了,开始吃不开了。贾雨村一听,不信,说,这怎么可能呢?贾雨村说,去岁——就是去年,我到那金陵——指的是南京,说进了石头城那边呢,看到了宁国府、荣国府二宅相连,他们这两家把大半条街占了,门外头没多少人,可是隔着围墙一望,里边亭台楼阁,都是峥嵘轩俊,后边一带的花园、树木、山石也都非常繁茂,那是兴盛得不得了,牛得不得了。他说这样两个伟大的贵族的府邸,怎么可能说它们衰颓了呢?冷子兴就说,你看的是表面。表面的情况说什么呢?古人说了,"百足之虫,死而不僵",就一个大家伙、大的人物,一个大的家族、大的单位,就像一条长着一百条腿的虫子。你想想一条一百条腿的虫子死了,它身上都不发硬,因为你一碰这个腿,还动弹,有弹性,你一碰那边,脚丫子又动一下,吓你一跳,以为它是活的了,它死后都是不僵硬的。这就说明一个气象很大、格局很大、资本很大、资源很大的贵族,你看不出里面真实的东西,但实际上它在灭亡。这句话太厉害了。

他问,为什么?我要说家庭萧索了、没落了,不比从前了。现在这不是一个兴盛的家庭,而是一个衰颓之家。那是因为他说,如今"生齿日繁",人口越来越多,他的家族的成员,还有从外边来的,都掺和进来混,来混吃混喝的人越来越多。"生齿日繁",事务日盛,每天要处理的事越来越多。"安富尊荣尽多,运筹谋划者无一",安富尊荣是什么?安富就是安于自己的财富,安于自己过阔日子,尊荣就是享受自己的荣华,享受自己那比牛还牛的地位。可是没有人为这贵族之家运筹谋划,每天都是在那儿吃喝玩乐,都是在那儿牛气冲天,穷奢极欲,花钱如流水,这个家它怎么混得下去呢?

所以作为一个买卖人,冷子兴一上来就都看明白了,这家够呛。他说,尤其不行的是儿孙一代不如一代。怎么一代不如一代呢?他就说了贾宝玉,说贾宝玉这么一个孩子又聪明又漂亮,他生下来的时候嘴里是含着玉的,他是很了不起的孩子。可是这个孩子不爱学习,最怕的就是让他念书,最怕的是让他学"四书""五经",最怕的就是别人告诉他,你好好学习,将来混个一官半职,你要光宗耀祖,你要继承你家里边高级的地位。他从来不想这个,他想什么?他只喜欢女孩,除了女孩他对什么都没兴趣。家里的人物成这德性了,你说这家还有希望吗?

冷子兴讲贾宝玉,讲到了贾府的最根本、最可怕的危机:人的危机、后继无人的危机、三观的危机、精神危机与人事危机。

后边冷子兴又说了一段,说这家的特点是寅吃卯粮。它赤字太大,寅时只愁卯时还没到,在寅时就把卯时应该供应的粮食全吃完了。简单地说,冷子兴讲出了贾府的危机,包括财政危机。他一上来就讲安富尊荣,花钱越来越多,这个和曹雪芹自己的家庭情况是一样的。他们家原来在南京,在南京织造府主管朝廷里各种皇室的人的服装制造,那都是嘴上说做一件衣服,然后都不知道要投入多少成本的那种地方。他们家里接待过皇上,接待皇上借的钱简直就不知道多少了,到后来他们家就越来越穷,最后抄了家就更甭说了,成了乞丐了。到后来曹雪芹家里边的人是后脖领这儿插一根标杆,上面写着比如说二百五十两银子,就是说谁要买他,出二百五十两银子,就能把他领走。这等于说在摊档上就卖给别人做奴才、做奴隶了,沦落到这么一个地步,这太可怜了。所以冷子兴一张口就说他们有财政的危机。

除了财政的危机,他们家更有文化的危机,最大的文化危机。他故意说贾宝玉的危机,但实际上他最大的文化危机是贾敬的危机。从血统上来说,宁国府的头一把手、坐头一把交椅的是贾敬,可是贾敬这个人不管家庭,不管子女的教育,不管家里边的财务的平衡和建设,也不管家里人在外边干了多少坏事,只是整天在那儿炼丹,最后服丹把自个儿吃死了,肚子都变成硬的,估计他是得了肾结石、肝结石之类的。这个就是文化上垮了。

一个贾敬,一个贾宝玉,对于中国的封建社会的主流文化和主流意识形态都是背叛者。因为主流意识形态要求你什么?"修齐治平",修身讲的是诚意正心,"意诚然后心正,心正而后身修,身修而后家齐,而后国治,国治而后天下平"。可是贾宝玉只管跟女孩玩,贾宝玉说过反正少不了咱俩的,他跟林黛玉这么说,我才不当官,当狗屁官干什么?多无聊,多没意思。我也不爱看"四书""五经",我看"四书""五经"干什么?还不如看《西厢记》《牡丹亭》。所以从贾宝玉、贾敬身上还可以看到意识形态的和文化的危机。

还有什么危机?政治的危机。什么政治的危机?第一,从贾宝玉来说,他是靠曾祖父的功劳享受高级待遇的。可他本身会什么?对朝廷有什么贡献?朝廷凭什么老养着你?这是第一。他是无功受禄,这是很危险的,早晚人家烦了你了,朝廷也不给你面子了。第二就是说他没有更强的背景后台。在《红楼梦》刚开始的时候他有一个后台,贾宝玉的大姐元春进了宫,成为皇上的贵妃,但是这个贵妃也越来越不管用了。这个我们后面再谈。贾家在政治上没有依靠了,因为你没有功劳,没有任何良好的表现。再加上一条,他家里头还出现了道德的危机,一个荣国府,一个宁国府,要多肮脏就多么肮脏,要多霸道就有多么霸道,他们动不动就害死人命,这些事都加在一块,最后导致他们终于没落了。

这种没落的景象在贾雨村和冷子兴聊天谈话的时候,就已经说到了。大部分人看《红楼梦》,看越剧也好,看电影也好,都是看宝玉和林黛玉的爱情;但是像一些政治家、革命家,以毛泽东主席为代表,他看的是这个家族的没落,看的是它由盛而衰、由兴而亡,认为这里边有许许多多政治上的经验和教训。

第三讲　林黛玉来了

《红楼梦》第三回,"托内兄如海荐西宾,接外孙贾母惜孤女"。

"托内兄如海荐西宾",内兄是什么?就是他夫人的哥哥,用俗语说就是大舅子。西宾指的就是贾雨村,他是林黛玉的家庭教师、私塾教师,古代叫西宾。荐在这个地方当介绍讲,林如海向大舅子介绍、推荐了贾雨村,并把他闺女带过来了。托内兄,是托他大舅子照顾他闺女。"接外孙贾母惜孤女",接是接纳或者是接收、照顾这个外孙女,因为她妈妈死了。按照中国的规矩,没有父亲了叫孤,"孤独"的"孤";没有母亲了叫哀,"悲哀"的"哀"。我也弄不太清楚,为什么这里不说是哀女。惜,就是爱惜。怜惜、可怜她,是吧?心疼她,心疼这么一个孤女林黛玉,但是他给林黛玉定了一个性,定了一个什么性?孤女。她很孤独,因为这儿没有她真正的近亲了,她妈妈死了,她又没有兄弟姊妹,用现在的民法上的说法,她没有一等亲了,第一亲属这个圈圈没有了,没人了。这一讲我起的小题目是"林黛玉来了",主要的内容就是用林黛玉的眼睛看贾府。

前边第二回也说到了,贾敏去世了,正好赶上贾雨村获得了重新当官的机会。二次入京,入都,他称之为"都"。二次入都就把林黛玉带到贾府来了,林黛玉非常谨慎,非常讲规矩、讲礼貌。但是这里头有一个非常大的问题,我也解释不清楚。按照专家的研究、书里边的描写,林黛玉到贾家的时候才五岁,老天爷呀,过去讲岁数都是虚岁,可没有讲周岁的,因此五岁是什么?是现在的四岁,相当于幼儿园的孩子。但是书里边是按一个少女来描写林黛玉的,这是原作者不想认真考虑,还是有其他原因?我愿意和各位同学、朋友共同探讨。总而言之,大家记住她年龄很小就对了。不是五岁,您说成八岁,这个故事也显得太深了,不是八岁的孩子能够承担的,您说成十一岁都够呛,能不能承担?往好点说,十一岁差不多,要是我写小说的话,我至少得给她十一岁,不能五岁,不能六岁,也不能七岁。

她来了,来到这里以后先见到贾母,贾母哭了一场,说是肝儿啊肉儿的哭上了。因为林黛玉的妈妈是贾母的女儿,贾母的女儿去世了,一见到林黛玉她就想起自己的亲闺女来了,当然要哭。哭两声,这个是对的。然后说贾母怎么心疼林黛玉,怎么爱她,怎么既夸她漂亮,又议论说她有不足之症。不足是什么?精气神不足,营养不良,气血亏,身体不好。虽然漂亮但身体不好,又是孤女,怎么能不让人心疼呢?

然后所有的家里边的重要亲眷,都来贾母这儿跟林黛玉见面,然后又带着林黛玉到各家去看望,对林黛玉非常热情。既是非常热情,咱们各位琢磨琢磨,又是一种待客情,这种热情等于明确地告诉林黛玉,你是这儿的客人,用我们家乡的农村话说,你是这边的客(读且),是客不是主人,否则一个小孩来了有什么可热情的?正因为你是客,你不是家里边的自己的人。然后借着见林黛玉,把《红楼梦》里的几个重大人物都表现出来了,尤其表现出来的,一个是王熙凤,一个是贾宝玉。

正在家里头的这些老人,关心林黛玉的身体健康,关照她吃点儿补药,等等。正说这个的时候,一语未休,只听到后院中有笑语声,说,我来迟了,不曾迎接远客。这么远的客来了,你看我都来晚了,没有接到。林黛玉一听,觉得有点儿奇怪,因为贾母辈分高,在贾母这儿,大家都规规矩矩垂手而立,或者坐在那儿,没有人敢大声说话。在古代,在长辈面前,在领导面前,你直着脖子说话,你想干什么?你只能小声说话,其实现在欧洲的礼节也是这样,真正的 gentleman(绅士）没有大声喊的。所以中国人在外国打电话说话声太大，人家都觉得很奇怪，怎么这么说话？出什么事了？他们不知道怎么回事。

可是这里说的这个姐妹儿，远远地还没进屋，到了贾母这儿了，她又说又笑，满不在乎，嗓音非常大。林黛玉就很奇怪，思忖道，这些人个个皆屏气如此，或者说沉静小心如此，这来者是谁？这个人马上给她个放诞无礼的印象。

然后说进来一个丽人，一个美女，这位美女光她的服装、她的首饰、她的姿态就描写了一溜够，让你觉得真是高级，真是自信，真不是一般人。然后她就成了中心了，一会儿为林黛玉的母亲去世而悲伤，一会儿又讨贾母的好，看着贾母的脸色夸林黛玉，一会儿又向林黛玉表示以后在这里的生活一定要由她负责、由她管，有什么事她都能解决。贾母对她的态度也不一样，林黛玉作为一个小孩，别说五六岁，就是十五六岁也会吓一跳。因为贾母说，所以我告诉你，你不认得她，她是我们这儿有名的一个泼辣货，你就管她叫凤辣子就行了。我的妈呀，这吓死人了。林黛玉，一个小孩，面对二十上下的王熙凤，等于说是对着整个荣国府的秘书长，一个管事的，她哪敢管那人叫辣子呢？

辣子的意思是，她是泼辣货。这表明贾母跟她的特殊关系，她是贾母的宠臣、宠儿，贾母一看她就乐，说这个孩子可泼辣了，二十来岁什么事她都管得了，生杀予夺，她都敢干。既有能力又有狠心，该出手时便出手，所以她是泼辣货，还是个辣子。如果用英文说的话，这个王熙凤就是一个 spice girl。Spice girl，从字面上说是辣女子，但在英语里，spice 可不是讲舌头的味觉，它主要是指性感，说她性感，让你像吃了辣椒似的浑身发烫。到了贾府这儿，贾母她老人家这里可是没有这层意思。这儿说的是管理层面的意义，在主事的意义上说的。在《红楼梦》里，这叫杀伐决断。杀，当然不用说，就是宰了你，或者至少是把你的威风打下去。伐，要去占领你，要和你作战。简单地说，王熙凤厉害！当然林黛玉不敢管她叫凤辣子，林黛玉规规矩矩、客客气气,但是她认识了王熙凤。王熙凤应该是给她留下了不平凡、不一般的深刻印象,也给所有读者,王蒙之流,留下了深刻的印象。

后边就更有意思了,更晚的时候林黛玉见到了贾宝玉。贾宝玉一来,他分三段而论。第一段说这个妹妹我见过的,描写贾宝玉说我见过她,这里是从第三者的、用作者的无所不知的视角来说,说林黛玉觉得她见过贾宝玉,就是说这俩一见如故,一见就来电,所以贾宝玉说这个妹妹我见过。然后旁边的人说,你哪儿见过去?她一直在苏州,离咱们这儿远着呢。这个描写并不精彩,司空见惯,别的书上也有。

但这个描写很重要,从古代到现代的作品里都有描写少年、青年男女一见面就有好感,就来电,说我好像见过你。你要再说得直白点儿,我梦都梦见过你,这没什么新鲜的。但是如果说两个小孩这么说,一个五岁,一个六岁,或是一个八岁,一个九岁,这么说话就不得了,这已经很有意思了。

二段论什么呢?贾宝玉问妹妹,你叫什么?我叫林黛玉。你有没有表字?因为过去的人除了一个正式的名称或者官名以外,还可以给自己起个名作为字,尤其是男人,这样的名字有很多。那么他就问这个林黛玉,你有表字吗?他想知道林黛玉的一切。然后林黛玉回答说还没起。他说,我给你起一个。这个绝了,他真不拿自个儿当外人,一见面就给人起个名。他说,你就叫颦儿得了,看你那个眉毛,你有点儿皱眉,但是特别招人喜欢、招人待见、招人惦记,所以就给你起名叫颦儿。这样写也一般,这不是开玩笑吗?你随便要起,一个是她可能不接受:你起得着吗?我回家让我爸爸给起去,你给我起名,你算老几?或者干脆说,你起的这名字不好。这是第二段。大家也都笑,都说好好好,认为他起的这名字不错。其实这反映了宝玉聪明、好学、知识面丰富,与黛玉自来亲、见面熟、过得着、零距离。

然后第三段,大问题来了。贾宝玉问,妹妹可有玉吗?他脖子上戴着出生时嘴里头含着的玉,问妹妹可有玉。林黛玉说,有几个人出生的时候嘴里能含着一块玉的?那是个稀罕物,我哪儿有玉?贾宝玉一听大发神经,摘下自己的玉就往地上摔,还抬脚去踩,说我早就说这不是好玩意儿,我要这玩意儿干什么?像神仙一样的这位妹妹,她都没有玉,我要这玉干什么?

贾宝玉发了段歇斯底里的神经,到现在为止,我没有看到一个大学问家对这个情节有很好的解释或是能够让人满意的解释。他为什么要摔这个玉?为什么要踩这个玉?为什么要破坏这个玉?当然这个故事就把它描写了一番,说大家都哄他也哄不住。贾宝玉是娇哥儿啊,是整个《红楼梦》的核心人物,一个中心,而这个玉,他们认为是他的命根子,他怎么能够摔它、踩它?就编了一个瞎话,说林妹妹人家原来也有玉,但是她妈妈去世了,玉一直是在她妈妈那里,所以陪着她妈妈一块走了,殉葬了,原来人家是有玉的。林黛玉也很合作,很配合,连忙说是。贾宝玉一听他们这么说,就不闹了,因为老闹也没意思。这个情节描写得很好玩。

贾宝玉真信了吗?我认为他没信。他虽然没信,但是你不能老闹,你为这个事老闹,还能怎么办?你满地打滚,你再哭,你自杀,你撞头,都不对。所以就稀里糊涂,不了了之。这个情节非常重要,但是很难从逻辑上把它解释清楚。

那么我有这么三方面的解释。第一,我们不要忘记他们俩是儿童,这是他们童年时期的见面。儿童有这个劲儿,我见过我的孩子跟另外一个小孩斗嘴。那个时候我的居住条件非常差,我那孩子就说,我们家什么都有,又有苍蝇又有蚊子,还有土鳖——土鳖现在已经很少见了,过去住平房,有一种黑乎乎的甲虫,有的还长翅膀,很常见——我的孩子向另一个小孩显摆,问人家,你们家有土鳖吗?哎哟,把我给吓的,我说你丢这人干什么,你要是养金鱼、养只猫、养条狗还可以说,你怎么能吹有土鳖这事呢?这是一种儿童心理。这是第一个解释。这个解释不能令人满意,我也不认为曹雪芹描写宝玉摔玉发神经的意义在这儿。

第二个解释，我们不要把它当做一个逻辑问题。我们体贴一下他们的心情，从反面想一下。怎么从反面想一下？恰恰林黛玉也是含玉而生的。贾宝玉问林黛玉，说妹妹你有玉吗？林黛玉说，我有。她从兜里就拿出来了，说我这块玉在这儿。你能不为之落泪吗？你能不为他们兴奋吗？你能不为他们快乐吗？贾宝玉这么喜欢这个女孩，那是一种天真的喜爱，是一种精神的、灵魂的亲近感。亲近对亲近，是吧？哥俩正好一对，我有玉，你也有玉，我看看你的玉，你拿着玉颠腾，夸真好、真美、真漂亮，说咱俩换着佩戴两天都可以。怎么不可以？别人都没有。就咱们俩有，多么高兴！

但是苍天偏偏没有给林黛玉玉，而只给了贾宝玉一块玉。这样的话，有玉无玉，就变成了贾宝玉和林黛玉的永远的遗憾。这个玉就变成了魔鬼，这个玉就变成了病毒，这个玉就变成了不祥之兆、好事难成之兆。

在贾宝玉和林黛玉的关系当中，这个病毒永远呈阳性，病症永远治愈不了。一边有玉，一边没玉，一切的差别就表现出来了。玉变成了一个标志、一种象征、一个符号——这俩小孩有情人难成眷属，而不是终成眷属。

有玉无玉成为难成眷属的一个符号，所以这个情节太重要了，太感人了。你只需要反过来做一个逆向思维，想一想，如果这位小姐也有玉，公子也有玉，还会有那些悲剧吗？还会有那些不平衡吗？不会。

可是我要谈到的第三点，在玉的问题上，非常有学问的胡适之先生，在给高阳的信里曾经说，他认为《红楼梦》无非是写得很琐碎，写得远远不如他认为中国古典小说里写得最好的《儒林外史》……这都没关系，一部作品有人喜欢，有人不喜欢，太正常了。然后他又说，可惜曹雪芹没有受过很好的教育，不是一个受过完善教育的人，所以他写出了衔玉而生这样一个情节。

胡适之先生各方面的成绩我这里不说了,但是他说这句话,我就感觉他是从产科学、妇科学、儿科学这样的角度来看《红楼梦》的,所以他根本不理解衔玉而生,不理解它的意义、它的悲剧性、它的痛苦,我替胡适之先生感到遗憾。

　　希腊悲剧的理论我不懂,我要说的是,对于曹雪芹来说,宝玉黛玉的悲剧与其说是逻辑性的或者意识形态性的、历史性的、社会学性的,不如说是先验性的、生辰八字性的、天命性的、天妒纯情真情高洁爱情性的,没有道理,没有逻辑,无从理解,无法克服,无法解除。无因无理,无过无咎,无仇无敌,无缘无故。最可爱的少年小贾,最清纯的少女小林,爱死了也不行,聪明死了也不行,同情死了也不行,从一块天知道的什么玉上,已经告诉你了,没戏,没门儿,没救!

　　林黛玉到了贾府,还有一个情节给人印象深刻,就是大伙一块儿吃晚饭,吃完晚饭喝茶,有点儿像现在咱们在饭馆里吃饭,吃完饭,残羹剩饭的盘子碗都给端走了,然后换上一人一杯茶。林黛玉就想起来了,她说在他们家从来不是吃完饭立刻喝茶,而是过一会儿再喝。林黛玉家这习惯是正确的,现在你让讲养生的人来讲的话,吃完饭立刻喝茶不是好习惯。因为茶把胃液一下子冲稀了,你说你一下子弄一个水饱儿,不舒服吧?但是林黛玉想到,我这是到了人家的家,不是我自个儿的家,必须入乡随俗、客随主便。我不能不喝茶,既然大家喝,我就喝,我喝得不舒坦我也要喝,不习惯我也要喝。这也很好玩。

　　因为我们往后看会觉得林黛玉很小心眼儿,很任性,很喜欢跟别人顶着干,很不愿意也很不凑合,不将就,不好说话。可是林黛玉刚到贾府的时候,虽然是一个儿童,但是她心眼儿不少,非常明白入乡随俗、客随主便的道理。

　　林黛玉就这样来到了贾府大家庭,林黛玉和贾宝玉之间就这样发生了这么一点儿小小的事情,但是这小小的事情预示着后边的那么多情节和那么动人的悲剧。

第四讲　太黑了

《红楼梦》第四回,"薄命女偏逢薄命郎,葫芦僧判断葫芦案"。

这里边"葫芦"实际上是借了音,因为现代人不可能这么理解,说怎么是葫芦呢?葫芦,其实就是说糊涂。糊涂的案件,实际上案件本身不糊涂,人把它做糊涂了,是个什么案件呢?在第三回快结尾的时候,作者忽然甩出来一个跟前边的内容毫不相干的一件事。说出了事了,出了什么事呢?薛宝钗的哥哥薛蟠跟人发生口角,跟人家争执,把那个人给打死了。这是怎么回事呢?在第一回就提到了甄士隐,后来出了家的、莫名其妙家里屡遭灾祸的这位先生,他的闺女被这人贩子——在《红楼梦》里头不叫贩子而叫拐子,拐骗人口,贩卖人口——拐跑了。若干年以后,在孩子大概十二三岁的时候,他就要把她卖给人家。按照这个年龄,这是对少年人的摧残了,这是另外的话题。

碰到这个地方有个公子,这公子叫冯渊——渊博的渊,深渊的渊。但是在《红楼梦》里头,人家说冯渊,冯就是逢——碰到了,渊就是冤,冤枉的冤,他活该倒霉,碰到了一个最冤枉的事情。冯渊这个人原来是个同性恋者,但是他看到拐子拐的十二三岁的女孩——原来的甄英莲,应该怜惜她——真可怜。现在这拐子给她起的名字叫香菱。他被孩子的相貌气质所感动,就要把女孩接过来,变成他的……这个也没有说清楚,因为这是买的,是要做奴才的,也就是做小老婆。现在看来,女孩十二三岁,买了做奴才,这太不合适了,当时

23

的情况另说。他讲迷信，很重视这件事，他很喜欢这个孩子，所以他就说要到黄道吉日，正式吹着喇叭抬着轿子，把她接到家里来。很隆重，所以交完了钱以后说等上三天。结果，这三天的工夫，薛蟠也看见这女孩，说这孩子我要了。人贩子，或者说拐子，收了两份钱，好像也不是钱的问题，也没提他到底交了多少钱。因为薛蟠是一霸，拐子就让薛蟠把孩子领走了。冯渊知道了以后自然不干，就过来理论，说我先交的钱，买货也有先来后到，我得把她带走。结果薛蟠带着家丁，带着一帮小子一通臭揍，把冯渊活活打死了。

那么谁来审这个案子呢？恰恰就是带着林黛玉去贾府的那位贾雨村，他跟贾家沾亲带故的，沾点儿远亲，他在这个地方恢复做官，正好接手这个案子。冯渊当然也是公子，不是劳动人民。劳动人民能够出去买一个孩子或一个女人？不可能的。但是他家里头人口稀少，所以旧中国这个大家庭厉害，现在咱们当然不是这样，现在小两口、三口人之家最多，多生一个小孩的话，四口人就不得了了。过去的话，冯家也是真正的大家庭。薛蟠活活把冯渊给打死了。人被打死了，这来告状的人就说，说我们太冤枉了。告状的是冯家的一个家人，家人还是奴仆，或者最多是管家性质，这些作者都没有细写。冯家那人说，小主人冯渊呢，买了一个女孩，结果被打死了。我告状告了一年了，因这薛蟠有势力，所以没有人理这个事。贾雨村一听就火了，说怎么会有这样的事？我下令把这个薛蟠给抓过来！他正要发一个签，发一个逮捕令，这时候，衙门的一个门子——门子就是在那儿看个门，现在来说就是管传达室的——就跟他摆手挤眼，反正就是做各种肢体语言，告诉他说别这样发签。

贾雨村就很奇怪，说等一等。然后他到后厅，到自个儿私密的房间里头，把这门子叫过来，说你跟我在那儿又挤眼又摆手，你干吗？这门子说，老爷，您连我都不认得了？什么？你是谁？咱们可是老朋友了。贾雨村一看，想起来了，原来是小沙弥。什么叫小沙弥？就是小和尚。贾雨村当初还没有考上科举没当官，还是一个穷书生的时候,跟这小沙弥有时聊聊天,还可能住在庙里头或者到庙里头吃顿斋饭之类的,所以认识了这和尚。

门子告诉他说,后来我在那寺庙里待着忒没意思,就还俗了,我现在在衙门里头供职。贾雨村说,那好,这么坏的人为什么不让我抓他?门子,就是这小和尚——原来的小和尚,就是葫芦庙里头的葫芦和尚,一个糊涂和尚,也不是真糊涂,就是莫名其妙的这么一个和尚——对贾雨村说,您没有一个护官符吗?贾雨村问,什么叫护官符呢?门子说,如今凡做地方官的都有一个私单子,单子就是一个名单,这名单上面写着本省最有权有势又极富贵的大乡绅的名姓。这些都是不能得罪的人。您想在这儿做官,要是得罪了他们,不但您的事儿办不成,而且您自个儿连性命都难保。他说得非常严重。

贾雨村一听,说我怎么没听说过?门子说,老爷您不知道这规矩吗?贾雨村说,这护官符是什么呢?门子说,我给您看。门子本来就是他下边的一个服务人员,就拿出来一份纸单。那纸单上写着这个地方的四大家族,是怎么说四大家族的呢?"贾不假,白玉为堂金作马"的姓贾的家族,说的也就是荣国府和宁国府,说他们这个地方的厅堂,也就是会客室,是用白玉做的。他们骑的马铺着黄金,这具体怎么解释?骑金马,是说明他家的黄金特别多,能做一个马那么大,我估计起码也有个几百公斤;也可能是说马鞍子、马镫等马具都是黄金的。总而言之,这个地方它牛、它富、它霸道。这里最霸道的就是贾家,因为贾家有两个国公级的贵族。然后下边说"阿房宫三百里,住不下金陵一个史",说的是史家,史家是怎么回事?他们的祖上是保龄侯、尚书令。尚书令是什么?他管皇帝个人的花钱、居住、吃饭、服装、文书,是最贴近皇帝的办公室、办公厅里面这一批人的头,也有点儿类似秘书长的感觉。说他们家就跟当年秦始皇修的阿房宫一样,这是第二家,姓史。第三家,"东海缺少白玉床,龙王请来金陵王",说的是王家,是金陵王室,连龙王爷睡觉用的御床,如果觉得不太好,都得找这个王老大、王贵族、王老爷来帮忙。王家是做什么的?

他们祖上是都太尉,统治县伯王公,比国公低一点儿、低一级。但是我要说这个低一级只是原来封的级别。第一,他家钱可不一定比他们的少,威势也不一定比他们小,因为那就要看他家的人才了。如果他这家里有特别厉害的人,会武功的,或者是智慧高的,或者是会搞公共关系的,即使级别低,你也照样可以比那个级别高的牛。反正这四大家族哪个都不差。最后一家是姓薛的,叫"丰年好大雪",我们现在念"雪",他这里的雪指的就是薛家。薛家"珍珠如土金如铁",他们家里,珍珠就跟土一样,要多少有多少,黄金就跟铁一样,就跟普通人家里的铁器一样,也是要多少有多少。

这是四大家族,说这四家皆联络有亲,一损俱损,一荣俱荣,这可了不得了,是不是?他们互相是勾连的,你中有我、我中有你,说一家其实就包含四家,四家如同一家,这四家太厉害了。

就拿我们现在已经说到的贾家的荣国府、宁国府来说,他们本身主要是贾家,没错。贾母是哪家的?贾母娘家是史家,所以关于贾母,有的地方又叫她史太君。史太君贾母是史家的,再有后边还要出来一个小丫头特可爱,又美丽又直爽,是史湘云,也是史家的,是贾母娘家那边的亲属。然后是王家,更厉害了,荣国府两代都有王家的势力,你想想,贾政的夫人,明媒正娶的老大、正经的夫人是王夫人。这个夫人是诰命夫人,是经过朝廷、经过皇上批了的,这才能称为诰命夫人,跟现在说的某某夫人可不是一样的意思。王夫人是王家的,再往下,往贾赦那边,贾宝玉的大爷贾赦的儿子贾琏,贾琏本身偷鸡摸狗不怎么样,可是他的夫人——现任荣国府的管理总监,在某种意义上也是秘书长——是王熙凤,所以王家跟他们的关系也深了去了。

贾家主事的最高领导是史太君。两个真正管事、管家政、掌权的——贾政不管事,他只会念书,只会背教条,他什么事儿也不管;贾赦更不管事——是王夫人跟王熙凤,那么正好表现出来了。薛家是怎么回事呢?薛家主母也是姓王的,是她娘家的姓,但是你不能称呼她贾夫人。贾母,史太君,你可以称呼为贾夫人。另外能称呼为贾夫人的还多了,邢夫人也是姓贾的贵族的夫人——贾赦的正室。宁国府这边贾珍的夫人姓尤,但是她们不能称贾,都称的是娘家的姓。可是薛姨妈的丈夫姓薛,她娘家也是王家,姐姐嫁给了贾政,妹妹嫁给了薛家。薛家的祖先是紫薇舍人。舍人就是皇上圈里边的一个人,紫薇舍人是一个什么人呢?很难说,也是因为皇上到什么地方住着的时候,他们常常和皇上住在一起,这个非常像英语里边的一个说法,fellowship,好像是皇帝的伙伴这么个官,没有很高的职位和权力,很像朝廷的银行人员,管朝廷本身的购物、金钱、财务。所以咱们琢磨一下,他也不是一般人,很厉害。薛家的薛姨妈是王夫人的亲妹妹,所以这四家勾连在一块,一荣俱荣,一损俱损。

这个词儿我们到现在还用着,毛主席就用过这种词,当他批评、批判、揭露党内某些带有不正常的、反面性质的这样一个集团的时候,就曾经说过他们是一荣俱荣,一损俱损。荣,就是光荣,它还代表植物的茂盛生长,一家生长往上走,全跟着走,一家倒霉全跟着倒霉,所以这四家太厉害了。对这一段话,毛泽东主席特别重视,因为他说《红楼梦》的第四回是《红楼梦》的纲领,而《红楼梦》是四大家族的兴亡兴衰史。

毛泽东非常欣赏四大家族的说法,为什么呢?因为在和国民党的斗争中,陈伯达曾经写过一本书叫《中国四大家族》,说的是国民党的四大家族:蒋、宋、孔、陈。《红楼梦》里这四个大家族可厉害了,门子说的那些只是形容他们家里边阔气,那么他们的权威体现在哪儿呢?

看完了这几句话以后,贾雨村也吓着了。这么厉害,我该怎么办?我也不能不管,打死人不能白打,打死人白打的话,我也得说几句官话是不是?我秉承皇恩,犯过错误,现在皇上又让我当了官了,我得秉公办事,我得为民除害,我得主持正义。

门子说,您呢,算了吧,识时务者为俊杰,趋吉避凶者为君子,大丈夫相时而动。这个看门的小家伙给贾雨村上了一堂贪官污吏的政治课,相时而动,您得看时势。您什么时候说什么话,您那又是感恩又是正义的,您一边待着去吧,到时候您自己找病、找麻烦。要相时而动,而且要趋吉避凶。您去干什么事,得权衡利弊,哪样对您有好处,什么事对您不好,不好的您就不能干,否则您就不算君子。您算什么?您算傻子。是不是?

哪有当官的那么傻的?当官,你不是为了对自己好吗?你不能是为了找麻烦吧?你不能是为了丢脑袋吧?你敢得罪他们吗?整个这一地区,谁敢得罪他们四大家族,谁是他们的个儿?他们打死的人多了!

所以毛主席非常重视这一段,说这是一个阶级斗争史,而且是充满了人命血债的阶级斗争史。作为一位革命领袖,毛泽东当然要非常强调这一方面。

贾雨村碰到小门子这么一个小玩意儿说的这种狗屁哲学,他驳不倒,也不敢驳。不是小门子厉害,而是这四大家族厉害。贾雨村把他们看在眼里头,他不敢反驳。可以说这也是中国文化的一个问题,也是一种糟粕。

不管我们提出多么严肃、多么正当的原则,总不知道哪里有个漏气的地方,往往总有个地方能让你撒了气儿。它的好处是有些时候让你可以妥协,让你可以圆滑地处理事情,不要太较劲;但是另一方面,它让人堕落,让人腐化。

果然三两下,贾雨村就没辙了,说我怎么办?他向门子请教了。门子就给他出主意,说老爷您就说您会扶乩,您能够和神仙交谈。您这么一扶乩、一摸,写出几个字来,证明什么?证明冯渊公子和薛蟠大少爷他们之间前生就有矛盾,他们是冤家,他们之间出了问题,所以到了这一生,就互相动手打起来了。对冯渊,就说他也是命中有这么一个劫难,而且想办法让薛蟠躲一躲,告诉他使点儿钱,给冯家下边的人。然后就说后来冯家来报仇,把薛公子也打死了,稀里糊涂的,这事儿不就过去了?

门子给贾雨村出的主意在这个地方写得非常合理,门子使用的可以说是市井无赖的那一套办法。贾雨村一听就笑了,说不妥不妥。你这不是拿贾雨村当猴耍了吗?他下大神,他成男巫了,然后说是上天说了什么,哪位神仙请来了。他嘴上说不妥不妥,但心里明白了。这个薛蟠不能处理。让薛家花点儿钱,赔偿冯家的丧葬费,然后就稀里糊涂,也不必进一步处理,就说这事解决了。这事解决完了以后,他还给贾政他们写了一封信,说薛公子的事已经处理完了。贾家就回一个信,说谢谢你了,非常感谢。

太黑暗了!怎么能这样黑暗呢?这种封建贵族是霸王,是强盗,杀了人白杀,对人命不负责。不用你自己出去奔走,也不用你自己到处跑人情,用现在的词说,你不用去捞人,当官的自然都向着你,不但向着你,而且黑了心。所以毛泽东主席对这一章如此之重视,认为这一章显示了封建社会的阶级斗争,显示了普通老百姓真的毫无办法,显示了剥削阶级不但可以敲骨吸髓,压榨你身上的油,而且能要你的命。这可以说是很刺激的一段描写。

等这事处理完了以后,这贾雨村的心眼儿耍成功了,就想这门子可不是个好人,他给我出的主意一个比一个坏,他坏良心,良心这么坏的人,还是我的旧交。多少年前我最倒霉的时候,我混得不成样子的时候,我那半饥半饱的日子,我没当官的时候,我那熊样,他全知道。我身旁有这么一个人,这不成定时炸弹了吗?赶紧找了一个机会,找到他的漏洞、失误,把这小门子充军充到几千里之外,永远见不着他了,他这才放心。

这个也很有趣。这叫什么?"害人者,人恒害之"。你如何害别人,如何欺诈,如何骗人,如何装神闹鬼,各种黑幕你都精通了,对不起,这种黑幕就开始罩到你的身上了!你也好不了。《红楼梦》将这一点写得非常深刻。

然后下面就顺便说一下薛蟠,说他的外号叫呆霸王,又傻又横,傻霸王一个。自古以来,尤其是清朝有一些评论家、文学家、读者,还有我们家乡有学问的人,也是很有名的一个小说史的专家,叫孙楷第,那个时候我才十几岁,他就跟我讲,说薛蟠这个人其实有可爱之处,他不下流。什么意思?这薛蟠最下流不过了,但是他不是伪君子,他不搞阴谋,他耍胳膊头,吃喝玩乐,吃喝嫖赌,什么低级的事情都干,但是他嘴里头没有假话,他就是横,就是傻,什么心思都暴露在外边。

那么薛蟠又是怎么来的都中,来的金陵?是因为皇宫里头要招收一批才女——有文化的女孩子——到皇宫里头陪着公主们,陪着皇宫里边年轻的女眷,陪她们读书、游戏娱乐。为这么一件事,要把薛宝钗推到皇宫里去,这个也是很有意思的。因为这些是四大家族的生命线,他们需要和朝廷、皇宫建立感情联络关系,所以贾家有贾政的大女儿元春当了皇上的贵妃。薛家也不甘心落后,恰恰薛宝钗有礼貌又懂事、有才能又有文化,还会处事,各方面很理想,所以叫做"送妹待选"。薛蟠送他妹妹——当然实际上还有他妈妈也过来了——待选而来到这儿,等着皇宫把薛宝钗选到宫廷里去,充当才人——有才能的女子。这其实只是宫中女子的一个空头衔,招入宫中,称为"才人",有个说法,有个编制。

所以这个也让人深思,薛宝钗的出现有她和四大家族的利益有关的一面,有候补宫人的身份。

第五讲　实境与幻境

《红楼梦》第五回,"贾宝玉神游太虚境,警幻仙曲演红楼梦"。贾宝玉的灵魂游览了一回太虚幻境,而警幻仙子组织了一场歌舞演出,演的这个歌舞就叫《红楼梦》。

我要讲的这一段儿,就是命运和爱情。说什么呢?说贾宝玉有一天中午睡在秦可卿的房间里。秦可卿是谁呢?宁府宁国公那边的,和贾政、贾赦同辈的那修道去了的贾敬,他的儿子和贾宝玉是同辈的,也跟玉有关系,叫贾珍,珍宝的珍。贾珍的儿子是贾蓉,秦可卿是贾蓉的媳妇,秦可卿人漂亮,做事做得也好。她辈分很低,但是在两府,尤其是在这两府的女人当中,地位却极高。底下她的事儿也还很有意思,咱们后面再说。

有一次她们在那边一块儿玩、说事儿,后来贾宝玉说要睡午觉了,秦可卿说你上我的房间睡觉去吧。别人就说,他睡你房间不太合适啊,他是你叔叔,叔叔怎么能到侄媳妇屋里头睡觉去呢?那时候贾宝玉应该也就是八九岁的样子,所以秦可卿说,他一个小孩子家,他算老几呀?他还不能上我那儿睡觉去?所以贾宝玉就到她那儿睡午觉,当中做了一个梦。这个梦对于小说来说,意义非常之大。他睡着了以后,梦到有一位女仙,这个女仙就叫警幻仙子——警幻是什么意思呢?就是给你一个让你得到警醒,让你从梦幻当中、迷幻当中清醒过来的梦,可说是要以梦警示你,以梦唤醒你,以梦警梦,以梦醒梦。什么样的梦幻呢?爱情的梦幻、性的梦幻、男女之事的梦幻。这一种梦幻是害人的,这种梦幻是非常悲剧性的,所以你一定要在梦幻中清醒过来,是这么个意思。

然后这个警幻仙子带着贾宝玉的灵魂——贾宝玉在秦可卿那床上睡着觉呢——逛了一下太虚幻境。太虚,是虚的,而且是虚的顶峰,是虚的极致,是实际上什么都没有的这么一个幻境,又太又虚又幻的这样一个情境。到了这样的一个环境、这样的一个舞台、这样的一个平台上来了,这叫太虚幻境。说是看到一个石头做的牌坊,那个石头牌坊上边写着四个字:太虚幻境。上面的对联就是第一回已经说过的,"假作真时真亦假,无为有处有还无"。假的也是真的,真的也是假的,最后全是虚的。《红楼梦》作为小说是如此,贾宝玉跑到侄媳妇房里睡午觉,做的梦也是如此,真真假假,虚虚实实,人生如梦,爱情如梦,小说如梦。

到了太虚幻境以后,警幻仙子就请他看几本书,几本册子,分正册、副册和又副册。

正册是什么?正册说的是金陵十二钗,就是说这里边的一些非常有影响的、有名气的、值得关注的女孩子。这个册子上登记的是她们每个人的命运。那么这个就绝了。

全世界都有这么一种问题,而且是各式各样的,欧洲也有,美洲也有,中亚也有,就是人的命运到底写在什么地方?有的希望通过占卜,有的通过文字,有的通过画图来算一个人的命运。可是这儿告诉贾宝玉,你是真是假,人家说了"假作真时真亦假"。这里写着每个人的命运。譬如说有一段说一个人"霁月难逢",美丽的云霞很快就散;"心比天高,身为下贱,风流灵巧招人怨,寿夭多因诽谤生,多情公子空牵念"。这个说的是谁呢?后边就明确了,说的是晴雯。她非常漂亮,心气非常高,并不把自己看成卑微的、可怜的主人手里边的一个奴才,她认为自己也是一个好丫头、好女孩,有自己的骄傲,有自己的聪明,有自己的美貌,但是她受到了诽谤。这段话很厉害,说她活了很短的时间就夭折了。

更有意思的是写到了贾宝玉最亲最重要的丫鬟：袭人。关于袭人的那一段是"枉自温柔和顺"，意思是你白白地又温柔又和谐又和睦又平顺。顺，就是她跟人不戗着，还听话；"枉自温柔和顺，空云似桂如兰"，你白活了，你像桂花一样的芬芳，你像兰花一样的洁净；"堪羡优伶有福"，最后是被一个唱戏的给娶了去了；"谁知公子无缘"，而想不到，跟你在一块保持主仆关系、感情那么深的贾宝玉没娶到你。

这些都太奇怪了！在一个本本上，在一个册子上，跟账本一样，把每一个人的命运都写下来了。你说不可能，这是另外的问题；你不信也没关系，这里说的就是这么一个故事。而且这个判词里头，除了有一些非常惊心动魄的对每一个人命运的预判、预言以外，还有一个我觉得最奇怪的、最值得讨论的话题，这里边是把林黛玉和薛宝钗合在一块来写的。

在林黛玉和薛宝钗这儿是怎么说的？"可叹停机德"，停机是说孟母，孟母仉氏，她姓仉——一个单立人，一个"茶几"的"几"——说她的道德水平跟孟子他妈一样，这可了不得了，这是中国的典范顶峰。停机是什么意思？就是孟子不好好读书了，他妈妈纺织也停下来了，你不学习，我也不干活了，咱甭活了，表示这种严肃的态度：你作为一个孩子，必须好好学习；我作为老娘，我得织布，用布维持我们的生活。所以"可叹停机德"说的是薛宝钗，说薛宝钗的道德和孟子他妈一样。"空怜咏絮才"，你白白地怜，"怜"这里当"爱"讲，你白白地爱她的才，写诗、吟咏；絮，柳絮，林黛玉有吟咏春天的柳絮的才能，这个才能很了不得。"玉带林中挂"，玉带林就是林黛玉，当然这个字不一样，它们是用同音字。"玉带林"，一条玉带很漂亮，但是最后在树林里头往那儿一挂，找不着自己的主人了，主人没了，也没有任何美好的前途。"金簪雪里埋"，簪就是钗喽，是用在头发上的饰物，也是宝钗的名字。你这个金簪宝钗再漂亮，最后埋在雪里头了，也就是"薛"。这里把这两个人都用一种叹息的、遗憾的口气加以描写。

　　这个册子里头还有一个非常惊人的地方,就是写到王熙凤。它当然没说写王熙凤,但是显然是写王熙凤的。它写的什么呢?"凡鸟偏从末世来","凡鸟"说的就是凤,"凤"的繁体字是一个大的"几"字,里边一横,横下一个"鸟"字。"几"加上那一横就好比"凡"字啊。本来你是一只凤,是不得了的,但是你"偏从末世来",赶上了没落的世道了,你赶上了家庭的没落和灭亡了,赶上了这个家庭一天天地走下坡路了。"都知爱慕此生才",才,王熙凤太聪明了,她文化不高,认点儿字,只能勉强算脱盲,但是她处理各种事,她说话,她的决断,指挥能力、组织能力、斗争能力简直不得了,所以大家都佩服她,都爱慕她。"一从二令三人木,哭向金陵事更哀"。从令,就是上边有令;人木,应该解释为"休"。"从令休"就是她最后按上边的命令被休了。过去叫休妻,就是你这个妻子干了很多坏事,被赶走了。就是离婚了,被休掉了,不要你这个媳妇了。因为这些事太具体了,没法一一讨论,但是我谈这么几个观点。

　　第一个观点,我非常奇怪,小说有很大的一部分是靠故事来支撑的,是靠故事的悬念,让你惦记这件事。比如两个人"砰砰"放起枪来了,谁把谁打死了,你惦记它。你接着看第二章,两个人相爱了,她对他印象挺好,最近又闹点儿误会,那么后来他们是从此告别了,错过了缘分呢,还是最后这些误会消除了,两人又成其好事了呢?人的命运是不能够预言的,但是这里偏偏要预言人的命运。这是第一条。

　　第二条,你怎么样预言人的命运呢?又不能说得太清晰,说得太清晰,你甭看书了,是不是?这才是第五回。这个书,曹雪芹本人写的是八十回,但实际上这个书的流行版本是一百二十回。如果您第五回就把最后的结果列一个表发给大伙看,是怕人家看下去还是什么别的意思?现在咱们有个网络词叫"剧透",他为什么要自己剧透?

　　第三,写到最后,尤其到了一百二十回高鹗的续作上,有些事情和这上面说的册子上的判词不一致。是判词错了,还是后边的正文错了?这几个问题解决不了。

那么我怎么回答呢?按我的理解,中国的占卜文化,就是算命,简单说,中国的预言文化是非常有趣味的。它本身趣味性极强,既给你一个方向,又不让你看清楚,你这么解释也行,那么解释也行。曹雪芹这么写,把你阅读的兴趣一下子引起来了。因为这个小说格局太大,他写的时候写到这个顾不上那个。这里头的女子,这么多重要的女子,你写这仨了,那边几十个、几百个都顾不上;你写那一百个呢,这边还有五百个写不成。但是他用这判词的形式,几乎就把他认为最重要的人物和命运先给你透露点儿,给你透点儿气,先给你看个预告片,先给你画个小图,这样才能引起你的兴趣来。因此可以说他是用前所未有的方法进行剧透,他透不完,内容太多了,他写的事太多了。所以他充满信心,我这儿给你再多透一点儿没关系,你看到我透得越多,兴趣就越大。

他还表达了一层意思,是对命运的不可抵御、不可抵抗,对命运的无奈,这正是这部小说的一个很重要的调子:没落与无奈。相爱的人不能在一块,你无奈;好人没有好报,你无奈。他通过这种方式表达了许许多多的心理、许许多多的悲哀,但是他又给你透露一点儿。什么意思呢?这一切的发展都有一个宿命的东西,谁也不能绝对肯定它,也不能绝对否定它,想扭转这个命运也是不可能的。

那么后边有了这些册子以后,警幻仙子又找了十二个女孩表演歌舞,这也算绝了。还有歌舞表演,而且这台歌舞这台表演的题目就叫《红楼梦》。

这个《红楼梦》,前边我们已经讲了它有很多名称,它一开头叫《石头记》,还叫《情僧录》,还叫《金玉缘》,还叫《金陵十二钗》。现在,"红楼梦"这仨字出来了,"金陵十二钗"也出来了;到了《红楼梦》的演出里头,又出现了对林黛玉和薛宝钗合写的这么一段歌词,唱出来的歌词:"都道是金玉良缘,俺只念木石前盟。空对着,山中高士晶莹雪；终不忘，世外仙姝寂寞林。叹人间，美中不足今方信。纵然是齐眉举案，到底意难平。"

"都道是金玉良缘"，金玉良缘是什么？金就是宝钗，钗是金子的，她还有一个金锁吗？玉是宝玉。"俺只念木石前盟"，但是我只想着的是木头和石头。木头是什么？因为林黛玉的前生是绛珠仙草，是草木人，是植物，所以是木。而贾宝玉的前生神瑛侍者是石头变的，所以你那边说是金玉良缘，我想的是木石前盟。"空对着，山中高士晶莹雪"，我空空地对着山中高士，她的精神世界很高，很崇高，很晶莹，很纯洁，是这样的薛宝钗。"终不忘，世外仙姝寂寞林"，我没法忘记好像俗世之外的那样一个高尚美丽的林黛玉。

"一个是阆苑仙葩，一个是美玉无瑕。若说没奇缘，今生偏又遇着他；若说有奇缘，如何心事终虚化？"后面还有好多，我不一一列出了，就是把林黛玉和薛宝钗放在一块说。自古以来红学家就有一个说法，就是钗黛合一。从表面上看是这两个人，而且这两个人正相反，薛宝钗非常有文化，非常有礼貌、有教养；林黛玉非常讲性情，喜欢任性地做事。但是作者偏偏把她们放在一块说。

在人生当中，在对男性和女性的了解当中，往往产生一个悖论，这个人不文明、不礼貌、不懂事，愣愣磕磕很任性、随随便便，你受不了；这个人做什么都讲礼貌，做什么都客客气气，做什么都是该说的话说、不该说的话不说，什么都是对对对、好好好、是是是，他哪句话是真的，哪句话真想说、哪句不想说，你全都弄不清，这不是要命吗？那林黛玉脾气再不好，高兴就是高兴，不高兴就是不高兴，你跟林黛玉在一块，你感觉到这是一个真实的火热的一颗心在那儿。薛宝钗规规矩矩，言谈举止中你找不着破绽，无懈可击，这个却能要命。你是喜欢讲性情的还是偏重文化的？这是一个不可解的文学性格之惑。

其实外国文学也有这样的问题，比如说《安娜·卡列尼娜》，安娜·卡列尼娜的丈夫，发现妻子有了外遇，他表现出来的那种文明、礼貌、温和,简直你做梦都梦不见、开训练班都训练不出来。可是他的这个表现结果使安娜·卡列尼娜更烦他,因为他一句真话都没有。所以这是文化与性情之间发生矛盾的一个结果。把林黛玉和薛宝钗合起来写,更说明了曹雪芹本人面对人生中文明与情性相矛盾而产生的痛苦感、遗憾感。

第六讲　刘姥姥为什么那么精？

《红楼梦》第六回,"贾宝玉初试云雨情,刘姥姥一进荣国府"。

上一回我们讲到贾宝玉在太虚幻境里边的所见所闻。在太虚幻境里头,看完了关于命运的三个册子,又看完了名为《红楼梦》的歌舞演出以后,警幻仙子还找了一个美女,告诉贾宝玉说这是我的妹妹,她的小名叫兼美,又名可卿,就是秦可卿的"可卿"两个字,现在我要把我这个妹妹许配给你,今天晚上你们就结婚了,或者叫成亲了。为什么要你到这儿来,还给你许配一个美女,让她和你成亲呢?就是为了让你知道,即使是在太虚幻境这样的神仙境界,男女之事也不过如此而已。这样回到人间以后,你就知道不要再沉溺在这个里头了,该干什么干什么,别整天脑子里头全是这些玩意儿。

这个逻辑非常奇怪,但是这个逻辑,中国的很多小说家喜欢。《金瓶梅》里也是这个逻辑。《金瓶梅》写得可厉害了,吓唬人,简直就是很粗野了。可是《金瓶梅》它说的是什么？就是我把这个都写出来,都告诉你们,然后大家就可以提高认识了,以后就不会陷到这种不好的、太过分的、太放肆的、太低级的生活里边了。这个逻辑堪称强词夺理,难以置信。

然后贾宝玉在梦里边就和小仙女兼美,又名可卿的这位女子有了性的生活,然后他醒了过来。因为他醒了,袭人就来伺候他,而袭人发现贾宝玉下身情况有异,她说,你怎么了,怎么回事？然后贾宝玉就把自己做的梦告诉了袭人,而且跟袭人一起又实践了一回。

难办！头一条,这年龄难办。按专家的分析,这个时候贾宝玉是九岁,而袭人十一岁,袭人比他大两岁,他再怎么早熟,也是不可能的。我们姑且假设曹雪芹故意说一件不可能的事,免得有些人过于沉浸在这种思索里头。因为这个毕竟不是《金瓶梅》,不是一本黄书。更可笑的是,当贾宝玉这个九岁的男孩向十一岁的丫鬟袭人提出来要如此这般的时候,袭人一想,她是从贾母那儿来的,是贾母配给他的,被分配到这儿来的目的,就是将来要成为宝玉的人。因此,第一,她不能推托;第二,她这样做也不算越礼,没有越过界线,没有违背情理和礼法。

　　《红楼梦》的这些地方,大家要注意,千万别它说什么你就信什么,那完全有可能是说反话。不为越礼,是让读者想一想他们这样做是否合适。尤其是当你看到后边,袭人向王夫人报告,要注意贾宝玉和这些女孩之间的关系,很快王夫人对晴雯产生了怀疑。这个时候,你不能不对袭人产生某种遗憾之意。你觉得这件事无论如何她做得不地道、不局气,她太注重取得贾母的信任、王夫人的信任,她认为她最听话、最懂事、最明白事理。她也取得了贾宝玉的信任,贾宝玉根本离不开她,吃喝拉撒睡,宝玉根本离不开袭人。但正是袭人,过早地引导了未成年宝玉的不雅、不妥行为。

　　还有,对贾宝玉初试云雨情,除了袭人这个说法以外,还有一个怪事,因为前边他说,他在和叫可卿的仙女发生性关系,而且书上描写说他醒过来后,还喊了那声"可卿救我"。秦可卿感觉非常奇怪,说他睡着觉叫我的名字干什么?所以也有很多红学家认为最早和贾宝玉发生性关系的人,还不是袭人,袭人这也是一个假招子。这也是一个埋伏,实际上只能是秦可卿。秦可卿的优点极多,但是秦可卿有些方面的情况,天知道是怎么回事,里边的丑闻太多,所以贾宝玉的性启蒙到底是怎么回事,我们读者自己去分析吧。

　　有趣的是,写到这里,本来有点儿逗趣的意思,有点儿逗着读者玩的意思,全套少女、少妇大军全部上阵了,云雨情都上来了,玩了真的了，读者的胃口被吊到极致了。忽然作者出来说了一套，说要写的人太多了，这个事太多了，现在我挑一件小事。这小人物说的是谁？说到刘姥姥那儿去了。

他说，这么多事，千头万绪，没得好说，我从一个小人物上说。这个也是小说家很忌讳的。哪有人在作品里头正写着男女之事、云雨之事或者是稀奇古怪之事，突然就说现在没得可说了，人太多了，不知从哪儿说、从哪儿写，我跟你们说一个最不重要的事、一个最不重要的人？这叫欲擒故纵、张弛有度、欲说还休。小火煽情了，突然转向降温，把读者戏耍了一下，物极必反，热极了就先凉快凉快，曹雪芹大师故意打打镲。这也是一种小说叙述艺术，尤其是一种说评书的长期吸引听众、让受众纳闷惦记的技巧，更是《红楼梦》的大气、大格局。他要写得三维、四维（加上时间算一维）化，面面俱到，虚实俱全，阴阳全活。

然后底下写的什么呢？写的是刘姥姥。刘姥姥是怎么回事呢？有这么一家，也是一个小京官，姓王，姓王的祖父时期在都中，也可能是在金陵当官。因为他姓王，就和王家包括王熙凤、王夫人、薛姨妈，还有他们的亲属王子腾和里边提到的也是四大家族之一的王家连了宗，就是说他们的先人是一个大的家族的。所谓"五百年前是一家"，我们都姓王，连了宗、连了亲，那就是说我也算你的一个亲属。然后到了他的儿子，叫王政，王政的儿子叫狗儿，看这个名字就知道他连个官名都没有。他不是官，而是一个市民、一个老百姓，但不是最低的，不是贫民。这狗儿娶的媳妇姓刘，刘氏她妈妈就叫刘姥姥。这位媳妇应该是王刘氏了。王刘氏有一男一女，男孩叫板儿，女孩叫什么？不清楚，反正是有这么俩孩子。这个刘姥姥，写她的时候多少岁了呢？七十多岁。那时候贾宝玉才九岁，花袭人十一岁，林黛玉也才八岁，这儿出来一个七十多岁的老太太，他们家还挺穷。这狗儿就在家里念念叨叨、骂骂咧咧，心情很坏。这老太太七八十了，当然也有说话的权利，就劝这狗儿说，你这骂骂咧咧的，忒没意思。你想想办法,想想你们王家当年不是还跟四大家族里了不起的王家认过亲的吗?我们走动走动,过去认识一下他们家的人,"我们不要拉硬屎"。就是说,要服软低头求人帮衬。刘姥姥说得很粗俗。

曹雪芹写到雅的时候非常文雅,当写到狗儿、刘姥姥说的老百姓的粗话时又非常粗。她说我们"拉硬屎"干什么,我们找人家帮帮忙。三说两说,这个狗儿说,人家还理咱们吗?刘姥姥就分析,说这个世界上的事很难说,你看着行的也不一定准行,你看着不行的也不一定准不行,世道是多变的,都很难说。当然去他们家也不容易,侯门似海,一个大的家族,一个大的贵族家庭,一个皇上封过侯的那个家庭就跟海一样,可你进去以后只要找对了门、找对了路,就能成功。

说来说去,一开头是刘姥姥动员小王,就是王政的儿子狗儿,后来变成了狗儿动员他丈母娘了。他随着孩子管她叫姥姥,他说,姥姥你去,你年龄大了,你跟他们过去见个面,你去了记住找周家,只要找到周家,你就胜利了一半,就成功了一半,这事就能办成。

周家是怎么回事?是周瑞家的,王夫人的陪房。王夫人也出身于一个很显赫的贵族家庭,她嫁给了贾政,她有权利,也是按习惯,可以携带一个家人过来,这个女的就是周瑞家的。她经常陪着王夫人,为王夫人服务,为王夫人参谋,她是从娘家时就伺候王夫人的人,这样的人不至于到了婆家以后,好家伙,连一个认识人都没有,这不可能。人家也是千金小姐,也是不得了的人物。那么周瑞本人,这是一个男人的名字,周瑞家的,家的,就是他媳妇的代称。周瑞本人负责收租子。这就牵扯一个大问题,这贾府这么阔,不是皇上、朝廷给他发钱,小说里根本就没提发钱一事。贾府那么多地怎么来的?或是皇上批的、被赏的,或是当年霸占的,或是花钱买的,又或是人家送的,咱们弄不清。贾府有很多土地,是大地主。大地主的话,他要收租子,那这周瑞就管收租子,所以他是高级的奴仆。他实际上是奴仆当中的管理人员,用现在的话来说,他不仅仅是工人,而且是副经理,起码是车间主任,所以他跟王夫人的关系很重要。

狗儿说你找周瑞家的。后来刘姥姥下决心,刘姥姥不怕,刘姥姥七八十了,什么没见过?她身体硬朗,带上板儿,祖孙俩就到了荣国府。见到那荣国府一大堆看门的,先跟看门的人打招呼,她非常讲礼貌。各位好,给各位请安,我是来找这周瑞家的,我能见到她吗?

一开头啊,看门的人里头有一个说,你上犄角儿,蹲在那儿,等着他们来吧,早晚他们会有人出来的。这时候其中有个老头说,你看刘姥姥的年龄,她七八十了,这么一个人,你让她在那犄角儿蹲着,让她蹲到猴年马月?他就对刘姥姥说,我告诉你怎么走,他就告诉她沿着哪条路就能找到周瑞家的了。

这里呢,我觉得写得也好玩。一方面说是侯门似海,四大家族都非常霸道、非常横,谁也惹他们不起;但是另一方面见到一个老太太,这老太太七八十了,他们又惜老怜贫,它有一定的教育意义。

中国社会有这一面,你是大官也好,是大富商也好,是大地主也好,来了一个穷人,她年龄那么大了,对她稍微客气点儿,我觉得这是可以相信的。他不可能说见人就欺负、见人就打、见人就霸占,谁霸占刘姥姥去啊?不可能。她就找着周瑞家的了。三说两说,周瑞家的就带她先是见了平儿,后来又见了王熙凤,见王熙凤的时候也有意思。因为已是冬天了,狗儿发牢骚骂大街,就是因为冬天生活太困难了,冬天才有这种情节。说是王熙凤自个儿弄一个小炭火盆,拿着一个什么工具,正拨火盆上的灰。天挺冷的,他们进来了,王熙凤就好像没听见,就跟没看见这人一样。实际上周瑞家的已经来说过了,因为周瑞家的是王夫人的陪房,所以她也有资格跟王熙凤说这个事。

王熙凤说让那个刘姥姥来,可是人来了,王熙凤看都不看,自个儿拨灰,然后半天她才抬起头来,打招呼说你们都来了。她假装刚看见,然后满面春风,挺热情的。为什么?

这里头和中国的一个文化有关系,中国人很讲究宗亲,像中国人这样把家和国看成一体的并不多,但是中国人确实把家和国看成一体,这个家还不仅是家庭,而且是家族。因为孔夫子就是主张人的一切美好的东西,在家里边就应该表现出来。父慈子孝,对待自己的兄弟姊妹要能够做到悌。你既然对父母是孝顺的,在家里能够孝悌,那么你出来以后对领导、对君王,必然是忠心的。孔子说你是讲忠的,不会犯上作乱。在家里边孝悌,而出来又犯上的,鲜矣哉。"鲜美"的"鲜",当"少"讲。鲜矣哉,这样的人太少了。所以美德就是在家里边的,而这个家指的是大家庭,和咱们现在说的三两口人的家可不一样,那个家里人非常多,成百上千的人都有。越是高品阶的人,家庭就越大,奴仆也多,连和尚、道士都可以请到家里去,尼姑也可以请到家里去,所以这家庭非常大。

那么,既然你当年和他认过亲,就证明你们有亲戚关系,所以王熙凤说的话特别地道。刘姥姥一见到她,就说我们实在是不好意思,我们早就该来看望您哪,可是你看我们这个样,混得不怎么样,实在是怕给你们丢人。可人家王熙凤说什么?她说朝廷还有三两个穷亲戚呢。朝廷是什么意思?皇族。她的意思是说皇族也不可能全是阔的。皇族五百个人中全都是大富翁的可能性非常小,里边总有几个混得不济的,可能会因为疾病、身体残疾等原因造成的。王熙凤表现得很好,而且最后还给了刘姥姥二十两银子,刘姥姥简直太高兴了。看着这个事非常小,而且甚至你会认为,看它干什么,这哪里会有人看?不,这里头含义很多。

第一,曹雪芹需要让人们认识到贾府有多牛,同样牛的人就不会认识到它的牛,你就得不断找那些不太牛的人,找那些生活比较艰窘、比较困难的人,要用他们的眼睛来看贾府。前边已经有了冷子兴评论贾府,顺便说一下,冷子兴是周瑞家的女婿,所以跟周瑞的关系也不一般。然后又通过林黛玉的眼睛写贾府,林家的家道也不错,但是不能和她姥姥家这边相比。光这些,曹雪芹觉得还不足,他必须用相对更穷困但也不是最穷困的人,通过他们的眼睛,通过刘姥姥的眼睛来看看这个家庭。这里写到刘姥姥来了,光是看到王熙凤那边开饭,就有几十个人在那儿忙碌,吃饭的时候还有多少人在旁边伺候。

第二，另外刘姥姥有两句名言，第一句说，"瘦死的骆驼比马大"。王熙凤在刘姥姥面前并不吹自己多么阔，她也怕刘姥姥伸手伸太多，她说我们也是穷，我们现在也很困难的。刘姥姥说什么，瘦死的骆驼比马大，你们是骆驼，你就算瘦死了，也比我们大。第二句说，你们家拔下一根寒毛也比我们的腰还粗。她说这话的时候，周瑞家的直给她使眼色，就是认为她说得太粗野了，哪能这样？但是，王熙凤不讨厌她这个话，为什么？当你在吹捧一个人的时候，你就是话说得粗野，但是它表现的是真实的对你的羡慕，而且她这不是无缘无故地说。刘姥姥家、狗儿家、板儿家，那是什么家？他们做梦也梦不见这种豪华、这种宏大、这种宽敞、这种威望、这种霸道，她根本不可能想象的，所以这个话，王熙凤并没有反感。说不定王熙凤听了刘姥姥的话也有享受感。

第三，周瑞家的为什么要介绍刘姥姥？因为这是王家人的亲戚。现在他们在贾家，要让刘姥姥明白，要让社会人明白，要让王家的人明白，王家在贾家没受欺负，王家在贾家势力大着呢，还包括我周瑞家的，我那么一个女仆，都能够让一个八竿子打不着的同姓的这么个费了半天劲连上的宗亲，这么个农村的老太太，一个文盲、穷困的老太太，到了这儿，能引着她见王熙凤，我面子多大！为什么我面子这么大？因为王家，因为证明了我王家的面子，证明了我们王氏家族势头还好着呢，你们任何怀疑我们、轻视我们、怀疑我们的胡思乱想都是没有道理的。要表现的是这个，所以周瑞家的跟着王熙凤甚至加上刘姥姥牛气了一回。王熙凤也是这个意思，因为是王家的，你再穷我也得向着你，我们再困难，帮助你还是绰绰有余的。这也是一个很重要的内容，就是表现王家的厉害，所以这里头有权势、风头的争夺和权势、风头的表演。

那么最后这里还有一个重要的原因，他埋伏了一笔。王熙凤，前面我也说了，她太精明了，太厉害了，她是敢于出狠手的，她是可以下狠招子的，但是不等于说王熙凤这一辈子只害过人，她害人的记录无数,但也办过一两件好事。不管多牛的、多横的、多狠的人,只要办过一两件好事,也有好报,这个在后面的故事里就看出来了。比如贾府在王熙凤最困难、最失败的情况下,在王熙凤和贾琏的亲女儿受到了极度威胁的情况下,刘姥姥出现了,她掩护了王熙凤的女儿,因此对刘姥姥的这一段描写还跟后来的好事有关。后面的故事还多了,刘姥姥三进大观园,现在刚刚开了个头。伟哉,红楼!一个最不重要、最没有庸俗颜值也没有庸俗可读性与庸俗卖点的刘姥姥,就够读者们喝一壶的啦!

还有一个问题,北京大学的、我非常尊敬的学问大家,金克木教授,他曾经提出一个疑惑,说刘姥姥一个农村来的,她怎么这么能干,她在哪儿培训的?她跑到这儿,你看着她表面上说话粗,实际上什么话该说、什么话不能说,她心里可有主意了,她水平太高,她够得上公关专业的博士后了。

我觉得尊敬的金老师倒是不需要疑惑,因为农村有农村的能人,文盲有文盲的能人。首先她七十多岁,在那个时候身体还这么健康,不但能说能笑,能逗着玩,能出洋相,能想招子,也能够做到各种的讲礼貌和客气,又能够受到各方面的欢迎,说明她不是善茬,她不是一般人,是农村的一个能人。没有受过完美的学校教育的"刘博士",她是生活大学、农村大学、宗亲大学、社会大学的高级研究生状元啊。

第七讲　平地一声雷

《红楼梦》第七回,"送宫花贾琏戏熙凤,宁国府宝玉会秦钟"。

这一回里边,先是从周瑞家的眼光谈了谈一些所见所闻,然后说到了贾宝玉和秦钟的会见,但是更重要的是后边。是什么?我现在不能说。

"贾琏戏熙凤"这个题目啊,用现在的流行语说,有点儿标题党的意思。贾琏就是王熙凤的丈夫,这是一对年轻的夫妻,他"戏"什么了呢?什么叫"戏"呢?按照一般的情理说"戏熙凤"很可能,因为他不太可能是别的"戏",里边也没有写到他们俩有什么特殊的爱好,打球啊,还是下棋?还是玩牌?它都不是。那个也不能叫"戏熙凤",那只能说两个人一块玩儿,因此这个标题呢,它给人的印象是什么呢?这里边有贾琏和王熙凤的性生活的某些场面的暗示。但是实际呢,小说文本里面没有这些玩意儿。是不是曹雪芹原来写的一点儿被删去了?当然这里边也还露出来一点儿意思,无非是说什么周瑞家的去王熙凤那里,结果那边的下人正在给王熙凤打水,而且周围的人的脸上,有点儿这个努努嘴、那个脸上含着笑,让人觉得好像有什么坏事,也不是坏事,是不雅的事或者趣事发生了。

所以我说这是一个"标题党",现在这标题党在网上也常常有,他弄一个挺吓唬你的标题,其实没有那么严重的事件,没有那么重要的内容,这个也是难免的。但是多了呢,也没有多大意思。真正写得好啊,不会在标题这里下功夫。

第六回我们讲到了刘姥姥到荣国府的访问,获得了空前的成功。而且这里头周瑞家的起了大的作用,也觉得自己很有面子。等刘姥姥走了以后呢,周瑞家的就想啊,要找王夫人报告一下有关的情况。她到了王夫人那儿,下人说王夫人不在,王夫人到薛姨妈,就是她自个儿原来的娘家的亲妹妹那儿去聊天去了,两个人聊天聊得长篇大论、滔滔不绝。姐俩嘛,是不是?而且都各有各的身份,就聊上了。

因为王夫人到薛姨妈家里头去了,这周瑞家的听说宝钗闹病,又去看望了宝钗。这里边就描写宝钗,说只见薛宝钗穿着家常的衣服,头上呢散挽着一个纂儿,她这个头发梳得也很简单的,坐在炕里边儿,趴在小炕桌上,同丫鬟莺儿在那儿描花样子呢。这个宝钗呀,特别讲规矩,女人啊,女子无才便是德,用不着别的。薛宝钗很聪明,但是用不着去看那么多书,研究什么大问题,你平常多做点儿女人干的活儿就行了。这个周瑞家的就问候她,您身体怎么样啊,怎么回事啊,怎么说这两天不舒服呢?到底什么病,这个书里并没有仔细说。但是周瑞家的一来呢,宝钗也很客气,赶紧站起来问候人家。虽然周瑞家的是奴仆,宝钗是主人,但是宝钗知道周瑞家的是王夫人的陪房,你得看她是哪儿的、什么系统的、有什么背景,所以她客客气气,很注意尊敬别人、团结别人。

然后宝钗给她介绍说是自己在娘胎里头受了热毒,后来碰到一个癞头和尚给她开了药,叫海上药方、江湖药方、江湖野药,药典上没有,《本草纲目》上没有,正式的中医也没学过,很稀奇古怪的药。什么药呢?需要春天开的白牡丹花蕊十二两、夏天开的白荷花蕊十二两、秋天的白芙蓉花蕊十二两、冬天的白梅花花蕊十二两,次年春分晒干把药末放到一块儿,然后要雨水这天的雨水、白露这天的露水、霜降这天的霜、小雪这天的雪各十二钱,这些都化成了水以后调起来,然后再加上十二钱的蜂蜜、十二钱的白糖,做成龙眼大的药丸子,说这个吃了以后能去这毒火。

这个实在不像药方,这像什么呢?这像行为艺术,这像一个童话。但是呢,这里有两条:第一条它白,它很清洁、很干净;第二条它特别合时,就是它跟着这个时间走,怎么走怎么对,怎么对怎么来。春天是牡丹花,夏天是白荷花,秋天是白芙蓉,冬天是白梅花。然后要雨水那天的雨水、小雪那天的雪、霜降那天的霜,一点儿都不能差。所以实际上这让你暗暗产生一种感觉,就是薛宝钗这人呀,第一,她很干净,没有那些脏乎乎的乱七八糟的东西;第二,她很合乎时宜;第三,当然她很讲究,臭讲究,这讲究得简直没法办了,别说是做这么个药,你听着都是不可能的事儿。薛宝钗说了这药丸子的事儿,而且说这叫冷香丸。

红学家们一般都认为呢,它又冷又香,这就是薛宝钗的特点。一个女孩儿那么热干什么呀?你追求爱情不应该热,爱情是应该让你父母给你做主的事;追求财富不应该热,你什么东西都不应该热,自个儿凉凉的。正因为不热,所以不会有冷遇感,不会失望受挫。所以说,宝钗吃药,还有一种三观的问题在里头。

然后就着这个事儿呢,薛姨妈一看周瑞家的来了,说太好了,我这儿有十二朵宫花——宫就是皇宫,说是皇宫里的新的式样,在皇宫里娘娘们佩戴的花,是插在这个头发上的一个小花——做得很漂亮的,你呢,给她们姊妹送去,给林黛玉两朵,给王熙凤四朵,给你们家的,她指的是贾家正式姓贾的三位姑娘,就是迎春、探春、惜春,每人两朵。反正总共十二朵,说你给她们送一下。

这个周瑞家的呢,来薛姨妈这边,得客气,说哎哟,这个您留着给宝钗戴吧。顺着这个机会呢,这薛姨妈又说,我这闺女她从来不戴这些,她不打扮自个儿。这也有点儿意思,她素颜,素面朝天,人家从来不喜欢花,不喜欢蕊,不喜欢打扮,不要这色儿、那色儿,所以她是又冷又香。

然后周瑞家的出去送的时候也很好玩儿,迎春和探春两个人在那儿下棋呢,她去了以后就把这四朵花送到这儿了。惜春呢,找一个小尼姑叫智能儿,她这会儿正跟那个智能儿聊天呢,于是她又再去找那个小尼姑所在的地方——那时候正式的尼姑庵好像还没有,修起来是以后的事儿——然后她一送这个花儿呢,惜春的话又很惊人。惜春说,我正跟这个智能儿说呢,我早晚也要推一个光头,我也想出家,我要是出家了,要是光头了,你这花我还没法戴呀。因为这花要扎在头发里头,不是别(卡)在这个衣服上的,也不是绕在手上的,所以她必须有头发。这里头呢,又多多少少泄露了惜春的天机、惜春的命运。

这个《红楼梦》,它就是零零碎碎地写这些,写得都蛮不在意的,就把各种信息、各种征兆都说进去了。最后周瑞家的就找宝玉,说宝玉在黛玉那儿呢,于是到了黛玉那儿了。到了黛玉那儿给黛玉送花,这黛玉就问,你这十二朵花,这是最后那两朵吗?她们别的姑娘也给送了吗?周瑞家的说,我已经送过了。黛玉结果来一个词儿——作为读者我,都吓一跳——说敢情是挑剩下的给我送来了。周瑞家的一声没吭,因为黛玉的地位也不一般,她不能反驳。我就想,如果我是周瑞家的,我要送呢,也许会说一下,这些宫花都是一个样儿的,或者是说没人挑。不能这么说,这么说等于直接反驳。或者我可以说,哎呀对不起,我是从哪儿哪儿绕过来的,然后最后到您这儿的,实在对不起。但是周瑞家的一声没有吭,一声没有吭是什么意思?一是因为她说任何话都可能引起更强烈的反击。第二,对不起,我周瑞家的在你一个小丫头林黛玉面前——那个时候林黛玉也就是九岁左右——要保持我的尊严,我不是一般的奴仆,我是管理人员,我是王夫人身边的最密切的工作人员,所以她一声都没吭。

但是每每看到这样的时候,我都感觉到黛玉不对头。怎么能这样呢?你得罪谁,也别得罪这个周瑞家的呀,是不是?而且这里你没有道理呀,怎么能说人家这是怠慢你了?这样的话还会得罪别的姊妹,不能最后送到你这儿来,那你认为应该把谁放到最后呢?

还有,你得先说感谢啊,薛姨妈又不是你的亲妈,过去你连见都没见过,她是薛宝钗的母亲呢,是越生疏越要客气啊,你哪能这么说话？另外我尤其不能理解的,这个我们讲过了,林黛玉刚来的时候啊,她思维很清晰,人很理性,她知道入乡随俗,知道对别人要客气,自个儿不习惯的要慢慢习惯。所以她的习惯是饭后过上那么一会儿才喝茶,人家这饭后马上换成茶了,她也就跟着喝。现在怎么忽然脾气就上来了呢?这脾气从哪儿来的呢?

我觉得她的脾气在这个时候上来,有两个原因。第一,她越来越对贾宝玉产生了好感,她是八岁也好九岁也罢,她也意识到了贾宝玉对她的好感,这儿有一个特别喜欢她的人。大家想一想她是跟谁撒娇啊,孩子是跟谁爱闹脾气呀,孩子是跟谁爱挑刺儿啊?谁对她好,她就跟谁挑刺呗,这不是很简单的一个道理吗?这是一个原因。

第二,薛宝钗的妈妈。虽然这里还没有描写林黛玉和薛宝钗打交道,但是她并不对薛宝钗这边儿有那种特别的期待,至少她自己不是一个期待型的亲戚,说这亲戚准对我好,还准疼我,她没有这个想法。或者可能还有别的原因,她不自觉地对宝钗有某种反感。这也是一个小小的拐点。就是说林黛玉发脾气,而且在不恰当的时间向一个不恰当的人愚蠢地发了一次脾气,这个实在是让人难以接受的事情。

这一段的描写我还有一个感觉,就是这种描写在中国的小说里几乎是没有的,零零碎碎,用周瑞家的眼光写到了所见几个人的情形,写到了薛姨妈对周瑞家的也很客气,尤其是写到了薛宝钗也很有礼貌,对她有足够的敬意。写到了林黛玉,林黛玉有点儿挑刺,有点儿脾气。这种写法不多见,因为一般小说注意的是故事,是戏剧性的情节,譬如说清官、赃官,比如说奸臣、忠臣,譬如说公子落难、小姐慧眼识英雄,都有很强烈的故事性;而这里写的这些零零碎碎,简直就是没事儿找事儿,是非常日常的生活细节。西方管这种写法叫生活流,你如果什么都是看故事,也会降低文学作品的品位。为什么呢?它看着像编的,而且故事和故事是最容易冲突的,最容易撞车的,你写完了这么一个男女之事,那边出了一个跟这个很相像。相反,生活流它是不撞车的,写完喝茶写喝水,写完喝水写吃饭,写完吃饭写上街,写完上街写收拾房间,把这么普普通通的生活写下来。但是呢,这些细节对于后面《红楼梦》的整个发展都有重大的意义。

写到这儿啊,后面就不是周瑞家的事儿了。然后周瑞家的就去办别的事去了,她还要找王熙凤说一点儿她的女婿冷子兴最近碰到的一点儿麻烦事,请王熙凤帮忙,而王熙凤认为这些随手一说就行了,是不需要费劲儿的。这个方面就不再提周瑞家的了。

然后呢就是宝玉,不是说宝钗生病了吗?宝玉让自己的丫鬟替他去看望一下,而且还故意说,这两天我也有点儿病,过两天我再去看你。这显示出了宝玉对宝钗没有多大兴趣,也没有特别重视,甚至知道宝钗病了以后假托自己也病了,而不急着去看望,这等于找托词应付了宝姐姐。

然后王熙凤被邀请到宁府去吃一顿饭,是被宁府的贾珍的夫人尤氏尤家嫂子邀请到那儿去吃饭。吃饭有一个原因,就是秦可卿的弟弟秦钟来了,所以描写了贾宝玉会见秦钟的情景,这秦钟的特点是什么呢?就是长得特别漂亮,而且这个漂亮是一种女性式的漂亮。秦钟是秦可卿弟弟,当然本人是男性,但是呢,她这个弟弟长得又细发又好看,说话还温柔,而且一说话脸先红了,好害羞,就像女孩儿一样美丽。

这个也和曹雪芹写的《红楼梦》的特点有关系。《红楼梦》是推崇女孩儿的,就是说这里女孩高于男孩,女孩比男孩更可爱、更聪明,等等。

要是按今天的观点,如果你生个儿子,然后我说这小小子跟小丫头一样,这个不见得是他父母爱听的话,但这是没有坏意的。最妙的是什么呢?说贾宝玉一见这个秦钟啊,就想他怎么这么漂亮啊,两人就互相看上了,而且王熙凤就在旁边说话,说比下去了。什么意思?她说,对不起,哎,宝玉,你这个大侄子可是把你比下去了,是这么一句话。秦钟比贾宝玉低一辈,因为贾蓉是草字头的,贾蓉管宝玉得叫叔叔,所以秦钟也应该管宝玉叫叔叔。然后它描写说贾宝玉见着秦钟以后啊,想的是什么呢?想的是我一直对我自己很满意,很欣赏。但是现在我看到了秦钟,我觉得跟秦钟相比,我不过是泥猪癞狗,我差远了,差老鼻子了。

跟秦钟一比,我是泥猪癞狗,我是丑人,我是丑八怪,这话说得非常严重。贾宝玉怎么会有这样的思想呢?这个非常奇怪。

但是我可以这么说,因为我在工作里头啊,碰到过一些有关同性恋的事情,我在几十年前就碰到过。有这方面的专家跟我说,同性恋者如果面对自己同性别的一个帅人,他有一种非常自卑的感觉。那么我要说这么一点,我们国家还缺少对同性恋的科研或者调查报告,但是贾宝玉说的见了秦钟的这种感觉、这种感想是相当特异的。所以贾宝玉见秦钟有这种感觉,然后后来宝玉就对这个秦钟的各个方面全部肯定,喜爱至极。

古人对相貌非常重视,秦钟简直就把贾宝玉迷住了。然后贾宝玉又向秦钟提出来,说是过几天呢我该上学了,就是他们贾家自己的私塾了,你要跟我一块学。这些学生虽然都是贾家的人,但是你作为秦可卿的弟弟,作为我的同伴,我必须请你参加,一块儿上学。秦钟也表示说,我愿意跟你一块儿去上学。这就把后来的故事也都说到了。

那么平地一声雷是什么"雷"呢?当然不是贾宝玉见了秦钟的"雷",也不是王熙凤说秦钟把贾宝玉比下去的"雷",而是用北京话说,叫冷锅冒热气。你不知道怎么回事,出来一个雷。什么雷?大家一块儿吃饭,秦可卿的丈夫,贾蓉他们都在宁府里吃饭,宁府也是个大花园,地方非常大,吃完了以后要把贾蓉送回家,需要找一个服务人员来送他。他们找了一个老头儿,叫焦大,因为这老头平常没什么事儿干。

这焦大在他们家里已经二十多年了,而且他曾经跟太爷在一块参加过战争。焦大拼死拼活地救过贾家的太爷,太爷就是比爷爷还高一祖辈的那个祖先了,那是武将。荣国公和宁国公都是武将,而焦大是武将所带的护卫,是敢死队中的一员。焦大对他们家的恩惠非常大,把受了伤的太爷背回来了。然后说在战争当中啊,被封锁得连水都喝不上了,焦大就把自己找到的水全给太爷喝了。自个儿渴得不得了,怎么办?喝马尿。总而言之,这焦大是一个忠仆。可是最近这几年焦大非常愤怒,火挺大,什么都不想干。让他去送这个贾蓉回去,他骂骂咧咧,说好活儿不找我,天黑了,我也这么大岁数了,我送他干什么?我送他,我摔着哪儿怎么办?就用这一类的话在那儿发牢骚。有一个奴仆里边管事的人就在那儿说他,你不要嚷嚷,该干的活你不干一点儿。这焦大也喝了酒,就忽然骂上街了,说没良心的王八羔子,你还瞎充管家,也不想想焦大太爷——他就称自己焦大太爷——跷跷脚比你脑袋还高呢。

我没听现代人有谁这么说话的,那意思是,我是什么地位?我是咱们这个家的功臣,你们算什么玩意儿?你还想管我吗?在这里有二十年头的焦大太爷,我眼里有过谁?别说你们这些杂种王八羔子,就是那些大人物我都没放在眼里。他骂得太厉害了,贾蓉就说,放肆,不许胡说。结果他连贾蓉都骂,他说,蓉哥儿,你别在焦大跟前儿使主子性,你觉得你是主子,我是奴才,别说你这样的,就是你爹、你爷爷也不敢和焦大作对,也不敢跟焦大挺腰子——挺腰子,意思就是不敢跟我牛——因为我是谁,我是太爷爷的警卫,不是焦大,你们做官能够享受荣华富贵到今天吗?我给你们的恩惠有多大,你们知道不知道?你们现在是一代不如一代,不但不报我的恩,还跟我充起主子来了,你们的祖宗九死一生挣下的这家业,也是我帮着挣的呀,谁要是想在我面前耍牛气,咱们白刀子进红刀子出。我的妈呀,他火上来了。

然后最可怕的是,他说,当我不知道吗?在这个家里你们那些丑事我都看得清清楚楚。太爷在的时候,这是什么样的家庭?你们现在是一帮什么王八蛋,你们是爬灰的爬灰,养小叔子的养小叔子。爬灰是什么？这在中国是一个非常难听的说法，就说这公公跟儿媳妇有那种乱伦的性关系。为什么这叫爬灰？我还没考证出来。他说你们家第一有爬灰的情形，第二有养小叔子的情形。这话太难听了，这等于爆了一个大料啊，等于把宁国府的丑闻完全爆出来了。太丑陋了，太肮脏了，太下流了，是吧？别人干不出的坏事儿，你这儿都干出来了。

  这贾宝玉小孩儿不懂，就问他嫂子王熙凤说，什么叫爬灰呀？王熙凤说，胡说，胡问什么？哎呀，王熙凤跟他一横，贾宝玉看王熙凤气成那个样儿，吓得也不言语了。最后是王熙凤弄了一帮人，下令往这焦大的嘴里塞了一堆马粪，算是对他的惩罚。但是这样一个情节就像平地上的一声雷，宣布贾家完蛋了，贾家堕落了，贾家丑态百出、丑闻多多。

第八讲　微风起于青蘋之末

《红楼梦》第八回,"贾宝玉奇缘识金锁,薛宝钗巧合认通灵"。"微风起于青蘋之末"这个题目,字面意思是说,一阵小风刮起来了。

看这第八回的题目比较明显,但不同的版本呢有不同的说法。一种早一点儿的版本,这一回叫做"比通灵金莺微露意,探宝钗黛玉半含酸"(庚辰本)。"比通灵"就是指贾宝玉那个宝玉;"金莺"说的是薛宝钗的那位贴身丫鬟,叫莺儿,说这个莺儿比较贾宝玉的这块玉和薛宝钗的金锁,而且透露了一点儿异象。然后"探宝钗黛玉半含酸",就是黛玉去探宝钗,流露了一点酸劲儿,酸劲儿就是醋劲儿吧,虽然很轻微,虽然还是少年时代的一些事,但是她流露了一个酸劲儿。后来到了程乙本,这个从编辑学上来说比较完备的版本都用了另外的题目,用的是"贾宝玉奇缘识金锁,薛宝钗巧合认通灵"。就是贾宝玉认识到了,看到了她的这个锁,薛宝钗看到了他的宝玉,说了贾宝玉去看望薛宝钗。

宝玉对薛宝钗说,听说你病了,病的这几天,我也没来看你,现在来看望看望。宝钗说,我好多了。然后薛姨妈特别感激说,你还来跑一趟来看望啊。然后就把这个贾宝玉抱在怀里,我的儿,好孩子,我的儿,就不知道怎么疼爱好。他们都把他当贵宾来接待。这个时候,薛宝钗在干什么呢?跟上一回说到的周瑞家的去见到薛宝钗情况一样,她又是做一些女人的、家里边的、家务上的事,它是这样描写薛宝钗的,说宝钗坐在炕上做针线,"唇不点而红",不用在嘴唇上点口红,但是它就是红的;"眉不画而翠",这眉毛不用描画,但是它就是翠绿色的深,它是一种黑绿色,很深的绿色。清朝的时候,或者《红楼梦》里写的,这个眉毛到底涂什么,我不知道。在新疆的少数民族,他们有一种草就是黑绿黑绿的,名叫乌斯曼,用这种乌斯曼草在这个眉毛上那么一画,黑中显绿,绿中显黑,也很漂亮。"脸若银盆",她这脸呢很白净;"眼如水杏",所谓杏核眼,就两边很尖,中间的还挺圆的。"罕言寡语",她说话不多,说话很稀罕。"人谓藏愚,安分随时,自云守拙",这是过去对处世的一种说法,说自己罕言少语,人谓藏愚。说多了容易显得冒傻气,反倒显出你自个儿没多大学问,话多的人会言多语失,都会有露怯的地方。所以我不说话,我也不露怯,我说的话少,露的怯也少,我没有把握的话,我听着就行了,这是会处世的人。尤其一个女孩儿,遇到什么事,我不发牢骚,也不闹意见,我不往前跑,也不往前争,跟谁都不争,这叫"安分随时,自云守拙"。安分就是无要求,随时就是合乎时宜,"拙"就是"拙笨"的"拙",话太多了,也会泄露你的无知。

　　薛宝钗比宝玉大两岁,所以这个时候她十二岁左右,十二岁左右她就能懂这个道理,这个道理我觉着至少得到二十六岁才能弄明白的。少说点儿话,别怕人家把你当哑巴卖了,有些事别往前抢,抢了你更露怯,这里面学问太深了,这里就是这样描写薛宝钗的。

　　这个很有意思。薛宝钗不爱说话,也不爱出头办什么事,可是她问宝玉,都说你有个玉,你这玉到底是什么样的呀?贾宝玉说好,玉是挂在脖子上的,他就拿下来了。你想他是含着玉出生的,那么小的婴儿,这玉很小的。虽然很小,但上边写着八个字:"莫失莫忘,仙寿恒昌。"莫失,不要丢了它;莫忘,不要忘记它;仙寿,你能活得像神仙一样;恒昌,既久远又昌盛。"莫失莫忘,仙寿恒昌",这薛宝钗拿去这么一念,她那个贴身丫鬟莺儿就说,这跟咱们锁上那些个字儿是一对儿。薛宝钗就说,别胡说八道,去。贾宝玉一听,说什么锁呀?什么字啊?你给我也看看嘛。薛宝钗还要谦让,说不值得看。贾宝玉说那你就不对了,刚才你要看我这玉,我就给你看了,是不是?现在呢,我想看这锁,怎么不让我看呢?哪有这样的?这说得就很有意思。薛宝钗说,金锁也是那个癞头和尚送给我的。那是套在宝钗脖子上的一个项圈,这个项圈是什么呢?它是圈,不是项链,叫项圈。可能是象牙做的,也可能是银子做的、金子做的。它有一个能打开又能关上的机关,就像一把锁一样的,是金子做的一把小锁。薛宝钗特别解释说,这个没什么意思,但是由于我小时候爱生病,他给我这个东西,可以保我平安,所以沉甸甸的,我就把它搁在那儿了。看来还是真金,要不然不可能沉甸甸的。金锁拿下来,上面也写着八个字:"不离不弃,芳龄永继。"不离,不能离开它,不要把它丢在一边;不弃,别把它扔了,别把它丢掉;芳龄,这是一个女士,一位小姐,她的年龄;永继,永远一年接着一年,也是长寿的意思。大家想一想,一个是"莫失莫忘,仙寿恒昌",一个是"不离不弃,芳龄永继";一个是嘴里边含着他出生下来就有的玉,一个是癞头和尚送的金子做的锁。金对玉,莫失莫忘对不离不弃,仙寿恒昌对芳龄永继,这不都是配了对了吗?所以贾宝玉跟薛宝钗两个人,一个是就玉,一个是就金,一是就这字面的意思是,他们互相认识,自成配伍。

  这里头还有一个很有趣的意义,就是人的对应物品和注定的命运。人活在世界上也有一种虚无感,甚至困惑。因为他的生命是有限的,他在来人间以前不知道自己在哪儿,死以后也不知道自己去哪儿。所以在世界各国都有一种什么现象呢?就是人认为自己和世界上的某种存在可能有一种对应的关系,最普通的就是认为自己是哪颗星星。外国人讲所谓的星相,专门是通过看星星来决定、来观察命运的。中国也有这样的,还有把自己说成原来的哪一个地方,或是一个什么动物变成的,有这样联系上的。而贾宝玉就是和这玉联系上了,和玉联系上并不重要,重要的是和石头联系上了。

  薛宝钗是不是把她的命运和这个锁联系上了?这个并不明显。但是贾宝玉这个很明显。他的与生俱来的玉,既是物质的对应,又表现了对宿命的无可奈何。

自古以来就有红学家说这个薛宝钗是带着任务来的,薛宝钗就是想要和贾宝玉配对。当然这个所谓薛宝钗,实际上是说薛家了,因为薛宝钗那个年龄,她不可能有这种想法,她也不知道贾宝玉什么样、在什么地方,另外她也没有能力去做这些东西,但是这些东西太有意思了,尤其是她自己有了这类东西——金锁。为什么薛宝钗会主动提出要看贾宝玉的玉呢?有些人,特别是烦薛宝钗、讨厌薛宝钗的人,觉得这是一个阴谋、一个诡计,觉得这是一个设计,是她设计了这么一个场面。

但是我个人读《红楼梦》,看着实在不像。薛宝钗她并没有什么坏心思,她不可能有这样的计划。这样的计划不可能是薛宝钗提出来的。在太虚幻境都说她"可叹停机德",她的道德水平和孟母仉氏是一样的,她怎么可能是这样的人呢?她能够来演戏吗?我觉得不会。

那么怎么解释呢?它是命。这个命里头又有差别。第一,贾宝玉的是玉,从中国文化来说,对玉的认识是高于黄金的。按中国文化的理解,玉是什么呢?是温润君子,玉代表的是君子之风。我们都有这个感觉,冬天的时候,摸一个金属很冷,摸一块石头也比较冷,但是手里头摸一块玉,第一是温和的,第二给你的感觉它是润泽的。一块石头、一块土坷垃,它是干燥的,而玉不干燥,反而润泽,所以古人一直认为玉是万物当中人之为人的榜样。怎么样做人?做人就应该跟玉一样,既纯洁又润泽、温和,也不冰人家的手,不刺眼,也不会有反射。这个金属,它反射光,很刺眼,可玉不会刺眼。宝钗这边由那个癞头和尚送金锁,也不像阴谋。为什么呢?因为一切跟神灵有关系的事都需要一个中介。世界上所有的宗教都有一个介于人和神之间的天使。

《红楼梦》的故事谈不到宗教,但是那个癞头和尚,一僧一道,处于一个天命、宿命、神仙和人之间的桥梁的地位。至于说这样一个命运为什么会降临到宝玉和宝钗身上,天知道。命运哪有道理去讲,它不是按道理,不是按公式算出来的,也不是画图能画出来,是用圆规、用直尺都画不出来的,所以它是一个天知道的故事。但是它也再一次用这样一个荒诞的天知道的故事让你看到了贾宝玉和薛宝钗之间有一段缘分。

这个时候呢,描写到宝玉正跟宝钗在这儿说着话,林黛玉来了。林黛玉一来,说话就带点儿酸,有点儿又是问题又不像问题的说法。呦,宝玉,你在这儿呀,我早知道你在这儿我就不来了。宝钗就说,你这是什么意思啊,怎么回事?黛玉说,不要说来就大家都来,说不来就都不来,在没有人来的时候我来不是更好吗?她也没往别处解释,也没有说看着宝玉跟你那么亲热,我不高兴。她不那么说,所以说她半含酸,有点儿半含酸半正常的意思。

然后,因为到了薛姨妈这儿了,又转到另外一个主题上去了。薛姨妈给他们弄饭、弄酒。宝玉的那个奶妈李嬷嬷也跟过来了。李嬷嬷跟过来了以后就一直管着宝玉说,你别喝酒,喝酒对你身体不好,这个那个的。林黛玉跟宝玉说,甭理这老货,讨厌。然后又当着面说,李嬷嬷呀,宝玉喝酒,贾母都给他喝过酒啊,为什么在贾母那儿喝酒,到了薛姨妈这儿就不让喝酒了?薛姨妈是外人吗?李嬷嬷说,小姐,我哪敢这么想啊,您这说话也忒厉害点儿了,您这说话跟刀子一样。得,问题不太大,她又得罪了一个。这林黛玉得罪了谁呢?李嬷嬷。李嬷嬷是贾宝玉的奶妈。

然后等贾宝玉回到自己家去,又碰到生气的事了。一个是他有一块什么点心,回去想吃,结果一问说李嬷嬷下午过来找他,一看这有点心,说这点心我吃正合适。这个有点乐儿。他还有一杯茶,一杯特别高级非常难得的茶。因为这个茶太高级了,早晨的时候袭人正忙别的事儿,贾宝玉喝了两口啊,还是另外找着一碗,我记不太准确了,就给袭人留了一碗茶。结果一问呢,这碗茶也是李嬷嬷给喝了,把贾宝玉气得拿起茶杯,"咣当"就扔到地上了。

《红楼梦》里头,还多次描写过这李嬷嬷动不动火上来了,就骂袭人,比如说贾宝玉是吃我的奶长大的,到现在被你们这些小妖精、狐媚子、狐狸精都给骗了,受了你们的欺骗之后,他不尊敬我了,也不对我好了。里头有这么一些描写,描写到贾宝玉生气,甚至说把李嬷嬷赶出去,这个也让人非常叹息。

第一,我觉得贾宝玉这样做也不厚道,她多喝一碗茶,你这里要多少茶没有啊?多吃一块点心,你缺点心吗?说下大天来,你是趴在人家胸口吃着人家的奶才长大的呀。又摔东西,又要把人轰走,这个不太好,不太恰当。

第二点,对于少年男孩来说,看到年轻女孩就觉得可爱,看到老太婆就厌恶,可能是由于幼稚。也由于中国在封建社会,不尊重女权,哪个女子老了还敢打扮呢?哪个女子老了还敢穿花衣服啊?哪一个女子老了还敢用各种化妆品和装饰品呢?这也有关系。

所以他作为一个少年男子,对以他的奶妈的身份出来的这么一个老太太,在这儿骂他所喜爱的袭人、晴雯这些人,他非常反感。

第三,我觉得说起来令人叹息。咱们中国有一个名词叫忘年交,就是这二位是朋友,是友人,这年轻的四十岁,那个年老的七十二了,当然还可以更老或者更年轻一点儿。忘年交比较少见,好友,好朋友,年龄差不多,说话也方便,没有代沟什么的。所以将年龄差距很大的友人称之为忘年交。

李嬷嬷的这种表现,我给它起了个名,叫忘年妒。因为嫉妒也是对年龄相仿的人嫉妒,是不是?比如说二十岁的人你嫉妒那个五十岁的人坐的轿子比你的大,你这不是开玩笑吗?你才二十,你还没混到那个份上,还没放到那个格上呢。

反过来说,如果一个五十岁的女人嫉妒一个十八岁的女人打扮得花哨、打扮得吸引人,这也太开玩笑了。你五十岁的人,你嫉妒人家十八岁的孩子干什么?但是李嬷嬷有一种忘年妒,让人看了以后觉得也遗憾,觉得不应该这样嫉妒。

第九讲　预备着更大的混战

《红楼梦》第九回,"训劣子李贵承申饬,嗔顽童茗烟闹书房"。

中国古代的大家族都非常重视上学,《红楼梦》里的学校是在贾府办的,只要是贾家的宗亲,很多孩子都在这儿上学,有些府外的孩子也到这儿上学。

贾宝玉上学也是一件了不起的事情,这个小娇公子哥没法办啊。袭人嘱咐他,那就真是大姐呀,夸张一点儿就跟亲娘一样,你到那儿上学要注意,有些外边来的孩子有坏毛病,少搭理他们,少跟他们混到一块儿,散了学赶紧回家,在那儿不要凉着、不要热着。这简直就跟送谁出去打仗一样。跟袭人这儿说完了,他还得向他爸爸报告,说今天我要上学去了。他爸爸是什么态度呢?他爸爸说你还要上学,你一提上学两个字把我都羞死了,你呀你,你是不学习的人,我害臊,有你这样的儿子我害臊。说的口气非常之重。然后他就问谁陪着宝玉上学。赶紧就过来一个年岁稍微大一点儿的工人,算是一个服务员,男性,因为上学的人基本上都是男生。那人说他叫李贵,这李贵也不是外人,就是李嬷嬷的儿子。贾政说,你们带着贾宝玉去上学,你们也不看看他的表现,他出了问题,我找你们算账。这李贵一听就跪下了,说我们做得不好,做得不好。老爷生气了,老爷生气了还得了啊,想要你命那都是敞开的事儿啊。

李贵说,二爷最近看书也还是不错,也还在看书。贾政问看什么书,说在那儿看《诗经》呢,已经看到"呦呦鹿鸣,荷叶浮萍"。《诗经》里头有这么两句诗呢,是"呦呦鹿鸣,食野之苹",要吃这个野生的浮萍,是这个意思。李贵说他记不住那个"食野之苹"了,那个太文了,他说是"荷叶浮萍"。贾政一听也笑了,笑了以后,然后他有一句惊人的话:少来这个,念《诗经》干什么?哪怕再念三十本《诗经》,也是掩耳盗铃。

这个话太惊人了。《诗经》是孔子编的啊,一个孟子,一个荀子,他们讲到什么事情的时候动不动就引用《诗经》上的话。古代圣王是什么规矩,做什么,会出现什么样的效果,大臣应该怎么样做事儿、修身,自个儿的品德应该怎么样做好,这都是《诗经》上说的。但是贾政居然说《诗经》读三十本也是掩耳盗铃,他这是反孔子的呀。贾政是什么意思呢?就是只能看"四书",不能看"五经"。《论语》《大学》《孟子》《中庸》可以看,因为里面都是非常正经的话。《诗经》是"五经"的一部分。《诗》《书》《礼》《乐》,有的还说有其他的,各种解释都不一样,但是那个就专门一点儿,尤其是《诗经》。《诗经》是文学,里边《国风》那一部分是民歌,是对生活的描写,甚至还有对男女爱情的描写,有对于家庭生活的描写,也有对于贪官污吏的不满。所以贾政就把《诗经》彻底否定了。这说明好几个问题。

第一个问题,说明贾政这个人,呆呆板板,对文学一窍不通,不但一窍不通,而且抱着一种敌视的态度。为什么呢?因为文学再怎么着,它有性情、有生活、有细节、有描写、有活气儿,而贾政这种人要求的是死气,要求的是你读书读完了以后变成个死人,这是贾政这种人的特点。

其实在古代就已经有这种担心了,唐朝伟大的诗人李白,他写过诗《嘲鲁儒》,就是嘲笑山东的儒家老头,鲁叟。"鲁叟讲《五经》,白发死章句",说是他头发都白了,从黑头发到白头发,他也就是讲这个字怎么讲、那一句话怎么讲,根本就不懂什么叫"五经"。"问以经济策",你要问他点儿实际的事情,这里边的经济是当"经国济世"来讲的,实际上是在讲政治,讲怎么治理国家。"茫如坠烟雾",他就跟掉到雾霾里一样,像个傻瓜一样。

贾政就是这种人,表面上他正经得不得了,正经到连《诗经》他都反感。他是文学的敌人,是艺术的敌人,是性情的敌人,是青春的敌人。从贾政的表现上完全可以看出他对贾宝玉的敌视。如果是父亲对儿子恨铁不成钢,不至于话说到这一步啊。这也是一种代沟,一种父子之间的对立。当社会发展发生变化的时候,常常会呈现出父子两代对立的情景。

中国的儒家是最讲以文治国的,认为人应该文明,应该用文化来陶冶人的性灵,陶冶人的精神;应该用礼貌、礼节、礼法来代替法律,来使人们能够在各个方面的行动符合规范。还有呢,应该用道德来感化人,而不是仅仅靠管制、镇压、刑罚来管理人。但是任何一种好的理论、好的制度,如果长期没有发展,长期没有突破,长期不能随着时代前进,它就会变得过时,甚至就会被一些人利用,口头上说的是一套,做的又是一套。所以当贾政说了这么一套,好像他是最正确的时候,实际上他是完全无能为力的。就在他的身旁,就在家庭里头,就在他的另一面儿的宁国府里边,出现了许多肮脏的事情,出现了许多不道德的事情,出现了许多害别人的事情。

比如说薛蟠随便打死一个人就打死了;比如说王熙凤也可以做各种各样的手脚,还有各种贪污腐化;比如说就是一个小孩儿也不认真学习儒家的这些道理,他不相信你的这一套,他想的是另一套,他想的是能闹就闹,能玩儿就玩儿,能够纵着自己的性子想干点儿什么就干点儿什么。这些恶劣的表现都有了,贾政虽然表现得非常正经、非常正派,但是实际上他已经对这样一个没落的家族无能为力了。所以也有人说贾政不过是假正经而已。

底下可就热闹了,贾宝玉、秦钟两个人去上学。首先贾宝玉和秦钟一到了这帮孩子们当中,两个最突出的美少年出现了,引起了大家的注意,引起了大家的兴趣。在那儿还有不少别的家庭状况远没有他们好的孩子,也有些年龄大的孩子,也有些对自己的同性别的美貌感兴趣的人,这种感兴趣到底是什么性质,我们暂且不谈,说是同性恋的萌芽也可以。

顺便说一句,中国的传统文化里,对同性恋并不认为是一种邪恶,至少认为它是可能存在的。中国从春秋战国的时候就描写过同性恋,叫"断袖之癖"。这是说一个诸侯和他同性恋的伴侣两个人睡在一张床上,诸侯有事要出去,可是一看自个儿的袖子压在同性伴侣的肩膀下或者是腰下边呢,他怕一抽袖子把伴侣惊醒,就拿剪子把袖子剪断了。李安的那个和同性恋有关系的电影叫《断背山》,也是和这个断袖有关系的一个说法,用断袖来代替同性恋当中对自己的伴侣的体贴。这是说到宝玉与秦钟两个人儿的事儿的一点儿插话。

另外还有两个人儿。一个叫做香怜,香得让人怜。古代说爱别人呢就说怜,怜惜他就是心疼他,用咱们现在的词来说就是心疼。一个叫香怜,一个叫玉爱,像玉一样的可爱。这又是两个美貌少年,这两个美貌少年是谁呢?是薛蟠那个呆霸王的好友,又或是他的半同性恋、初步同性恋的对象,也可能情况更严重,咱们不知道。因为薛蟠比贾宝玉又大多了,说那俩孩子因薛蟠既有钱又蛮横,他喜欢怎么样就怎么样,想干什么就干什么。各种不雅的事情有没有?这个咱不知道。这样,班上已经有四大美少年了,还有一个美少年,没有在这四个人之中,可这个人在这个事件当中也很重要,他叫贾蔷,也是他们本家的一个孩子。据说这个贾蔷也非常美丽、非常帅。还有一个看着他们不顺眼的叫金荣,是一个大孩子。金荣看着这四位美少年,怎么看怎么别扭。什么原因?说他也想要往上凑凑份子。他要干什么?不知道。但是他想凑份子凑不上,所以他也火。

他们的老师叫贾代儒,这一天这个老师呢也有点事儿,出了一道题目,让大家对对子、对对联儿。然后贾代儒找他的这个长孙——贾瑞,就是后来想调戏王熙凤,结果被王熙凤整了个不亦乐乎的这么一个可怜虫——说,你管管,你把这些孩子都看好了,你年龄也大,他们写完了对子以后就放学,我现在先办点别的事儿,他就走了。一看老师走了,香怜就跟秦钟使了一个眼色,两个人出恭,就是上卫生间了、上厕所了、上茅房了,那时候叫出恭。说两个人要出恭,就到后院去了,到后院说悄悄话去了。说悄悄话,这金荣就看着不顺眼,看着抑郁,有所谓什么关系却又搞不成这个关系的这么一个人,金荣,气呼呼上火的一个人,就跟着出去了。看见两个人挺近乎地在那儿说这说那,他就在后边咳嗽,那意思就是大哥我也来了。这个香怜就很愤怒,说咳嗽什么?这个金荣就说,你还不许我咳嗽了,你们在这儿干什么呢?你们干的那些勾当,当我不知道吗?你们当我没看见吗?我什么都看见了。这香怜当然非常愤怒,说我们什么都没干。什么都没干,让我给拿住了。金荣说,你们贴的好烧饼。这个贴烧饼指的是一种不雅的身体的接触。说我拿住了,就是我拿住了你们的真赃实据,你们不雅的行为被我拿住了。你们贴了烧饼了,然后你们两个人亲嘴摸屁股,说得非常难听。

这香怜当然大怒。因为实际上他们两个人不可能到后院有什么不雅行为的,就去找贾瑞告状,说这金荣欺负人,他胡说八道。但是这个贾瑞,对这四个人也有不好的看法,也看着生气,看着讨厌,所以他就不去申斥金荣,而是去说香怜,说你们自己要注意,什么这个那个的。

这个时候贾蔷就觉得这个事闹大发了。这个不行,我也姓贾,我不能让宝玉他们吃亏,宝玉他们要吃了亏可就麻烦了。但是呢,贾蔷又不愿意得罪金荣,为什么呢?他知道金荣跟薛蟠关系不错,如果我公开站在宝玉这边儿跟金荣打的话,要是让薛蟠知道了,不合适。

贾蔷想了一想,他想出一招,他出去就找茗烟。说了不得了,他们打起来了,他们欺负少爷,你得管管这个事。茗烟一听不得了啊,再一听那里边"嗡哇"乱叫,茗烟年龄小,也是最爱起哄捣乱的。一听这个他就过来了,说金荣你少来这套,我们少爷们愿意干什么,你管得着吗?我们干什么了没有?他用的是一个不雅的动词,我就不重复了。我们有没有不雅的行为,你管得着吗?你说什么是×(一个不雅的名词,一个身体器官的名词)？你说这种不雅的名词,你算什么东西？你有什么资格？他上来就骂上了,而且他要动手。这一动手,那边又有两个姓贾的小孩儿,碰到这个,他们高兴啊,打起来了,骂街了,多好。一个叫贾菌,细菌的菌,一个叫贾兰。这两个人也在那儿跟着一块儿骂金荣。这时候金荣的一个铁哥们儿,一听说他们骂金荣,拿起一个砚台,"嘣",照着贾菌、贾兰就扔过去了。贾菌和贾兰一看,什么？敢跟我们动手？于是就喊起来了,说小妇养的——就是小老婆养的,动兵器了！这可热闹了。

我们现在叫武器,过去叫兵器。因为那些武装的用具都是手里头拿着的,是人拿着的,所以它不叫武器叫兵器。说小妇养的,指的是金荣和金荣的底下哥们儿。动兵器了,那砚台就是兵器,你过来以后砸我脑袋上,我不就完了吗？然后贾菌和贾兰也拿起一个他们装文具的箱子——这个箱子叫"箧",这个词咱们现在很少人用了——就拿着这箱子也扔过去了,他劲太小,没扔到金荣那儿,扔到贾宝玉的桌子上了。"叮当"——有很多东西掉到地上了,有的摔碎了,乱成了一团。

还有一个很精彩的描写,打的时候,其他的孩子都跟着起哄,跟着打太平拳。什么叫太平拳呢？这双方不是乱打呢吗？他站在谁后边,"噔"一拳就打过去了,爱谁谁,就是过打人的瘾。他也不见得准是支持姓金的,也不见得是真的支持姓秦的、姓贾的,也不见得是支持那个另外的人。这个时候你没有任何的危险,因为你在他身后,在他正顾着跟别人打架的时候,你趁机给一拳,趁机给一脚,踹他一下,过过瘾。

这个戏写得让人也是哭笑不得。这帮子顽童,你说他们很坏,可他们还带几分天真;你说他们好,这都坏到什么程度了,你这捣什么乱呢？

然后李贵去了,他采取的方法很好。第一,先把茗烟轰出去,出去出去出去。第二,他也不许打了。他个子大,就控制住了局面,然后把责任全归在了贾瑞身上。他得找一个替罪羊啊,得找一个负责人,找一个能够收拾残局的人。说老师不在让你负责,你为什么不管事儿?你为什么让那个金荣在那儿胡说八道?而且金荣还动了板子,拿着这个竹子在那儿乱打人,连茗烟都打了,你像话吗?你跪下,你得给秦钟道歉。他强逼着金荣跪在地上给秦钟道了歉。这个事儿才算过去了。

这个写得热闹极了。我到现在一看这段就跟听见一堆孩子喊的喊、叫的叫、闹的闹、打拳的打拳、拿棍儿的拿棍儿、扔砚台的扔砚台,各种脏话、各种荤话,大荤大素,什么狗屁、什么坏事都有了,这是一个大场面。这个大场面是儿童时期、少年时期发生的混战。等到他们真正老了以后会发生什么情况呢?今后的这贾府还会发生什么样的混战呢?这个实在令人叹息。

还有,这么一个小小的事情,说明什么?说明除了在贾府有财政的危机、政治的危机、文化的危机、管理的危机、人才的危机以外,还有教育问题,还有青少年的危机,还有儿童的危机。

本来我们中国从诸子百家时期、从两三千年以前,我们讲了很多文明,讲了很多礼貌,很多人讲了,要恭敬、要尊敬、要谦让、要孝顺、要友爱,讲了很多很多。但是现在短短这么一会儿,一个学校、一个学堂就变成了混战的场所,而混战的原因又是由于那样低级的一些说法,让人感觉到中国封建社会确实是到了快不行的时候了。

第十讲　宁府的诡秘与败落

《红楼梦》第十回，"金寡妇贪利权受辱，张太医论病细穷源"。"金寡妇贪利权受辱"，"权"就是临时、暂时、权宜的，反正金寡妇不得已受了一阵子侮辱。"张太医论病细穷源"，有一个姓张的太医，就是御用的朝廷设立的太医馆里边的一个医生，来给秦可卿看病。

上次说到在学堂里头大闹一番，最后是李贵这个年龄比较大的宝玉的跟班，施压下边的贾瑞，就是那个老师的长孙，强压着金荣给秦钟跪下，磕头求饶——这是那个时期的一种道歉方式，就真道歉了，下了跪了，磕了头了。可是金荣回家跟他妈一说，把他妈给气坏了。正好又见到了金荣的姑姑，他姑姑是谁呢？就是这个金寡妇。这金寡妇去世的丈夫是谁呢？是贾璜。这贾璜也算贾府的正支，他们关系也挺近的，当然不是直系，按现在的民法的说法，可能不是第一等的亲戚，也可能不是第二等的，但是至少是第三等的。贾璜的这个侄子金荣，这次受了气、受了压，他姑姑金寡妇一听说金荣受了这么大的气，火上来了，牛起来了，说怎么着，他秦钟姓秦，也不姓贾，有什么了不起的？你姑父还姓贾呢，我们的孩子犯什么错了？他那秦钟诡诡秘秘，是不是？瞧那个坏小子，我去跟他们说去！这边金荣的母亲说，你可千万别说去，咱在这儿上学，没收咱们学费，也没有要钱，就让咱们金荣在那里上个学，别人要是在他们家上学，人家还要钱，不能白教你。这就是因为咱们有这么一个姓贾的姑父，跟他们也都认识，过去还常常去王熙凤那儿拍拍马屁，当然他自己不能说是拍马屁了。就到那儿问安,到那儿说几句好话,人家还周济咱们——这无非就是给几个钱,用咱们现在的话来说,也可能去一次给他三千块钱。说你怎么还能够再跟人家发脾气抱怨去?

可是金寡妇非要去,去了就找了贾珍的夫人尤氏。她找了尤氏,就想说这个话。到那儿以后呢,就看这尤氏正忙活,金寡妇就问,说您这个儿媳妇秦可卿,也就是秦钟的姐姐呢?这尤氏说可把我着急坏了,秦可卿这人怎么好怎么好,荣府、宁府全府上下,没有不说她的好话的。用咱们现在的一个词来说,秦可卿属于人见人爱、群众关系最好、人缘最好的一个人,没得挑的这么一个人。可是最近她病了,她气病了。金寡妇问,怎么气病了?尤氏说我这个媳妇人非常好,可是她比较在意周围的各种说法,别人说一句话,我们听完了就当耳旁风过去了,她要听见,且琢磨呢。偏偏她这兄弟小孩子不懂事,今天上学的时候受人家欺负了,有混蛋,有坏人欺负他。他这姐姐本来生着病,他不应该去说什么,可他跑那儿说去了,说完了更把他姐姐气坏了,说怎么学堂里头有这么坏的人?

这有意思。尤氏说这些话的时候,她表现出来、做出来的样子是她并不知道这个事——金寡妇就是所说的坏人金荣他姑妈,金荣就是来客金寡妇这个亲戚的侄子,但实际上她知道不知道的书上也没说。我看着她像知道,她故意说这话,就先把金寡妇的嘴给堵上了。而且她已经明确表态,不可能站在金寡妇这边,你金寡妇算什么玩意儿?所以她先给定了性,是秦钟受了欺负了,是坏家伙欺负秦钟了,她这样强调。

这金寡妇一听,啊,魂飞天外,我的妈呀!敢情这事儿,尤氏、正牌的贾珍夫人都知道了,而且已经定性了,秦钟是被欺负的,金荣是坏人,下一步没准儿就不许金荣来上学了。人家一句话,你就甭来了。还有你的事吗?

金寡妇一声没吭,蔫巴叽叽的,就走了。

这个写得也有意思。你可以说这是一件鸡毛蒜皮的小事,但是这小事里头让我们看到了一个大事,什么大事?阶级啊,阶级划分、阶级斗争、尊卑上下,普遍哪儿都是,覆盖了一切,你吃喝拉撒睡,你上学下学,处处都要分出高低来。你走到哪儿,都得拼爹,都得拼妈,都得拼姓,你姓的是不是人家那个姓?拼爹拼姓,你拼不过人家,你想跟人家讲理去,你想让人家向着你,没门儿!这个太厉害了。

所以毛主席说,《红楼梦》是一部写阶级斗争的小说。有时候有人还觉得毛主席给上纲上得太高了。你要说《水浒传》是写阶级斗争的小说,这还可以。有高俅高太尉在那儿,欺压群众、欺压小官、欺压种种的官儿,把八十万禁军的教头林冲都欺负了,这个是阶级。可是在《红楼梦》里头就这样日常的一件小事,俩孩子打架的事,对不起,你是什么阶级,你爹是谁,你妈是谁,你姓什么,这些都有关系。这是个有意思的事。

还有一个有趣味的地方,就是这金寡妇在当着她这个侄子面的时候,她很牛,她一说起话来:怎么着?谁怕他们?走哪儿都得讲个理,不讲理我就不听。怎么不敢说?你们不说,我去说,不要厌。金寡妇说起话来,活像一个勇者。

这就是中国台湾作家柏杨说的,有一部分,不能说所有的中国人,那种人的特点叫"窝里横"。他在自个儿窝里的时候,他牛,跟老虎一样,真正出了门,到了人家那儿了,那个地盘不是他的了,就厌了。她金寡妇进了宁国府那种大宅门,见到豪门,她自个儿心就先凉了,她就先降温十二度。所以她还敢多说一句话吗?《红楼梦》最让人感慨的这种人情世故,让你深深认识到阶级、社会、家庭、家族、亲戚、朋友之间都有各式各样的想法,各种各样,有说出来的,有不能说的,有自个儿不承认的,但是这些问题全部都存在。

底下有一段是说要计划给贾敬过生日。关于贾敬过生日的这一段,在下一章第十一回里头,还有一段描写,我到那个时候再细说。现在要说的是什么呢,就是说金寡妇去的时候尤氏已经跟她说的事情:秦可卿病了,而且病得很重,已经有几天起不来炕了。情况看着不像一般的病,这个病本身写得相当糊涂,相当不明白。到底是为什么得病,到底是怎么回事?这到底是哪一类的病?不清不楚。《红楼梦》里头有几处说这个病那个病的,都是不清楚的。而且《红楼梦》里谁得一个病,病完了甚至病死一个人,简直就不算事儿。里头没有一场病能跟你说得清清楚楚的。这和当时的医学水平也有关系,他就说不清楚是什么病,但是更重要的是和宁府的这个诡秘的状况有关系,这个宁府的状况到底是怎么回事呢?

我们想一想,第一,在太虚幻境的判词,在那几个册子的判词里边,在歌词,就是十二个女孩表演歌舞《红楼梦》的里边,都反复提到,"漫言不肖皆荣出","箕裘颓堕皆从敬"。还有一句,"造衅开端实在宁"。就是说这贾家行行业业该干什么都干不成了。裘,是指皮子,做皮毛业。箕,就是簸箕,是指做农具或者是清洁用具的行业。这都是些手工业,因为那时也没有大工业,说手工业这行也不行,那行也不行,一家子的人不务正业、身无长技,啥都不会,连个养活自个儿的本事他也没有,这叫"箕裘颓堕皆从敬",是从贾敬那儿开始的。造衅,留下这种嫌隙,留下这些麻烦,开端是从宁国府开始的。不要说是贾宝玉把这个家风带坏了,实际上是宁国府把风气带坏了的。所以对宁国府,很难听的话已经出来了。

更难听的话,是贾宝玉会完了秦钟,跟着王熙凤要离开的时候碰到焦大,他们家的这个功臣在那儿大骂,说这个地方爬灰的爬灰,养小叔子的养小叔子。要按中国过去的道德标准讲,这个地方简直完蛋了,简直成了一个黑窝子了,所以它有这么一种诡秘的气氛。到底什么情况,他不告诉你,他也没有具体说这到底出了什么事,但是他把气氛给弄出来了。

那么同样,秦可卿这病也没有具体介绍,但是他大大地写了一回什么呢?"张太医论病细穷源",就是张太医是怎么样来论述、怎么样来评论、怎么样来评价秦可卿的病的,而且要研究它这个根源。首先说张太医知道了秦可卿得了重病,这家里说我们得请个好医生。

太医是什么？在明清两朝，朝廷设立了太医院。里面有御医，就是给朝廷的人，尤其是给皇室的人看病。明朝是给朱家的人，清朝是给爱新觉罗氏的人看病。太医院分好几级，跟咱们官员似的，它是一种大衙门，专门的大衙门。这大衙门不是做官的，也不干别的，也不管生杀予夺，不管审案子，不管人财物，就是管看病。说他是太医（张太医），太医地位就不一样了。底下有个词绝，说他和到处看病开方子挣钱的那个人不一样，他是衙门里的人，他不是专业医生。还有一句话说，平常谁病了，人家根本不管看。他是带官谱了、带着官气的，是以学问家的身份、理论家的身份、高高在上的身份捎带手给你看看病。

这个很像咱们中医的特点，不在于具体的技术，而在于我给你论得清楚。然后底下就描写这张太医很够份儿，人家过来就不一样，人家的人气也不一样，气场也不一样。然后给秦可卿号脉，讲了一回脉象。这个脉，我知道的很少，脉就是用三个手指头摸到病人的手腕子的脉搏上，靠近手掌指最近的叫寸，中指按着的那地方叫关，食指摁着的地方叫尺。

张太医名字叫张友士，摁完了以后不等病人说话，也不等家属说话，他先说左寸沉数，左边的寸那个地方，沉就是血管有问题，有阻挡，现在说有血栓，她这个脉搏太急，心跳过速。

底下我就不解释了，因为我一解释，让人家中医一听，乐死了。"左寸沉数，左关沉伏；右寸细而无力，右关虚而无神。其左寸沉数者，乃心气虚而生火；左关沉伏者，乃肝家气滞血亏。右寸细而无力者，乃肺经气分太虚；右关虚而无神者，乃脾土被肝木克制。心气虚而生活火者，应现经期不调，夜间不寐。肝家血亏气滞者，应胁下痛胀，月信过期，心中发热。肺经……"总而言之讲了一大套，讲完了以后，说估计她还有些症状，"不思饮食"，不吃不喝，这个食欲不正常；"精神倦怠"，她老累得慌；还有"四肢酸软"等。家属们说，您说得太对了，您真是好医生。

这个也是过去民间的一种习惯。中医来了以后，病人不说有什么不舒服，看看你看得出来看不出来我这个病。大夫一把脉，过去叫切脉，说出来是什么什么病，说对了，我才信服你，我多给你赏钱，多给你报酬。如果你都说不对，咱们就另说了。

其实从临床医学来说，这简直是开玩笑。咱不是破谜语，不是算卦，你哪能不说呢？从理论上来说也站不住，因为中医讲究的是望、闻、问、切，眼睛要看，鼻子要闻，耳朵也要听，问你就是你要回答。中医完全有权利询问病人问题。比如你发烧几天了，当然要问。吃东西怎么样，当然要问，所以从理论上让医生猜病情是根本不能容许的，也是站不住的，但确实有这个习惯。

然后这样讲完了以后，大家就高兴得不得了。然后底下这家属们就问医生，说她这病要紧不要紧，有没有什么危险，有没有生命的危险，能不能好呢？这个中医又讲了古时候的一套理论，说过了什么节气，或者到了明年春天可能会好一点儿，如果还不好，这个事就大了。另外到底她好得了好不了，现在也不敢说，还要看医缘。

看病也得看缘分。缘分这话是从佛家的理论来的，本来缘分的意思是说一个偶然的事情让你碰到了，你看着很偶然，是一件小事，但是它决定了你的命运。这种偶然的事情变成了必然，变成了宿命。所以中国人形容缘分就是命运的那条丝线，细细的一条线。也没有讲出多少道理来，但是就碰到你身上了，就决定了你的命运，就是这个有偶然性。

我开的药，病人好好吃药，吃了这药也可能就好了，也可能不好，也可能就死了，也可能就不死，他留着活话。当初介绍医生的时候说能治人之生死，但是他既不说生，也不说死。这个非常像中国人的算卦，算卦不能说得太实，算卦不能说给你开一个目录、开一个日程。不可能，所以他要说缘分，然后他开了一个药方，曹雪芹也乐。小说里头，你开药方干什么？

中国有那么多有名的书，除了《红楼梦》以外，还有几本书里有这个正式的药方？各种书里都有看病的，《西厢记》里也有看病的，《三国演义》里也有有病的，《水浒传》里也有，但都没有药方。但是《红楼梦》里有药方。他开的药方是什么？我说不全了，就说一部分，里头有人参，这当然就是补药而已。白术、黄芪，这都是属于带有滋补性质的。柴胡这个也治感冒，也治经血不调，可以帮助稍微通畅一点儿的。有阿胶，现在有的送礼都送阿胶，阿胶是用驴皮做的，有的说是治妇女病的，有的说是补血的。有山药，山药咱们蒸熟了、煮熟了，炒着当菜吃就完了。还有甘草，还有些其他的药，我就不一一说了。但是我敢说这句话，我要是说得不对，请中医先生们给我纠正。这药您有病没病都拿回家里去，吃上俩月仨月吃上半年都不会出事，既好不了也坏不了，没什么大用，也没有大碍。它就是这么一种药。

这个时候张太医又提出一个问题来，说有人会认为这种脉是喜脉，就是怀孕了，但我要强调它不是喜脉，如果要说是喜脉，底下我就什么话都不要说了，我走了，我不承认这是喜脉。

莫名其妙。此前也说了，有人看了说是喜脉。那么这个病到底是什么病？这实际上留的是一个疑案，这个病后边的背景是什么？也是一个疑案，甚至于我要说一句，这一段关于病的描写是真的还是假的？这是假情况，这不是真情况，莫名其妙。这个病和后边秦可卿的发展、秦可卿的死亡中间，根本没有逻辑关系。我甚至怀疑，好模好样，说这不是喜脉，怎么听起来像是"此地无银三百两"？如果病人拉肚子、长口疮、便秘或者耳鸣，需要明确不是怀孕吗？是不是她怀了孕了，而这个怀着孕里头又有不可知的秘密？又是一个很诡秘的事件。

她这个生病事件放在这里到底有什么意义？我再说一遍，这一回到底是什么意义？这一回是整本书里最不精彩的一回。我讲这回都觉得非常困难，这个事件很不精彩，不着天又不着地，没有温柔，没有刺激，没有眼泪，也没有逗趣。它跟前边哪个故事、哪个悬念都无关。当然曹雪芹还是能写,他会写疾病、假病,还有医药。这个病,放到这儿是为了作假还是作真呢?还是"假作真时真亦假,无为有处有还无"?这值得我们读者慢慢看,慢慢琢磨。

第十一讲 所谓贵族

《红楼梦》第十一回,"庆寿辰宁府排家宴,见熙凤贾瑞起淫心"。"庆寿辰宁府排家宴",庆祝贾敬的寿辰,具体多少岁没有说,但是他过生日。"见熙凤贾瑞起淫心",说的是贾瑞,就是贾代儒的长孙,临时管了一下学堂,搞得孩子们大打出手的那小子,结果他居然见到王熙凤,想入非非,有不良之心。

为什么我要说这个所谓贵族?在改革开放当中好像贵族这俩字还挺好听,我就看到过一些作家朋友讲自己的家里边的长辈,尤其是讲自己的母亲,说有一种贵族的风味。可是大家要琢磨琢磨中国这个贵族是什么样,你可不能按英国的贵族来想象,也不能按俄罗斯的屠格涅夫写的贵族之家里边的贵族来想象。中国的贵族是另一个样,所以我说是"所谓贵族"。

这一章里头主要的是描写了宁府为贾敬祝寿的一些情形,祝寿的活动弄了一个不伦不类,为什么?

首先是要给爷爷祝寿,贾蓉就去见贾敬。贾敬跟一帮道士住在一起,他信的是道教,跟这帮道士在一起是住在外边的。贾蓉说了祝寿,贾敬就表示你知道我不愿意到你们这些是非之地去,祝寿的事我不管,我也不参加,但是你们要是给我过生日,你们就印写一万份《阴骘文》。这个《阴骘文》是道家的经典文字之一,这"阴"就是守阴德的意思,不用告诉别人,自己悄悄做好事,不求名、不求利、不求报酬,这样悄悄地做好事。"骘"跟一般说的"倒"意思差不多,但是写得很怪：左边一个"双耳刀"，右边一个"步"字，下边有一个"马"字。《阴骘文》还让我想起茅盾先生写的《子夜》，《子夜》一开头就写一个老地主，这么一个老头到了上海参加一次舞会，看到男男女女搂在一块跳舞的情景，他就默默在那儿念《太上感应篇》。然后他就吓死了，被舞场上男女搂在一块跳舞给吓死了。

按一般的分析，茅盾的意思是说，中国的封建主义被西方的资本主义一吓就吓得要灭亡了。《太上感应篇》和《阴骘文》是一类的，从内容上也看不出什么来，就是劝人干好事，不要害人，人人都要做好事，别人知道，你要做好事，别人不知道，你也要做好事。

贾敬说得挺好。印一万份，你这不是得花钱？你得请人印，这个量非常大，然后你到处送送人。这就算给我过生日，这样过生日也够奇葩的了。

然后就邀请荣国府这边所有的老老小小到他们家来过生日，为什么？因为老爷子贾敬自个儿不回来，给宁国府减轻负担了。他们也叫了戏班子在这儿唱戏，如果贾敬回来，他们就不敢叫唱戏的，贾敬的脾气怪，我刚才说他是个奇葩，他不听戏，一听戏他火上来了，你怎么办？现在贾敬不来，咱们听戏。开始的时候，被邀请的人全都答应了，可是到了生日当天，这个没来，那个没来。

贾珍这边尤氏说贾母没来，贾母是上一辈的，比贾敬还高一辈的。伯母或者是婶母过来参加他的生日，这得多大的面子。王熙凤就给解释，说原来是真的想来的，可是昨天她跟宝玉——这说明贾母最喜欢宝玉——一块儿吃一大桃，她吃了大半个桃，结果五更以后她连着起来两次。起了两次，你怎么解释呢？说得俗一点儿，就是拉稀了。她拉稀了，她泻肚子。连续起夜两次，今天实在来不了了。这是真的还是假的，我也有点儿糊涂。

贾母看起来对宁府不是特别感兴趣，她没来。还说二老爷也不喜欢这个，贾政也不喜欢听戏。贾敬呢，走的是修道成仙的路子，一直琢磨着炼丹，相信吃完丹药以后，一能长生不老，二能飞升，能够跟鸟似的这俩翅膀一扑腾,上了天了,到天上过神仙的生活了。可是这个贾政死板,我昨儿说的他连《诗经》都不让年轻人看,一说有诗、有小说他都能气死,你要说看小说,他还不毙了你?所以他也不听戏。这样的话,这就变成了一个冷落的生日。你说它冷落,它又很盛大,为什么?

一边这些人在这儿给贾敬过生日,贾敬本人也不在,缺席庆寿;一边这边来报,说南安郡王的喜帖、寿帖送到了,寿礼送到了。帖是什么? 就好比现在的卡,说贺卡送来了,帖比卡还要厉害。因为在那个时代,纸里头大概也没有硬纸,没有能做卡片的纸。中国的纸都是什么? 高丽纸、宣纸、糊窗户的纸,都是那种比较软的草做的,软软的,不像咱们现在用的胶版纸。但是帖比咱们的贺卡又丰富一点儿,它上面转词。问题不在于是硬纸还是软纸,词儿多还是词儿少,南安郡王送来的,这可又比他国公高了一级。这郡王是王,就像更早的中国老封建时候的诸侯一样,叫南安郡王。过一会儿东平郡王又送寿帖来了,贺帖来了,又送了寿礼来,这寿礼是什么也都没说,反正拿出去绝对是好看的。再过一会儿是西宁郡王送来了寿帖,这西宁郡王也是了不起的人物。最后是北静郡王。《红楼梦》里边反复提过的一个人是北静王,这个北静王跟贾府这两个府关系比较好,他们是一条线上的。

贾府事事都要依赖、依仗北静王这边对他们的关照。大家听听,南、东、西、北,安、平、宁、静。这倒也看出中国古代的帝王对社会的要求,是吧? 发展进步不要求,要求的是:安,安全;平,平顺;宁,也就是太平;静,不出事。他要求的是咱们说的岁月静好。

寿宴规模很大,可是寿星本人没参加,老太太也没来,然后一会儿这个先走了,一会儿那个又来了。你说它是冷落的寿宴,也不像;你说它是一个成功的、热闹的、红火的寿宴,更不像。它冷中有热,热中有冷,不伦不类,不好不坏,气魄很大,实际不灵,就是这么一个寿宴。

这个寿宴可以说是这二府二国公他们的状态的一个例子、一个标志,就说明它有点儿……反正不成个样子,你说不清楚这是一个什么样的寿宴。那么这个寿宴呢,还有更让人深思的,就是为什么整个宁府成了这么一个不伦不类的样子?

关键在贾敬。贾敬为什么连宁府都不回,说这是是非之地?贾敬在宁府出了什么事了?他碰到什么不愉快了?他被谁算计了?他吃什么亏了?这不像啊,是不是?他宁国公的称号仍然有,家里的钱也不少,收的租子也不少,儿子一个是贾珍,孙子也有,是贾蓉。女眷更多。家里头的各种仆役,工人也都有,可是为什么他就没有精气神呢?因为我们从贾政的身上,同时从贾宝玉的身上,看到了中国封建社会意识形态的危机、中国封建社会的道德危机,现在演变成了中国封建社会的家庭危机。要知道,中国特别重视家庭,认为国就是家庭的扩大,修身成功后先要看你能不能把家事处理好,齐了家,才能治国,接着是平天下,天下太平,内圣外王,您齐活了。

可宁国府呢,家里头各种乱七八糟、肮脏丑闻的事情多得很,这就是是是非非啊。贾敬说的是是非非,和焦大说的爬灰和养小叔子到底有没有关系?谁能说得清楚?

那么为什么这样一个大功臣,级别很高的、应该算是那个朝代的贵族的家庭变得这样腐烂、这样恶劣、这样丑闻密布?我觉得我们可以探讨一下这个封建贵族的特点。封建贵族的特点是什么呢?我可以给它总结一下,就是培养寄生虫。因为这个不是职务,不是官吏,不是官职,这是级别。这级别极高,待遇极高,谱非常大,花钱如流水一般,家里边占的园子、占的面积、占的地方,好得不得了,来来往往的各种贵客多得不得了,家里边的奴仆更是多得不得了。

贾宝玉上学,这里边写了,参加打架的是三四个人,后来制止并强压着金荣道歉的是一个人,一共是四个或者五个人。上个学带四到五个随员,有这么上学的吗?《红楼梦》后边还有一个情节是大冬天贾宝玉从一个地方回他自个儿住的怡红院,走到路上他要小便。

在他身边陪着的人还都是女孩,都是丫鬟,你看描写的那个隆重劲儿,这个忙着说得先找热水,还挺注意清洁卫生的。然后就在那儿从正运热水的人家那里抢过一壶来,就说这个征收了我用。然后这个帮着给解裤子,那个帮着给他挡上,当然你不能公开展览、表演的。那个给他避风,那个给他干什么,说别吹着肚子,别吹着哪儿,乱成一团。反正我看着,要是一个男孩遇到这个情况,他能尿出尿来我也服了,不可能的。

再比如说描写王夫人睡觉,睡觉的时候旁边还有丫鬟给她捶腿、给她按摩。他们贵族把享受、把皇上的恩赐、把生活的幸福表现在什么上?表现在就是你一动都不需要动,什么事都有人伺候,吃喝拉撒睡,拉屎尿尿,咳嗽还是哪里痒痒,是要起还是要睡,是要上这儿去还是要上那儿去……所有的是搀着的搀着、扶着的扶着、摸着的摸着、揉着的揉着、攥着的攥着,这叫什么?被伺候的人纯粹废物一个!

这个人他吃喝不愁,自个儿还挺牛,又能随便欺负别人,打死两个人都没事。他还没事可干,人空虚了以后,脑子里头除了想一些莫名其妙的事或者是自己的放纵、自己的欲望就没别的了。除了欲望还是欲望,欲望太放纵了,他累得慌,不放纵他没得干,他又受不了。这个人空虚了,他肯定就越变越坏。

当然,也还另有一条,就是怕死,就是想长生不老,就是秦始皇派三千童男童女去东瀛日本寻找不死之药。贾敬炼丹想着成仙。

所以我从《红楼梦》里头,深深感觉到人最大的痛苦是空虚,你不知道该干什么。人的最坏的品质,一切恶德之源是懒惰。封建社会最害人的地方,就是把贵族培养成寄生虫,培养成懒惰至极的人,培养成自私至极的人,培养成一群废物。不能动手,不能动脚,身无一技之长,什么都不会,培养了这么一批人。

什么事呢?贾瑞看到了王熙凤,动了坏心,前头说了,他是贾代儒老先生——就是私塾里教课的老师的孙子,这孙子也是父母双亡。《红楼梦》里头动不动父母双亡的人多了,这是怎么回事,我也闹不清,至少说明其时夭折率、中道死亡率很高。父母双亡后贾瑞一直跟着爷爷,爷爷就是贾代儒,爷爷管不了他。这个名字也绝,代儒,代理儒生,代理知识分子,代理孔孟之道,不是真的。他这个孙子贾瑞贾天祥越长越大了,并没有做到又瑞又吉祥,而是越长大表现越坏,根本就控制不住他,他上学期间表现也不好。

听完戏要干什么,吃完饭了要干什么,凤姐王熙凤出来想稍微活动一下,走到后园子来,从假山石后头突然出来一个人,是贾瑞。贾瑞,你们看他的名字也是窄玉旁的,所以他和宝玉,还有贾琏,就是凤姐她丈夫是同一辈的。他见着凤姐说嫂子好,一边问着嫂子好,一边眼睛就在她身上看个不住。中国人过去对人的目光是非常敏感的。你看一个人,如果你的眼珠子东张西望,一会儿打量这儿,一会儿打量那儿,人家马上就看出来,就觉得你起码不够礼貌。你哪能见着一个人,一个劲儿打量没完呢?你又不是裁衣服的,又不是来治病的,又不是来绘人体画的,你干什么呢?他就是看个不住,然后就又用了这个词了,贾瑞说我跟嫂子可真有缘分,我自个儿在这里稍微活动活动,换换空气,没想到就碰到嫂子了,咱们怎么那么有缘分呢?

你套什么瓷?跟你有什么关系?你来这儿只是被邀请参加贾敬的寿辰而已。王熙凤一眼看穿贾瑞的肮脏的思想和意图,当时王熙凤的想法是,这小子我让他死在我手里。我看到这儿也吃一惊,就算他是一个流氓也好,是一个靠不住的人也好,或者品格比较低下,用咱们现在的语言就是没有格调。你怎么会说出来一个死字,生出来杀意啊?王熙凤这么容易对一个自己不喜欢的人产生杀机,是相当惊人的,令人吓一跳。

然后王熙凤就故意说,是啊,难得见到你啊。她逗上他了,跟斗蛐蛐一样。贾瑞就说,我一直想去看望嫂子问安的,但是考虑到嫂子很年轻,方便不方便的,我也不敢去看望你。王熙凤更明白了,小子你想干什么?你想在大姐我这儿占便宜?她就说,一家人有什么年轻不年轻的呢?这个贾瑞一听,半个身子都木了。当然这描写也太夸张了一点。听见这么一句话,说一家人有什么年轻不年轻的,中国古代对这些坏小子用了一个词更可笑,就跟半个身子都是木的一样,话本上习惯的说法是:这小子遍体酥麻。就说明他自个儿从生理上就有一种反应,这种反应让他出够了洋相,这种反应让他大丢其丑,这种反应最后还让他丢了命。

第十二讲　真狠啊!

《红楼梦》第十二回,"王熙凤毒设相思局,贾天祥正照风月鉴"。"王熙凤毒设相思局","毒"就是"毒药"的"毒",王熙凤心肠狠毒,做了一个局。这局是什么呢?逗着贾瑞想入非非,逗着贾瑞想着跟她发生奸情,这都是用那个时候的话语来说。然后是"贾天祥"——天祥是贾瑞的字——"正照风月鉴"。

上次说到在假山后,贾瑞见到了王熙凤,跟王熙凤在那儿"调情"。我们现在看,这没有什么,在当时来说就认为有调情的意思了。叫调情,而且王熙凤"下了药",动了杀心,动了杀机,要干掉贾天祥,要出手了。

这里边我先讲这么一个话题,就是《红楼梦》里头似乎有一些非常低俗的描写。有一些非常下三烂的事情,都写到了。比如说假山石后边一见面就调情,趣味相当低。有的时候,甚至你都不太想看,有些词也非常粗糙,有的非常野,很脏,用一些很脏的话。所以我只能用动词、名词来说,我在这儿我都不能张口直接说。

但是《红楼梦》同时又有非常纯洁、高雅、高大上的描写,比如说林黛玉他们一堆年轻人作诗的描写,比如说对当了贵妃的元春,宝玉他们的大姐的描写,比如说还有各种最好的最优美的诗词歌赋、对联、谜语,等等。所以《红楼梦》你可以说它是对生活采取了一种正视的态度,"睁开眼看"的态度,不躲闪,不闭眼;既看到了它的纯净、洁净、美丽、高尚多情、文明礼貌,又看到了它的那种下贱、困难、丑恶,甚至是人的恶劣,乃至兽性,种种不成人样的全都展现给你了。

当然读书的你可以有所选择,可以有些喜欢看,有些你翻过去就行了。但是他的写法也有某种意义。即使他写到那些最肮脏、最丑陋、最不像话的事情的时候,也可能我年老了,我看着这些的时候我感觉到这里有一个文学家的悲悯。悲,是为人而悲,为什么人身上还有这些欲望,还有这些诡诈,还有这些欺骗,还有这些低级下流。哪个人身上他只有上流而没有下流?所以这里头有一种为人而感到悲悯的心情。各位同意这个认识,就可以看得下去《红楼梦》里那些比较低下的故事、低下而又残酷的故事。

贾瑞被凤姐给害死,怎么害死的?贾瑞自上次跟凤姐见了一面,就老找机会去看望凤姐,过去没有电话,又没有微信,所以每次去凤姐都不在家,她净忙着去宁府,经常在宁国府办一些事儿。另外这期间还出了一些事,就是林黛玉她爹林如海去世了,贾琏,就是凤姐她老公,带着林黛玉到扬州去,出席林如海的丧葬。王熙凤这儿,贾琏不在,就剩下她和平儿两个人在屋里头,觉得一切极为无趣。说明王熙凤跟贾琏之间虽然也钩心斗角,但是作为夫妻,他们俩互相也还有点儿乐趣,有点儿小男女小夫妻的生活的乐趣。

终于有一天王熙凤在家,贾瑞来看。王熙凤一听,好,让他进来,而且给自个儿还穿得、打扮得特好。贾瑞一进来看着王熙凤穿成这样接待他,便更是遍体酥麻了,说的话就越说越不像话,两个人就神哨(北京话)上了。贾瑞说哥哥不在,贾琏不在,也许他在外边碰到什么事,也许又碰到什么人把他给留住了,又暗示他在外边又认识什么女人了。王熙凤说,听说这男人好多都是见一个爱一个。贾瑞得了机会了,说我是讲感情的,我不是见一个爱一个的。贾瑞趁这个机会表示,我是最值得爱的男人,最专心于感情的男人。这不是逗乐?你算什么东西?

这里头也有一个阶级的问题。你算哪个阶级?你敢到王熙凤这太岁头上动土,你敢在这个母老虎身上拔毛?你这不是开玩笑吗?

王熙凤就设了局,设了陷阱,逗着他上套。她说,瑞大爷,现在这大白天咱们说话不方便,你晚上再来行不行?

贾瑞一听,可是又快疯了。然后她小声告诉他说,晚上天黑夜深以后,你看我后边这房子窗户外边有一个小过道,你上过道这儿来,到时候我来接你。这叫什么话?这叫什么事?王熙凤你那么高尚的一个人,你怎么能这么干呢?但她就是想要贾瑞的命。

我们读者当然会认为贾瑞是咎由自取。但我们也可以想想,位居高阶的凤姐,如果对贾瑞的非礼冒犯不满,她可以正颜厉色训斥,可以打个招呼叫代儒老爷子给小子一顿棍棒或者鞭刑,或让管家给以驱逐开除的处分。她为什么要不惜丢人现眼,做局苦害贾瑞呢?她在做这样的局中得到无限乐趣。她在一个自身也感到压抑的环境中,欣赏一个异性怎样为自己的生理欲望而丑态百出,自投罗网,自取灭亡。她将自身的压抑感变态为仇恨,变态为巧计杀人的快乐享受与淋漓发泄。

第一天贾瑞到凤姐指定的过道整整等了一夜。

之前他们在假山石见面的时候,作者还引用了一段赋,是讲秋天的,当时已经进入秋天了。秋天的特点,秋高气爽,温差大,白天它可以是三十一度,我在十月份碰到过这种情况,凌晨的时候是十度,昼夜相差二十一度,当然这是北京。整整一夜谁搭理他去,他躲在过道里头,温度越来越低,到了十度差点儿没冻死这小子,他回去了。第二天他还不死心,还上那儿磨蹭去。王熙凤反过来说昨天约的你怎么不来?又完蛋了。这个贾瑞完全上了套了,说我昨天在这儿等了一夜。不对呀,反正再找个词,那意思是咱们俩错过了一个良宵,一个最美好的机会就这样失去了。这样,今儿晚上你来,你到某个地方,那里有一间空屋子,你进那个小屋里等我。这更刺激了。这个贾瑞,果然就按她说的方法进了这个小屋了。等到后半夜,他纳闷怎么也没人来,这时门响了,进来一个人,这贾天祥简直就跟疯了一样,饿虎扑食一般,过去就抱住人家,又是脱衣服,又是解衣带。这时候

"啪",一个灯还是一根蜡亮了,两个人来了,谁呢?一个是贾蔷,就是那个帅奸损坏的小子,挑拨完了是非以后自个儿假装放学了,大摇大摆地走了的那个人。另一个被贾瑞抱在怀里的人是贾蓉,贾蓉就说,说你看,大爷,这个叔叔是瑞叔,说这个瑞叔正要……底下是一个动词了,大概这么个意思,然后就笑成一团。笑完之后,就说把这个贾瑞抓走送到上面去,或者送到他爷爷那儿去。

贾瑞吓死了,要是他这个事说出去,那还不得活活被打死?他就说,你们饶了我、饶了我,好侄子我给你们磕头了,我求你们了,你们饶了我。说那行,你得给我们报酬,我们不能白饶了你。怎么给报酬?我没钱。你写个欠条,写个借据,就说借了我们哥儿俩的五十两银子。这个不是开玩笑,这五十两银子从哪儿找?但是他不敢不写,你只要不写,被抓着就走了,或者送给打更的,或者是送到他爷爷那儿去了,说这小子干坏事,我们把他抓回来了。最后给活活打死,不会有别的下场。所以他哆哆嗦嗦给写了一个借据,写了一个欠账条,手续都办了,欠他们二位各五十两银子。

这样回去以后又经过这个经过那个的,他就病倒了,他就彻底完蛋了。他被王熙凤给逗弄得各种反应都来了,各种行为都来了,他的身体越来越坏,简直就活不了了。这实在让人觉得非常残酷。当然贾瑞不是个好小子,他文化不高,教育不够,没有最起码的礼貌和文明,而且他又过高地估计了自己的吸引力。他算什么东西,在一个阶级社会里头,在这样一个高级贵族的大家庭里头,在掌握了各个方面的权势的王熙凤面前,你怎么敢胡闹呢?他确实是不应该的。

但是另一方面,王熙凤这个毒手下得太可怕了,太厉害了。他哪至于有这么大的罪?有必死之罪吗?他并没有强暴。他说两句话,你就逗他,他经得住你逗?他有你这个经验吗?他还没有结婚,他年龄比你还小。他地位又低,也没见过世面。你王熙凤见过多少人呢?所以这非常恶毒,让人看了以后,觉得王熙凤虽然美丽、能干,但心如蛇蝎,太毒了。

一个人被异性所羡慕、所艳羡,甚至于产生某种感情、生理欲望,来电了,这个不能算大罪,算罪也是罪不至死。除非他的行为超过了道德和法律的允许,你不能够反过来对他下这么大的毒手。

在贾天祥病得最厉害的时候,又来了一个老道。来了一个道士,这个其实也很庸俗,很无聊了。那道士就给贾瑞说,我这儿有一个镜子,这镜子正反两面都可以看,正面看是一个美女,反面看是一个骷髅。骷髅代表死亡,美女代表淫荡、代表好色,好色的结果就是灭亡。你拿了这个镜子以后,你要看反面,别看正面,你多看看反面,你这病就能好。这贾瑞贾天祥拿着镜子,他看看反面,一个骷髅把他吓得要命,又不好看,哪有爱看骷髅、没事老想着骷髅的?翻过来一看,那里边就是王熙凤,就是美女,一个等待着跟你做爱的这么一个美女。你想想他看什么?他看来看去,无数次地看。最后他跟正面的镜子里头的魔鬼,其实是一个假的王熙凤,两人做爱多少次,直到他咽气为止。

这个故事没有意思,是吧?这个故事并不好,不是一个好的故事。美女也变成骷髅,这个不足为奇。美男也可以变成骷髅,丑男也可以变成骷髅,大官也可以变成骷髅,富人也可以变成骷髅,穷人也可以变成骷髅。但是活着的时候就是活着,美女活着的时候是美女,去世以后,现在当然不用说变成骷髅,而是变成骨灰了。去世以后是骨灰,你不能说她活着的时候就是骨灰、是骷髅、是鬼、是死人。死的就是死了,有什么新鲜的?活着就是活着,这也不新鲜,没死就是活人,活人可爱就是可爱。死了应该纪念,可以怀念,可以看照片。骷髅用不着老看它,骨灰可以埋葬起来,可以到时候去给他扫墓,这都是很正常的。你非得说活着的时候它就是骷髅,这个是没有说服力的。用这个来治病,和古代营养学、养生学、医疗、医药都不发达也有关系。在中国的文化里头,这是一种糟粕,把人的性的方面的种种特点看成罪恶,看成魔鬼,看成妖怪,不是画皮就是白骨精,不是白骨精就是骷髅,可以说这个是不足为训的。

但是这个故事里边确实反映了曹雪芹他们的一种想法。他既描写男女之间的爱情萌芽的美丽,又描写这种男女之间的兽性,没有文化的、粗俗的、野蛮的乃至于变态的恶毒、憎恨和这种毒局,这也是值得我们看完了以后有所叹息的。在男女之情上总是还要有道德的引领,还要有文化的规范。

我们中国文化里头对男女之间的这种关系有一种警惕、排斥、压抑的倾向。中国古代的说法,我们可以看《易经》,还有古代一些哲学的说法,对阴阳的调和、阴阳的结合是非常重视的。所以讲到大同社会的时候,要写出"鳏寡孤独,各有所养"。天子,皇上,你要关心你的治下,有没有这种痴男怨女,有没有结不成婚的? 因为结不成婚,这是一个社会问题,这是一个政治问题,影响一个地区,影响整个国——那种古代的诸侯国、邦国,影响国与国的社会的安定,影响你这个国有没有后备的劳动力和后备的兵力。所以皇上、诸侯是关心这件事的。在《易经》里对阴和阳的描写,其中有的非常明显,实际上是对男女的性器官的描写,在什么情况之下会出现什么样的情况。另外中国古代还有一些说法,都是肯定男女结合的。比如说孟子说的"不孝有三,无后为大"。你该结婚时要结婚,你该和异性在一块生活时要一块生活,这样你才有子孙。如果你都没有子孙的话,你家这个血脉就断了。中国传统文化是重视与肯定这个男女人伦关系的。

古书上还有一个说法,叫"男女居室,人之大伦"。就是说一男一女两人成婚了,住在一个房子里边了,同房了,上一张床了,这是人类伦理,就是人类非常重要的一个关系。人要重视这个关系,因为这个关系很重要,这个关系是家庭的基础,有了这个关系就还会有子女,有了子女,才对得起你的父母,他们会知道他们身后仍然有人。虽然个体是有限的,几十年一过,去世了,但一代一代还会传下去,香火还会传下去,到时候还有人给你家里的人烧香,这是一面。但是另一面不知道是从哪儿来的,就很害怕这个事情,常常说这种事情,尤尤其是如果男性满足不了女性的话，就很可怕，就会生病，就会死亡。所以就一直有人认为抑制自己的性生活是养生的一种办法，甚至到了《西游记》里边，不但妖怪打唐僧的主意，一些女妖怪——这妖怪分男女，还打孙悟空的主意。而唐僧也好，孙悟空也好，都是说我一定要保持我男性的贞操，我绝对不和任何女性有那种关系，这样我才能成神成佛，长生不老。

所以都把这个控制自己的性生活当成是一种高尚，当成一种道德，当成一种提升自己的办法。其实这个说法也并不科学。放纵不是好事情，压制也不是好事情。真正彻底控制了，譬如说和尚，也并没有很长的寿命。应该是越正常越好，既不要放纵，也不要过分克制。

当然在限制妇女方面，中国更是特殊的。比如说寡妇不准再嫁，这个太可怕了。我是河北省沧州市南皮县人，我们县里头贞节牌坊有的是。我的一个亲属，上一辈的亲属，虚岁十八岁结婚，十九岁守寡，一直守到五十八岁去世。对人这种正常的男女生活的限制，就必然会制造各种悲剧，制造各种各样的病态。

王熙凤当然也受中国文化的影响，她认为贾瑞这种对她的调情，甚至于叫调戏，是绝对不能允许的，是应该受到严惩的。王熙凤也有一种变态，就是她享受折磨别人。底下还有很多事情说明在动坏心眼儿方面，她是无与伦比的。当然她也动好心眼，比如说她要讨贾母的喜欢，也是无与伦比的。她爱护贾宝玉也是无与伦比的，她对待刘姥姥那种好心也是无与伦比的。但是她一旦坏起来，是以做坏事为享受的。

中国还有一种变态。有这么一部分人对干预他人的性生活有兴趣——抓奸的兴趣，自己主动去的，不一定是衙门里头让你负责抓奸。整治别人在婚姻或者是恋爱时期的一些状况，这也是一种疯狂，一种变态。

比如说我们刚才讲的故事里边，贾蓉、贾蔷是干什么的？他们这么津津有味,这么享受,他们是什么东西呢?简直是变态,这是魔鬼。所以我说在这样的故事中,也包含了《红楼梦》对某些事情、对封建文化、对受到封建文化的戕害的同胞的一种悲悯,也是一种呼唤。当然现在情况已经完全不一样了,我们现在是有中国特色的社会主义国家了,但回顾一下往事,也使我们更了解历史的发展和进步。

第十三讲　丧钟敲响了

《红楼梦》第十三回,"秦可卿死封龙禁尉,王熙凤协理宁国府"。这一回主要说的是秦可卿之死,而王熙凤协理宁国府,只是起了个头。

这一回描写王熙凤,她的老公贾琏带着黛玉到扬州、苏州那一带处理林如海的丧事去了,她自个儿晚上睡了觉,忽然梦见秦可卿了。秦可卿管她叫婶娘,说我来看婶娘,因为我跟婶娘最能说得来,我们关系最好,现在我要回去了,要回家了,你也不来送我,可是我还有一些心愿,还有些想法想跟你说说。

王熙凤说,你有什么心愿呢?秦可卿说了一段,这一段太重要了,这简直是《红楼梦》作者的带有纲领性的看法。请注意,不是真实的,是在梦中,不是别人,而是秦可卿,她给王熙凤说了些什么呢?她说的咱们都知道,这是讲中国的哲学了:"月满则亏,水满则溢。"月亮圆到最大的时候,再往底下发展,它就开始亏了。水如果装得太足了,它就漾出来了,它就流出来了,或者就漏了。

它的意思是什么呢?好了再好就变成坏事了。在梦中,秦可卿引用老百姓的说法是"登高必跌重"。登高,往上走的路越高,你摔下来就摔得越重。你要是在矮的地方摔一跟头,摔不出什么问题;你从一层楼高的地方摔下来,弄不好也就摔折了腿;如果从两层楼高的地方摔下来,估计得丧命。它是这个意思。

"如今我们家赫赫扬扬,已将百载",这样一个家庭已经延续了好几代人,四代了,现在说的是已经一百年了;一旦"'乐极生悲','树倒猢狲散'……"这个说得太背兴了,太晦气了。说一旦咱们这儿乐极生悲,出了坏事,出了咱们自个儿不能想象的事情,弄不好咱们家庭就垮台了。树倒猢狲散,树一倒,猴都跑了,没有树了,也没猴了。家也没了,人也没了,怎么办呢?我们也会盛极必衰,"'否极泰来',荣辱自古周而复始"。

荣,是指欣欣向荣、往上发展,本来这是讲植物的,这个地方也可以当光荣讲。所谓荣,是说它树枝也长得好,树叶也长出来了,也开花了。辱,当然是反过来,是受了挫折,受了伤害,倒了霉,那叫辱。这"荣辱自古周而复始",你也不可能老荣,也不可能老辱。你荣了一段,你就有倒霉的事,就有不顺心的事。辱了一段,你就可能又翻了身了,又有了变化了。所谓三十年河东,三十年河西。

这个秦可卿跑到梦里头,跑到王熙凤的梦里头,和王熙凤谈了这么一个重大的问题。王熙凤说,你说得也对,这种事咱们谁知道会怎么样,但是你来跟我说是什么意思呢?

梦中的秦可卿,出了两个主意。第一个是什么主意呢?我们的祖茔四时祭祀,要有一定的钱粮。咱们从太爷那边开始,这个坟地不能临时从家里往那儿拨钱,而必须是得非常明确专款专用,要设立专门的经费项目。比如说那边有五百亩地,这五百亩地的收入叫租子,给地主老财交的租子,全交到坟地来。这笔钱专款专用,戴着帽子交钱。别的事你不能用,吃喝玩乐不能用,出去旅行不能用,招待客人也不能用。要有专款专用给坟地,给祖先的坟地预备下钱,以求保险稳定。

第二个主意,要给家塾这个念书的学堂备下钱。这两笔款都固定下来,万一咱们家出了什么事,这两笔费用不会跟着闹黄了。这个秦可卿在梦里头居然说,咱们家有了罪,犯了事……越是高级人物,你不知道,他觉得他自己的这个政治处境与前途,顺利还是不顺利,很难说。就算咱们家有了罪,按照咱们这朝廷的规矩,祭祀祖宗的事不会变,不会没收;办学校让小孩子们念孔孟之道——《论语》《孟子》《大学》《中庸》——这笔钱也不会没收。因为这都是最好的事,这两头不会没收,不管家里犯了什么事,你死去的祖宗不会跟着倒霉;正读书的小孩子五六岁,六七岁、十来岁的孩子去念书,人家照样让你念。因此你把这两笔钱必定要划出来,别的钱怎么花都行,这个钱不许动。这样我们这一家就有了保险。

这话说得太严重了。这是什么话?第一,这是辩证思维,中国的传统文化里,很早很早,两三千年以前,就讲"物极必反,否极泰来"。就是说遇到的坏事多到极端的情况下,好事就会出来了。这是《易经》中讲的,《易经》是中国现存相对比较完整的书里边最古老的一部。《易经》中讲"否极泰来",后来人们又给它加上一句,"盛极必衰,物极必反"。

物极必反,正式提出来是在《吕氏春秋》里头。汉唐以后,佛学传入中国,中国有一段时间佛教很盛行,佛教里头也是讲"色即是空"。人呢,"从爱欲生忧,从忧生怖"。"怖",就是恐怖,人为什么害怕?因为他忧虑。为什么忧虑?因为他喜欢这个东西,惦记这个东西。越是有感情,就越会有烦恼。所以人不要有那么多感情,要那么多感情干什么呢?这种中国式的辩证思维中,又吸收了印度的佛家、佛法、佛学,这是中国自古就有的一种辩证思维。

当然老子还喜欢讲"祸兮福所倚,福兮祸所伏",就是说你有了福气吧,福气又埋伏了祸患,埋伏了灾难;你有了灾难,灾难里头又埋伏、隐藏了积极的因素,使你走上正面的道路。中国人是非常喜欢讲这一套的,一直到现在我们还在讲这一套。中国这种一贯对盛与衰、兴与亡、好与赖的不同的看法,有一种辩证的估计。

老子还有一句有名的话,叫"物壮则老"。你太牛了,你各个方面太牛了,你就是老了。"是谓不道",它就不能很好地体现出这个天道来了,天道是辩证的。

这种说法里头还有一个内容,咱们现在挺喜欢讲这个话,叫做底线思维。什么叫底线思维？就是对任何的事情,我们要考虑它的风险、它的困难的话,我们要考虑到极限:最大的困难会是什么？我们对最大的困难有了思想准备,有了预案,有了对付的方法,那么碰到小困难或者没有困难,当然就不怕了。谁不怕困难呢？把困难估计足,把风险估计到最高的程度。我们现在还在提,这也是中国文化当中自古就有的一个思想。

这段是非常有意思的。第一,它符合全《红楼梦》的思想。第二,它是由秦可卿跟王熙凤讲的。跟王熙凤讲是有道理的,因为王熙凤虽然辈分不高,用现在的语言说,她级别并不高,可是她实权很大,她是秘书长,什么事都管,人财物都她管,所以需要跟她讲,让她早有思想准备。可为什么是由秦可卿讲？秦可卿此前没有介入过任何贾府两边的管理事宜。钱的事她没管过,关系的事没有管过,组织什么活动,她没有管过,都跟她没关系。可是跟什么都没关系,现在却由她来说了。

而秦可卿这个人又是一个最神秘的人,为什么呢？第一,她做到了人见人爱。为什么人见人爱？也没人说。一个是模样好,一个是脾气好,一个是温柔,这也可以叫理由。可是《红楼梦》里头有模样、好脾气的人不止秦可卿一个。而且秦可卿辈分低,管的事又少,她怎么有这么一个特殊的高的评价呢？你也说不清。

还有一个就是她的死,相当不明确。我们前边几回里头讲到秦可卿生病。那个病吧,也不像很快能治好的,但也不像有生命危险。因为她那个病,我们用现在人的眼光来说,大体上是两种。一个是她有妇科疾病,这是表现在她月经来得非常混乱、不正常、痛苦,等等。第二,她可能有抑郁方面的疾病,觉也睡不好,饭也吃不好。尤氏又介绍说她对什么事都放不下,老爱来回琢磨。所以她后来死,包括她在梦里头来告别的时候,也说我要回去了,并没有说我身患重病不可医治了。

当然了,这是梦,那么为什么是在梦里告别呢？因为在现实中,她没有谈这个话的机会和场合。但是我们又不能小瞧梦里告别的重要性,因为"假作真时真亦假",梦里就明确告诉你这是假的、是梦。但是它也是真的,它不是平白无故的,所以她梦里告别也是告别,不方便在真的现实里去告别,我就在梦里告别。这是文学虚构的自由性与合理性。

《红楼梦》里头有非常现实主义的描写,也有非现实主义的描写。像梦境,太虚幻境是贾宝玉的梦境,而贾宝玉的梦境是在秦可卿的床上睡午觉睡出来的。

另外还有一僧一道的说法,还有石头的说法,还有顽石补天而补不了天的说法,还有绛珠仙子和神瑛侍者的说法。对于这些非现实的、想象的、虚构的描写,我们同样要非常重视。

然后底下就说到了秦可卿死时的情况。面对她的死最痛苦的就是贾珍。贾珍哭成了泪人,哭得都不成样子了。他为秦可卿找棺材,要找最好的棺材,这个棺材也不行,那个棺材也不行,最后找着了给忠义亲王预备的棺木做了秦可卿的棺材。这个亲王是所有亲王中地位最高的了。亲王就是皇帝的二儿子、三儿子,大儿子假设是王储继承了帝业了,那么二儿子、三儿子才能叫亲王。这是给一位亲王,千岁爷——皇上叫万岁爷,亲王是千岁爷——预备的棺木,这个木头是怎么样的,这里头描写就多了,我这里就不细说了。

古人对棺木是很重视的,所以贾政都提出了意见。贾政说这不太合适,给你的这个儿媳妇——对贾珍来说是儿媳妇——准备这么高规格的棺木,用咱们现在的话来说就是超标了,你超标超得太厉害了,这不行。

但是贾珍说,我倾尽我所有。那意思是,我不过了,我有多少钱就得花多少钱。当然早先胡适、俞平伯就说了,说因为这个秦可卿跟贾珍之间有不伦,有反人伦的关系,简单说,她这公公跟她睡过觉,所以这个秦可卿既是最美丽的,又是品行上最有污点的。我们再回顾一下,在太虚幻境里头,秦可卿的判词画了一幅画,看着一个美人悬梁自尽,是上吊死的。

她的判词说的是什么呢?"情天情海幻情身",感情像天一样大,像海一样大,这都是梦幻的感情;"情既相逢必主淫",情和情相逢了,它会产生出、引领出一种什么呢?淫。淫,指的就是不正当的、过分的、过了线的男女关系。然后底下是"漫言不肖皆荣出,造衅开端实在宁",就是说不要说坏事是荣国府的,宁国府这儿的坏事太多了,所有的坏事都是从这儿产生的。所以这是一个非常奇特的人物,她死得又非常早,在第十三回就死了。

我还要补充一个阅读的感想。这个怪呀,第十三回,这是洋人的习惯、洋人的迷信,认为"十三"不好。为什么"十三"不好?耶稣原来有十三个弟子,第十三个就是犹大。犹大是叛徒,把耶稣出卖了,使耶稣被钉在了十字架上。整个第十三回都表现了秦可卿的诡秘、秦可卿之死的诡秘,她的死背后的丑闻,这种丑闻又是贾家衰败的象征。一个正在欣欣向荣的家庭不应该出这些事。

那么现在回过头来想,为什么要由秦可卿在梦里边讲一段重要的话呢?

第一,秦可卿是《红楼梦》里第一个死的重要人物,也是金陵十二钗里头有名有姓的一位人物。秦可卿,跟前边说的那个薛蟠打死的冯公子不一样,那个冯公子后来底下根本不提了,死了也就死了,毕竟《红楼梦》里死人太容易了。而秦可卿的死是整个贾府的丧钟,是中国封建社会的丧钟,是这样两个大家族、两个国公级贵族毁灭的象征。

第二,任何一个好的作品,不管它写得多么现实主义,多么尊重现实,有一个诱惑,作家是很难抗拒的,就是在作品当中太想说话了。越写到这儿,不能不用书里的哪个人物说出作家想说的话来,这作家已经按捺不住了,终于他要把这些话说出来。他找别人还不如找这第一个死鬼,重要的死鬼,第一个幽灵,第一个或许有特殊背景的人物。虽然我们不知道她有什么特殊背景,我们也完全可以看到秦可卿的这些话应该就是曹雪芹要说的话,特别是对那些大贵族、大牛家庭、大牛人们要说的话:你们要小心,你们有完蛋的时候,你们要在最兴旺的时候就做好完蛋的准备,你们早晚会登高跌重,赫赫扬扬完了以后,你们会垮台的。这个是很有意思的事,这也是有曹雪芹那种特殊的人生经验以后才总结出来的人生哲理。

第十四讲　牛气冲天的葬礼

《红楼梦》第十四回,"林如海捐馆扬州城,贾宝玉路谒北静王"。这一回里头讲到林如海死了,他的遗体被运回了苏州。贾宝玉在路上,去拜望北静王。实际上还是围绕着秦可卿的丧事来讲的。

秦可卿的丧事期间非常混乱,一般的家务都是家里边的堂客——过去叫堂客,就是女士——来主持的。女士为什么叫堂客?因为她们经常待在家里面。"堂"也是"家"的意思,过去尊称一个人的母亲为令堂。这个宁国府中辈分最大的管事的堂客,是尤氏。可是尤氏犯了心口疼,声称病了,根本就没有参加秦可卿的丧葬。这是以俞平伯为代表的红学家,也是得到了大多红学家认同的一个判断,说尤氏为什么没有参加这个丧葬,是因为尤氏原来也没看清楚,后来是被两个小丫头撞见了:秦可卿跟她公公的非道德的极丑陋的乱伦关系,秦可卿是上吊死的。那么尤氏气坏了,所以她怎么可能参加?她怎么会去追悼她儿媳妇?因此这个尤氏就没来。

这个家里乱!贾珍说我这家里太乱了。很奇特,贾宝玉给贾珍哥哥讲,你家乱成这样,我建议你这几天办丧事,把我嫂子王熙凤请来,让她帮着弄,没有她不会弄的。贾宝玉怎么还关心到这个了?这是唯一的一次,除此贾宝玉就没管过实际的事。

但是后面就写了"王熙凤协理宁国府"。用现在的语言来说是什么呢?就是智力输出。王熙凤在贾宝玉的推荐下,把她的智力输出到宁国府来了。本来她是荣国府的人,她老公是贾琏,贾琏是贾赦的儿子,是荣国府的,不是宁国府的,所以叫智力输出。《红楼梦》有一个吸引人的地方,就是里边的很多事儿,你搬到现在来,似像似不像,似乎如今某些事仍然有《红楼梦》的影子。

王熙凤一听说让她去,立刻就先了解一番情况,她愿意露一手。王熙凤这个人的特点之一,是显强。她什么事都是绝对显露在外边的,但她害人的时候不显露在外边,能显示她的能力的时候,她绝不客气。她立刻就指出,宁国府现在为什么管理混乱,为什么没人好好干,为什么没人负责……她说宁国府有这么几大问题:

第一,人口混杂,遗失东西。这人口混在一块,连个人名你都弄不清楚,因为他们这一个府都有上百、数百个工勤人员,东西说丢了就丢了,根本找不着。

第二,上下无专管,临期推诿。什么事该由谁负责,你闹不清楚。到了临时的话,你推给我,我推给你,没人负责任,分工不明确。一是劳动力不明确,责任不明确;二是管理分工不明确。

第三,需用过费,滥支冒领。就是说财政支出上、花钱上没有计划,没有标准,随便就说我干这个事情需要多少钱,拿着银子就走了。浪费非常多,这是说财政上的问题。

第四,任无大小,苦乐不均。这就牵扯到劳动待遇的问题。一会儿分这个人办一个事,屁大一小事儿,就算他有其他任务,也去干这个了。另外一个,事儿可能非常严重,非常大,几天都办不完。这个你都不加以分别,不加以区分,干活的人苦乐不均,承担的任务也不平等。

另外她又提出一个问题来,这是家里边的事。说家里头有一种豪纵的家人,家人也是对仆役的一个说法,我们过去说是"老家人"。老家人的意思不是你家里的人,而是你家里的工人,叫老家人。有的待得时间长了,或者跟主子关系特别好,或者还有点儿什么特殊关系,他就变得豪纵。豪,体现在他会大声大气、自高自大;纵,体现在他放纵自由,谁也管不了。有这种管不了的豪纵之人,这种人干什么没人敢管他。第二还有一种无名之辈,他永远上不去,无论干了多少好事,别人也看不见,因此他没有上进心。既有牛得不得了的这种豪纵之人,又有熊得不得了、干多少活也没人夸的这种人。

王熙凤的管理学,是非常有意思了。她早早就起来,到了宁国府。因为一早啊,她先要分配各种各样的工作。因为她答应说管这个丧事啊。所以她一上来,立刻先说了一句,说既然请了我来了,我少不得要讨各位的嫌了。她说话是很厉害的,那意思就是勿谓言之不预,我可不是一个好惹的。你们讨厌,我也得管;你们欢迎,我也得管;你们不欢迎,我照样管。先摆出这么一个架势来,然后她马上就分配人,有二十个人是管接待来吊唁追悼的客人的,负责给来客倒茶让座。还有二十个人,是接待另外一部分客人的。这些客人可能是外地的,是要在咱们家吃饭的。丧事的主人说凡是来吊唁的人,我都管饭,你不吃,你走你的,但是我这儿有流水席,不停地都有饭在那开着。到了这儿赶上吃饭的时候你就吃,你想吃饭了,就到那桌上去吃。有二十个人管这个。有四十个人管灵前上香、添油、挂幔。还有多少个人是管夜班的,加上白天的所有这些是一百二十个人以上。可以看出来,它(宁国府)使用劳动力就是一大问题,而且这个府上的规模之大呀,整个丧事办得之大,那你简直不可想象。

然后第二天王熙凤又去,有一个人晚到了。王熙凤马上就下令,说拉出去打二十大板,告诉主管停止那人一个月的月钱。若今天你晚到,明天他晚到,后天又是一个人晚到,咱们这活还干不干了?所以对不起,除了打二十大板,你这月的工资没了,那时候还不叫工资,你这月支出的费用没了。真厉害呀,二十大板呀,动辄肉刑啊。而且挨打的你一句怨言都没有,因为她早说过了。比如说早上七点在这儿集合,你为什么七点过十分才来?打!王熙凤在那儿威风得不得了。

《红楼梦》还描写来到这儿的女客,或称堂客,非常多,除了这些人,主人这边,贾府这边的堂客也非常多。这些人有见到生人说话脸红的,有不知道答什么话好的,还有不知道丧礼的各种规矩的。总而言之,窝窝囊囊,一个管事的也没有,就看见了一个王熙凤,万绿丛中一点红。这个"绿"其实也没有坏的意思,一万个一般性的女人当中只有一个能管事的。王熙凤十分得意,十分任性,她自个儿也是感觉到自己威重令行。她的威风八面,走哪儿,你看眼神都看得出来,没有不害怕的,没有敢不听话的,没有敢不服从领导的。这个王熙凤啊,算是到达了她的人生的一个最高点。

回目里头"王熙凤协理宁国府"是在第十三回,但是第十三回写秦可卿的死,尤其是和凤姐的谈话已经占了很大的篇幅了。所以更多的内容是写在第十四回里,虽然第十四回没提王熙凤协理宁国府,但是真正怎么协理宁国府是写在十四回里的。这个是《红楼梦》回目上有的一种弹性、一种灵活性。

然后我们要研究和体会一下,秦可卿的葬礼有多排场?这个葬礼轰轰烈烈,牛气冲天。有多少人到她家里来吊唁,刚才就说了。就从这边有二十个人负责给倒茶,那边二十个人领着去吃饭,你就知道有多大的规模了。到了送葬的那一天,送葬是送到哪儿去呢?送到他们的家庙,送到家庙里头再停一天半天的。家庙的附近是坟地,不是直接送到坟地,要先送到家庙去。送葬的那一天,又是搞了一个大规模的,简直是一场大游行。人多得就像压地的银山一样。为什么说是银山呢?送葬的人穿孝服,就是丧葬服,白衣服,所以说是银山。那么多人穿着白衣服在那儿走。悼客,就是追悼的,跟着一块送的人非常多。有些什么人呢?国公这一级的,有八大公,八大公的孙子辈的人都来了。你不能说是这八大公,他爷爷也过来,但是八大公也有孙子辈的,孙子辈的八个孙子,有没有没来的,你们再仔细看,八个孙子辈的人都来了。这说的是男人,女人还不算在里头,女的不算正式送殡的。

小时候我脑子里整天都有这个词,送殡,然后就该殡葬——埋葬了。这人一块跟着走,一块跟着步行,另外还有人坐着各种各样的轿,各种人物来送,送的还要打着一个经幡。经幡就是高高的、长长的,用一个纺织品把死者的名号头衔写上,要不然人家不知道是送的谁。秦可卿的幡上写的是什么呢?上边写的是:"诰封",就是皇上封的;"一等宁国公,冢孙妇",冢孙妇就是宁国公的孙子的媳妇;"防护内廷紫禁道,御前侍卫龙禁尉,享强寿,贾门秦氏恭人之灵柩"。这么长的头衔要解释一下,贾珍看到他儿媳妇死了,又跟他有特殊关系,为了往外宣布的时候更体面、更牛气、更好听一些,就需要给秦氏的丈夫加个头衔、官衔,这样才有面子。可贾蓉除了是家里头的一个坏小子以外,他什么官衔都没有,所以他们就花了一千五百两——据说为他们打了折——一千二百两银子买了一个头衔叫龙禁尉,龙指的就是皇上,龙禁尉就是朝廷里、天子卫队的一个人。这个人也不见得真当警卫去,但是他有这个名义,有时候是候补,但是有了这个名义就不一样了。这个名义相当厉害了,因为你是皇帝的卫队的人,你就是能在皇帝身边,一立正、一站,你也不是一般人了,你的势力也就不得了了呀。所以打着这么一个幡走这一段路,然后就坐车到郊区他们的家庙里去。

路上有四大郡王,地位比亲王低。郡王也是这一宗的,但不是皇上的亲弟兄,也许是表弟、表侄子之类的。四大郡王中每一个郡王,在路上搭一个彩棚,搞一个临时建筑。临时建筑是什么意思呢?这个叫路祭。就是说,送丧送葬的队伍,打幡的队伍,从这儿过的时候可以在这儿和郡王这边高级的悼念者见个面,或者行个礼,或者甚至哭两声,表达对死者的亲热、哀悼,这个咱们就弄不清了。所以它还有四个大的彩棚,等于在路上还要不停地在这儿进行各种礼节仪式。

路上是什么情况?第一,人非常多,像压地银山一般。第二,有彩棚,还有各种乐器,奏乐,这简直像过狂欢节呀。而且路上还有筵席,有餐饮,随时想坐在那儿吃东西都行,因为你走那么长的路也挺累的,想吃东西就有吃的,想喝东西就有喝的,虽然没有具体地说筵席上有什么东西,但是叫筵席,总不能太差,绝对不限于烧饼夹肉,更不是窝头粗粮。

有筵席,有彩棚,有奏乐。所以我说这是一个什么东西呢?这是一个狂欢节大游行。这就是秦可卿这个美丽而情况又有点儿私密的这么一位女士的葬礼,这也是一件有意思的事情。

这个贾珍是痛苦得不得了,不知道怎么样表达对秦氏这个儿媳妇的死亡的悲哀,所以表达的是各个方面。这是一件很痛苦的丧事,当然贾蓉也很痛苦,媳妇死了。王熙凤非常痛苦,她还专门哭了一场,这也是真实的感情,可是她能够把丧事办成喜事,办成牛事,办成炫富、炫势、炫威、炫众的事。这两个贾府的一次大游行,太奇特了,这叫什么呢?这就叫异化。因为人类的文化原本有一个规矩,它都有事先自己的想法,但是这个想法在实施的过程中慢慢地失去了本意,失去了最早设计的意图。

谈到这一点,我们就要回忆一下中国的丧葬之礼,在全世界是比较重大的。尤其在古代,因为从孔夫子就提出来,丧葬的时候有很多规矩:停止娱乐活动,不能吃太好的东西。这跟现在说的情况可完全不一样了,和贾府的情况也不一样。而且孝子要在墓地旁边跟双亲的灵柩靠得近的地方守孝三年,连朝廷的大员,碰到丧事都要守孝三年,叫丁忧。丁忧了,不管多大的官,您先回去,丁忧完了以后用不用你再说。

孔子曾经回答过这个问题,说有人说这三年时间太长了,也不能干别的事了,就整天守在坟墓那里,不如守一年就得了。孔子说不可以,你不想想你小时候你爹妈抱着把你养大,让你自己能走路、能吃饭,是不是用了三年的时间?用现代的语言来说,也至少得用三年的时间才能够养到你可以进托儿所的程度。

墨子最早提出要简化丧事,认为丧事是太过了,因为人们的生活水平非常低,收入也非常少,怎么可能搞这么大的丧事活动呢?他被孟子、荀子一通臭骂,说别的能俭省的都可以俭省,唯独对父母的丧事要非常重视。当然了,这三年它也有灵活性,三年实际上是什么呢？比如你父母是一月份去世,那么你的守孝第一年是一整年,要是腊月份,比如腊月二十三,您父母去世了,那么腊月二十三过来,到了春节,这就算是已经过了一年了,你的守孝第一年只不过六七天而已。再到一个春节,就算是两年。这个春节再过上一天,就算是第三年,三年时间就可以结束了。所以它实际上可能不到两年,也就一年多。但是有人说这种做法是一种欺骗,孔子所说的三年也是欺骗。这是中国的一个计算方法,虚岁就是这么计算的。一出生,你就算一岁,然后过第一个春节了,你就算两岁,过第二个春节了,你就算三岁了。所以所谓三年不是说每年按三百六十五天计算,还必须乘以三,不是那个意思。

通过重视丧葬可以培养人们的孝心,而一个很好的孝顺孩子呢,出去在社会上也会是一个听话的人,是一个服从领导的人,是一个服从长上的人,是一个尊重自己师长的人,他是从这一点上说的。

可是在孔子那个时期,连反对的墨子也好,坚持孔子的理论的孟子和荀子也好,谁也想不到,可以通过丧事来表达自己家族的威风,表达自己家族的兴旺,表达自己家族的友人之多,表达自己家族的势头之好,所以这个丧葬之礼是有这样一个变化的过程的。

还有一个很热烈的场面。就是到了北静王,北静王是这四个王里头排在最后,是这四个王里头威信最高、势力最大、为人最好而且又长得特别帅、特别漂亮的、和贾家有密切关系的人。北静王亲自在他那个彩棚那边等着,然后过来亲自吊唁。他跟贾政熟,吊唁完了就问,你那衔玉而生的公子来了没有？说的就是宝玉。贾政赶紧让宝玉过来。宝玉一看,北静王太漂亮了,这人太有魅力了,太有吸引力了。北静王问他,你出生的时候就衔着的那块玉在不在？宝玉赶紧请北静王看。北静王一看,太漂亮了。就对贾政说,你这个孩子,就冲他这长相,冲他这说话,是既聪明又可爱,才能又高啊。说不定他是龙驹凤雏,是非常了不起的人物。但是我也提醒你一句,你这么好的孩子容易受到溺爱,希望你们注意对他还是要提出一些要求,不要溺爱,溺爱对孩子并不好。他讲得挺对。

北静王还说,希望你有机会的时候多到寒邸,这就跟我们说寒舍一样,他的府邸自然不是舍了,他是那么高级的郡王,府邸相当于一个居住区了。我愿意在我们家里头跟你交换讨论读书学习这些事情。贾政当然是乐死了。北静王还给了贾宝玉一点儿见面礼,其中有一个手串,用什么麝香的珠子做的。通过这个描写,也表现了当时贾府就是朝里有人,不但贾政的女儿当了皇妃,而且他跟北静王有特殊密切的关系。但是这些和死人秦可卿一点儿关系都没有。

所以丧葬葬礼又变成了一个公关活动,变成了一个和那个死者毫不相干的其他各种为了名、为了利、为了关系而做的一项活动,这也是令人叹息的。

第十五讲　葬礼变成了儿童的闹剧

《红楼梦》第十五回,"王凤姐弄权铁槛寺,秦鲸卿得趣馒头庵"。

我们在上一回里头,讲到秦可卿的葬礼是一路打幡走着的,但是这个丧葬,并不是一直走到这个坟地上去,就把棺材,甭管你多高级的棺材往地里一埋。不是,他们还要把棺材送到家里边的庙——家庙,铁槛寺。这个庙就是佛教的庙,有和尚的庙了。棺材到这个铁槛寺里头还要停这么一两天,底下怎么埋葬,怎么入土,就不是这些客人要管的事儿了,而是这些亲属要管的事儿了。到家庙这儿来的,主要就是亲属。里边有贾宝玉,还有秦钟。因为是姐姐死了,秦钟当然必须去送。

这哥俩呀,按说不应该叫哥俩了,因为秦钟比贾宝玉低一辈,但是贾宝玉坚持和他以兄弟相称,或者光称姓名,不许秦钟管他叫叔。这是一种什么心理呢?咱们也不用多琢磨。这两个人,因为是最受宠爱的,所以就没有跟着更多的人住在这个铁槛寺。而属于家庙这个系统的呢,还有一个小尼姑庵,叫馒头庵。为什么叫馒头庵呢?书上解释说,因为它这儿做的馒头特别好吃,可是在这书上又引用了一副对联,"纵有千年铁门槛,终须一个土馒头"。"纵有",就是"放纵"的"纵"字,这个地方也可以念纵(zǒng),说哪怕你们家里头有一个铁门槛能够用一千年,最终归宿不过是个土馒头。"土馒头"是什么呢?就是坟墓。就是说人的寿命是有限的,用一千年的铁门槛,但是你到了这儿,也说不定是多少岁呀,就死掉啦,那时候你需要的是一个土馒头。所以这个铁槛寺和馒头庵,从佛理上来说,也是互相有密切关系的。

来了以后呢,王熙凤先告诉说,你们哥儿俩也没有到乡下来过,我这次带你们出来呀,送秦可卿的灵,让你们也看看乡下的生活。贾宝玉和秦钟这两个人还真没见过乡下的东西,乡下的东西看着都非常奇怪,见到农具也奇怪,尤其是见到纺车,那个时候农村都是自然经济,要自己纺线,自己织布,不可能上百货公司买服装,那没有的。他们一看那个纺车,说这真好玩,就上去动,这时候就过来一个十八九岁的女孩儿,一个农村的姑娘,说别动,别让你们动坏了。然后他们说这个怎么用啊,表现出了极大的兴趣。这个女子,比他们年龄大多了,就表演了一下。贾宝玉还算有点儿领悟,说我这回才明白了,用我们今天的话来说,就是"谁知盘中餐,粒粒皆辛苦"。他看到农民的生活,立刻就体会到、认识到农民是很辛苦的,没有农民的辛苦,他们吃不上饭、穿不上衣。他有好的反应。

可是这个秦钟就显得流里流气,秦钟就跟这贾宝玉使一个鬼脸儿,说此君大有意趣。就说这个女人呢,这位大女孩啊,还挺可爱的啊,我对她有兴趣啊。这么一句话,"有意趣"。意,就是能够招起你的某种心意来;趣,就是能让你对她感兴趣。

贾宝玉阻拦了他,怕人家听见他这个话,不让他说。这里边表现出贾宝玉和秦钟略有不同。然后底下还补充了一段,也很有意思。这个《红楼梦》有时候你看着像一句闲笔,写不写都毫无关系,你说农村的这个女人,跟他们也没有任何关系,底下也再不提她了,但是它反映人生的或者青年、少年对人生的一种感受、感悟也很可爱。没说几句话,他再出去看一看这村口,这个女孩儿在那儿站着,而且还抱着一个孩子。这个女孩已经嫁人生子了。你想那个年代,早婚是很厉害的,是不是啊,十三岁嫁人,十二岁、十三岁、十四岁,真是,十五岁嫁人就算相当大了,十五六岁就抱上孩子了,这一点儿也不新鲜。但是贾宝玉一看呢,他一愣,因为在贾宝玉这位少爷、这位美少爷的心里头，认为所有美貌的、年轻的女子都是供他欣赏、供他爱恋的，是跟他说话、给他陪伴的。现在忽然看到一个他们不无兴趣的女子已经结婚、已经生子，在村口就那么一站，抱着孩子，在那个贵族的府邸里是不可能的，结果他又有所感受。

然后可就是越写越低级，越写越恶心了。写的什么呢？馒头庵有一个小尼姑挺漂亮的，叫智能儿，不是人工智能的那层意思，智能儿是这个尼姑的名字。这个人原来就常上贾府，秦钟没事儿就爱跟智能儿在那儿胡扯胡说、调情调戏、逗闷子。秦钟和贾宝玉就一块找智能儿去，到了智能儿那儿，贾宝玉跟着起哄，说到了智能儿这儿了，你不说点儿好听的话？秦钟一上来就说，你胡说什么呀，咱们这是做客的。宝玉说，做客的，那你让她给我倒杯茶去。秦钟说，你大少爷这么高的地位，你喊她倒茶，不行吗？宝玉说，那不行，我说让她倒茶，和你说让她倒茶、你给我端来，这是两回事，反应也不一样，你不信去试试就知道了。他跟秦钟不知道要捣什么乱，要说什么——好像要取笑，要逗着玩儿，要挑逗，但你说不清。

问题在于智能儿的反应。秦钟说，宝二爷想喝杯茶，你给他倒一杯去吧。这个智能儿一开始也是有点儿满不在乎的样子，因为她也是自恃和秦钟关系不一般，所以她就是也不怎么买账的模样。但是后来那么一说呢，说好吧，就倒去了。然后她倒来了一杯水，往那儿一放，秦钟就说这杯水我喝。贾宝玉连忙说，胡说，我喝，我得先喝，两个人争上了。两个人一争啊，这智能儿笑了：哟，干吗都抢我给你们倒的水啊！我这手指头是蘸了蜜了吗？这个智能儿有点儿反过来逗着他们玩儿了。你手指头上蘸不蘸蜜，你跟这俩小子说这个干什么呀？在中国那个时候这样说话就已经失了分寸，就已经有挑逗性了，就有一种不太正经的感觉。就是现在来说也会有点儿过分，因为贾宝玉跟她很生，没有什么来往。

晚上天黑以后，秦钟又去找智能儿了，到了智能儿屋里。到了屋里，他们说的话、他们做的事、他们一些互相的挑逗的言词，我在这里就不重复了,有些让人不堪入耳了。尤其请注意,这是一个小尼姑啊,对这个尼姑庵,对这个宗教得有一点儿尊重,不能说一到这儿就办这个买卖。所以这里让人觉得有点儿看不下去。

更看不下去的呢,是说这个秦钟和智能儿办上好事了。正办着事儿的时候,忽然一个人哈哈一笑,进来了。是谁呢?是贾宝玉,然后秦钟那个狼狈的样子,我们可以设想一下,多尴尬,多狼狈。这个贾宝玉怎么干这种事儿?这是小流氓、小无赖的做法。

鲁迅最喜欢说的一句话,但是这个话并不是鲁迅发明的,是俄罗斯的一个寓言作家克雷洛夫说的,他的一个名言就是说,鹰有时候飞得和鸡一样低,但是鸡永远不可能和鹰飞得一样高。就是说这个贾宝玉啊,在他低俗的时候,他和秦钟没有区别,和薛蟠没有区别,甚至和其他的小流氓也没有区别。但是当他见到像林黛玉、薛宝钗这样的人之后,他的礼貌、他的文雅、他的文学修养、他的聪明、他的善意,那是薛蟠、秦钟之流所不能达到的。

底下还有一句话,说什么呢,说是宝玉来给他们搅和完了,把这事搅黄了之后,告诉秦钟,别的话不说了,今天晚上睡觉的时候我还要跟你算账。

又过了一段儿,说到他们睡了一觉,第二天醒了。小说里说,这一晚上贾宝玉和秦钟是怎么算的账,我就弄不清楚了,我也不敢随便编了。表示晚上贾宝玉和秦钟之间还有私密的活动,还有不雅的活动,还有流氓性的表现。这个也非常令人叹息。

当然,你也可以从不一样的角度分析书里的这一类描写,宝玉与秦钟并无不雅私密夜生活,书里这样写,其实是耍弄低级趣味的读者,雅人写书俗人看,姑妄俗之逗你玩,似俗未俗仍是雅,往低俗里想是你自己低俗。

说一千道一万,贾府如何爬灰,如何养小叔子,宝玉与秦钟搞了什么不堪之事,有虚无实,有影无实体,曹雪芹有自己的分寸。

这里我又要加一个问题,这两个人到铁槛寺是给秦钟的姐姐,贾宝玉的一个亲戚,一个很可爱的女子——秦可卿来送葬的呀,来停灵的呀,这灵还在那儿停着呢,第二天一早就埋了,这个他都没详细写。起码你不是来春游的呀,再说得难听点儿,不是来嫖妓的。你来的这个是尼姑庵也好,铁槛寺也好,是清静无为、四大皆空、很庄严的地方。"庄严"这个词也是从佛学中来的:"庄严法相"。这样一个很庄严的地方,你怎么是这样表现的呢?怎么曹雪芹你把它写成这样?有这样的一群子弟,封建社会还有希望吗?贵族还有希望吗?

下面一个更奇特的事就出来了。馒头庵当家主持的一个老尼姑找王熙凤来了,说凤姐啊,或者管她叫什么奶奶,说奶奶呀——这个辈分最高的叫太太,贾母叫老太太;王夫人、邢夫人,叫太太;到了王熙凤这儿,叫奶奶——我有事儿要跟你说。什么事儿呀,你还是跟我说吧。老尼姑说,有个事儿看你能不能帮着说句话。她说,我原来在什么什么地方的一个尼姑庵里头,那时候呢,那儿有一家财主,是一位张财主,他跟我们这个尼姑庵的关系很好。这个张财主有一个闺女,很年轻的时候就说好了姻亲了。那儿有一个守备,守备看起来是一个武官,比较基层的、低阶的武官,张财主的闺女跟他的儿子订了婚。过去中国的婚姻,很多都是早早就订了的,甚至还有指腹为婚的。指腹为婚,就是双方的,两家的堂客都怀了孕,这两家关系又特别好,如果他们生下来都是男孩儿,他们拜为兄弟;都是女孩儿,她们拜为姊妹;一男一女,他们长大就结婚。这个守备倒不是指腹为婚,而是比较早的若干年前,守备的儿子要娶张财主家的女儿,所以已经向她家送了一批聘礼。可是这个时候又出来一个长安府的太爷,长安府的太爷,也许是一个更大的官。说这个长安府太爷的儿子,看中了这位张财主的女儿了,要娶她。张财主一看这边官大呀,他就愿意把女儿嫁到这个太爷家,可是原来已经收了守备的聘礼了,就跟货卖两家、一稿两投一样。我就想,您这儿情面大,您想法儿让家里边贾敬、贾赦这些人,写封信给更高的、一位姓云的官,武官,让这个姓云的给守备说一句话,把张财主女儿这个婚姻给解除了,有这么一句话,面子上也就过得去了。

王熙凤说,我管这事儿干吗呀?这个老尼姑很厉害呀,老尼姑说是我告诉他们,咱们就不管她的事儿了。这个事儿过去了,她又说一句,其实呢,这事儿呢,奶奶不想管,可是要传出去呢,我只怕他们认为呀,咱们好像还办不了这点事儿似的,说明咱们的这个影响啊、人脉呀、说话的权威好像差一点儿。她说了这么一句话。

王熙凤最怕的是这种话,说明这种寄生贵族之家心虚得很。她一听火就上来了,谁说的?这点儿事还值得办吗?你要这么说话,我告诉你,没有我办不了的事儿,谁说我办不了,我这个时候还用得着请哪位更高的长辈吗,我就办成了。你告诉那个张财主,给我拿三千两银子,这个银子啊,我自己都不要。我要你三千两银子干什么,三万两银子我也拿得出来,我现在要管这个事儿,这个钱就是给那些来回跑腿儿的下人的,让他们跟着我干活,他们也得得点儿好处。

老尼姑说没事,他是个财主,别说三千两银子,再拿五千两,他也得拿。她没敢说三万两。这个时候王熙凤说了一句惊天动地的话:我这个人,根本就不相信阴司报应,我就不相信死后还有人管我,我什么不敢干啊,你们以为有我干不成的事儿吗?她太凶恶了,而且她这个凶恶是跟她的利益没有任何关系的。

现在我们来分析一下,她不认识那个姓张的,也不认识那个守备,也不认识那太爷,也不认识那更高的一个云"司令"啊!对不起,我记不清了,反正是一位云大官,云老爷。但是她就是要弄权,她玩这个权力。其实这不能叫权,这应该叫弄势。她没有具体的权力,因为她不是官员。但是她有势力,她能找有权的人,她有面子。她有手段,但她并没有权,弄权写在这儿是不妥当的。她是借势,她玩的是势力,显出她的厉害了。再说句难听的话,她觉得自个儿要是一个人都不害,她都白当这么大人物了。我这个人势力大,势力多大呢?我想害谁,我就害谁,我不想害谁,你们勾起我的火来,我也能害谁。这个太可怕了。

然后底下果然她就做到了。她怎么做的？她让来旺儿——贾琏这边的一个文书。你看，他这儿还有文书。让文书冒充贾琏的名字，她用不着贾政、贾赦、贾敬这些更高的老一辈的名字，她用这个贾琏的名字，冒充写了一封信给那个云老爷，说有这么一个事儿，您给帮着说句话。那个云老爷收到了信，一看是荣国公家里边的，也是主要的男性，少当家的吧，那当然他就很重视这里面的干系。在他们看来，一个人官小了或者地位低了，遇到比你牛、比你官阶大的人物，他们的话，有道理要听，没道理也要听。这有什么？让人家退婚有什么，退了婚再找一个呗，我说的当然算了。一封信，这事儿就办成了。退婚，然后酿成了不可预料的后果，这个后果以后再说。

我现在要谈一个特别值得咱们琢磨的问题，就是在这《红楼梦》里，宗教是个什么东西。宗教是很有学问的，佛学也很有意思啊。这佛学很高级，但是具体到了《红楼梦》，宗教也好，寺庙也好，尼姑庵也好，完全是附属在权势底下伺候权势的，叫做假宗教的一个服务处。灵车来了，灵柩来了，棺材来了，来到这里埋葬的时候，也得正正规规的呀，该谁来的，该围一圈的，该念经的，该干什么的，那些他没写，但是他写了这些东西。那么你停一下，你在哪儿停呢？你停在家里头不好办吧，这么一口大棺材，里头放着一个刚死去的人。所以有这么一个庙非常重要，这个庙不光管这此生的事，还管来生的事，提供宗教的服务。但是，庙也是有主子的，主子他心里闷得慌了，想找个和尚聊聊天或找个尼姑聊聊天，这尼姑、和尚有另一套言词啊。他言语不一样，逻辑不一样，说法不一样，今生、彼生，此岸、彼岸，功德佛法，很多说法都不一样啊。他还需要和这种代表宗教的人物说话。可是我们在这里看到的家庙里的这些人物，智能儿属于小花尼姑，智能儿表示说她得逃出这个牢狱。其实按我们今天来说，这一点我们应该鼓励她，她不愿意过这种被拘束、被囚禁的生活。这是智能儿。而这老尼呢，你堂堂一个老尼姑，你管人家退婚的事儿干吗？甚无道理。这里头肯定也有金钱、利益关系。

另外,这个老尼还相当油滑,她能掌握王熙凤的心理。王熙凤原来说不管这个,这是非常正常的一种反应。哪有管这个的,毫无意义的事情,但是她利用了王熙凤好强、显摆的这种心理,营造了这样一个非常卑劣、伤害别人且除了那三千两银子以外并不利于自己的完全莫名其妙的一件坏事。你做坏事,你为了利益也好,为了向仇家报仇也好,你也得有点儿道理呀。而这里写的是贵族大家,加上为贵族提供服务的宗教从业者,无端行恶,无端害人,无端逞霸。这一段的描写也是令人叹息和痛心的。

第十六讲　秦钟死得稀里糊涂

《红楼梦》第十六回,"贾元春才选凤藻宫,秦鲸卿夭逝黄泉路"。这"秦鲸卿"里的"鲸"按古时读音,应该念 qíng,应该是"秦鲸(qíng)卿夭逝黄泉路"。

在这里边讲的首先是贾元春,这个事情最大,同时还有秦钟之死。这一回找补了一点前边儿的事,王熙凤弄权。我说呢,应该是说王熙凤弄势,她玩弄她的权势,玩弄她的地位和影响力,胡乱干预张家的女儿和武官的儿子订好的婚姻,硬是假冒贾琏的名义给那个地方管武职的云老爷写了信,干涉人家的婚姻,让人家退了婚。

到了这一回没想到这个事产生了非常严重的后果。张财主家的女儿因为从小就知道她是许配给一个守备的儿子的,现在到了差不多可以出嫁的年龄了,她爸爸告诉她那个婚给退了,现在有一个更大的官,他的儿子喜欢你,你要嫁给他儿子。这个女儿无论在情感上,还是在思想上、道德观念上,对退婚都不能接受。因为我从小就认定了我嫁给,比如说是张三,我十五六岁了,该出嫁了,爸爸告诉我,我给你换人了,她觉得这个是很不道德的、很悲痛的、很无理的事。结果她自杀了。这个消息传到了守备家,她未婚夫的家。这个小伙子估计跟张家女儿差不多大,从小订的亲,一听说他的未婚妻为了抗拒她爸爸的这种胡作非为、这种不道德的行为,为我而死了,我一个人活着还有什么意思?这么好的媳妇儿我娶不上,硬给逼死了,我也不活了。他也自杀了,双双自杀。我们从这件事情上可以想到王熙凤无缘无故干了一件多么坏的事,产生了多么严重的后果:害死两条人命。我们也看到那多管闲事的云老爷,你干的是什么事?既不符合道德,不符合主流的意识形态,不符合人情,你那儿也什么都没得到。再回过头来,那个长安府的太爷,你的儿子说是看中了人家,看中了你就往家里拉呀?有那么容易的事吗?原来的事你一概不管,你应该受良心的谴责,你应该受命运的报应。

但是,我们仍然要再追究一个问题:这两个人死得值吗?曹雪芹写的这个年代,两个人不是一个家庭的,不是一个家族的,不是那种亲上加亲,他们见没见过面也没交代,两个人能不能算是已经相爱了,他们有没有爱情可言,也没有交代。他们就这么稀里糊涂地死了。这个也值得让人仔细分析。分析什么呢?就是中国这种婚姻道德的观念,尤其是对女孩子、对女生、对女人的这种不近人情的婚姻关系的要求的这个观念,影响到了她的心理,影响到了她的道德观念,影响到了她的情感。这个东西太严重了,你莫名其妙地为一个是不是见过面都说不清楚的这么一个"对象",这么一个未婚夫,就自杀了?那个男孩子呢,比她还多一点儿可理解之处。一个青年人,那时候结婚早,小的话十五岁,大的话十八岁,很难想象他已超过十八岁。处在这么青春年少的时期的一个男生,听见一个才十四五岁的女生为他而自杀,太震动了,他的精神也崩溃了,他觉得他不死就对不起这女孩啊,这个稍微能理解一点儿。

这个又让我们想起来,中国自古就有思想家、哲学家、学者,特别是明清以后提出了一个很大胆的对封建主义的批判。一个什么说法呢?叫"名教杀人"。就是你爱惜你自己的名声、爱惜自己的形象,要过得干干净净,尤其在男女关系上,你不能任意、不能任性、不能留下污点,至于是多大的污点呢,咱们再说。为什么是污点,是不是污点,甚至还是不是可以原谅,这都另外再说。这方面的教育,在这方面形成的这种观点,形成一种执着,形成一种坚持性,可以杀人。

在《儒林外史》里头,就更可怕了。说是一个女儿被一个男人摸了一下手，回去就自杀了，或者把自个儿的手砍下来了。所以对王熙凤干的这个坏事，我们也要想一想封建主义的意识形态、封建主义的男女大防、封建主义的道德绑架和道德压力，存在着的很多不合理的地方。

《红楼梦》里头这一类的故事还很多，我底下还会讲。第一，那些弄权弄势压迫你、干涉你的，都是大人物，都是这两个贾府里面的有权有势有地位的人，这样的人可恨。第二，在这种压力下没法活了，自己提出要出家、要殉主人，这样的故事都有两面性，起码都不是一面之词、一面之理。这一类事件有两面，一面是可恨，另一面是可怜。《红楼梦》里的许多故事既有可怜的一面、被迫害者被逼得走投无路的一面，又有造成恶果的霸道的一方自毁自绝甚至是愚蠢的一面。这很值得我们考虑。

然后这一回主要说的是什么事呢？说元春。一般专家分析，元春这一时期的年龄呢，应该是二十到二十五岁，处于这么一个年龄段。在这个年龄段，她才选凤藻宫，就是内宫。在皇上三宫六院的七十二嫔妃——这么一大堆给他（皇上）提供性服务的女性——里头，还要考察每个人的才能、人品，然后给她一个官衔，不是真官，也不见得是管什么大事，但是她有地位。咱们想一想，至少在内宫当中，三宫六院已经是九处宫殿了。再加七十二嫔妃，七十二加九是八十一，这八十一个女性里头贾元春也有她的地位。贾元春，就是宝玉的大姐，比宝玉大个七八岁的样子，她小的时候还带着宝玉学习，当着给宝玉家庭辅导的一个角色。她被选中，那时候也叫选秀，但是这个"秀"跟现在说的不一样，不是从英文的 show 来的，它说的就是优秀，即被选定为最好的女性——读过书，会写字，也会写诗，有文化，能撑得起在朝廷、在皇宫、在皇家、在王室，作为皇帝的嫔妃、皇妃的水准的一个人。

贾政在家里，忽然听说一个太监来了，要读圣旨，把他们全家吓得不轻，贾政赶紧出去，太监通知他说你要到朝廷上谢恩。还不说什么事儿,因为这是皇上亲自要跟他说的。我只管叫你来,说得客气点儿,请你来,但是什么事不告诉你。这把全家吓得不得了。

但是到皇宫就听到宣布说,你女儿现在已经成了贵妃了,已经给她封了一个头衔,叫凤藻宫尚书。这尚书本来在中国封建社会就相当于部长,凤藻宫并不是一个部,但是也叫尚书,多好听啊。

另外还给戴上了一顶帽子、一个桂冠,叫贤德妃,既贤良又有道德。皇上要奖励她的这样一个贤惠、道德、优秀的称号。

贾政听完了旨,当然是"万岁万岁万万岁",感谢感恩,感谢得痛哭流涕。然后马上召集全家,带着以贾母为首的男男女女这些贾家的正宗,连同宁府的一批人,全都拉到皇宫谢恩。怎么谢恩,就弄不清楚了,也不见得皇帝都接见。反正带到了朝廷,上到了皇宫,到了那儿,又磕头又干什么的,既感动又高呼吾皇恩比天高,讲了很多谢恩的话。

更重要的是,太监通知了他们一个消息,说本朝的这个皇帝啊特别仁义,重视自己后妃的父母,以及其他家属。在某些特定的时节开放皇宫,后妃的父母可以到皇宫来看望自己的女儿。再一个,有特殊恩宠的,经皇上批准,她可以回趟家,回自个儿娘家。首先要说这个是虚构,曹雪芹的虚构,中国历代,夏、商、周、秦、汉、晋、隋、唐、宋、元、明、清,从来没有过这种事。女儿一进去就相当于被判"无期徒刑"了,你就甭想再看到你女儿了。但是《红楼梦》里说有这么回事,说多半是次年的正月十五上元佳节,元宵节,允许贾元春回家,叫省亲,回家看望自己的父母。这可了不得了,因为对于贾府来说,这是个大喜事儿啊,做梦也没想到的事儿。你想想,在那种社会底下,你跟皇上已经有了姻亲的关系了,你们已经是亲家了,但是没人敢说自个儿是皇上的亲家。这时候居然有了机会能见到贵妃,能够见到自个儿的亲闺女。这太伟大了,全家都乱成一团,立刻就要进行一大批的基建项目,要采购各种美好的东西。要不然皇妃回来了,一看咱们家这么寒酸,还跟当年、十几年前进宫时的情况一样,那哪儿行啊。

全府上下马上就活动起来了。各式各样的采买计划就制定出来了,这计划规模非常了不起,而随着这个采买计划,各种假借、以权谋私、贪污腐化都显露出来了。

他们贾家俩本家就特别方便了。贾家的两个本家,一个通过贾琏的关系,一个通过王熙凤的关系进入了采购组。通过贾琏关系进来的那位年轻人偷偷向贾琏说,你自个儿有什么要的东西没有,我给你带回来。通过王熙凤关系进来的人就问王熙凤,婶婶(或者嫂子),我给您带点儿东西来,您有什么个人需要的东西没有?这王熙凤还说,你学这个东西倒学得挺快的,还没办事呢。第一次参加重大的采买活动,但是已经会搞猫腻,搞以权谋私,搞假公济私了。这"公"还不是大公,就是他们家这点儿"公",这点儿公也要偷偷为私所用。这个也是令人叹息的。

另外王熙凤、贾琏管家里边掌管财政的人说,这次去采买,不用带现钱,不用带银子。怎么办呢?到江南甄家去取,我们还有五万两银子在甄家那儿放着呢。这次去呢,先花个两三万两,然后在那儿留下两万两,以后再花。第一,这说明贾家当时还有一定的资源,物质资源、财政的储备;第二,这说明他们要玩命,这一次就是拼了。因为这必须办得大、办得好,这是很重点的项目。

这一章里还说了秦钟。秦钟从馒头庵回来以后就生病了,书上是这么说的,一个是受了风寒,一个是他在馒头庵和那个小尼姑智能儿两个人有很多其他的事情。这又是封建社会的对人生的一种曲解,就是认为男女关系是最有害健康的,在某种情况下,它是有害健康的,所以秦钟就病得厉害了。不但秦钟病得厉害了,还有让人哭笑不得的事情。秦钟的爸爸,有的版本说他叫秦业,有的版本说他叫秦邦业。他这爸爸是一个最守规矩、最古板的人,生怕秦钟学坏。智能儿找秦钟,让他爸爸撞见了。撞见了以后,他爸爸就把智能儿给赶走了。他不但把这智能儿赶走了,还把秦钟痛打了一顿。打到什么程度,书上也没有仔细说。然后秦钟就一病不起,越来越不行了,快要了命了。

病到极其严重了,才有人告诉贾宝玉。贾宝玉对秦钟印象那么好,两个人的感情那么深,他老想着见到秦钟,怎么等,秦钟也不来,他也正着急呢。一听变成这样,他赶紧去看秦钟。到那儿,他叫这秦钟,秦钟都不答应了。书里面描写说,这个时候阎王殿已经派了一些判官小鬼儿来拿秦钟了,说你跟我们走吧,上阎王爷那儿去吧。意思就是进入死亡的世界了,就是死了。

秦钟呢,就跟这个阎王殿里面的判官们说,你们容我一会儿,我还没见……我有个贵人,我的好朋友,就是贾宝玉。判官说,你秦钟也读过书,也知道这事儿,你不懂吗?阎王要你三更死,不敢延迟到五更,说走就走,跟我们说什么废话呀!就这个时候,已经被阎王判官捆着手带上通往死后世界之路的秦钟听见了贾宝玉叫他说,我是宝玉,我是宝玉啊。秦钟他说,你看,来了。判官问说是谁啊?秦钟说是宝玉。贾宝玉?这俩判官就商量了,一个判官说这贾宝玉可是命大,命这么大的人来了,咱们再把这个秦钟带走不合适。另外一个判官说,命再大,他也是阳间的人物。我们是阴间的,我们阴间的人,何必要听他这个阳间的人的话?就这么说着,秦钟的眼睛睁开了,看了一眼,说了一句,宝玉,你咋不早一点儿来呀?说完这句话,把眼一闭,死了。

这个死写得令我非常困惑。第一点,他秦钟是秦可卿的弟弟。和秦可卿相比,他像一个小猴子,像一个小动物。秦可卿呢,她私底下当然有一些隐秘的私生活上的问题,但是秦可卿处理一切事情,人家级别层次非常高,人家还能够在梦中托梦,给王熙凤讲世道的变易,讲底线思维,讲要做出对各种不良情况的准备。而且她待人接物都是属于无懈可击型的。

巴尔扎克说过,要培养一个贵族需要三代。为什么要三代呢?比如说你这一代,发了财了,有了学历了,或者是给朝廷立了功了,当了贵族了,可是你爸爸那代不是啊,你受爸爸影响得多大?如果你爸爸是一个很穷困的人，是一个贫农，甚至是一个强盗呢？在西方的话，如果你爷爷是海盗呢，至少你爸爸也会是，你不可能不受他们影响，你不可能处处都做到贵族的标准。所以贵族养成，得三代。这个秦可卿就做得很好，然而到了秦钟这儿，除了人长得帅、长得漂亮，甚至比贾宝玉还是美男子以外，没有别的。

第二点，他的死到底是因为什么？是他爸爸揍死的？是受凉死的？是这个少年的过早的某些行为、某些生活方式造成的？也都不清楚。尤其最让人难以忍受、难以理解的是，这个秦可卿的死，写得那么隆重，那么伟大，那么排场；而这个秦钟，秦鲸卿，"鲸卿"这两个字也很奇怪，到底是什么意思？说的是"倾情"吗？秦鲸卿这样一个人的死，作者用一种玩笑的方式、耍猴的方式来写，秦钟又不是什么坏人，说这个人死得解恨，让大家给他鼓掌。这很奇怪。他就是个有点儿任性的年轻人，控制不住自己道德的水平，某个方面的表现也不算太好，这些都有可能，但是不至于让他的死变成一种玩笑、一种调侃，变成逗乐，变成出洋相。这是我至今看不明白的地方。

这个也反映了那个时代死人太方便了，为死丧而悲伤，只能够对很少的人悲伤。如果死一个人你就悲伤一次，很快你也活不下去了。也许是这个原因，也许是作者对秦家的道德、生活作风有很多负面的看法，他没好意思写在秦可卿身上，就写到秦钟身上了。

（答讲座听众问）

问：宝玉和秦氏姐弟有什么样的关系呢？

答：贾宝玉跟秦可卿的关系，梦里的关系，这本身是一个假托的说法。实际上，即使有真实的关系，他也只能说是梦里头的关系、梦幻的关系，因为这样的家丑太恶劣了。秦可卿这一方面的某些私秘，是无法让人张口的。至于宝玉和秦钟，他并没有说他们一定是具有不雅记录的同性恋关系。他们是类似同性恋的这种好感，这种感情，两个人拉拉手、摸摸这儿蹭蹭那儿的,也就到此为止。另外他写的毕竟是两个男性,两个男性你待见我、我待见你,有某些在常人看来做得过分的地方,还不像写和秦可卿的那个关系那么丑恶。所以这是不同的。

第十七讲　命名大观园

《红楼梦》第十七回,"大观园试才题对额,荣国府归省庆元宵"。"大观园试才"是试贾宝玉之才。"对额"就是对联和匾额。

在这个名为大观园的花园里,还有荣国府里,实际上只写到筹备迎接元妃回来归省。整个就是一个园林建筑改造工程,他们研究了认为最节约的办法,就是利用已有的亭台楼阁,从宁府那儿还划过角,把靠近荣府这边的地皮和建筑都归到了荣府这边,建立大观园,进行一个大的园林建设。

首先,这样就把贾琏和凤姐推到了台前——王熙凤忙得要死。贾琏此前带着林黛玉去办林如海的丧事,回来以后见到王熙凤,王熙凤说了很多漂亮话,欢迎他回来。然后这个时候有一个细节,使我们看到这个大基建活动中的另一面。他们正说着话呢,外边有人找,平儿就出去了。贾琏问谁来了,平儿说是薛姨妈那儿派的香菱,薛蟠为了她打死了冯公子的那个甄士隐他闺女。贾琏就说,对呀,我来到这儿先拜访看望了薛姨妈,我看那里新来了一个女孩儿,很漂亮的呀,便宜了这个薛傻子了,薛傻子那个混蛋就白糟践人家孩子。说了类似的这么一句话。王熙凤就非常不爱听,说你还在琢磨谁呢,你看中人家了吗?不行,我把她拉过来,把平儿送过去,给你换一个。贾琏说别胡说,没有的事,就搪塞过去了。王熙凤埋怨平儿说,你说那个干什么呀,贾琏这个人你又不是不知道,你说什么香菱来了。平儿说,香菱哪有来,薛姨妈没事把香菱派到这来干吗?我当时没辙了,不知道说什么好了，是人家给你送利钱来了。什么利钱？王熙凤管财政，既管会计又管出纳。每年他们这个家里头的这些仆役、丫鬟、管家，都是要给人家一点儿银子的。用现在的话讲，就是薪水、工资，由王熙凤发。王熙凤怎么发？每个月她会晚几天发。比如说应该初八发的，到了十七才发，应该初十发的，到了二十三才发。她先把这个钱放印子钱，就是放高利贷。如果一大笔钱从你那儿过，你把它扣下，在你这儿扣三天，那不知道会有多少利息。要是一千块钱，在你那儿扣三天，一点儿意义也没有，要是一千亿呢？就不知道利息有多大了。所以王熙凤还有这么一手活，她扣大家的工薪，扣大家的月钱，扣下月钱以后，晚一点儿给你，迟个十天、八天、二十天，甚至迟一个月，她挣这个利息。那个放印子钱的高利贷找来了，送利息来了，送红利来了。平儿说我赶紧把他轰走了，二爷那么一问，我不知道该怎么回答，就回答成香菱了。

修这个大观园，这么大笔的基建费用，王熙凤这里头猫腻极多，每个人都有猫腻。贾蔷跟着办这个事，他也跟着在里头运作，他既然敢于给贾琏或者是王熙凤带私货，他能不给自己带私货吗？带私货，就得开假发票、假单据、买假货、吃回扣，手段百出。在封建社会里头，搞一个大的开支，搞一笔大的基建，这里头问题就多了。

这里又说到另一面，贾宝玉他爸爸贾政，他有一批清客，陪着他聊天的。贾政也没有什么正经的工作、正经的任务，他钱又多，养了一批人，这批人都是读过一点儿书的，没事就过来陪他聊天。他给这些清客说，你们帮着我想想办法，咱们园林呢，按新的规模、新的格式弄了以后，需要题匾，要给它起名。匾额是放在高处的，另外呢，两边还要有对联，有的甚至还要题诗，这是中国园林的特点。世界上有园林的国家很多，英国也讲园林，日本也讲园林，阿拉伯国家也讲园林。每个国家园林的风格不一样，日本园林的特点就是特别整齐，它那里的树都是拿推子推过头的，圆圆的，要多圆有多圆，非常整齐、非常清晰。阿拉伯的园林呢，我看过一个，是在西班牙，被阿拉伯占领过的格拉纳达的一个阿拉伯花园,它的特点就是稠密,从上层、中层一直到地上全是花和草,各种小动物都有,你进到那个花园里头,你就入了迷了,你会沉醉在里边,找不着出来的地方了,甚至于想,死的话,就死在这儿才好。这是阿拉伯的园林。

那么中国园林呢,它符合自然的情况,尽量利用自然的情况。另外它是开放型的,在这个园林里面,一定要让你看到远处的山,看到地形的变化,有的地方是窗户,有的地方露一块,有的地方是开一块大的、豁亮的地方。中国的园林,主要利用的一个是山、一个是水、一个是石头,尤其是太湖石、灵璧石,这些都是喜欢用的。然后还要靠植物,花、草、树,这是中国的园林特点。

那么,贾政带着这些人在那儿看,而且说让帮着出词,正在这个时候,他看到宝玉了。本来宝玉一听他爸爸来,就要逃走,因为宝玉怕他爸爸,他爸爸一见他就训。结果没等他走出去,就让他爸爸看见了。然后他爸爸说,正好,你平常不好好学习"四书""五经",孔孟之道,但是听说你还有点儿歪才,有点儿杂学,听说你作个什么诗弄得还挺快,今天正好考考你。于是就让宝玉来给出各种的词,比如说,一进门先是靠很多的树把视线挡住,就跟现在我们进门有一个屏风一样。这个地方要挂一个牌子,挂一个匾,给它起一个名,清客们有的就给它取名叫叠翠。贾政问宝玉,你说这个叫什么好?叫叠翠就等于啥也没说,叠翠就是好几层树木罢了。宝玉说,这个时候与其雕今,不如刻古。与其找一个今天的新词,拿个小刀抠哧似的,不如就找一个古词,找一个早已经有了的词,大家很容易理解。贾政说,你还懂这个吗?那你认为什么词好呢?说就叫曲径通幽,因为它的目的就是避免你一览无遗,不让你一眼就把整个园子都看明白了,得挡住你的视线,然后你再一点儿一点儿地看,所以叫曲径通幽。

底下又描写了一堆风景,既有水又有桥,桥上还有亭子,贾政又讨论上了,因为从那儿隔着树枝、隔着树梢,能看见流水,哗啦哗啦地流过来,于是贾政他们就给这个地方起名叫泄玉,那个水就像玉一样泄下来了。问贾宝玉,贾宝玉说不好,说这毕竟是迎接皇妃,迎接我大姐过来,不能用这种粗俗的字,"泄"放在这儿到底有点儿粗俗。贾政说,畜生,说话这么猖狂,你说应该叫什么?他说可以叫沁芳。"芳"就是指那个水,"芳"本来是说香气,香气发散出来了。用"泄玉"不如用"沁芳"显得雅。那个水泄什么劲儿?又不是什么大的瀑布,也不是开闸放水。

这里边底下就多了,这个起这个名称,那个起那个名称,这个起那个名称,曹雪芹足足卖弄了一番,足足把大观园的建设、对园林的看法、对园林的评价,用一些什么样的文字、什么样的匾额、什么样的对联、什么样的题词来美化这个园林,都论说了一遍。

这一条非常重要。中国的园林不光是风景要好、石头要好、假山要好、真山要好、山景要好、水要好、树要好、花草要好,而且必须文字好。因为文字好了以后,一下子把这个景就提上来了,景再好,你是用眼睛直接看的,水流着有声音再好,你是用耳朵听的,但是文字打动的是人的思维,打动的是人的文化。所以孟子早就提出过,眼睛的功能是视、是看,耳朵的功能是听,但是心的功能是想。恰恰是文字的东西,它让你想。不是为了看字本身,不是欣赏书法,也不是听唱歌、听奏乐,所以文字更看见功力。去一些特别高级的中国古典的景点,我甚至感觉有一半是靠文字,一下就使它这个意义不一样了。

比如说颐和园,您不叫颐和园,您试试叫西山公园、大水洼子,那感觉完全就不一样了。它那个山最高的地方,其实是挖出来的土堆的地方,叫佛香阁,这个又不一样。颐和园里面又有一个小园林,苏州风格的,就是谐趣园。谐趣园有一座很小的桥,叫知鱼桥。就是庄子和惠施曾经讨论的,鱼在水里头游玩,它是不是很快乐。庄子说,我认为它很快乐。惠施说,你又不是鱼,你怎么会认为它快乐呢?庄子说,你又不是我,你怎么知道我不知道它很快乐呢?这是一个很有意思的斗嘴故事。那么一个小小的石头桥,如果没有名称,大家从那儿一过也就完了。可是人家一说知鱼桥,了不得,你把庄子想起来了,把惠施想起来了。你想起庄子,很可能你底下就会想到老子和道家的话,你还会想到别的"子",然后想到春秋战国,想到各种各样的故事。所以这个文字非常重要,里面有许许多多可推敲的地方。

曹雪芹写贾宝玉在那儿一边儿起名,一边挨着他爸爸贾政的骂,混蛋、胡说,一边受到那些清客夸奖,说宝玉太聪明了,这个意见太有道理了,实际的意思是说宝玉的文采比他爹强。贾政此时的表现,就是一个横字,除了横以外,他没有什么引人注意的地方。

这又使我们想起,有许多专家说过,毛泽东主席也说过,《红楼梦》是中国封建社会的百科全书。这里面有些事,从这个小说的情节、小说的主线来说,用不着想那么细。每一个匾额、每一副对联、每一个景点的名称、每一个房屋的名称都来回讨论,太专门了,我看着都够费劲的,但是让人又非常佩服。有专家分析说为什么说这个《红楼梦》是百科全书?因为它里面有诗词歌赋、知识尺牍——尺牍是说写信,古代写信有写信的很多规矩;有评书戏曲、对联匾额、酒令灯谜——喝酒的时候有各种酒令,然后有各种谜语;还有说书笑话、琴棋书画、医卜星相,有相面的、有看星星的、有怎么治病的。我们前边已经说过,秦可卿生病的时候,张太医来瞧病,连整个看病的过程,医学的理论、医学的术语、医学的专门名词行话都说了一遍。那么这一次就是把整个园林足吹了一段,你想不服也不行。

这种在文学里头搞百科全书的也有,不只是曹雪芹这儿。例如最近咱们国家才出版的,法国大作家福楼拜的一个百科全书式的小说,叫《布瓦尔与佩库歇》,书名是两个法国男人的名字。作者在这里头就是卖弄他的知识,讲到了农业、园艺、果木、化学、解剖、生理、医学、天文、博物、地质、考古、历史、文学、戏剧、语言、政治、爱情、体育,还有通灵术——也就是过去西方的巫术,还有催眠术、哲学、宗教、神学、骨相学——也就是相面的学问,以及教育、社会各个方面。这个确实有这种情况,法国的情况我就不敢说了,曹雪芹的情况,就是这个人的经历极其丰富,最好的、最坏的他都经历了。大阔少、贵族大少爷,一直到最后是吃不饱饭,叫做"举家食粥酒常赊",全家一天喝两顿粥,喝酒没钱,只能赊账,他都经历过。

而他各种杂七杂八的学问多得不得了,没有他不知道的事。里边还有关于放风筝的、关于烹调的、关于服装的、关于家具的、关于床上的被褥等各种物品的、关于各种技术的,比如缝衣服的技术、补衣服的技术,等等。他知道得太多了,他要功名没有功名,要级别没有级别。他那个时代,他写得再好,要稿费没有稿费,要尊敬没有尊敬,他把他这一辈子的生命、一辈子的经验、一辈子的情感、一辈子的知识,恨不得全部百分之百,最好是百分之一百八都写到《红楼梦》里头。所以他写什么都津津有味,可不是每一个读者都能够这么津津有味地读的。但是如果你真正下决心好好读的话,不能不佩服他。只有有了曹雪芹,我们对中国几千年的封建社会才有了一些认识,有了一些看法,有了一些感觉。要不然整天跟你说中国的五千年历史,五千年的文明,你白说,说了也没用。但是通过曹雪芹的这些具体的描述,你就明白一点儿了。

而大观园的这个风景呢,它的这个图形呢,网上各种大观园的地图也多着呢,现在北京、上海都有模仿大观园盖起来的园林供参观。除了这个文字的问题、知识的问题、园林布局的问题、匾额的问题、对联的问题以外,它还有一个重要的、和它的情节不可分的问题。大观园是请了所有正宗的女孩,再加上一个男孩贾宝玉,在里边住着,他们住的那个套房、那个地方的风景都与人物的性格和命运紧紧相连,所以必须是中国园林,还必须是个性化的、文学化的、性格化的园林。

比如说,我们知道林黛玉住在潇湘馆。潇湘是竹子,而竹子,在中国古代有两种命运。一种因为它繁殖得非常快,所以有人把它写成是恶竹,而且要把它铲尽。另一种,又因为竹子是岁寒三友,而且它有节又虚心,因为竹子中间是空的,证明它虚心;第二,它又是一节一节的,证明它有节操、有原则,所以又把它列为松竹梅最高的,用到了林黛玉身上。

宝钗呢,她住在蘅芜苑。蘅芜是一种香草,味特别香。有人说它实际是姜草,是姜的一种,是不是咱们平时食用的或者药用的那个姜,我不敢肯定,但是呢,算是那个姜的一大类里边的。它的香味也很好,开的花也非常好看,这个评价也是非常高的。还有李纨,就是宝玉的嫂子,贾珠的遗孀。贾珠很早就死了,李纨住在稻香村那个地方,她给自己起个笔名叫稻香老农。所以他把风景、把这个居住的房屋的院落,写得它既园林化又个性化,这也是非常有趣的。

还有一个有趣的事,说起来让人也是哭笑不得。他不是派了好多人到苏州一带,去干什么事呢?一个是采买女孩儿,采买女孩儿是什么意思呢?就是他要培养一批唱戏的,给老爷、太太、少爷、小姐们唱戏解闷儿,他要组织自己的演出的人员,这才采买。采,就是选择;买,就是您花钱找人贩子买人。第二个叫聘请戏曲教习,就是教练来教,那时候不可能有戏曲学校的,也没有艺术学校,所以就只能请师傅来教。聘请教习也得花很多钱,但是加了聘请二字,就不光是花钱买过来这么简单了,而实际上师傅来到这里,那就都是奴才。更惊人的是还要采买、聘请尼姑、道士,而且从江南还带回来了二十套道服——道士的服装。宗教行业人员也变成了贾府准奴才的一部分,当然他不敢说这些人是奴才,也是采买再加聘请,这个也是非常惊人的。

这么一个大的大观园改建,花了很多钱,又添丁进口,弄了一批小姑娘在那儿开始学戏,又请来教习,而且在这个大观园里头,还要修尼姑庵,养一批道士和尼姑,要使道教和佛教分别都能在这儿有一些活动,满足老爷、太太、少爷、小姐们祈祷的需要、谈话的需要、念经的需要。这个也是让我们今天想起来不能不有所感慨的。

第十八讲　贾政的政治激情

《红楼梦》第十八回,"皇恩重元妃省父母,天伦乐宝玉呈才藻"。

这一回主要就是写元妃归省这么一件大事,贾府的大喜事,也是很奇特的事。皇宫里的贵妃回娘家了,这是历史上没有发生过的事情。我们都认为贾政是一个很无趣、很呆板、很教条的人。可是他这一次有一个非常动人的激情迸放。

先说元妃归省,这个谱、这个排场,简直是你做梦也梦不到的。没有见识过的人,想自个儿瞎写啊,写不好你能丢了脑袋,为什么呢?你写到皇家的事了。写到贵妃,多少太监在那儿管这事,一块儿到你家里来了,你敢胡写吗?先写确定元妃正月十五要回来,然后就限制了,进行交通管制了,不让人来,乱七八糟的人根本就不让过。古代没有柏油路,也没有水泥,北方也少有石头路。我们在话本里头常常见到的一句词儿:黄土垫道,净水泼街。为什么用黄土?因为相对来说,黄土的黏性大一点儿,街上那脏土,脚一踩它就冒烟,但黄土就好多了。所以是"黄土垫道,净水泼街"。

然后到正月十四这天晚上,说全家的成人,孩子们没说,估计贾宝玉也不至于,基本就没睡觉。又是我这大闺女回来了——对贾母来说,我大孙女儿回来了——又是贵妃回来了,是从皇上真龙天子身边回来的。到早上五更天,开始换大装,现在咱们叫正装,人家叫大装,就是最正式、最美丽的服装,女性的各种装饰都得放在台面上,尤其是朝廷的,比你更高的贵族、亲王、郡王的赏赐,你都要穿起来、打扮起来，你得像那么回事儿。各种服装首饰都穿戴好了，就在那儿站着等。等了半天也没来。过了一会儿，太监们来了，说且来不了哪，现在正准备吃饭。你想他们五更就起了，天还黑着呢。人家元春，吃完了饭以后还要拜佛。因为是正月十五，也不是一般的日子啊，是个大节日啊。上元佳节，要拜佛，拜完了佛才出发。

贾母七十好几了，那年头要能活七十好几，可不得了。贾政说您先回去歇一会儿吧，贾母就回去歇了会儿。歇完了，大概快到九点了吧，又在那儿等。忽然过来一批小太监，这个小太监轻轻地拍了两下手，大家都明白了——来了。全都站满了，全都做好了准备，又等了半天，没来。实际上也可能就过了二十秒钟，但这二十秒钟就跟过了二十分钟一样。等啊等，怎么还不来？最后来了，整得那个漂亮啊，那个规矩啊。上边还撑着黄伞，因为她是皇家的，中间有多少装饰，有多少前面开道的、旁边开道的，多少人后边跟着。我们不能不服，曹雪芹见过世面，见过这种皇家的举动。那威风在那里，权威在那里，爱戴也在那里。

另外这是皇家的事啊，他们那个认真劲儿。这里还描写元妃来以前，太监，就是伺候娘娘、伺候皇妃的人，已经来了好几回，已经做了很仔细的预演了，从哪个地方进门，在哪个地方可以坐下歇会儿，在哪个地方说话，在哪个地方给皇妃献礼，在哪个地方由皇妃打赏，做了各种准备。

进来以后，有几条，第一条，呈报给贵妃这些地方的名称，而且是以贾宝玉的名义，因为贵妃曾经带着贾宝玉学习过。说是宝玉给起的什么名、什么名，皇妃一边听着一边做指示，这个名字不用，改了就行了。比如说有一个地方，就是贾宝玉后来住的地方，上边题的字是红香绿玉，贵妃元春一听，不用叫红香绿玉，就叫怡红快绿。"怡"就是欢乐舒畅，进到这里，我就舒畅，我就开心；"快"是快乐，见到这里的绿树、绿草我就快乐。这个改得就是好，用"怡"与"快"形容花草绿树，当然比用"香""玉"高雅大气。还有很多地方她给改了，都改得好。所以这元妃能够当凤藻宫的尚书,并非偶然。她就是棒,就是有学问,这是第一条。

第二条,她见到了贾母,见到了这些女眷,大家哭成一团,哭得不行。这种久别以后相见哭泣,是非常感人的。我当然没有见过这种幻想中的、想象中的别离重逢,过了好多好多年,又看到自己的妈妈,看到自己的奶奶,看到其他姊妹的那种情形。但是呢,我在新疆的时候,见到新疆的少数民族有这个规矩,多年没见了,见面先哭,而且哭得非常真诚。这个哭里边儿有这么多年没见了,我欢迎你的心思,也有因为一段时间逝去了,比如说过了六年,这六年当中,有的好亲戚已经过世了,可能你的表哥去世,也可能我的表嫂没有了,所以这个哭里也表达了对你不在的期间那些逝去的亲友的怀念。"人生易老天难老",我们如今见面了,时间就是按小时计算,元妃不可能在这儿待很长时间的。所以,既为见面而欣喜,更为长久的离别和即将到来的更长久的离别而悲伤。总而言之是大家哭成一团。

然后,元妃说了一句话:你们把我送到了那不能见人的地方了。这话我听着挺瘆得慌。中国人家庭观念重,她一个大小姐,她既没有走南闯北,没坐过汽车,也没坐过火车,也没外出出访过,更没出过国,然后就"噌"的一下子被送到皇宫里去了,然后见不着了,谁敢去见?谁敢要求见?你敢不敢要求回家看看?都不能。这太可怕了。她说了一句,把我送到了见不得人的地方,大家哭得就更厉害了。

然后她说,不要哭了。大家不哭了。所以在这大喜之中,有大悲存焉,喜中有悲,乐中有眼泪,而这眼泪,这一句话就说明白了:我是到了不能见人的地方。底下的话不能再胡说了,你再说的话,就吃不了兜着走了,要找麻烦了。

我最最感动的地方是,这娘儿几个,都一一见完了,然后贾政来见,贾政立刻跪下了,为什么呢?元春是皇上身边的贵妃,她代表的是皇权。贾政虽然是她老爹,可是这个时候,老爹算老几?你贾政不过就是继承了点祖先的高级气儿就是了,你自己什么都不是。所以贾政端端正正地跪在地上。然后贵妃说："田舍之家，齑盐布帛，得遂天伦之乐；今虽富贵，骨肉分离，终无意趣。"这是元春说的，元春一见着她爸爸妈妈，要有所表示，但她不能说我现在有了大名堂了，你们都得听我的，她要按规矩以贵妃的身份说话。她说，现在我很想念你们，平常都见不着你们，我心里很难过。她得这么说话。可是底下，是贾政含泪启道、启奏。启，是开启，不是一般的说话，不是拉家常，不是聊天，是启奏。

贾政说："臣草芥寒门，鸠群鸦属之中。"说我是一个寒门，是一个地位很低的门户。我们这一家子就好比乌鸦、斑鸠这样的野鸟，不是什么高级人才，这儿的女孩子都是这个级别的，属于斑鸠、乌鸦的级别。"岂意得征凤鸾之瑞"，哪想得到我们家里出了凤凰呢？因为皇上是龙，那你贵妃就是凤。我们这个出斑鸠、乌鸦的这种下等的鸟的地方，出来了神鸟，出来了凤凰，出来了女神。他用这样贬低自己的口吻说话，不是为称颂闺女，而是为称颂皇族。"今贵人上锡天恩，下昭祖德，此皆山川日月之精奇、祖宗之远德钟于一人，幸及政夫妇。"说贵人上面靠的是天恩，皇上是天子，是代表天、代表老天爷的，皇上恩情无比之大，是皇上赐给你这份光荣、这个地位。"下昭祖德"，往下来说，是我们一代一代的祖宗干过好事，没干过坏事，才培养出你这么一位贵妃来。"下昭祖德，山川日月之精奇"，靠的是山，是川，是河，靠的是山川日月，所有的精华都集中到你身上了，山川日月把它们的精华都给了你，都放在了你身上。"祖宗之远德"，这个祖宗可能是几百年以前的祖宗，也可能是更长时间之前的一个祖宗，那时候他们干过好事儿，救过人，立过功，他们的道德情操特别高，优秀事迹特别多，这些德一代一代积累下来，到了你这一辈了，你不是一般人了，你成了了不起的大人物了。"钟于一人"，"钟情"的"钟"，所有的这些德行，就选定了一个人，就看好一个人，这个人就是闺女你。"幸及政夫妇"，我们沾光，我们也荣幸，我跟你妈妈王夫人沾了祖宗的光，沾了皇上的光，沾了老天爷的光，沾了山川日月的光,也沾了你的光。"且今上体天地生生之大德",今上,就是皇上,现在皇上秉承着天地的大德,天地对生命、对家庭的这种德行。"垂古今未有之旷恩",古今从来没有过的这样大的恩情。"未有之旷恩",意思是说,让你回来看我们一趟,这就是比天地还大的古今都没有的隆恩,是最大的恩情。"虽肝脑涂地,臣子岂能报效于万一"!我哪怕是为皇上牺牲我自己的生命,我脑浆子流一地,我肝水肝血流一地,也报答不了皇上的恩情。"惟朝乾夕惕",我只能早晨或者说白天——"朝",在这个地方更应该当"白天"讲;"乾"在这个地方当勤劳讲——要非常勤劳;晚上我要警惕,"警惕"是什么意思?每天晚上我要想一想这一天做了什么错事,有哪些地方表现得不好。"忠于厥职",应该尽好自己的职责、自己的责任。"伏愿我君万岁千秋,乃天下苍生之福也",我只求一条,让君王万寿千秋,这是天下所有人的幸福。"贵妃切勿以政夫妇残年为念",贵妃千万别惦记,我们已经年老了,我们已经风烛残年,活不了几年了。你现在身份不一样了,你现在责任不一样了,你的责任在朝廷,在皇上那里。至于我跟你妈哪年死、哪年走,你甭管。

他说的这些话,实际上最能表达他内心的痛苦。因为中国人对生死都很重视。平常你有你的事儿,我有我的事儿。尤其是你在皇宫里头,我并不希望分你的心。就是我临死的那一天,在那个把小时,如果你在我的身边多好啊。如果你在我的身边,我也算不白有这么一个大闺女。他实际上也是这么个心理。他越提这个,就越表达了他的悲哀,越提这个,越表达了他惦记的这件事儿,他放不下这个心。然后,"更祈自加珍爱",你要保重你自己,就不要考虑你爹娘了,爹娘老就老了,走就走了,死就死了,这是很正常的,你不用再多考虑了。"惟勤慎肃恭以侍上",希望你兢兢业业、勤劳谨慎、恭敬认真地把皇上伺候好了、服务好了,我只求你这一条。"庶不负上眷顾隆恩也",你如果能做到勤慎肃恭,我也就差不多可以说没有辜负皇上体贴眷爱的大恩。

书上写道:"贾妃亦嘱以'国事为重,暇时保养,切勿记念'。"然后贾妃就说,你不用担心我啦;我呢,当然要以国家的事为重,我希望你们好好保养自己。这一段,贾政的这个话相当有感情。我每次看到这一段,都很感动,甚至落泪。因为他这几句话说得太重了。这几句话,一个是说我们家里人的身份、能力并不高,我们家里本来是出斑鸠、出乌鸦的,现在出了凤凰,出了神鸟了。第二是说,这些是皇上的恩情,是祖宗的功德。所以,儒家所教导的这些东西,你真正接受了以后,也有一种激情。这是一种什么激情呢?就是说,他已经忠到什么程度了呢?用上海人爱说的话说,忠得一塌糊涂了。他真的不知道怎么忠好了,死没有关系,肝脑涂地没有关系,女儿见不着没有关系,无论付出什么代价都没有关系。因为我有了这个恩情啊,我死也死得高兴。满地都是我的脑浆子,我也高兴,我这个肝变成液体满地流淌了,我也高兴。

尤其最后说的这些话,"勿以政夫妇残年为念"。我自己也是八十多岁的人了,谁要对子女这么说话呀,子女都得哭一场。你一定会说,老人家你怎么这么说话,你这么说话让我们怎么活呀?所以说,中国古代以儒家文化为代表的所谓仁义礼智信,什么孝悌忠信、礼义廉耻的种种说法,有它非常感动人的这一面。我每次看到这里,我不相信它是假的。我觉得这样的语言、这样的心情、这样的激情是没有办法否定的。

当然,这里也写着一些快乐的事情。他们也看了看风景,尤其元春、宝玉、宝钗、林黛玉这批才女,还有才子,宝玉算是才子了。元春出题目,他们就写,黛玉写了诗,宝玉也写了好几首诗,也互相写了美好的祝语。也许可以说,这样一个有排场的活动,还具有高度的文化性。他们那诗写得都不简单,都有相当的水平。所以元妃的这一次省亲,既表达了皇权,表达了皇恩,也表达了皇室周到的礼节,还表现了中华文化。它仍然是非常有文化的、充满了文化内涵的一次家庭活动。它不仅仅停留在天伦之乐,姐儿几个、哥儿几个、娘儿俩、爷儿俩好久没见了,它不只是表达这个,它还表达了许多文化的内容。有一种说法,说中国文化是感情文化(德国文化是理性文化,印度文化是哲学文化等),那么此第十八回将亲子之情、兄弟姊妹之情、君臣之情、家国之情、忠孝慈悌之情、生离死别之情、之文化、之礼数,来了个大汇聚、大张扬。这也是整个《红楼梦》的故事,贾家的荣华富贵、排场、阔气的一个高峰,鲜花着锦、烈火烹油之盛。从此再也没有这样的高峰了。

第十九讲　脆弱与多情

《红楼梦》第十九回,"情切切良宵花解语,意绵绵静日玉生香"。这一回的标题是《红楼梦》里头起得很文绉绉的、很美好的一个。"切切",就是所谓深切,感情深,感情真挚。"良宵",就是一个美好的晚上。"花解语"本来说的是晚上这个花都会说话了,但是这里借用这个词说的是花袭人对贾宝玉说的一番忠言。"意绵绵",心意绵绵,也是久长的意思。"静日",整整一天,曹雪芹用的是"安静"的"静",但在古代更多是用"究竟"的"竟","竟日"就是一整天。当然,它用"安静"的"静"呢,是指在一个平常的、平静的时候。"玉生香",这也是很有趣的一个说法,因为玉本身没有什么特殊的香味,但是,这些文人墨客喜欢把玉说成一个活的东西;当然,这里边说玉,还说到了林黛玉。

这里头说到元妃省亲,规模很大,两天时间,全家人困马乏,都累得不成样子了,然后又赶上了袭人请假回她自个儿的家,说要喝年茶。这时还是正月十五,过了两天,正月十七的样子,或者十六,也可能是从十四就算。他们到了紧张阶段了,袭人却不在。这也顺便说明,袭人带有临时工的性质,她不是一代一代长久在贾府做奴仆的家生子。所谓家生子,就是指上一辈人在服务的时候,他们生的孩子也没别处可去,就留在这儿继续做这一家的仆人。袭人不一样,她可能还有点儿什么其他例外,每年的正月里可以回家两天,小说中没有仔细交代。

书上惊天动地地写了元春回家省亲,然后不动声色地写到袭人回家探亲,至少时间上袭人比元春还自由一些,在家待得久些。有意无意,《红楼梦》写到哪儿都有阶级对比、人间的不平,甚至一般读者连想也不会想到,花袭人女士也是在正月里省亲呢。

人生有许多不平,不平到让你已经感觉不出有不平了,悲夫!

这里边先打一个岔。是说到了第三天,尤氏把大家请到宁国府听戏,贾宝玉去听戏,觉得也挺没意思的,过了一会儿,就自个儿出来溜达了。他走到一个地方,听到某些声音,过去一看,发现是那个帮着他在学堂里打架的茗烟,大白天的,和一个女孩正有某些行为。贾宝玉跟当年抓秦钟和智能儿一样,又去捣乱,去恶作剧,去抓茗烟和那个女孩,当然这女孩跑了。茗烟就埋怨他家少爷说你这是干什么,贾宝玉回过头来说,你大白天的闹什么。然后就问那女孩子叫什么名字,茗烟说不知道。贾宝玉就叹息说,你跟人家都这样了,连人家姓名都不知道,你这种人是多么……没有情义。你得有情义,起码得知道人家的姓名。后来证明茗烟是知道她的名字的,说她叫万儿。万儿到底姓什么?是张万儿、李万儿,还是白万儿?他没说。可是这里头说明了贾宝玉的一个体会、一个想法,就是你文化程度不够的话,就会连爱都谈不上。你很可怜,一男一女大白天干一些不应该在大白天偷偷摸摸的事情,最后你连姓名也说不清楚。

那么中国古代是不是就连爱情的这种观念也没有呢?不是。你看《诗经》,里边对爱情的描写非常好:"窈窕淑女,君子好逑","求之不得,辗转反侧","有女怀春,吉士诱之"。作为女性,"怀春"就是开始有爱情意识的觉醒,"吉士"就是指帅哥。这帅哥就想办法引诱她,这里的引诱没有坏意,当是吸引她吧,就希望引起她的兴趣,这是很正常的事情。但是实际上到每个人身上,有懂得如何去爱一个女生的男生,或者女生懂得如何去爱一个男生的;有的根本不知道,甚至连对方的姓名都不知道。然后贾宝玉跟茗烟就在那儿来回地扯,贾宝玉说没意思,茗烟出了一个主意,说你上这儿玩或去那儿玩,没什么好玩的,现在这大过年的,有什么好玩的?花袭人姐姐的家就在附近,离咱们家不远,干脆我带上你上她家去。她不是回家过年去了吗?咱们去她那儿玩玩儿去。贾宝玉说,好,别告诉别人,赶紧走。这说明什么呢?按道理,贾宝玉出去对贾家来说是一件大事,因为贾宝玉太重要了,整个贾政系统就这么一个儿子。当然,贾政也不是只有一个儿子,老二真还有一个,就是贾环,但是那贾环比较差,这里还反映出一点,贾宝玉是主,花袭人是奴才,但是贾宝玉并没有认为自己的身份特别高,他对花袭人姐姐姐姐地叫,花袭人还真像他大姐似的。

他们俩到了花袭人家,把花袭人家里人吓坏了。这么高级的少爷,怎么来到我们家了呢?但是贾宝玉挺高兴,尤其是他看着那儿还有两个女孩,形象都非常好,让人看了养眼,感到很愉快。花家的一堆人不知道怎么伺候他好,当然那儿也没有什么好条件。但这里有这么一个情节,贾宝玉看到花袭人的两个眼泡都肿了,就说,袭人姐姐,你哭了,你哭什么?宝玉这孩子在这一点上挺好,袭人给的服务非常周到,整天为他操心,各个方面都给他安排得非常好,处处顺着他的心,所以他也关心袭人。反之,有些被服务的人对给他服务的人根本就不关心,你死活跟我有什么关系?反正你得伺候我。袭人就说,谁哭了?说刚才刮风,一个什么玩意儿刮进了眼睛,所以揉了一下眼睛就肿了。反正她把他应付过去了。

贾宝玉等着花袭人回来以后,就问袭人另外两个女孩是谁。她说,那两个都是我的姐妹。贾宝玉就说,真好啊!能把她们也请到咱们家里来吗?这听上去觉得他很天真,实际上又会让人非常反感。花袭人马上就回答说,我是你的奴才还不够?我们家只要是跟我沾亲带故的,只要是长得好看点儿的女孩,都得过来伺候你一个人,可能吗?她们俩都已经说好了人家了,很快就要结婚了。贾宝玉听了这话以后,不太高兴,心里感觉非常遗憾。

这个写得也好玩,少年男子听到别人结婚的时候,有一种遗憾的心情,我在我的小说里头也多次写到这种心情。这个很可笑,这究竟是什么原因?我也说不清楚,但是起码有那种感觉吧!本来是一个少女,然后就结了婚,就要生了孩子,整天准备尿布、换尿布、洗尿布;然后很快就老了,脸上出现皱纹了,眼睛也不如原来好看了。也可能有这个心情,甚至于还有什么别的。贾宝玉心里好像就有点儿不快。然后花袭人就进一步说了一句,就是我,我也不可能老在这儿,过两年我就回去了。贾宝玉一下子就傻了。他根本就没有想到花袭人可能还要回去。他马上就表示说,原来是这样,你能不能不回去?原来我以为你们都能陪着我,都能跟我在一块儿。

天真地以自我为中心,天真地自私自利,天真地不考虑别人。"天真"是一个非常美好的词,但是在"天真"当中,你要让他懂得去照顾别人,懂得换位思考,是非常不容易的,这几乎是做不到的。然后花袭人就更加强调,早晚我是要走的。

她这有点儿试探宝玉的意思。可是宝玉一听很震动,以至于这一天晚上他们就是一直谈话,谈到了三更。三更就是到了午夜了。花袭人说,你要让我一辈子伺候你也可以,但是有三条你必须做到。看,提条件。这里有条件,花袭人这样提条件是对的,因为她心目中的贾宝玉有些靠不住的地方,有一些她不堪将自己的终身寄托在他身上的地方。哪怕你是给他当一辈子的丫鬟,当一辈子妾,当一辈子奴才,他也要符合某些条件。贾宝玉就说,别说两条、三条,说三十条都可以。

这个靠不住,但是他的说法反映了一个问题,贾宝玉需要袭人,离不开袭人,原因就在于袭人对他的服务,在另一方面这也变成了袭人对他的控制。他变成了一个傻子了,该吃该喝,自己都说不清楚。但袭人很清楚,现在他需要喝水了,而且知道少爷喜欢喝的是这个水。她不叫少爷,她叫二爷。二爷需要喝的是这种水,另外一种情况下喝的是另一种水;这种情况下,二爷需要吃的是这种东西,不是那种东西,需要拿这个碗盛,不许拿那个碗盛。有的是贾宝玉本身造成的,有的是袭人给造成的,造成习惯以后,贾宝玉已经只能服从了,已经不能控制自己的生活了。服务得无懈可击,服务得全面周到,吃喝拉撒睡全部覆盖,一直到少年人的性经验,全部掌握在袭人这儿。你再有多少人,哪怕有一百个人来服务,都不行,因为她的服务是全覆盖的,是垄断性的,又是完全没有缺点的。

这个时候,袭人讲了三条。第一条,就是不要胡说那些个什么活了死了,什么自己想当和尚了这种狗屁话。这种对人生、对生死、生命攸关的话语,你得给我停止。这是第一条,不允许胡思乱想,不允许胡言乱语。第二条,不能气老爷。就是不能气你爸爸,你哪怕是假装,也得假装出一个爱读书、爱学习、爱上学的样子,也得假装你愿意学孔孟之道,愿意学仁义道德,愿意学君子之风这一套。你不能老气你爸爸,因为你气你爸爸,你就没有前途了,你这一辈子就什么都干不成了,你就是一个吃货了。你地位再高,你也不过是一个吃货,你还能有什么前途?第三,你现在越长越大了,不能见着女孩儿就没完没了,甚至见着女孩儿就去舔人家脸上的胭脂。这个贾宝玉爱吃胭脂,为什么,这我也闹不清楚。过去中国人美容用的胭脂是什么味道呢,是不是好吃,是不是香甜,这个我都不了解。

袭人提的三个条件,告诉我们:第一,服务是有代价的;第二,贾宝玉是需要袭人的,离不开袭人;第三,袭人除了给他忠诚地服着务,还具有对于封建社会主流意识形态的忠诚,我不但对你贾宝玉要忠诚,我更要对封建的主流意识形态忠诚,两个忠诚。这样的话我就跟了你,就算做你的奴仆、做你的小老婆,我也有前途。这是一段,让你开始看到在袭人的美好和专一的服务当中所蕴藏着的威力。

底下的一半是写林黛玉在那儿睡午觉,贾宝玉跑到她那儿去,在那儿瞎搅和、瞎捣乱。贾宝玉的理由就是怕妹妹存食。就是说,你刚吃完午饭立即睡午觉是不好的。中国人有睡午觉的习惯,但是你不能说刚吃完刻就睡,怎么着你得过上十五分钟、二十分钟,最好过上半个小时,活动活动再睡。现在西医的理论也是这样提出养生建议的,就是你刚刚吃完午饭,先活动活动,不要立刻就躺在那儿,不要筷子一撂,躺那儿就睡着了,这有一定的危险,会使血液循环受到阻碍,会使脑供血不足,会容易出现血栓或者血管堵塞的状况,等等。

《红楼梦》里和林黛玉有关的两个养生的说法,还都是正确的。一个是林黛玉刚来的时候说,说怎么刚吃完饭,立刻就喝上茶了,你稍微等会儿再喝茶,这个是正确的。还有一个是贾宝玉说的,说妹妹我不让你睡觉,我给你捣乱来了。林黛玉都睡着了,他把她叫醒,就在这穷捣乱。他说他要躺在林黛玉的身边,俩人躺一个枕头。林黛玉说,胡说,我跟你躺一个枕头干吗,你自己到外屋拿一个枕头去。贾宝玉过去一看,回来说枕头太脏,那老婆子们在这儿躺过,我不用她们的枕头。林黛玉只好把自己的枕头给了贾宝玉,然后自己另外找了一个枕头。贾宝玉得到一个机会,枕到了林黛玉的枕头上。如果说是爱情的话,那么这也算爱情的萌芽嘛,他能把自己最艳羡的、最羡慕的、最爱慕的女孩儿的枕头枕在自己的脑袋底下。多美啊,是表达这么一种心情。

然后两个人就东一句西一句在那儿胡扯,你会觉得没有意思。

贾宝玉拿林黛玉开玩笑,说原来有一堆老鼠,耗子精,老老鼠给小老鼠分配任务。老鼠各处偷吃的,其中有一个最小的老鼠被分配的任务是去偷芋头,偷香芋,带香味的那种芋头。小老鼠就设计了一个计划,说我要偷香芋,我先把自己变成香芋,这样我进到香芋那里边去就不受阻碍,不被怀疑,我想偷多少就偷多少。然后这个小老鼠就把自己变成一个小美女。老老鼠说,你说要变香芋,怎么变成了美女了?小老鼠说,你不知道,林家有一位小姐叫林香玉,她就是现在最有名的"香玉"。这么一个故事,林黛玉就不干了,就跟他闹。贾宝玉就说,我给你搅和一下,不让你存了食,我已经在这儿捣了半天乱了,现在我可以走了,你可以休息了,话说得不恰当,请原谅,我跟你逗着玩儿的。

这当然也有他很可爱的一面。这里最重要的不是讲香玉,最重要的是说贾宝玉在林黛玉的身边躺下,从林黛玉的这个,北京话应该叫胳肢窝,从胳肢窝那儿闻到一股香气,说是怎么这么香。林黛玉说哪儿香啊,没什么香。贾宝玉说,这个香味不是那香球、香袋、香饼子的味。那些都是人工的,弄一点儿有香味的材料做成,做成一个圆球,或者把它放在一个小口袋里头,或者是捏成一个饼子,放在屋里头,作为一种芳香剂。贾宝玉说不是这些玩意儿。

林黛玉就表示说,我从来不用有香味的东西,有什么味道也是我自己的,我自己什么味道就是什么味道,我可没有这香料那香料、这香朵那香花的,另外我也没有哥哥弟弟呀,谁给我去找香的霜、香的雪、香的水、香的花、香的朵?说着说着,林黛玉就把矛头针对薛宝钗去了,显然薛宝钗这个冷香丸的故事,林黛玉也知道了。

本来薛宝钗这个故事只给这个周瑞家里的人讲过,书上没有说薛宝钗到处宣传,我有冷香丸,我这个香味怎么怎么香。但是林黛玉就带着损味——就是讽刺的味道、挖苦的味道说,我也没有什么罗汉真人给我送这香那香的,就咱们说的一僧一道,一个和尚、一个道士,我也没有哥哥弟弟帮着我做这个药物。然后林黛玉又挑衅说,宝玉哥哥,那么你有没有暖香呢?宝玉说,什么叫暖香啊?黛玉说人家有冷香,你就应该有暖香。你看,你有玉,人家有金,都是跟你配对的啊,那你也得跟人家配对呀,人家有冷香丸,你就吃个暖香丸,不就完了吗?她损上了。

这个呢,听起来林黛玉有点儿不智,就是不聪明,她的这个智力有点儿问题,好模好样的,你挑起这么一个话题来损人家薛宝钗一顿干什么呢?薛宝钗那边没说过你什么话呀,她有冷香丸,是她自己的事情,你没有冷香丸,你用不着说这个讽刺的话呀,这是第一个不智。第二个不智,贾宝玉说你身上有香味,这是一个很难判断的事情,你不能说你身上一定有香味或者没有香味,你就这个来做文章,没有多大意义,这是第二个不智。

但这同时又给人一个启发。中国哲学史里一直有这么一个问题：哪些是人为的，哪些是天然的？如果按老子、庄子的观点，天然的才是最好的，人为的很多都是愚蠢的，都是自己添麻烦的。但是，按照儒家荀子的观点，他认为最好的必须是人为的，礼义仁德，这些都是人为的。在古代，"人为"合起来就是一个字："伪"，"虚伪"的"伪"，很有意思。今天的各种辞书上，对这个"伪"都是从反面的意义上解释的，说"伪"就是虚假，甚至就是诈骗，就是不真实，就是靠不住。可是，荀子他把各种好事说成是伪的，"伪"就是人为，人为不见得是坏的，道德就是人为的，人刚生下来，谁懂得什么叫道德，只懂得吃奶是真的，所以这里头还有一个人为和天然之间的关系的问题。

但是，林黛玉掌握了非人为这样一个优势，她要表现出来，而且要打击薛宝钗，她已经有了这样的表现。我常常觉得，这段故事要是拍电影和电视剧的话，这是什么？这是床上镜头。可是这是儿童的、少年的床上镜头，少年男女，床上镜头，说笑话、讲故事，也发点儿小牢骚，也损损人，也讽刺一下别人，也流露情绪，流露真情，当然它又充满了少年的天真、人生的百态。在《红楼梦》中都会有类似的这样或那样的表现。

（答讲座听众问）

问：为什么说"人为"是好的呢？

答：荀子认为人的本性并不是那么善良的，人的本性会有一种自私，会有一种贪欲，会有很多事都不懂得。因此，孔子最推崇的那些美德，一个是讲礼义，孟子也最推崇礼义；一个是讲仁，仁爱或者说仁德。社会的各种规范、各种规矩，人的各种修养，君子的风度、规格，这一切都是人为创造出来的。他还不是光说人为，他说这都是"伪"的，一个"单立人"加一个"为"，就是人为。字典辞源上都很少用这种方式来解释，而多半都是从反面来讲。但是在荀子那里，伪（人为）很多情况下是人最需要的，是好的。

第二十讲　宅内的风波

《红楼梦》第二十回,"王熙凤正言弹妒意,林黛玉俏语谑娇音"。这一回里头王熙凤说了一番很正经的话。"弹"呢,这个地方是念 dàn,是用暴力来镇压的意思,这个词现在很少说了。在新中国建立以前,那个时候用警察,用宪兵,用武装力量来控制局势,称作弹压。现在这个词非常少用了。它实际上描写王熙凤对赵姨娘的一次镇压。"林黛玉俏语",就是说点儿俏皮话,当逗着玩儿讲,这"娇音"就是女孩们之间互相斗嘴。《红楼梦》里面很多地方写的是家庭日常生活。宝玉的那个奶妈,李嬷嬷,为吃东西的事儿挑是非。她看到两样,一样吃的,一样喝的,她要吃、要喝,别人告诉她说这些是给袭人留的。这袭人呢,前面讲过,她从自个儿家里回来,对宝玉进行了方向性的教育,教育完了以后呢,她自己病了。这里暗含着的意思,就是她家里的生活条件实在太差了,她已经没法在家里待下去了,在家里头睡上一觉——在冬天,首先取暖条件就不好,这个被窝褥子都不行,所以她就冻病了,发烧还挺厉害。李嬷嬷来了,头一个挑眼的就是,我来了,你袭人没有起来,还躺在这床上,你算什么东西,你竟然这副样子?我都来了,你还不赶紧坐起来!别人解释说她有病,李嬷嬷更生气了,说你们都向着她,这么不讲规矩,然后说我要吃东西,别人说这是宝玉给病人袭人留的。这李嬷嬷气死了,嘴里头不干不净,什么小狐狸精啊,小狐媚子啊,你们就骗宝玉吧,你们就欺负宝玉吧,你们就缺德吧。说得特别难听。

以至于宝玉回来了,连宝玉都制止不住。他说嬷嬷不要这么说话,她是真的病了。她就跟宝玉吵起来了,说我们找太太去,意思是她要告宝玉的状。宝玉,谁敢那么说他?但是李嬷嬷敢,因为她资格太老了,是她把宝玉抱大的、养大的、喂大的。她要摆老资格。

里头写得特别好玩,正好王熙凤从这儿经过,一听就把这个李嬷嬷带走,脚不沾地,把她往上一抬,说快走快走,咱们上我那儿,还有好吃的,什么这个那个的。原因是,王熙凤也不想得罪李嬷嬷,她这么大年纪了,也活不了几年了,对这家里也算立了功,把宝玉养得好好的,自己的孩子都照顾不上。她把李嬷嬷带走了。这个也不算什么太新鲜的事,这就是我说的那种忘年妒的现象。

但是我们也看到另一面,从宝玉到宝玉的那些丫鬟,都讨厌李嬷嬷,没有一个人同情李嬷嬷。但是话说回来,她那么大年纪了,轻易不来宝玉这里,现在也没有具体任务了,来这儿坐一会儿,吃一块好吃的,让她吃了就算了。值得为这个事,这么说她吗?

所以,一个家庭里头的这种风波,是一个令人值得玩味的现象,都是小事,没有大事,但很伤感情。因为一个家里的人互相都有了解,跟在大街上谁撞了你一下或者谁开车别了你一下不一样。它不是那种性质。

然后就是更穷极无聊的事情。底下写道,薛宝钗来了,要跟几个丫鬟一块玩纸牌。贾环也来了,贾环就是赵姨娘生的,贾宝玉的弟弟,这个人受赵姨娘的影响比较深,赖皮。他过来以后说我也玩。丫鬟们不欢迎他玩,因为都知道他赖皮,你跟他玩牌,最后他讹死赖,他讹搅,所以都不愿意跟他玩。但是他愿意玩就玩吧,玩这个,他要掷骰子,最后呢,他掷一个四以上的骰子就能赢,结果偏偏丢出来那个骰子显示的是幺,就是一。贾环一看是个一,就用手指头把它一拨拉,变成了四了,或者变成六了,反正变成大的了。然后他就敛人家的钱。

薛宝钗身边带着的一个丫鬟叫莺儿,黄莺的莺。这莺儿也参加了,就说,您这个赖皮,赖到我们奴才身上来了。刚才就是么,您用手指进去一拨拉,就拨拉成四了,好意思占我们便宜?您怎么是这样的人?可是在这里,薛宝钗表达了她的一种修养,但这种修养让人看了以后非常不舒服。薛宝钗说,什么?少爷能跟你玩赖?人家是主子,人家可能欺负你吗?你自己没看清楚,少废话,给人钱。

然后贾环就越弄越讹,越弄越赖,弄得一帮子丫鬟跟他吵起来了。贾宝玉就采取了一个表面上看是无所谓的实际上是向着丫鬟那边的对策,因为贾宝玉讨厌这个同父异母的弟弟,他这个弟弟赖皮的劲儿,还有很多这种情节,恶心透了。贾宝玉就说,要玩就去高兴的地方玩嘛,不高兴的地方你玩个什么劲儿,你就不用玩嘛。类似的这么一个话,等于就把他给轰走了。

贾环回家,看见她亲妈赵姨娘,就说他们都欺负我,我在跟他们玩牌,他们把我给轰出来了。这赵姨妈一说话,那是另有一股味儿。赵姨娘一看贾环那个样,说瞧你那德行,是哪里垫了踹窝儿来了。《红楼梦》里多次写到赵姨娘,还有别人,说过这个话。一个人受了气,就说垫了踹窝儿来了。"垫了踹",就是用脚丫子踹人的"踹"。"垫了踹窝儿"是什么意思?就是人家用脚踹的时候,那儿有一个本来可以踹进去的窝子,或者有一个对象、一个目标,你成了在那儿垫踹的了。不是有说垫背的吗?这里是垫踹的。他本来是踹别人的,结果踹到你身上。你找他们去玩,你想上他们那儿去,你够得着他们吗?你不是找踹吗?

赵姨娘说这个话的时候,王熙凤正从旁边经过,王熙凤立刻就隔着窗户骂上了:环爷这说什么话,有你废话的余地吗?这个话太厉害了!注意,赵姨娘虽然是贾政的妾,而且《红楼梦》里头还经常描写,是赵姨娘伺候贾政睡下,给贾政铺床叠被。过去把女人伺候男人睡觉,包括给男人提供性的服务,称之为愿荐枕席。就是说你的枕头、你的席、你的床位,我给你铺好了。这个意思就不光是铺好床位了,还有其他方面的身体的服务。虽然是这样,但是你的身份仍然是奴才。原配夫人才是主子。你生下的儿子、女儿是主子,因为那是老爷的种,因此你没有资格训斥你的儿子、女儿,你不配。

王熙凤每一次都直接指出来,有你说话的余地吗?他跟你有什么关系?你算什么东西?你敢这样骂他,有什么话不能好好说吗?跟少爷说话不会好好说吗?骂得赵姨娘一声也不敢吭,贾环也不敢吭声。他们在别处耍赖可以,但见了王熙凤,就跟耗子见了猫一样,这就叫"王熙凤正言弹妒意"。妒,不是两个女生相争的那个"妒",赵姨娘妒的是自己还是个奴才,而这贾环身上又保留了她太多的特色,所以贾环给人的感觉仍然是半个奴才。对他的这种表现,王熙凤非常反感,非常不高兴。她把贾环叫过来训导了一番:你是主子,你那妈是奴才,少理她,没事少跟她说话。有什么问题找我,有问题找主子,我是你嫂子。这就叫做"弹妒意"。

林黛玉这边呢,是另外的话题了。史湘云来了,史湘云是史家的后代,也是那四大家族了,是宝玉的奶奶贾母娘家那边的人。史湘云来了以后,就住在林黛玉那边,跟林黛玉靠得很近,好像两个人就睡在一张床上,她跟林黛玉作伴。

史湘云这个孩子,在《红楼梦》当中也有很特殊的地位,因为她年龄比较小,性格爽朗,酒量还大,人又聪明,做起事来比谁都快,反应敏锐,而且没什么心眼儿,开阔、豁达、爽朗、直率,优点特别多,所以红学家周汝昌先生就写文章说,贾府里这么多可爱的女孩子,他最喜欢史湘云。所以这史湘云也不一般。

这里的问题是史湘云跟林黛玉也有些瞎逗的事,开起一个什么玩笑呢?史湘云发音不准确,用北京话说她是大舌头,这样的人,我可真见过,她发不出这个"二"来,"二"的发音,她能发出"爱"来,能发出"厄"来,但发不出"二"来。她见着贾宝玉,应该叫二哥哥,可是她发的是爱哥哥或厄哥哥。日语就发不出"二"的音来,日本军队占领中国的时候,就是我上小学的阶段,管哈尔滨叫"哈鲁滨",他不会叫"哈尔滨",他发不出来。林黛玉就跟史湘云开玩笑说,你怎么还爱哥哥呢？你爱这个爱那个的。她就是瞎逗。史湘云就回答她，两人就斗嘴，斗什么嘴呢？她说，你今天这么会专门说人身上的缺点，我有一个音发得不准，就让你这么嘲笑，我就盼着将来你嫁人，我未来的姐夫，他也是一个大舌头，他也"爱"也"厄"，就是说不出那个字来。

小孩说话没别的意思，但是就把林黛玉说得脸通红。林黛玉就追着要揍她，这里没有别的问题的，也没有其他的矛盾。问题是史湘云后来又说了这么一句话，说你老爱挑人家的毛病，我说一个人，你就挑不出她的毛病来，就是薛宝钗。

得，下面林黛玉说，那当然，她哪有毛病去，谁能挑出她的毛病来？这话让你听着酸酸的。她实际上是不服气、不相信、不承认，她忍着一口气，但又表现出来了，她又一次不智地、不聪明地表达了对薛宝钗的这种不好的感觉，这种实际上是负面的感觉。因为她并不是说宝钗姐姐好，她这里是有潜台词的，实际是说薛宝钗把什么都掩盖了，把人可能有的缺点都掩盖了。

有时候是这样，就是在你所接触的人当中，有一个人将自己的一切缺点都严严密密地掩盖起来，会让你产生负面的想法。相反，一个人要想得到另一个人的信任，得到一个人的友情，他需要有一条，就是不掩盖自己的弱点，至少是某些弱点。但是你大的缺点不能有，你偷东西，你害人，这不行。你有点儿别的小缺点，说话有时候说得过分一点儿，像林黛玉，她从来没想过掩盖自己的缺点，她对谁不满意就是不满意，她态度不好就是不好，她不高兴就是不高兴。

我们现在统计一下林黛玉的记录。薛姨妈委托周瑞家的给她送宫花，她马上就说，送完了别人最后给她送，是人家挑剩下了的。她如果是一个自控很严格的人，不应该这样说话，不该暴露出来。跟宝玉这儿，宝玉说她身上有香味，这个你说不香也没关系，你不理这个茬也没关系，你少管我身上有什么味也可以，你扯人家薛宝钗有冷香丸干什么呢？又从冷香丸扯到薛宝钗的金锁上干什么呢？这显得你小气。跟史湘云说话的时候,她又表达了对薛宝钗的不忿。林黛玉就是没法从感情上接受有一个薛宝钗在各个方面压得过她。

我还有一个想法,从林黛玉的这些表现,和前面讲的花袭人的这些表现,显示出一个家庭里头很琐碎的事,一堆泡沫,一地鸡毛,但是它充满着生活的气息。这些零零碎碎的事,显得非常真切。就好像你一会儿听到了林黛玉说话,一会儿听到了史湘云说话,一会儿听到、看到贾环耍赖,一会儿又听到了他妈妈张嘴就带着恶意、仇恨的那种话,一会儿又听到王熙凤正言厉色镇压他妈妈。都是一些鸡零狗碎,在正常情况下,一个家里能有什么大事情?他们又不看电视,不会讨论中东的局势,也不认真学习,所以仅是一些鸡零狗碎。但是这种鸡零狗碎给你一种生活的感觉,觉得《红楼梦》里的这些人就是在那儿过着日子的,为一点儿小事也能生气,有些气后来越酝酿越大,就变成了大事;也有些气,变成了一个玩笑就过去了;也有的时候表面上一点儿没生气,实际上暗自憋着气。比如说贾环玩牌讹死赖,薛宝钗替他掩饰。我作为一个读者,认为薛宝钗做得过了一点儿,你马马虎虎地说一下,没事了,你看错了。你可以说,莺儿你看错了,咱们赶紧接着玩。这样就可以了。你不能说,人家少爷能跟你讹死赖吗?这就有点儿哪壶不开提哪壶了,你究竟在骂谁呢?那个贾环能听得下去吗?如果贾环能听得下去的话,他还算个人吗?

另外,如果薛宝钗是一个无缺点的人,一个挑不出毛病的人,但是如果你说这种昧着良心的、瞪着眼不承认的话,而且伤害了这些丫鬟的利益,这些丫鬟对你能有好感吗?所以这也是一个可疑的地方。宅在家里边的这些小风波,没有大意思,看多了你也会烦。但是它们酝酿着各种更大的矛盾,也留下了许许多多的后患。写家庭生活,曹雪芹真是非常了不起的。

第二十一讲　袭人摊牌，平儿应对

《红楼梦》第二十一回，"贤袭人娇嗔箴宝玉，俏平儿软语救贾琏"。箴，就是"箴言"的"箴"。袭人又一次批评教育了宝玉；而平儿呢，用一种柔性的方式挽救了贾琏面临的困境。

袭人有一个摊牌。袭人摊牌是怎么回事呢？书里写到贾宝玉有一天起得非常早，他就到林黛玉那边去了。一推门他就进去了，园子里头的这些人是不锁门的。看样子，连林黛玉的一些小丫鬟也还没起来。进去以后，他看到林黛玉和史湘云都在那儿睡觉呢，史湘云的被子褪下来好多，露着雪白的膀子。他就过去给拉一下，嘴上说，你看，睡觉也不老实，肩膀都露出来了。这样就把林黛玉吵醒了，林黛玉就把史湘云也给叫起来了。

贾宝玉是早晨自己起来就过来的，他的丫鬟还都睡着觉，所以他那儿也正乱着。这里又描写了贾宝玉的一个细节，让咱们看着稍微有点儿过分，怎么回事呢？那俩小美女起来以后在那儿洗脸，洗完脸一看贾宝玉没洗脸，说你在这儿洗脸吧，要给贾宝玉倒水，贾宝玉说别倒水了。他节约用水。但是他又不是为了节约用水。他说这挺干净的水，我就用这个水吧。那个时候洗脸都是在洗脸盆里头洗。不像现在您在自来水管的龙头那儿洗，是先把温水倒到洗脸盆里头——我四十岁以前也都是这样洗脸的——温水倒上半盆，把它放在一个盆架上，低下头，用手往上撩着洗，然后再打肥皂或香皂，最后再用水把它洗下来。

可是贾宝玉要求用史湘云盆里边的剩水洗脸。别人给他递香皂,他说不用香皂了,这个水里边的香皂就已经够浓的了。他又玩一个恶心的,是吧?你洗脸哪有用别人的剩水的,是不是?你又不是为了节约用水。他愿意跟他这个小妹妹腻乎。但这里要说一个问题,就是贾宝玉跟史湘云之间没有这种关系,贾宝玉没有将她视为一个女生的特殊兴趣,没有性意识的那种心情。他没有,确实没有,从头到尾都没有。原因就在于,一个是史湘云年龄比较小,一个是他们从小就常在一起,不像黛玉是后来来的,宝钗是后来来的。这一男一女两小无猜,后来相爱,是完全有可能的。但是两个人太熟了,也不容易产生那种感情。他们从小就在一块儿,天天见面,相互也打架,也一起干别的什么,忽然,到哪年想起来了,说我琢磨你别的了,你这不是开玩笑吗?以我的生活经验,两个人太熟了反而难以变成恋爱关系,我讲不出道理来。这还跟史湘云的个性有关系,史湘云大大咧咧的,是吧?她还有点儿假小子味,她也不娇,也不媚,也不跟你脉脉含情。

贾宝玉想不到史湘云身上去,他跟史湘云的关系很近,那就是一种亲情。看《红楼梦》,这也是一个很有趣的话题,贾宝玉跟林黛玉、薛宝钗他们都有一种亲情,他们年纪又小,而且大院里头、大宅门里的生活,非常枯燥,它是封闭的,他见到的那些人都是跟他沾亲带故的,而且都是拍着马屁,二爷怎么样,二爷长、二爷短的。所以他跟史湘云没有这种恋爱关系。

没有这种东西,他还要用人家的剩洗脸水洗脸,什么原因?说不清楚了。也许作者就是故意把贾宝玉写成这样一个人,多情,多到让你觉得有点儿肉麻了,有点儿过分了;天真,天真得冒傻气;也有点儿啰嗦加讨厌,以及脑残。哈!

然后洗完脸他又舍不得走,他就跟史湘云说,今天你帮我梳头,这个梳头叫篦头。篦,是什么呢?我这个年龄的人以前见过,就是这个梳子,但比一般的梳子更尖、更细、更密,非常密,两个梳子齿之间只能够容纳一根头发。篦头的力量当然更大,接触的头发更多,它帮助你的头发定型,这是一个作用;它还有一个重要的作用,就是使你的头发干净。有时候都可以看得出来,篦子上面有油泥。我姥姥就是整天篦头,她不喜欢洗头,过去洗头也不方便,她岁数大了,洒水也不方便,倒水也不方便,没有下水道,没有上水道,老洗头干什么呢?还有,中医还主张用篦子篦头来促进头部的血液循环,不但起清洁的作用,还起养发、护发、养头皮、护头皮的作用,所以都是用篦。篦完头用肥皂和清水去洗篦子,很容易操作。

上一讲讲到宅子里的这些小纠纷的时候,我还忘了说一点,贾宝玉曾经给一个丫鬟篦头发,晴雯经过,就说了损话,她也喜欢说损话。晴雯这点和林黛玉非常相像。她说,还没喝交杯酒,就篦上头了。按古代的习惯,一男一女结婚了,第一是要喝交杯酒;第二,这个男人要帮着这个女人梳头。过去梳头也麻烦,镜子少,工具也少,也没有吹风机,也没有理发剪子什么的,所以他要帮着她弄头。然后反过来,这里写史湘云帮助宝玉梳头。她正帮着宝玉梳头的时候,袭人过来找宝玉。袭人早晨起来一看宝玉不在,她知道宝玉的习惯,知道宝玉的心情,说没有别的地方,肯定到黛玉那边去了。到了黛玉那儿一看,史湘云正在给宝玉篦头发、梳头、做头发,到底怎么做的没细写,或者有系一下、拴一下,还要戴上一些装饰性的、可能也帮助形成发型的东西,就是我们说的什么卡子,左一个卡子右一个卡子的,男人也有用的。袭人一看,非常愤怒,非常不高兴,她不能接受。

虽然史湘云跟贾宝玉之间没有那种其他的关系或者其他的想法,其他的情愫,但是对于袭人来说,这仍然是不可接受的。因为袭人已经奠定了自己的垄断服务资格、覆盖一切的服务地位。史湘云这从外边过来的一个孩子,在这儿待几天就走了,你凭什么去给贾宝玉梳头?这个服务权绝不能随便让出去,让出去,你的地位就没了。袭人的表现超出了读者的预料。她回去以后就不理宝玉了,宝玉跟她说话,她连话都不说。宝玉说,你怎么了呀,怎么你不理我了?她也还是不理,不但如此,在宝玉还没有回去的时候,袭人自个儿一个人赌气回到了宝玉的——也就是她袭人住的这个住所。正好这时候宝钗来了,宝钗问,说宝玉兄弟没在家呀?袭人话里带话,说他当然不在家了。宝钗问说,他上哪儿去了?这时候能上哪儿去?他上黛玉那边去了,上林小姐那边去了。

薛宝钗一听,她话里有话,甚至感觉出袭人是一个有头脑的人,是一个有原则的人。袭人接着说,我说了多少次了,他就是不听我的。眼看误会越来越大了,就是姐姐妹妹们也好,也得有个分寸吧,也得有个规矩吧,不能胡来。

通过这个,实际上宝钗和袭人开始建立了联盟。宝钗不是坏人,不是故意的,到现在为止也不能说袭人有多么坏,但是她们认为,要让宝玉有好的生活,有好的未来,必须注意遵守封建社会的种种的礼法、规则、潜规则、规范、主流意识形态。如果你让宝玉变成一个挑战主流意识形态的人,宝玉的未来会是什么样的呢?他可能出事儿,他可能受打击,他可能混不上饭吃,他可能变成怪人,变成奇葩,被大家所讨厌。所以她们在这一点上立即就取得了共识。

《红楼梦》是不着急的,它一点点发展,它根本不急着告诉你其他的事。等宝玉再回来,袭人完全换了一副脸色。袭人跟宝玉说,现在你已经用不着我了,洗脸你也用不着我了,拢头你也用不着我了,理发你也用不着我了,说话你也用不着我了,既然用不着我了,我走。这回不说回家了,说什么呢?我回老太太那边去。因为她是贾母亲自物色的,贾母认为她是一个心地善良、做事周到、眼里不掺沙子,同时又能够一心一意为主子提供服务的婢女。这一下子把宝玉给吓傻了,说怎么了,到底出什么事儿了,我到底怎么了?

这个又是一个很有趣的话题。就是宝玉需要黛玉这样的人,也需要袭人这样的人。黛玉是浪漫的,黛玉是唯爱情论,黛玉有着清高的、高傲的、自信的这样一个灵魂。黛玉又是孤独的,黛玉的才情是大观园里边、贾府里边第一名的,谁也比不上她。黛玉的感情的热烈和真挚也是第一名的,所以黛玉是宝玉的知音,是宝玉的灵魂上的共鸣者。他们都不喜欢世俗,不喜欢做官当老爷,他们也都不喜欢用那些虚伪的应酬来讨好别人。所以黛玉是他的灵魂挚友,是他的灵魂上的伴侣。

但贾宝玉还需要袭人,袭人不但能给他全面的服务,而且跟他有一种互补的作用。你千万不要认为一个男生也好,一个女生也好,找爱情、婚姻的对象的时候,是要找一个和自己一样的人。错!完全一样有什么意思,两个人跟一个人一样,你脾气急,她也脾气急;你早上起得晚,她也起得晚;你吃东西少,她也吃东西少;你瘦她也瘦,你胖她也胖;你喜欢的她一定喜欢,你讨厌的她一律讨厌。这么一个人跟你在一块有什么好处呢?我确实也见过这样的人,就是夫妻俩脾气相当一致,比如说两人都爱生气,这个我见过,这位先生回来了,面色不好,这太太就问,怎么了?你怎么看着像一个斗败了的公鸡似的?然后这男生就说了点某某人的坏话,这个女生就拍桌子了,这个小子这样,他敢这样说!这底下的话是我编的了,我不能说人家的私事了。那女生就是说,要是我在,我当场就给这坏小子一个嘴巴子。结果这个男生说,是啊,是啊,我到现在都后悔,我当场就应该踹他一脚,我怎么没踹呢?我就感觉到这夫妻俩就跟练跳高似的,他这气得一跳,一尺五,她这一跳,变成二尺了,他再一跳,三尺了,再一跳,五尺了,再一跳,十八尺了,一丈八了,这样的夫妻生活也是很困难、很不幸的。

所以他们需要互补,需要有不一样的地方。因为贾宝玉喜欢说一些很过分的、带有反叛色彩的话,所以袭人适当地给他说你别气着老爷,这样贾宝玉才接受。你气坏了老爷对你没好处,老爷来了,你就假装看书,你在那儿背两段《论语》,不就完了吗?所以他与袭人还有这种互补的一面。

贾宝玉和林黛玉都是浪漫的,带仙气、才气、灵气的人,越是浪漫通灵天才的青年男女,越离不开吃喝拉撒睡、柴米油盐的务实供应与服务；没有了供应与服务，你自己得时时费心去找食儿、裁衣、纳鞋底子刷马桶，你能留出多少光阴去吟诗作赋抒情浪漫呢？

袭人敢于向宝玉摊牌，还有一个最重要的说法，中国传统文化既承认权统和治统，就是说皇上一代一代是怎么传下来的，这是一个权力的系统，这是一个治理的系统，这也是一个血亲的系统。此外，还有一个重要的说法，叫法统、道统、文统，就是法、法律，它这有法律的根据，等等。有传统、有治统、有法统，但是中国人也还承认有道统、有学统、有文统。就是说我忠于你，不光是忠于你这个人，忠于你的权力，我还要忠于孔孟之道，要忠于仁义道德的道理。

所以忠，既要忠权力，也要忠原则，也要忠礼义。礼义是什么？礼义就是尊卑长幼，社会的秩序；义，就是办什么事按照道统来办。

这个袭人，她敢于向宝玉摊牌，敢于说非常难听的话，敢于向宝玉挑战，向宝玉抗议，就因为她有这样一种主流意识形态的自信。所以你又从袭人的身上看到了中华文化的特色、中华文化的一些讲究。

至于平儿是怎么救贾琏的呢？这个实在太低级了，这是另一回事。凤姐和贾琏的女儿巧姐出天花了，按当时的迷信，在这期间，贾琏不能跟凤姐在一块，不能同房，更不能有什么夫妻恩爱，那样的话就不干净了，就触犯了花娘娘这位管天花的神仙了，所以她让贾琏住到外书房。他们家房子大，房间也多，外书房离主房大概有点儿距离，男女分开，要避免一些不雅、不干净的事情。

可是贾琏这种人根本不可能规规矩矩的，在那儿他就和他们家一个厨子的媳妇，名叫多姑娘，就有了不正常的低级下流的关系。等到这个事过去了，过去了好多天，贾琏回来了。平儿到那儿帮着贾琏拿东西的时候，忽然在他的被窝底下看见一绺头发，那头发一看就是女人的，平儿就拿着这个头发说事儿。她告诉贾琏，说你记住，你在这儿的不规矩的物证已经在我手里了，你以后如果表现得不好的话，我就把它折腾出来。她对贾琏进行威胁，意思就是，今后你对我要注意。这个很可怕，夫妻关系也好，丈夫和妾的关系也好，这里头已经出现了掌握某些弱点、时时准备威胁的这种事情。贾琏就更恶心,跟变戏法似的,趁着平儿不注意,"啪",把头发抢过来了,说待会儿我把它烧了就完了,还是放在我这儿,不能搁你那儿,让你拿来威胁我。然后平儿就恨得跺脚,太黑暗了。但是她跺脚归跺脚,等到了王熙凤那,王熙凤说你把要取的东西拿来,平儿说拿来了。王熙凤说你查查他的东西,这小子他不会老老实实的,这么多天他不定在那儿干了什么事呢。平儿表示说,我上上下下我翻了一个够,什么东西都没有,奶奶您放心吧。所以平儿既要对付这样一个流氓丈夫,又要对付这么一个恶棍太太。她本身又是妾,又是奴才,非常困难,她的应对应该说还是对的,因为她得罪得起谁呢?谁都得罪不起。

这个小风波反映出来这个家庭里太黑暗了,黑暗中也有一些暂时或者能够把矛盾掩盖起来的东西,让人对这样的一个大户人家也是不能不叹息的。

第二十二讲　命运的暗示

《红楼梦》第二十二回,"听曲文宝玉悟禅机,制灯谜贾政悲谶语"。

听曲文,其实就是听戏,听了这戏文、戏词、曲文,贾宝玉从这里头得到一些禅宗的启发,把它叫禅机了。另外他们猜灯谜,在这些灯谜里边,贾政感到有点儿悲哀,好像这里有些话说得不太吉利,好像是谶语,就好像预告了一些不幸的事情。这里头,说的是薛宝钗要过十五岁的生日了,先是铺垫了半天,王熙凤跟她丈夫贾琏就研究,说这是十五岁的生日,这次过生日的规格可以比林黛玉过生日的规格提高一点儿。

后来又说到贾母喜欢薛宝钗的稳重和平,稳重就是没有轻易的情绪表现,和平就是跟谁都不产生矛盾。贾母喜欢,说这次薛宝钗过生日,十五岁生日,我捐钱,我捐二十两银子。王熙凤,因为她跟贾母过得着,就跟贾母开玩笑说,嚄,多大方啊,下了半天狠心掏二十两,二十两够什么? 够吃的吗? 够唱戏的吗? 什么也不够,最后还不定交多少,我们不一定还得补多少钱呢,最后还算老太太请客。

这个,她过得着才敢这么说话。贾母就哈哈大笑,说你这猴子,你在这又能算计什么呢? 二十两银子是很多的,刘姥姥来一趟,王熙凤也给了二十两银子,二十两银子到底是说多少呢? 原来贾府,府地之内有两座庙,现在因为修了大观园,要把两座庙里的小和尚、小道士各十二个迁移出去,另外安排到了尼姑庵。王熙凤就说,这迁移出

157

去,因为它们原来是咱们的家里边立的两个庙,不要让他们上别处去,就让他们到铁槛寺那边的贾家墓地,都进那边就行了。到了那边,再给他们修两个小庙,一个和尚的、一个道士的,他们在那里吃饭,一个月也就花几两银子。几两银子她没说,最多不会超过六七两。因为按中国人的习惯,如果说很多的话,比如说如果是八两,她就说得小十两银子;最低的话也要三四两,要是二两,她会说有二两银子就够了。如果按十二个人吃饭花五两银子,那么贾母捐这二十两银子,那不少了。这可以看出贾母对薛宝钗的好感。

　　问题是,林黛玉马上就有反应。他们那天还演了戏,贾宝玉傻呵呵、乐呵呵地叫林黛玉"快听戏去"。林黛玉就表示,听什么戏,咱们沾人家光干什么?她酸。林黛玉甚至说,你要那么大本事,你给我叫一台戏?这样露骨的叫板也说出来了。呜呼,黛玉!只能说,林黛玉跟贾宝玉的关系越来越近了、越来越好了,她才可能这么说话,否则她很客气的,她不会这么说话。

　　通过这个事,就进入了我们曾经说过的,《红楼梦》是一部封建社会的百科全书,进入了百科全书的一个词条。哪一条?戏曲。一上来就讲了,说咱们要这次找个小戏班子来,这个戏班子既能唱昆腔,又能唱弋腔。昆腔就是昆曲。在我小时候,家里边大人都说昆腔,不说昆曲。昆曲,这是后来用得比较书面的语言。弋腔,就是弋阳腔,江西省弋阳那边流行的,现在没有昆曲那么火。

　　然后就说听什么戏都让薛宝钗点,因为是她的生日,她是正主。可是她点戏的时候处处考虑的是贾母的兴趣,点的都是小折子戏,先点了一个《西游记》里头的,后来又点了一出《鲁智深醉闹山门》。宝钗还问贾母在她的生日宴会、生日招待会、生日派对上想吃什么。薛宝钗特别会做人,她点吃的也不考虑自己想吃什么,点的都是面面的、软软的,就是不费牙的。你没有牙都没关系,你掉了一口牙,也可以把这吃进去,黏黏糊糊的,反正用不着牙嚼的。

　　这些都看出了,薛宝钗这个人,你说她是很注意、很会做人,可以。你说她很有心计,似乎也可以。你说她非常克己复礼,人家什么事首先不考虑自己,首先考虑到贾母,贾母是王夫人的婆婆,薛宝钗应该叫姨婆吧。她首先考虑到姨妈的婆婆,这也很好。

她第二次点戏点了写鲁智深的戏,这还牵扯出一些问题来。什么问题呢?贾宝玉说你怎么净点这个,你怎么喜欢这个戏?那意思是她竟然没有点一个很文静的戏。可薛宝钗也表现了她对戏曲的了解,说你白听了这么多年的戏,连鲁智深的戏好处在哪儿都不知道,它的排场好。这里的排场,是说它的布局、结构好,另外它的戏词好,词藻更妙。贾宝玉说这里头有什么戏词,里面应该有很多做工(戏曲角色的体形与动作表演),这鲁智深喝醉了,又是醉打蒋门神,又是倒拔垂杨柳的,很多这种表演,非常精彩。

宝玉不知道这个戏词好,薛宝钗就给他背了一段。有一段词牌是《点绛唇》,"绛"就是红颜色的。点绛唇,"漫揾英雄泪",你轻轻擦一擦脸上的眼泪,英雄也有流泪的时候;"相离处士家","处士"就是没当官,可是又是个圣贤君子,很清高的人物,也流下英雄泪,你也把它擦干吧,也需要你离开那个清高的、比较隐蔽的生活。"谢慈悲剃度在莲台下",然后是在佛爷保佑下剃了头发,在这儿当了和尚了。"没缘法转眼分离乍",虽然在这儿当个和尚,可是跟佛法没什么缘分,转眼就又要离开了;因为他不是打死人了,他出了事了,没法再在庙里待下去了。"赤条条来去无牵挂",当和尚,他赤条条,不讲究穿戴,也没有财产,也没有家小,裸来裸走,裸上裸退,现在我们还说"裸退",就是你退休或退职了,不用再当别的官了。"那里讨烟蓑雨笠卷单行","卷单"就是卷铺盖,和尚离开、把行李整理好叫"卷单",这是专门说和尚的,因为它简单,没听说这和尚带着一大堆大包小包、各种箱子,这不可能的。烟蓑雨笠就行了,能够戴个草帽,能够穿一身防雨的、古代的渔翁穿的这种雨衣也就行了,简简单单带着行李就走了。"一任俺芒鞋破钵随缘化",这一路上走着,跟人家化缘,跟要饭一样,拿点儿吃的就完了。

这一段里头，特别触动了宝玉灵魂的，是"赤条条来去无牵挂"。宝玉这个人虽然他自己才十三四岁，但牵挂的太多，他喜欢的人太多，喜欢的事太多。一会儿惦记林黛玉，一会儿连袭人、晴雯也惦记，他跟他妈妈、跟他奶奶关系也都非常深，感情非常深。他当然也惦记家里的事，也惦记外边的朋友，跟秦钟关系也好，所以他听着很受感动，就来回琢磨这个。

这里又有一个插曲，演完了戏，贾母很高兴，要接见演员，尤其是喜欢俩小孩，一个是演一个小丫头，一个是一个小丑角，一个九岁，一个十一岁。贾母喜欢他们，就夸他们半天，还让给他们拿吃的，另外还要打赏钱。这个时候王熙凤说，这小丫头怎么那么像一个人？小丫头长得特别像黛玉，但是别人都不敢说，为什么？因为说一个人长得像唱戏的，戏子，这个话，本人她不爱听，谁都不愿意自己被说长得像戏子，过去是非常看不起这些唱戏的人的。可是史湘云天生乐和，她从来不考虑这些，她说那可不是，她就是像黛玉姐姐。

宝玉就给她挤眼，意思就是，你别说了，别这么说话。史湘云当时就火了，你跟我这是干什么？不许我说话？我不能说她黛玉长得像谁，但谁像黛玉都不能说呀，人家是大小姐，我是奴才呀？不许我说话呀？当场弄得宝玉就说，你不知道，这个黛玉，她心眼儿细，她心眼儿小，你开玩笑的话她听见不乐意，不好。他还小声跟她说，这女孩弄成这样，她生气的时候，你千万别说，你别生气，不值得生气，你越说她越气，因为你不同情她。你要劝那个女孩别生气，你最好先跟着她骂两句，你说是我混蛋，我刚才就不应该制止，本来就像。当然他又不能这么说，这么说的话，那边又怕得罪黛玉。

至少一天，史湘云不理宝玉了；宝玉到黛玉那儿，黛玉也不理宝玉了。你们拿我开玩笑，说我像戏子。戏子这词咱们现在还有人用，实际上，这是对一个行业的污名化，所以我很反感对别人说戏子。

说黛玉像戏子，黛玉认为这是对她的莫大侮辱，这就使得贾宝玉急得没办法。没办法，他看的那些杂书就起作用了。他就想起了庄子,庄子在道教里头叫南华真人,因为庄子提出来真人的概念,所以道家也管自己的先人师傅,女的叫仙姑,男的很多情况下叫真人。

宝玉想到了道家的南华真人的一些说法,然后他写了自己的感想,因为他自个儿心情非常坏。"你证我证,心证意证。是无有证,斯可云证。无可云证,是立足境。"证,就"证明"的"证",这个"证"在这个地方就当理解了、明白了讲。你觉得你明白,他觉得他明白,实际上你也不知道到底谁明白。你到底是可能判断出来,明白、理解了,还是判断不出来?你只有到什么都不去追求,不去做出一个判断、一个理解、一个结论来,那才算真明白了,你也算是能站得住了。你来回在那儿争,来回在那儿说,说完了以后过了十年还有意义吗?也许过了三天就没有意义了。"无可云证,是立足境",等到你根本不需要对任何事做出判断、理解、结论来的时候,你就真明白了。

然后他还写了一段词,他写了一段什么词呢?"无我原非你,从他不解伊"。这个说法是不太可能有非常明确的解释的。他的意思就是说,如果没有我作为对立面,如果没有我,那么谁来说你是你呢?有了我才说有你,没有我又有什么你不你的。反过来,意见看法、言论解释也是一样。有我,有了我这种解释了,才有你的。咱俩解释肯定就不完全一样,甚至咱们俩还闹别扭。如果要我顺着你,也就用不着再往下解释了,我跟你的意见一样,好好的。别争,争有什么意思呢?一争就不高兴了,有什么意思?"肆行无碍凭来去",如果你把一切的是非之心、争论之心、辨别之心、探讨之心 stop,停止了,也用不着。任何有争论的事都用不着多谈,因为你有你的看法,我有我的看法。有了你,我才会考虑到我;有了我,你也才成为你。"茫茫着甚悲愁喜",是非,高兴不高兴,对不对,是嘲笑了你还是没嘲笑你,是你多心了还是别人多嘴了,这不是乱成一团的事吗?你争这个干吗?"纷纷说甚亲疏密",既用不着说谁是谁非,也用不着判断说他跟我好,我跟他最亲,跟他没有那么好,或者比跟我还好。A、B、C三个人,A 觉得 B 好,B 觉得 A 好,B 忽然发现 A 对 C 比对 B 还好。你这样不是找气生,你不是找麻烦吗?所以他说这都应该没有。"到如今回头是想真无趣",高兴不高兴,你多没劲。就这么一个意思。

章回的题目上说的是悟禅机,实际这不是禅机,这是庄子的"齐物论"。什么是"齐物论"?就是说,此亦一是非,彼亦一是非。你这么说就是这么一个道理,你站在那个角度说就是那个道理,站在这儿说又是这个道理。所以最后,是也是非,非也是是,用不着说别人错自己对,也用不着为自己,自己说了对,别人认为错,和别人辩论。

"齐物论"在中国是很古代的一个说法。它又很像外国的后现代的一种说法,就是世界上一切东西都在一个平面上,好的跟坏的也是在一个平面上,美的和丑的也是在一个平面上,富的和穷的也是在一个平面上。所以贾宝玉就觉得自个儿弄通了一个道理。

第二天薛宝钗、林黛玉、史湘云,她们并没有跟贾宝玉闹什么矛盾,都来看宝玉来了。看到贾宝玉的这一套理论,这三个女孩就笑,说你才懂得了多少庄子,你才懂得几句话,你就在这瞎嘀咕,就说这些玄虚的、不着边际的话。林黛玉说,甭管他,你瞧我镇唬他。一见面她就说,你名字为宝,你有什么可珍贵的,就能成宝?你又叫玉,玉是坚硬的,你有什么可坚硬的,你就能成为玉?就是要问一些大问题,要问一些和现实生活没有关系的问题,这就是以毒攻毒了。贾宝玉一听,答不上来了,他说什么?我也就是自个儿写着玩,马上就把它撕了,这个不需要再写了,也不是说我就看破红尘了。你看破红尘,你懂什么叫红尘吗?你知道你是谁吗,你就问这种大问题?她就把他给压住了。这是一段。

然后底下是他们做灯谜。元妃,贵妃也做了灯谜,做的是关于炮仗或叫爆竹的灯谜。这个灯谜就说爆竹"身如束帛气如雷,能使妖魔胆尽摧",那个身子瘦瘦的,就好像把一块小布给捆起来一样,但是它的气度像雷一样,"咚"的一下子,就能把妖魔都吓死,当然说的是爆竹了。但是——"一声震得人方恐,回首相看已化灰"。因为它伟大了半天,最后一声响完了,把别人都吓住了,把妖魔也镇住了,但它自己也化成了灰。贾政听了以后就觉得,这是元妃自己创作的灯谜,这灯谜倒是不错,写得挺好,可是它不吉利。这让人联想到元妃这么伟大、这么高级,最后也可能就完蛋了,也就没这么个人,又变成灰了。它使贾政非常难过。

再比如,"阶下儿童仰面时,清明妆点最堪宜。游丝一断浑无力,莫向东风怨别离"。这是探春做的谜语。大家一听,说这是风筝,凭着一根游丝在天上飞,清明的时候放最合适。阶下儿童一看,都仰起脖子来看天上这个风筝。但是贾政听着也不舒服,游丝一断,风筝不知道吹到哪里去了,没了。

尤其是,这里头有一首咏香的诗——烧的香,这个诗很有意思,在程乙本里头,比较晚近的版本,说这个是林黛玉作的,可是在此前那些版本里,说这个是薛宝钗作的。要我看着就是头两句像薛宝钗作的,中间有两句像林黛玉作的,是不是这里头也有钗黛合一的这种意思在里头?头两句说:"朝罢谁携两袖烟,琴边衾里总无缘。""朝罢谁携两袖烟",这是说一个人回忆自己过去的时候,"朝罢"是说曾经在朝廷上,他也当过官,当过大官,清晨上完朝,他的两袖子只有烟,没有别的,意思是他是清官,是一个非常清廉的、贫穷的一个官员。"琴边衾里总无缘",你在弹的琴的旁边,或者是在被窝里边,你的铺盖里边,是不会在这些地方点香的。简单地说,就是他很清高,点的香,它除了冒烟,它还有什么别的?这像薛宝钗说的话。后边的话太悲哀了。当年我年轻的时候,尤其是碰到什么挫折的时候,这两句话使我非常震动。它说什么?说这烟"焦首朝朝还暮暮",你把它脑袋点着了,它脑袋那儿焦头烂额,焦头烂额朝朝暮暮,早晨也焦头烂额,晚上还焦头烂额。"煎心日日复年年",这香你不停地在那儿点着的话,就从头上烧到心上来了,把这个心,就跟放到油锅里头煎了一遍一样。朝朝暮暮、日日年年,一天又一天,一年又一年,你的焦虑没有结束的时候,你的心没有放下来的时候,那这个当然像林黛玉写的。

我们刚才讲了百科全书,讲完了戏曲,这次讲谜语来了,当然还有一些很浅显的谜语。贾母做的谜语是"猴子身轻站树梢",打一水果名。大家说是荔枝,"荔"的声音就是"立",站立在树梢上的。贾政做的谜语是"身子端方,体自坚硬,虽不能言,有言必应"。身子方方的、硬硬的,不会说话,可是你有话说它能帮助你,你让它说什么话,它就说什么话。这是砚台。

《红楼梦》既讲戏曲,又讲谜语。既有很文雅的谜语,又有比较通俗的谜语。又通过谜语说了这些年轻人,包括元春、迎春、探春、惜春、黛玉、宝钗她们的未来,成为谶语。一言成谶,而成为预言,成为她们的宿命的表示。这也是别有意趣的一章。

第二十三讲　青春苦闷的文学生活

《红楼梦》第二十三回,"西厢记妙词通戏语,牡丹亭艳曲警芳心"。"西厢记妙词通戏语","戏语"就是逗着玩儿的话。"牡丹亭艳曲警芳心",是说《牡丹亭》里那些很浓艳的感情色彩非常深的曲词,使女孩们的心受到了震动,而《西厢记》里的词很妙,有的很好笑,有时候变成了相互之间调笑、逗着玩的一些话。

前三回讲到了元春的省亲,省亲完了,并不是说这个事就完了。一个是宫里头传下元春的旨意,说是她要编一本书,叫《大观园题咏》。就是把上次她回来的时候作的诗或者题的字,还有其他的姊妹兄弟作的诗,像宝玉写了好几首诗,把这些编在一块,编一本诗集。元春想当编辑,想印诗集,谈不上出版,至少编出来他们自个儿在家里头留着看,也作为她回过一次家、进过一次大观园的一个纪念。

第二,她还给了一些更具体的指示,她说什么?她说大观园别闲着,别因为我来过一次就变成了谁也不许进了。说我的意见是这一处一处的房子都挺好,就让几个女孩,包括宝钗、黛玉,包括迎春、探春、惜春,让她们都住进去。

然后说贾宝玉跟她们都处得非常好,已经习惯跟她们在一块儿读书、一块儿玩,让贾宝玉也住进去。这是元春的指示。元春的指令,当然全家都立即执行,因为这是贵妃说的话。贾宝玉更是乐死了,这给贾宝玉创造了一个非常独特的环境。独特的环境是什么?就是一个美丽的园子,好几个绝顶的美女、才女,跟她们平起平坐的男孩就一个,就是贾宝玉。有很多人对这个感到奇特。第一种是说,这个是不可能的,任何人的家都不可能有这种境遇,一个男孩,然后周围一圈美女、才女,这是不可能的。还有甚至就说贾宝玉这种待遇只有皇上有,皇上他一进内宫,里边三宫六院七十二嫔妃,全是美女。宫人里头有男人,但是男人全部都是阉过了的,都是去了势的,都是太监,都不是男人,这儿没有男人。所以有人说,贾宝玉实际上写的是顺治皇帝,这个天知道,因为除了这一点以外,其他地方贾宝玉实在不像个皇帝。

我个人认为,与其用写皇帝解释少年宝玉独拥众美少女的环境,不如解释为这里有文学的夸张与浪漫,可以设想拥有宝玉式优越主客观条件的男孩儿的此等不大可能却又被人尤其是被男子追求与羡慕的坐拥众美的福分,更可以设想这是文学的夸张与一厢情愿,是做梦吃肉包,是吊读者的胃口,是把理想、愿望主观的东西写成生活场景,把美梦写成当真,文学的魅力不常常正是在它把不可能变成了可能的随意性、写意性、可意性吗?

贾宝玉住进去以后就写了四首诗,《春夜即事》《夏夜即事》《秋夜即事》和《冬夜即事》,春夏秋冬的晚上在大观园。他这个诗还流传出去了,还被抄录,尤其一听说这是一个大阔少爷,这么一个阔阔的公子哥儿写的,应该说不错,但不是很好。我给大家举个例子,他一上来《春夜即事》确实写得最好。

"霞绡云幄任铺陈",就是房间里边的帘子也好,帐子也好,布幔也好,在床上用的。因为过去床上是讲究有帐子的,类似蚊帐,如果不是夏天的时候,甚至是绸子的帐子,可以避免虫子进去,也是创造一个小环境,让你安安静静、舒舒服服地睡觉。像彩霞一样的、像云霞一样的帐子、幔子随随便便就这么一放就行了,他很自由了。"隔巷蟆更听未真",隔着一条小街那边就开始听到蛤蟆叫了,这是一种解释。还有别的解释,是什么呢?就是打更,"蟆更"是什么意思呢?就是第六更。这个里头有一个意思,就是说他起得挺晚,在那里自由,早晨还能睡懒觉,九点才醒。

底下两句话写得比较好,"枕上轻寒窗外雨,眼前春色梦中人"。今天躺在这个枕头上,觉得稍稍有点儿凉,为什么?窗外下雨了,一下雨,气温当然就降低了。然后一看周围都是春色,树开始发芽了,花开了。可是这些眼前的春色春光,并不重要,重要的是梦里头我想着的,是我梦中的、我梦里要寻找的那个人。什么人呢?那就每个人都不一样了。贾宝玉都梦见谁了,他没有写,起码他会梦到林黛玉。

"盈盈烛泪因谁泣","烛"就是蜡烛。早晨起来了一看蜡,你点着它的时候,它融化,有的地方它就流下来了,像泪的痕迹一样。"点点花愁为我嗔",一点一点的花在那儿有点儿发愁或者精神不太大。"自是小鬟娇懒惯,拥衾不耐笑言频。"这是因为小丫鬟她们太娇气了,既懒又没有好好照顾这些花、这些蜡,该拿走的没有拿走,没有弄好。他在那儿还躺在被窝里,还没醒过来。他周围四面都很雅致。

有人说《红楼梦》里边的诗写得太好了。错了。《红楼梦》里头比如像这四首诗,你可以说他写得很好,你也可以说他写得相当差。为什么?它的字都非常雅,它的声音都非常合乎标准,平、上、去、入都是符合标准的,它的对偶在什么地方哪个词跟哪个词怎么相连,也都非常合格,但是它的诗意不足。在这个地方,这四首诗全是描写公子哥的生活,就是封建贵族的生活、美丽的景区的生活、美丽的园林的生活、高贵而又空虚的生活。

用现在的语言来说,他四首诗写得再好,也没有信息量,还没有哪方面你说你没看以前不知道的,你看着词儿很好,词好极了。譬如说他《秋夜即事》:"绛云轩里绝喧哗,桂魄流光浸茜纱。"桂魄流光说的是月亮和秋天。"苔锁石纹容睡鹤",绿苔长得越来越多,石头纹都看不见了,连这个鹤,一只大鸟,在这个石头旁边的绿苔上都可以睡觉了。"井飘桐露湿栖鸦",从梧桐树上掉落的露水,都掉到井架子上头了,所以在那井架之上过夜的鸟、过夜的乌鸦都搞湿了。"抱衾婢至舒金凤"，然后丫鬟来了，怎么怎么样。"倚槛人归落翠花"，全都是一样的情调，高雅、闲散、空虚、烦闷、无靠无依。你看一百首也还是这个。

真正的诗人的诗里面都有新的诗意、诗词、诗情、诗韵，更有对于生活的新发现、新解剖、新获得。怕的是有诗文，却缺少诗意。但是这个诗仍然非常重要，这是贾宝玉文化修养的一个特点，是用他有文化的语言，写了他少年时期跟各位姊妹在一起的幸福生活。

我常常想，在《红楼梦》里头和贾宝玉处境很相像的一位，就是薛蟠。薛蟠也是公子哥，也是独一个，当然他有妹妹，但是他没有兄弟，有堂弟薛蝌，但是没有亲弟弟。薛蟠也是薛家不得了的人物，在那儿他也是非常享受的，他对年轻的女孩也特别有兴趣，他对美丽的男孩也有兴趣。但是把薛蟠和贾宝玉放在一块，薛蟠就像比较低级下流的一个人。而贾宝玉他无论犯什么错误，再有各种不合适的说法、做法，什么抓奸啊，乱对别人有兴趣啦，什么吃胭脂、舔胭脂、舔人家脸啦，不管有多少，他的文化修养压得住、盖得住。就冲这四首诗，他就压住了。这个人如果没有文学的修养，太遗憾了。有点儿文学的修养，立刻就把他这格儿往上抬了抬，这是很有趣的。

这里头又写到了贾宝玉在这儿待着，忽然就心里不高兴了。谁想静中生烦恼。这里太安静了，太踏实了，也没人管他，爸爸也顾不上督促他学习了，整天不是姐姐就是妹妹，不是美女就是才女。忽然一日他就不自在起来，觉得这也不好，那也不好，出来进去只是闷闷的。这就是青春的苦闷。

青春的苦闷很难说，你仅仅用弗洛伊德的学说解释，说他有性的要求，也不是。因为他有精神上的苦闷，开始好像什么事都要办，又什么事也都没办成。不知道自己到底要干什么，不知道自己到底需要什么，感觉到有一种寂寞、空虚、意外、孤独，有一种需要而又得不到需要的这种感觉。这种青春期的苦恼、青春期的反应，甚至青春期的忧郁症，就是心理医生也都承认的。《红楼梦》中这几句话，已经表示了青春期的这种问题,往下就看着贾宝玉闷得慌,也可乐,闷得慌也想不出解决的办法来。

他的小厮,伺候他的男孩,茗烟,说我帮着你找点书看。这茗烟知道宝玉的青春苦闷了,他到外边就找了一些书,其中就有《西厢记》《牡丹亭》这些跟爱情有关的戏曲本子或者故事本子,零零碎碎找了一些给贾宝玉看。贾宝玉一看太感动了,说是感到那书都有异香,从来没见过可以把一男一女写得这么可爱、这么美丽、这么吸引人,而且这么文艺,并不是像薛蟠那样低级龌龊粗野。贾宝玉他非常幸运,他尝到了什么?尝到了一种读禁书,也可以叫做吃禁果的乐趣。因为这些书在他这种人家是不可以公开读的。

然后就写到林黛玉到他这里来看他,他读书读得正有兴趣,林黛玉说你看什么书了,贾宝玉就赶紧藏,撒谎说我看《大学》《中庸》。林黛玉说少跟我来这套,你看的是《大学》《中庸》吗?她从贾宝玉这里拿走了这些书,两个人再见面时就夸上了,说人家这书写得真好。贾宝玉就引用《西厢记》,贾宝玉说,你看,咱们看了以后真能说出咱们的心情来,我就是那多愁多病之身,是《西厢记》里头说的这张生,你就是那个倾国倾城的貌,说的是张生恋上的小姐崔莺莺。

可是他这么一说我是张生、你是那位小姐,这林黛玉的脸都红得不成样子了,就哭了,说你欺负人,你侮辱人,你胡说八道,你不尊重我,我得告诉舅舅去。这不是要宝玉的命吗?宝玉吓坏了,就赶紧说,我说错了,我以后再说这种话,我变成一个大海龟、大王八,将来我变成大王八,将来你死了,我就是你坟墓旁边王八驮石碑。因为咱们中国有这种,其实都是大人物的坟墓,坟墓上有一个鼋或者龟在那儿,然后它的壳子上竖一个石碑,表示对这个人的纪念。贾宝玉还说我当王八、我驮石碑。林黛玉也乐了,说我看着你挺横的,原来你也是"银样镴枪头"。这个也是《西厢记》里边的话,有点儿像歇后语,"银样镴枪头",我以为你是银的,结果你是蜡做的,一碰就断了,碰到点儿热的就化了,一点着它就没了。宝玉就说,你用的也是《西厢记》里边的话,我也给告状去,我告诉别人,你看《西厢记》了。这事两个人这就过去了。

然后又说到林黛玉自己看《牡丹亭》,看到里头有一些非常动人的话,写青春、写春天、写牡丹的开放,感动得不成样子。我觉得这个也很有意思。《红楼梦》里头描写这批中心人物,就是这批女孩再加贾宝玉,描写他们的文学活动非常多,这只不过是刚刚开始,底下还要写诗,在行酒令上也有各种文学的活动,在生活中也有很多的创作活动,还有联诗,就是一大堆人在一块作诗,你一句我一句互相连上,至于讨论的活动就更多了。

看戏,书里也有多次描写,文学活动占的地位很大。因为我们想一想,有这么一批人、一批孩子,孩子慢慢大一点儿了,一批美女才女、美少年也是有才华的少年。他们在一块儿既不需要劳动,也没有认真读书,尤其那么多女孩,用不着读完了书以后去考状元,他们究竟干什么?文学是比较可能性的一种活动,你没法组织去舞蹈,因为对身体它有一种防范,舞蹈是用身体表演,所以《红楼梦》里从来没说过组织舞蹈。他们也没唱过戏,因为他们看不起唱戏的人,他们认为唱戏格儿不够高,是在那儿讨好老爷太太,而且一帮女孩抛头露脸、扭扭捏捏、莺声燕语,让人不仅看到了你的脸,还看到你的身段,看到你的动作,听到你哆哆的声音。所有这一切说明戏曲的地位也是有限的。

所以文学活动在他们的生活中起了很大的作用,而这个文学活动在相当的程度上美化了他们的各种爱情的、类似爱情的、准爱情的那些情绪、那些想法,乃至于那些胡思乱想。有了文学就和没有文学的谈谈自个儿青春期的一些想法,就大不一样了。所以看《红楼梦》也是让我们体会,过去的时代,这些青年男女,这些美貌的少年,这些有才华的青年,他们对文学的重视、对文学的迷恋,哪怕是不能够放到台面上的书,他们也要看,也要从中共鸣,虽然仍然有警惕,不能让别人知道。

第二十四讲　不入流的人等

《红楼梦》第二十四回,"醉金刚轻财尚义侠,痴女儿遗帕惹相思"。"醉金刚轻财尚义侠",是说有一个酒鬼,但是他是金刚,是个硬汉子,外号便叫醉金刚,很慷慨、讲义气,喜欢帮助别人。"痴女儿遗帕惹相思",有这么一个傻丫头,丢了手绢,丢了手绢还引起了相思之情,男女间的想念之情。

《红楼梦》铺的面非常之宽,它和所有的中国的其他文学作品,包括长的、短的,都不太一样。怎么不太一样?在《红楼梦》之前,中国也有很了不起的书,非常引人注目、获得巨大成功的书,但是它们都是以事件为主,当然也写到一些很生动的人物。比如说《三国演义》,它写魏、蜀、吴,写曹操、刘备、孙权这三位当时争夺天下的人物,甚至是三位英雄之间的各种计谋斗争。比如《西游记》,里边开头是写孙悟空怎么造反,然后下边整个写的是孙悟空辅佐唐僧到西天取经,和妖怪们打,战胜各式各样的妖怪。比如《水浒传》写那个面也够宽的了,写一百零八个人,一个个被逼上梁山,成为一批强盗,当然最后被招安。这些都是写大的事件。

《红楼梦》也写事,但更重要的是写生活,重要的事也有,不重要的事也有,吃饭的事也有,喝酒的事也有,瞎捣乱的事也有,互相闹矛盾的事也有。这些事不管怎么样,有大有小,写的是生活,有时候零零碎碎,有时候普普通通,有时候好像鸡毛蒜皮,有时候杂七杂八。所以确实有人看不下《红楼梦》去。

一个人不可能每天都经历伟大的事件,每天都在拼命,或者每天都在破案,他有很多日常的生活。所以第二十四回写了一批不入流的人物,贾府里头没有他们的地位,少爷、小姐、才女、美女、美男、才子里边也没有他的地位,贾府的兴亡盛衰里头也没有他的地位,但是他们也很重要。这里边说了这么一些事,贾家贾蓉这一辈的,比宝玉低一辈,见到宝玉得叫叔的,有一个叫贾芸,一个叫贾芹,名字都是草字头的。还有一个贾蔷,但贾蔷比他们地位稍高一点儿。贾蔷后来采买这些小戏子、小丫头,就变成了戏班子的负责人,管理贾家的私家戏班子。这里主要写的一个是贾芸,一个是贾芹。

他们看到贾家大观园修起来了,贵妃回过一次大观园,大观园里的事越来越多,就都跑到这儿求职来了,过去叫"找事"。"事"就是职业。找事不是找事儿、闹事儿、出事儿,那是找麻烦的意思,捣乱的意思;找事、谋事、有事,就是找工作,他们都是来找事的。贾芸找的是贾琏,因为他知道贾琏在这儿是管家的、有很重要的地位的人。贾芹找的是凤姐。

那时候,贾府有两个事,一个是我在前边提到的,贾府里头有一个玉皇庙,还有一个达摩庵,里边各住着十二名小沙弥,就是小和尚,十二名小道士,根据王熙凤的意见,要把他们送到铁槛寺去。这样就需要有人管理家庙,否则这批人在那儿干什么你也不知道。你不能饿死他们,他们也不能干坏事,干了坏事影响也不好。还有,贾家有些事用得着他们,有婚丧嫁娶了,生病了,需要念经、需要祈祷的,谁的葬礼上需要道士,就得来道士,需要来和尚,就得来和尚,要为家务服务。贾芹呢就来找凤姐,凤姐就答应了。

贾芸呢,本来也看中了这个事儿,感觉这个事儿不错,干这事跟别人也不掺和,而且还有权力,起码他得把铁槛寺那边很多事也都管了,把这二十四位宗教职业者也管起来了,而且他是为贾府服务的。但是凤姐跟贾琏说,有个事我跟你说说,我答应贾芹了,他要管玉皇庙,达摩庵迁移的事。贾琏非常不高兴,说我不管这事。凤姐说,你怎么了？我这算求你呢。贾琏说贾芸刚刚找过我。凤姐说，你别着急，那边还有另外一个事，管咱们这园子里的花草树木，特别那边有一角花草树木很多，需要有人管——简单来说就是管绿化的——这个我早想好了，也要给咱们贾家的人来办，让贾芸办不就完了吗？贾琏有点儿不高兴，为什么？因为凤姐的权力太大了，你任命一个人，你跟我连通气都不通气。就是凤姐要说用谁就能用谁，贾琏要说用谁，还必须经过凤姐的同意，凤姐的权力超过了他，影响超过了他，说话的分量超过了他，所以贾琏很不高兴。

然后贾芸又来找贾琏了，贾芸说，您不是答应我了吗，怎么现在这个事到了别人那儿去了？贾琏说，你找我们家里的去，找你婶子去吧。因为贾琏也是叔叔、大爷这一辈的，他让贾芸找婶子去。

贾芸想找王熙凤，就很难见到，见到了，王熙凤也是应付两句。贾芸就琢磨，说这玩意儿得找婶子，找叔叔没用。怎么办？我给送点儿礼。你看从那时候起，你要谋职，要找"事"，你得送礼。他有个舅舅，是开香料店的，他想送别的也不合适，就送香料吧。你吃着、喝着人家的，吃的、喝的，贾家要用你的？不把你送的东西扔了才怪。穿的，你送得起吗？你知道人家穿什么衣服吗？这种高级家庭动不动就用香料，恰恰他舅舅开香料铺，有好香料。他舅舅姓卜，名字叫世仁，就是"世世代代"的"世"，仁义道德的"仁"。可是这个名字太露骨了，因为它搁在一块儿一念就是"不是人"。这个人确实不是人，是极坏的。贾芸从来没好好劳动过，也没有真正干成什么事，是个寄生虫。人家贾宝玉当寄生虫，人家有这个份儿、有这个格儿，你贾芸当寄生虫？你活该饿死。所以贾芸来跟他舅舅说，我要点儿冰片，要点儿麝香，都是些高级香料。这个冰片我不十分了解，麝香当然还是高级的药材，味道也好，而且能治病，还能消毒、消炎。他舅舅不但没有给他，还和他舅妈一起把他骂了一顿。说的话特别难听，你上我这儿伸手要东西，我凭什么给你？原话比这难听得多。贾芸碰壁了。

这个世界上就是有这么一些人，什么事都依赖别人，什么东西都伸手问别人要,都成习惯了。他认为别人就应该帮助他,他自个儿吃不上,别人应该给他吃。他从来不会靠自己,自己去想办法,自己去努力,自己去奔吃的、奔喝的、奔生活,他不是这样想的。

贾云被他这舅舅,这个卜世仁,活活给气得犯迷糊,他气呼呼地走了,走在大街上,晕晕乎乎地撞上一个醉汉,这个醉汉是谁呢?叫醉金刚。"金刚"实际上类似黑社会的语言,就是一个强人,强人遇到什么事都动拳头、动胳膊根,喜欢打架,没有正当职业,没有正当收入,但是又混得还不错,因为他胳膊粗,天天喝酒,天天吃肉,哪儿赌钱有他,打架有他,哪儿有各种正规力量无法控制的事情他都去,他能掺和。就这么一种类似黑社会的泼皮无赖,泼皮就是他敢动手、敢不讲理,无赖就是他什么手段都用。撞了这个醉汉,这还了得?他伸手就说我要你的命,你敢撞大爷我。贾芸一看撞的是个醉汉,就说今天倒霉,倒了血霉了。可是他一说话就乐了,这是倪二,他的熟人,因为他醉成那样,也看不出撞他的人是谁了。贾芸本身虽然不是泼皮,不能打架,同样属于无正当职业、无正当收入、到处乱伸手、到处瞎掺和的那种人。贾芸就放心了,他扶着醉汉说,老大,你不认得我了?咱们是哥们儿,我是贾芸。

倪二一听是贾芸,好,你小子怎么样?两个人就聊上了。贾芸说把我气死了,这世界上真有王八蛋,就是类似这种发牢骚的话。有趣的是这倪二一听这话火上来了,说原来是这么回事,这个人是你的亲戚,要不是亲戚我先把他骂一顿再说,要不是亲戚,我可以收拾那小子。如此,他问贾芸说,你到底要求他什么呢?贾芸说我需要点儿香料,我得给自己找事。我找上事以后,很快就能够还人情,我不会白白用别人的东西的。醉金刚说,你花钱买就行了。贾芸说,我就是没钱。这哥们儿也不知道怎么的,倪二的劲上来了,一下子从褡裢里拿出十五两银子来,十五两还带三钱,就给了贾芸。十五两三钱的银子,按现在人民币来说,至少也相当于一万七八到两万元。

贾芸说我回去写好借条,就给大哥您送过来。倪二说,写借条?

不用！如果写借条,我就不给了、不借了。咱们哥们儿还用这个吗？前面我忘了说了,倪二还干一个活就是放高利贷,偏偏这一天他喝醉了酒碰到了贾芸,又听到了贾芸在舅舅卜世仁那里受到的冷遇,他同情心上来,就做了个决定:第一,一分利钱不要;第二,不用写借据。

这里头我觉得有几个原因,第一,贾芸跟贾家沾亲带故,倪二知道,他也知道贾家不是善茬。第二,他是带有黑社会性质的一个恶人、一个强人,不怕贾芸赖账。你赖账的话,我要你小命。所以他对什么收借据、立文书,一点儿兴趣都没有。咱们靠的是义气,显出义气来了。他不是阔人,他那钱肯定也不是很容易就得来的。但是他突然押宝押到贾芸身上了,把钱给了他。这贾芸呢,就赶紧去买了四种高级香料,其中有麝香,有冰片,还有其他的,第二天拿着这个就找王熙凤去了。

"婶子,我也一直是想送您什么好,你们这么大富之家,我有什么东西可送的呢？后来我就想这香料还不错……"他还说假话,他说什么？我有个朋友是开香料店的,最近他要搬家到别处去了,他这个香料要处理,就都送给朋友了。他给了我一点儿,我就给您拿来了。他送礼,但是他不能承认是送礼,一承认是送礼,你送礼干吗,求我干什么事？我不管,拿走。所以他换种说法,说得很轻松,这也是一种办事的方法。他说我花钱买这干吗？这些东西太多,家里实在没地搁了,所以给您拿过来了。他用这么一套说词。这凤姐一看挺高兴,而且恰恰最近她用得着这个,她当时就想告诉他,说我已经考虑好了,你可以管花去,管园子里边的绿化去。可又一想,刚来我们家两趟,送点儿破香料,我就给他安排工作,也显得我这儿办事太容易了,成心先不说。

《红楼梦》的特点是写生活,但是你不要以为生活就是吃喝拉撒睡,它充满了人情世故,充满了人和人之间的各种心眼儿,各种勾心斗角,各种好坏,各种结盟的拉拢和各种害人的离间。所以《红楼梦》看着写的是最日常的生活,这里的学问可太大了。贾芸回去想了想,这事怎么办?我今儿应该借这机会提出来,我又不敢提,我提了人家说不要怎么办?我这次不提,那什么时候再提?第二天他又来找王熙凤。王熙凤一见他就瞪眼了,你小子少跟我来这套,你叔叔贾琏告诉我了,你托他找职位。敢情你是为了找职位,根本就不是为了孝敬我送来香料的。既然是找职位,今天拿走这些东西,我一个也不要。贾芸吓坏了,他钱也借了,人情也受下来了,还得还这个钱,这个事他又没找着,他简直不知道给她下跪好还是磕头好,不知道该怎么办好了。等到贾芸吓得不成样子了,王熙凤说,好吧,明天你就来领钱,谁让你是贾家的人呢?我这人心软,又讲面子,以后少跟我来这套。有什么话实话实说,别跟我装腔作势。她就把这个事许给他了。这也是本领。一个人求你办什么事,你不要随便答应,也别随便拒绝。一会儿像答应了,一会儿像拒绝了,一会儿过两天再说,又像有可能。她拿住了你,掐住了你的命根子。从此你永远不敢跟这位夫人耍滑头、说假话,因为你知道这位夫人一瞪眼,她能要你的命。

就是这么一件小事儿,看着没有什么的一个事儿,人情世故、好事坏事、人间的冷暖、世态的炎凉都表现出来了。这么普通的事,曹雪芹居然写得学问那么大,写得那么震撼人心,太了不起了。不是说杀个人震撼人心、放个火震撼人心、当了皇上震撼人心,就是这么零七八碎的一点儿事,你也能看出社会上有哪些黑暗、有哪些虚伪。

还有一个问题就更有趣了。脂砚斋有一个评注《红楼梦》的版本,边加一些评语边加一些注解,他自称脂砚斋,"脂"是胭脂,"砚"是砚台。脂砚斋似乎是一个和《红楼梦》的作者有密切关系,而且知道许多内幕背景的人。脂砚斋专门注明说倪二这个人物非常重要,后边还有他的大戏,有他的大情节,有他的大表演。而且脂砚斋说,他作为一个泼皮、一个无赖,却称他为义侠。为什么?一个是轻财,你说缺两万块钱,朋友说我想想办法,一下子把这两万块钱给你了。这个可以做到,一阵劲上来了,我就给你了。可是这称得上义侠吗?整个《红楼梦》里头又称过几个人是义侠呢?侠肝义胆啊,这不得了。因此这个人后边还有戏。到了所谓高鹗续作的后四十回里头，写到他，戏又不精彩。只是写到贾雨村又当了官，到这个地方来，倪二喝醉了酒，把贾雨村的仆役们骂了一顿，贾雨村一生气打了他不知道多少大板，就把他吓死了。写得非常不精彩。有人就以这个为理由证明说，高鹗写的不是正宗，是一个败笔，这个就说不清楚了。

但是我觉得这里有两种可能，一种可能曹雪芹熟悉社会上各式各样的人物，坏人当中也有好人，好人当中——所谓好人当中也有坏人。庄子的说法是"盗亦有道"，就是强盗他也有自个儿的一套道德标准，强盗你得分赃而且得分匀，这也是道德；碰到了困难，要敢于掩护自个儿的同伴，这也是道德。所以盗亦有道，泼皮无赖之中有讲哥们儿义气的，这个是说得通的。

所谓义侠不是从好人君子的观点，不是从贵族的观点，从下层、底层被看不起的那些人的观点判断，就会承认倪二是位好汉，是铁哥们儿。这个是可以说得通的。那么后来呢，没有写出他的英雄好汉的气质来，这个也可以说得通。你开始的时候想这么写，想把他写成一个义侠，最后你写到那儿他没能成为义侠，在文学创作上这也可能发生，这就是我解释不了的了。所以《红楼梦》既给我们提供了大量的信息，也给我们提供了许多的谜语。看《红楼梦》真是启发我们的智慧，增加我们对人生的认识。

第二十五讲　回眸大荒

《红楼梦》第二十五回,"魇魔法叔嫂逢五鬼,通灵玉蒙蔽遇双真"。"魇魔法","魇"就是被魇住了,就像梦一样被压迫住了,被魔法所压迫。"姊弟逢五鬼","姊"说的是王熙凤,"弟"说的是贾宝玉。两个人撞到鬼了,五种鬼都碰到了。"通灵玉蒙蔽遇双真",《红楼梦》里的这块通灵宝玉又遇到了最了解它的一僧一道。现在已经进入第二十五回了,但是千万不要忘记贾宝玉的来历,是大荒山、无稽崖、青埂峰那里的一块石头。再回顾一下,回眸一下。

这里先接着第二十四回说,里面讲到一些小红的事情。这个小红是贾府的管家林之孝的女儿,人漂亮,也能干。后来薛宝钗对她有个说法,叫做人小鬼大,一肚子的精灵古怪。她这么个小鬼精明古怪,体现在哪儿?咱们底下再说。在二十四回里头,写到一件她受挫的事情。有一次几个大丫头都去办别的事了,贾宝玉在那儿要喝茶,就倒热水给自己泡茶,就这么普通的一件事情。小红她的服务区是外边再靠外边,跟贾宝玉贴身的事情,她是不管的。但是她从外边看见二爷正在拿热水壶给自己倒水,赶紧就跑过来了。我给您倒茶,您自己倒热水要是烫着手怎么办呢?把壶摔了怎么办呢?拧到哪儿怎么办?反正就是贾宝玉不能够劳动。大爷、二爷、三爷、四爷、少爷、小姐都是不能劳动的。但是因为小红她的这个行为,被排次序排在她前边的那几个丫鬟痛骂了一顿:你算什么东西?你进得来吗?有这活儿也轮不上你……

可是恰恰贾宝玉对她印象还不错,到了第二天,贾宝玉还想着这个女孩。贾宝玉他有这么几种情爱观,一种是泛爱,见着女孩长得也还可以又充满青春气息的,他都有兴趣,有兴趣但不一定有什么其他的想法。他愿意跟这些人在一块儿,这也没有什么难理解的。另外一种,他有专门的像对林黛玉这种性灵的、性情的、灵魂的亲近之情和爱,还有像对服务大姐型的袭人这样的一种爱,就是希望能够得到服务、得到照顾、得到各个方面细致的保护。

这一回一上来就说到这么一个情况,让人叹息。宝玉对小红有兴趣,想问问说怎么就没见着小红,又不好意思问,因为他一问,从袭人开始,晴雯、秋雯、麝月,还有一大堆,你不要以为这些人是奴才,就只知道拍宝玉的马屁。宝玉当着她们的面不敢说小红的事,也不敢表达对小红的兴趣。后来见到小红了,因为旁边有这些大丫头,他也不敢说话,所以说这些人之间的关系很有意思,你控制了一切的时候,一切就控制了你,你不敢得罪已经归属于你的一切,你不敢不遵守为了伺候你而制定的一切规矩和次序,你不可以碰撞属于你的一切,稍稍碰一下,万一稀里哗啦,这儿倒了那儿塌了。所以你不敢,你得听命于一切。你享受了无微不至的服务的时候,你也就有无微不至的顾忌,这是人生一绝,这是很有意思的事。

然后又描写一个很怪的事,跟《红楼梦》前前后后似乎是不搭边的事。贾宝玉有一个寄名的道姑或者道婆,还不是道姑,她不像正经的道教里边的人,但是她能搞点儿神神鬼鬼的事,所以大家称她为马道婆。她跟寺庙各个方面、跟这些大阔佬都有关系。贾宝玉寄名在马道婆这里,"寄名"是什么意思呢? 有好几种情况都要寄名,一种情况下,就是为了怕阔家的孩子不好养,找比较底层的穷困的老百姓当他的干妈或者干爹,假托寄养,不是真的就认了亲。所以在这个意义上,马道婆是宝玉的另一个妈妈。也可能甚至是自身的寄名,就是说马道婆是宝玉的另一个身体、另一个化身,不是妈妈,不是母子的关系,而是人身的转移、人身的寄托、人身的附体。如果有魔鬼等各种东西来找你的麻烦,她在那儿挡着,因为她就是宝玉,或者就是宝玉的名字放在那儿,证明他的魂灵在那儿,在一个很穷的地方,一个宗教活动的地方,下大神的地方,那些地方这小鬼不容易去。

马道婆来到他们家,见着贾母,就先说,越是在高级家庭的小孩,就越是各种妖魔鬼怪猎获的对象,它们专欺负、伤害、危害这些阔家子弟。贾母听了以后就很发愁,说怎么办呢?马道婆说,办法很多,您得多做功德。怎么做功德?她说了一种办法,在一个大的庙里头,在那儿点长明灯,明亮了,小鬼就不来了。你捐油,捐点儿灯油,因为过去点灯是靠油。有些高级的堂客一天捐四十斤,一个月是一千二百斤,你得拿出一千二百斤点油灯的钱,银子。你给马道婆,马道婆去办,把灯点得亮亮的。这马道婆,你看看她这些人生的经验,这种经验是先把你吓住,一天四十斤,一个月一千二百斤。然后贾母说要点灯,你看我要点多少合适?马道婆说,如果要是父母给贾宝玉点这个灯,点多少都不算多,不管点多少,每天四十斤八十斤油都不算多。父母就这么一个孩子,当然要为他的安全投资,要为他的安全求神,这个事你还能小气吗?可是如果是老太太替他出这钱,不能花太多,花太多他受不起、他折寿,他没有这资格享受您那么多钱,像您这样的,三斤五斤也就行了。

她太聪明了,掌握着人的心理。她先说是小鬼要围着你转,再说是要花大钱,买大量的油来点灯,用灯光、用光明战胜魔鬼,这都是说得过去的,而且很隆重。然后到了贾母这儿了,不用那么多,可以减少十倍,可以减少十二倍,一下就轻松了。因为这人又有实际的考虑,贾母也得考虑,老天爷也不知道是在什么地方放的那么一个灯,一个月先捐一千二百斤油?容易引起反感。所以贾母就很高兴、很满意,而且挑选的是最低的一层,她并不想花太多的钱,这事她办成了。

然后又加了这么一段,王夫人到薛姨妈那儿去,碰见贾环从那儿过。看他放学了,王夫人就对贾环说,你抄写点儿好的东西,就是劝人去积德修好的文字。贾环不好好抄,又在那儿捣乱,讨人嫌。所有的丫鬟都讨厌贾环,这其实说明了贾环在家里边的地位。过了一会儿,宝玉过来了。宝玉住在大观园里头,他不跟贾环一块上学。过来以后,看到王夫人在这儿,这时候宝玉已经十二三岁了,大小子了。但是王夫人见了他,又是搂着他,又是摩挲他,一会儿摸他脑袋,一会儿摸他身上,贾宝玉简直就跟小儿童一样。然后他妈妈发现宝玉喝酒了,说你喝了酒,别老在我这儿,去休息。王夫人就让他休息,还对伺候贾环的丫鬟彩霞说,你给他拍着点儿,伺候好各个方面。贾宝玉要休息了,一个丫鬟在拍着他,就像小儿童睡不着哭闹,妈妈要轻轻地拍着他,给他反复、重复的刺激,他才能够睡得着。

贾环本来就不高兴。贾宝玉在各个方面的地位都比他高,形象比他好,做派也比他好,而贾环那是一副很差的赖皮样子。贾环岁数也不大,这彩霞本是伺候他的,他就跟彩霞在那儿争吵。说听说你光拍宝玉的马屁了,你不跟我好了,你一心想着宝玉。彩霞也很气恼,说,你这是狗咬吕洞宾,不识好心人,你这人简直是不识好歹透了。两个人争着这个,王夫人又下令彩霞去拍宝玉睡觉,这贾环就更愤怒。

贾环心里想怎么办,一看宝玉躺的那地儿有一个蜡台,他就想着从那边一过,用袖子一刮蜡台,蜡台就会掉到贾宝玉的脸上,先烧瞎了他的眼睛再说。他走过去以后,果然一捎带手,蜡台就砸着贾宝玉了,没伤着眼睛,但是烫了一溜燎泡。小的时候家里有人烫伤,起了水泡,就说烫出泡来了,叫燎泡,"星星之火,可以燎原"的"燎"。

贾环这一出自然是把全家的人都气坏了。王熙凤马上就把矛头引向赵姨娘,说这个老三——贾宝玉是老二,贾宝玉的哥哥贾珠是李纨的丈夫,已经去世了,所以贾环是老三——怎么能这样做事?他妈妈没教育过他吗?

王熙凤把事挑出来了,王夫人立刻下令让赵姨娘过来,指着赵姨娘的鼻子一通骂。马道婆在这边转悠完了,从贾母那儿骗到了油钱,

181

又去看望赵姨娘,因为赵姨娘有些事也要求她。这两个人的资质比较一样,文化程度比较一样,能说到一块儿。

赵姨娘也愤怒,抱怨说在这儿受的苦太多了,说这贾宝玉我还不说他什么,他是小孩儿,我最不服的就是王熙凤,王熙凤把贾家的财产都倒腾到她自个儿娘家去了。这个书里没有详细说,事实也未必是这样。但是女性、堂客,这也是一个别人会注意的地方。女性对自己的娘家有感情,这个很正常,她就是带点儿什么东西回娘家,也是正常的。但是从娘家走了以后,就有人会说长道短。比如女孩姓张,嫁给姓李的,就算李家的人了,你要真是把李家的东西硬往你这个姓张的家里头弄,人家就会有反应。总而言之,说三道四。

马道婆说我有办法可以收拾这两个人,一个贾宝玉,一个王熙凤。怎么个收拾法呢?在过去的旧小说里头写得很多,有道婆这种女巫、妖婆似的人物,有妖术的人物,做两个小人,可以是木头的,可以是草的,可以是布的;小人身上写上你所恨的人的名字和生辰八字,写上那个人哪年哪月哪日哪时出生的。这说起来很庸俗,也很刺激。写好之后,就拿针扎这个小人。曹禺的话剧《原野》里头也写过这个,婆婆由于痛恨她儿媳妇金子,用这个办法冲小人身上扎针,人的痛恨、怨恨、敌意,通过这种方式宣泄。没有别的办法了,你就用这个办法来表达。这一类的说法全世界都有,人活着一辈子,会碰到自己敌对的人物,自己痛恨的人物,自己不能容忍的人物,就用一种"妖法"来害他。《红楼梦》里这个写得一点儿都不新鲜。

马道婆的妖法奏效了。有一天,贾宝玉忽然喊脑袋疼,喊完了脑袋疼,就拿刀子剪子到处乱砍乱戳。然后是王熙凤也害脑袋疼,要杀人,好像这个人完全疯了一样。某种意义上,贾府里最重要的两个人,贾宝玉、王熙凤,两个人都中了招了,被赵姨娘发起、马道婆设计的妖术所危害。然后就说这两个人不行了,来报告贾母,说他们俩的棺材已经做好了。贾母听了大怒,说赵姨娘就是你等着他们死,棺材?谁做的棺材?先把做棺材的人给我杀了。全部乱成一团。最后说小针一扎小人,扎在哪儿,两个人就喊哪儿疼。

恰恰在这个时候,一僧一道就来了。他们就问,你们来干什么?你们家里有难,有问题,我给你们治病来了。全家人高兴死了。一僧一道见到贾宝玉,就拿下贾宝玉的那块玉来,两个人叹息道:"青埂峰一别,展眼已过十三载。"展眼,其实就是转眼,但是这里面写成展眼,表示眼睛就一睁一展,很快。《红楼梦》的第一回说的就是一僧一道在那儿谈这块石头,说是让这个石头得一个机会还要到人间去,去享受一下富贵荣华,然后让它知道富贵荣华都是空的,没有什么可贪恋的,然后它再回来就踏实了,就不闹腾了,过好日子,那些花天酒地的、男男女女的梦也就不做了。

他们一到这儿,说青埂峰一别已经十三年了,突然令读者非常感动。因为在这样一种低俗的气氛底下,在赵姨娘、马道婆又是封建迷信又是胡说八道,实际上根本没有任何意义的凭空乱说的情节里头,一僧一道突然来了。他们拿着贾宝玉的这块玉叹息说"天不拘兮地不羁",就是天地也不能拘束这块宝玉,也指这个孩子贾宝玉你管不住他,他很自由,他很性情,他很才华,他是一个了不起的人物。"心头无喜亦无悲",他心里头既谈不上有什么特别高兴的事,也谈不上有什么悲哀之事。真正作为一块玉、一块石头,有什么可悲哀的?你碰到好事又能怎么样?碰到好事,过一会儿好事也会没了。碰到坏事又怎么样?碰到坏事,过些日子坏事也就过去了。所以作为一块石头,对世界的感受是接近于零的,无喜无悲。"却因锻炼通灵后,便向人间惹是非",但是他也受到了一点锻炼,受了人间气氛的感染,受了四时四季春夏秋冬的锻炼,到了人间以后也遇到人间善恶、曲直、真伪、喜怒哀乐各个方面的锻炼,懂得的事也越来越多了。懂得的事越多,他苦恼越多,是非越多,他要到人间去惹是非。"粉渍脂痕污宝光",而且他和这些女人在一块,和这些女生在一块,和这些美女在一块,这些美女的那些化妆品都粘到这个玉上边,使玉最宝贵的原生的光芒都被遮蔽或者污染了。"房栊日夜困鸳鸯,沉酣一梦终须醒,冤孽偿清好散场"。冤孽就是情,男女之情、兄妹之情、父子母子之情、祖孙之情,有了情就有痛苦,有了痛苦就是冤孽,就是上辈子欠的债,是这么个意思。然后他们拿着玉在贾宝玉和王熙凤的脸上来回一晃悠,两个人好了。

这样一个庸俗的故事当中又忽然出来一个莫名其妙的事情,让你半真半假、为荒谬的情节与真实的慨叹而有所感动。文学,情节是可以虚构的,虚构得有点儿俗,有点儿胡扯,都可以原谅,问题是你有真情,有沧桑感,有失落感,有无奈感,又有珍惜感与留恋感,为一块莫名其妙的石头的稀奇古怪的经历而伤感,而痛惜,而泪目。

我读这个书的时候,读到"十三载矣",我忽然一惊,为什么一惊呢?因为读到这二十四回时,我已经忘记了第一回里所说的什么石头、玉,什么还要下一趟人间,只认为他就是贾宝玉,不是别人,他是个阔少爷,是个美少年,是个情种。所以人生有好多面,有它非常俗的一面,有它非常无聊的一面,也有它非常高雅的一面,也有它可以假设、可以设想、可以梦想,完全形而上化的一面,和你的现实生活没有关系了,既用不着吃饭,也用不着喝水,既用不着排泄,也用不着愤怒。这也很有意思。所以《红楼梦》真是涉及、关心、惦念了人生的各个方面,俗的方面、雅的方面,真的方面、假的方面,想象的方面、现实的方面,它都考虑到了。真是了不起的《红楼梦》。

第二十六讲　小红与黛玉

《红楼梦》第二十六回,"蜂腰桥设言传心事,潇湘馆春困发幽情"。

蜂腰桥是怡红院那边离潇湘馆比较近的一座桥,"传心事"又是讲小红。潇湘馆当然说的是林黛玉,小红与黛玉相差得非常远,两人文化不一样,地位不一样,聪明程度不一样,人性也不一样。但是这一回把这两个人作为主体来写,有些地方写得还挺惊人。比如说小红,在二十三回、二十四回都有对她的一点儿描写。到了二十五回又写小红,这个小红和另外一个也是级别比较低、得不到足够的机会来表现自己的佳蕙,就聊上了。小红牢骚很多,她充满了怨怼,她对丫鬟当中、奴仆当中、女奴当中的阶级格局非常不满。她们说起一个什么事来呢?贾宝玉的脸不是被蜡烛烫伤了吗,歇了个把月,这个把月过去以后,什么疤痕也没留下,什么后果都没有,全好了。贾宝玉好了以后,还搞了一次评奖,说是这些丫鬟在宝玉被烫伤期间,将他照顾得很好,所以宝玉多少也要表示奖励,而且还分成几等。但是一等奖获得者当中没有小红。小红认为,自己在这期间不分昼夜坚持着照顾宝玉,满足他的任何需求,怎么会没有我呢?为这个事,她非常愤怒。小红还讲,说如果是袭人,我没意见,给袭人放在一等、第一名并给予奖励,给予提升,给予什么身份,给予特殊待遇,我不能不服。袭人再高我也服,但是别人我就不服,晴雯我就不服,秋雯我也不服,谁我也不服。

我在前面讲过,都是贾家的哥们儿,阶层却是分得森严,你是什么地位就是什么地位,你上不去,也甭想着上去。都是贾宝玉的丫鬟、贾宝玉的女奴,实际上也是等级森严,花袭人能得到这样一个地位——无可争议的绝对的冠军,和贾母有关系,花袭人是贾母派过来伺候宝玉的。还有左翼的红学家、理论家、文学家曾经说过,花袭人就是贾母派到贾宝玉身边的一个特务。是不是特务我在这里就不多说了,反正花袭人的背景跟别人的不一样,所以花袭人动不动说,我要回贾母那里去了。这一说连贾宝玉都受不了,但是更重要的还不是这个,更重要的是花袭人的这种细致、周到、克己,没有一方面会漏缝子。无懈可击,没有松懈的地方让你能抓住的。你说谁不好都可以,但不能说花袭人不好。

那么这个小红到底是哪一种类型的人呢?她聪明,相貌也过得去,性格还是比较好的,但是她挤不到大的圈子、更深的圈子里头来。她不能登堂入室,她只是外围人员,贾宝玉的服务班子里的边缘人员,不是近臣,不是宠臣,她做不到,贾宝玉想用她也用不了。小红心眼儿多,她的特色是什么呢?她处处能想到别人坏的地方,看到别人坏的地方,她也不惜用最坏的心眼儿来应付这世界上的一切。她年纪并不大,说她是十六七岁。十六七岁,比宝玉稍微大点儿,也不算太大,但是各种坏事她都想到了,各种消极的事都想到了。

在这次贾宝玉养伤当中,给这些功臣的评比里头,她上不了榜,她非常愤怒。愤怒之下,她还有很强的概括能力,她说的话,不是一般丫鬟说的话。她总结事物的水平,超过了贾宝玉这儿的所有的丫鬟。她有一句在《红楼梦》中极为著名的话,叫做"千里搭长棚,没有个不散的筵席"。我举行一次大宴会,这个大宴会需要搭起棚子,这在旧社会常有的事,因为你房间里头装不下,客人太多了。搭的是棚子,棚子到了什么程度呢?一千里长。你说这棚子有多大,能容纳多少人?就是这样大、这样长的棚子,所有人都在那里面吃饭,宴席也有散的时候。你能够在这连着吃三天吗?你能在这连着吃一个月吗？当然不能。你在这儿坚持吃四个小时就不得了了,第五个小时没准儿你都趴这儿了,瘫这儿了。

小红这个话是什么意思？以现在的格局,这些了不起的人物,老爷、二爷、三爷、太太、奶奶都有完蛋的时候。甭以为他们有什么了不起的,你今天厉害,明天你还能厉害吗？你能保证十年以后还厉害吗？你能保证三十年后还厉害吗？小红可厉害上了。小红有这种超常的预判,超常的眼光,她认为谁也甭怕谁,不要觉得他们有什么了不起。然后她分析说,谁能守谁一辈子？你以为我一辈子离不开你们贾家吗？不过三年五载各人干各人的去了,不定谁怎么样了呢。有活的、有死的、有发达的、有完蛋的,谁牛？牛什么？有什么可牛的？不就这么几年的事吗？到了那时候谁还管谁呢？她这席话还打动了佳蕙,佳蕙一听眼睛都红了,因为小红目光远大,悲观当中有乐观,有能为自己出气为自己谋出路的这一部分。

小红的这些看法说明什么？她不平,对这个社会不平、对贾府不平、对贾宝玉的丫鬟不平、对怡红院的格局不平、对大观楼的人和人的关系秩序不平。她充满了不平,所以佳蕙感动得眼圈都红了,然后佳蕙立刻接受了她的哲学。说你这话说得对,昨儿宝玉还在那儿说明儿怎么收拾房子,怎么做衣裳,倒好像有几百年的熬煎。她叫熬煎,贾宝玉还说计划这个计划那个,但现在佳蕙已经感觉到他瞎计划,人算不如天算,你算了半天,最后你实现不了,你完蛋。

这是整个《红楼梦》里头提出来的一个人生的话题,就是说,一切都是靠不住的。事物没有长远不变的,事物都是变化的,高贵的可能会变成低贱的,低贱的可能会变成高贵的,热闹的会变成冷清的,冷清的也可能变成热闹的。这从好的一方面来说,她有一种不平之气,有一种对阶级社会的批判在里头,但是小红、佳蕙虽然有不平之气,在那种社会情况下,她们没有别的出路,她们不可能搞革命去,也不会搞黑社会。但是她们心里有一种恶意,既有对社会的恶意,也有对压制她们的人的恶意,应该说,是对整个人间与人生的恶意、敌意,甚至仇恨。

这几点在《红楼梦》里通过小红这么一位小人物的嘴讲出来,是有意义的。往后小红仍然是一个重要的人物,作为小说里的角色,她虽然地位低,但她的重要性并不低。

这里头还讲到一个故事,前边我们已经说了,贾宝玉通过茗烟买了一批文艺性的书籍,买了像《西厢记》《牡丹亭》这样的以爱情为题材的戏曲作品,林黛玉看见了,也很喜欢这个。为这个事贾宝玉已经得罪了一回林黛玉,因为说了"我是多愁多病身,你是倾国倾城貌",林黛玉就认为她受到欺负了。

到二十六回,这一次是贾宝玉到林黛玉那里去,听着林黛玉自己在床上说了一句《西厢记》里边的话,叫做"每日家情思睡昏昏"。一个女生生了情,有了爱情的思虑、思念,没有精神。因为她没有办法,没有任何可以实践的、可以做到的事情,躺在那儿也不高兴,睡也睡不着,起也不想起,"每日家情思睡昏昏"。

贾宝玉听到这个也很感动,说你看你说得多可笑。那林黛玉还装睡,你装睡也不行,贾宝玉就跟她瞎逗上了。紫鹃,林黛玉的服务班子里边的头一名,就过来伺候贾宝玉,贾宝玉又想起《西厢记》里边的一句词,"若共你多情小姐同鸳帐",如果我和你的多情的小姐都睡在一个绣着鸳鸯的帐子里,那当然就是我们两个人已经结为好事,结为伉俪,有情人终成眷属了。"怎舍得叫你叠被铺床",我跟你们的小姐,我们将来是要结合的,是要共享幸福的生活的。可是你也是一个非常好的人,怎么能够让你来给我们提供其他生活上的服务呢?

但这话说得太过了,所以林黛玉就变了颜色,而且哭了,说你就瞅着我好欺负,瞅着我孤单,从一些乱七八糟的书上找一些不干不净的话,你敢跟谁这么说话?你就敢跟我这么说话。你要这么跟我说话的话,我要找舅舅去,舅舅就是贾宝玉的爸爸。一说舅舅,贾宝玉也害怕,赶紧说自己不对。他又重复一次,就跟上次说那个多愁多病身一样，说我变个大海龟、大王八，给你驮墓碑。正说着，茗烟来了，说老爷叫你，这贾宝玉一听都吓瘫了，赶紧跟着出去了。林黛玉也害怕了，而且也后悔了。因为这贾宝玉一提他爹，吓得简直是没着没落，全部完蛋。所以林黛玉也很后悔，觉得不应该这么说话。

出来以后，宝玉问茗烟老爷找我什么事。茗烟赶紧给他跪下了，说老爷没找你，是薛蟠薛大少爷找你。薛大爷让我这么叫你，要不然你不听他的，你不会出来。这可把贾宝玉给活活气死了。薛蟠找他，说是得着好吃的了，好吃的非常多，其中一种是暹罗猪的肉。暹罗就是泰国，过去都翻译成暹罗。另外还有其他各种好吃的好酒，总而言之是找他吃喝玩乐去。他去吃喝玩乐去了，可是林黛玉这儿向宝玉抗议完了以后，反倒不踏实了。

林黛玉为什么要如此抗议？这和封建社会的中国人对男女关系的讳莫如深是分不开的。而且人们认为男女关系，就是男人在欺负女人，踩躏女人，虐杀女人。男女关系中，女人是被侮辱、被摧残、被折磨的一方。封建社会是用这样一种观点来看问题的，当然它也有另一面。如果这个女人对男女关系有很大的兴趣，她就是妖怪，是白骨精，是鬼魂，是狐狸精，她要把这男人的生命消耗到她那儿，才算完事。有这些非常不正常的观点，非常错误的观点。男女相爱是他们的本性，但是他们没有相爱的路子，没有相爱的语言。尽管自古以来有许许多多，中国的文学里头也有许许多多健康的、美好的、快乐的，对男女相亲相爱的状况的描写。但是到了贾宝玉这儿，尤其到了林黛玉这儿，你心里怎么想的另说，嘴里绝对不能透露出来，一透露出来，你就是堕落，你就是下流，你就是卑贱，你就是娼妓，一切的坏话都可以用在你的身上。

一个人不能按自己的意愿说出愿望，不能把自己的疑问提出来。现在当然没关系了，你对我印象怎么样？各种说法多得很。西方世界也是这样，按他们的习惯，他们也不会直接问：能不能上床？不会这样直接问的。有时候你到一个异性的家里头，天比较晚了，这个异性问一下,要不要再喝点儿饮料,这个意思已经有其他的意思了。你如果说太好了,Yes! 那你就有门儿了。如果说不,天晚了,我不喝什么东西,不吃什么东西,就是她快要准备走了,你就别再胡思乱想。这种关系确实很难表现。你过早表现出来,就变成了性骚扰了。你表现得早了是骚扰,而在贾宝玉、林黛玉那个时候,你提一下类似的话题、类似的可能,都是骚扰,都是不道德。但是两个人又如此之亲爱,如此你离不了我、我离不了你。

贾宝玉被薛蟠这个大傻子、呆霸王拉去吃喝玩乐,倒也没什么,一时他也不会有别的想法了。可是林黛玉在这里是十八个不放心,觉着自个儿下午跟他说胡话,说错了,太横了,都是看书嘛,我也看了书了,你也看了书了,逗着玩嘛,彼此又不是外人。一会儿又想,这回贾政把宝玉叫去,打他了没有?怎么训他的,罚他什么?她有很多很多不安,到了晚上,她又到怡红院去,想看看宝玉,至少给宝玉解释一下,说我下午跟你吵,咱们俩互相吵嘴不高兴,这个事已经过去了。这里写得也巧,偏偏赶上宝钗在宝玉家里头。她在那儿敲门叫门,几个丫头都围着宝玉和宝钗说话,谁都没听见,没人给她开门。她就躲得远远的,在那儿站着等着。这时候门开了,一大堆人,贾宝玉整个的服务班子正在送宝钗出来,一群人说说笑笑。于是林黛玉哭成了一团,"呜咽一声犹未了",她哭的声音还没完,"落花满地鸟惊飞",花一听都落到地上了,鸟儿正在那儿睡着觉,一听林黛玉哭,这么美丽、这么聪明的女孩子受了委屈,都吓飞了。你看到这个地方,不能不为林黛玉的处境感到同情,甚至也为她流下同情之泪。

第二十七讲　黛玉葬花

《红楼梦》第二十七回,"滴翠亭杨妃戏彩蝶,埋香冢飞燕泣残红"。杨妃说的是杨贵妃,这里头说的是薛宝钗。戏彩蝶,是说宝钗追着彩色的蝴蝶玩耍。埋香冢,是说把花埋起来,埋到带有香味的这样一个,类似坟墓的这么一个地方。飞燕说的是赵飞燕,也是历史上的美人,比较瘦一点儿。泣是哭泣,为落花残红而哭泣,我每次看到这里都有点儿别扭,因为还是俩小孩,你干吗要把她们比喻成古代的妃子?我觉得这题目起得不怎么样,古话叫做拟喻不伦,比喻得不恰当。

全世界都是这样,古今中外都是这样,小说有它非常严肃的一面,对人生的百态、对人情的百态、对世道的百态、对历史的百态,它都要有所表现。但是它还有一点儿游戏性,人生当中不管什么事,过去以后咱们聊聊吧,"闲话说玄宗","听评书掉泪,替古人担忧",令人一笑而已。《红楼梦》一开头也说过,说我写这个书,就是茶余酒后闷得慌了,您看看这个解解闷,笑两下,或者咂咂滋味也就得了。所以他在这儿,忽然挺夸张的,玩出一个杨贵妃和赵飞燕来。如果你理解成它带有几分游戏性,这种古代的标题党现象,也就可以接受了。

我们前边讲了很多林黛玉的小性子,林黛玉动不动就提出对薛宝钗的这看法那看法,或者是有点儿不忿、有点儿不高兴的那个劲儿。薛宝钗有没有这方面的东西?也有。

第二十回一上来就描写到薛宝钗,贾宝玉不是脸受伤了吗,被热蜡烛给烫了,这天起来,上午天气晴好,她想该看看宝玉去了,结果去的时候看见林黛玉正在进怡红院,她就止住了,她说算了,我就不去了。薛宝钗认为贾宝玉和林黛玉兄妹间,"多有不避嫌疑之处",就是他们相处比较随便。本来男生、女生已经十二三岁或十三四岁了,应该保持一点儿距离,但是这两个人因为从小在一块儿,所以也不避讳。他们嘲笑喜怒无常,有时候斗嘴,有时候互相嘲笑,互相逗着玩、耍着玩。今天高兴,明天不高兴了,他没个准,你也不知道他哪天说着说着就红了脸,说着说着就生气了,说着说着就不理你了。所以我就别再掺和进去了,一则宝玉不便,二则黛玉嫌疑。这嫌疑不是说黛玉有什么嫌疑,这个嫌疑在这里用作及物动词。人家黛玉刚进怡红院,我过去一推门,进来了,宝玉并不见得觉得方便,他同时面对我们俩,他伺候谁呢?跟这个说多了那个不高兴,跟那个说好了这个不高兴,这干吗,她有这个判断。再一个黛玉会嫌我进来,她不会欢迎我跟着进来,她甚至还会疑心我,我好像有什么目的似的,我好像要打宝玉的主意似的。所以她就决定不进去了。

  不进去,薛宝钗往外走,走到一个地方正好听见两个人在说话,说话的是谁呢?是小红和坠儿,坠儿是另一个小丫头。前头我们讲过一个叫贾芸的人,相当赖皮的这么一个人,贾宝玉说过一句笑话,贾芸管他叫叔叔,他说我看你这样,你倒是有点儿像我儿子。旁边的贾琏就说,你别胡说了,人家比你大五六岁,还当你的儿子?贾宝玉就说,追着我叫爸爸的人多了,我还不承认他们是儿子呢。贾芸见坡就溜,说太好了,您是我老子,我就是您儿子,我从今天起就是您儿子了。贾芸那就仗着宝玉这么一句玩笑话,变成了比贾宝玉还大五岁的贾宝玉的儿子。贾宝玉脸被烫伤期间,贾芸动不动从早到晚也陪着,看有什么需要没有,伺候着。他是管绿化的,他经常在大观园,他有权利进大观园。那么这一天,他忽然说要看爸爸来,说有好几天没见爸爸了。是坠儿负责把他引领到怡红院这儿来的。

  这里埋藏着一个情节,前边顾不上详细讲。有一次贾芸来的时候,捡到了小红丢的一块手绢,贾芸也有几次见到小红,但是每次小红都在和别人说话,他两只眼老盯着小红,而小红也认为,这个贾芸值得注意。因为贾芸看她,他们有一个互动的过程。有一次小红走着走着,忽然一回头看见了贾芸,而且她看到贾芸手里头拿着一块手绢,这个手绢是她的。但是她不能问,人家是个爷们,过去你又不认识他,你跑那儿去,说那手绢是我的吧,那叫什么话?传出去就糟了。这是道德问题、作风问题,是有意勾搭,是制造话题,总而言之是别有用心,不合道德,不合规矩。所以她不敢说。

但是这一天,这个坠儿引着他过来了。他跟宝玉说不上几句话,就说您多保重,父亲大人多保重,他真是这么说话。然后回头要走了,他又看见小红了。再出来,他就问坠儿,说你们这是不是有一个丫头叫小红。坠儿说是啊。他又说刚才在那个地方,从那儿过去的是不是小红。坠儿说是。他说那就对了,说我还有几次远远听见,说她丢了一块手绢,我捡着一块手绢,我觉得这个手绢应该是她的,是不是,就请你拿给她看。他就把手绢给了坠儿。

这天早晨,坠儿就跟小红说,贾芸有东西要给你。小红说,贾芸怎么会有东西给我呢?坠儿就拿出手绢来,小红说这个手绢当然是我的了。坠儿说这个不是我捡到的,是贾芸,贾公子捡到的,他把手绢还给你,你应该怎么谢他,这个就由你自己来处理了。小红说,他捡了手绢,又把手绢还给我,这事你可别跟别人说。坠儿就说,我给你起誓,我要是跟任何人说了贾芸捡了手绢给你的事,我舌头上长疔。"疔"就是一种皮肤病吧,长疔类似长瘤子这一类的病,甚至会癌变,反正是一种治不了的最令人痛苦的疾病。

可是这些话让薛宝钗听见了,薛宝钗怎么会跑到角落来?因为看见两只漂亮的蝴蝶,她想抓蝴蝶,所以这一回的题目叫"杨妃戏彩蝶"。她抓蝴蝶抓到这儿来,碰到这两位说话,薛宝钗就一惊:原来园子里头坏人坏事很多,防备别人,别有用心,不正常的事情很多。她又想,现在这两个人,一边说着话一边走过来,我已经没地可躲了。她们如果看见我在这里,说不定会怎么想。就是说,丫鬟、奴仆这些下等人,你更要防备他们,因为他们什么坏事都干得出来,尤其是这俩,鬼鬼祟祟嘀嘀咕咕的这个样儿,所以我要使一个金蝉脱壳的法子,把危险性给摆脱掉。

于是她故意放重了脚步,走起路来弄出很大的声音,然后在那儿喊,颦儿,你别躲着我,你藏你当我不知道吗?你藏哪儿去了?快说。颦儿是宝玉给林黛玉起的另一个名号。但是她一说是林黛玉,她在追林黛玉,这个坠儿和小红就更嘀咕了。说要是薛宝钗听见咱们俩说话了,问题不大,薛宝钗这个人是一个谁都不得罪的人,不管闲事的人,不愿意找任何麻烦、多一事不如少一事的人。可是林黛玉心细,心眼儿又小,嘴还刻薄。要是让林黛玉知道,咱们可就惨了,这两个人倒也没有说别的,只是在客观上,起了一个给林黛玉找麻烦的作用,书上当时也没有说因这件事找出多么大的麻烦来。

这个细节说明了薛宝钗的防范之精,而且她的自我保护、自我防范是用不着策划的,可以说她是并无恶意的。有人认为薛宝钗的目的是为了给林黛玉制造麻烦,甚至认为是为了给林黛玉制造对立面,我觉得还没到这一步。各位朋友也可以来分析,薛宝钗的心计已经到了化境,她用不着专门想一想,就把这个事办了,就好像她自个儿什么事都没有,只是单纯在那儿追蝴蝶,在那儿玩,追林黛玉。而相反的,林黛玉好像是有点儿干系,或者说她有点儿什么令别人怀疑的地方。这毕竟不是一件太好的事,这几十年来我始终认为,薛宝钗这么做,算有小缺点,不能算很大的缺点,这是我的理解。

然后这里头插了这么一段话,也极为有趣。就是赶上凤姐到这边来办事,她正好需要一个人,让那人找平儿,传一些话,说一些事。她看小红还比较机灵,但是凤姐的地位不一样了,就问小红,话你能不能说清楚?小红就表示说我愿意,我可以试一试。她也不说自己能说清楚,她的回话合乎分寸。她说,我一定努力替二奶奶做事。这是说贾琏那边要她去做事,她可以干。等到办完了以后,小红回来给王熙凤汇报,那可绝了,简直跟说绕口令一样。

王熙凤问她,怎么样,你的事办得怎么样了?小红规规矩矩地说:"平姐姐叫我来回奶奶:才旺儿进来讨奶奶的示下,好往那家子去的,平姐姐就把那话按着奶奶的主意打发他去了。"凤姐笑道:"他怎么按着我的主意打发去了?"小红说:"平姐姐说:'我们奶奶问这里奶奶好。原是我们二爷不在家,虽然迟了两天,只管请奶奶放心。等五奶奶好些,我们的奶奶还会了五奶奶来瞧奶奶呢。五奶奶前儿打发了人来说:舅奶奶带了信来了,问奶奶好,还要和这里的姑奶奶寻两丸延年神验万金丹;若有了,奶奶打发人来,只管送在我们奶奶这里。明儿有人走,就顺路给那边舅奶奶带去的。'"

我觉得这是一个练绕口令的节目。小红说完了以后,王熙凤对她很欣赏,这个人口齿清晰,这里头有我们的奶奶,指的就是王熙凤;说有奶奶她们家的,就是说对方的奶奶;还有舅奶奶;还有五奶奶;还有谁谁谁的奶奶。她头脑清晰,语言清楚。王熙凤说,我需要用你,你是宝玉那个房里的,好,我把你调到我那儿去。这个不得了,一个人把话说清楚也不容易。有这样的人,他就是说不清楚话,还远远没有王熙凤这的任务那么复杂,但是硬是说不清楚。这一段也很有趣,说明说话重要,思路清晰重要,她们又都是文盲或者半文盲,一个文盲,一个半文盲,能够把人和人的各种关系,各种应该有的称呼都叫对了。这也显出她的智力。

然后底下大家都熟悉的了,贾宝玉在林子里看到黛玉在那儿葬花。因为已经到了暮春了吧,很多的花,已经落了,林黛玉就非常难过。她的《葬花词》整个就像一首长诗一样,是林黛玉这种诗词里头写的最流行、最令人挂念、最感动人的地方。

我上小学的时候,这个《葬花词》我已经背得差不多了,特别是其中有几句话,"花谢花飞飞满天,红消香断有谁怜?游丝软系飘春榭……""游丝"就是那些树的花上带着一丝丝的东西,可能是树脂,也可能是蜂蝶分泌的什么东西,一丝一丝的,软软地挂在那上面。"落絮轻沾扑绣帘",柳絮也开始往下落了,这个落絮很轻,一会儿落下,一会儿又被小风吹起来,一直飞到了帘子上。"闺中女儿惜春暮,愁绪满怀无释处",女孩见春天快过去了,心里非常难过。中国有个词叫伤春。春天让你快活,春天给你温暖,春天引起你的各个方面的情绪的发展。但是春天也让你感觉遗憾,尤其花开花落,这个时间太短了,所以她说"闺中女儿惜春暮,愁绪满怀无释处"。"柳丝榆荚自芳菲",说这个时候柳丝和榆树上结的榆荚越长越好。"不管桃飘与李飞",这个很有意思,桃花也飘了,李花也飞了,好像有点儿像花抱怨柳树和榆树,说你们柳树、榆树长得很好,我们花都落了。你花该落了就落呀,柳树有什么责任,是柳树碰你把你碰落了?榆树有什么责任?这个太喜欢抱怨了,太喜欢埋怨别人、埋怨环境、埋怨天公、埋怨春天了,桃花、李花的飘落,埋怨到柳树、榆树上去了。

"明年花发虽可啄,却不道人去梁空巢已倾"。埋怨完了柳树和榆树以后,又埋怨燕子,说燕子你太无情了,这么多花落了,你也不关照一下,也不注意一下,飞来飞去,你还这么快乐。当然了,明年你来到这儿,你以为仍然会有花,但是你知不知道,明年也许人没了,也许这屋子没了,也许你原来的窝也没了,你再重新做窝,也没地儿做了。人事无常,她是这么一个意思。埋怨完了柳树和榆树,又埋怨燕子了,也让人觉得稍微过了一点。

"一年三百六十日,风刀霜剑严相逼",这说的是花,花的处境,一年三百六十日,今天有风,到了晚秋就下霜了。风像刀,霜像剑,你永远在外界对你不利的对待之下生活。也有些红学家非常重视这个话,认为这里头包含了对封建环境,对封建社会、封建家庭的批判。然后在底下有一句话,"侬今葬花人笑痴,他年葬侬知是谁?"我现在给这个花埋起来,大家觉得我太傻了,可是谁知道,再过几年是谁来埋葬我呢?这个诗,它的词特别顺当,你甚至感觉这是一口气写下来的,诗韵有一些改变,也很自然,但是这首诗仍然不能算非常好的诗。

为什么?它这个思想是一条线,是一个平面上的,就是从花开花落来感受人生的无常,表达对人生无常、青春不再、时光不再的惋惜和悲哀。

人生有没有这个悲哀？当然有这个悲哀。外国有一种说法，说人为什么悲哀，因为人活下来是向死而生，你生出来了，你活下来了，等于你向着死走去，这也是实话。所以这一类题材的诗歌不在少数，有这种叹息的文章也不在少数。比如说孔子，孔子是恰到好处。他说"逝者如斯夫，不舍昼夜"，已经表达了他的某种叹息，但是孔子并不认为人应该悲伤，孔子说："未知生，焉知死？"你连怎么活着都说不清楚，你还每天琢磨死干什么，你吃饱了撑的？孔子不让你每天在那儿考虑死，死的时候当然要死，你高不高兴都是要死的，你没死的时候不要整天琢磨死。

你十五岁就开始琢磨死，你准备十六岁半就死，还是准备十五岁半就死，还是准备明天死？庄子就不一样了，庄子是一个从正面去面对死亡的人，他认为死亡也可能是一种解脱，他认为死亡是生命的一部分，是必然的一部分。庄子的话是"夫大块载我以形"，"大块"就是说宇宙、世界，"载"就是下载，宇宙把我的形体下载了。"劳我以生"，我要活着，就得劳动，就得受累，就得有思虑，得做很多事情。"佚我以老"，我想休息了，我老了就可以少干点儿事了。"息我以死"，我真正的休息呢，死了，我就休息了。庄子还专门写一批人，这批人能成为朋友，因为他们对死抱着非常开阔的态度。对于死，你叹息两句也可以，你没完没了地叹息了这么一些话，一首平面的诗，一首又合辙又押韵，又自然又动人的诗。作为诗的内涵来说，它还是太少了。

这里当然也有些临时的原因，就是头一天晚上林黛玉去看望宝玉，她认为自己吃了闭门羹，认为自己的人生一切没有什么希望了。从这一点上看，我们可以同情林黛玉，而且我们还要称赞曹雪芹替林黛玉写的诗。这个诗的感情和林黛玉的个性是完全符合的，但是作为诗来说，我们仍然不敢说它比唐诗还好、比宋诗还好。我们对诗的要求是另外一回事儿。

第二十八讲　宝玉与蒋玉函的私情

《红楼梦》第二十八回,"蒋玉函情赠茜香罗,薛宝钗羞笼红麝串"。

第二十七回说了一个很普及的情节,就是黛玉葬花。黛玉葬花最后就哭倒在山坡上了,贾宝玉过去了,也哭起来了。黛玉想这是谁呀,也这么跟我犯傻,这么哭啊,一看是贾宝玉,黛玉就没理他。贾宝玉就过去说话,黛玉还不理他,回头就走。贾宝玉就跟着人家,人家不理他,他就跟着走,跟黛玉说,我就再说一句话,说完了以后咱们就撂开了,就是说咱们分手,再也不见面都没关系,你让我再说一句话。黛玉就回过头来说,你想说什么,说吧。贾宝玉也挺可怜,追着林妹妹说,那我说两句吧。林黛玉更显出挺讨厌他的样子。贾宝玉说,当初姑娘来了,都是我陪你耍呀,陪着你玩啊,小孩嘛,我心爱的东西,姑娘要去拿去,我爱吃的,听见姑娘也爱吃,连忙干干净净,保存好了,等着姑娘吃。咱们在一个桌子上吃饭,在一个床上睡觉,丫头们想不到的,我怕姑娘不高兴,我都替您想着。姐妹们从小长大亲也罢,热也罢,和气到了,才见得比别人好。如今谁承望姑娘人大心大,不把我放在眼睛里了。宝玉说得真是让人心里挺难受的,而且他这么一个少年,也谈不上什么爱情,一个少年居然有这么一些话,说得非常难过。对我吧,三天不理,四天不见,不搭理我。我又没个亲兄弟姊妹,有两个又不是一个妈妈的,我白操了心了,我有冤无处诉。我不敢在妹妹跟前有错处,有点儿错处您就教导我、告诫我,再不行就骂我两句、打我两下我也不灰心。可是你不理我,让我摸不着头脑、丢魂失魄,不知怎么样才好,这样,就是我死了,我都是个屈死鬼。你看一个小孩子这么说话,说得你也确实为之泪下。他一个少年,就是从心里不知道怎么喜欢林黛玉好,这个不是一个理论的问题,叫做无法讨论,无法选择,无法改变。

我有个看法,凡是说到自己的婚姻问题,或者旁人给介绍个朋友、介绍个对象,凡是说出来有几个条件的,你都甭信,没见到人的时候他怎么说都行,比如说应该是品质良好、无恶劣习惯,一米七以上、一米八以上,得是大学程度或者是高中程度,太高了不要,有学位的不要……说这些全是废话。

一个人对另一个人的喜欢,有些是说得出道理来的,有些是说不出道理来的。贾宝玉太贪恋林黛玉了,而林黛玉不理他。就这样的人生啊,我也了解,如果相好的一对男女,也可能是夫妻,也可能是情人,也可能是未婚夫妻,也可能就是好了那么一段后谁也见不着谁了。这时候,这女生要是对这男生有意见,真有了意见了,经常应对的一种方法就是她不说话了,不理你了。男生遇到这种发生了一点儿小误解、一点儿什么问题的时候,最怕的就是你给女生讲道理,你给她上课。完蛋了,您就绝对完蛋了。女生最怕的就是你给她上课,因为这根本就不是一个分析道理的问题,不是一个按什么章法、什么规定研究谈判的问题,她不高兴就是不高兴了,而且她特别不愿意跟你解释,我为什么不高兴,我都不高兴成这样了,你还不搭理我,为什么要给你解释我为什么不高兴,我不用解释。

所以贾宝玉说的这个是非常真诚的,也给了林黛玉一点儿感动。林黛玉就算是勉勉强强接受了他的道歉,对他的态度稍微好了一点点。

这中间又发生了一些事情。快过端午节了,元春那边送下来一些礼物,恰恰给宝玉的礼物和薛宝钗的礼物完全一样。宝玉就不理解,宝玉就想说,这个礼物,应该我的和林妹妹是一样的才好。但是他大姐给的是他和薛宝钗完全一样,这个事呢,林黛玉心里也很不愉快。然后贾宝玉也给了林黛玉礼物,但是跟他们不一样的,贾宝玉要把自己领到的礼物全都给林妹妹,林黛玉坚决不要,说我要你的干吗?这种说不出来的、没有任何可以解释的打击、伤害,林黛玉没法说。人家送礼为什么非得你跟贾宝玉一样?人家说了将来要和薛宝钗成一对吗?现在谈得到吗?他才十三四岁。另外也可能是让你们俩各有一份不同的,都很宝贵、很珍贵的礼物呢?要知道这是贾贵妃送的东西,这东西不在乎是什么,一个金元宝也行,一块玉也行,一个小玩具也行,一个小娃娃玩偶也可以,这有什么可计较的呢?

往往在这种爱情的萌芽期、爱情的初期、爱情的预备期,有很多不值得的计较,任任何人听了以后都哈哈大笑,说这有什么可计较的。可是这让林黛玉受着委屈、受着伤害,贾宝玉也毫无办法。

有一次,又是林黛玉说这说那,说起这些来,不高兴了。《红楼梦》里有一些情节来回重复:又是被叫走了,被薛蟠给叫走了,又是冯紫英请他们吃饭,请他们聚会,而这次不是薛蟠为主了,是冯紫英。顺便说一下,这个冯紫英在《红楼梦》的前半部是很重要的一个人物,他是一位将军,神武将军冯唐的公子,他和贾家的关系很密切。秦可卿生了病,要找一个比较靠得住的大夫,就是冯紫英推荐的太医,这个中间也不断和冯紫英有来往,但是后来这人慢慢就没了,不怎么出现,也不提了。有的红学家专门研究这些小地方,说是冯紫英还有什么其他的事,咱们讲到了再说。

这次请的是谁呢?一个是贾宝玉,一个是薛蟠,还有一个人,这个人和冯紫英关系也比较好,就是蒋玉函。蒋玉函是在中顺王家伺候王爷的。贾家是公,蒋的主子是王,王和皇上有密切的血统关系,蒋是忠顺王养着的一个艺术型的奴隶、奴才。蒋玉函是唱小旦的,就是男唱女腔的,他的艺名叫琪官,琪官儿,是这么一个人。

这一次饭局上还有一位女士,这位女士是青楼女子,叫云儿,这个青楼女子是拿得出台面的,她有文化,自个儿能编曲,能唱歌。贾宝玉提出咱们喝酒要有一个规则,要在喝酒的过程中行酒令。什么是酒令呢?就是说每人要唱一段,还要说一句话。唱一段呢,就是里头要有女儿悲、女儿喜、女儿愁、女儿乐,这四句都得有。然后说一句话,要说一个有名的句子,或者是诗词,或者是成语,很文雅的,底下一说咱们就知道了。这也是中国文化的一个特色,是酒文化的一个特色。

《红楼梦》里面关于喝酒的酒令,写的很多了,各式各样的酒令,既有趣味,又有文化。如果你完成不了酒令就罚你喝一杯。反过来说,就是请你喝一杯。你要是酒量小的话,喝醉了,大家有点儿看你的笑话的感觉。

这一说呢,先是这个薛蟠,就说你们这样收拾我,我哪儿会说这个呀。可是冯紫英说都按这规矩,就按宝玉说的办,就唱上了。百科全书《红楼梦》,进入了中国的酒令和小曲章节。什么是小曲?就是那个时代的流行歌曲,在当时来说,就突破了少爷小姐的防线了,是不能说的一些话,其实现在看也没有什么。

宝玉就带头,因为是他立的酒令。他就说:"女儿悲,青春已大守空闺。"闺呢,就是在她自己的家里头,这是女儿的悲。"女儿愁,悔教夫婿觅封侯。"这个唐诗里就有,丈夫把女子放在家里,孤孤单单的;"忽见陌头杨柳色",这是唐诗里的话,看到田边上,看到野地里杨柳都绿了,很想念自己的郎君,很想念,或者还比较年轻嘛。贾宝玉也唱这个,带点儿相思的味道。"女儿喜,对镜晨妆颜色美。女儿乐,秋千架上春衫薄。"然后他又唱几句,"滴不尽相思血泪抛红豆,开不完春柳春花满画楼,睡不稳纱窗风雨黄昏后,忘不了新愁与旧愁,咽不下玉粒金莼噎满喉",就吃不下去饭了,"照不见菱花镜里形容瘦。展不开的眉头,捱不明的更漏。呀!恰便似遮不住的青山隐隐,流不断的绿水悠悠。"它词很顺当,只能这么说,很顺当,让你唱着还挺舒服的。《红楼梦》是什么都要写到,高级的也要写到,低级的也要写到,这种串了级别的也要写到。这是几个少爷,三位贵族少爷:冯紫英、贾宝玉、薛蟠。一个演员,在当时来说认为就是比较低等的戏子,但是他是艺术家,而且显然他能唱小旦,然而这个人长得也漂亮,形象也好,有吸引力。还有一位青楼女子,但是人家在这儿也陪几位大爷玩啊,一块吃个饭,说个话,喝个小酒。他这么一唱啊,我就说还有一个感慨,《红楼梦》里的这些人喝着酒,那文化比我们现代的喝酒人高啊。

我们现在喝酒就有酒令,什么酒令呢?什么"老虎杠子鸡",我也不知道怎么玩,我这说的是二十年前或三十年前的玩法。"石头剪子布",要不就是划拳,"哥俩好,宝一对",也很有趣。这里头这个薛蟠,他就是以粗论粗,说你们既然让我唱,让我说,我就给你们玩荤的、玩粗的了,他就把大家逗得笑成一团。薛蟠说的什么呢?"女儿悲,嫁了个男人是乌龟。"大伙说胡说八道,他说当然不是胡说八道了,你嫁了一个人,结果是个龟,你当然难受,那你能不悲吗?但是第二句,他突然又玩了一句非常文的:"女儿喜,洞房花烛朝慵起。"非常文。大家说你怎么忽然又会文的呢?薛蟠也不解释。薛蟠再粗,他生活在一个很文明的环境里边,他也听过文词儿,但是他已经给你玩粗的、玩野的来捣乱,到处给你搅局,他已经惯了,所以他不,他故意要给你来一句文雅的,别以为我不会。"女儿愁,洞房出来一大马猴。"这又使大家乐成一团,然后"女儿乐"那句话,我没法在这重复,非常粗俗的一句话。

我们分析一下薛蟠的性格,这种性格也是少爷里边出来的。他打死过人,把看中香菱的公子冯渊打死了,这当然是很坏的一个人。但是他这个人不装饰自己,相反要把自己最粗鲁、最野蛮、最没有文化、最不爱学习、最不会办事,又傻、又愣、又浑的一面充分表现出来,居然也得到了一部分人的喜欢。

他不是最坏的人,不是最下流的人,为什么?他有什么下流他都说出来了,他都表现出来,都表演出来了,他从来就是:没想让你们看得起我,我就是下三烂。可是大爷要钱有钱,讲哥们儿义气,没完没了地找宝玉在一块说话、玩。所以就是我说的那句话了,宝玉跟他比的最不一样的地方是宝玉能作诗,喜欢作诗。薛蟠的其他毛病宝玉不见得没有,但是宝玉那进入诗歌、进入灵魂、进入文学的高雅,薛蟠没有。这一次酒宴唱歌呢,还有一件事,这件事意义也很大,也很重要。

贾宝玉对蒋玉函一见如故,贾宝玉见到蒋玉函的心情和见到秦钟的心情是完全一样的,这边吃着喝着唱着闹着,他跟蒋玉函两个人跑到后院,单独说话去了。

不但说话。贾宝玉说我首次与你见面,我也没带什么礼物,我们相见恨晚,就拿出一块儿玉坠,说我就这么一块小玉坠子给你,收到家里去玩吧。那是一个扇子的坠子,给了蒋玉函。蒋玉函,就把自个儿的裤腰带解下来了。大家可不要去往歪处想,往脏处想,没有脏处,那叫汗巾。当时很讲究这个,这是蒋玉函身上最高贵的东西。他说这是茜香国女王进贡给朝廷的汗巾,红颜色的。汗巾是系在裤子上的,那时候的裤腰带很可能还起着现在的口袋的作用,比如可以带银子什么的,都放在里边,它可以放进去再系上扣,再系在裤子上,又可以起系裤子的作用。

贾宝玉一看他,把这么高贵的外国女王进贡的物品给了他,就把自己的汗巾,就是裤腰带,也解下来,这个是袭人给他的,袭人做的手工活,专心给了贾宝玉,也带有一种感情的表示,给了蒋玉函了。二人一见面就互相交换了私密用品——汗巾。然后薛蟠起哄说你们两个人闹什么鬼,这个那个的,被冯紫英制止了。这个情节很重要,表达了贾宝玉跟蒋玉函有一种友谊情感,乃至于同性恋的萌芽。

底下一段也很有意思,写到贾宝玉的另一个方面。有一次他们跟薛宝钗见了面,薛宝钗吃着冷香丸,还戴着手串,一种带有麝香味道的珠子,串连起来戴到手上。所谓珠子不见得是珍珠,它也可能是木头的,带香味的木头的,串起来戴在手腕上,也是一种装饰。贾宝玉见到这个,闻见那香味了。他就说宝姐姐,你这个手串给我看看行吗？薛宝钗就给他拿，但是薛宝钗有点儿胖，往下撸这个手串的时候，半天撸不下来。这就使得贾宝玉去看着手串，而且顺着手串往上一直看着胳膊上了。请注意，这是快到端午节了，就跟咱们现在一样大概六月份。南方啊，到六月份已经进入了夏季，相当热了，薛宝钗显然不会穿很厚的衣服，然后小说里头就描写贾宝玉盯上薛宝钗的膀子了。看着薛宝钗的胳臂，他羡慕不已、艳羡不已，说薛宝钗这胳膊真的好看，然后底下说的就让你哭笑不得。他说什么呢？这么好看一个胳膊，长在薛宝钗的身上了，如果它长在黛玉的身上，也许我还有机会摸一摸。什么意思呢？没说。但那就是说黛玉要和宝玉要成为一家，他们要成为夫妻，他们可以无所不至。而宝钗，他认为跟他离得远，而且宝钗是冷香丸，她胳膊再好看，她不让你看，胳膊再好，不让你摸，这你贾宝玉就毫无办法了。

这些地方以天真为名，以孩子气为名，很充分地、毫不顾忌地写了贾宝玉是一个泛爱者：凡是他感兴趣的东西，他都会有一种爱，一种羡慕，一种套近乎。看着秦钟他也爱，看着蒋玉函他也爱，对林黛玉更是爱得要死要活——是灵魂的契合、灵魂的共鸣、灵魂的互动，见到薛宝钗一条胳膊他也痴迷。这个事很有意思，现在咱们说起这个词也很平常，不足为奇了。

什么词呢？简单来说，就是薛宝钗这姐们儿很性感。可是在改革开放以前，我们很少用性感这个词，五四时期的作家都喜欢用一个词，叫肉感。薛宝钗稍微胖一点儿，她的胳膊会比较丰满，她白净，中国过去认为人越白就越漂亮。用山西话说是一白遮三丑，只要白，丑都没关系。这里头表现了贾宝玉的天真，也表现了贾宝玉的以自我为中心，他认为全世界的一切的美好，尤其是一切美好的年轻女性、少年女性，都是为他而存在的。当然，他糊涂了。

第二十九讲　美丽的误读

《红楼梦》第二十九回,"享福人福深还祷福,痴情女情重愈斟情"。"享福人福深还祷福",已经很幸福的人了,福气大得不得了了,越有福气就越要祈祷幸福;"痴情女情重愈斟情",这个痴情女已经有了非常重的感情了,但是呢,她越有感情就越计较、越在乎感情。

一上来先说,元春那边从朝廷里头,给了很多钱,说是希望在清虚观,一个道教的庙里头,做平安醮。道家设坛祭拜神灵,叫做"醮"(jiào)。"寺"指僧人居住的地方,"庵"指尼姑居住的地方,而道士居住的地方叫"观",念 guàn。说要在那儿做醮,"醮"当祈祷讲,等于是道教的一个念经大会。平安醮,就是家里并没有任何困难,也没有任何问题,不是为了治病,不是为了丧事,也不是为了喜事,而是在平安无事的情况下,向诸神祈祷,求得神仙保佑,让整个家庭平安快乐。为这个去了清虚观,车呀、人哪,规模非常大。去清虚观跟前边讲过的去铁槛寺一样,既是一次大的宗教祈祷活动,又是一次出游活动。这次不是春游,是夏游。

有人不愿意去,说这么热的天去那儿干吗呢?王熙凤解释说那儿凉快,因为它是在农村里头,那是个好地方,凉快、舒服,而且还叫了戏班子,要在那儿演戏。中国的宗教活动,要服从于豪门的生活、豪门的消费需要,要满足豪门的人向老天爷、向神仙祈祷的需要。道教里呢是向天尊、太上老君做祷告,同时还带上游玩的性质,又出去一趟——夏季娱乐。

清虚观最有意思的地方,是因为有个张道士。张道士被朝廷封为神仙,他有神仙之名,贾家的人见着他都称呼老神仙。贾母见了他,老神仙如何如何,非常亲切和尊敬地打招呼问候一番。王熙凤见着他,表现得有点儿不一样,因为老神仙也有世俗的一面,所以王熙凤既管他叫老神仙,也会直呼你这牛鼻子老道。这是中国文化的一个特色,简单地说,民间的这些宗教,不是君权神授,而是神权君授。

在中国古代,神仙的称号,是君王、是国家的权力、是朝廷给你的,否则你是邪教。张道士被称为神仙,因为朝廷给他封了神仙的称号。历代皇帝都要到泰山去,给泰山封神号,包括到孔子那儿去封,封为准宗教式的大成至圣先师,这各种名气、各种说法,是不一样的。

更不一样的就是张道士,这个张道士跟贾家的关系非常不一样,尤其是和贾母的关系不一样,你从来没在《红楼梦》里头见到这种关系。贾母已经七十好几了,在那个年代,七十多岁就跟现在的一百多岁一样,那不是一般的长寿了。而且贾母地位又高,在家里头,那几个老爷都不管事,宁国府这边贾敬整天炼丹,最后把自个儿吃死完事;那边的贾赦是一个老不正经、老混蛋,现在还没怎么说到他,不必多说;然后剩一个贾政,除了死背书以外,呆呆板板,什么事也办不成。所以贾母管一切。

贾母见到这个张道士以后,那种交流、那种亲切,是在别处看不到的。而张道士的待遇也是不一样的。他先说今天来的都是堂客呀,我就不进去了,我不知道该不该进去。王熙凤给他开了一顿玩笑,说你牛鼻子老道还跟我们开这个玩笑。那意思是说,咱们熟成这个样,咱们跟一家子一样,你不用跟我们讲这个,快进来。她是这么一个态度。见到了宝玉以后,张道士又向贾母说,这几天,我看到咱们这哥儿——哥儿说的是贾宝玉——也长大了,我听说哥儿写的字、作的诗都好得不得了,怎么老爷还抱怨说他不喜欢念书?让我看,他够可以的了。然后贾母当然就有地儿说了,说快把宝玉累死了。当然这是不对的,这是贾母的溺爱,贾母的溺爱跟别人说不到一块,但跟张道士能说到一块。张道士跟贾母是同辈人,也是七十岁往上走的人了,好像比贾母略小几岁。

他说到一个话题,是《红楼梦》里没有任何一个人说到的。说我看见哥儿的形容身段,他的形体、他的面貌、他的身材,言谈举动,怎么就同当日的国公爷一个样,是一个模子里出来的?说您的这些儿子、侄子,他们都不记得国公爷什么样了,只有贾宝玉像,一边说着一边就掉下眼泪。贾母一边听着一边也掉下了眼泪,说这个孩子就是像国公爷,也就是贾母已故的丈夫。关于国公爷什么时候死的、贾母守寡多少年了,没提过,从来没有人提过,但是老道士当口就提,而且一提,就得到了贾母的共鸣,以至于两个人同时落下泪来。

张道士拿了一个盘子,要把贾宝玉的玉拿去给清虚观的道士看看。这个不可思议呀,他一个道士可以要下贾宝玉的玉来,他们家拿它当做命根子来看待的。贾母说什么呢?她说那还不好办,让贾宝玉出去跟他们都见见面,把自己的玉给他们看看。张道士说,不行,出去的话,外面空气不好、味道不好。那个时代没有传染病一说,他那个意思就是让宝玉不要见那么多人,空气也不好,如果中暑、中邪了不好,贾母才同意了。玉被他拿过去传看了一遍又给送了回来,他还拿来了众道士送给贾宝玉的礼物,什么都有,你怎么拒绝都不行,他必须送。他本人送给贾宝玉的,是一个用金子做的麒麟。这个麒麟,又和史湘云带的金麒麟是一对,这就更复杂、更麻烦了。

还有呢,这道士跟贾母说,哥儿已经十三四岁了,给他说媳妇了没有啊,没说的话,我这儿有几个非常合适的。这使贾宝玉很讨厌他,但是贾母不讨厌。贾母轻描淡写地说,那也好嘛。但实际上他并没有给宝玉说媳妇,当然用不着他来给说。所有的这些描写让人家看到了另一个层面、另一个世界,让人想起贾母年轻的时候。所以有一批红学家,产生了两个说法。

第一,说张道士当年跟贾母有点特殊的关系,在某种意义上,是贾母的男朋友,boyfriend。也有人说,这种可能性非常小,贾母的地位、当时社会的情况、她家庭的环境,她怎么可能跟道士有其他的事呢?但是起码她跟这个道士关系很好,能聊到一块儿,也说明这个道士很有分寸,既表达了一定的亲热和友谊,又控制分寸,各方面礼数周到。

第二个说法就更可笑了,说这个张道士就是国公爷。因为书里边曾经介绍过,说张道士曾经以国公爷的替身的名义,在这儿当老道、当道士。我前边也已经讲过,有好多人都是替身,因为高级贵族怕得罪这些宗教,他经常在许愿的时候,许我要出家当道士,我要出家当和尚,如果我老娘这个病好了,我就出家。他这样许愿,用这种方法来感动神佛,但他不可能真的出家,便派一个替身,派一个代理,代表他去出家。说张道士干脆就是国公爷,否则的话,贾母是不可能跟一个道士一见面刚说两句话就流眼泪。但是说他是替身,也是不可能的。如果他是替身的话,大家都认识他、都知道他呀,都得尊重他。说他不是替身,而是国公爷本人,也是不可能的。如果是国公爷本人的话,王熙凤敢那么跟他说话?这是不可能的。他们究竟是什么关系呢?

说一个我个人的看法,我每次看到这儿心情都感到愉快;又想到自古以来,有些红学家一直能把这个男女关系琢磨到贾母身上去,我更加愉快。不可能也觉得愉快,假的也觉得愉快,胡说八道也觉得愉快。人家贾母也是一个人,已经活到七十多了。她丈夫、她老公,那位什么荣国公早就去世了,有一位道士能跟她说话,能说到一块,能够触动她的情感,能够跟她有说有笑,能够跟她共同洒一掬清泪,我每次看到这儿,都有一种愉悦的心情。我已经八十多了,哪怕是假的,让人家说成跟真的一样,说有点儿什么记忆,甚至还有点儿小花哨,也没有什么大问题,这不是很可爱吗?人生就是这样,一生中有艰苦的岁月,有坚持奋斗的时候,你办了很多大事,也受过委屈,也算可以了。除此之外,如果你是女性,和一个老道能聊得挺好;如果你是一个男性,你曾经和哪位女士互相产生过美妙的情感,这不是挺好吗？

所以即使这个解释是误读，也有它美丽的一面，有人的善良的一面，有往人生的美好的那方面想象的一面。即使没有那么好，你可以想象有那么好，可以安慰一下自己。比如说，假设我这一辈子感情婚姻生活并不幸福，但是我忽然想起来，某年某月某日我见过一个人，他冲我笑了半天，然后我做梦又梦见过他五次，这不也是一种安慰吗？所以我觉得，这是一个很好玩儿的事。我们用不着去考证贾母年轻的时候是不是和张道士有一腿，但是你读到这儿，能想到这种可能性。又一说是王熙凤，也有人认为她和贾蓉有一腿。秦可卿那就更甭说，那腿太多了。贾母老大姐、贾母老大妈，年轻的时候和这位道士还有一腿，这很难叫做丑闻，不如说是一个赏心乐事。然后下边呢，就说到金锁了，金锁又跟史湘云的锁对上了，这又变成了一个疑案。

贾宝玉喜欢的是林黛玉，偏偏和林黛玉什么都对不上，锁也对不上，玉也对不上，金也对不上。老天爷也不帮忙，金木水火土石玉也不帮忙。和薛宝钗对上了，说最后证明他和薛宝钗能成为夫妻。现在又出来一个，和史湘云对上了，这不更乱了吗？这究竟是怎么回事呢？这个谁也不知道。也许在后四十回，本来有更深刻的更遥远的故事，但后面都没有写出来。

有一种红学家把这解释成什么呢？说是高鹗，李代桃僵，用薛宝钗顶替林黛玉与宝玉成婚。但是薛宝钗后来死了，怎么死的，谁也不知道。最后说史湘云也出阁了，也嫁了人了，但是很快她丈夫死了，她守寡了，守了寡的史湘云后来又跟贾宝玉生活在一起了，原因就是她有金锁。这个没有人能查清楚，没有人能说清楚。因为在《红楼梦》里头，它铺张出去的情节、人物、事件、命运太多了，有很多地方你只能去思索。既不能得到证明，也不能证伪，证明你说的是错的，这个很难。这个事又影响了黛玉的情绪。

这一段贾宝玉已经够可怜的了，经常在黛玉那儿碰到非常负面的情绪,就没完没了地向她解释,甚至宣誓,说我没有别的心,那些都是胡扯,玉跟锁什么的可以相配对是胡说八道,锁跟锁相配对也是胡说八道。他起誓说,我要是有别的心的话,天诛地灭。可是这个麒麟出现以后呢,又产生了这些问题。贾宝玉甚至拿着这个锁要给林黛玉,林黛玉说我要这干什么,我又没有锁,有锁的人有啊,我就知道你想着给人家呢,你现在跟我这儿假招子弄什么呀。

贾宝玉就非常愤怒,说我都跟你起了好几次誓了,我如果有那种配对的思想,就天诛地灭,天地都不容。你现在非说我是这种思想,这不是等于你诅咒我要天诛地灭吗?两个人啊,都想表白自己的心,两个人都抗拒着、抵抗着、坚持着,绝不承认这些身外之物有什么配对的可能,不怕配对、假的邪劲,那些是胡说八道。我坚持的就是跟你好,两个人都是这个意思,但是互相又都有点儿放不下心,其间琐琐碎碎口角之争多得不得了,两个人动不动就互相说不好听、不愉快的话。

贾宝玉说,别人不知道我的心,说这个配对那个配对的,难道你还不知道我的心吗?你还整天拿我开玩笑,你这不是诚心气我吗?林黛玉说既然你没有这个思想,我说这也就是跟你开开玩笑啊,你急什么?你急就证明你有这个思想,你亏心,你见了我你亏心,你想着她们呢。这两个人啊,打啊闹啊哭啊不理啊,就不知道发生了多少次,以至于一直传到了贾母那边,传到了王熙凤那边。后来王熙凤还专门过来检查、巡视一下,看看贾宝玉跟林黛玉关系缓和了没有。最后证明两个人闹气儿的事已经过去了,已经说说笑笑了,王熙凤就说,我早就跟你奶奶说了,不要操心他跟林妹妹之间闹吵嘴,不是冤家不聚头,他们正是因为太亲热了,所以一会儿高兴了,一会儿就不高兴了。越是冤家越是能够聚头的。这一句话给了两个人莫大的安慰。

不是冤家不聚头。为什么我们互相还挑剔呢?因为我们太在乎对方了。为什么我们互相不满意呢,因为我们太期待对方了。为什么我们俩一见面,一会儿生气了,一会儿哭了,因为我们俩缘分大,我们不是一般的小朋友的关系,我们也不是一时的关系,我们是一辈子的关系,我们是你离不开我、我离不开你的关系。所以他们身上既没有金玉的祥和,也没有麒麟的祥和,虽然既没有金玉也没有麒麟,但是不是冤家不聚头这句话,使他们得到了安慰,他们找到了相互有感情的证明、解读、金句、有力的民间说法。这句话使他们心情完全不一样了。

第三十讲　宝玉的错误成串

《红楼梦》第三十回,"宝钗借扇机带双敲,椿龄画蔷痴及局外"。"宝钗借扇机带双敲",这里重点不是说她借扇子,而是借着说扇子的这茬说了一些话。"椿龄画蔷痴及局外",龄官是他们那个小的戏班子里边一个主要的演员,说的是她与贾蔷的情分。

先是说林黛玉跟宝玉拌嘴,这已经是比较和平的拌嘴了。林黛玉说,要是咱们两个人老这么吵,还不如我早点儿死了。宝玉说了一句话,说你要是死了,我就当和尚去。这句话说重了。你什么意思?林黛玉立刻脸就红了,而且非常愤怒。贾宝玉赶快就又解释,林黛玉说你动不动就这个死了、那个当和尚,你这一辈子要当多少回和尚?这个事就过去了。然后到了贾母那儿,正好碰到宝钗,宝玉就又解释说,我昨天本来是要给薛大哥过生日的,可是我身上有点儿不舒服,就没过去。请注意,这是第二次了。薛宝钗来跟她妈妈、哥哥住在一起以后,很长时间贾宝玉没过去。头一次是周瑞家的来送宫花的时候,贾宝玉委托贾瑞家的解释,但显然是说假话,说他本来想去看望他们,但这两天身体不太好,不太舒服,等过两天再去看望。这次又说身体不太好,过两天我也去看望大哥。大哥就是指薛蟠,因为薛蟠是宝钗她哥哥。宝玉问,你也没上清虚观听戏去?宝钗说,我不想听这个戏,但是有很多人在那儿听,我不好意思说不想听这个戏,就说天有点儿热,我不舒服,就不去了。这个话就紧接着宝玉的茬,说得宝玉脸通红,你不是借茬说身体不好,不去我哥哥那儿么?我就告诉你,我也是借茬说身体不好,我不去看戏,不去听戏。

这个时候贾宝玉又犯了一个不可容忍的错误,他没话可说了,没词了。不好意思,你又不能往自个儿身上拉,说可不是,我是真的身体不好。你再说这个有什么意思?你身体好不好,跟人家有什么关系?人家问你身体好了吗,你说身体不好,不过去。人家没问你,你发烧了没有?你头疼不?人家没有问你,没有关心你的身体,所以你没得可说。他就借着这个说,姐姐你觉得热很正常,因为你有点儿胖,人家说你像杨妃。薛宝钗听了这个话以后,非常生气。你说她胖,你随便,没关系。当然以前跟现在的时代不一样,要是现在你见了一个女孩子就说你太胖了,你这不是跟骂人一样吗?古代那个时候是喜欢胖的,你适当胖一点儿,起码证明你家的生活好,你营养良好,你没有这病那病,所以倒是没有那个问题。你把宝钗比作杨贵妃,就是无礼、放肆、轻薄、不尊重了。

恰恰这个时候,有小丫头过来找宝钗,说我那个扇子是不是你拿着呢,你快把这个扇子给我吧,你给我藏起来了。薛宝钗一瞪眼,谁跟你嬉皮笑脸地胡说八道,你就找谁去。我是那种人吗?我跟你开过玩笑吗?我跟你逗着玩过吗?她非常严肃,骂那小丫头,说你有嬉皮笑脸的姐姐妹妹,你到她们那儿找去,少上我这里来废话,就把这小丫头给赶走了。实际上她指桑骂槐,骂的是贾宝玉。这林黛玉就在旁边看笑话。林黛玉的心情很好,她不见得想得很多,但是她愿意看笑话,她看见贾宝玉不是跟这薛宝钗恋恋不舍、含情脉脉,我看着你、你看着我,不像她胡思乱想的那种关系,这姐儿俩叮当上了,说话还不好听,客观上使黛玉有点儿快乐。

林黛玉问,姐姐头一天去看了什么戏?薛宝钗说,我看了一个什么什么戏,谁谁谁给谁谁谁赔不是,说自己做得不对。林黛玉就说,宝钗姐姐你这么有学问的人,怎么说那是赔不是,那叫负荆请罪。这出戏的名字就是《负荆请罪》,你不知道吗?薛宝钗严肃起来,说我不是你们,你们才知道什么叫负荆请罪,我从来不知道负荆请罪说的是什么。说得两个人脸都红了。因为宝玉跟黛玉争口角,这个哭了,那个哭了,然后贾宝玉又去哄他妹妹,又去承认,说我错了,对不起你,我再不犯错误了,再不胡说八道了。宝玉也没话可说,黛玉也没话可说了。

我原籍是河北省的农村,在我年轻的时候,一九四九年以前,河北省的农村人很注意这个词,叫"说闲话"。现在你查字典,《辞源》《辞海》《新华字典》《汉语字典》里头,都没有这个词,那时说闲话不是闲着说废话,而是说别人的坏话。我小时候,"说闲话"指的就是指桑骂槐,嘴里头说着这个,实际上借这个茬表达了对另外一个人的不满。新疆维吾尔语里说得更有意思,什么叫说闲话呢?就是骂着我的女儿,实际上骂的是我儿媳妇,这也可乐。汉语里头这一类的词还非常多,您查一下什么叫指桑骂槐,同义词十几个,其中包括"敲山震虎",我想打这个老虎,我想吓唬这个老虎,我用不着拿弹弓子、拿弓箭或者拿枪找老虎打,我把这个山折腾得都响了,那老虎能不害怕吗?借古讽今,这又是一个常说的词,说古代的事,实际上骂的是现在的人;含沙射影,我嘴里含上沙子,我往这影子上吐,我不吐到人身上,若吐到人身上,我得负人身伤害的责任,这也太明显了,我不露出来,我一口沙子全吐到影子上头去。皮里阳秋、旁敲侧击、指鸡骂狗,都是这种词。

这种词特别适合家庭内部的矛盾。你想给他一个警告,又没法直接过去说,我警告你,你以后说话注意点儿,你少来我这儿挑刺。你正好找着一个茬,借机说几句很严厉的话,让他没词儿。所以这个薛宝钗不是善茬儿,她有足够的自我保护能力,但是她并没有主动侵犯过别人,确实做到了"人不犯我,我不犯人,人若犯我,我必犯人"。

底下一段是我最感兴趣的。贾宝玉在这儿讨了个没趣,让宝钗连续说得面红耳赤、无言可对。他出来经过一个地方,看到了龄官,就是小戏班子的一个主要演员,待在一个阴凉的地方,拿着一根树枝在地上写字,写来写去——一竖、一横、一竖、一横、一横、一撇,就在那儿写。他看了好几次,这个龄官就写一个字——蔷,就是"贾蔷"的"蔷","蔷薇"的"蔷"。龄官迷上贾蔷了。前面也说过,贾蔷的相貌非常好,他就是能够在书房大战当中挑起争斗,关键时刻又能躲在一边的这么一个坏小子。他后来负责带领戏班子,从采买一直到后边他们唱戏,都是他负责的。龄官在这儿不停地写,不停地写,这时候小风吹起来了,雨点开始落下来了。可是龄官就光顾写"蔷"字,可能她想把这个字写得好看一点儿,也可能她是抒发自己内心一种少女的遐想、漫想,反正她就在那儿没完没了地写。这雨就越下越大,贾宝玉躲在一棵树后头、石头后头,他不得不提醒一声,说龄官,下雨了,你快躲。龄官抬头一看,她不认得宝玉,也没有机会和宝玉说过话,她看着一个挺漂亮的孩子,她甚至认为他也是女孩。《红楼梦》里头,如果说一个男孩长得像女孩,这是好话。那时候的人和现代人的审美观点不一样,你现在如果说一个少年男子、一个青年男子跟女人一样,他认为你是在骂他。可是贾宝玉那个时候没有这个想法。龄官说,姐姐,你提醒我下雨,你也淋着雨呢。贾宝玉忽然明白了,自己也淋着雨,然后他们俩就离开各自去避雨了。

  这一段写得特别好玩,而且给我一个非常深的印象。为什么呢?这太像一个独立的短篇小说了。短篇小说里头以雨为名的多了,我本人也写过。如果这个就叫做《雨中》,你就独立地写,这完全是一个很美好的,而且是新式的、"五四"以后的,甚至是西式的短篇小说。它不是写一个故事,而是就写这么一个镜头,就写这么一种心情,你不用对人物作更多的交代和描写,就写一个美丽的女孩,在一个风景区,在一棵树底下或者在一个石头前,没完没了地写一个字,然后有一位少年男子看她看得入了迷,这女孩也写得入了迷。然后怎么样开始落雨,开始落的时候什么样,一分钟以后什么样,一分半钟以后什么样,到了三分钟的时候,雨哗哗地下起来了。这男子叫了一声,下雨了,快躲雨!使他入迷的这个女孩说,这位哥哥你也淋着雨呢。这不是一个很好的短篇小说吗?现成的一个短篇小说。

《红楼梦》太有意思了,它里面包含的内容太多了,可以这么解释,也可以那么解释。你再回过头来想想,就是他们几个人喝着酒,在那儿唱流行歌曲,也可以成为一个短篇小说,但是没有这个《雨中》好。那个在酒席上,或者是伴酒,也可以成为一个短篇小说。所以欣赏《红楼梦》,有欣赏它的多种多样的快乐,要欣赏它包含的潜力,要抓得住它的最迷人的地方。

然后底下,是宝玉的一串错误。宝玉这一次也不知怎么了,他这犯起错误来就没个完了。他提醒完龄官以后,也跑走去躲雨了,但他也没地儿去。刚刚才让宝钗给损了几句,损得他服服帖帖的,自觉无趣,感到挺没劲的。跟林黛玉这儿,他也已经说了半天话了,也没得可说了。然后去看人家龄官,龄官又不理他,对他没兴趣,而且认为他也是女孩,管他叫一声姐姐,无法再搭下话去。

他就跑到他妈那儿去,这时候到了午睡的时间了,他妈在那儿看着睡得挺香,其他的很多小丫头一看太太睡了,也躲在一些角落打盹。然后他看到他妈身旁的大丫头金钏,正陪在他妈王夫人身旁,伺候着她睡觉呢。王夫人睡觉的时候,金钏不能够也躺下睡觉去,她得陪在旁边,或是捏腿,或是拍觉,又或是给赶赶蚊子、苍蝇,反正总而言之在旁边伺候着。

宝玉看到金钏也在耷拉着脑袋,在那儿已经快坐不住了。他过去以后,就捅了金钏一下。金钏睁眼一看,是宝玉,是二爷来了。然后贾宝玉看着她太困了,就拿出一粒中药来,这中药是良性的药,有点儿像仁丹之类的。贾宝玉说我给你吃药,金钏挺享受,就闭上眼睛张开嘴,宝玉就把这一粒药丸搁到她嘴里去了。当然这个中药吃下去是很舒服的,清凉、解暑、提神,让你不困。贾宝玉见着这些丫鬟都起劲,他往金钏嘴里喂一丸药,她也感动。这时候金钏就跟他说了一句话,我给你一个法子,你现在上哪儿去,去抓贾环跟彩云。

彩云是服侍贾环的一个丫鬟,也对贾环产生某种爱意,虽然是很有限、很勉强的。王夫人并没有睡着,金钏说了这么一句话不要紧,王夫人就醒了,啪地就抽了她一个嘴巴子,下流的东西,胡说八道什么?滚蛋。金钏的命运,底下再仔细讲,但是这个情况弄得非常严重,这又是贾宝玉犯的一个错误。他又讨了一个没趣,他还没想到有那么严重的后果。但是,王夫人立刻就要把金钏开除,说我的这些孩子,让你们这些下三烂给教坏了,马上通知金钏的家人,将她领走,开除府籍,不能继续在府里做了。金钏承认自己错误也不行,说我只求留在这儿,干别的粗活去也可以,求饶也不行,必须通知家人将她领走,金钏认为这是奇耻大辱。

贾宝玉晃荡过来晃荡过去,回了自个儿的地方,怡红院。怡红院的那些丫鬟,没有想到他这么早会回来,也都在那儿休息。他敲门就没人给他开门,没人给他开门他就喊,我是宝玉啊,开门。袭人听见了,过来开门。可是宝玉没有想到是袭人来开门,这种开门、关门的活,都是由其他小丫头干的。所以门一开,宝玉正经历着各种不愉快,他抬腿就踹过去了,正好踹到袭人的肋叉子上,而且踹得非常严重。袭人"哎哟"一声,底下的情况完全超出了宝玉的预料。

我觉得这个写得也很好玩,"福无双至,祸不单行"。一个人犯个错误,就心情不愉快,不愉快就更容易犯错误,想说点儿好听的话,结果变成了难听的话。比如说宝玉对宝钗是表示同情的,说你胖嘛,你容易感觉到热,这不是假话。你不想看戏,你就别去,就完了。他甚至想顺着她那茬说话,又惹了一顿不是,他怎么做怎么错,怎么做怎么不对。所以即使他认为自己的地位那么高、相貌那么好、智慧那么高,又被一帮子美少女所包围,也做不到圆满,做不到舒心,做不到开心。相反,他是一个错接着一个错,一个问题接着一个问题。

所有的人,宝玉也好,读者也好,他的这些姐姐妹妹也好,替他想的理由都不能掩饰他仍然是一个自私的人,他仍然是一个享受着宠爱而不知上进的人,他仍然是一个不会考虑别人、不会体谅别人的人,他必然会碰一个又一个的钉子,最后落得一个非常不好的下场。

第三十一讲　任性的哲学

《红楼梦》第三十一回,"撕扇子作千金一笑,因麒麟伏白首双星",主要涉及晴雯与史湘云的片段。

上一回最后,贾宝玉犯了一串错误,到处话说得不对,让薛宝钗说闲话,说了他几句,够他喝一壶的,他得罪了这个又得罪了那个。他回到家,没人给他开门,开晚了一点儿,他一脚踹过去,踹到花袭人身上了。第二天她咳嗽、恶心、吐血了。贾宝玉很后悔,袭人也很悲观,因为中国过去把吐血看得特别严重,年纪轻轻的,就吐血了,一辈子也就完了,而且不可能有什么寿数了,可能要夭折。

贾宝玉急着给袭人请大夫去,袭人说你别闹腾,你这么一闹腾,全都知道了,然后会说什么的都有。你就通过谁问一下那个王太医,找医生要点儿药就得了。把贾宝玉制止住了。花袭人这人,确实是遇事相当冷静,她先把各个方面的利害都考虑到。

后来到了贾母这里,几个孩子过来看望贾母,史湘云也来了,原来他们一直还没有好好见着面,这次见着面也都聊一聊,可是情绪都非常低落。薛宝钗见着贾宝玉,对他爱答不理。贾宝玉知道头一天自己说话说得不妥,得罪了薛宝钗。林黛玉呢,情绪本来就不高,这里头说到这么一句话,说林黛玉喜散不喜聚,不喜欢那么多人都凑合在一块,宁愿各自该干什么干什么。为什么喜散不喜聚呢?林黛玉的逻辑是,聚完了必然是散,你不可能老聚在一块。你三个人也好,五个人也好,八个人也好,人越多越得散,然后又各干各的活,各有各的事。这样的话就不如当初就不聚,省的散了以后又有一种留恋或者遗憾,总之有一种不愉快的感情。而贾宝玉是喜聚不喜散,人越多越热闹越好,而且他经常是中心,是被大家众星捧月的那么一个人物。

这个话听着挺有意思的,这也是对人生的一种体味,对人生的一种斟酌和感受。但是这个话本身又不清楚,林黛玉喜散不喜聚,因为聚了还要散,如果聚了不散,不就喜欢了吗?那贾宝玉喜聚不喜散,他也是不喜散。喜散也是不喜散,不喜散更是不喜散,但是小说偏偏要这么说。所以这个语言有很多把戏,两个同是一样的东西,但是可以说法不一样。可以让你听着好像有两种人生哲学一样,但是它的实质并没有差别。

这还不算完。贾宝玉回到自己那儿,赶上晴雯换衣裳,把一把扇子掉到地上了。已经到了端阳节,五月前后,开始穿比较薄的衣服了,结果把扇子骨摔断了。所谓扇子骨呢,比如说纸做的扇子,或者绢面做的扇子,或者还有一种用薄薄的檀香木做面的扇子,支撑着扇子的那一部分,就叫骨。贾宝玉心情也有点儿不好,就埋怨晴雯,你看你这个蠢材呀,你真是糊涂蛋,换件衣服,把这么高级的一把扇子就给摔断了,你这么糟蹋的东西还行啊,将来你要自己过日子,把这个东西也这么摔,可还行?

赶上晴雯也心情不好。平常嘛,贾宝玉也不摆架子,整天都是"姐姐、姐姐"到处叫得亲亲热热,而且特别喜欢哄他的这些丫鬟,讨好她们。可是这一次,他头天晚上踢了袭人,现在又在那儿板着脸训晴雯,晴雯就不高兴了。晴雯说,二爷气大了,说话都这态度了,昨晚上把袭人踢了一脚,都踢出病来了,今天又开始训我了,您要是瞅着我们都不顺眼,干脆把我们全轰走,找你自己顺眼的人行不行?这番话把贾宝玉气得浑身乱颤,用北京话说叫气得都哆嗦上了。说你这是什么意思,我随便就这么说一句话,还了不得了,你要干什么?到底你想要干什么?

这个时候袭人过来了,说你们别嚷嚷好不好?怎么刚一进门就听见你们俩嚷嚷上了?我就说什么地方我照顾不到,就准出事。袭人这么说话,又招惹了晴雯,晴雯能干,又美丽,又聪明,她对自己的魅力、对自己的服务充满了信心,所以晴雯不受这个。晴雯说,那当然了,谁比得了你呀?咱们这服侍二爷,不就得靠你吗?要不是你服侍得好,你能吃一个窝心脚吗?就是说贾宝玉踹到她心口上去了。实际上贾宝玉不可能达到芭蕾舞那样的动作,一踢就够到了胸上,但是这话非常难听。晴雯这么一说呢,又得罪了贾宝玉。这样的话是贾宝玉最不爱听的,昨天他确实不知道开门的人是袭人,他在外头,以为里面的是哪个小懒丫头。他就说,你不要这样说袭人好不好,制止晴雯。晴雯就骂得更厉害了,说当我不知道你们的事呢!早先的事,怎么怎么"初试云雨情"。还以为试完了就完了,过了这么久了,晴雯却是在这儿等着宝玉与袭人呢。

　　贾宝玉太生气了,他拿出撒手锏来,说今天忽然跟我闹,你是不是不想在我这儿待了?你不想在我这儿待了,我赶紧回太太去,把你请走。这里他是抓着晴雯的要害处打击,因为晴雯并不想走。对于晴雯来说,没有比伺候贾宝玉更好的选择。她回家,她家里穷得不成样子,又破又烂、又脏又臭;在贾宝玉这儿,她的地位仅次于袭人,而晴雯对自己的估价高于袭人。一个女孩如果聪明,形象又好,当然是很骄傲的,她是很自信的。

　　这时候袭人又说错了一句话。袭人过来制止贾宝玉,说你可别说往这儿告、往那儿告的。她又跟晴雯说好好好,你躲开这儿,你出去玩会儿去,刚才都是我们的错,好不好?晴雯一听更生气了,说你们的错,你跟谁呀?二爷跟你?你是老几呀?你算什么东西呀?你有什么名分呢?你成了二爷的妾了吗?我说的这些当然不是原话,但就是那意思。你们鬼鬼祟祟干的那些事,我都知道,可是你并不合法呀,你不沾边呀。你以为你们干了那些事,就可以称呼你们、我们的,"我们"个什么劲儿?你算老几?你还"我们"呢!这一下子,袭人羞得是满脸通红,脸面上太过不去了。这贾宝玉就更火了,说我现在立刻回了太太,就是到王夫人那里打个报告,把晴雯驱逐出去。

红学家们说,这个地方等于预演了一回,因为晴雯最后是被驱逐的。在这儿,不但有预兆,而且有预演,等于先排了一遍,先走了一遍台,早晚要把她轰出去的。

袭人明白,如果这两个人吵着架的时候,就过去报告,然后轰走晴雯,她就更没法做人了。上上下下,内内外外,她和宝玉的特殊的关系,人家都知道,所以她就给宝玉跪下了,说你可不能去报告啊。这么一闹,底下那些伺候宝玉的女服务员班子、丫鬟班子全来了,跪了一地。

中国文化里的这个跪,带有软暴力的性质。全体跪下,没人抱着你的胳膊或抱着你的腿,也没有把你捆起来;可是,我跪在你的眼前,你好意思让我老跪着吗?你好意思踩着跪在你眼前的人的身体去做你想做的事情吗?十个人跪在那儿,你应该怎么办呢?所以当主子也是很难的。在文学作品里头我也看到过这种情形,比如说一个农民之家,母亲死了,当爸爸的最着急的,就是让儿子赶紧娶个大媳妇。儿子哪怕刚十五岁,给你造个假,你娶一个二十岁身大力不亏的,二十二岁的、二十五岁的也可以。你娶来以后,这家里就有人管起来了。儿子不肯娶,不肯结婚,爸爸给儿子跪下了,儿子还能怎么办?所以这个跪,是一种强人所难的方式,是一种软暴力。

当然了,最后贾宝玉没有去报告太太,这个事暂时告一段落。正告一段落,林黛玉来了,林黛玉一看,这个也哭了,那个也哭了就问袭人,嫂子,出什么事了,你们不是抢粽子吃吧?林黛玉没有别的意思。这个袭人就更坐不住了,说你怎么管我叫嫂子?林黛玉说,别人爱怎么叫我不管,反正我见着你就叫嫂子。这玩笑话当中,有很多很多的矛盾在里边,有很多很多的调笑在里边,也有很多很多的话外之音在里边。

等到晚上,贾宝玉是不是又跟着薛蟠喝酒、唱歌、吃肉去了,咱不知道。回来的时候又碰到晴雯,贾宝玉心情不一样了,说你也忒横了点儿,上午你都不许我说话,其实跌坏一把扇子怕什么?咱们家扇子有的是,你开开那个仓库,箱子里头几百把扇子都有,那扇子扇风也是用,撕了、扯了也是用。你要爱听这声,咱们就撕。咱们家再撕上一百把、两百把扇子,有什么关系?两个人就在那里撕扇子。

这个描写也相当过分,尤其中国历史上有这样的故事,就是古代那失败的暴君。头一个就是夏桀,桀的皇后褒姒,被认为是历史上非常坏的人。这个褒姒皇后喜欢听撕绸子的声音,夏桀为了哄着她玩、伺候她玩,就给她找了很多绸子,每天在那儿撕,糟践东西。她不爱笑,夏桀就跟她开玩笑,说咱们把烽火台点上,各地诸侯不知道天子、皇上这儿出了什么大事,都会带着兵赶过来。"烽火戏诸侯",两大错误使夏朝灭亡了。

当然贾宝玉不是皇上,晴雯也不是那么坏的人,可是她撕着扇子玩,仍然给人一种非常不祥的预感。这又让我想起中国古时候的一个说法,红颜薄命。红颜薄命呢,一个是对妇女本身就有一种防范,一种压迫,一种怀疑,而且是专门往妇女身上甩锅。鲁迅就说过,一个朝代灭亡了,最后找原因找的是皇后不好,或者有一个贵妃不好。真正的责任怎么可能是皇后或贵妃来承担呢?皇后或贵妃能管多少国事呢?但是这一段描写,让人有一种不吉利、做坏事、造孽的感觉。

底下就写到史湘云。史湘云到了,跟老太太贾母、史太君见过面了,也跟他们这些人相见了,还把薛宝钗给她的一部分小戒指送给袭人这些人作为小礼物。因为史湘云到这里来等于是住亲戚家,她也要注意和这里头的整个服务系统、服务体系搞好关系。然后他们出来逛大观园,走到这儿,说竹子长得还不够好,又走到一个地方,说这儿有五棵石榴树,长得特别好,又高又大又漂亮。她带的一个丫鬟叫翠缕。翠缕就问,这石榴树怎么就长得这么好啊?我没见过这么好的石榴。史湘云说,树长得好不好,主要看阴阳调和不调合,如果阴阳二气很调和,树就会长得非常好。

翠缕就向她的主子史湘云讨教关于阴阳的问题,这又是一种哲学。前边说了,林黛玉和贾宝玉是聚和散的哲学,在晴雯跟宝玉的吵架里边,我们看到了一种任性和过分的哲学,以及保持自控的能力、自律的能力的这样一个哲学。现在又谈起阴阳来了。史湘云就给翠缕讲,阴阳并不是两种东西,也没有形状,它得体现在一个物体里头才能看到形状。阴的那一面就是阳,阳的那一面就是阴;阴过去了就是阳,阳过去了就是阴;没有一个阴一个阳,阴阳是互相转化的。她说,比如一棵树吧,太阳照着的这一面就是阳,太阳照不到的那面就是阴。比如说,太阳就是阳,月亮就是阴。反正她就讲了一番,事物既是相对立的,又是相统一的。用现代的语言来说,就是事物都是向自己的反面转化的。

翠缕就闹笑话,继续问,动物有没有阴阳,虫子有没有阴阳。史湘云就给她讲,雄的叫阳,雌的就是阴。说雄雌,这是比较文雅的一个说法。然后她又讲"牝",牝鸡司晨,牝鸡就是母鸡。牝呢,就是阴。牡,"牡丹"的"牡",就是雄性的,就是阳。翠缕说我明白了,有公的、有母的,就是阴阳。她说公的、母的,这个话就不雅了,就超出了史湘云讨论的阴阳这个范畴了。她板起脸来说,不许胡说八道。翠缕说,好好好,我不胡说八道了。然后翠缕又问,这人里头有没有阴阳呢?史湘云脸上就更难看了,怕她说出再不雅的话,说出不好听、不高尚、低级趣味、涉嫌下流的语言来。这时候翠缕忽然笑了,说我明白了,小姐就是阳,我就是阴。听到这个,史湘云就哈哈大笑了,说你讲得太好了,你的学问太深了,你研究得太正确了。

这是一个很小的细节,甚至可以认为这是一个无聊的细节。没有这些,没有史湘云和翠缕讨论阴阳,对这本书的故事没有任何影响,对史湘云也没有影响,对贾家、荣国府、宁国府的命运也没有什么影响,对林黛玉、贾宝玉、袭人等什么影响都没有。但是我又觉得,从这里我们也可以看出,曹雪芹希望把他的《红楼梦》写成百科全书,有多么迫切。

我们说了,《红楼梦》里已经写到下棋,写到谜语,写到酒令,写到戏曲,写到作诗,写到流行歌曲,写到圣上——就是皇上,写到贵妃,写到流氓,写到傻小子,写到妓女,当然他也要写写阴阳啊、聚散啊这些哲学问题。还有一种解释,这种解释也算是我的独特的解释,因为我没见有人这么说过。翠缕说到人的阴阳,她已经明白了,越是下层的人越容易明白这些事,下层的人说到阴阳、男女、雄雌,说到和性有关系的话题,避讳更少,直不愣登就可以说出来。翠缕是成心逗她的小姐笑,假装自个儿什么都不明白。这个世界上有这种情形,你是她的奴婢,她的奴才,有时候你需要装傻充愣,如果你什么都明白,比主子还聪明,你可就功高震主了。情商高也是震主,智商高也是震主。你该聪明的时候,你要很聪明,不该聪明的时候,你要装傻充愣,你得让主子笑话你,对你更放心,而且觉得你可爱,觉得你傻得特逗。这也是一种处世的方法。

小说之所以有趣,就是它给人大量思考的余地,它不是数学课,不是对就是对、错就是错,小说不是公式,不是化学,也不是物理,它是小说,你可以有解释的弹性和空间。这两个人这么逗着说着呢,忽然找着了一把金锁,这金锁很像史湘云本来就有的一个金麒麟。麒麟也是祥瑞之物,是带有半神性半动物性的这么一种动物。金锁做成麒麟的形状,也是吉利、祥瑞、好运的意思。这个金麒麟呢,是清虚观那个张道士送给宝玉的,但是宝玉马虎,把它丢掉了,掉在草里边,被史湘云捡到了。这些地方有人甚至觉得有点儿烦,你适当提一下也就可以了。先是这宝玉有一块玉,这块玉胡适先生就已经烦它了,说哪有人带着玉生出来的。金庸的说法是,那又不是结石。然后薛宝钗又出来啰里啰唆的一个金锁,史湘云又有一个金麒麟,而张道士又给了贾宝玉一个金麒麟。这不太啰唆了吗?

那么这里我只提一点,这是中国的一种婚姻宿命论。中国没有一种结结实实的全国性的宗教,但是民间又有各种的多神论。比如女人怀孕了,那么管产妇的有送子娘娘。腊月二十三了,要送灶王爷,这灶王爷就是掌管你家里做饭的火灶、炉子的。赵公元帅,死了以后变成财神爷。关于婚姻呢,有月下老人。杭州孤山白云庵就有一个月老殿,它那儿的对联写的是"愿天下有情人皆成了眷属",有感情的都结了婚了,都成了亲属了,谁也离不开谁了。一男一女结了婚,这是上辈子就定下来的事,不要错过这个姻缘,不要错过这个机遇,好好在一块过吧。但是你说不清楚这个神在哪儿,这不是要你崇拜一个固定的宗教神,不是月下老人教,没有那么个教。它往往就用一些小物件来做成心理暗示,但是心理暗示你可以不理它,如果你真有感情的话。比如说贾宝玉对林黛玉有感情,就算你薛宝钗有八个金锁,跟我有什么关系?金麒麟也是这样,史湘云有是她有,我有是我有,两者毫无关系。虽然毫无关系,但又充满了心理暗示,成为跟随着贾宝玉和林黛玉挥之不去的一个阴影、一个不定时炸弹。

《红楼梦》要写的就是这劲儿,你说有什么问题,也没有问题;你说没有问题,谁也踏实不了。

第三十二讲　精神伤病与冷酷的心

《红楼梦》第三十二回,"诉肺腑心迷活宝玉,含耻辱情烈死金钏"。围绕宝玉、黛玉的热与宝钗的冷来讲。

这一回写到史湘云到了怡红院,跟袭人聊起来了,盛赞薛宝钗,说没见过薛宝钗这么好的人,处处都照顾到,人人都考虑到。因为薛宝钗给了史湘云一些小戒指,说你可以给这些姐妹,指的就是这些女奴,她照顾得特别周到。还有一件事,是史湘云给贾宝玉绱鞋、做鞋。袭人因为太累了,最近又吐了血、受了伤,就跟史湘云说,我实在不好意思,你能不能帮忙?我这鞋已经都做得差不多了,最后把他这个底子纳好,把鞋绱上。我小时候还见过家里人在那儿甩胳膊做鞋底子、剪鞋帮子,因为在外边买鞋太贵。湘云问,说这么多女奴,她们不能做吗?袭人说,我们这位,指的就是宝玉,别的地方的女奴做的鞋他不要,必须是他的这些姐妹,必须是我这里的几个人做的。简单说,他喜欢的人做的鞋他要,他不喜欢的人做的鞋他不要。她们在这儿谈来谈去,夸奖了半天薛宝钗,这个时候宝玉回来了,跟她们聊到一块儿了。

这时候湘云说了一句话,湘云是表示对她的二哥哥,对宝玉很关心。她说,我知道你不愿意整天念"四书""五经",去考进士、考举人。你对一官半职这些没有兴趣,但是你多多少少也会一会,跟他们见见面,跟一些什么人见面呢?那些为官做宰的人。"宰"就是有权力吧,能主持点儿事,能当家的吧。你也和这些大大小小的官员接触接触，这样的话，将来至少也有些朋友，也有个交际圈，有个社交圈，有一些公共关系。你看你越长越大了，你光跟我们这些女孩在一块儿，光在我们队伍里头，这算什么事呢？

史湘云说的话也有道理，如果我有个儿子，光跟女孩一块玩，别人一概都拒绝，也让你着急，尤其看他个子越来越大了，十五六岁了，一米八的人了，光知道跟小女孩一块玩，这算什么事？而且她口气也很好，平和婉转，忠言好话。但是宝玉一听就火了，不但火了，而且说的话非常难听。他说，姑娘，请你到别的姊妹家里边去坐坐，我这里会污染了你懂得经济学问的耳朵，意思是请滚蛋。我这儿没有这个，不讲这个词，什么又要跟做官的人接触了，要听听仕途经济的学问。"仕途"就是要做官，"经济"指的就是要处理社会上的各种事。这里的"经济"是指经国济世，不是现在我们所讲的经济。经国，就是把国家的大事都捋出条理来；济世，就是要对社会有所贡献、有所帮助。

贾宝玉用非常愤怒的语气来回答，袭人和湘云就已经往后退了，因为他这话说得很横、很厉害、很排他。说你看我们就说一句话，你看你说的话这么难听。袭人说，也就是你看着你小妹妹是个小孩子，她好欺负。这种难听的话你敢跟黛玉说吗？贾宝玉回了一句话，更严重。他说，林妹妹说过这种混账话吗？这就骂上来了，而且骂人混账的都是当老爷的，这有点儿老爷的口气了。混账东西，这都是当老爷的人才这么骂，没有哪个农民骂他儿子混账。问题是林妹妹没说过这种混账话，宝玉给史湘云的话定性为混账，定性为异己了。

我每次看到这里，爱琢磨一个事，贾宝玉为什么反应这么强烈，反应过度？因为贾宝玉站不住脚，他一个十三四岁的人，他不好好学点儿正经的事，在那个社会当时就是那样的。他不可能说那是封建社会，快要灭亡了，再过个一二百年会被人民推翻，他不可能有这种想法啊。他也不可能说我专门跟小女孩一块玩的，我十三岁的时候要和小女孩一块玩，三十岁我还要和小女孩一块玩，我六十岁了我也不见当官的人，我只跟小女孩一块玩，这可能吗？这完全不合乎逻辑。当别人出于好心劝你一件事的时候,你不至于发这么大的火啊。史湘云又不是什么别的人,她没威胁你,也没侮辱你。一个人劝你一件事,你一笑就完了,你不想听她的,可以说,好,以后再说。或者你想驳斥他,你说这个事另说,咱们没机会多谈了,你也不用操这个心了,就完了吧。哪能说到这一步去,说你到别处坐去吧,下逐客令,还说这是混账话。

我只能有一个解释,这也是我独特的一个解释。我们研究《红楼梦》里的人呢,往往忘记了《红楼梦》里头这种超现实的对贾宝玉的定性,就是说贾宝玉是什么?他的前身是一块石头,而且是一块被女娲抛弃了的石头,是一块被忽略了的石头,是一块变成了废物的多余的石头。他的前身是这样一块石头,这是给了什么样的伤害?一块石头,书上写得清清楚楚,自己无才入选,只能昼夜悲哀哭泣。前生他苦了一辈子,就因为他入不了仕,当不成官。他没有人生,不能叫人生,应该叫石生。他的石生没有任何意义,他补不了天,他没有自己的位置,没有自己的作用,没有自己的使命,没有自己的目标,所以一旦到了眼前这一生,由石生进入了人生阶段,进了贾家以后,谁要是一跟他说起要读"四书""五经",要考试,要光宗耀祖,还要当官,还要仕途经济,那就是揭了他的伤疤。

现在我们当然都不相信这个,我们不相信人有前生,我们认为这是贾宝玉反封建反得厉害,可是它不是这么回事。那个时候贾宝玉对封建能有多深刻的认识,咱们底下再谈。所以我觉得呀,贾宝玉对史湘云的态度,表现出一种很深的痛苦。他从前身受伤害,已经到这个时候了,你再跟他提,让他去仕途经济,你这是揭他的伤疤。我只能这么解释。

可是这里头又跟一件事联系上了,林黛玉这时候正过来看贾宝玉,一听见史湘云、袭人和贾宝玉三个人的谈话,而且贾宝玉很激动地说林妹妹没有说过这种混账话,林黛玉站在那儿了,太感动了。林黛玉说,果然他是我的知音,果然他能理解我的心情,能理解我的价值观念,我不要求你当大官,当官干什么?我只是要求你用真诚的心爱我。爱情至上,爱情至上主义,这是林黛玉对人生的想法。

所以这个事他在这儿骂着,又确实感动了林黛玉。这书上描写林黛玉一听贾宝玉说这个,又喜又惊,又幸福又惊叹,又悲又叹,她自个儿又感到悲伤,就在那儿叹息——"所喜者,果然自己眼力不错,素日认他是个知己,果然是个知己。所惊者,他在人前一片私心称扬于我"。他居然把他私人的、完全个人的对我的这种理解拽出去了、公开宣布了,公开发表了。

"不说混账话",咱们家这些姊妹里边,你们都有"混账"的倾向,只有林黛玉一个人没有。"其亲热厚密,竟不避嫌疑"。你太亲热了,别人就容易给你造谣,给你生事,就跟你作对了。"所叹者,你既为我之知己,自然我亦可为你之知己矣"。你我为知己,又怎么会出来金玉之论呢?咱们俩是知己啊!抱这种人生态度的人并不是很多呀,恰恰咱们俩都是这种态度。"既有金玉之论,亦该你我有之,又何必来一宝钗哉!所悲者父母早逝,虽有铭心刻骨之言,无人为我主张"。林黛玉想,我有这种思想,我有这种情感,要是我爹妈在,我还能说悄悄话,没准儿他们能帮助我办成这个事,现在谁管我的事呢?

"况近日每觉神思恍惚,病已渐成,医者更云,气弱血亏,恐致劳怯之症。你我虽为知己,但恐自不能久待,你纵为我知己,乃我薄命何"。我们是知己,第一没人做主,第二我身体越来越坏,气亏血亏,已经是有了重病了。"劳怯之症","劳"是疲劳,更是这种病里边的一种"痨"。过去肺结核叫肺痨,甚至说是什么血痨,就是带有半慢性病性质的、好不了的那种病。在《红楼梦》里写的就是"劳动"的"劳",现在写的是"痨"。现在我们跟人开玩笑说这个人话太多了,说他得了病了,说他是话痨。"怯"就是弱,什么事都往后缩,什么事都顶不住。用更现代的一个语言说呢,就是免疫力近于零,既有慢性病,免疫力又近于零。这样的话,我们俩虽然是知音,但我们是薄命的知音,我们没有运气、没有好命。后来,她也非常感动,自个儿就回去了。可是贾宝玉想起来了,要去看望她,正好看见林黛玉从自个儿的住处怡红院往潇湘馆那边走,他就追上去了。

他也不是突然的反应,随着年龄嘛,他年龄也大了些,就把心里的话都说出来了。林妹妹你放心。他就说了这么一句话。林妹妹就说,什么叫放心呢?我不知道你说的是什么放心。贾宝玉就说了,因为他说的很多话是不能说的,但是他非说不可了。说你果然不明白这个话吗?你是真不明白我说的让你放心是指什么吗?如果你不明白这个话,我素日之意白用了,难道我表现出来的,你一点儿都看不出来?你不信,你不理解,你不体会,你看不出来我对你是什么心吗?不但我素日之心白费了,连素日你待我之心也白费了。我看出来了,你很重视咱俩的关系,我看得出来你对我有什么样的情谊,什么样的心思。你的那么多表现,难道你以为我是傻子吗?你以为我是狼心狗肺吗?你以为我的心是冷酷的吗?你怎么会说你不懂我说的放心是什么?你就是因为不放心的缘故,才弄了一身的病,但凡宽慰一些,这病也不会一天重似一天的。

贾宝玉把话说到这一步了,黛玉听了这话如轰雷掣电,就好像天上打了一个雷——"啪"——一道闪电闪在天空一样。细细地一想,比自个儿从肺腑中掏出来的还觉得尽意、恳切,万般言语,满心要说,只是半个字也说不出来了。

她觉得这一次,贾宝玉把自个儿的心干脆表示出来了,就差说"我爱你"了,因为那年头不兴这个。我爱你,我也知道你爱我,我要娶你,我要跟你结婚,他等于说了这些话。他没用这些词,只是说了一个"你放心"。贾宝玉底下又说,好妹妹,我这心事从来也不敢说,今儿我大胆地说出来,即使死了我也甘心。

太动情了。我每次看到这里,我都想陪贾宝玉哭一嗓子。他说我话说出来了,现在哪怕我死了,我也甘心。我毕竟把我的话,在这封建社会不能说的话,父母不准许我说的话,社会的主流意识形态不允许我说的话,按规矩不让说的话,今天死活说出来了。说实话,我为你现在也是一身的病,只怕等你的病好了,我的病才能好,你的病好不了,我的病也好不了。他说这些话的时候,已经都要跟林黛玉告辞了。

这个时候,袭人追过来了。因为天热,她怕贾宝玉热着,给贾宝玉带了扇子来,说你拿上这把扇子。结果贾宝玉当着袭人的面把这上面的这些话又说出来了,说林妹妹,我睡梦里忘不了的就是你。这一下子把袭人给吓坏了,就像宝玉说多么可怕的话一样,袭人听了这话吓得魄销魂散。袭人说,神天菩萨坑死我了,这是哪里的话?你中了邪了吧,二爷?还不快离开这儿。按袭人的观点、大观园的观点、贾府的观点、此时的中国的封建主义的观点,还有按袭人的利益、袭人的追求、袭人的三观,贾宝玉说的这些话是大逆不道的,是犯了病了,他疯了,得了邪病了,就是精神失常了。所以袭人听了这个话后快吓死了。

然后宝玉忽然明白过来了。《红楼梦》这一点写得也很有意思,写出贾宝玉确实受到压抑,把不该说的话都说出来了,他带有某种精神上的那种官能病症的意思,叫做癔症。一般在农村,这就叫撒癔症,其实就是得了癔症。正是从这里头可以看出来,贾宝玉和林黛玉相爱得有多么苦。可以说在写到贾宝玉和林黛玉感情的抒发上、感情的碰撞上、感情的点击上,咱不是说"来电"吗,这也就是电击,这就是雷鸣,电闪雷鸣,写到这儿就到头了。它不可能是西洋式的,话说完然后热烈拥抱了。后面什么都没有,话说到这一步就到了头了。

恰恰在这个时候传来了消息,王夫人所用的首席女奴金钏,由于贾宝玉跟她胡扯胡逗,就被人往她嘴里头摁小药丸子、清凉药;金钏又说让他抓贾环跟彩云去,被王夫人给听到了,王夫人给了她一个嘴巴子,打了一顿,然后开除府籍,让她家里人把她带回家里去了。带回家里去以后,她不吃不喝,精神恍惚。隔了两天,在他们家附近,好像离荣国府这边也不太远的地方有一口井,她跳井而死。王夫人听到这个事以后很吃惊,也有点儿难过,就在那儿掉泪。这时候薛宝钗来见到王夫人,说太太怎么了,有哪里不舒服吗?王夫人就说,你看这金钏跳井了,她有些话说得不太规矩,我打了她几下,然后就让她回自己家了,没想到她会想不开。这不是成了我给害死的吗?我这一辈子对底下人是很仁慈的,我没干过这种事啊。

这时候薛宝钗的反应实在让人叹息。薛宝钗说,她不可能跳井死了,她没事,她跳井死干吗呀?谁不知道太太是最仁慈、最慈爱、最体恤底下人的?她很长时间一直在咱们宅子里头,在这个范围里头,她多憋得慌啊,她回她家去,到处玩,在那井边脚滑一出溜,她掉里头了,或者她和她的姊妹们互相一跑一追啊什么的,一不小心滑到里头去了。如果她是由于太太教育她,就跳了井了,那证明她是一个糊涂人,这样的人不值得为她悲伤,有什么可值得悲伤的?太太这么好的人,她上哪儿去找这么好的主子啊?有这么好的主子,她自个儿还跳井,那她活该,死得好,是她自找的。薛宝钗是这么一个逻辑。

我看到这儿有点儿心惊胆战,因为她非常清醒,也非常会说话。她的目的是要减轻王夫人的思想负担。她说得有条有理,甚至也合乎逻辑,且薛宝钗没有害人之心,也没有害人的记录。她跟她哥哥不一样,她哥哥也没有害人之心,但是他霸道惯了,遇到不高兴,一拳就过去了,一脚就踢过去了,拿起棍子来就砸下去了。

现在我们看到的是什么呢?一个清醒的、文明的、讲礼貌的、无懈可击的、滴水不漏的、没有任何不良记录的薛宝钗小姐,对待金钏之死,真正做到了保持冷酷的心。王夫人做了一些善后的事,给了金钏家五十两银子,又把金钏的妹妹玉钏提升为她的女奴的头号,然后让玉钏每月把金钏的月钱,当时姑且叫工资吧,也一起领了,就是她一个人领两份月钱。金钏之死这个事过去了。但是这种平静的、踏实的而且有条有理的冷酷,也够我们叹为观止,看完了以后,够你琢磨一阵子的了。

第三十三讲　宝玉挨打

《红楼梦》第三十三回,"手足眈眈小动唇舌,不肖种种大承笞挞"。眈眈,就是虎视眈眈;手足本来是兄弟,指的就是贾环,他对宝玉一直带有一种仇恨;小动唇舌,他说了几句话,说了几句什么话?他诬告了宝玉。不肖,就是不像样、不成样子,很差的劣迹都出来了,宝玉挨了一顿揍。

前面说到过,由于与宝玉说了不该说的话,金钏被逼投井自杀。金钏投井,是贾宝玉造成的。贾宝玉当时确实没有歉意,没有问责自己、追究自己,但是他听说这消息之后很难过。他正难过着,离开妈妈这儿往住处走,听见有人叫他,他一看,坏了,吓死他了,是他爹贾政。贾政一看贾宝玉那副晦气的样子,无精打采,二目无神,各个方面的表现都不成样子。你怎么这么一副精神不振的样子?你这么萎靡不振,我们河北乡下有个说法说这叫"shún",就是你非常晦气,你"shún"得慌,你让人讨厌。宝玉就被他爸爸训了一顿。

这时候来人找他爸爸,说来人了,来的是忠顺王府的长府官,管他们家的、管他们府的管家。忠顺王,是王一级的,是皇亲国戚那一级的。贾政一听就吓了一跳,为什么呢?他和忠顺王素无来往,那朝廷里除了他闺女,跟他关系近的是北静王,此外他没有什么别的关系。忠顺王的管家虽是一小官,可是他是忠顺王身边的人物啊,起码也算办公室副主任呢。他赶紧就过去了,非常客气。他说,您来有什么指示,有什么事没有?实在是大驾光临啊。

他得按招待忠顺王的规格来招待这个人,这个人是忠顺王的代表,没事他不会上这儿来。这个长府官非常会说话,他说,本来我不敢"擅造潭府"。潭呢,就是水潭子,就是一潭水、一窝水,您府上就像水潭子一样,又深又厚,深不可测;擅造,我不敢随随便便就进您府上,可是呢,王爷让我来,有点儿事得请你们帮忙。贾政说,王爷有什么指示,有什么命令啊?他当然得用最客气、最尊敬的话。忠顺王的长府官就说,这既不需要指示,也不需要命令,您说句话就行。这贾政完全不明白,因为来人代表着忠顺王,不会没事跑到贾府这边招惹是非。来人说,我们那有一个唱戏的戏子,叫琪官,琪官这个人做事谨慎,为人老实。这个也逗,你在这个地方说他为人老实、做事谨慎干什么,他在那儿唱戏有什么不老实或者是不谨慎的?这是什么?这是官面儿的话,你不能说别的,比如说他伺候得好,可不能这么说;说他长得可心,也不行。他必须说官面上的话、官场上的话。为人谨慎,做事表现很好,他得说这么一个冠冕堂皇的话,更证明底下出现的问题不是他的问题,是你们贾府的人造成的,责任在你这边。我们王爷离不开他。这句话就甩出来了。但这个人最近失踪了,失联了,王府内内外外的人都知道您那个衔玉而生的公子跟这位琪官交往很深、很频繁,都认为是您的公子给琪官打掩护让他逃跑了。

贾政一听这个,也是跟遭雷轰电掣一样,简直不得了了,为什么?到了贾政这个地位,这种数量不多的最大的贵族王府,你不能随便招惹它,跟你是什么关系就是什么关系,公事公办就是公事公办。见不着,咱们谁也别说话,谁也别招呼谁,没事你别找麻烦,是不是?亲热一点儿就是亲热一点儿,不能多一点儿,也不能少一点儿,保持最佳火候才行。谁能随便招惹谁去?

贾政一听说,什么,我这儿子,把人家老王爷都离不开的人给拐走了,宝玉敢干这个!他已经气得都快哆嗦了,赶紧就把贾宝玉给叫过来,一起说这个事。贾宝玉先是说不知道怎么回事,什么叫琪官,琪官是什么玩意儿,我不知道。长府官冷笑说,请你就不要推脱了吧，这也不知道、那也不知道的。琪官的红汗巾子，琪官的裤腰带都扎在你的腰上了，你还说你不知道吗？贾宝玉一听，心想完蛋了，连这么私密的事儿，人家忠顺王府都知道了，再顶下去已经毫无意义了。

长府官呢，还给贾政打躬，又作揖又鞠躬的，说我们只求一条，请您的这位公子把琪官放回来。这叫什么话？贾政也快气疯了。来人当场揭露宝玉、琪官二人之间有红汗巾之交，宝玉只好招供，说您知不知道在离城二十里的地方，琪官已经买了紫檀堡的一处房产，在那儿置业了，他现在经常住在那儿。

长府官又冷笑说，这不就结了吗？好的，我们现在就去追他，如果他在那儿，底下的话就不说了；如果他不在那儿，我还得到府上请教。"请教"这两个字的学问，也是够我琢磨几天的。你说他底下的话，他有没有比这两个字更好的字？他得客气，因为毕竟这是王府和贾府的联系，又没有朝廷的命令，仍然是两个贵族之间的个人的联系。他不能说，如果我到那儿找不着琪官，就唯你是问，我还来找你。那不行，他不是公安局的，他没有通缉令，也没有逮捕证，他不能那么说话。他也不能说，如果没有的话，我还得麻烦您。这也不行，显得软了。你是干什么的，胆敢在太岁头上动土，敢动我们家的人？也不能这么说。他说的是多么文明礼貌的一句话：如果找不着人，我还要到此请教。大家研究一下，"请教"这词真棒，这是那个时候的官员说的话。

然后这贾政就甭说了，都快气疯了。贾政说，快给我把宝玉叫过来，你们谁要敢去报告老太太，立即打死。因为他知道老太太护着宝玉。他说你们别拦着我，你们要再拦着我，我再也不能跟各位处事了。你们如果拦着我的话，我就出家，我把头发全剃了，我管不了了，家里已经出了这样的事了，往下就会是弑君、弑父了。再往下，他宝玉能把皇上杀了！最离谱的事他都快干出来了，都快疯了。

把宝玉架在那儿以后，给我打！他手底下的人也不敢用小劲打。

贾政仍然愤怒,自个儿又过去打了。说我今天非打死他不可!这打得已经都不成样子了。贾政正怒着呢,在会客厅的另一边看见贾环,正带着几个人在那儿乱跑。中国封建社会不准一个人随便跑,你跑什么?有什么事你正常走嘛。你们看写中国的明朝、清朝历史的书,都写过有些小皇帝在宫里头跑,都要被大臣谏言。很有名的旅美史学家黄仁宇写的《万历十五年》里面也是写到过,万历在宫里头骑马,在宫里头走路,走快了都要有人提意见,不许走快。贾政正火着呢,看见贾环在乱跑,他呵斥说,跪下!贾环也吓死了。贾环因为劣迹更多,他爸爸又急了,那真是想要扇死他,他也跪下了。贾政说,你跑什么?贾环突然生出来一个计策,说报告爸爸,我这儿有件大事。然后他用眼睛示意周围的人,意思是您得让他们下去,贾政便让其他人都下去。贾环就说,您知道我为什么跑吗?我是给吓的。我刚才在井边看见一个投井而死的人,这人的脑袋泡得这么大,胳膊、腿已经泡了两天了,都不成人样了,可怕极了。那是太太那儿的丫鬟金钏。

贾政一听,感觉很不吉祥,怎么这么近的一个女奴跳井死了呢?贾环接着说,爸爸您知道是怎么回事么?是因为宝玉要强奸她,她不从,宝玉把她打了,她受了侮辱,她没法再活下去了,所以跳了井。这个是火上浇油,再加上贾政确实进入疯狂状态,底下再打,就是把宝玉往死里打了。贾宝玉一开头嗷嗷地叫,到后来连声音都发不出来了。周围的人都过来了,说别打了,这么打要死人的。贾政就说,死了我也得打,我今天就是要打死他。

王夫人知道了,她带着一大堆身边人就过来了。王夫人说,别打了。贾政就说,不但要打,给我拿绳子来,我要勒死他。王夫人说你要勒死他,你就先勒死我。我再没有别的孩子了,这样的话,我们俩到了阴间也有个依靠,不就是因为珠儿死得早吗——珠儿是宝玉的哥哥——如果不是珠儿死得早,你打死一百个宝玉我都不管,你就往死里打吧。跟她一块儿来的一大堆人,拦也拦不住,挡也挡不住,想劝，一看贾政怒成那个样子，也不敢说别的。可是一说到珠儿呢，王夫人大哭，贾政大哭，李纨也大哭起来了。李纨是贾珠的妻子，李纨已经守寡守了不知多少年了，《红楼梦》里说她形如槁木、心如死灰。她除了守寡，什么思想都没有了，什么感情都没有了，她也不能随便提珠儿，提珠儿你不是让大家不愉快吗？可是现在这种状态下，王夫人张口闭口珠儿、珠儿、珠儿，所以李纨也跟着大哭。整个《红楼梦》里头，李纨连一句有感情的话都没说过，而且这人没缺点，这人是应该立贞节牌坊的人。她在这个时候也大哭起来了，《红楼梦》的描写太周到了。三十多章过去了，终于给了李纨一个痛哭的机会呀，终于给了一个寡妇哭两声的机会呀。在封建社会，你怎么当女人呢？到了这个时候才给了李纨一个机会，能让她哭出个声来。每次看到这儿，都让人非常感动。

然后贾母就来了，贾母一来，就对贾政说，听说你要打死宝玉，你先打死我。贾政赶紧就跪下了，说您老人家有什么事托人带个话来就行了，何必大热天走到这儿来。贾母也气得浑身哆嗦，说，我带话，我跟谁说，我没养那么一个儿子，没能养出一个能听我说话的儿子来，我没有你这么个儿子。贾政赶紧说，我也是为他好。贾母说，为他好，小的时候你爸爸怎么教育你的？老师怎么教育你的？咱们整个一家子怎么教育你的？我怎么教育你的？我这么打过你吗？你非把他往死里打吗？你非杀了他吗？她把这个贾政整得也是一点儿办法都没有，而且到了这个时候，把宝玉打成这个样子，贾政心里也已经非常后悔了。

然后贾母说，行了，我们不在这儿住了。王夫人，当然这里贾母不管她叫王夫人，就叫孩子他妈、孙子他妈之类的，宝玉，还有你们这些，咱们全搬走，咱们搬回南京，再也不在这儿待着了。然后她又下各种命令，现在就给我预备轿子去，预备牲口去，预备这个那个去，她要走。周围的人也就说，好、好、是、赶紧。

把下人也都找来了，奴仆们也都找来了，都问说这是因为什么事啊,究竟因为什么打起来的?这时候,茗烟,他改名叫焙茗了。这个焙茗呢就说,是为了蒋玉函,琪官这个戏子的事儿。说估计这个事是薛大傻子给报出来的,薛大傻子看着二爷跟琪官好,他不忿。可是这个我们也没掌握到证据,但是像薛大傻子说的。金钏的事儿,是贾环说的,我也没听见,但是老爷身边的奴仆听见了。所以说这个,你想保密是做不到的。老爷身边的那些仆役告诉我,那是贾环使的坏。得,这一下子又增添了新的矛盾。到底新的矛盾怎么样,这是底下的事。

这一回里有两段儿语言让我回味不已。一个就是忠顺王的长府官,来到贾府句句话都非常客气,句句话都在施压,句句话中挑不出别的毛病来,礼貌得不得了,这是外交辞令,实际上每一句话都带有威胁性。这是一个。还有,贾环这么一个很不成体统的、不成样子的贾宝玉所谓的弟弟,为什么这次进谗成功了?

中国有一个词叫谗言。谗言是什么呢?就是离间、破坏、告状的语言。离间、破坏性的告状也并不容易,它有一定的风险。因为你离间告状,这个主子上边更高的官都不是傻子,一听就听出来了,你有恶意,你在告这个人。但贾环是在紧急情况下,正是在贾政对宝玉极其不满的情况下告的状。这里他明明是在诬告。他说宝玉要强奸金钏,宝玉是开了一点儿不应该开的玩笑,还有一些不够郑重、不够谨慎的动作,又是往嘴里抹药,又是这个那个的小动作,也算沾点儿边。现在能替宝玉掩饰的,就是说他年龄还小,他不过十三四岁罢了。所以进谗言,一个是要抓机会,一个是得沾边,一个是你还不能说得太过。我说这个话的目的不是说教大家去进谗言,而是说社会上有这种现象,一个人被嫉妒,在某个方面被人家眼红了,就可能被告瞎状,冤枉之状。我们从这个"手足耽耽小动唇舌"也能看出来,这样的事情有多么危险,要有所警惕。

我还要说一句话,《红楼梦》里边的人物都写得特别立体,写了多方面的人性,也有着急的时候。比如贾政,他有很窝囊的时候,也有很真诚的时候。我上次说过,他见了元妃,跪下以后所说的话也充满深情、充满激情。可是曹雪芹只要写到赵姨娘和贾环,一件关于他们的好事都没有说过,一句该说的话也没说过,一件好事也没有做过。这让人觉得很有意思,我甚至怀疑作者是不是有这样的经历,就是碰到这个庶生啊,庶生就是妾生的孩子,有些毛病或者是怎么样,这也是令人回味的。

宝玉挨打,这是一个大场面。里边写到了忠顺府长府官,写到了贾政,写到了贾政的门下,写到了袭人,写到了茗烟,写到了宝玉,写到了贾环,还写到了王夫人,写到了李纨,写到了贾母,个个都写得那么到位,个个都写得那么生动。这样的作品也是举世罕见的。

第三十四讲　后续与总结

《红楼梦》第三十四回,"情中情因情感妹妹,错里错以错劝哥哥"。"情中情因情感妹妹",说的是贾宝玉对林黛玉的感情的表示。"错里错以错劝哥哥",说的是薛宝钗错怪了薛蟠,薛蟠又委屈了宝钗。

后续是讲贾宝玉挨打的后续发展。总结又是什么呢?《红楼梦》里面的几个重要的人物,都对这次挨打的事件做出了自己的分析、判断,得出了自己的结论。作为讲课的人,我也愿意在这里对这个事件做一个总结。

在前四十回,贾宝玉挨打是一个最重大的事件,是一个最严重的事件,是一个最动感情的事件,也是一个牵扯人数最多的事件。正像我们有时候说这是一个举国规模的活动一样,那么贾宝玉挨打,是举府——整个贾府——男女老少全都掺和进去的事件,而且跟府外的事情也有关系。

前四十回有两个大事件,许多人掺和进去,而且写得清清楚楚,哪个人、什么样,都写到了。第一个事件是闹学堂。闹学堂写得很热闹,带有闹剧和喜剧的性质,尤其是一喊"小妇养的动了兵器了",这简直是一帮顽童在那儿瞎起哄。宝玉挨打这个事情,悲剧性就非常强,不知道哭了多少人,泣了多少人。

首先宝玉挨打这个事件,带有很强的政治性,因为忠顺王府的长府官来了,这是一个素日和他们没有联络的人,也是从比他们阶层更高的一个大贵族家里派来的人。宝玉的胡作非为,牵扯了这样一个家族,你不知道后果会是什么,你也不知道前因是什么。反正他们和忠顺王府这个大家族、大贵族、高官之间的关系不能掉以轻心,不能招惹对方,双方过得着什么、过不着什么,这个很重要。比如两个大人物互相打没打过电话?这代表着不一样的关系。弄不清这一点,还能算人物吗?当然那个年代没有电话,我就按现在的道理来说,人家过不着这些,就不能打电话。贾政快气死了,这超过了政治的底线,超过了政治的红线。虽然这两家都不谈政治,但是他们两家的关系本身就是政治。

第二,还是一次抒情大战。当然我没有经历过这样的贵族大家庭,在一个比较小的家庭里头,我经历过,有过这种人生经验。在一九四九年以前,家里人互相争吵起来,吵着吵着就变成一种抒情大赛,每个人都说自己委屈、自己冤枉、自己的好心被当成了坏事、自己不被信任。这也是中国文化的一个特点。

在整个大战过程中,抒情性如此之强,无怪乎有德国的学者认为中华文化是一种感情性的文化,而德国文化是一种理性的、讲究逻辑的文化,印度文化是一种哲学的或者宗教的文化。当然这些都不是定论,也都可以找到相反的例子。

没有任何场合宝玉像这一次挨打的时候,把自己的感情说得淋漓尽致。这个文化是无解的,这个家庭大战无解。这次打宝玉是无解的,贾政打得绝对有理,王夫人拦得也绝对有情有理,贾母伤心得有情有理,但是都解决不了根本问题。因为贾宝玉的三观、贾宝玉对自己人生的态度,与以贾政为代表的、主流的、被认为正确的态度,已经没有办法调和了。

这里还描写了在这个事件中相对比较冷静的那些人,也都抒情了。有一个人没有抒情,那就是王熙凤。王熙凤不但没有抒情,而且她提出具体措施,冷静地处理后续事宜。当奴才要抬走宝玉的时候,王熙凤马上说用这个座椅不行,他会坐得疼死的,给他换另外的担架,用另外的方式把他抬走,这显示出了王熙凤的管理才能。做管理的人不能太抒情,你那么多感情还行?你要解决具体问题。

还有袭人,描写她帮着贾宝玉换衣服,看到贾宝玉受伤的严重性,没有具体写青一块、红一块、紫一块、流血的、没流血的、没结疤的、带结疤的,惨不忍睹。袭人对这个事情的评论是什么呢?她说,但凡你要听我一句话,也不至于挨这么毒的打。袭人虽然是奴才,是丫鬟,但她完全是以一副真理在手的自信态度来警告贾宝玉:你要是听我的话,就不会有这样的事发生。很简单,花袭人以改造宝玉二爷为己任。

薛宝钗来看望挨了打的贾宝玉。我们前面说过几次,薛宝钗是有冷香丸的人,她有颗冷酷的心,但是这一次她宝玉弟弟挨打挨成这样,她也表露了感情,显示了同情,甚至急得掉出了眼泪。薛宝钗既有感情,也有和袭人几乎是没有差别的一句话。袭人说你但凡听我一句话,薛宝钗说,你听人一句话,也不至有今日。听人一句话,这里就包括了薛宝钗,她知道许多人向宝玉进言。袭人决不客气,认为宝玉应该"以我为师""以我为准",宝钗则温文尔雅,一派君子之风,认为宝玉应该"以人为师""以人为准"。两相比较一下,极有趣。

林黛玉哭成一团,看到贾宝玉被打成这样,她哭得不成样子,眼睛都哭肿了。但是林黛玉对这事是什么反应呢?她说,你都改了吧。大家看一看,林黛玉在别的事情上跟宝钗、跟袭人她们的分野是很清楚的,但是在这会儿她也说让贾宝玉都改了吧,为什么呢?因为林黛玉并不是意识形态上的冒险主义者,她心疼宝玉,她知道贾政有权力,也确实足够愤怒,因而对宝玉痛下毒手。她并不是鼓励贾宝玉,你给我往前冲,她没有这个意思。所以她说了句:你都改了吧。

但是贾宝玉有自己的结论:为这些人死,我也是情愿的。他愿意结交蒋玉函,愿意跟唱戏的、唱小旦的琪官来往,所以他不怕死。他表达着一种特殊的决心,这个让你想不到。

也有读者提出这样的疑问,为蒋玉函死了你都情愿,但为啥你还是把蒋玉菡出卖了？你帮着他逃出了忠顺王府，你帮着他置业买房，你帮助他本来是想让他摆脱忠顺王的纠缠，究竟什么纠缠，我们不知道。但是当忠顺王的长府官提出了红汗巾子以后，你就全部招认了，你没有为他隐蔽或者替他说话。这个事呢，就一言难尽了，因为这里又牵扯一个问题，究竟是谁告的密？究竟是谁检举的贾宝玉和蒋玉菡琪官的特殊关系？知道这件事、跟他们在一块儿的就那么几个人，薛蟠、冯紫英和那个歌妓云儿，总共就这么几个人。估计人们都认为是薛蟠不小心说的，因为薛蟠是一个大大咧咧、根本就没脑子的人。袭人也这么想，而且她当着宝钗的面说多半是薛蟠说的。在殴打停止、肉刑停止，赶紧将贾宝玉接回去的同时，袭人还找了茗烟问怎么回事。茗烟说，我估计是薛大爷把这个事说出去的，因为宝玉出门的时候都是茗烟陪着的，丫鬟不可能陪着他出门，哪有女孩陪着主子出门到处转的？

除了每个人的表态以外，还有一个问题：这个事究竟是怎么造成的？连王夫人都惦记这个事。相反，不惦记这个事的是宝玉。宝玉只认为这个事就是我自己做的，我并不为自己的事后悔。他认为他无罪，因为蒋玉菡不想在那儿待着了，人家要钱有钱，要貌有貌，要才能有才能，要业务有业务，为什么不可以走？所以这个问题还遗留着。

挨打这个大事件就像潮水一样，把整个荣国府、整个贾府都冲击得动荡起来了。因为贾宝玉被打成这样了，所有的人都来看望。

贾母本人也来怡红院看了，王夫人当然也来了，薛宝钗带着她的女奴莺儿也来了，林黛玉也来了，连什么周瑞家的，就是那些有头有脸的老奴仆，在家里参与管事的管理人员，也都来看望贾宝玉。从早到晚，众人没完没了地来看望，而且都有自己的态度。

这当中又发生了一个重大事件，丫鬟们正伺候着贾宝玉睡觉，让他休息养病，王夫人传来一个话，说让怡红院去个人，有事要说。王夫人并没有点名让袭人去，证明这件事并不需要和袭人谈。但是袭人思考了一下,她吩咐了几个人,晴雯、麝月什么的,说你们看着点儿二爷,现在太太找,我要去一趟。她自己去了,去了干吗？王夫人一见是袭人,就说你怎么来了,我就随便找个人来问点儿小事,他的病情怎么样了,另外他该吃点儿什么、喝点儿什么,哪些不合适,我这儿还有什么好东西,王夫人是为吩咐那类小事。王夫人有玫瑰露,说让拿玫瑰露给宝玉泡点儿水喝,比原来的饮料好喝一点儿,就这么点儿小事。

袭人就解释一番,这个小过程太妙了。袭人说,她们有时候来传太太说的话,传不清楚,会很麻烦。万一没有完全领会太太的意思,我们更麻烦。另外现在宝玉睡着了,我委托了谁谁谁在服侍他睡觉,一旦宝玉有什么需要,她们都做得很好,不会有问题。袭人见王夫人跟她没有什么别的话说,只好自己说,那我走了,她都往外走了一步了,王夫人说你回来一下。王夫人又问,这一次,我听说是贾环告了宝玉的状？袭人说,是啊,茗烟是这么说的,听说还有别的事。于是她就又把蒋玉函的事说了,完了以后,她又说,茗烟说可能是薛蟠给说出去的。袭人是在利用这个,本来她是没有准备的,借着和王夫人个别接触、单独汇报的机会,她做了一个大胆的重要表态：太太,这个事过去以后,我建议二爷不要在大观园住了,搬出园子吧。太厉害了,袭人提出了关于宝玉成长与未来的战略安排、战略方针路线的制订等大事,袭人要参与的是制订贾府的长远方案。

王夫人一听这个话,跟遭雷轰电掣一样,脑袋轰一声,说,有什么情况吗？袭人说现在也还不能说有什么情况,但我很担心,宝玉二爷越来越大了,跟这个妹妹、那个妹妹,而且她点出名来,说跟林妹妹之间什么都不在乎,什么话都说,一会儿这样,一会儿就那样的。王夫人感动得不行,觉得袭人这么好的人,不但伺候着宝玉,还监督着宝玉,不让宝玉走上邪道。她太感动了。

实际上,袭人在王夫人无意向她了解什么情况的时候,提出了一个重大的预警。贾宝玉在大观园里待下去,很可能和一些人,最可能是和林黛玉发生什么不正当的关系。从王夫人的观点上来说,是不能允许的一些情感、一些接触、一些事情,甚至更严重的事件都可能出现。这是她做的一次警告,这次警告是她精心安排的,产生的后果非常严重,话虽没有说太多,但她占着理,且说的都是符合王夫人的思想的,也符合当时的主流意识形态。

她回到怡红院以后,书里头有这么一段描写,贾宝玉醒过来了,休息了一下,身上感觉稍微好一点儿了。他梦见林黛玉,也梦见蒋玉函了,这些都是他的知音。他想向林黛玉的探病表达他的回礼,但是又怕袭人知道。贾宝玉也明白了,他和林黛玉之间的交往,要躲开袭人,要在袭人的面前隐蔽,只能潜伏着和林黛玉交往。

他找了一个茬,让袭人找王夫人或者找谁,或者到某某人的家里去拿两件衣服,把袭人支走,然后委托晴雯说,你现在去一趟林妹妹那里,给她带件小东西,问候她一下。晴雯问他带什么东西,他找不着别的什么东西,就拿了一块手绢,这个手绢是旧手绢,说你就把我这手绢拿给她去。晴雯说这个又不是块新手绢,你都用过好几回了,你拿这个给她算什么呀。贾宝玉说,你甭管了,你把这手绢给她就行了。

于是晴雯拿着贾宝玉的旧手绢给了黛玉,黛玉非常感动。她先是一愣,怎么给我一块旧手绢? 然后忽然她明白了,旧手绢是宝玉揣在身上的,宝玉也许已经用过两个月了,也许已经用过两年了,用我们现在的词说,这上边有宝玉的细胞,有宝玉的手印,有宝玉的气味,有宝玉的汗,也许他还拿它擦过眼泪。这是宝玉生命里的一块小手绢,他给了我了。林黛玉感动到一夜没有睡觉,感动到大哭,还写了三首题手绢的诗。

这三首诗在《红楼梦》中属于最好、最感人的,三首都是七绝。第一首是:"眼空蓄泪泪空垂,暗洒闲抛却为谁? 尺幅鲛绡劳解赠,叫人焉得不伤悲!""眼空蓄泪泪空垂","空"的意思就是没有别的办法、没有话可说,但是我一想起宝哥哥来,我的眼睛就无道理,它里面就全是眼泪,眼泪慢慢落下来了,也没有任何效果,也没有任何作用。"暗洒闲抛却为谁?"我悄悄地没有什么道理地在那流泪,又能够说是为谁哭呢？我在哭谁呢？"尺幅鲛绡劳解赠","鲛绡"本来说的是鱼的皮,就是说他那块手绢精美,我们也常常把美丽的好看的纺织品叫鲛绡;"劳解赠",麻烦你把它给了我。"叫人焉得不伤悲!"怎么能够让我不为这个悲伤？

第二首是:"抛珠滚玉只偷潸,镇日无心镇日闲。枕上袖边难拂拭,任他点点与斑斑。""抛珠滚玉只偷潸",眼睛里的泪水像珠玉一样流下来了,但是我只能偷着哭。"镇日无心镇日闲",一整天我不知道想什么好,我不知道把心放在什么地方好,一整天我的心是空荡荡的。"枕上袖边难拂拭",眼泪流到枕头上了,眼泪落到袖子上了,我也没法儿擦,也没法把这个眼泪去掉。"任他点点与斑斑",很多地方都有我的眼泪,一点一点,一斑一斑。

第三首是:"彩线难收面上珠,湘江旧迹已模糊。窗前亦有千竿竹,不识香痕渍也无？""彩线难收面上珠",无论用什么方法,用什么东西,我脸上的泪水的痕迹,都已经没法收回了。"湘江旧迹已模糊",这是说湘妃竹,这个湘妃竹上有痕迹,是当年湘妃流下的眼泪,时间很长了,湘妃的眼泪也模糊了。"窗前亦有千竿竹",我窗户前头也都是竹子。"不识香痕渍也无？"哪枝竹子上又没有我的眼泪呢？

她把这种没法传达、没法解释,也没有办法克服的眼泪,写成了非常美好的诗,非常动人的诗。他们俩感情的表达,是这样的文雅,是这样的动人。但同时,他们又越来越没有希望了。

至于薛宝钗劝他哥哥的事情,下一回里头也有大量的描写,我们将会在下一回接着讲解。

第三十五讲　贾宝玉泛爱无边

《红楼梦》第三十五回,"白玉钏亲尝莲叶羹,黄金莺巧结梅花络"。这一回主要写了贾宝玉挨打的后续与余波。是把宝玉挨打的事件和其他一些我们不很熟悉的女奴间的关系、表现,以及宝玉的某些心情,写在了这一回里。

先继续上一回讲,从茗烟那儿开始,所有的人都认为,琪官的事情是薛蟠说出去的,袭人甚至还当着薛宝钗的面说。宝钗来看宝玉的病情,问这个事是因为什么引起的。袭人说,有人说是茗烟说,琪官的事是薛大爷给说出去的,薛大爷素来大大咧咧的。贾宝玉马上就制止她说,不要随便说,不过这个事已经过去了,不要管它了。我告诉你,不是薛大爷说的。他替薛蟠澄清了一下。薛宝钗心里头还挺感谢宝玉的,说你看宝玉疼成那样了,他还很在意我的反应,不让别人说到我哥哥,以免我心里有什么不痛快,他心眼儿真不错。这是宝钗的反应。但是宝钗回到家,就把这个话跟她妈妈薛姨妈说了。

这天晚上,薛蟠又是喝了酒之后醉醺醺地回来了,一副晃晃悠悠的小酒鬼的样子。她们就和薛蟠说,薛蟠一听就急了,说怎么可能是我的,我说这个干吗?她们说,你说不是你说的,现在所有的人都说是你说的,宝玉被打成这样,你根本就不往心里去,可能你也不是诚心,你自己也忘了,但这事就是你说的。

这可把薛蟠给气死了。这件事还真不是薛蟠说出去的,而且薛宝钗知道不是他说的,但是她也闹不清是谁说的。薛蟠给将得实在没话可说了,快气死了。他又喝醉了酒,又是那么一副傻脾气,说贾宝玉有什么了不起的?挨顿打,你们就找我的麻烦,我什么时候得罪过他?我怕贾宝玉吗?你们怕贾宝玉干什么?他有那么多毛病,他爸爸揍他跟我有什么关系?他还不能碰了?我非碰不可。我现在就带几个人去把贾宝玉当场打死,看看会怎么样?他拿打死人不当回事,然后他就抄家伙,叫了人,要过去打贾宝玉去,这当然就被他的母亲、他的妹妹给死死拦住了。她们拦住了他,就又批评他、教育他,他实在受不了了,因为真不是他说的。所以他就说了几句难听的话。

薛大傻子说,你们这一套,当我不知道吗?我妹妹有个金锁,你们就听了和尚道士的话,得找一个有玉的,你们看中了人家贾宝玉,你们想招贾宝玉当女婿。妹妹你想嫁给贾宝玉,所以现在你们看着贾宝玉比我还金贵,看得都是我这不好那不好,全是不好,看着贾宝玉就是这么好那么好,都是好。愿意把妹妹嫁给谁,嫁去呀,欺负我干什么?他就说了类似的一堆话。

在封建社会,是不能这样说话的,这番话说得薛宝钗只有哭的份儿。第二天薛蟠自个儿后悔了半天,又给妹妹作揖,又表示说,我要痛改前非,从现在起我不喝酒了,我不这样不那样了,我如果还犯这种错误,我就是牲口,我就不是人,我对不起咱们家,我对不起妈妈,对不起妹妹,我丢了大人了,我是这世界上最坏的人了……他说了一大堆。虽然他妈妈也好,宝钗也好,对他不能很信任,但是他既然这么说了,有这份心也是好的,想痛改前非嘛,所以这件事就算过去了。

然后底下又说到一件什么事呢?就是一大堆人——没有林黛玉,也没解释为什么——前前后后,从贾母到李纨到史湘云,有头有脸的女客们,都去看望贾宝玉。贾母就问宝玉想吃什么,宝玉说想吃荷叶羹。荷叶羹是什么?说是用荷叶汁掺上水和了面,弄成小面疙瘩,在一种很特殊的模子里头,做成了各种造型,然后放在汤里头煮,做成疙瘩汤,形象非常美。汤是鸡汤,鸡汤里头也加了荷叶。有人还说除了荷叶汁,还放胡萝卜汁,这咱就不知道了。贾母说你想喝这个,咱们得找模子,找了半天才找出来,模子是用银子做的,小巧玲珑。这也是曹雪芹的百科全书癖的表现之一,所以他要专门为一道荷叶羹写一大堆文字,显摆半天,看看这贵族家里头多奢侈,一般的人不但没有吃过喝过,连听说都没听说过,做梦也没有梦见过。

当时一起哄,王熙凤说我做东,从我私人账户里头转经费让厨房做出来,说明她在厨房这块还有成本核算。让厨房做出来,我们和老太太待会儿就到那儿去吃。她们吃着,让白玉钏,就是金钏的妹妹,给贾宝玉送去。玉钏拿着热乎乎的食品,放到一个什么匣子里,就像送外卖一样,往贾宝玉那儿走。一出门,看见一个婆子,两个人,还有一个是宝钗那儿的。白玉钏呢,现在成了王夫人那儿的一号婢仆,所以地位就高了。她自己不拿,嫌费劲,她空着手,还带着一个坠儿。对婆子说,你给我们提上。下一级要听上一级的,那婆子立刻提过去了。到了那儿,白玉钏一看见贾宝玉就烦,因为她认为她姐姐是死在宝玉手里的,当然心情很不好。而宝玉呢,一看是玉钏来了,对他爱答不理,他也知道是什么原因,也没话可说。他就想哄着白玉钏,希望她态度能稍微好一点儿。

贾宝玉,一个是他自觉亏心,觉得太对不起她们家了,再有,他对玉钏也很有兴趣。玉钏比金钏更年轻,又聪明,也很美丽,贾宝玉又跟她瞎贫半天。贫到什么程度呢?他说不好吃,怎么这么难吃呀?玉钏说,这怎么可能难吃呀,这么好的东西,做得这么好,厨房里她们都在那儿吃上了。贾宝玉说,那你尝尝,你尝一口,你看看是不是难吃。他一直在那儿跟玉钏赔不是,讨好,跟人家嬉皮笑脸,不知道怎么跟人家套瓷好,不知道怎么拍人家马屁好。白玉钏就吃了一口,说这挺好呀。宝玉非常高兴,说我的目的就是为了让你吃一口荷叶羹。这荷叶羹是非常难得的食品,在别处吃不到,花多少钱你也买不到,没有卖这个的。通过这个事,又表现了一下贾宝玉的心情。后来白玉钏就给他托着吃荷叶羹。

宝玉只顾说话,没留神碰洒了荷叶羹,荷叶羹洒到了自己手上,跟那次龄官看下雨一样,他马上就问白玉钏,说你看看你,烫着你没有?白玉钏说,这不是烫着我,而是烫了你了。你看看你手上,一看,果然他的手烫了。当然擦一擦也没有什么大问题。这表达了宝玉的这种对女孩的照顾,见了女孩他就忘我,他只考虑别人愉快不愉快、舒服不舒服、烫着没烫着。底下写了一对婆子,那个地方管年龄大一点儿的女仆叫婆子,她们不过三十岁左右而已。一对婆子在那儿议论说,没见过二爷这种人,他见到人家女孩淋了雨,自己淋得落汤鸡似的,还不忘提醒人家,下雨了,快躲开雨;热汤烫到自己的手了,他提醒人家,你烫着没有,赶快,可千万别烫着。他是这样的人,她们认为这样的人太没有出息了,黏黏糊糊的、软不拉蹋的。

然后又说莺儿,就是主要伺候薛宝钗的,宝钗自己带来的丫鬟。贾宝玉要求她帮着打点儿绦子,又叫打点儿络子。绦子或络子,含义有点儿一样,就是把彩线、彩绳编起来,可能会借助一个小的工具——我见过这种编法,会打毛衣的人可能就懂这个意思,但是它不用两根针,它是用一根针,针上有一个倒钩——用钩勾上这些线,这么拉一下,那么拉一下。那么这种络子也好,绦子也好,指的是什么呢?我说一点大家就知道了,就是中国结,中国结的那个结就是络子,就是绦子。细说起来,两者又有一点儿不同。络子是指编成一个小网袋一样的东西,而且和你要装的东西的形状一样,起到保护那个东西的作用。绦子往往指的是各种形状的,像条尾巴或像条带子,它不是用来装东西的,而是作为装饰品用。莺儿会打这个。曹雪芹借着这机会呀,把这项手工活又足足发挥了一顿。

我们知道有一个词,我们有时候在书面上看见,就说一个年轻的女子会做家里的这些手工活,尤其是针、织、挑、补这种活,还有绣花什么的,叫女红。"女红"的"红"应该读作 gōng。这里莺儿就跟宝玉研究起来了,说你这儿装的什么东西,是不是扇子?是香坠儿?是汗巾子?大红的颜色可以配黑色的络子。石青,石头那种青色,还可以用松花的颜色配桃红的,更显娇艳。雅淡之中又有娇艳,还可以用葱绿柳黄的颜色。花样呢,莺儿说有一炷香、朝天凳、象眼块、方胜、连环、梅花、柳叶、攒心梅花,等等,她说了一套这样的东西。曹雪芹对那个时代的大户人家,不但对诗词歌赋、流行歌曲(这些东西我都说过)了解,而且对这些年轻女人做的手工活、针织活、编织活,他也懂。贾府养的这么一大批丫鬟里头,很多人各有所长,莺儿会的是编织,就是编络子和绦子。相对更高级的活儿现在还没写到,手上的活儿还没写到的是晴雯,等到了,我们再讲。袭人也经常给宝玉做各种活,包括做鞋,连史湘云都不停地给宝玉或者是给别人做女红,因为她家庭困难,她的女红是不断地在那儿做着的。曹雪芹又露了一手,通过这个绦子或络子,又显露了这一方面,等于这个百科全书又开了一个条目,叫女红。

通过这个还写了另一方面,就是贾宝玉一再被薛宝钗和莺儿这二人感动,感动于她们的美丽。他眼睛都看直了,愿意看着她们,欣赏她们的美貌,也表达了作为少年男子对女孩的那种兴趣,甚至可以说是好色。说他有点好色,这绝对不是冤枉他。《红楼梦》里是公开谈这个的,在太虚幻境那个梦里边,警幻仙子也给贾宝玉讲:好色即淫,知情更淫。因为中国过去认为,淫,就是过分,对一个事物过分地沉浸,常常指的是男女之间的事情,这叫淫。淫就是过分,淫就是下流,淫就是卑劣,淫就是一种恶德、一种不应该有的毛病。但是《红楼梦》里警幻仙子主张一种什么观点呢?你只要有感情,这里头就有性的吸引的因素,有性的欲望的因素,因此不用怕淫,关键在于你自己做人做得怎么样,你有淫的心也是正常的。《红楼梦》是持这种观点,这个观点我们就不在这里讨论了。

但是贾宝玉本身有非常广泛的兴趣。这种欣赏,既有审美的欣赏,也有生理上的那些反应。这里写贾宝玉挨打以后的事情,他对宝钗也有了这方面的感情。他甚至还这样夸奖过莺儿,说莺儿你太好了,你的主子宝钗太好了,将来不知道宝钗会嫁给谁,你肯定也会跟着去的。不知道谁有福气,能够消受像宝钗为人这么好的女孩,贾宝玉都跟莺儿说了这个话了。

这一回结尾,还有一件小小的事情。他们快吃饭了,王夫人差人送了几道菜来,其中有两道菜是给贾宝玉的。过了一会儿,又送了两道菜来给袭人,说这两个菜你们这儿没有,今天你们吃这两道菜,我请客。上一回说到袭人对王夫人的个别汇报,她提出了震动人心的让贾宝玉搬出大观园的高级建议,以及她轻描淡写地给王夫人点了一个很重要的眼药,提醒她要警惕贾宝玉和林黛玉有什么过分的感情关系,这些都打动了王夫人。王夫人也立即表达了对花袭人的感谢,她要让所有人都知道,袭人已经不是一般的奴仆了,而是她宠信的奴仆,是要帮助她甚至代替她监督、教育、保护贾宝玉的健康成长的奴仆。所以这中间出了王夫人给袭人加两道菜的这么一个故事。

宝玉挨打,写得是热热闹闹、热火朝天,哭成一片哪。宝玉挨打完了以后呢,又写这些零零碎碎的小事。这些看起来是小事,但这是非常难写的。因为《红楼梦》不是《三国演义》,不可能整天斗智。它也不是《水浒传》,不可能动不动就是杀人劫舍,逼上梁山。它又不是一部推理小说,侦破各种各样的案件。《红楼梦》是几件大事写完了以后,还要写日常的生活,而照样写得有趣,写出它背后要说的许多话。因此,《红楼梦》正是一部非常高级的文学作品。

第三十六讲　贾宝玉开始明白一点儿了

《红楼梦》第三十六回,"绣鸳鸯梦兆绛芸轩,识分定情悟梨香院"。"绣鸳鸯梦兆绛芸轩",就是在袭人和宝钗给宝玉绣鸳鸯的时候,出现了宝玉说梦话等征兆。绛芸轩,"绛"就是红颜色的意思,"轩"当然就是指房间了,这是贾宝玉给自己的怡红院又起了这么一个名,题了这三个字。"识分定"就是认识到了分定,认识到了这种分别,认识到了每个人所得的一定的范围。"情悟梨香院",在梨香院的演出小班子那些人中,贾宝玉对感情的各有归属,有了进一步的觉悟。

贾宝玉怕他爸爸,贾母就制造一个舆论,而且做出明确的规定:贾宝玉被打得太重了,伤重,因此还要待在怡红院,几个月之内哪儿也不能去,也用不着到处去给长辈请安报告,这些全停,干脆说也不用见他爸爸。

另外还由于什么风水、气运的不适合,对贾宝玉需要进行封闭保护,贾宝玉就更自由了。有时候薛宝钗会对他有所规劝,贾宝玉就感慨,好好的一个女孩怎么也进入了"国贼禄鬼之流"?这话很厉害,"国贼"说的就是这些官员,这些人都当了大官了,他们都是国家的贼,他们贪污腐化、假公济私、以权谋私,干尽各种坏事,他们是国贼。"禄"就是俸禄,他吃俸禄,他是禄鬼,原来前面说过他们叫禄蠹,是一种小虫子,他现在更说他们是禄鬼,把好好的女孩也糟蹋成这样了。本来这一套是对那些虚伪、霸道的男人讲的,现在转到女孩身上来了,薛宝钗竟然也讲这一类的话。

上一回我们说到他对薛宝钗,乃至对莺儿,有一种兴趣,有一种泛爱,有一种虽然谈不上有多么严重,但是有一定生理上的享受感。但是一牵扯三观的问题,他居然把薛宝钗说成了国贼禄鬼,这话说得已经非常严重了。

这里还要插上一段,一个是王熙凤说,最近怎么底下人来找我,送礼的这么多?平儿说,这你还不知道吗?不是金钏死了吗,金钏是太太这边的,月钱比别人高,大约是一两银子,这样的话就有好多人想来活动,或者想办法把这一两银子的好处得到手。这里头又暴露了一下王熙凤,说这些人也不告诉我他们到底要干什么,就来给我送礼,那我来者不拒,谁送谁负责,我才不管他们的事。他们非要送,我就收。这说明王熙凤很聪明,她有智慧、机警、懂事的一面,也有对不起人、女光棍的那一面。你们既然给我礼送,送吧,天天送,好,欢迎,送,接着送。你们有事不说,我才不管呢,我管得着你的事吗?她有这一面。

然后还写到了王熙凤提出给袭人改编制一事。王夫人告诉王熙凤,说今后要优待袭人,要从自己的钱里头给袭人加很多钱。用现在的话就是除工资薪水外,还给袭人加津贴。因为袭人太重要了。王夫人提出要从自己的个人的钱里头分出一些,给袭人加钱,但整个总预算不能随便改,她到底怎么弄的,这个过程没有说,总之很难改。王熙凤提出把编制弄明确,因为袭人一直算老太太贾母那儿的编制,是从贾母服务班子的那一份工薪中拨出一部分,给到袭人的名下(分例)。说现在就明确袭人不再是贾母那儿的,不再扣贾母的钱了,而是算王夫人这儿的。为什么不算宝玉那儿的?算在宝玉那儿,怕宝玉对袭人有所不敬。因为宝玉那儿他自己说了算,他喜欢这个人就喜欢这个人,不喜欢这个人就不喜欢这个人。袭人原来是贾母派来的,这个身份不一样,现在又变成了王夫人派来的,就更厉害了。你别看贾母辈分高,但王夫人比较严肃,比贾母管得更严。袭人变成王夫人这儿的,而且月钱增加了很多,这个事也通知下去了。宝玉非常高兴,就给袭人道贺,一是祝贺她的编制地位明确了,一是祝贺她加了这津贴那津贴,待遇高于所有的人了。

王夫人和王熙凤,好像还有薛姨妈,她们仨一块谈起这个话题的时候,王夫人就明确说,周姨娘、赵姨娘,这些凡是正式跟主子结了婚、成为主子的妾的人,她们什么待遇,袭人就是什么待遇。王夫人告诉王熙凤说,你哪里知道袭人的好处?袭人这个孩子比我宝玉还好十倍。然后宝玉特别高兴,说袭人你动不动就说要回家,动不动就要离开我,这回你就别说了吧,都给你这么多好的待遇了,明确了你就是在我这儿排列在第一位的丫鬟。

底下的话有一点儿怪。袭人说,不一定,我现在要想走更容易,我是太太那儿的人,我要是不想在你这儿干了,我什么时候想回太太那儿就回太太那儿了。袭人这多少有点儿涨行情的感觉,因为她津贴高,不在于那几个钱的问题,而在于她在王夫人那儿的地位问题。她的地位,她的津贴,且是王夫人从自己的钱里头分给她的,谁能有这个待遇呢?这是第一点。第二点,王夫人给的钱不是白给她的,对她是有要求的。这个要求就是要管理和监督贾宝玉,所以她这行为不一样,她说话的口气也不一样。然后贾宝玉就降了调了,你老说走走走的,多没意思,咱们在一块儿,就算是由于你对我不满意或者由于我对你不满意,最后你不在我这儿了,这让别人听见多不好意思。他说了这么一段话。

袭人的回答就更不合乎情理了。最注重情理的曹雪芹为什么要这样说?他说什么?他写道,袭人说,那我也不能跟一个强盗、一个贼老在一起呀。这个行市就涨得有点儿忘乎所以了。那个意思等于给贾宝玉一个警告,你要不听我的话,你要不服从我的监督、管理、提醒,你可能变成强盗,你可能变成窃贼,你可能变成坏人,所以你要注意。袭人甚至说出这么一句话来:再说,人还有意思吗?谁能整天陪着谁呢?这个话不太对头,这话不太像袭人说的话。因为包括袭人在内,最反感的就是贾宝玉张口闭口说我死了怎么样、你死了怎么样、他死了怎么样。这里头为什么把话说到这个份儿上?底下的话太有意思了,底下的话是我看《红楼梦》为之拍案叫绝的话之一。为什么呢?贾宝玉说,死也得有个死法,有有价值的死,有没有价值的死,死也有高低贵贱的区别。弄这么一帮糊涂的书生,提倡什么?"文死谏、武死战"。文官由于给皇上提批评性的意见,被皇上杀了,这是文官的光荣。为了朝廷维护国家的千秋大业,为了保护江山,自己死了都不要紧。武死战,武将最光荣的就是在战场上和敌人作战而死。

大家都知道这个话,但是这个话最荒谬,宝玉反问,"文死谏"是什么意思呢?就是皇上是昏君,你拼着一口污浊之气,你闹起来了,不惜一死,给皇上扣帽子,最后你死了的结果就是证明皇上错了而已。这有什么值得提倡的?后果是什么,他想到了没有?"武死战"也是这样,武将的任务是保卫皇上,你光张罗着死,一打仗你就死了,武将全死了,这个国家不就灭亡了吗?那谁保护皇上?文官不考虑对皇上的影响、皇上的名声,武官不考虑保卫江山、保卫皇上的任务,尽闹腾死,有什么好的?这些糊里糊涂的人。

贾宝玉来了这么一段,这前不着天后不着地的。他和袭人说这个话也没有什么道理。但是他的可贵之处在哪儿呢?他是用一种更极端的说法来否定、来批评他不喜欢的另一种极端的说法。就是,你极端,我比你还极端,你说文人为了忠于道德、忠于礼义廉耻、忠于江山朝廷,跟皇上顶起来,宁可让皇上给杀了,也不能退。比如说海瑞就是这样的人,上朝的时候动不动带着棺材,我就准备提完这一个意见,皇上一生气把我杀了,我这棺材都预备好了。贾宝玉说,你这个并不是真正的忠诚,你这样做是给朝廷找麻烦。另外武官,武官说他要拼着性命,就是不能怕死呗。过去还有个说法叫"文官不爱财,武官不怕死",这个国家才能兴旺,无非是这个意思。

但是贾宝玉说,你必须胜利。他是用更高的一种姿态来质疑封建社会里头的一些说法,就是不要以为你们说的话有多么正确,不要以为你们有什么学问,真讲起学问来,你们不是我的对手。讲仁义道德,讲忠孝节义,讲忠于朝廷,我比你还会讲,我比你上纲上得还高。这里出来这一段,虽然从文学的情节上说,我不认为它非常精彩,但是这个见解确实有点儿意思。因为凡是极端的见解,都有它的空隙,都有它的软腹部,你把它再提高一步,提到顶端,你那个见解反倒不灵了。想不到贾宝玉还会这么一手。

然后底下说到了一个情节,这些情节互相之间没有线性的、严谨的关系,甚至都没有逻辑上的关系。但是它又像草蛇灰线,好像有个东西把它们连着。薛宝钗去怡红院看望宝玉,请注意,现在薛宝钗到怡红院的频率大大提高了,和以前的情况完全不一样了。结果碰到贾宝玉在睡觉,袭人在那儿看着他。袭人说,他睡觉的时候得有个人在,我得给他轰着小虫。北京人管一种小虫子叫小咬,我看袭人说的虫子就像小咬,从纱窗里都能飞进来,会咬人。同时,袭人还在那儿绣兜肚。我小时候常见这种东西,我们管它叫兜兜。兜兜是什么呢?它就像块围巾,是戴在小孩子身上的。小孩都是这样,就是用一块布巾把肚子和下腹部遮盖一下,就是保护肚子,避免小孩肚子受凉拉稀。说袭人正在给贾宝玉绣这么一个带有鸳鸯图案的兜肚。

薛宝钗对袭人说,你太累了,你在这儿坐了这么长时间,我来替你看一会儿宝玉吧,我来接着你绣两针。你歇歇,出去逛逛,自个儿活动活动。薛宝钗已经和袭人建立了很重要的联盟关系了。薛宝钗就在那儿绣上了,也在那给他赶小咬。可是这个时候她听见宝玉说了一句梦话:"什么是'金玉姻缘'?我偏说是'木石姻缘'!""金玉姻缘",说的就是宝钗和宝玉,"钗"字上面也有个"金"字,而且她也有个金锁。木石,"木"说的就是"林",就是绛珠仙草,"石"就是玉。贾宝玉在梦中喊着这么两声,就是说这个心病在梦中也放不下。不管对薛宝钗的雪白的膀子有过什么样的兴趣、有过什么色眯眯的眼光,也不管对莺儿产生了兴趣,贾宝玉从内心深处惦记的是黛玉。薛宝钗听到这个话以后,她没有后退的意思,说宝玉原来琢磨的还是林黛玉。薛宝钗正在稳扎稳打,信心十足地等待着事物向前发展。她既不着急也不灰心,也不在意宝玉对待她本人到底有多大兴趣。反正我要办的是这个事儿,我办的不是跟你谈情说爱。这个让人也很感慨。也不能说宝钗这人有什么不好,她的这些想法在当时那个社会里是很正常的。但是我们不能说宝钗有什么不好,只能说宝玉有多么可怜,黛玉有多么可怜。你念念不忘的是没有意义的,你在魂牵梦绕的,你的头脑、你的思想、你的情感是没有意义的,决定你的命运的是另外的事情。

然后又说了贾宝玉的一件事。他待着没事,整天在怡红院里,又不让出大观园。这一天他没事,就逛到梨香院去了。自古有一些说法很有意思,表演排练戏曲的地方称为梨园;讲孔孟之道的地方称作杏坛。当然开始的时候都有它的道理,后来它没有道理了,没有别人知道它更深的道理了,但是至少它是一个符号。宝玉到了梨香院,就碰到了这一批小演员。小演员里头有一个最主要的、最美丽的演员,也是一个很吸引人的人物,是龄官。贾宝玉进去的时候看着龄官一个人躺着休息,他就过去了,龄官根本不理他。贾宝玉走到哪儿,这些女孩都非常受他吸引。他的地位、他的性格、他的形象,那简直不得了。而且她们没有别的选择,在这个大观园你还能有什么别的选择吗?但是龄官在那儿躺着,连理都不理他。贾宝玉就说,我想听什么了,你给我唱一段,马上遭到了拒绝。龄官说,唱不了,我今天嗓子有点儿哑,我不唱。贾宝玉也没辙了。很简单,你听他的,你对他低声下气,他就有辙。你不听他的,他就没辙。他能怎么着?我嗓子哑了,你能当场给我一个嘴巴子吗?梨香院这个地方,不归你管。但是后来贾宝玉就看出来了,这就是那天下着雨在大观园的一个角落里不停地写"蔷"的那个少女、小戏子、小演员。她这样把贾宝玉干干地晾在那儿,贾宝玉自己一点办法也没有,他就出来了。出来就看见贾蔷来了,因为贾蔷是负责管这戏班子的,从采买这批小演员到戏班子大小事宜,都由贾蔷在管着。

他就跟贾蔷说了几句话,贾蔷就去找龄官了。宝玉忽然明白了,龄官跟贾蔷有感情的关系。我们前边说了贾蔷的几个情况,一个是他父母双亡,他是在贾珍那儿长大的;一个是他的相貌不在秦钟之下,当然也是帅哥;一个是在书房大闹、打架的时候,他非常狡猾,他先把大家的火挑起来,挑完了火以后把衣服一穿、帽子一戴,说我可以下学了,回头走了,给人不好的印象。可是这一次他对龄官那种温柔的态度、谦虚的态度、讨好的态度,给了贾宝玉很大的刺激。贾宝玉忽然明白过来了,各有各的情人,各有各的所爱,不是全园子的、全世界的、全天下的少女都喜欢他一个人。我们看着这个非常可笑,这有什么需要明白的?但是贾宝玉这种人就需要明白这个,他真以为是个女孩就以跟他在一块儿为幸福。而龄官的表现恰恰是"分定",这个词本身的意思是,你的名分有多少就多少,你的本分有多少就多少。为什么孔子最主张正名呢?名,就是表达你的性质、你的地位,你属于这个名,你就是这个性质。比如说你是官,你有了这官,这名称证明你是官员之一,你有这个性质。你是仆,你有仆这个名称,你就是仆人之一,是伺候人的。你是农,那你就是种地的。分定在古代的诸子百家里头其实还有一个意思,就是你在这个社会、这个天下,你有你的一份,你这一份以外的东西少去想。这一份是固定下来的,是命运所固定的,是你的名分所固定的,是你的出身、你的状况、你本来就已经有的那些东西所固定的,不属于你的,你是得不到的。贾宝玉在这儿吃了龄官冷淡的态度,又看到了龄官和贾蔷的密切的关系,他明白了,不要什么事都往自个儿身上拉,你没有那个福气,没有那个名分,你分不着这一杯羹。

还有一点,让人自觉对龄官产生敬意。贾蔷拿着一个鸟笼子进来,鸟笼子里头搭着一个小戏台,这鸟一会儿飞到戏台上,一会儿又飞下来,一会儿飞到戏台一角,那儿有一根棍,鸟停在那根棍上。贾蔷就说你看这多好玩儿,这鸟可好玩儿了,还能唱,还能叫。龄官一看就火了,说你拿这来干什么?你把我们活人买到这里来,当你们的奴隶,伺候你们,让你们耍着玩儿。现在你拿一只鸟,你也还要耍着鸟吗?你还怕我们日子过得不够难受吗?让我们看看鸟,再想想我们自个儿就在笼子里头生活的这种悲惨的境地,你有什么可乐的?她太有觉悟了。龄官是一个有觉悟的人,她喜欢贾蔷,贾蔷以为这个看着好玩,供给她一笑,她借这机会说出了这样的大道理,我是被你们所奴役的,我是被你们所囚禁的。说得贾蔷只得作揖承认错误,我错了,我错了,怎么办?这个我已经拿来了。龄官说把它放了,放生。

《红楼梦》里写得真好的,让人痛快、让人赞美的事情非常有限。林黛玉再可爱,她那脾气让你看着实在不好赞美。贾宝玉再可爱,他的那些事迹让你也难以赞美。但龄官指出,我们是被囚禁的,是被奴役的;提出要把鸟放生,而且还真放了生。看到这儿,你多少有点儿痛快的感觉。《红楼梦》里有这么一位有觉悟的文艺奴。我没法说她是文艺工作者,因为她也处在奴才的地位,也只有奴才的名分。

第三十七讲　大观园的青春诗会

《红楼梦》第三十七回,"秋爽斋偶结海棠社,蘅芜院夜拟菊花题"。"秋爽斋偶结海棠社","秋爽"说的是探春,宝玉同父异母的妹妹,她在发起并组织了一个诗社,叫做海棠社。"蘅芜院夜拟菊花题",说的是宝钗那边为了咏菊花,又策划了一批写菊花诗的题目。

一上来暂时离开前边说的那些事和话题,不再说挨打,不再说宝玉和黛玉之间感情上的互动和相互猜疑,还有袭人汇报宝玉的情况、取得王夫人的特殊信任,这些都不提了。从这个地方开始另起一个话题,就是探春给宝玉起草了一封信,他们虽然都在一个园子里头,但是相互之间要写信。写信有写信的作用,有写信的特色。这信一写,给我们很大的启发,让我们看看古人互相写起信来有多么文雅。探春她是怎么写的呢?

  妹探谨启
  二兄文几:前夕新霁,月色如洗,因惜清景难逢,未忍就卧,漏已三转,犹徘徊桐槛之下,竟为风露所欺,致获采薪之患。昨亲劳抚嘱,已复遣侍儿问切,兼以鲜荔并真卿墨迹见赐,抑何惠爱之深耶!……

"二兄文几","几"就是茶几、小桌子,这句话的意思就是,我把一封信放到你的茶桌上或者小桌子上,你好好好看。"前夕新霁,月色如洗",前两天有一天晚上天气晴朗,雪霁天晴朗,就是云彩没了,月色就像洗过的一样。"因惜清景难逢,未忍就卧",这么美好的夜晚,也不是很容易碰到的,我哪里能马上就早早睡觉呢,我要赏这个夜晚。"漏已三转,犹徘徊桐槛之下",已经到了三更天了,我还徘徊在用梧桐木做的门框边。"竟为风露所欺,致获采薪之患",天晚了、风凉了,露水也带着冷劲和潮劲上来了,以至于我得了点儿病。这个病叫"采薪之患"。

中国文字太美丽了,这个话是孟子开始说的。"采薪"是什么意思?"采"就是采伐,"薪"就是柴火,"采薪"就是打柴、砍柴。说一个人有采薪之忧,意思是说他去砍伐柴火,因为身体不舒服,就看见什么破干树枝、破木头,哪哪两斧子砍下来,等回去以后身体好了,再劈成细柴。北京过去都是叫劈柴的,现在没有了。后来又叫采薪之患,就是患病了,不能去砍柴了。中国人对病的说法也非常多,语言丰富,情调不一样。当年山东大学的一个著名女作家、女教授冯沅君就写过一篇文章,里面写道春日宜小病。小病、小恙、微恙,她把这说得甚至是一种享受,得了一个小病,正好你也不用上班、不用上课了,你歇一歇,她认为这是春天的一种享受。北京西北郊、西南郊的农民,说病就说没精神。今天没精神,或者说今天不自在,很少正规地说病。当探春说到有采薪之患的时候,"竟为风露所欺,致获采薪之患",你就想给她鼓掌。然后就说怎么感谢她二哥,说宝玉对她这么关心,还给她送了荔枝,送了什么吃的。不过这个事有点儿糊涂,要是荔枝,可能是荔枝干,因为说的是秋天,不可能有鲜荔枝。

底下说,我没事的时候,"忽思历来古人,处名攻利敌之场",人是在名利场,要进攻这个名场,就要把名拿下来,要能有名声,有名誉,有级别,有职称,科举的成绩就名攻利敌,为获得自己的利益,你要有对立面,对立面是侵害你的利益的。你要功名也好,要抵挡别人对你利益的侵害也好,还要干什么呢?"犹置些山滴水之区",即使这样,也还要热爱大自然,置买一些有山有水的地方,这样既有山景又有水景,结二三同志盘桓于其中,和几个跟你接近的人在那儿过优雅的自然生活。

请注意，《红楼梦》里已经讲"同志"了，探春说的"同志"就是能够一块喜欢山水的人，或树词坛，或开吟社，或者设立一个大家填词作诗的这么一个场所。用现在的语言说就是建一个平台，有或开诗社或开吟社，就是吟诵诗的一个小团体。"虽因一时之偶兴，每成千古之佳谈"，虽然这不过是一时起意，也没有什么目的。古代靠写诗可是挣不上钱的，只有唐朝的时候曾经把写诗列于科举的考试，所以它很有意义，在别的朝代则没有这层实际意义，可能只是用在社交上。你说靠写诗吃饭，你是吃不上饭的，所以它是"偶动佳兴"，是你有空闲了，也吃饱了，再来写点儿诗。这是一种有福之人才能有的一种想法，既有文化，又在民生上有保障才会这样。

曹雪芹在他的百科全书里头讲的是什么呢？信札，过去叫尺牍。"牍"是"文牍"的"牍"。尺牍，按它的原意，是指用来书写的薄薄的竹简或木简。东汉以前没有纸，文字是拿刀刻在木头片或者是竹子片上的，叫尺牍。在我上小学、上初中的时期，在坊间，在文具店或者小书店里边经常有尺牍读本，说的是你应该怎么写信。你信得写得漂亮，而且写信还得有规矩。很小的时候我给父亲写信，要按老规矩，你必须写：父亲大人膝下敬禀者。膝下的意思就是，我给父亲写信说事，我是禀告，禀告是对上禀告，因此我是跪在父亲面前的，在他的膝盖底下，向他汇报。普通人之间的写信，或者是谈点事物，需要公事公办的事。一上来要写"敬启者"，我先表示尊敬，这个打开我的这封信的人，叫敬启者。敬禀者、敬启者的意义不一样，各种规矩都不一样。

从这里头我们可以看出探春的文化修养，她一个"采薪之患"，"偶动之诗性"变成"千古之佳话"，你就觉得她必须写信，她说话不行。如果见着宝玉说，二哥，转上了，这不行。但是写文字就能转，写文字就能显出自己的雅性来，写文字就显出我们双方都是有文化的。紧接着又是一封信，宝玉的"儿子"，贾芸的一封信，也是符合当时写信的规矩的。没有文化的人、不会文绉绉说话的人、俗而又俗的人、不肖男,男就是自称"儿",不肖男等于说"您老的儿子"。他的信是说要送给宝玉两盆白海棠。这两封信体现出《红楼梦》对尺牍、对信札,对当时的一些知识、一些规则的呈现。

探春这封信到处一发,人们立刻都到她这儿来了。贾宝玉来了,薛宝钗来了,迎春、探春、惜春也来了,李纨也来了,他们组织了一个诗社,一个写诗的团体,这很好玩。

这七个人里,李纨、迎春、惜春这三个人的角色很有意思,这三个人有时候说,我们都不会写诗,但是我们都懂诗,我们读诗,我们爱参加这个活动。李纨年龄最大,她就简单地说,这个诗社的社长我当,因为我不会写诗,也不跟你们掺和,我可以负责定名次。你们作完了诗,谁写得好、写得快,我来裁判,迎春和惜春——这两个人也不会写诗,但是她们也爱读诗——协助我。诗社是探春发起的,但是谁的诗写得好,评论也好,定名次也好,怎么举行活动也好,李纨说由她来负责大家都同意,说李纨既公平又公正,还有学问,而且她又不掺和,因为她不写,她每次很客观地评价每个人作的诗。所以这个组织挺有意思的,三个评论者、管理者,四个壮丁,四个人真正在那儿写诗。

然后他们就商量写什么,定题目,定音韵,定格式,定韵脚。中国的诗讲求"一三五不论,二四六分明"。第二句、第四句、第六句、第八句,必须都是押韵的;一句、三句、五句、七句,可以不押韵,而且经常是不该押韵的,这样的话你念起来有意思。这几个姐妹就说,刚才看见宝玉那儿端来了两大盆特漂亮的白海棠,我们就以这个海棠为题,我们就叫海棠社。然后跟抓阄一样,在关于诗韵的书里头一抓,抓出来了,一定要用几个字,就是要投押韵的字,有一个"门"字,一个"盆"字,一个"魂"字,一个"昏"字。"门、盆、魂、昏"这四个字,在诗里头必须有。门、盆、魂、昏这些正好是音韵学里边说的"十三元"。中国的音韵很有意思,它分得非常细,现在写诗的人常常不能完全做到。

我很小就有辅导老师,送过我《诗韵合璧》,我背过这些玩意儿。但是说实话,我没背下来。"一东二冬三江四支五微六鱼七虞八齐九佳十灰十一真十二文十三元十四寒十五删",这是第一部分,属于平声字的有这么十五个韵,每一个韵里边又有一大堆字。如果用现在的以北京话为主体的普通话来看,就弄不清楚这到底是怎么回事。比如说一东、二冬,第一个是"东方"的"东",第二是"冬天"的"冬",怎么这两个字是两个韵呢?因为北京话受少数民族的影响,特别是受蒙古族、满族的影响太大了,把很多的入声都去掉了,很多发音和原来已经不一样了。

比如"门、盆、魂、昏",它们都是十三元,和"元"是一个韵,也可能那时候,"魂、昏、门"的发音跟"元"相同。当时,她们作一首诗,就得先管得这么死。你别胡来,别弄得快板不像快板、顺口溜不像顺口溜,还冒充诗。不要冒充诗,起码你得符合音韵,你得符合对偶,你得符合很多很多的规则。

在讨论作诗的时候,薛宝钗说了一些特别有见地的话。大家说,让我们用白海棠,白海棠还没看见呢。宝钗就说,不过就是说说要写白海棠,那么,就是白海棠,又何必定要见了才作呢?你没看见过没有关系。古人的诗赋,都是"寄兴写情耳"。"兴"是什么?就是这个东西使我联想起别的什么来。比如说这是一款笔,但是我看到这个笔,也许我想的是文章,想的是文天祥,想的是岳飞;也许你想到的是王羲之,想的是颜真卿。这就叫"兴"。你得先有感情,没看过没关系,这不是写实的,不是报告文学,不是新闻采访,而是你借这茬表达你的心情,表达你的愿望。"诗言志","志"就是愿望、倾向。"景中有情,情中有景",就是说借助景表达你的感情。你看见客观的东西,目的不是为了写客观的东西,而是这与你自己的心声相契合。比如说我们写白海棠,不是为了给大家增加植物学的知识,也不是为了推销白海棠,不是带货,也不是给白海棠做广告,借着白海棠,你想说什么就说什么。这是薛宝钗对诗的一个想法。这就是说中国的古体的、旧体的传统诗歌,更重要的是表达诗人本身的心志、愿望、感情、联想,等等。

然后大家就写起来了,都写得挺漂亮,当然也谈不上特别好。它们符合规矩,符合要求,有些词用得相当妙。比如说薛宝钗写的是:"珍重芳姿昼掩门,自携手瓮灌苔盆。胭脂洗出秋阶影,冰雪招来露砌魂。淡极始知花更艳,愁多焉得玉无痕? 欲偿白帝宜清洁,不语婷婷日又昏。""珍重芳姿昼掩门",意思是我把门关上,因为白海棠美妙的形象、美妙的影像太可爱了,不是随随便便让别人看到。"自携手瓮灌苔盆",我用陶器给你浇水。"胭脂洗出秋阶影",秋天台阶上投下一层一层的影子,将胭脂洗去后,露出来的台阶上都能看出秋天的影像了。"冰雪招来露砌魂",关于白海棠的诗里,好多人的诗词都用上冰雪,它是为了渲染白海棠的清洁和纯洁。薛宝钗诗里头这两句话,可以给高分:"淡极始知花更艳,愁多焉得玉无痕?"白海棠开着花,它是白颜色的,正因为它淡极了,所以"始知花更艳"。你越淡、越淡泊、越清淡、越淡定,你才越美丽。宝钗借这机会来讲她自己的追求。"愁多焉得玉无痕?"而如果你的惆怅、你的担忧太多了的话,即使你有着玉一样的资质,也会露出忧愁的痕迹来。一方面是极淡,一方面有点儿忧愁,你的忧愁一定会露出痕迹来。你说这是写海棠,其实这是宝钗写自己。

林黛玉写的是另一个味儿的。林黛玉说:"半卷湘帘半掩门,碾冰为土玉为盆。偷来梨蕊三分白,借得梅花一缕魂。月窟仙人缝缟袂,秋闺怨女拭啼痕。娇羞默默同谁诉? 倦倚西风夜已昏。""半卷湘帘半掩门",帘子一半举起来,一半挡着门。"碾冰为土玉为盆",土就像冰做的一样,那么透明,那么纯洁,那么干净。这个花盆是玉做的,这实际上是从唐诗里头来的。"一片冰心在玉壶",心像冰一样? 不是,这里头强调的不是冷,而是透明、纯洁。有个词叫冰雪聪明,我们用来形容一个人聪明,尤其是说女孩,她像冰雪一样聪明,清清晰晰,一切透明、干干净净。"偷来梨蕊三分白,借得梅花一缕魂",从那么白的梨花那儿偷过来一点儿花蕊,凑上从梅花那儿借一缕魂,我既像梨花,又带有梅花的那种魂灵、那种清高。很多这样的诗,这都是其中最好的句子。你不能说它们是特别好的诗,但它们确实不错。

而在这一回里,在宝玉挨完了打以后,突然写了这么一段写诗的事,我忽然感觉到《红楼梦》的另一面出来了。这一面是什么呢?就是大观园的青春诗会。《红楼梦》里写了许多悲哀的事情,写了许多钩心斗角的事情,写了许多遗憾的事情。但是《红楼梦》还有一面,它是青春小说,它的中心就写这么四五个、七八个女孩,加上那些丫鬟就更多得多。写这么一批少女,再加贾宝玉这样一个少男,他们在大观园里头举行诗会,这也可以视作他们的诗歌节,诗歌艺术节。

当年在苏联还存在而且很强大的时候,苏联隔两年就举办一次青年联欢节。大观园在《红楼梦》里这种诗会,跟他们在一块分析这个词该怎么用、那个词应该怎么用的时候,我想起了青年联欢节。大观园也有青年联欢节,也有诗歌艺术节,也有青春诗会。青春,什么时候都是青春,你想把青春全部抹杀是不可能的。即使青春挨了鞭打,即使青春受了质疑,即使有人视青春为敌人,老想压抑它,但是青春仍然是活跃的,仍然是美好的。

作为青春小说,《红楼梦》有自己的特色。这刚刚是开头,底下还有更美好的青春诗会、青年联欢节和诗歌节场面的出现。

第三十八讲　大家庭的亲热与阴森

《红楼梦》第三十八回,"林潇湘魁夺菊花诗,薛蘅芜讽和螃蟹咏",讲大观园的幸福生活,以及它阴森的一面。"林潇湘",说的是林黛玉,她住的那个地方叫潇湘馆。"林潇湘魁夺菊花诗",就是在吟菊花诗会中,林黛玉被评为第一名。"薛蘅芜讽和螃蟹咏",薛宝钗和大家一唱一和,这里的"和"其实应该念去声,"和"就是我随着你唱,我跟你和声而唱。

此前讲到了一些负面的东西,讲到了金钏投井,讲到了宝玉挨打,讲到了袭人密告宝玉和林黛玉,讲到了晴雯对袭人的不满、讽刺,讲到了宝玉感情上的压抑,以致他踹伤了袭人,踹得她吐了血,更讲到了林黛玉的一而再、再而三地在那儿哭,在那儿痛苦,在那儿忧愁什么的。这样一个封建的大家庭,里头必然有钩心斗角,有表面上虚与委蛇,而实际上背后下刀子、使招子,但是它确实也有很亲热的一面,大家庭里人非常亲热。

你想想那些人,尤其是堂客,作为女性,她们也不能常出去玩,也没有什么正经事可参加,整天你跟我、我跟你,抬头不见低头见,每个人对另外一个人都非常了解,至少表面上互相还都得保持一定的外表的善意。生活上他们有很多共同的利害。比如说如果他们这房子出了问题,比如出了火灾,或是其他什么灾,大家都会倒霉,所以他们又有很多共同的东西。在这一回里很详细地写了他们一块吃螃蟹。前边说海棠社是七个人,可是海棠社结完了以后,他们忽然想起来了,说咱没找史湘云,一定要有史湘云在里头。一开头为什么会忘了史湘云,我到现在还没想明白。然后又加了史湘云,史湘云特别兴奋,来到以后她立刻就作了两首诗,吟咏海棠的,而且她诗里头也有含义。她有一句诗说白海棠"也宜墙角也宜盆",你可以把它栽到一个非常讲究的花盆里头,放在一个很显眼的地方,也可以让它长在一个墙犄角,地位处于边缘,没什么人搭理它。它不在乎遭遇、待遇。这个有点含义没有呢?请大家分析。

史湘云来了以后马上就说,这一次我们在探春这儿,下次我要做东。可是她经济上挺困难的,她怎么做的东,我也弄不太清楚。她说到了秋天了,秋天的螃蟹最好吃,这个跟咱们现在的说法完全一样。她请贾母,请史太君来与他们一块儿,举行了一次家宴一样的聚会。是不是她自己花的钱,这些都没有详细说,反正规模弄得挺大,而且好像也是在一个非常漂亮的地方。两大桌,一桌以贾母为主,有宝玉、宝钗、黛玉,可以说和贾母关系最近的这些人。另外一桌是以王夫人为主,加上迎春、惜春、探春这么一部分人。另外廊子底下还有两桌,有鸳鸯、琥珀、平儿、彩云、彩霞等一批丫鬟。这四桌大家不要小看,这四桌反映了贾母的嫡系,虽然里边有一些丫鬟,但是这些丫鬟可不是一般的人,她们是坚决站在贾母这边的。

比如说她们这里头没有赵姨娘,但是提到说把螃蟹给赵姨娘送一点去。后边还讲到刘姥姥来了,她说她看到的螃蟹至少有七八十斤,所以它规模非常大,而且一大群人吃得特热闹,特高兴,还喝了酒。薛宝钗是什么事都内行,万事通,她给大家讲吃螃蟹一定要喝酒,因为螃蟹是凉性的,太凉性的东西吃多了,对身子——过去很少讲肠胃、脾胃——不好。这里还描写了两个人,一个是王熙凤,一个是李纨。她们俩都不敢坐,因为贾母在那儿,孩子们坐没关系,但她们俩都是管事的人,只能在旁边站着。她们的年龄都比较大了。她们根本就没在桌上吃,她们在第一桌那儿站着,协助底下的人伺候贾母,看人家要什么你拿什么,我帮你们拿过来,大概是这个意思。

过一会儿,贾母跑到丫鬟们的桌上,王熙凤就在那儿蹭点儿吃,当然这是逗着玩了。她们就拿王熙凤开玩笑,说你自个儿桌上的那个螃蟹不好好吃吗?你跑我们这儿来吃什么劲?其实她们都把螃蟹最好的部分,蟹黄、蟹肉给剔出来,预备着一小盘,她们给王熙凤拿来,王熙凤也在那儿吃足了,她吃上并没耽误。

鸳鸯也拿王熙凤开玩笑,丫鬟也可以拿主子开玩笑,而且拿王熙凤开玩笑,因为人家相互之间过得着。王熙凤知道鸳鸯是贾母的第一助手,是贾母的办公室主任,所以对鸳鸯是非常尊敬的。但是鸳鸯拿她开玩笑,不管怎么着,你是个丫鬟。王熙凤就说你别说这个说那个的,我告诉你,琏二爷,就是她丈夫,他看上你了,马上就要把你收到我们家里头去了。鸳鸯说你再胡说八道,我现在把这蟹黄抹你一脸,她们就这么斗上了。你看着她们没有任何的恶意,虽然说话随随便便,但是她们互相之间主仍然是主、仆仍然是仆。既然都是女性,她就说你今天嫁给他,明天你上那儿当妾吧。然后那边琥珀又拿平儿开玩笑,说你们别这么说了,平儿已经酸得不得了了。因为贾琏的正式夫人是王熙凤,现有的名分最靠得住的,他的妾、他的小老婆是平儿。王熙凤说把这鸳鸯接过来,所以琥珀就开玩笑说,这回你们再说的话,平儿可是生气了。

平儿就非常愤怒,说你怎么这么跟我说话,愤怒也是开玩笑玩儿的愤怒,是朋友之间的愤怒,是够意思的愤怒,是过得着的愤怒。平儿还真抓了一堆螃蟹上的肉,尤其是蟹黄,说我要不把这蟹黄抹到你脸上,誓不罢休。结果琥珀一躲,她往前一倒,还真抹到王熙凤脸上了。可是王熙凤也没有急,王熙凤嘴里头骂着,你这个死娼妇,你这不要脸的东西!这也是过得着的女人之间可以这么骂,否则真这么骂就要打架了,要搏斗了,就变成肢体冲突了。人家没有打斗。

旁边的人也都跟着笑,那些小姑娘也都跟着笑,觉得可乐,特可乐,贾母也跟着乐。贾母情绪特别高,刚开始坐下的时候,她还想起自己的少年时代了。她说这个风景让我想起我小时候,小时候在我们家有个地方叫枕霞阁——"霞"就是天空的云霞,"枕"就是可以靠在云霞上睡觉,所以叫枕霞——有一次在枕霞阁玩,我跑得厉害了,掉到水里头了,掉到水里头呢,我倒也没怎么淹着,可是被人捞上来的时候,额头——就是脑门——碰到一个木头钉子,把这脑门还碰破了,到后来长了一个包,这到现在这个包还在。王熙凤特别会说话,特别会搭茬,说我们这才明白了,怎么老太太这么大的福气、这么大的造化,多了一个包,这包里盛着她的福气,盛着她的造化。老太太别人哪能比得上。贾母也跟王熙凤开玩笑,说你这个猴子跟我也调侃上了,你拿我也寻开心,我这撞一个包,你告诉我它盛福气。整个气氛非常和谐。堂客和堂客,女人和女人,不分辈分,不分阶级,互相说,互相闹,互相笑。一直到平儿把蟹黄、螃蟹肉抹了王熙凤的一脸,然后赶紧给她擦干净。你只能觉得她们非常幸福。

后来老一点儿的人都走了以后,剩下这帮年轻人,他们说咱们该写螃蟹的诗了。这里写螃蟹是放在最后,他们还计划过,咏完了海棠以后要写吟咏菊花的诗。

吟咏菊花的诗,另外用一套方法。要写什么呢?两个字的诗题。忆菊,就是回忆菊花;梦菊,梦见这个菊花;问菊,跟菊花对话,等等。另外薛宝钗又提出对诗的一个见解,这见解更像曹雪芹的见解,曹雪芹是要表现自己的本事,说不要限韵了。一旦限韵,真正懂诗的人,就说限制得越严格越容易写,因为大家都把精力放在怎么符合限制上了,我词汇多,脑筋快,我让它符合限制、符合哪个韵,不费吹灰之力,写出来就是合格的,因为什么格你都说了。相反,限制得越少越难写,因为可以凭空写,你怎么写都行,没有死规矩,那才看本事。薛宝钗就说不要限韵。这是第一条。第二条,有一个有趣的说法,说写诗这玩意用的词既不要太老、太旧,也不要太新,太新了它不像中国的诗。待会儿我再讲这个问题。

薛宝钗也说写诗要有创意,但是创造性也别太强了,太强了会显得太怪,怪里怪气也不行。为什么她会有这种观点?我刚才说了,诗韵到现在我背不下来,我有很多不合格的地方,但是十岁起我也写过旧体诗。我有一个体会,我到处讲过。我说中华诗词好比一棵文化的巨树,你写出一首新的诗来,等于在树上添一片树叶、添一个芽儿、添一个蓓蕾、添一朵花,甚至于添了一个小枝子。你要是李白、杜甫,那是大枝子。这是一棵诗词之树,你必须跟它匹配,不匹配的话,你自个儿写完了以后,等于你画了一片或者从哪儿摘下来一片叶子,你摘了一片别的植物的树叶子,你往大树上安,安不上。这是我的观点。

《红楼梦》里头的一些诗词,经常还要问这个词有没有出处,过去的诗人里头用过没用过你的这个词。天津的叶嘉莹教授,中国诗学的专家,她的说法是另一个角度,她说学诗词就好比学一种外语,你得先学会它这个语言,你得把它背下来,你学外语必须背,你不背,不硬背行吗?她也讲到了这里边的创造和继承的关系、规范和突破规范的关系,也有好多突破,这里不细说了。薛宝钗对诗词有她自己的看法,她有一定的道理,有一定的根据,但是大诗人都是有突破的,是不一样的,自己完全创造出自己的一套来。至于在大观园之内的一帮十五六岁十六七岁的孩子,他们作诗不发表也不朗诵,就是在自己的姊妹之间、兄妹之间、姐弟之间传一传。别人,就是什么王熙凤、贾母,人家不懂,文化不高,也不够。贾芸、贾蔷那些人就更不懂了。

这里又写了诗,写的是吟菊花的诗,结果这次是林黛玉第一。吟菊花的诗,也是表达清高,林黛玉在吟菊花的诗里写:"毫端蕴秀临霜写,口角噙香对月吟。满纸自怜题素怨,片言谁解诉秋心?""毫端"是说那毛笔、那笔头蕴藏着对菊花的美丽的感应;你也可以反过来说,菊花自己的形状都在每一点、每一滴当中,里面包含了它特殊的秀丽。中国诗词是带唱的性质的。歌咏,歌是从"咏"而来的,"咏"就是对诗的朗诵,朗诵是带调的,不是说是就咱们这么说话。诗本身带有旋律,带有节奏,尤其在南方,南方人,包括湖南人、广东人、浙江人,他们朗诵起旧诗来味道是非常有意思的。

林黛玉的咏菊花的诗被排为第一,最后加了咏螃蟹的诗,是临时加演节目。咏螃蟹的诗写得也是非常好玩的。宝玉咏螃蟹说,"持螯更喜桂阴凉",我们拿着螃蟹那两条大腿吃的时候,大腿的肉是最香的、最足的,因为桂花在秋天最香,所以在桂花飘香的时候,在桂树的阴凉里边吃。其实不一定是在桂树下。"泼醋擂姜兴欲狂",因为吃螃蟹要蘸大量的醋,这跟现在都是一模一样的。"擂姜"就是砸了姜,就像我们家乡河北省,说吃炸酱面的话,会把蒜放到一个小砂罐里头当当当砸烂了,这样才有很浓的蒜味,有蒜汁儿的香。可是他这里说,姜是擂的,姜我倒没这么吃过,姜末,我们家吃姜末都是拿刀给剁碎了的,但是也可以称之为擂。"饕餮王孙应有酒",一遇到这个都成饕餮了,吃上了,馋劲儿上来了,我们这些饕餮的人也要有酒喝。"横行公子竟无肠","横行公子"笑的是这个螃蟹,可是螃蟹你横行了半天,你连肠子都没有,实际上是形容那种又傻又横的人:你蛮横,但是没心眼儿。这之后两句,"原为世人美口腹,坡仙曾笑一生忙"。说你们呀,也做了一个贡献,你们给世人提供了口腹之美。美食让大家都高兴。"坡仙"就是苏东坡,苏东坡也像神仙一样,曾经笑话自己一生忙于吃喝。这个是因为苏东坡在一首诗里头说,"自笑平生为口忙,老来事业转荒唐"。苏东坡爱吃,《东坡志林》中写了很多关于吃的文字,现在你要到四川馆子,还有所谓东坡肘子——苏东坡的炊艺表现。所以贾宝玉还是有几分乐观的,说我们也是跟苏东坡一样吃吃喝喝,还挺忙活。

薛宝钗的咏螃蟹的诗被认为写得很好,里面有两句,相当尖锐,相当厉害。"眼前道路无经纬",说螃蟹你走来走去,你分不出什么叫直的、什么叫横的。经纬,竖和横你都分不清,你忙忙活活,走了半天,也白忙活。因为都说螃蟹横行,它不可能是往前走。"皮里春秋空黑黄",这个人的心是在身体内部的;"春秋"是说他的智慧、他的算计、他的计谋,可是带了你那个皮里的春秋,你有什么算计?你有什么智谋?你有什么情谊?只有黑的东西和黄的东西,别的什么都没有,空空如也。

通过写诗,通过吃螃蟹,使大观园的气氛达到了空前的亲热、和谐、热闹、享受,真是幸福得很,但是这样的幸福又能够延续多少时间?

第三十九讲　假与痴

《红楼梦》第三十九回,"村老老是信口开河,情哥哥偏寻根究底"。

《红楼梦》的特点是它涉及的内容面宽。你说《红楼梦》的核心情节是什么？到现在也还有争论。一般人理解的《红楼梦》的核心情节是贾宝玉的婚恋故事,但是《红楼梦》的内容,远远不止婚恋故事。有时候动不动就写到刘姥姥。每看到刘姥姥,我有一个想法,我相信不会有第二个人这么想。我有什么想法呢？我就想起,西方人的一个说法,就是蝴蝶效应,说一只蝴蝶的翅膀扇了一下,在我们看它什么作用都没有,但是很可能经过了一千或者一万个转化以后,蝴蝶扇的这一下就会产生想象不到的大的效果。

每次看到写刘姥姥的时候,你不知道她是从哪儿来的,你说她是干什么来了？但是这里头有含义,它酝酿着一些东西,它预告这个东西。尤其是在最后那四十回,有很多歧议的后四十回当中,刘姥姥到底起了什么样的作用？

所以"远方有风,习习而来",这变成了《红楼梦》鉴赏学的一个特点。你不但要抓住它的核心,还要抓住它的非核心。你不但要关照贾宝玉、贾政、贾母、王夫人、王熙凤,你还要注意里面的每一个小人物,毫无关系的小人物,你还要注意刘姥姥,用这么大的篇幅写刘姥姥,它是有含义的。这个含义我们未必搞清楚了,就像一只蝴蝶扇了一下翅膀,最后会是什么效果？不知道。而如果我们在欣赏文学作品的时候有足够的智慧,能够很好地理解《红楼梦》这样的作品,也许会有不同的感悟。

我们面对人生的时候,没人告诉你你的人生核心事件是什么、核心故事是什么。今天早晨没吃饭,你认为这个没有意义,但也许这个事将来就很有意义。有一次你喝酒喝多了或者喝少了,它都有意义。有一个跟你八竿子打不着的人说了一句话,甚至于夸了你两句,或是骂了你两句,到底是什么意义,你也弄不清楚。所以小说的逻辑和人生的逻辑一样,这其中的滋味是咂摸不完的。

在三十九回里边,一上来,没说刘姥姥,也没说情哥哥宝玉,说的仍然是他们吃螃蟹的一个尾巴。这在《红楼梦》里也是常事,就是上一节的事没完全结束,虽然是且听下回分解了,下边先来照顾一下前边的事。说是平儿又来了,来办点儿什么事。先是让李纨讲了半天,李纨留下她,说咱们一块儿吃、一块儿聊天。凤姐催平儿回去,李纨说我做主了,她不用回去,我说了平儿今天跟我在这儿吃定了,在这喝酒。李纨有这面子,有这地位,她面子极大。然后她就把这个大丫鬟,特级丫鬟,猛猛地吹了一顿。她先说平儿,因为她一搂抱平儿,发现平儿身上有一串挺硬的东西,说这是什么?是钥匙,她拿着一串钥匙。李纨说,太对了,平儿就是凤姐的总钥匙,不管什么事打不开了,解决不了了,平儿去了就可以解决。所以说每一个人都有一把自己的总钥匙。说你看老太太到这岁数了,到这地位了,谁敢跟老太太抬杠?谁敢不按老太太说的话办?鸳鸯就敢,鸳鸯提醒老太太这个事不能这么干,而偏偏老太太就听鸳鸯的。鸳鸯是伺候老太太的,没错,生活中各个方面都伺候。但是鸳鸯有头脑,鸳鸯了解老太太的利益在什么地方。当然李纨没这么分析,这是我的分析。李纨又说,鸳鸯对于老太太来说是真正的最重要的人。她表扬袭人,在宝玉跟前谁最重要?就是袭人重要,没有袭人,宝玉就不知道自己生活的方向,就不知道他的那些事该怎么处理,有袭人他就出不了大娄子,她什么事都能帮他弄好。来了这么一段特殊的表扬,所以你就知道,有些地方丫鬟们攀不上去,但是有一些地方她实际的作用和地位不容小觑。

这些完了以后,又有一段写平儿和袭人。单独剩下她们俩了,袭人就问平儿一件事情,说咱们这个月的月钱怎么到现在还没给?这个很有意思,袭人是投靠王熙凤、王夫人的,对她们并没有二心,但是你不要以为袭人就可以随便捏鼓,她也很在意一些事情的内情。然后平儿居然没有公事公办,给她把底露出来了,把料爆出来了。平儿说,这事要是跟别人我不能说,跟你我告诉你实话,你可不要跟别人说,我们奶奶呀,把咱们的月钱拿出去放高利贷了,反正最后一个子儿也不会少,错个两三天你就会拿到钱了。袭人问这话里头有没有其他原因?因为前不久刚刚给袭人提升了津贴的数量,改善了待遇,所以她还是很在乎这个的,就把这个露出来了。

我看到这儿,我也有点儿不能完全摸清底。按道理,平儿的利益完全和贾琏,主要是跟王熙凤这边连在一起的。她对怡红院,对宝玉跟谁好、跟谁坏,学不学好,挨打还是被表扬,并没有什么特殊的关心,她不应该跟袭人把底露了。这个底,即使人人都知道,你平儿也不能说出来,你跟袭人并没有极特殊的关系,如果袭人万一把底透露到王熙凤的对立面那边去,这可是要王熙凤的命。她自个儿在家里边还搞这种腐化、讹诈、高利贷,完全是不能被容许的一种行为。所以这也是留下的一个谜,我觉得还不能做出最好的解释。

底下就是刘姥姥了。刘姥姥能有什么新鲜的?她也没有什么新鲜的,但是她很可爱。她这次来不是为了伸手要几个钱,这次是秋收时节,她说我带点儿野味来,说带了很多菜来,还带着些什么别的东西,反正就是农村秋收以后从地里刚打出来的东西。偏偏赶上贾母特别需要这个,因为贾母她不需要别的,她家厨房里这有的是,她想吃什么,还能缺什么吗?她不缺。鸡鸭鱼肉她不缺,小水果、小点心,荷叶做的、萝卜做的等这些都不缺,但是她在城市里头、在都城里边就吃不到那种带有新鲜泥土气息的农产品。所以贾母知道以后也非常高兴,而且说要留下她。刘姥姥说几句话,把这东西送完了以后,说我们得走了,待会儿天黑了,我们回家就不方便了,不好走了。丫鬟说我得给你报告一下去,平儿就派人去报告王熙凤。王熙凤正好在贾母那儿,一听刘姥姥来了,就说她带的野味太好了,我高兴。另外说我想找一个老太太跟我讲讲古。"古"就是古代的事,"讲古"就是讲点过去的事,说过去的故事。

到了贾母这种年龄了,跟她年龄差不太多的,还有一个刘姥姥。她说我们见着面,可以说点以前的事,比如五十年前、六十年前、七十年前的事,跟别人没得说,我缺少一个讲古的伙伴,所以她就挽留了刘姥姥。刘姥姥这个人虽然谈不到有多少知识,但是特别懂事,她见到贾母、见到别人就投其所好。贾母说,你给我讲讲看农村里头有点什么新鲜事没有。刘姥姥就信口开河,她是编的,不见得是真的。但是她想,贾母她们在大观园子里,真正农村的事她们能知道什么,你给她神哨算了,你跟她忽悠就行了。

然后刘姥姥就忽悠上了。说有一天早晨,我还在睡着觉,忽然听见柴火声响,我很奇怪,我以为是有人来偷柴火的。贾母说那准是偷柴火的了,农村里头有这种人,贾母知道一点儿农村的情况。刘姥姥说,可是我出去一看,也不过就是一个十七八岁的极标致的小姑娘,梳着溜光的头,穿着大红袄、白绫裙子。她说一个穿着红袄、长得又非常漂亮的小姑娘来这儿拿柴火来了。听到这里,宝玉一下子眼睛直了,这触动了宝玉神经最敏感的部分了。就在这个时候,忽然外边有声音说走了水了。走了水了,就是说着了火了,着火不能说火,要说水。你说这是迷信也好,这是中国人不正视现实也好,它非说是走了水了。贾母一听非常害怕,贾母就怕出火灾,正因为她们家大业大。贾母已经是七十多岁的人了,家里头有什么灾难性的东西,她的那种恐惧、那种担忧比别人都厉害。她就赶紧出去看看,还真看见在某一个方向有烟、有火苗子,所以她吓坏了。别人一再劝她说没事,已经很多人去救火了,她也仍然非常担忧。过了好一会儿,有人报告说火已经熄灭了,放心吧,没有问题,没事了,老太太才放下心来。

宝玉就不害怕这个,他的思想是另一路,他跟贾母不一样。这时候看着没事了,他回过头来问刘姥姥,说你接着给我讲偷柴火的事。没等刘姥姥讲,贾母就说别说柴火了,一说出来就走水、就着火,这还行!贾母的迷信又上来了。她认为刘姥姥说一个女孩大清晨跑到他们家去拿柴火,是这个事引起了火灾。这也是不可理解的,也跟蝴蝶效应一样不可理解。这个跟火灾又有什么关系?这个火灾此后也没再提,也没说到底是谁干的,是有坏人点火,还是有不负责任的人吸烟或办了什么糊涂事而导致了起火,都没说,也没说是因打雷劈的。似乎按一般俗人的逻辑,这是和《红楼梦》的故事没有任何关系的一件事,这就又留下一个悬案。

刘姥姥听贾母说不喜欢听柴火的故事了,认为抽柴火引起了火灾,她赶紧改词儿,改得特别快。她说我们家乡东边庄子上有个老奶奶,今年都九十多岁了,她五十多岁的时候,有一个挺好的孙子死了,她特别难过,但是因为她吃斋念佛,一辈子做好事,就感动了观音菩萨。她梦到观音菩萨来找她了,并且跟她说,你命中本来没有孙子了,你就那一个孙子,还已经死了。但是因为你是个好人,你积德行善,你做的都是好事,所以还要再给你一个孙子。过了些日子,她果然就得到了一个孙子,说那个孙子不仅长得好,而且聪明伶俐,这给了老奶奶很大的安慰。所以刘姥姥说我们敬神敬佛,这都是需要的,好人好报,积德修好。这个特符合贾母的心意。你想想,贾母七十多了,她还能干什么?除了享福以外,她也希望她最亲爱的孙子,就是宝玉,还有她喜欢的这些晚辈、这些奴仆都能够有好的下场,都能够有好的报应,都不要碰到什么灾难。而刘姥姥一张嘴,就说了老奶奶的故事。第一,她口中的老奶奶都活到九十多了,这证明好人能长寿;第二,她的第一个孙子死了,命中原来没有其他孙子,但是第二个孙子,居然在她六十岁左右才有的,那么她儿媳妇的年龄这些都没细说,媳妇可能是三四十岁时生的这个儿子,儿媳妇到了这个岁数本来认为不能再生了,却又生了一个孩子。一个人老了以后,就像贾母,她特别希望能够有福报,有神佛的保佑,自己干点儿好事、干点儿善事,接济一些穷人,就会有好的效果。所以说刘姥姥很聪明,第一,她信口胡说;第二,她投其所好。她讲的一些话还是有她的道理的,那么她的成功也不是偶然的。底下就更往闹剧上走了。

等到贾母一众人离开以后,贾宝玉又死盯着刘姥姥,追问偷柴火的事是怎么回事。刘姥姥就说我们那儿有这么一对夫妻,也是乡下的重要人物吧,这对夫妻只有一个女孩,这女儿还很年幼的时候,十几岁吧,就死了。她的爸爸妈妈就为她修了一座庙,供上女孩的像,就好像她成了神一样。实际上她不是神,也不是佛,就是一个普通女孩,一个夭折的女孩。贾宝玉又问这庙在什么地方,刘姥姥就跟他胡说一番。从这儿上那儿,从那儿往这儿拐,瞎忽悠了一阵子。贾宝玉还就死死地盯住了,非要看一看这个庙。刘姥姥解释说,她的父母也早就死了,这是过去的老故事了,估计这个像也已经烂掉了,这个庙也没人拿它当庙看待了。这女孩的像成了精了,所以她出来到这里动柴火,还说了动柴火去干什么的。这个解释也是稀里糊涂,一点可爱之处也没有,没有什么吸引力。

这偏偏对宝玉就有吸引力,他费了老大的劲,带着茗烟一块出去走走,绕着弯这么打听、那么打听,最后找着了这么一个庙,结果庙里头供着的像是什么呢? 是一个青脸红发的瘟神,这个神是驱除流行病的神,是驱除病毒之神,是驱除瘟疫之神。当然这使得贾宝玉非常懊丧,因为一无所得。不但一无所得,它还挺恶心人。我们看到这里,只能理解成,这就是《红楼梦》里头多次提到的"甚荒唐":世界上有些让你动心的事情,其实是忽悠的结果;世界上有些可能感动你的事情,其实并不存在。有一些信口开河的东西,很容易引起别人的兴趣,在引起兴趣的同时,又似乎正是这种信口开河引起了或是准备着、预告着某种灾难。人生,谁能弄清楚到底是怎么回事? 谁能弄清楚一个故事是真的还是假的呢？谁能弄清楚像贾宝玉这样如此之多情，如此之惦记，是聪明还是愚蠢？《红楼梦》写到这里，也含有几分悲悯，也有几分困惑，也有几分没辙与无奈。

第四十讲 刘姥姥美炸了

《红楼梦》第四十回,"史太君两宴大观园,金鸳鸯三宣牙牌令"。贾母两次在大观园参加宴会或者举行宴会,这回讲到第二次了。第一次就是他们作诗的时候,史湘云做东邀请了贾母。上一辈的人和同辈的人来大观园吃饭,贾母又去了一回。另外鸳鸯还主持了一个酒会,他们的酒令"牙牌",就是骨牌,好像是象牙做的。这里头呢,就写到刘姥姥来了,而且经过挽留,在这儿住下了。他们便更有兴致,要带刘姥姥逛大观园。"刘姥姥逛大观园",现在这已经变成一个俚语或者歇后语了,意思就是找不着方向了。刘姥姥逛大观园,她哪里弄得清大观园从哪儿到哪儿该怎么走。更可乐的是,一上来先写贾母、王熙凤,找了贾宝玉等一起去。贾母说我还有这个史丫头,就是湘云的席,另外我还要带着刘姥姥逛逛玩玩,咱们看这饭怎么个吃法、在哪儿吃。贾宝玉提了一个建议,这建议太绝了,太现代化了。《红楼梦》是封建社会的百科全书,但是它不但有封建社会的百科全书的意思,好像还有点儿超前,有些可以和今天的某些事联系起来。比如说我举个例子,冷子兴跟贾雨村的联手,有点企业家跟文艺家联络的意思。

这次更好玩,就是关于吃饭,贾宝玉说咱们打破常规。因为大家一块玩,人又多,分成几个桌,互相之间联络也不方便。贾宝玉说,把各种好吃的、大家爱吃的菜做上一些,每人一个盒,盒里头放上两三样。每个桌子上再放一个大盘子,或者它也叫大盒,大盒里头分成格,一格一格的,各种菜都放在里头,每人盒里边那两样是比较重要的主菜。大家的个人爱好不一样,你想接哪个,从哪个里边先拿出来。第一,它具有盒饭的性质了。第二,它还具有自助餐的性质了。贾宝玉已经开始研究快餐、便餐、盒饭和自助餐了,这是很好玩的。

底下写开始逛了,这里头写足了贾母对刘姥姥的照顾、关照和兴趣。先是到了一个地方,带上刘姥姥,说咱们到大观园去看看。要走了,她说得先戴上花,那儿摆着各式各样的花,这个不像鲜花,反正尽是些花样子,头发上的装饰吧。贾母给自个儿先戴上一朵花,刘姥姥说好啊,我也戴。她一说戴不要紧,王熙凤给她左边插一朵,右边插一朵,脑勺上插一朵,脑门上插一朵,插了一大堆。贾母就说王熙凤,你别拿人家开玩笑,这么大岁数了,你拿人家开玩笑干吗?刘姥姥这人特别凑趣,你怎么想我不管,我是抱着最快乐的心情来的,我是来玩的。刘姥姥说,我年轻的时候也喜欢花呀草的,我可爱打扮了。你看看,她一说大家都笑了,她已经年龄很大,往八十岁走了,结果她说,我年轻的时候也爱打扮,我也爱插花,我也爱装饰。

大家想一想,第一,你就会想到人生就是这样的,刘姥姥也年轻过,人家也曾是小丫头。而且刘姥姥身体健康,她的相貌,没准儿她年轻的时候挺漂亮的。为什么呢?因为《红楼梦》里头这些人特重视人的模样,如果刘姥姥让人一看怪害怕的或者挺恶心的,那绝对不会受到欢迎。另外,你甚至还会联想到,这帮美女,林黛玉也好,薛宝钗也好,晴雯也好,平儿也好,史湘云也好,你们能活到人家刘姥姥那么长的寿命吗?你们能那么健康吗?快八十岁了,你的腿脚还能够那么利落吗?这让你感觉到刘姥姥还有点值得别人羡慕的地方。另外,贾母说王熙凤,你不要把人打扮成一个老妖精。刘姥姥一点儿都没有不高兴,相反她非常高兴,因为她是有意识来配合的。刘姥姥到这儿是有求于他们的,希望他们能给点儿钱、给点儿东西,但是她也表达了对他们的热情,从乡下带的几麻袋新打的粮食、蔬菜呀等各种东西,估计也挺好的。她本身要使他们感到愉快,她认为在这儿逗逗乐也是一种愉快。而且从和刘姥姥的接触当中，我们还看到贾母她们生活得很寂寞，因为她级别太高了，她也没法自个儿到大街上溜达，也不可能说找个茶馆、找个小酒铺，坐在那儿跟杂七杂八的人聊个大天。她不行，她们都寂寞得很。

前边谈作诗的时候还曾经有过这样的话，贾宝玉说写诗我要起个名字，用现在的话说叫笔名，他说我要起一个笔名。薛宝钗就说你这名字很好起，你就叫无事忙。这个话也好玩，无事忙，你没事，可是你忙得不得了，你每天不忙这个就忙那个，但是你又没事。后来又有人说，你干脆叫富贵闲人吧，贾宝玉还特高兴，说我愿意叫富贵闲人。

所以有一个艺术上跟他们不一样的人，带土气的人、接地气的人、乡下人、没有文化的人，不会转文也没有见过世面但又很聪明也很会交际的人，给她们提供了不一样的见闻，提供了一种生活的变数、文化的变数。贾母是很需要这种变数的，她要是光跟身边这些人一起，挺无聊的。你想想她身边有几个人吧，不会超过二十个人。当然了，那个张道士也是一个变数，这张道士跟贾母还有些感情的记忆，那个也挺好，这次刘姥姥来也挺好。

然后底下，刘姥姥逛大观园，这可开了眼了。贾母带着她，让她参观大观园的这几位小姐、这几位女公子住的美丽院落，头一个就到了林黛玉的潇湘馆。到了潇湘馆，光看她那些摆设，那么多书，那么多字画，令人大开眼界。这里头尤其谈到潇湘馆里用来做帐子、做窗纱的，是一种特别高级的纺织品，叫软烟罗，连凤姐都没见过，凤姐她都说不准这个产地在哪里，名称叫什么，是贾母告诉她说这叫软烟罗。说软烟罗只有四种颜色，一种叫雨过天青，一种叫秋香色，带着秋天的香味的色泽，一种是松绿的，还有一种是殷红的。若是做了帐子，远远的看着就似烟雾一样，所以叫软烟罗。那么一种纱布或者一种纺织品，薄薄的一个什么东西，它怎么会像烟雾一样呢？是由于它本身能反光，它用的纱很细，它有各种颜色的，上边说了有殷红色，有松绿色，还有秋香色。它本身又有一种多棱的反光的那种效应，你看着它好像上边还飘着一层颜色一样,太神奇了。就这名称也够吸引你,现在你也没地儿买去,网购也购不着这个,花多少钱都买不到这么好的东西。后来又到了探春这边,探春的居处也很宽敞,探春那儿就更像一个男孩子的住的地方。本身探春的性格很爽朗,也很大方,她不是抠抠嗦嗦、爱嘀嘀咕咕的那种女子,所以她那儿就特别大气。到了宝钗那儿又有各式各样的不同的植物、花草。

通过这个,我的感觉是什么?是这个曹雪芹又足足地显摆了一番。这大观园不光显示了富贵,更显示了文化,显示了精致,显示了那种趣味的高级。我们可以想一想,可以体会一下,中国的这几千年的封建社会也不容易,它积累了很多生活上非常细致的追求和讲究。中国封建社会的古老的园林艺术和园林文化,住的房屋院落,不同距离的空间摆设也都高级极了、高雅极了,要多漂亮有多漂亮。当然,封建社会的农民过不上这样的生活,但是封建社会总有一部分——朝廷里的更了不得了,那另说——总有一部分士大夫、官僚、地主、富商,他们的生活水平是高的,所以他们的居室文化、院落文化、环境文化,绿化、花草、石头、木头,各种装饰用的东西,也是了不起的。还有就是他的案几文化、书斋文化,更是了不起。这一批人,包括三个春(迎春、惜春、探春)、黛玉、宝钗、湘云,都是喜欢读书的人,所以那个文化里也包含着书斋文化、琴棋书画、笔墨纸砚,真正中国文化的一些东西。但是这个文化当然又只是极少数人能享受到的,所以曹雪芹写起这个来,他不知道怎么显摆好了,你连他那些词都不知道。看完了以后,你就觉得他们真是过的跟天堂里的生活一样,但实际上它又不是天堂,咱们底下再说。

曹雪芹在《红楼梦》里头一直处在这么一个矛盾当中,一方面他要说这一切都是暂时的,这一切都是靠不住的,不管怎么阔气,最后也要倒霉的;不管怎么漂亮,最后也要老朽的;不管多么排场,最后也是断垣残壁、蜘蛛网、灰尘,一切都会灭亡的。他不停地说,他从第一回就开始说这个,但是他具体写到这个的时候,又按捺不住那种显摆的心情、吹嘘的心情、留恋的心情。这正是小说的魅力所在,只有富贵荣华、吃喝玩乐,能够写出深刻的人生的感触来吗?只有哭哭啼啼、啼饥号寒、勾心斗角、倾轧破坏,这个是人生吗?要是这样,这人生取消了算了。所以他写到他的某种美好生活的记忆过往的时候,写得真牛,表达了对生活的无限的热爱、满足甚至嘚瑟。他写出这么多好的东西,然后又写到这样一个家族的没落败亡、衰微灭亡,更是感动人。所以这个地方他写得越漂亮、越好,底下你看着就越可以说扎心。这是《红楼梦》的一大特色,也是它最深刻的地方。

逛完了以后,他们就喝酒去了。喝酒的时候,大家推选由鸳鸯做酒官。喝酒也需要一定的秩序,需要有一定的文化。谁当酒官,大家不分老小,不管你原来在家庭里的地位什么样,都得老老实实地听这个酒官的。酒官就跟将官一样,全体士兵必须服从。鸳鸯当了酒官以后,她就很严肃了,说那就对不起了,你们全都得听我的。说咱们这酒令是什么呢?鸳鸯说我们打骨牌——又叫牙牌,就是象牙牌子。一九四〇年或一九四一年,我见过一两次骨牌,没太弄清楚,但它是麻将牌的前身。骨牌上头我看到过类似的饼子,比如红颜色的或者绿颜色的,又比如说六饼是一边仨、另一边仨,五饼是这边仨、另一边俩,有这种饼子,也有条子。骨牌上还有鹅,就是麻将牌上的幺条,有的时候画成一个鸡的形状,叫幺鸡——鸳鸯。就在这里又把骨牌提出来了,如果咱们编《红楼梦词典》的话,这骨牌就是一个词条。我用骨牌说一句话,你接我的茬儿你必须跟我说的这个话押韵。然后我再说一句话,你接得还得押韵。接得押韵,就算通过了,不押韵就罚一杯酒,两次通不过就再罚多少,是这么一个意思。谁输了谁喝酒,不是赢的人喝酒。

问题是这些文词既符合每个人的身份,又能够传达出中国的文化。鸳鸯一上来先是跟贾母说,左边是张天,那个牌是天牌,这个是什么?天牌是什么?我可是没见过,想不起来了。贾母就说"头上有青天",贾母说的都是从生活中多方面总结的一些话,她说不出诗文式的话。到了这些孩子们,说的都是诗文。然后鸳鸯说"当中是个五合六",这个牌搁上一副,中间有两张牌,一个是五,一个是六,那么是五饼还是五条,说不清楚了,反正是五与六。贾母就说"六桥梅花香彻骨",按我们现代北京话来说,这"骨"和"六"可不能算押韵,但是她可能是六读 lòu,骨读 gǒu,它们就是押韵的。贾母说这个词儿,证明她没有念过太多的书,但是各种文雅的词她知道得多。现在说六桥呢,我们知道的就是杭州西湖苏堤上边有六座桥,但是当时说的是不是指这个,这天知道,不指这个也没关系。她说了梅花,梅花香得彻骨,这说得都挺好的。然后说是"剩得一张六与幺",又出了一张幺牌。贾母就说,"一轮红日出云霄"。这说得也挺好,一轮红日这个很吉利,也很大气。"凑成便是个'蓬头鬼'",这个是一句普通的话了,可能不是骨牌里的话。贾母就说"这鬼抱住钟馗腿",打鬼的神是钟馗。所以你看贾母她这么零零碎碎地说几句话,没有什么逻辑,也没有什么统一的内容。但是她说到了六桥的梅花、一轮红日,说到了有钟馗来打鬼,有一股元气在身上,也在她的这几句文字里边。这几句文字互不相干,既不是诗也不是词,但是这种零零散散的、任意撒出来的文字,又有点现代派的味道。为什么我说她现代派,以后再说。

底下还有别人的,迎春的我这里就不说了。"右边是'三长'",这又是说那个牌了,这是鸳鸯说的。薛宝钗说"水荇牵风翠带长",这是唐寅唐伯虎的诗里边的一句。薛宝钗她是无所不知的,也是既会读诗又懂得诗词的人。然后鸳鸯又说"当中'三六'九点在"。九点,这是像九饼的一张牌。这张牌既有三又有六,所以它是九个点。薛宝钗就配上"三山半落青天外",这是李白的诗。李白在金陵咏凤凰台,说是"三山半落青天外,绿水中分白鹭洲"。他说的是南京那边的景色,那里的江水,那里的山,"半落青天外"写得也特别美,山比较远又比较高,所以很大一部分,有一半儿你看得见,另一半在云彩里头,就好像在天外还有山一样。薛宝钗随口一出,这就是薛宝钗的风格、薛宝钗的文化了。

然后到黛玉这儿,这里有点儿故事。"左边一个天",黛玉说"良辰美景奈何天"。说到这个时候呢,薛宝钗就看了她一眼,为什么看她一眼?我们下回再说。然后鸳鸯说"中间锦屏颜色俏",说的是那张牌中间锦屏颜色俏。林黛玉就说"纱窗也没有红娘报",林黛玉说的第一句是《牡丹亭》里的,第二句是《西厢记》里的。然后鸳鸯说"剩了二六八点齐",剩下的是类似八饼的这么一张牌。林黛玉说"双瞻玉座引朝仪",这个说的是杜甫的诗。"双瞻玉座",这里头学问非常大,至于具体的含义,也是十个人有十个见解。通过这些酒令反映了林黛玉、薛宝钗她们高度的文化素养。还是那句话,咱们现在喝酒,如果说用这种酒令,相当困难。相比之下,贾宝玉跟云儿,跟冯紫英、跟薛蟠他们一块喝酒时用的酒令还是挺容易的。我们现在很多人,我相信是通不过这个酒令的。

底下有点儿带乐,到了别人身上啊,这就说错了。说错了会怎么样呢?是王熙凤出的主意,说错了以后就罚酒,到了刘姥姥那儿,咱们好罚她酒。这个行酒令里最精彩的是到了刘姥姥那儿,他们都认为,刘姥姥不识字,她哪儿懂这个去,就拿着刘姥姥在这儿开玩笑。鸳鸯说:"左边四四是个人"。刘姥姥说:"是个庄稼人罢!"人家没犯规,你说是个人,我说是个庄稼人,清清楚楚。大家就鼓掌,就笑。鸳鸯说"中间'三四'绿配红",她这个牌上中间有绿颜色的点,也有红颜色的点,"三四"那应该是七。现在咱们很难找到骨牌了,你要看麻将牌也有类似的这种图案。刘姥姥张口就来,"大火烧了毛毛虫",这内容上跟"中间'三四'绿配红"不沾边,行酒令对内容没有要求,但得押韵。这话说得很清晰、很透彻,七个字,明明白白,又是合理的,人家刘姥姥又过关了。鸳鸯又说"右边'幺四'真好看",刘姥姥说得更精彩了,"一个萝卜一头蒜",是你的好看,我这只是一头蒜。刘姥姥对雅的酒令的结构在行。你觉得刘姥姥不会,她会,人家不怵,人家充满了文化自信。然后鸳鸯说"凑成便是'一枝花'",刘姥姥说得更好了,拿两个手比着说,"花儿落了结个大倭瓜"。这说得太精彩了,你难不住人家刘姥姥。最后刘姥姥总结了这次的酒令,而且把酒令引领到了一个接地气、大众化的方向,哈哈一笑,非常健康。可惜没奖,要是有奖,我认为特等奖必须发给刘姥姥。

第四十一讲　享受与解构

《红楼梦》第四十一回,"贾宝玉品茶栊翠庵,刘老老醉卧怡红院"。我的题目"享受与解构",是说对于所谓高级享受的生活的歪曲、消解、解构。

这一回说,他们饭也吃了,玩也玩了,在大观园的水域里头,坐着船也风光了一下。这些对刘姥姥来说,自然是开心极了。一众下了船,上到藕香榭,隔着水,听岸边的那些小戏子给他们唱戏,给他们表演。贾母说,隔水听,声音更好听。经过了水音,这声音非常美好。我不知道各位朋友有没有经验,我有一次在北京恭王府里面看唱歌什么的表演,隔着水听,那确实是另一种感受。

水榭,是指建筑一面靠着岸,其他三面都在水里头。藕香榭呢,周边可能长了很多荷花,发散出了莲藕的香气,这样的地方非常舒适优美。在这个地方,好饭吃了,船也坐了,酒也喝了,酒令也都行了,而且刘姥姥的酒令不得了,无敌于天下。

然后更是不得了。他们带着刘姥姥进了栊翠庵。栊翠庵是什么地方? 是妙玉的尼姑庵。妙玉是什么人? 妙玉是带发修行,大美女一个,但是又极端清高。栊翠庵男人根本不让进去,只有贾宝玉例外。他们在栊翠庵喝茶,又喝出不知多少学问来。一进去以后,贾母就跟妙玉说,我不喝六安茶。"六安"应该念"lù 安",《新闻联播》上也念六安了,但是安徽当地的人还是念"lù 安"。说到《红楼梦》,当然就念成 lù 安了。妙玉说知道,我给您预备的是老君眉。那么为什么贾母不喝六安茶？有几种观点，一个是我个人查过资料，知道清朝六安茶是朝廷用茶之一。你上朝廷办事，朝廷不可能备十样八样二十样茶，让你在那儿胡喝，到那儿必须喝六安茶，六安那儿出产六安瓜片。贾母年轻时就跟着她的老公荣国公出席各种朝廷的活动、官方活动，喝六安茶喝腻了。这是我的一个理解。杭州有一位茶学专家，也是小说家，王旭烽女士，她的代表作《南方有嘉木》获得茅盾文学奖。王旭烽女士告诉我说，贾母不喝六安茶，因为相传六安茶的茶碱比较大。说你头天晚上吃饭，将一大块肉搁到这茶罐里头，然后把六安茶倒上，第二天早晨你过来再一看，这块肉找不着了，给融化在那里头了。说得我也是吓一跳。贾母老了，不适合喝这劲太大的。这是第二种观点。第三种观点就是刘心武先生分析，说妙玉是一个特殊人物，她当年也是一个高官的家眷、子女，她之所以当尼姑，是因为她家里犯了事了，她为了表示自己脱离红尘，对家里的事毫不在心，才出了家。她跟贾母早就是老朋友了，从小就认识了贾母。这也是一种说法。《红楼梦》除了阅读欣赏之外，有所猜测、有所推论、有所发展，这也是允许的。

喝茶当中，又足足开了刘姥姥一顿玩笑。给她拿个大杯子让她喝。林黛玉小声跟别人说，说当年皇帝奏起乐来百兽起舞，现在咱们不过是多了一头牛。林黛玉说这个刘姥姥不过是一头牛而已，虽然牛不是什么坏话，但是放在这儿，在林黛玉的这种清高的眼光里头，刘姥姥似乎连一个人都不够资格。我每看到这里，就觉得遗憾，林黛玉有很多可爱之处，我不希望她这么不尊重劳动者，不尊重劳动人民。她这个话让我一直难过到现在，我不希望林黛玉这样。当然林黛玉如果生活在新社会，就不会有这种看法了。还有一个对刘姥姥最反感的人，就是妙玉，那就更甭说了。刘姥姥喝完茶的碗，妙玉的小尼姑，等于是妙玉的丫鬟，把小碗拿进来。大茶碗也拿进来。妙玉说去去，拿出去拿出去。因为大茶碗刘姥姥用了，她认为这个太脏了。后来是贾宝玉给的建议，说是你把这个扔了，我知道你嫌脏，但是你把它扔了、砸了也没有任何意义。干脆说我出面来说,我也知道你不愿意跟刘姥姥说话,那么我出面,我就说,妙玉您赏给她一个茶碗。妙玉说,你去去去,反正我不理她。行行行,随便吧。妙玉是这种态度。

他们坐下来开始喝茶以后,妙玉就向宝钗和黛玉打了一个手势,那意思就请她们俩到后边,跟她到另外一个地方坐一坐,一块儿喝个茶,对她们俩有更特殊的待遇,而且她们年龄也接近一点。她不准备在外边陪贾母,尤其是不想陪刘姥姥喝茶了。可是贾宝玉也紧跟上,就过去了。喝完茶以后,贾宝玉说喝得真好,他用了一个词儿:真轻浮。轻浮,我们现在是把它当贬义词说的,尤其是说一个男孩或者女孩很轻浮,就是说这个人有点儿靠不住,做事不负责任,甚至有某些不妥的言行表现。可是宝玉他把喝茶的感觉说成轻浮,是说喝完了茶以后身轻如燕,有飘飘然的感觉,他说的是这种美好的感觉。然后他又说我要谢谢,他谢谢还没有说清楚,妙玉就说,我呀,如果不是她们俩来,你一个人来,我不会邀请你坐到后边的。宝玉说是啊,所以我说谢谢,谢谢她们俩。我知道我今天能够见到妙玉,今天能够跟您搭上话,完全是沾了宝钗姐姐和林妹妹的光。这个妙玉,她必须表示对任何男性没有兴趣,不想见,也不能见,更不能到后边她的这个相对私密一点儿的地方见面,但是你作为宝钗和黛玉的随员,可以进来。

下边还有一处,说到有一批人要进来打扫栊翠庵附近,向妙玉报告。妙玉说打扫很好,但不许进门,也是这个意思。因为一打扫,就有男人进来了,而任何男人都是不可以进的。但是宝玉是例外的,所以对妙玉各方面的心情的描写是很细致、很立体的。然后妙玉就吹自己,她给薛宝钗的一个茶杯上边写着一些很怪的字,"宋眉山苏轼见于秘府",上边有苏东坡的题字,还有晋朝王恺的题字,这可了不得了。她喝茶的这些杯子,既有晋朝的,又有宋朝的。有宋朝最大的文人的题字,她太牛了。给林黛玉喝茶的杯子上面题的是篆字,也没有仔细说篆体是哪些字,但是也不是善茬,它不但是茶具,而且是文物;不但是文物,而且是大文人留下的遗迹。

妙玉给林黛玉喝的茶,林黛玉喝了一口,说你这水可真好,你这是去年的雨水吧。古代时候,跟井水、河水比较起来,人们认为雨水就很高级了。这也证明那时候空气中的尘土少,雨水也算是蒸馏水了。但是妙玉说,想不到你这个人这么俗,你以为这是雨水吗?说原来你这个人是个大俗人,连水都尝不出来。这是五年前我在玄墓蟠香寺住着的时候收的梅花上的雪,共得了那鬼脸青颜色的瓮一瓮,就收了这么些,搁了五年了。这个说法,其实有点太过,一瓮清水搁上五年,也绝对不是好的了。而且古代的文人曾经有类似的说法,所谓旧水无香,如果水太旧了,也就不香了。一般认为,妙玉说用什么水这一类的话是有点儿矫情,有点儿过分。但是这也显示出了,妙玉虽然是被采聘而来,但是她第一是美人,第二是带发修行的尼姑,第三,她的家里绝非寻常。这些东西是她的私产,是她随身携带的私产,能从很遥远的地方带到贾府来,而且如此之讲究,连喝什么茶、用什么水都如此之讲究,她的茶道的文化内涵,似乎超越了贾府。

可以说,在此时此地故意跟妙玉的清高讲究相对应的,是无往而不胜的刘姥姥。刘姥姥喝完了酒,酒力越来越大。这里插一句,我估计那时候喝的酒是米酒、黄酒、绍兴加饭酒这一类的酒。因为喝酒的人都认为白酒劲很大,酒劲来得快,去得也快。但喝黄酒,它来得慢,发作得慢,喝着没什么,越待这个酒劲越大。刘姥姥就是这样,喝完了酒了,说了话了,喝了茶了,跟着走了,她的酒劲越来越大。这里边的描写也有点儿对她嘲笑的意思,一个乡下人,没吃过这么好的东西,吃的又过多,她肠胃开始有不良反应,然后她就赶紧找了一个地方如厕。上完厕所出来,她找不着门了,找不着路了,找不着人了。她自个儿就乱钻上了,眼睛也看不清楚,迷迷糊糊地乱钻,钻到哪里了呢?钻到怡红院贾宝玉这儿来了。

她是先看着一个女孩儿向她招手,她就赶紧说姐姐好,然后往前走过去。砰,撞上了,那是一张画,上面画了一个女孩。这个也有点儿过分,但是因她喝醉了酒,这样也可以。她再往前一走呢,亮晃晃的,她看到一个村婆子,那是镜子,看着是穿衣镜,大镜子,她又撞到镜子上了。然后她找找找,就头晕了。看见一张床,她躺在床上就睡着了。这张床是谁的床?她到了什么地方?她进了怡红院了,醉卧怡红院,到了怡红院她就睡上觉了。袭人进来一看刘姥姥在这儿睡着,酒香屁臭的一个屋子,这个太可怕了。袭人就把她弄醒了。醒了之后她酒也醒了,说对不起,对不起,我把床也弄脏了。袭人说,别说了,别说了,没事,没事。然后袭人想办法做善后处理,把床单被褥全换掉,点上专门的能够调节空气的香,又把门窗打开,反正做了一些处理。这个也很好笑。

刘姥姥是一个异数,这个异数,在逛大观园的时候,对贾母来说,确实是对她日常生活的一个补充、一个调剂。对于其他人来说,全拿她当笑话看。她呢,你拿我当笑话看,我利用你拿我当笑话看的因素,我就跟你套上瓷了,而且你们的这一套没什么了不起,我该怎么对付就怎么对付,我该怎么处理就怎么处理,该将计就计我就跟你们逗,我跟你们怎么瞎逗都行,该戴花就戴花,该说酒令就说酒令。究竟谁耍了谁?从刘姥姥的心理来说,她不认为她被人耍了,她认为反正你们最后还是对我好。所以这也是让人非常感动的地方。

从刘姥姥逛大观园的事上,我们可以看到,一个是刘姥姥并不怵什么,第二刘姥姥她走到哪儿都喊阿弥陀佛。什么意思?第一,她赞美,你们这生活我们没见过,只有佛爷给我这个机会,我才能见到。第二,阿弥陀佛是什么意思?罪过。你们这吃的东西,你们这吃一口,从成本上说,够我吃一年的。在这里有一个很有名的故事,王熙凤给刘姥姥吃了一道菜。刘姥姥说这个菜可太好吃了,这是什么菜呀,还有这么好的菜吃。王熙凤说这个是茄子。刘姥姥说你别骗我了,我们家虽然穷,什么叫茄子我们知道,我们种茄子,也吃茄子。茄子能是这个味吗?于是王熙凤就给她讲了一番这个茄子的做法:前前后后光用鸡就不知道用多少只,来煨这个茄子、泡这个茄子。这个叫茄鲞,就是用其他各种好的原料,把茄子变成了一个你都不知道是什么玩意儿的高级菜。

这也是一个很有趣的故事。第一,它说明了中国菜的高级加工,它反复加工,这个是中餐和西餐的一个相当大的区别。西餐不管多少菜料,拼在上头的,西红柿出来绝对是红的;牛肉出来也是偏红的;鸡肉出来它就偏白一点儿;土豆,烤了的是烤了的,煮了的是煮了的;黄瓜出来绝对是绿的,它是清清晰晰的。但是中国菜再高度加工一下,高度加工以后,有时候有这种情形,哥儿几个这一边吃着一边还在研究,说今天这个是什么?这是虾吗?那个说,不,不,这不是虾,这是蘑菇。这种事我都碰到过。中西餐加工的程度是不一样的,有些文化层次非常高的中国人,被问到对西餐的观点的时候,就说过这样的话,说西餐是还没有完成的一种餐饮。那么当然吃西餐的人不是这么认识,吃西餐的人是另一种,他要求的是比较明快的、比较清晰的这样一种餐饮。

这个茄鲞还有一个故事,让人也很感慨。有些地方,按照王熙凤说的方法做了茄鲞,费了很多鸡,经过了很多工序,但是不成功,味道不佳。还有在《三国演义》里,写诸葛亮发明木牛流马,且还有一个尺寸表,木牛流马是怎么做的,整个工艺图解,还有工艺标准,都写出来了。这个是很有意思的,中国做木牛流马的人很多,但是基本上都不成功。所以小说里头的东西,既有它刻骨铭心的真实性,又有它神忽悠的虚构性。知道《红楼梦》是虚构的,你也仍然被它感动;被它感动,你又不可太较真,不可按照《红楼梦》里的方法去炒菜、去生活。

这一回的核心人物应该说是刘姥姥与妙玉。刘姥姥大开眼界,大出洋相,夤缘时会,吃喝玩乐,足足地享了惊人的福气;却也因她的生活经验与中国寄生贵族的生活条件不相匹配而变成一个闹剧,一个对自己的嘲笑,一个丢人现眼的笑话。而妙玉伟大雅致了个一塌糊涂,由于刘姥姥的在场,由于连林黛玉都不够格去欣赏妙玉的茶具藏品,妙玉的清高伟大失去了对象,失去了意义,变成了孤僻,变成了与常识、与友人的作对,变成了无端卖弄、自我较劲、无人赏识、失群冷场。

这一回,最享受生活的本应该是刘姥姥与妙玉,但她们二位的大享受变成了对物质的与精神的高级生活的解构与败兴。

第四十二讲　就这样心悦诚服了？

《红楼梦》第四十二回,"蘅芜君兰言解疑癖,潇湘子雅谑补余香"。"蘅芜君"说的就是薛宝钗。"兰言"是说她像兰花一样的言论。它是君子之言,端正之言、善良之言、美好之言。就是用最好的言语,来解决疑难的问题。"潇湘子"说的是林黛玉,"雅谑补余香",用一些玩笑话来补足生活上的某些空白。

《红楼梦》的第四十回和第四十一回都是以刘姥姥逛大观园为中心、为核心的,整整两回都和这个有关。对此呢,我要在这里做一个总结。第四十二回写刘姥姥告辞,告辞的时候,收到一些礼物。王夫人给了两包各五十两银子,加在一块是一百两银子。之所以送给刘姥姥那么多银子,一个原因很简单,贾母喜欢她,因为她在,贾母高兴,整天在那儿笑。还有平儿,她怎么能和贾母比?但是她也送了,她从自个儿的私房钱里拿出银子,给了刘姥姥八两,多少算表达一下心意,不在银子多少。从平儿来说,给出八两银子,那已经不得了了。她一个月的月钱才二两银子,八两银子等于她四个月的工资。就算是现在,谁送礼舍得用掉四个月的工资?然后刘姥姥见到贾母,贾母有礼物给她;见到鸳鸯,鸳鸯也给了礼物。

这个事情非常重大。为什么说这个事情重大?第一,为了要显示大观园的美丽。这个大观园的美丽,必须通过一个生眼,也就是通过一个陌生人来写。如果不是刘姥姥,比如换作贾芸,大观园对贾芸来说有什么好看的,他倒是管绿化的活儿,整天待在这儿,可他顾得上欣赏吗？他想的就是怎么赚钱，怎么发展自己的势力。他该管的是花要怎么样，树要怎么样。所以需要借助一个生眼，而且生眼要不断地来看贾府，从它的辉煌、它的富贵、它的荣华，一直到它的堕落，这是不得了的。第二，虽然是这么美好的地方，令人沉醉、令人永远不能忘记、令人梦魂萦绕的这么好的一个园林、这么好的房屋、这么好的书斋、这么好的设备、这么好的花草，但是里面使用这最美好环境的这些人，确实是一批空虚的人，是一批灵魂在游荡的人。说得难听一点儿，到了二十一世纪，我们看着《红楼梦》大观园里享福的这批人物，就像一群游魂一样，不管他们吃得多好、喝得多好、相互之间的调笑多好，但是他们找不着自己的生活的目标中心，是一些没有日程的人。这让人看到了他们处境的危险。第三，他们是一批游荡的灵魂，他们既不是创业者又不是守成者，他们是单纯的消耗者，他们是亏空者。宅院修得再好，这个家都已经陷入了严重的财政危机，已经亏空得不得了了。曹雪芹对自己本家族命运的认知就是这样，几次接待皇帝游江南，亏空还不起钱，最后完蛋。

在"红楼"里做着寄生腐烂、穷奢极欲却又包藏祸心、摇摇欲坠的噩梦的这一批人，不是创业者，不是守成者，不是奋斗者；他们只是享福者，是亏空者，是腐烂者，败落者，是一群败家子儿。到了第三代、第四代上，很容易出败家子。巴尔扎克说，培养一个贵族需要三代人的努力，第三代才能摆脱他们非贵族的、下层的、卑贱的、低下的、粗野的生活，这说的是培养一个贵族。孔子是反过来说的，"君子之泽，五世而斩"。什么意思？君子你的恩泽、你身上的光辉、艰苦奋斗的传统，人民对你的爱戴尊敬或者朝廷对你的重视，也就只能维持几代。几代之后没有人知道你做过什么贡献，你吃过什么苦，你有过什么良好的品质，你那批子孙剩下的是吃喝玩乐闹，甚至霸道、腐烂。《红楼梦》给人的经验教训太深刻了。第一代创下的业，不管多么伟大，到了第三代、第四代就有很大的危险。这个实在是很深刻的教训。

再往下,从表面上看,他们是这样幸福,可是另一方面,《红楼梦》里说过多次,说他们像一群乌眼鸡一样。乌眼鸡是什么意思?就是公鸡互相斗起来以前,它那眼、那个目光是斜着的,而且目光里充满了仇恨、充满了敌意。幸福的环境、幸福的生活里边,如果不能够正确调节人与人的关系,人就会成为幸福生活中的一群乌眼鸡、一群癌细胞。他们处处设陷阱,处处在暗中使招子。大观园的生活告诉我们,幸福主要不是来自享受,享受并不能使人一定幸福,幸福必须来自奋斗,只有奋斗得来的成功才是真正的幸福。

所以我们一边说着很可乐的刘姥姥到处逛大观园,喝醉酒跑到贾宝玉的床上睡了一觉,哎呀,这太可爱了。贾宝玉的床应该让刘姥姥在那儿睡一觉,应该让林黛玉嘲笑人家是一头牛,应该让妙玉说她那茶碗被刘姥姥喝了以后就肮脏了。恰恰是在贾宝玉的床上,刘姥姥睡了也许十五分钟,也许八分钟,哪怕是一分钟,她也睡了。她又欣赏了大观园的美丽和富贵荣华,她还搅了局,这是《红楼梦》让你看起来是非常有滋味的,让你一直到今天看起来仍然很过瘾的地方。

那么到了第四十二回里,蘅芜君用美好的语言来解决一些难题。是什么意思呢?我们在第四十回说到,林黛玉讲了"良辰美景奈何天"。薛宝钗看了她一眼,薛宝钗找了一个机会把林黛玉叫过来说,黛玉,我现在要审问你了。林黛玉说,你扯什么,你审问什么呀?我干什么坏事了?薛宝钗就说,你就告诉我,上次在鸳鸯姐姐主持这个酒会上,你的那两句话是哪儿来的?林黛玉一听,轰的一下子脸就红了。为什么?"良辰美景奈何天"是《牡丹亭》里的戏词,"纱窗也没有红娘报"是《西厢记》里的戏词。她作为一个小姐,怎么能看《牡丹亭》《西厢记》呢?这是禁书。这个书里有很多内容,即使在二〇二〇年的现在看,也算带有涉黄的一些言语,不太严重就是了,你就别琢磨、别解释。如果把《牡丹亭》里的每句话都解释一下,它就变成了黄色读物了,属于扫黄的对象。

林黛玉真吓坏了。薛宝钗厉害,说我也不知道你说的是什么,但是我听着太生。她那意思是说,我没听过这些,我不看这些。她不看才怪,不看她怎么会知道?她说我听着耳生,所以我必须问清楚,要不然的话,我得报告。林黛玉就说,好姐姐你千万别报告,我告诉你,这是我看了不应该看的书了。薛宝钗就说,好妹妹呀,都说你可爱,我也觉得你可爱。其实咱们这些人都是这样,小时候在我们家里头,不管男孩还是女孩,大人越是让我们好好读的书,我们越不爱读。这里宝钗说了一句实话,你那么小一孩子,非让你一上来就读《孟子见梁惠王》,或者是"学而时习之,不亦说乎""有朋自远方来,不亦乐乎",你不爱看;"大学之道在明明德",你就更不爱看了。所以说得挺可乐,也未免有些可悲。她说我们那时候碰到这样的书,也是互相抢着看,说男孩看的时候不告诉我们,我们看的时候不告诉男孩。这里头有一些词句,当然不能让男孩子知道,男孩子要知道我们看这书,那还得了?那天不塌下来呀?男孩子看这些书也不能让我们知道,让我们知道了,我们就认为他们是大流氓了,就该被逮起来。后来大人知道了,打的打,烧的烧。那打,就是打看这些闲书的人,烧,就是烧这些书。大人又打又烧,这才把我们慢慢管住了。女子无才便是德,看书看得不好,把你的性情改变了,性情有所迁移,离开了正道了,还不如不识字的好。对于女子来说正道是女红,不是读书,读书根本就不是她们的正道,写诗写词也不是她们的正道。对于男孩来说,写诗、写词也不是正道,正道是要上朝廷,参与国家的治理,她大概是这么个意思。

宝钗说的这一套,林黛玉只能回答"是是是"。但是林黛玉很感激宝钗,因为宝钗是完全向着林黛玉的,怕她犯错误,怕她被舆论所不容,劝她学好,劝她走正道。而这些什么《西厢记》《牡丹亭》,那是邪路,有正就有邪,你越正他越邪,这可以说是"红楼梦辩证法",不但是"假作真时真亦假,无为有处有还无",而且是"正板脸时邪润正,邪上瘾时正导邪"。从这一次以后,林黛玉对薛宝钗可以用两个字来表达:服了。薛宝钗软中有硬,硬中有软,药中有糖,糖中有药,把林黛玉说得服服帖帖,完全听了她的话。林黛玉接受了,但是不等于她真的去实践。她的为人处世之道是不会改变的。但是至少表面上她对薛宝钗有所敬畏,有所肯定,而且还很感恩。

"潇湘子雅谑"是什么意思呢?其实不是潇湘子的事,是说贾母这两次在大观园跟着一块吃饭、一块玩儿,心情很好,有点儿吹着风了。参加的活动多了,回去以后略略休息了几天,身上还是有点儿不舒服。但她这时还想出一个主意来,说大观园这么好,咱们要画个画,把大观园画到画里。这些姊妹们当中最小的惜春是画画画得非常好的,惜春就领受了这么一个任务,且和宝钗、湘云、黛玉她们讨论怎么样才能很好地完成任务,讨论贾母分配的画画的事情。

惜春说这个画起来可是够难的,大家也说够难的,大观园这么大,你全得画上,而且还让画上人,要把黛玉画上,要把宝钗画上,要把很多人都画上,这是贾母提的要求。贾母的要求是将这些画作为他们家里边的一个纪念。因为那个时候没有摄影这一说,所以画景物,画人物,在七八十年以前,也有的就叫画个影,就跟人说摄影一样,是摄个影、照个影。"摄"还有凝聚的意思,把对象聚到我这张纸上,这是摄影,而最初是画影。贾母就提出让惜春画。这时候林黛玉就逗上了,说你光会画人不行,你还得画草丛,画里边的虫子。大家就开玩笑说,别胡说了,画虫子干什么?这里头不会画虫子的。那林黛玉说,那不行啊,咱们起码有一只母蝗虫,就是刘姥姥。她说刘姥姥是一只母蝗虫,这是林黛玉进一步对刘姥姥表示了嘲笑,表示了轻蔑,表示了不拿人家当人,说她是母蝗虫。这让我想起普希金的诗。普希金当小官的时候,下去调查蝗虫,调查回来他写一首诗:蝗虫飞呀飞,飞到那里就吃光,从此飞去无踪迹。刘姥姥是一个像蝗虫一样的、走到哪儿吃到哪儿、走到哪儿礼物收到哪儿的人。

为什么林黛玉要对刘姥姥这么反感呢?刘姥姥无论在哪一件事上都没有伤害你呀,也没有打你的算盘,这个就不说了。这个是林黛玉的一乐,林黛玉这一乐,在场的很多人,想起刘姥姥来了。一说刘姥姥是母蝗虫,底下就乐成了一团。然后薛宝钗就说,关键的画具,什么样的笔、什么样的墨、什么样的颜色、什么样的容器,这些你都得想好了,你得写个单子,你得要一个领物表或者购物单子。她还说,这个我们家原来多得很。我前面讲了,琴棋书画是作为一个君子、作为一个读书人都应该会的,你多少应该知道一点,这是过去对一个读书人的要求。她说我对画画这一套是明白的,现在我口授,惜春你拿张干净纸或其他什么东西,好好把它记下来。薛宝钗就念了一个领物表。

曹雪芹在这儿就又显摆上了,他这个百科全书又涉及了绘画、中国绘画这一章节了。薛宝钗报的那个领物表,其中就有这些:头号排笔四支,二号排笔四支,三号排笔四支,大染——这是涂颜色的——四支,中染四支,小染四支,大南蟹爪——像螃蟹的爪子一样的,也是上色的或者涂颜色的东西——十支,小蟹爪十支,须眉十支,大着色二十支,小着色二十支,开面十支,柳条二十支,箭头朱四两,南赭四两——这个说的是颜料了,"朱"应该是偏红色的,"赭"是赭石色的,就是棕色的,我们小的时候都管那叫赭石,现在叫赭石的少了。石黄四两——是黄颜色的,石青四两——是青蓝色的,石绿四两——是绿颜色的,管黄四两——又是一种颜色,广花八两,蛤粉四匣,胭脂十片,大赤飞金二百贴,青金二百贴,广匀胶四两,净矾四两。顶细娟箩四个,粗娟箩四个,担笔四支,大小乳钵,这些是工具。以下这些是容器,大粗碗二十个、五寸粗碟十个、三寸粗白碟二十个、风炉两个、砂锅大小四个、新瓷罐二口、新水桶四只、一尺长白布口袋四条、浮炭二十斤、柳木炭一斤、三屉木箱一个、实地纱一丈、生姜二两、酱半斤……洋洋洒洒呀,在小说里头,这就跟排比句和作赋一样,唰的一下像洪水一样就推出来了。这是一个知识性的东西,也是一个文字性的东西。这是一个语言的洪流、一个语言的爆发,这是一个文字的弦乐合奏,这不得了!在《红楼梦》里头这些已经有了,而且不管你看得懂看不懂,你看着过瘾,你看着痛快淋漓。

曹雪芹写起东西来，你摁不住他，跟爆炸一样。他是语言爆炸，是语言泛滥，是语言的洪水倾泄而出。这不是又要锅又要酱么，林黛玉就说，还要生姜，那再来一个锅吧，再来把铲子吧。人家说你要那些干吗？林黛玉说，她又是要姜又是要酱的，干脆炒个菜就完了。薛宝钗又开始显摆了，说这里头有一些碟子啊，有一些什么东西啊，用来放这颜料，这颜料用的时候要加热，加热的话，如果碟子熟的程度不够，会爆炸，爆炸了可就惨了。所以碟子什么的这些东西呢，还要用姜啊之类的东西在上头炸一炸。那么这个"炸一炸"说的是什么意思？不一定是用油炸，过去说炸一炸，可能是在开水里煮一煮，这也算炸一炸，就是过过热水。那么把姜抹在上边，把姜打碎末或者用什么方法，使碟子、碗这些装颜料的容器能够放得下颜料，经得住加温。她又讲了这么一套，大家既高兴又称赞不已。

这个任务就交给了惜春。前面讲到过，探春在组织诗社时已经崭露头角了，迎春到现在还没怎么显露，惜春这次显露出来了。而这里借着惜春又宣扬了一回薛宝钗无所不知、知识广博。而且这个人很讲求实际，她还说了，这些工具咱们多报一点儿。对不起，这有点像不负责任的管总务的人，多报一点儿，剩余的咱们还可以拿来继续玩嘛，咱们还可以继续画嘛。实际上这领物表里头本来就有水分，有水分也得往多里报，得多申请一些，把这些笔墨、颜料、容器全部都领齐了。他们就要开始使大观园永远留下它美好形象的绘画事业了，惜春也要露一手了。

第四十三讲　两个人的同一天生日

《红楼梦》第四十三回,"闲取乐偶攒金庆寿,不了情暂撮土为香"。这一回主要讲庆生与哀死。"闲取乐偶攒金庆寿",就是大家凑份子,把钱攒在一块,来给王熙凤过生日。"不了情暂撮土为香",说的是贾宝玉对金钏放不下的那点儿感情。

第四十二回讲到惜春、宝钗她们为画画做的各种准备,知识性、专业性非常强。在小说里头同时能够提供大量知识信息的这样的文学作品也有一些,比如说恩格斯就说,他在巴尔扎克的小说里边所学到的经济、政治经济学方面的知识超过了他阅读的其他政治经济学的专业书籍。巴尔扎克的小说里头包括当时的各种财经现象——巴尔扎克为此还专门跑到股票市场、商人聚集的商场这些地方来积累这方面的常识。另外当年苏联有一本小说,非常抱歉我想不起来书名了,这个小说是写夏天山区的鸟,以及跟鸟类有关的生活,观察鸟、看鸟、养鸟什么的,结果这个关于鸟的小说使这个作者当了科学院的通讯院士,专门做生物学、鸟类方面的研究。就是说他这小说不但在文学上、在阅读上有价值、有趣味,而且它本身含有极高的生物学的发现和资料。

所以《红楼梦》确实不是一般的书。但是这底下说的就是非常日常的生活了,它放得非常松。底下是说什么呢?贾母把薛姨妈、王夫人以及更年轻一辈的人都找来了,这一帮人商量什么呢?说再过几天是九月初二,是王熙凤的生日,说王熙凤实在太辛苦了,为了家里的事儿跑来跑去的,很费心,所以咱们给她好好过个生日。而且贾母说,咱们也学学人家小户人家,咱们不摆大谱,不要什么事都搞得那么张扬,咱们就学老百姓的办法,大家每人交一点儿钱,凑份子,用在演出上。而且这次不用咱们家里那个戏班子,咱们整天听他们唱,唱的那几出都知道。这次从外头请,所以要花这个钱。还要喝好酒,要吃这个吃那个,要玩,等等,提出了好多项,而且这演出活动要连搞几天。然后贾母就说,我先捐二十两银子,二十两银子到底有多少钱,用现在的标准已经很难说清楚了。

前面我们曾经谈到,他们说花几两银子就可以把一个包含十二个宗教人员,十二个小沙弥、小和尚,或者是十二个小道士的庙或庵养一个月。当然那时候吃饭的成本非常低,物价跟现在也没法比。我曾经想,要是那样的话,一两银子就是好几千块钱,几两银子的话,有好几万了。我又查了些材料,有个材料里面说得特逗,说唐朝的时候一两银子可以买三千斤大米;到宋朝的时候,一两银子能买一千斤大米;到了清朝乾隆年间,一两银子只能买八十斤大米。八十斤大米,按现在的市场价格,大概是两块六毛钱一斤。但实际上,尤其是我们城市的人,大米每斤大概得花四块钱以上,八十斤大米就得花三百二十多块钱。曹雪芹他们家里的那些经历,就是在雍正、乾隆这段时间内的,所以《红楼梦》里写的还要更早一点儿。更早一点儿的时候,就是几两银子能买二百斤大米的时候。二百斤大米,如果四块钱一斤,总共八百多块钱。那时候即使花八百块钱,估计也是不高的,因为按照现在的标准,如果更讲求好吃一点儿,四块钱你买不来一斤大米,就按照四块钱的话,二百斤大米就需要八百块钱。一两银子值八百块钱的话,十两银子就是八千块钱。那个时候的"两"代表的量,比现在的量要小,过去是十六两为一斤,现在是十两为一斤,所以过去的两要小。那么十两银子大概是五六千块钱,二十两银子是一万挂零。

然后薛姨妈说我也出二十两银子。王夫人和尤氏,是宁国府那边的。尤氏从辈分上来说,比王夫人低,可是在宁国府那边堂客里头她已经算最高的了,所以她和王夫人一样,说我们赶不上薛姨妈和贾母,我们按十六两来出这个钱。然后别人就更低一点儿,但是即使按现在说,这个总数量也非常之大。这个时候又提到李纨给了多少两,她出的也不少,是十二两。大家对李纨也非常感谢。王熙凤马上就说,贾母也说,她一个寡妇失业的,别让她给钱。"寡妇失业"这个词在我年轻的时候还常常听到,现在已经很少有人用这个词了。是叫"寡妇事业"还是"寡妇失业",我们另外研究。

王熙凤说,李纨的这份钱我替她出。她说这也算李纨出了,但是十二两银子从她这儿扣。王熙凤表现得非常好,她说还有赵、周两位姨娘,不能把人家丢到一边,问问人家,人家愿意出钱就出,不愿意出也没关系。马上那些丫鬟就去了,过去报告去。过了一会儿她们回来了,说人家各出二两,因为她们是奴婢这个级别的,是奴仆,不是主子,所以她们不会出很多,但是也出一点儿,用现在的话说也有千儿八百的。可是这尤氏就小声跟王熙凤说,你怎么这么损呢?你说这两个苦瓠子、两个傻瓜、两个苦瓜,你还要剥削人家。王熙凤说,不要白不要,是吧?不要的话,她钱多了,也是往外倒腾。她们是互相攻击的:赵姨娘在想办法做法术,找老巫婆马道婆来害人的时候曾经说,王熙凤把钱都倒腾她娘家王家去了。其实她们之间的这种互相攻击并没有多大的意义。

贾母把这个庆生的事交代给尤氏,说王熙凤你就擎好吧,到时候你就负责享福、玩乐,因为平常你太忙了,太辛苦了。这是贾母的意思,让尤氏操办。尤氏也是有本事的人,她提出了一些计划,怎么安排宴席,宴席上吃什么,还有各种各样的活动,包括唱戏,等等。然后尤氏回到宁国府,管家林之孝家的马上就过来了,弄来了一大堆的银子,说这是各种排不上名号的小奴、小仆、小丫鬟为这个事随的份子。尤氏当然就收下了。

第二天尤氏就找王熙凤收钱来了,说你这还有多少人,这边共收了多少钱？王熙凤说我这里一分钱都不差，这里有单子。尤氏说我得数一下，我得清点一下，你这人办事老天爷知道。尤氏一数，少了一份，少多少？少十二两。这十二两是怎么回事？就是王熙凤说要替李纨出的那份钱。尤氏说你怎么少了一份钱呢？王熙凤说你看看你那儿的账上有了多少钱了？哪里花得过来呀，那么多银子根本不可能花得过来，你还要这十二两干什么？尤氏说，你这人当面又是套人情又是在贾母老太太面前显好，完了以后你又不出钱，连李纨都感谢你，觉得你替她出了钱。贾母表扬你，李纨感谢你，实际上你一分钱不花，你可真行。她这么说着，平儿也听见了。尤氏马上把平儿的钱——大概是二两——退回去了。她说表态的就算交了，平儿你也不用交了。王熙凤说，你这可不行。平儿也说，那钱我不能要回。这个尤氏说，你说不能要，许你们奶奶做人情，不许我做人情吗？

到了鸳鸯这里，鸳鸯也算大人物，虽然她是丫鬟，但是她是贾母那边的首席助手、首席丫鬟，所以尤氏就拉拢鸳鸯，把鸳鸯交的钱也退了回去。尤氏又看到了彩云，彩云在编制上也算贾母的丫鬟，她是从贾母这里派去服务贾环的，考虑到她和贾母、和王夫人这边的关系，所以尤氏把彩云的钱也退回去了。那么这里边写到的至少有四个人是口头上说随份子，而实际上并没有交钱的。

王熙凤在这里头坑了一份，做了一份假，就是她所说的替李纨出钱，实际上一分都没出。但是李纨也算参加了，而且给的量还不少，李纨当然不知道实情。尤氏这边直接做人情，按退回处理的就有三份，鸳鸯的、彩云的、平儿的，而且这三个人当然都知情并感谢尤氏了。王熙凤也知道这些，王熙凤至少知道鸳鸯和彩云的钱退回了，至于是不是趁着王熙凤不在的时候，尤氏把平儿的钱退还给了她，书上没有仔细说。这几位都是有头有脸的丫鬟，丫鬟里头也分普通丫鬟和 VIP 丫鬟，不一样的这个事儿非常值得大家来讨论。为什么这么说？这算什么事啊？这不是什么正式的工程，就是个一块玩儿的事，但是从王熙凤到尤氏，都利用职务之便作假，上边骗了贾母，下边骗了所有攒钱的人。

　　林之孝家的送来了一大堆碎银子,这里头涉及的人谁都不知道,说这里头还有五个人或者四个人是豁免的,是嘴上说交钱实际上不用交钱的。而王熙凤和尤氏做这些事情,我在今天读到这里还不算特别反感。为什么不算特别反感?因为它能说出道理来。说李纨她寡妇失业的,你还让她交这钱那钱的干什么,她自个儿也是形如槁木、心如死灰之人,没有什么可玩的,也没有什么可乐的,就是跟宝玉他们一块走走玩玩,那么好的一个人,道德这么高尚,符合当时的道德,她就是说要出钱,你也不能真正让她出。反过来说,你也不能让王熙凤替她出钱,如果遇到有困难的人,钱一律都由王熙凤出?给王熙凤庆祝生日,是贾母出的主意,王本人当然可以不出钱。

　　至于尤氏,更聪明了。人家平儿、鸳鸯要管多少事啊,平儿就是王熙凤的首席助理,鸳鸯是贾母的首席助理,彩云也有她特殊的重要性。尤氏不想得罪赵姨娘、贾环他们,所以她做得很好。但是这种做法又是非常危险的,这证明在数学问题上,甚至在钱数的问题上可以搞花样,可以灵活处理,可以保持弹性,可以口头上一套、实际上一套。中国的家族、家庭在社会生活中起很大的作用,被看作国与天下的模型,如果它什么都可以变通、灵活处理,什么都可以看情面、凭感觉、随机应变,权宜行事,发展下去就是滥用权力,无法无天。不要小看这么一点儿小事,它说明了中国文化的一个特点,中国文化强调美、强调善,可以连连称善,但是它并不强调真,不强调准确。西洋人什么事都搞得很准确,动不动就填表、列公式,咱们跟西洋的这种思想方法不一样,它在处理各种事情当中有较多的弹性,有较多的情绪性、感情化,而且往往会因人而异、因时而异、因事而异。

　　贾府给王熙凤过生日,这个事太小了,但凑份子、随份子这种事体现出来的操作弹性却不小。在中国历史中的一些大事上也会这样。中国古代历史中有几件特别有名的大事,一个是华容道关公把曹操放了。因为曹操从个人来说,对关公特别仗义,所以关公如果不放曹操,别人反倒会说他不讲感恩,不讲得容人处就容人,不讲义气。当年你被魏军俘虏的时候,曹操待你如上宾;可是如今他落在你手底下了,你就把他给杀了?可是从军事上特别是军纪上来说,关公放走曹操这个行为,按军法诸葛亮应该砍了他的头。可是我们所有的人,不管《三国演义》里罗贯中怎么想办法贬低曹操,到了这个地方,必须体现关公义释曹操。它讲求义气,所以关公被认为是最有义气的人,他可以连军事战斗中的胜负都不管。这是非常惊人的例子。这不妨碍大家都喜欢关公。再比如说春秋战国的时候,范雎放过须贾。须贾害他,但是就因为他假装成一个流浪汉、一个穷人,须贾给了他一件绨袍,就是京剧《赠绨袍》里讲的,后来范雎就把他们之间的仇恨给免掉了,放过了须贾,只是杀掉了魏齐公子,报了仇。

所以在中国文化中有这么一种灵活性,但是这种灵活性又可能变成猫腻、私情、行贿、腐败。如果她们是做大官的话,这种做事的习惯、路子,就不知道会整出什么样的事故。她们可能会变成贪污犯,变成诈骗犯;她们可能对上欺骗君王,对下欺骗人民。所以这种文化上过于强调情感,过于强调义气,不管法制的严肃性,不管事实的准确性,没有对上和对下,对元首、君王和对老百姓负责任的这种态度,这也是值得我们总结与否定的。

总而言之,你看着非常美好,大家非常热情、非常快乐、非常轻松的这么一个生日活动,里边居然有猫腻、有假象、有欺骗,而且贾母是不可能知道的。但是鸳鸯是知道的,鸳鸯也参加了,等于也一块骗了贾母。那些拿着碎银子给老板祝寿的人也不可能知道其中的猫腻。一次纯粹的民间娱乐聚餐活动,里边也有这么多猫腻、诡诈,说一套,做一套,言行脱节,令人叹息。

到了王熙凤生日这天,偏偏宝玉还不在。为什么?九月初二既是王熙凤的生日,又是金钏的生日,而金钏已经投井而死。宝玉一大早就告诉袭人说,我得跟焙茗,就是茗烟,对他特忠心的那个小子,一起去一趟北静王家,有点事要处理。这完全是假话,北静王跟他有什么私人联系？可是他说得非常严肃，非常郑重。袭人说，好，你可记得早点儿回来。然后他就走了。大家一起都来给王熙凤过生日，没看见贾宝玉，就都埋怨袭人。袭人就说他有事，一会儿会来的。这是一个很有趣的情节，袭人对贾宝玉是起着监督、提醒、校正方面的作用的，但是她竟然在贾母老太太发起的这样一个为王熙凤祝寿的活动中，把贾宝玉给放跑了，我就觉得这个也特别有趣。

书上也没说为什么，我至少可以从两个方面来加以解释。第一，袭人对贾宝玉是理论从严、教育从严、办事从宽，她不能真的什么事情都管着贾宝玉，如果什么事都管贾宝玉，贾宝玉真跟她急了，她不是对手。你别以为她得到了王夫人的信任，得到了薛宝钗的夸奖，就可以任意行动。在理论方面，我得跟你说得很严肃、很认真，具体的哪件事能办、哪件事不能办；但我不可能每件事都掺和，我不可能每件事都管着你，那样早晚我就会变成你的敌人。你想找个机会把我干掉，太容易了，因为你是主子。第二，这些大丫鬟之间，她们相互有一种横向的联系，你不让她们联系，她们也会有联系。她们有共同的处境，相互之间也有利益冲突，但是她们互相了解。我认为极可能袭人也知道今天同时也是金钏的生日。贾宝玉的神态很严肃，他要有所表现，他有自己的感情。贾宝玉不能告诉袭人，我今天要出去给金钏烧香祭奠。如果他说了，袭人就必须拦着他；她如果不拦着他，责任就大了。他不说，但是态度绷得很严肃，让她知道我今天有事儿，这事我不能告诉你，但是你不能妨碍我。他与袭人有这么一个默契，这是一个很有趣的细节。

宝玉也没告诉焙茗要出去干什么，他们出来以后，他只是说，我要找个庙，我要找个什么地方，我要找香，我要烧香。焙茗说这个荒郊野地里头哪有卖香的，你要烧什么香？宝玉说你甭管我烧什么香，我就是要香。想了半天，焙茗给他出了一个主意，说这边有一个祭洛神的水仙庵，水仙庵里有香，我们可以借那里的香用。宝玉说可以。焙茗跟他的谈话还证明了宝玉原来特别讨厌水仙庵，因为宝玉认为并没有这个洛神,是曹植在文章里写到的洛神的故事,根本就是骗人的。其实宝玉这个话说得是不对的,只能说洛神的故事是虚构的,不能说是骗人的。文学的虚构并不是经济上的诈骗或者医术医疗上的诈骗、商品上的造假,它跟这个是两回事儿。

最后他们就找到了水仙庵,受到了欢迎,他们都知道宝玉,也找来了香。宝玉拿着香就找到了一口井,这个是水仙庵里边的井,并不是金钏跳的那个井,但只当是井井相通吧,他就在这井边上点起香,来怀念金钏。当然宝玉什么话都没说,他在那儿跪了一会儿,点上香,想念金钏、思念金钏。焙茗也跪了,还说我从二爷面容上、容色上可以断定,二爷祭奠的是一位姐姐,姐姐你已经成了神了,姐姐保佑我们二爷,下辈子让他也当女孩吧,他喜欢的是女孩,他看重的是女孩,他愿意当的是女孩。贾宝玉说,别胡说八道了。之后,他们还在那儿吃了点饭,就回家了。

这个焙茗也很懂事,宝玉让他干什么,他不多问,尽量配合、尽量提供帮助。庵里的人要留宝玉吃饭,焙茗一看都到饭点了,就说你吃点东西吧,你从早晨起来到现在什么东西都还没吃呢。吃完了饭以后,他又劝宝玉说,你来也来了,香也烧了,该祭奠的也祭奠了,咱们还是回去吧,别在这儿待太长时间。你有什么心意,都做到了,人活一辈子,甭管是哪一位姐姐,咱们该怎么祭奠已经祭奠了,你要是不回去的话,老太太那儿会着急的,二奶奶在那儿也急了。他说了一大堆,那意思就是反正你得走,你不能再在这儿这么待下去了。他把宝玉劝走了。

宝玉类似的或表现类似的活动还非常多,他确实对每一个丫鬟,对每一个遭受了不公正的待遇、人生碰到了挫折、碰到了不愉快的丫鬟,都惦记得很。但是他又没有任何行动,当时他妈妈打金钏的时候,他一声没吭。他也非常难吭声,他没法说这是我造成的,妈妈你别打她,你要打就打我。他要这么说,王夫人能把金钏给打死,所以他确实没法说。但是他又弄得这么郑重,不管家里有什么大事儿,就出了门,又是找香,又是下跪,又是祭奠,他做得郑重极了。但是这种郑重当中又给人一种空洞感,他就是空洞地搞一些活动,有点阿Q精神——阿Q精神是精神胜利,贾宝玉的态度是精神坚持。他坚持,但是他在生活中又没有任何实际的行动,对他所同情的那些人物没有任何实际的帮助。

此后也好,此前也好,哪一个被侮辱、被损害、被冤枉、被迫害的女孩子,只要和贾宝玉有关系,宝玉都有同情和悲痛、想念和痛苦,但是贾宝玉并没有做任何减轻她们痛苦的事情。贾宝玉能做的只是偷偷摸摸地把自己的那点心情表露一下、发泄一下而已,所以看到这儿我也替贾宝玉着急和遗憾。

从找香和进洛神庙,我们也可以看到民间的造神、造庙、祭奠或祈祷活动仪式,有一种混乱、自由、将就、凑合、变通乃至含混、哭笑不得、自欺欺人的特色,叫人不知道说什么好。

第四十四讲　立即出手

《红楼梦》第四十四回,"变生不测凤姐泼醋,喜出望外平儿理妆"。这一回是讲凤姐与平儿。"变生不测凤姐泼醋",在不测即完全没想到之中生变,写凤姐大大地吃醋的一件事。"喜出望外平儿理妆",喜出望外,宝玉得到了一个机会,来帮着平儿整理她的妆饰。

这一回里说到他们一块儿看戏,林黛玉好像意识到、感觉到了贾宝玉前边出门儿,这么长时间的外出,是去干什么了。林黛玉非常敏感,她借着看戏,戏里边也有祭奠亡人的这么一个事件,就说这人也太傻了,祭奠主要的是一份心,不是说你非得到了什么地方才是祭奠。如果你真有祭奠之心,在任何地方都可以祭奠,这是她说给宝玉听的。这么大的贾府里,能够感受到宝玉的心的,只有林黛玉。

然后写这生日宴开始了,我分析这餐饭,大概相当于午饭。因为宝玉跟焙茗他们两个人骑着马到了水仙庵,吃了一点儿素食,那是早餐。只能是这么理解。然后大家都给王熙凤敬酒,连贾母也撺掇他们快去敬酒,今天要让她喝足了,让她喝得高兴。王熙凤一再解释说我喝得已经不行了,我们碰到的饭局、酒局上也有这种情况,人家敬你酒,你就喝了,不喝,对方就说你不给面子。连着喝了几杯,王熙凤就觉得有点儿头沉,觉得心跳厉害,身体有点儿不太舒服,她就躲开去歇了一会儿。歇下来,她就更觉着晕得慌了。她想我要回自己的家,大家在那边看戏的看戏、遛弯的遛弯、聊天的聊天,也不是说个个都找我,我回自个儿的家、自己的房间,稍微打个盹儿,就会舒服多

313

了。这也是非常正常的。

平儿陪着她——王熙凤到哪儿平儿都陪着——一块儿回家,因为那里也是平儿所待的地方。离着老远有个小丫头,这个小丫头一看见王熙凤来了,掉头就跑。王熙凤马上就说站住,那平儿也喊站住,喊了好几声,小丫头才停下来。她看跑不掉了,就回过头说,我没看见二位。王熙凤过来,啪地就打了小丫头一个嘴巴子,小丫头的嘴立刻就红肿了起来,王熙凤反手又给了她一个嘴巴子。在我童年的时候,我见过旧社会主人打下人那种打嘴巴子的方式,而且是女人打的。简单说,就像打乒乓球正抽完了以后再一个反抽,第一个就这么用右手打过去了,用手心打到对方那个人的左脸上;打过去后,你手不用翻,用手背打回去。用手背打对方的右脸,很可能打得更重、更疼,因为几个骨节都在外边,骨头是硬的,而你用手心打的时候,手掌是软的。

两个嘴巴打上去以后,那小丫头就满脸都肿了。王熙凤的一个特点是出手快,根本不用考虑。然后她就说,你跑什么?小丫头说,我跑,是因为没听见您喊我。听她说没听见,王熙凤就说要撕她的嘴,说叫谁谁谁来。王熙凤就提出了一大堆肉刑,把那个小丫头给吓得不轻。然后王熙凤又问她说不说,并从头上取下发簪,过去扎她的嘴。这个扎嘴的肉刑,此后在描写旧社会的文艺作品当中,屡屡出现。

例如在巴金的小说《家》里边,有一个老顽固、老封建,叫冯乐山。其实那冯乐山才四十多岁,只不过是我现在年龄的二分之一左右。他想娶鸣凤,就是三少爷高觉慧的情人。最后鸣凤跳湖自杀了。代替鸣凤的是另外一个小丫头,被冯乐山给抢走了。冯乐山这种人心生变态的想法,或者是对小丫头的服侍不满意的时候,就用簪子扎小丫头,还有一种说是用烟钎子,就是抽大烟时用来拨拉烟膏的钎子,用这钎子扎小丫头。在《白毛女》里头,喜儿被黄世仁掠夺到家里头以后,先是伺候黄世仁的妈妈,黄世仁的妈妈动不动就拿烟钎子、拿簪子扎喜儿。在某些版本里这个情节没有了,认为这挺讨人嫌的。《红楼梦》之前的文学作品里有没有这种描写,我现在还不知道,反正《红楼梦》里已经有这个细节。

总之,王熙凤不但是一个管理者,是一个主子,而且还可以随时担任行刑队的队长。平儿劝她,说你不要再打了,你打她你会手疼的。平儿不是担心那个挨打的人,而是替这打人的人心疼,说再这么嘴巴子扇下去,你的手会疼的。这个细节写得非常厉害。后来这个小丫头说,因为二奶奶打得太厉害了,还拿簪子扎她的嘴,而且还威胁她说再不说,就拿烙铁烫她的嘴,给她嘴巴烧红了。这完全是渣滓洞的行刑场面中最刺激、最残酷、最野蛮、最惨无人道的手段。这王熙凤一秒钟就可以从一个文文雅雅、客客气气、孝敬老人的人变成一个残暴的行刑者。于是这个挨打的小丫头只好说了,说是贾琏让我拿了两锭银子,还拿了件衣服,去找他们这儿的鲍二家的,让她来一趟,鲍二家的就来了。来了以后他们干什么我不知道,让我在这儿站着,说看见你们回来立刻要告诉他们。我没想到您这么早就回来了,他想的是您在那儿怎么着也得玩到下午,太阳往下走,到四五点再回来。她们进去,进去里边还有一个丫头,那个丫头在另一个路口,一听到外边喊叫了,赶紧就过来了,说我正要去禀报奶奶。王熙凤说,什么?你要是想给我禀报,早就跑过来了,你要是过来了,我也用不着审她了,你就先说情况了。王熙凤又打她一个嘴巴子,这个嘴巴子打得完全具有乒乓球运动员的那个劲了,不得了,太可怕了。

王熙凤与平儿走到了贾琏、王熙凤他们的卧房,正好听见那个鲍二家的在跟贾琏说话。贾琏说,我们家那一位,说的就是王熙凤,现在把他管得如何之严。鲍二家的回什么呢?她说,等她死了就好办了,你小日子就过得好了。贾琏说,她死了,换一个也可能更坏。鲍二家的说,你别换别人,就换平儿,平儿比王熙凤好,为人厚道多了。王熙凤一听这个,火就更上来了,他们要害死她,换成平儿。于是她回过头来,照着平儿又是打嘴巴子,又是拳打脚踢,反正一全武行,完全变成一出武戏。平儿也嗷嗷地在那儿直叫。

之后两个人就进了屋,王熙凤上去就打鲍二家的,她不敢一上来动手打贾琏,但是她打鲍二家的。平儿也上去打鲍二家的,平儿的逻辑是,你们俩爱搞什么搞什么,我也管不了你们,你们扯我干什么?扯到我,让我挨主子的打,都是你这个鲍二家的造成的。贾琏的逻辑是什么呢?王熙凤是我正经的太太、夫人,她有资格打鲍二家的,鲍二家的是个下人,而且跟我这是不正当的关系。平儿你一个奴才,有什么资格打我的姘头,或叫情人、心上人?所以贾琏就去打平儿。然后王熙凤也打平儿,什么意思呢?你给我接着打去,你得给我接着打鲍二家的。这种关系、这种逻辑让人也非常叹息。

因为王熙凤一直信任平儿,说明平儿已经做得非常好了,但在地位上她们必然是有冲突的。一个是夫人、太太,一个是小老婆、妾、奴仆。小老婆、妾,完全有可能得到这个男人的宠爱,使正经夫人变得寂寞,变得向隅而泣。从地位上讲,她们的矛盾不可调和。但是在具体的行为举止上,平儿她有特殊的本领、特殊的表现,所以王熙凤一直没找出她什么麻烦来。可是到了这时,平儿一肚子的窝囊:第一,她不能向贾琏示威发怒;第二,她更不敢还手抵抗王熙凤,她知道如果她抵抗一点的话,王熙凤能要她的命。那么她发泄怒气,就只能是去抓着、撕着鲍二家的,这也是阶级的一种表现。就是咱们中国人爱说的一句话,大鱼吃小鱼,小鱼吃虾米,虾米啃烂泥,一层一层欺负比你低的人。不说欺负也行,就是你要报仇雪恨,你就找比你低的人报仇雪恨吧。你不敢打大鱼,你就去打小鱼;你是小鱼,中鱼、大鱼你不敢动,你就去吃那个虾;你是虾,大虾吃小虾,最后你反正还有个烂泥可以啃。这些表现真是让人看到了《红楼梦》里头这些美妙的、富贵的、荣华的人,他们生活的另一面是那么肮脏,那么下流,那么残酷,那么一层压着一层、一层害着一层。

王熙凤也知道,她跟贾琏不能硬干到底。而贾琏这个时候,甚至有点儿开玩笑了,他拿起了一把剑,说你们再闹我把你们全杀了。王熙凤趁这机会就跑了,就往贾母那里跑,说老太太不得了了,琏爷要杀我了,等等。这个事越闹就越大发,越闹越不成样子。

但是贾母反倒不认为这是什么大事。她说这是算什么要紧的事,小孩子们年轻,馋嘴猫似的,哪里保得住不这么干呢?她认为在他们家庭里边,一个年轻男子胡扯八道、行为不端,随便跟下人里边的女性有这种不雅的关系,是很正常的事情。从贾母想把这个事说小,大事化小、小事化无,也让我们又看到了贾府的道德极其败坏,所谓满口仁义道德却满肚子男盗女娼的这一面。当然她也责备,说我要收拾这个贾琏,像你这么好的女人,他敢杀你?听我的,叫他过来。贾琏过来以后,给贾母跪下,她大骂了他一顿。但是贾母对王熙凤说的是,贾琏这就是猫吃腥,她把贾琏和鲍二家的不干不净的这些话、这些事说成了猫吃腥。问题是你再也想不到在这个不足为奇的猫吃腥底下,出了一个什么情况,乱成什么样了。

王熙凤过来找贾母告状来了,到这儿诉苦来了,取得贾母的支持来了,平儿怎么办呢?平儿刚挨完了王熙凤的打,贾琏到这儿下跪来了,平儿你算干吗的?平儿很难办,别人就劝着把她拉到怡红院去了,起码让她改换一下精神状态,换个地儿歇一歇。而且袭人这些人跟平儿关系都很好,没有一个人说平儿一个坏字。更可笑的或者是更让人哭笑不得的是,平儿来到这儿了,正好给了贾宝玉一个献殷勤的机会,给了贾宝玉实现某方面的美梦的机会。

平儿也是很美好的一个人,要相貌有相貌,要身材有身材,又懂事,又会说话,又讲礼貌,又与人为善,无懈可击。贾宝玉就是没有机会跟她接近。第一,她是贾琏的妾,你贾宝玉跑那儿伸手,你想在那儿得便宜,没门儿。第二,她最最靠近的领导、管她的最近的主子是王熙凤,你要是做了不妥的事情,得罪了王熙凤,那她是什么招都敢使的。可是现在机会来了,名正言顺,平儿他们家出事了,她跟王熙凤也出事了,跟贾琏那儿也弄了这么一件事,正好需要在他这儿避避风、歇一歇,休息休息、调剂调剂。

于是从袭人一直到贾宝玉，都来给她建议，说你先好好洗个脸，你再好好化化妆、补补妆。刚才你们又打架又揉搓的，衣服是不是有撕破的地方，从袭人这边找几件合适的衣服穿上。因为袭人的地位也并不比平儿低，在某种意义上也许还更高，因为她是在宝玉这边，宝玉是一个比较能怜香惜玉的人。贾宝玉帮着平儿理妆，就显示出了他对女性化妆、打扮、抹粉、涂胭脂，所谓涂脂抹粉内行到什么程度，对女性梳头、梳发、做发型熟悉到什么程度，反正我看着觉得有点太过了，觉得有点儿肉麻了。

平儿洗完脸，宝玉马上给她拿出装粉的东西，把一个瓷盒揭开，里边有十根玉珍花瓣，他取了一根给平儿，说这个不是铅粉。在过去旧中国，女人脸上擦的粉含铅，那铅是有毒的。这粉是将茉莉花研碎了兑上香料，"轻白红香"，其中有白颜色的成分，有红颜色的成分，而且它本身非常轻，而且又有香味，抹到脸上，平儿觉得特棒。然后宝玉又拿着一个小小的白玉盒子，说这胭脂跟玫瑰膏子一样，市上卖的胭脂并不干净，颜色也太薄，而这是上好的胭脂。将茉莉花研碎了，拧出汁子来，淘澄净了渣滓，配了花露蒸馏成的。经过一番蒸馏的过程，留下最细致、最干净、最好的部分，涂在脸上特别漂亮。平儿特别满意，贾宝玉也特别满意。然后就写他怎么放这个胭脂，他把胭脂先在嘴唇上抹了一点，因为这一点就够了，它连口红的作用也起到了，然后再涂到脸上，用手再拍开，等等一系列动作。

我佩服贾宝玉，又觉得有点过。我也佩服曹雪芹，显然这就是曹雪芹，他对女性各种私密的事情了解得就像一位年纪大的女性一样，就像一位什么都见过、什么都经历过、什么都讲究过、什么也都操作过的女人一样。一般男作家写女性的事情能够写到这一步的，少见。即使写到这些，也不是这个味儿。

曹雪芹写女性，他细致起来，那种味儿是古今中外所有的男作家做不到的。男作家写女性，有时候带着一种欣赏，一种赞美，一种爱，确实是用一种爱的感情来写的。也有的男作家是带着玩弄与轻薄的态度来写女性,特别是女性的比较私密的一些事情的。而曹氏写这些东西,带着一种熟谙,带着一种体贴,而且特别能将那些非女性作家体会不到的东西写出来,给人一种很特殊的感觉。这方面的感觉底下有机会我还会再说。

第四十五讲　黛玉悲秋

《红楼梦》第四十五回,"金兰契互剖金兰语,风雨夕闷制风雨词"。《黛玉悲秋》是梅花大鼓或者弹词开篇的著名曲目,也是林黛玉个人抒发悲情的仅次于黛玉葬花的情节。我还要说,这是黛玉的行为艺术。

这一回主要讲尤氏与王熙凤,还有薛宝钗与林黛玉。"金兰契互剖金兰语","金兰契"就是说,虽然不是亲的兄弟姊妹,但是就和亲兄弟姊妹一样,互相了解,互相说了一些像黄金一样的语言,像兰花这样的君子的语言,像亲兄弟姊妹之间的一样的亲近语言。"风雨夕闷制风雨词",写林黛玉的一些个人的悲伤情怀。

上一回说王熙凤和贾琏他们闹得很厉害,在这当口,贾宝玉又稀奇古怪地快乐了一回,嘚瑟了一回。然后贾母就主持着,让贾琏给王熙凤作了一个大揖,表示道歉。当然在此前,贾母审问、教训贾琏的时候,贾琏是跪在贾母面前的,这让王熙凤也看见了,就算给王熙凤长了脸了,所以王熙凤也就不再闹了。然后贾母说你们俩回去,如果谁要是再提这件事,乱棍打死,这就是贾母处理家庭矛盾的办法,我处理完了就完了,谁也不许提,提的话就乱棍打死。中国这套所谓齐家的本领也有它的绝门。

然后贾琏和王熙凤也都向平儿表示抚慰,不能算道歉,就是有所安慰。但是贾琏实际上也向平儿示好,就是这么回事。这个事就到此为止了。

后来就说到李纨带着一大批小姐妹来找王熙凤。王熙凤说，来这么多人干吗呀？李纨说，我们成立了一个诗社，叫海棠诗社，要请你做监社御史。王熙凤说，我不会作诗，又不会读诗，让我做监社御史干吗？李纨说，我们需要找一个人监督，谁不准时到、不好好作诗就要挨罚；怎么罚，需要一个铁面无私的人来监督和执行。正好你也不会作诗，所以我们才认为你合适。王熙凤说，你还少跟我来这套，你这个大嫂子不领着这些女孩学正道，作什么诗？你们作诗，而且互相做东，互相联系，我知道你们钱不够了，你们找我是要钱来了，我哪里有那么多的钱？李纨就说了几句口气相当重却又不伤和气的话，李纨和王熙凤之间也有一种默契。李纨就跟姊妹说，你们听听这个家伙说这话，说得多么没有教养，说得多么不文明，她钱还不够，她钱够不够的，我们能花几个钱，她跟我们还这么计较，她是个正派人吗？她还是个大家闺秀吗？她怎么这么抠门儿？这么不讲情面？她如此把王熙凤说了一通。请注意，李纨的这些话好像是与王熙凤怄气，但是你要会听的话，就听出是在表扬赞扬王熙凤，因为这等于是在说，王熙凤持家，节省认真、不讲情面，对宝玉兄妹这等级别的少爷小姐都是严格按照财务标准行事，绝无大手大脚、讨好浪费等情况。

这个时候平儿过来了，给李纨倒茶。李纨说，你要伺候别人行，我可不能让你伺候。又说，听说王熙凤你还打了人家平儿，你算什么东西，你敢打人家平儿？依着我就把你们俩换过来，让平儿当太太，让你当小老婆、当奴仆。李纨能这么说话，原因就在于李纨站在了封建道德的制高点上，她是守寡的人，是死后要给她修一座贞节牌坊的人，所以她说什么都可以。你们不要认为，李纨说这些话，王熙凤会动怒。她不会动怒，因为这个事已经过去了，贾母已经下了死命令，这是必须回避的话题、不可谈论的话题、不可回忆的话题。王熙凤也愿意得一个机会，让平儿心情稍微舒畅一下。因为毕竟王熙凤在打平儿的同时，也暴露了自己的野蛮和不懂好赖，而且她如果连平儿都容不下的话，她就也没法站住脚了。王熙凤不是不知道这点，所以这么一个寡妇嫂子说她几句,甚至骂她几句,王熙凤只是咯咯直笑,这说明她们过得着,有多方面的默契。

然后王熙凤说,你们放心吧,反正你们的诗社我参加就是了,我是御史,是监社。按现在来说,咱们的一些群众团体,不但有理事,还有监事,监事是对它的财政经济状况做检查、做审计,也对某些所谓纪律问题加以监督和强调。所以王熙凤就说,你们这么多人来找我,我要不当你们诗社的监事,不当你们诗社的御史,那我不成了反叛你们了吗? 王熙凤也非常明白,该合作时也得合作,该做人情必须做人情——但要让你们知道我是做了人情的,我是对你们特别照顾、特别优待、特别给了面子的。

王熙凤在贾府之所以能够一度有这么高的地位,是因为她知道对哪些人她可以发威,对哪些人她得与他们互相扶持、互相帮助。她并不是一个见谁咬谁的凶恶的狂犬式人物。所以王熙凤跟这些姊妹聊得还挺热闹。另外她还答应帮着惜春找一些画具。听到王熙凤说还有一些画具,她们就要求说去仓库里看看,但是王熙凤没答应,说你们知道我都忙成什么样了,哪里有空现在就去找。这个讲得也有道理,但是惜春她们非常急,说咱们去看一眼,但是王熙凤死活不去。因为王熙凤的猫腻太多,她不能随随便便一说,马上就把仓库的门打开,万一被别人发现了什么情况,咋办? 所以她说了很多叫苦的话,使用了很多苦肉计,反正就是拦着她们,声称现在不能去,等什么时候有空了咱们再去,这个事就过去了。这个事过去了,也就把什么过生日、吃醋、打架这些事全都翻篇了。

这个章回里底下写的事情,都是发生在潇湘馆的,就是发生在林黛玉那儿的事。一个是宝钗去看望林黛玉,林黛玉就说起来,最近这两天,因为一直在大观园有吃有喝有玩,弄得自个儿身体有点儿不舒服,有点儿又要闹病的感觉,还说她经常吃什么药。宝钗就又讲了很多中药学,证明宝钗在中药上也有一套理论,她说你吃的补药太多了,会上火,火太大了,对身体反而不好,等等这一类的理论。

林黛玉说她咳嗽得越来越厉害,现在进入秋天了,中医说让她吃燕窝,她说很多好东西她都吃了,没法再吃燕窝了。她说我在这儿吃喝住着、享受着,再经常出事故,经常出现新问题,这能不挨骂吗?类似这样的话。宝钗就说,燕窝我有,我待会儿给你弄,这个那个的,又说了一堆。这林黛玉就向宝钗交心,说所有的人都说姐姐好,原来我心里头还不服,他们都那么夸你一个人,我心里还不高兴呢。但是自从上次姐姐劝告我说,不要随便引用《西厢记》《牡丹亭》上面的话,那些杂书看多了,会移了性情,使我失去正确的方向,会学到各种的毛病,你对我那么爱护,而且你不跟别人说这个事,要按我的脾气呢,如果事情反过来,是你说话说漏了嘴,把你看一些不应该看的禁书、杂书的事让我听到了,说不定我还给你到处宣传去呢。姐姐太好了,我算知道姐姐是好人了,我服了,很好。

林黛玉这样想非常好。如果不这样想,她心里头更不愉快;如果不这样想,她更孤独;如果不这样想,她更悲观。她这样想了,很好。而且这样也显出了薛宝钗的成熟,她会办事,她善于处理一切关系和问题。因为她没说的那个话,读者可以替曹雪芹说了,因为林黛玉对薛宝钗不服,薛宝钗有时候也会斜着眼看林黛玉,有时候会敲打、讽刺她两句。难道薛宝钗服林黛玉吗?难道薛宝钗认为林黛玉说什么她都可以听吗?难道她不认为林黛玉也可能抓她的辫子吗?但是薛宝钗竟然能够做到让林黛玉口服心服,这也算是很难得的了。

薛宝钗走了以后,天下起雨来了,是秋天的雨。在雨中,贾宝玉穿着北静王送给他的高级蓑衣——一种特殊的蓑衣,来到了林黛玉这里看望她,这当然使林黛玉非常快乐,她得到了安慰。但是林黛玉说了一些话,她自己又觉得说错了,她心里挺难受的、挺不高兴的,也是为难。什么话?因为他是穿着蓑衣进来的,林黛玉说你怎么这身打扮,看着像一个渔翁。贾宝玉快要走的时候,她又帮着贾宝玉找帽子,找在风雨中能够照明的灯。她戴上那个帽子。自己说了一句,我一戴这帽子,倒像个渔婆了。这句话,她觉得自己又说错了。人家贾宝玉来了,你说人家像渔翁,半个多小时、个把小时以后,你说你自己是渔婆。你这是什么意思?你一个小女孩怎么能这么说话呢?所以她又后悔了半天。但这段描写也相当生动。

《红楼梦》把四时、阴晴、雨雪、花开花落,一切气象、自然现象、动植物的现象、生物的现象、时间的现象都写到了,让你越来越感觉到,好像你也去过大观园一样。所以有一些红学家研究说,这个大观园到底是在什么地方。有的说是袁枚的随园,说大观园怎么怎么像这个随园。周汝昌先生说那是北京的恭王府。当然也有人说,这只是文学的虚构,假作真时真亦假。但是虚构到让你如临其境,如处其中,那也是文学手段的成功,描写的成功。

他一写到下雨,一写到服装,让你立刻就进入了秋雨的境界。这一回快结束的时候,写的是林黛玉听见外边秋雨淅沥、滴滴答答的声音,非常多感,心情非常沉重,她模仿着《春江花月夜》的类似写法,写了《秋窗风雨夕》。

> 秋花惨淡秋草黄,耿耿秋灯秋夜长。
> 已觉秋窗秋不尽,那堪风雨助凄凉!
> 助秋风雨来何速?惊破秋窗秋梦绿。
> 抱得秋情不忍眠,自向秋屏移泪烛。
> 泪烛摇摇爇短檠,牵愁照恨动离情。
> 谁家秋院无风入?何处秋窗无雨声?
> 罗衾不奈秋风力,残漏声催秋雨急。
> 连宵脉脉复飕飕,灯前似伴离人泣。
> 寒烟小院转萧条,疏竹虚窗时滴沥。
> 不知风雨几时休,已教泪洒窗纱湿。

"夕"就是晚上,在秋天的窗户旁边,她要写风雨的声音,要听这个声音。写刮着风又下着雨的这样一个晚上,这些词也都特别顺当,明白如话,不像她正式写那些律诗绝句,更深一点,让你不好懂。这个更像从内心里头流淌出来的。

"秋花惨淡秋草黄",秋天的花已经惨淡了,草也黄了。"耿耿秋灯秋夜长",秋天的灯在那儿;"耿耿"的一个意思是带几分孤独、几分寂寞,就是在那儿坚持着的一个灯,灯不管再好,但是秋夜太长了,天且不亮。"已觉秋窗秋不尽",从窗户这儿听到的声音,或者是映射进来的光线上,已经感觉到无限的秋光、无限的秋色,到处是秋天,所以叫"秋不尽"。"那堪风雨助凄凉",秋光已经无限了、不尽了,却还有风雨让它更加凄凉。"助秋风雨来何速?惊破秋窗秋梦绿","绿"在这个地方念"碌",这个时候秋梦也变成绿颜色的了;就是人也进入了秋梦了,底下还有一些话就不一一说了。"抱得秋情不忍眠,自向秋屏移泪烛",把花烛往风这边挪了一下。"寒烟小院转萧条,疏竹虚窗时滴沥",雨点打在地上蹦起来,像雾,像烟。遇到下雨的时候,各位注视一下,就会有这种感觉了。"疏竹",这竹子现在显得也很稀疏了;"虚窗",窗户也没有关得很严实。也许那时候的窗子不可能像咱们现在的窗户一样,有的是可以关的,有的时候只是在窗户棂子上糊一层纸或贴上一层其他材质的东西,反正它不严实。"不知风雨几时休,已教泪洒窗纱湿",在这样的雨当中,我的眼泪和外面的雨同时流着,都把纱窗打湿了。

这让我想起有名的梅花大鼓的曲目《黛玉悲秋》。非常有趣的是,在四大名著当中,《红楼梦》是改编成戏曲最少的。根据《西游记》改编成的戏曲很多,有《盘丝洞》《三打白骨精》;根据《三国演义》改编成的戏曲更多,有《借东风》《失空斩》《白帝城》,等等,太多了。根据《水浒传》改编成的戏曲也不少,有《潘金莲》《逼上梁山》《野猪林》,也是非常多。可是根据《红楼梦》编成戏曲的,而且比较能站得住的,我知道的只有一出,就是《红楼二尤》。我们底下还能讲到。但是根据《红楼梦》改编的曲艺作品,唱的曲儿,又多于其他三部名著,其中一个就是梅花大鼓《黛玉悲秋》,写的不只是这个晚上的事,而是综合性地写秋雨下来的时候,林黛玉是怎么样的悲伤。

另外《黛玉葬花》也有梅花大鼓,非常有名。梅兰芳先生把它做过一篇折子戏,这是算他戏曲改革的一个东西。这个戏很难叫座,一个人在那儿唱着,然后就没了,它也没有那种戏曲的冲突、那种情节的力量。还有就是《宝玉探晴雯》,这个是非常有名的梅花大鼓。还有更普遍的《宝玉哭黛玉》,写黛玉死了以后,当然这是后四十回的事,被认为是高鹗写的故事。这个《宝玉哭黛玉》,各种曲艺好多都有,曾任国家曲艺家协会主席的骆玉笙,艺名叫小彩舞,她就唱过,而且把这个节目传了下来,是京韵大鼓。河南坠子也有《宝玉哭黛玉》。北京的魏喜奎老师,她擅长奉调大鼓,也有《宝玉哭黛玉》。

从这些地方,我们也看出《红楼梦》的一些特色:这些大鼓,尤其是梅花大鼓,更擅长的是抒情。我们可以想一想,一个和黛玉有关,一个和宝玉有关,一个和晴雯有关,没有一个大鼓的曲子是歌唱薛宝钗的,也没有一个大鼓的曲子是歌颂花袭人的,所以读者、观众、听众,甚至我们可以用一个词——人民,都有自己的选择。

你说下天天来,林黛玉太失败了,林黛玉犯的错误太多了,说了不该说的话,做了不该做的事,等等,可是不管林黛玉多失败,大家还是同情林黛玉,惦记林黛玉,为林黛玉而洒泪。晴雯也说过不该说的话,做过不该做的事,她跟贾宝玉都乱发脾气,后边更有一些越来越被主子不喜欢的表现,但是大家惦记的、同情的、想歌唱的、想回忆的、想琢磨的、想做梦梦见的,是晴雯,是黛玉,是宝玉。

以往有人认为,《红楼梦》一定要从反封建和维护封建上来分析,贾宝玉、林黛玉、晴雯是反封建的;花袭人、探春、王夫人等这些人是维护封建的,尤其是薛宝钗,她是维护封建的一个代表人物。

但我不拘泥于此,我尽量不这么看。必须承认,薛宝钗有相当的可爱之处,而且我还坚持对薛宝钗进行无罪推定。你说不清楚的事,不能给她扣上帽子。比如说她抓蝴蝶,碰到小红和坠儿这些不太正派的丫头说一些不该说的事的时候,她叫了一声"颦儿,我追着你"。别人认为她要陷害林黛玉,我认为我得无罪推定,在没找着证据以前我不能这么说。即使这样,我们的曲艺,我们的民间音乐、民间文学、民间故事,做出了自己的选择。《红楼梦》不太适合改编成戏曲,它那种戏剧性并不是最成功的。它不像《三国演义》里有很多故事,如火烧赤壁、火烧战船、借东风、草船借箭等。《水浒传》里豹子头林冲有很多故事,连李逵都有很多故事。另外《西游记》里三打白骨精的故事,多热闹!

《红楼梦》里的故事并不热闹,但它的那种生活性、情感性,受到了曲艺的厚爱。我们到现在,再看林黛玉的葬花词"花谢花开飞满天"、她题手帕的诗、她写秋风秋雨的诗,依然打动人心,令人难忘。从情节链上看,黛玉悲秋写诗,并没有特别的重要性,甚至可以说没有这个悲秋,也不会影响后面的情节的发展。《红楼梦》摆脱了章回小说的单线结构模式,是生活的网状结构,这在中国小说史上也是非常了不起的。

第四十六讲　刚烈鸳鸯

《红楼梦》第四十六回,"尴尬人难免尴尬事,鸳鸯女誓绝鸳鸯偶"。这个"尴尬",有的广东人把它干脆读成 jiān jiè,咱们国家正音法规定它该读 gān gà,但是现在也有的词典承认,它可以读成 jiān jiè。尴尬,说的是贾赦——这是非常有名的一回——要讨鸳鸯做妾,鸳鸯坚决抗婚,既生动又热闹,给人印象深刻。主要是在这一回里头,很多人物都活脱脱地出场了。

先是说贾政的哥哥贾赦最没有出息,但因为他是长子,所以又世袭了某些名号,也算一个贵族官员,是属于那种没有任务、白白养着的那种官员。贾赦的夫人是邢夫人,在这一回里头反复提到,说她性格懦弱。但是她又不光是性格懦弱的问题。后来又说她有点儿左性子。左性子就是爱找别扭,思路、想方法跟别人也不一样,爱较劲。她还有这方面的问题。

邢夫人这一天找了王熙凤来,说你看有这么个事,你帮着办一办。帮着办什么事呢?邢夫人是贾琏的母亲,贾赦是贾琏的爹。说贾赦看中了老太太房里的大丫鬟鸳鸯了,想讨她做妾。她还说鸳鸯一过来就能变成半个主子,好像将来这个日子会越过越好。王熙凤一听就知道这事办不成,贾母根本离不开鸳鸯,且鸳鸯自视很高,根本不会凑合,不是随便什么人她都愿意给他做妾的。所以王熙凤说,这事儿咱们得谨慎一点儿,怕老太太不高兴。邢夫人马上就说,哪有像你这么说话的?这老爷是大儿子,大儿子这个地位的,讨个三妻四妾的有的是,没什么了不起的;鸳鸯也越长越大了,你也不能不让人家鸳鸯嫁人。邢夫人非常不高兴。

王熙凤一看她不高兴,觉得刚才这话说错了。自己一说这个话,这事还不好办了,她要是办不成,非把责任放在她身上不可,认为她好像在那儿故意搞破坏似的。于是王熙凤就开始表演,说还是您说得对,我一个孩子家,岁数小,也没见过世面,我哪里懂这个,您说得太有理了,要不您先过去跟鸳鸯说说,酝酿好了,咱们再找老太太一说,鸳鸯本人同意了,老太太也不会说别的话,她也不能老扣着人家不是。这个地方邢夫人显得不是左性子了,而是显得有点儿犯傻似的。前三秒钟,王熙凤还坚决反对这件事,忽然又思想转变了,马上顺着邢夫人说对对对、好好好,咱们现在就问。结果邢夫人居然也说好,说这事事不宜迟,既然老爷提出来了,你也愿意给他办,咱们现在就办。

王熙凤又采取了第二个应对的招数,什么呢?就是咱们现在就走。为什么现在就走而不能留出一段时间呢?婆婆跟我说了,还没有跟鸳鸯本人说。如果过了两天,哪怕过了半天,邢夫人到鸳鸯那边、贾母那边去说,鸳鸯只要一拒绝,邢夫人就会认定是她儿媳妇王熙凤给破坏的。所以说得现在就去,一分钟都不能等,两个人一块儿过去,到了那儿让邢夫人先进去,这才行。她们俩怎么一块过去呢?王熙凤说,我坐了一辆车过来,这车就是自己经常用的。本来有两辆车,还有一辆车出了毛病,拉出去维修了。再派车也不方便,那您就跟我,咱们俩坐一辆车过去。过去之后我还有别的事要忙,还得给这边预备吃食,给那边预备什么的。说您到了就直接找鸳鸯去。邢夫人又接受了,说好好,一会儿走。

到了那儿,凤姐把邢夫人往贾母院里一推,自个儿就走了。这是第三招,就是王熙凤让邢夫人跟她一块儿坐一辆车过去,而且到了那里,她让邢夫人走在她前头,这样不但没有时间差,而且她不用见鸳鸯,也不用见贾母。她想的是,你们的事行不行跟我没关系,我没给你们捣乱,你不听我的,那我有什么办法?从贾母院子离开之后,王熙凤直接找人传话说,安排平儿上园子里去给她办点事,她这是将平儿从家里支走。她为什么支开平儿呢?她是什么想法呢?鸳鸯向来跟平儿最好,如果邢夫人来到鸳鸯这儿,话说不通,说不定她要想办法找平儿去。如果平儿自个儿在家里,她就会认为平儿是受了王熙凤的影响。所以王熙凤还没到家,先让人传话,把平儿支出去,这样她就可以证明她跟平儿还没来得及见上面。关于老爷,指的是贾赦,要娶鸳鸯当小老婆的这个事,我王熙凤跟任何人都没说过,平儿也不知道。这也是金蝉彻底脱壳之计。

果然,邢夫人跟鸳鸯说了这话,立即被鸳鸯拒绝了。鸳鸯也没说什么话,但是一看她那样,邢夫人就想着去找平儿,还想着找鸳鸯的家属。因为鸳鸯是家生子,鸳鸯的父母、哥哥都是贾府的奴才,她出生的时候父母已经是这儿的奴才了,因此她生下来就是贾府的奴才。所以邢夫人就想找鸳鸯的哥哥,看看让他来帮着说服鸳鸯接受这项婚姻。这边鸳鸯听了以后非常烦恼,就走出去找平儿,在园子里见着了平儿,鸳鸯就很愤怒地把这事告诉平儿。这些地方写得非常好。平儿她不敢,也不能说你可千万别嫁给这个老家伙,她的第一个反应是给鸳鸯道喜。这样鸳鸯就更愤怒了,一看鸳鸯真愤怒了,平儿才说,大概意思就是同情她,说这个事反正跟老太太说清楚就好。然后两个人说着话,又碰到了袭人。袭人也是先说道喜,后说表示理解,表示支持鸳鸯,还说了一些对贾赦并不好的话。因为贾赦在贾府本身名声就相当臭,他没有一技之长,不会干一件正经的事,表现是非常差的。

她们就这么说着,鸳鸯的嫂子就来了,嫂子就给鸳鸯说,姑娘这是大喜事,想不到被大老爷看上了,以后前途无量,后头的日子越来越好了。如果去上一年半载再生个儿子,你马上就能和邢夫人享受同等的级别待遇。大概说的是这么一个意思。这鸳鸯不敢骂邢夫人,就把她自个儿的嫂子痛骂了一顿,而且骂得很粗、很野,骂得极不留情。我们看到了鸳鸯脾气大的这一面、性格刚烈的这一面,绝不容许别人随便糟践、侮辱自己的这一面。她骂得粗野,有些脏字我这里就不说了。她大致是骂她嫂子,你快闭上你那张嘴离开这儿,你跟我有什么好话可说?还说什么喜事,哪里来的喜事?原来你们这些人整天羡慕的就是人家哪个丫头当了小老婆了,然后一家子就可以仗着当小老婆的丫头横行霸道了,就可以仗势欺人了,就觉得一家子都成了小老婆了。她话说得非常难听,说你们就等着我去给这贾赦当小老婆,然后认为自个儿也沾了小老婆的光了,你也琢磨着当小老婆了。

这之前《红楼梦》中没用过这样的语言。连赵姨娘都没有说过这样的话,赵姨娘不会说话,只会说一些见不得场面的话。像鸳鸯骂得这么痛快淋漓,这个也还是初次说:你们看得眼热了,想把我送到火坑里去,我得要脸。那意思我要混得好呢,你们在外头横行霸道,自己就疯了,你们感觉是舅爷了。如果她嫁给贾赦的话,她哥哥不就变成了贾赦大舅子了吗?虽说她哥哥比贾赦年纪小得多。那我到时候要是败了阵,到了那儿我混不成,我不受欢迎,没人待见,你们把王八脖子一缩,生死由我了,才不会管我。她骂了个一塌糊涂,骂得真痛快。本来,看到贾赦的这种嘴脸,邢夫人的这种嘴脸,她嫂子的这种嘴脸,读者都憋着一口气。你看到这里,就会觉得这人要是会骂人,也真解气。当然从文明礼貌的正常情况下,不应该骂人,但是鸳鸯态度越来越激愤。

鸳鸯她嫂子也极其无聊,说你不要当着矮人说短话。什么意思?她说平儿、袭人这都是妾的角色。虽然新人还没有办手续,但你也别当着矮人说短。这平儿和袭人也不是好惹的,说嫂子你不要胡说八道,什么时候人家要封我们当小老婆了?你说说。你想封我们当小老婆,你配吗?然后鸳鸯就打好了主意。过了一会儿,她一切主意都想好了,她要直接禀告贾母。这时候贾母那儿正好来了一批人,晚辈都要来看望,薛姨妈也来了,宝玉也来了,宝钗、黛玉也来了,迎春、惜春、探春也来了，李纨也来了。这些人都来看望老太太的时候，鸳鸯就说叫我嫂子他们来，要和老太太说我婚姻的事。她没提他哥哥来，因为男士不能进内院，所以她嫂子又来了。她嫂子又犯傻了，她以为鸳鸯回心转意了，还挺高兴的。

众人过来了以后，鸳鸯就表示，大老爷要讨我做小老婆，我不想去，我就在这儿陪老太太，我非常高兴也非常愿意做现在的事。老太太百年之后我可以死，也可以去当姑子出家。她拿出剪子来，当场就绞下一绺头发，这也是表达决心。然后她说，我这个嫂子，她说我不愿意上大老爷那儿去，因为是嫌大老爷老，说我是看中了宝玉二爷了。现在我告诉大家，不管他是宝玉，还是宝金、宝银、宝天王、宝皇帝，我都不嫁，反正最后我一死不就得了。她这是说到了绝对的程度，说到了巅峰的程度。

贾母一听可就火了，她为什么火呢？大家琢磨琢磨，从她自个儿角度说，我身边就剩这么一个可靠的人了，我信任的也有能力替我办事的、靠得住的人就这一个，他们还要来算计。她说的"他们"是指贾赦和邢夫人，她一看眼前还有王夫人，她火更大了，指着王夫人说，原来你们都是哄我的，你们都骗我。听贾母这么一说，王夫人赶紧站起来了，因为贾母生气且是指着她鼻子骂的。她一站起来，薛姨妈是她亲妹妹，薛姨妈赶紧也站起来了。贾母继续说，你们整天在外头声称孝顺，表面上享福又跟着我快乐，暗地里你们却盘算我、算计我，有好东西也来要，有好人也来要。你们把鸳鸯再给盘算走了，你们就更好收拾我了，就更好欺负我了。这话说得非常严重。

这里我加几句，贾母为什么会说这样的一些话？从表面上看，贾母在贾家地位高，受到的各种孝敬又多。刘姥姥说她怎么怎么享福时，她对刘姥姥说，什么享福，我不过就是一个老废物，得空有吃的我就吃一口，能走路我就走两步，大概就是这么个意思。她说自己老废物的时候，自我感觉是最好的，什么事都不用操心，也没人要求她操心。她信任王熙凤，也信任这么多人在那做着事，她还心疼贾宝玉，她对贾政的印象也比较好,所以她过着幸福的生活。

但是她有两个问题。第一个问题,从理论上来说,这个家里头的顶峰、第一把手应该是贾赦,是大儿子,是她的长子,而且他是有一些级别封号头衔的。贾母辈分再高,也只是一个堂客,真正大事应该掌握在贾赦那里。第二个,她年岁越来越大了,那个年代七十好几,已经到了很严重的年龄了,属于高危年龄,跟现在说的一百零二岁感觉差不多,甚至更多一点儿都可能。那时候有几个人能活那么久?所以在年龄上她有一种弱者的感觉,她就是怕人家糊弄她,怕人家把她耍了。你想,她耳朵也没有原来好了,眼睛也没有原来好了,记性也不如原来好了,园子里头那么多人,她连脸都记不清楚,谁好谁坏、谁多谁少,她什么都弄不清了,她觉得别人都要糊弄她。用天津话来说,就是你要想要攥着她,太容易了。贾母这样一说,说得王夫人无话可谈,你还能说什么呢?她就赶忙说,老太太没那么回事,我们糊弄您干吗?我们怎么会想把鸳鸯支开了好欺负您,哪有这事?她自己没法说。贾宝玉也没法说。奶奶正在生气,骂的是自己的妈妈,你插上一嘴干什么?你跟你妈站在一头纠正你奶奶,你算什么?薛姨妈更不能说话,她是客人,而且是王夫人的妹妹。

鸳鸯把这个事情说出来,把这个事情尖锐化了,有了这个争吵。李纨赶紧带上迎春、探春、惜春这三春,出去回避一下。那是三个小姑娘,这些话挺难听的,不好听,所以李纨就把她们带出去了。

可是探春听到贾母这个说法,她自己主动进来了,说奶奶您让我说个话,他们都不好说话。大老爷要讨鸳鸯,我母亲不可能知道。她说的母亲指的就是王夫人,因为赵姨娘是妾室,所以探春不能称赵姨娘母亲。您说这大伯子哪有跟兄弟媳妇说这事的?这个话很重要,因为到现在,尤其在农村,也还有类似的讲究,大伯子对兄弟媳妇要非常谨慎、非常客气,不能随便说话,更不能说涉嫌不雅、涉嫌挑逗的话。大伯子在兄弟媳妇面前要保持自己的尊严,而且是极端严格要求自己的。如果是兄嫂对待小叔子,倒没关系。中国的俚语里有长嫂如母的说法,如果一个家里头母亲身体不好,或者母亲死得早,这个嫂子在家里起的是母亲的作用。过去时兴早婚,说不定小叔子刚八岁,而嫂子已经二十五岁了,所以,长嫂如母。我们听着可能觉得还挺奇特的。人们说,在农村,如果小叔子年龄很小,吃嫂子的奶都是可以的。事实是不是如此,我现在也无法去考证了。反正就是说大伯子和兄弟媳妇,与小叔子和大嫂,这关系,完全是两路的。探春这个话特别有说服力,贾母听了,就说你说得太对了,我都让他们气糊涂了。

然后贾母又说,宝玉你太不像话了,你看奶奶犯糊涂了,你也不说一声。宝玉说,奶奶我也不能站在我妈那边,我跟您抬杠,我成了什么人了?这个也不合乎家庭的规矩。贾母说,宝玉给你妈跪下,求你妈,说刚才奶奶说话有点儿糊涂,老太太说话糊涂了,您别生气,这事咱们就过去了。宝玉听了就必须执行,他就真给他妈跪下了。他还要说话,王夫人赶紧拦住不让他说,你一说话,那叫什么事?那成了替老太太给我道歉来了,给我赔不是来了。老太太都这岁数了,我怎么能让她给我赔不是呢?这是又化忧为喜了。这说明贾母虽然相当看得开,生活经验也非常丰富,对很多事她都不急不躁,但是她的警惕性还是非常强的。她这一句句你们糊弄我、你们暗地里盘算我、你们要摆弄我,说明了这样一个家族的生活的内情是很残酷的,是很黑暗的。而贾母作为一个老人,在她嘻嘻哈哈、吃吃喝喝、玩玩笑笑、整天瞎逗的这样一个过程当中,仍然保持着她的警惕性、她的敌情观念——她知道到处都有敌人。

第四十七讲　贾母的处境与性格

《红楼梦》第四十七回,"呆霸王调情遭苦打,冷郎君惧祸走他乡"。这一回主要讲薛蟠挨打,说的是薛蟠和柳湘莲之间的一段故事。

但是这一回一上来描写的是贾母在鸳鸯这个事过去了以后,觉得有点儿不好意思了,觉得自己表现得有点儿失态了,所以她借着邢夫人来说话。她先是批评、责备了邢夫人几句,然后又把薛姨妈也请过来,还请了王熙凤,她们一块打牌,一直说笑话逗着玩。本来王熙凤不知道鸳鸯这个事的后续,在理论上,在血缘关系上,邢夫人他们跟贾琏、跟王熙凤关系更近,人家贾赦可是贾琏的亲爹。

王熙凤她又有一绝,她看着贾母正生气,她怎么劝贾母呢？她说,这事是您造成的,这责任在您身上。贾母说,你胡说八道,怎么是我的责任呢？王熙凤说你看,你带出来的丫鬟都什么水平,你调理的这些丫鬟既漂亮又文明,既聪明又会办事,还见过世面,像鸳鸯这么好的人,要不是在您身边,能调理成这样吗？别说大老爷看着她眼红,我看着她都眼红。可惜我是一个女人,我要是一个男人,我非娶这个鸳鸯不可。王熙凤对贾母小马屁一拍,一下子把不愉快的话题,拍成了一个快乐的话题了。她看似批评贾母,实际上变成奉承了。贾母就接着逗乐说,你看中她了,好了,你把她带回去,给贾琏做妾吧。王熙凤又回了一句话,这也是《红楼梦》上很有名的话。她说,贾琏他哪里配？贾琏有我、有平儿,有我们这一对烧煳了的卷子配他足够了。这里的"卷子"就是花卷,我小的时候家人就把花卷说成卷子,烧煳了的卷子就好比现在说的歪瓜裂枣,瓜长歪了,枣也裂了缝了,成了次品。

这个事件当中包含的信息量非常大。第一,它暴露了贾赦的穷极无聊、卑贱低下,真有点儿"老而不死是为贼"的那种感觉,又贪心不足,没有一个父亲的样子,没有一个老爷的样子。他知道这个事被鸳鸯拒绝以后,还扬言说,你们告诉鸳鸯,她跑不出我的手心,老太太百年之后她还得到我这儿来,她甭想跑出我的手心。他的表现非常低劣。第二,这其中显示出邢夫人既笨又糊涂,王熙凤一上来不赞成,老老实实地跟她说实话她不信,而说瞎话她反倒信了。第三,这件事对王熙凤来说是个难题,因为邢夫人是她的长辈,而且是关系最近的长辈,她要做一件不得体的事、尴尬的事,叫王熙凤能怎么办?她既及时调整了自己的态度,又处处设防。她先是想到不能比邢夫人先在贾母那儿露面,还不能先见着鸳鸯,不能够让邢夫人去找到平儿。她每一步都设了防,每一步都打了掩护、做了伪装。她就这么随手一办,就能办得这么严密,这么滴水不漏、无懈可击。这让你感觉到这王熙凤也真是一个能办事的人。还有,鸳鸯在这个事中显现出她的刚烈,这鸳鸯碰不得。当然这酝酿着底下更大的悲剧、更惨烈的后果。

尤其是这里头对贾母的描写,我在上一回已经谈了一点儿了,这儿我再说一点。这里头描写贾母跟薛姨妈、邢夫人、王熙凤一块打牌,贾母还让鸳鸯站在身旁帮她看着点儿。说她们打着打着,老太太那各方面都已经凑好了一副牌了,就缺一张二饼,凑齐她就能和了。这个"和牌"跟现在的麻将牌规则一样。鸳鸯就给了王熙凤一个表情、一个暗号。那时候王熙凤正好拿到一张二饼,是老太太最需要的。王熙凤就拿着这个牌故意在那儿制造烟幕弹,说我这个牌是为了挖出薛姨妈的牌,薛姨妈她现在扣着我要的牌。薛姨妈说,胡说,谁说我要扣你的牌了,这个我和不了,我要查你的牌。这两个人诚心制造了这个气氛。最后王熙凤把二饼打了出来,老太太和了,赢了个满贯,她高兴得不得了。

这就是说,糊弄老太太,她们是真是费尽心思,就为了让老太太高兴。这让人想起前面讲到他们猜谜语的活动。他们猜谜语的时候也是这样,先是老太太出了一个谜语,说"猴子身轻立树梢",这说的是荔枝。大家一听就知道谜底是荔枝。但是贾政就故意往错里猜,一边猜错了,一边抓耳挠腮,说老太太这谜语太难猜了,这个谜底是不是……好像根本猜不出来,都快憋出病来一样。这样,他满足了贾母跟他们孩子玩的心理,而且还显出她老人家知道的事多。我知道的你们不知道,我的智商比你们的高多了,我的经验比你们多多了。她很满足这一点。后面贾政出了一个谜语,"身自端方,体自坚硬,虽不能言,有言必应"。说完了以后他立刻就告诉宝玉,说这是砚台。宝玉几乎是当着大家面儿就过去小声告诉贾母,说这是砚台。然后贾母就说那有什么难猜的,就是砚台。结果她又赢得全体欢呼,说老太太跟神仙一样。要体现出贾母的聪明,他们做一些局来赢得她的欢心。

我认为贾母知道他们是故意的。我见过这样的人,听过这样的话。什么人呢?你虚伪地奉承,他知道你是假的,但他爱听。甚至他也知道你有若干毛病,或者已经从别人那里了解到,你这个人好奉承,别人也提醒他别信你的话。他明明清楚你在假意奉承,他仍然欢迎。人就是有这么个弱点,你说怎么办呢?你假意奉承,他听着心里想,这个话他是故意说的,因为现在我官大,我地位高,他故意在这儿讨我的好,这人实际上靠不住。他一面这么想着,一面却乐得不行,他见着这人,还是喜欢这个人。另外一个人动不动就给他提点儿不同意见,他知道这个人很真诚,但是他不待见这个人。这真是人际关系中乃至于官场上的一个令人叹息的情况。

孔夫子那个时候,他称赞过颜回"不贰过""不迁怒",意思是颜回从来都不把自己的怒气迁移到别人身上,不重复犯同样的错误。

孟子称赞过子路"闻过则喜",就是别人给他指出过错来,他高兴。但是说实在的,在实际的人生体验当中,你见到过的闻过则喜的人,少于你见过的闻过则怒的人。所以正是贾母最优越的地位,也使她愿意配合大家,在客观上允许别人做局来奉承她、做局来让她高兴。她愿意这样高兴,这是让人非常叹息的。

那底下又有个什么事?这一回里头,就说到赖大,赖大原来是贾府排第一位的管家。赖大的母亲赖嬷嬷,也算得上最老的嬷嬷了。所谓最老吧,她大概也就是五六十岁这么一个年纪,也许更老一点儿,六七十岁的这么个嬷嬷。本来按理说,赖嬷嬷家一辈辈的都是贾家的奴才,但由于赖大地位高、贡献大,所以到了他儿子赖尚荣这一辈就享受和主子一样的待遇了。赖尚荣从小和主子的这些同龄的小孩一样,跟他们一块儿上学,而且他的身边也有丫鬟、仆人伺候,生活待遇就往主子这边靠拢。赖尚荣还参加了科举考试,有了一定的功名,又在贾家的帮助下当了知县。这相当于说,他当了一个县级领导了,当了县长了。赖尚荣当了县长,在家里头也修了一个园子,虽然这个园子不能跟大观园相比,但是其中也有惊人之处。赖嬷嬷亲自到贾家来,就是为了庆祝她这个孙子当官,也庆祝他们自己园子和房屋修起来了,希望请贾家的这些主子到他们家坐坐,吃个饭,给她道贺一下,这样也给他们赖家添点儿荣华,添点儿自信。

赖嬷嬷反复给孙子讲一个道理,要感谢主子,要感谢朝廷,不要忘记你本来是一个奴才秧子,你原本天生下来就应该当奴才的,你要知道我们这当奴才是怎么当的,到了你这儿,你小子现在是当了县官了,如果主子不给你用恩情,随手把你一拨拉,你就还是奴才。她讲得那真是刻骨铭心。我相信赖嬷嬷说的都是她心里边的话,但非常让人叹息。这就是毛主席看《红楼梦》,为什么能到处看出它的阶级斗争的一面。

这次出了一件什么事呢?在赖家的聚会上,赖尚荣这边邀请了一些客人,其中有一个是柳湘莲,这柳湘莲也是有头有脸的人物,世家子弟,也是有背景的偏于贵族家庭的子弟。但是这个人读书没有什么成绩,四书五经读得不行,做官、科举也没什么成就。但是他很潇洒,很会风流,也非常风流。柳湘莲父母早丧,他有两个特点,一个是喜欢耍枪舞剑,会中国功夫;一个就是好赌博吃酒、吃喝玩乐、眠花卧柳,经常到妓院什么的这些地方吹笛弹筝,无所不为。有意思的是,书中把吹笛弹筝放在眠花卧柳后面,跟嫖妓算作一类的行为。

所以有些人不知道他是贵公子出身,以为他是优伶,是戏子,而中国过去对戏子是非常看不上的。在元朝有过一种说法,说人分十等:一官二吏,官吏不用说了,是第一、第二等;三僧四道,三、四等是宗教职业者;五医六工,第五等是医生,第六等是工匠;七优八娼,唱戏的是第七等,第八等是妓女;九儒十丐,儒生,这些念书的人,混得还不如妓女,所以第九等,这姑且作为一种说法吧,最下一等是乞丐。

他们在一块喝酒吃饭,薛蟠就打这个柳湘莲的主意,他认为柳湘莲是类似那种戏子的人,那种用自己的形色、用自己的表演,乃至于用自己的肉体的某些部分来给大少爷们、老爷们提供某种快乐的,他把柳湘莲看成这样的人了。这样的人在中国很难想象,但是仍是有的。薛蟠就有很多不良的表现,用下贱的态度、低级的语言,向柳湘莲那儿挑。他以为柳湘莲可能正需要这么一个像他这样的大少爷,一块儿活动活动。柳湘莲实在气急了,就骗他。说你现在别说话,我这还有好几个小孩子,都可爱得很,待会儿等咱们这儿散了以后到北城门那边见面。他们酒喝完了,饭吃完了,柳湘莲到了北城门那里等着,这个薛蟠就来了。薛蟠到了之后就让柳湘莲给臭揍了一顿,详细过程就不说了,揍得那是痛快淋漓。柳湘莲先照着他脖子后边哪的一拳,薛蟠哪里禁揍啊,一开头还嘴硬,到后来简直是哭爹叫娘了,被打得浑身是伤。因为柳湘莲会武功,很会打人,他打得你浑身是伤,但是又不伤及内脏,也伤不到骨头。

通过这样一个故事,我觉得从作者和读者的角度,也给了薛蟠这样一类的人一个警告,千万不要以为这个人长得漂亮一点儿或者说话和气一点儿,还会唱戏,你就可以胡来,你要知道处处都有惩治你的流氓行为、流氓语言的相对的力量。

另外这里还表现了一点,给人印象深刻。看到薛蟠被打成这样了,薛姨妈这些人,还有香菱,香菱当时已经是薛蟠的妾了,要通过官府捉拿柳湘莲,但是薛宝钗坚决反对。她说她哥哥着三不着两,行为不端、语言不端、招人讨厌、惹是生非。这种事情多了,如果我们惊动官府,再找这个朝廷官员或者找什么府尹,通过这些官的力量去捉拿柳湘莲,未必捉拿成功。柳湘莲也不是吃素的,他有这么多手艺、这么多办法,证明他不是一般人。在这里表现了薛宝钗相对比较清醒,尤其对她的哥哥有告诫的一面。所以为什么我说薛宝钗有些地方尽管让人很遗憾,但是从总体来说,仍然没办法把薛宝钗当成一个坏人来看待。因为她不光要求别人,她也要求她自己的家人,她对封建的那一套规矩是接受的,基本上不是假接受,而是真接受。即使是中国的封建社会,有一些规则仍然有它的道理,有它存在的必要。

这一段故事承先启后,是《红楼梦》中很重要的一个过节。

第四十八讲　雪芹的诗学

《红楼梦》第四十八回,"滥情人情误思游艺,慕雅女雅集苦吟诗"。

"滥情人"说的是薛蟠,他的感情生活是滥情,是浅薄的、廉价的、官能性的、没有文化内涵也经不住人生的折腾的低级感情。"情误",指薛蟠跟柳湘莲的过节,用陕西话说,就是薛蟠跑到柳湘莲那儿骚情,那他当然是犯了一个错误,结果让人给臭揍了一顿。"思游艺"是说,因为薛家也是大家族,他们家都是和商界有密切关系的。其中有一个商人张德辉,最近要出去行商,要到很远的地方去采购或者是出售货物,又或者去联系生意。薛蟠因为挨了揍,大家都知道他挨揍了,他羞于见人。你见着人怎么说呢?你说是自己的错不行,说是别人的错,人家会问那你为什么不追究,你怎么说都不对。所以他就想跟着张德辉一块儿去经商。为什么叫"游艺"?游艺,今天的说法和过去不完全相同,这个词语还包含很深刻的内容。因为这个词语出自《论语》,孔子说过,一个人这一辈子应该怎么样?要"志于道"。你追求向往的、你做的事情,要合乎最基本的道理,那个最原始、最自然的存在与法则。他们称之为大道,叫天道,即概括一切的规则和规律,是最高级的、最高层的概念。"朝闻道夕死可也",你如果能把这个道给我讲清楚,我早上听明白了,晚上就死也不遗憾了。"志于道,据于德",你什么事能做、什么事不能做,要用德来衡量,要根据道德来选择,你做事情的根据、你说话的根据是德。用我们今天的话说，就是以德作价值标准。"依于仁"，你不管做什么事，出发点都是由于对他人的仁爱，都是由于对他人的好心。"仁者爱人"，你有一种对他人、对人类、对世界的爱心。有了这个出发点，什么事你都可以做好了。然后"游于艺"，这个"游"包含着游玩的意思，有人认为其中没有游玩这个意思，我认为它当然有，也包含着游走、游行的意思。这个"游行"跟现在的这个抗议示威的游行不是一回事。这里的"游行"是个双音节词，就是东跑西颠的，忙完这个忙那个。"艺"是什么意思？既是艺术，也是工艺，更是手艺、匠心。简单来说，你要懂大道，你做事要有道德依据，你对人要有好心，同时你每天忙活一点儿，你还得有个吃饭的饭碗，有自己行业的本领，你也要有一点儿能够让自己快乐、让你的亲人快乐、让你的朋友快乐的本领。所以，这个"艺"里边包含着本领、手艺、工艺、业务、行业的意思。

当薛蟠说想跟商人出去走走、一起经商的时候，宝钗跟她母亲商量说，他在这儿待着也实在别扭，现在他又不好意思见人，他出去一趟，无非是挥霍个万儿八千两银子，但是他在家里头糟践的钱，可能比这个还多。他带上几个人出去，让他们也见见世面，让他们知道世界是什么样的，生意是怎么做成的，钱是怎么赚的，弄不好了是要赔钱的，该辛苦也得辛苦辛苦，同时也学点待人接物、买卖收购、选择商品的本领。大概就是这么个意思。

说来说去，薛蟠他妈妈和他妹妹都支持他。所以薛蟠居然也"游于艺"了。他也能游艺了，他学的艺，是商界这方面的本领，商界的手艺、商界的工艺、商界的操作规则。这薛蟠一走，他们这儿也要加强保卫工作。薛蟠不管怎么样，也是个大男人哪。他一走，薛家只剩下女眷，那怎么得了？宝钗就提出来，因为宝钗住在大观园里头，说让香菱来陪我吧。本来薛姨妈想让香菱陪自己，薛宝钗说你让她陪我来吧，她这么年轻，我们在一块说话什么的都挺好，也省得我在那儿闷得慌，她能帮着我办好多事。薛姨妈说那太好了，就让香菱来陪宝钗。

香菱在宝钗这儿见到平儿了,就说,哎呀你还来看望,这么客气。然后这也挺有意思,宝钗这个人做事特别仔细,就跟平儿说香菱搬到我这来了,你呀,见着二奶奶,就是指王熙凤,替我报告一声。平儿说你还用什么报告,她来了就来了。宝钗说,那不对,二奶奶管着全园子的事,我需要告诉人家,至少要打个招呼。宝钗做事很周到仔细,尊重管理,也尊重服务。然后平儿借这机会透露了这么一件事,说你不知道,老爷把琏二爷打得受了伤,躺在床上都起不来了。琏二爷为什么挨了打?说老爷要娶鸳鸯,已经出了一堆洋相,恶心巴拉地闹了一回了,现在又把兴趣放到什么收藏扇子上头了。他看到几把旧扇子,看完这扇子,他认为自己收的扇子一文不值。为什么一文不值?他举例说,听说咱们这边有个姓石的,外号叫石呆子、石傻子,这石傻子有八把最好的扇子,每把都用有名的材料做成,而且上边还有古人的题字什么的。材料咱们都是没听说过的,老爷就非想得到这八把扇子,而这个石呆子说他的扇子太值钱了,轻易不出手。这用咱们现在的话说,这些扇子是珍贵文物、珍稀文物,没有一千两银子这个石呆子他绝不出手。说老爷都提高到五百两银子了,五百两银子可是不得了了,放现在的话相当于上百万块钱了,可是这个石呆子还是不卖,说是宁死不卖,你不出到一千两银子,没门儿,一件你也拿不走。这把老爷气住了,回到家以后就叫琏二爷过去,说你帮着我弄扇子去。琏二爷就说,人家不卖,我有什么办法?我们也不能抢人家的。结果这件事让贾雨村知道了,这也是一绝。这贾雨村想必大家已经久违了,好像他在《红楼梦》里只是一个跑龙套的、串行的这么一个人物,但是现在来看,他有点意义。不是说过,他在这边也当着官吗?还为薛蟠打死人打过掩护。贾雨村一听这件事,就说好办。平儿就又骂说,这个没有天理的贾雨村。因为贾雨村又制造了一个假案,说那石呆子拖欠公款,然后把人家抓起来了,到现在不知是死是活。这八把扇子就归了贾赦了。

贾赦这叫欺男霸女、巧取豪夺呀,跟明抢一样,比强盗还厉害。

这么坏的人,是荣国府的一个继承人,荣国公的一个继承人,太黑暗了。他得到了这八把扇子还不算完,他想起跟他儿子算账来了,就把贾琏叫来说,你看,这些扇子我已经到手了,你就弄不来,你太不中用。贾琏这时说了一句人话,虽然说贾琏的人品远远谈不上高尚,但是他还没有坏到像贾赦这样混账、恶劣、霸道、欺男霸女、巧取豪夺。贾琏说,为几把扇子把人害成这样,弄得人家坑家败业,这也算不了什么能力。害人能算本事吗?贾琏还有一点儿最起码的良心。结果贾赦一听到这个就急了,拿着棍子就把贾琏一通揍。

《红楼梦》里动不动就开揍,动不动就打,在这么一个高级的贵府里边,居然是这种情形。我们想一想,比如在书房里头打,凤姐打小丫头,"啪、啪",左右开弓地打,柳湘莲打人,薛蟠打人,现在又出来一个贾赦打儿子,原因是他儿子不配合他害人,不配合他夺取几把扇子,这实在让人看了以后怒火中烧,府里积累的问题实在太多了。中国封建社会积累了很多文化,积累了很多历史经验,但也积累了很多罪恶。应该说,《红楼梦》不动声色地写的一些东西,让人感觉都非常刺激。这是关于贾赦强权豪夺扇子的故事。

另外呢,香菱还借这个机会说,我最近看见你们作诗、写诗,特别羡慕,我也要学作诗。宝钗给她讲怎样作诗,尤其是林黛玉,她成了香菱的辅导老师,专门给香菱讲作诗的事。实际上这也是曹雪芹借这个机会,不但表现出自己写了那么多的诗,其中有黛玉的诗、宝钗的诗、探春的诗等,有了这么多诗和以诗歌为内容的活动,而且他还把自己关于诗学、诗话的一些理论放了进去。中国传统文学中有一种东西叫诗话,比如《随园诗话》。诗话,就是一边读着诗,一边将这诗的背景或者有什么解说、读后感、赏析之类的附加写上。通过《红楼梦》,通过林黛玉的口,通过香菱学诗,曹雪芹足足讲了一回有关诗的论述。

林黛玉说诗有什么,还值得你专门去学?那意思你只要读过一些诗,也就明白了,无非就是起、承、转、合。按照她说的起、承、转、合,对应四言绝句,第一句是起,第二句是承,第三句是转,第四句是合。律诗是八句,每两句是一联,第一联起,第二联承,第三联转,第四联合。她拿律诗举例,比如说,"国破山河在,城春草木深。感时花溅泪,恨别鸟惊心。烽火连三月,家书抵万金。白头搔更短,浑欲不胜簪"。其中"国破山河在,城春草木深。感时花溅泪,恨别鸟惊心",这第一和第二句、第三和第四句,互相都是对仗的。"烽火连三月,家书抵万金",这两句互相也是对仗的。她说这个就是承和转。也就是从第三句、四句,第五句、六句,它们是互相对仗的,"当中承、转是两副对子,平声对仄声,虚的对实的,实的对虚的。若是果有了奇句,连平仄虚实不对都使得的"。她讲得非常好,这里有很多规则,但如果你的诗意好、你的文句好,你的字好、句好,个别之处不太符合规则,也没什么了不起。这就很棒了,这和专门背规则的不一样。你背规则,按照规则作出来的,那叫诗吗?

她讲的这个观点里头还有一句,我始终还不太明白。她说"平声对仄声",这绝对是对的;但是又说"虚的对实的,实的对虚的",我认为这是不对的。应该说,实的得对实的,虚的得对虚的。就举个普通例子,说过去传统文化中最普通的对子、门联,门上经常写着这样的对子:"又是一年芳草绿,依然十里杏花红"。和"又是"对着的是"依然",这都是虚的;"芳草",这是实的,它对的是"杏花",也是实的;"一年"对的是"十里",这是相同范畴的字才互相发生对仗的作用。"十"是数字,"一"也是数字,所以"一"可以对"十";"十"不可以对一个别的东西,"鸡"可以对"犬","十"不能对"犬"。"一"可以对"十",但是"一"不可以对"狗"或者对"花"。所以林黛玉说的"虚的对实的,实的对虚的"这个话,到底是她说错了,还是我没看懂,欢迎朋友们帮我指出来。

但是她讲的这个是非常好的,香菱听了也很明白。你看她在别的事上呆傻,但是人家写起诗来,立刻就明白了,说这就对了,我读很多的诗,有的是顺的,也有二、四、六句都错了的。因为第二句、第四句、第六句,它有押韵的问题。原来这些格调规矩还是末事、是小事,词句新奇为上。黛玉说,词句也是末事,立意要紧。你到底要写什么?你要有自己的思想,有自己的志向,有自己的感觉,有自己的内容。意趣真了,连词句都不用修饰,自然就是好的。这叫做"不以词害意",你用不着为了找一个词,在那吭哧吭哧把自个儿的意思都弄糊涂了,都不知道在说什么了。

然后香菱说,我就喜欢陆放翁——就是陆游——的诗,"重帘不卷留香久,古砚微凹聚墨多",就是说,门帘不急着卷起来,这样的话,香味才能久久地保留下来;一个砚台微微凹下去一点儿,这样墨就能在那儿聚得多起来。林黛玉马上说,可不能学这个,学这个就完了,这个太浅,没有深刻的内容,只能算是小巧。黛玉给香菱提出来说,你要读的是王维全集,要读杜甫的诗歌,你要背下他的二百首诗来,还要读一下李青莲的二百首诗,说的是李白。她提的是王维、杜甫和李白。她说你肚子里先有了这三个人做底子,再把什么陶渊明,然后是应、刘、谢、阮、庾、鲍这些,还有更早的,东汉的、东晋的,一直到后来的唐朝最初的一些重要诗人的诗,你把它们记下来。

这个地方也很好玩。林黛玉的诗学主张,和她自己写的诗并不能完全贴合在一块。她说的这些诗,都是格局比较大、眼界比较宽、心胸比较开阔的诗。底下她跟香菱讨论的全都是王维的诗,一个是"大漠孤烟直,长河落日圆",赞叹"直"和"圆"多么好。我要加一句,古人没有这么分析的,这讲的是一种几何美,直是线,圆是圆,这完全是几何学上的一种美,是一种世界万物不同的几何形状之美。然后又说王维的诗,"日落江湖白,潮来天地青",太阳落下的时候,因为天开始有点儿黑了,这时候你看着那个水花、浪花或者没有浪花的水面,越来越显得白、显得亮了,周围开始暗下去,潮水涌过来的时候,天地的颜色都显得发青。我用现在的语言来说,这是一种印象派的美。"渡头余落日,墟里上孤烟",渡头是河边停船的地方,从这个地方看过去,太阳慢慢地落下,在太阳落下去的时候,村落里边生的火,这个烟正慢慢往上升。这是一种民俗,一种日常的农家生活的美。可是这三首诗跟林黛玉写的诗的风格相差不少。当然林黛玉的见解很高,但是我不能不说,这些地方更多的是曹雪芹本人的见解。

曹雪芹在《红楼梦》中一直有一个潜台词,就是说我一生功名是零,我的级别是零,我的社会地位是零,我写的是不能登大雅之堂的小说,我没写过"大说"。但是我学问不低,我心胸不低,我的主张不低,我对诗的看法一点儿都不低。我很雄伟,我很开阔,我也是一个有见解、有胸怀的人物,可惜这一辈子不走运罢了。如果曹雪芹有这么一个想法,他表现出来了,我觉得也完全理解他。一个作家在写各种事物的时候,动不动把自个儿肚子里头想说的话就安进去了,这是一个非常难避免、难抵御的诱惑。

第四十九讲　大观园烧烤联欢节

《红楼梦》第四十九回,"琉璃世界白雪红梅,脂粉香娃割腥啖膻"。

这一回是写冬天到了,大观园又是一种美丽的风景,其中还增加了许多的人物。这一帮人,以女孩为主,在那儿吃烤肉,这烤肉又腥又膻的。这些女孩本来是挺讲究的,可是吃起烤肉来,她们也来劲了。

这一回开始有点儿奇怪,没有什么道理,让你也没有什么思想准备,简简单单,一下子就增加了九个人物。这九个人物,首先是邢夫人的哥哥跟嫂子,带上他们的女儿岫烟,这就仨人了;然后是凤姐的哥哥王仁,这是第四个人了;还有李纨的寡婶,还带着两个女儿,一个叫李纹,一个叫李绮,这就七个人了;然后又加上薛蟠的从弟,从弟就是堂弟,这个堂弟叫薛蝌,薛蝌还有一个妹妹,也是薛宝钗的堂妹,叫宝琴,这又是两个人。这样一下子九个人,而且是凑到一块儿来的,说是他们走在路上了碰到了,聊起来了,知道都是贾府的亲戚,就来了。从长篇小说写人物来说,很少有这么写的。这已经到了第四十九回了,作为八十回的《红楼梦》,已经过了一多半了;作为一百二十回的《红楼梦》,也已经过了三分之一了。一下子增加这么多人,而这些人和长篇小说的主线、主要故事情节没什么关系。

《红楼梦》中主要的故事情节,一个是贾宝玉的婚恋,围绕着他的,是林黛玉、薛宝钗、贾宝玉这样一个三角的关系;一个是以贾母和王熙凤为主轴的对贾府的治理,这个家从它的兴盛、发达、牛气到没落、垮台、完蛋的过程。这九个人跟这些事都没什么关系,所以按一般写作方法来看,这不是个很好的选择。作为读者读到这儿,会有一愣的感觉,那么突然增加九个人,人不少。原来《红楼梦》里头活跃的就是那么五六个人,有宝玉,有黛玉和宝钗,还有探春,在某种意义上还可以加上李纨,后来有了史湘云,也就是六个人。迎春和惜春也都很少提到,她俩参与的活动也很少。这一下子来了九个,好像不是最好的写作手法。

但是作者他需要九个人,其中一个重要的原因,他是要写大观园之冬,而且是写大观园在下着大雪的这样一个季节的热烈的生活,这一段要好好地热闹一下,没有一定的人口数量,热闹不起来,所以一下子加了九个。这里边的青年人当然没有那么多,这已经是一件很大的事了。但是由于作家的笔力非常强,即使某些地方硬给加上了,他写下来以后,它的生活细节依然很丰富,它的欢声笑语、它的你说笑我吟诗、它的你走过来我走过去,让你如闻其声、如见其人。青春活力、生活趣味、文化派对沙龙,与已经占据了不少篇幅的贾赦的丑恶卑劣可厌嘴脸的鲜明对比,一应俱全,这些让你一下子就被征服了。

这种事情在艺术上也常常发生。我们看一个话剧或者看一部电影,其中一个有名的演员,他实际年龄比较大了,但扮演的是一个年轻人,他一出来,你会疑问他怎么能演一个年轻人,可是他演得太好了,他说上两句话又有两个动作以后,你就服了。所以《红楼梦》在这儿突然出来的这九个人,你就完全接受了。贾母还特别欢迎他们,这也可以理解。越是高贵的家庭,越是半封闭的家庭,不可能随随便便跟外人来往,朋友间的来往也很有限。而且你不敢乱交朋友,你乱交朋友,万一出了什么事,你是有责任的,所以那些零七八碎的人不能让他们进来。大观园美丽是因为它是封闭式的,如果大观园允许人进来随便参观,那就完蛋了。所以现在一下子来了很多人,贾母很欢迎。贾母欢迎的说法也特别好,她说怪不得昨天晚上灯花爆了又爆、结了又结。灯花是什么?那时候不但没有电灯,也没有煤油灯。朋友们可能也见过煤油灯,煤油也叫洋油。过去中国点灯,很多都是用的食用油,灯油中心有根带子,或者叫灯草、灯芯。这灯草若是全浸没在油里面,是没法点着火的,所以它需要露出一小截在油的外面。点火的过程中,有时候油会发生噼啪小爆炸的现象,爆个火花。所以贾母她说爆了又爆、结了又结,说这是因为客人要来了,贵客要来。类似的说法还有,说喝茶的时候,若是茶叶棍竖立起来了,表示要来客人了。这也是一种好客的表现,"有朋自远方来,不亦乐乎",也是这个意思。

面对这一批人,贾宝玉大有感慨。他感慨什么呢?这批人里头除了邢夫人的兄嫂和李纨的寡婶,都是年轻人,这新添的六个青年,一个比一个帅,一个比一个俊,一个比一个漂亮,而且都那么聪慧、那么可爱。虽然他们的家境谈不上好,尤其是岫烟,就是邢夫人的哥哥嫂子带来的,她家里相当穷困,但是仍然非常的美好。所以贾宝玉感叹,说老天爷啊,你有多少精华灵秀,生出这些人上之人。他的意思是说这些年轻人都高于一般人,高于平均水平,他对此非常感慨。然后作者就描写这些人冬季的衣服。其中薛宝琴最美丽,大家的反映,说她简直比她堂姐宝钗还漂亮,年岁又小。贾母一见她就喜欢得不行,给了她好多更适合贾府这边冬季的衣服。她披着一领斗篷,金翠辉煌,还讲了贾母是怎么给她的。另外贾宝玉还看到了黛玉跟宝钗特别亲,他就引用《西厢记》里的一句话,"是几时孟光接了梁鸿案?"本来这个是说古代的夫妻相敬如宾,夫妻关系非常好。他的意思是说,黛玉你过去老讽刺宝钗,老看着她别扭,怎么现在这么快乐?黛玉也很诚实地告诉宝玉,说过去我老觉得她这人不好,心计很重,现在我知道那是我错了,她是一个大好人。这个也是一个很了不起的事情。因为薛宝钗可以做到化敌为友、变消极因素为积极因素。

在这大雪天,林黛玉穿的衣服也特别好,是"掐金挖云红香羊皮小靴,罩了一件大红羽绉面白狐狸皮的鹤氅",北京过去管稍微宽大一点儿的大衣叫大氅。"系一条青金闪绿双环四合如意绦",身上还系个带子,可能冬天为了暖和吧,头上还"罩了雪帽"。这里顺便加一句,这衣帽没说是谁送她的,是林黛玉原来就有的。去年三联书店出了一本书,在这本书里,作者专门研究一个问题,就是林黛玉他们家,她爸爸林如海的那些财产都哪里去了?林如海是盐政,是主管食盐开采、运输、买卖税收的官员,当时在这个官职上油水是非常多的。作者认为林如海家里应该有很多钱、很多财产,但是林黛玉现在是寄人篱下,就没提到说她自个儿有一分钱,她都是等着王熙凤这边给她发月钱。因此得出结论说,实际上贾家吞并了林家的财产。这也是一种说法,我对此没有很好的思考,很难说什么。

然后底下又说到众姊妹穿的衣服。迎春、探春、惜春穿的都是"一色大红猩猩毡与羽毛缎斗篷",李纨穿的是"一件青哆罗呢对襟褂子",薛宝钗穿的是"莲青斗纹锦上添花洋线番羓丝的鹤氅",岫烟穿的是显得家里边比较寒酸的一件衣服。史湘云来了,穿着贾母给她的"貂鼠脑袋面子大毛黑灰鼠里子、里外发烧大褂子,头上戴着一顶挖云鹅黄片金里子大红猩猩毡昭君套,又围着大貂鼠风领"。反正你一看就服了。冬天正是显示服装的美丽的时候。顺便说一下,我们到西洋去,会发现它的服装最重要的一个使命、一个功能是显示身体的线条,哪儿该肥了,哪儿该瘦了,哪儿该遮挡一下,哪儿该暴露一下,哪儿该让你有所感觉。但是在中国,很多情况下这个服装是要遮住你的身体,让人感觉不到你的体型,但是要能感觉到你的地位、你的级别,要感觉到你的文化、你的风度,要感觉到你受宠的程度。这个也是很有意思的。

然后底下有一段比较可乐,是什么呢?就是他们聚集起来来到芦雪亭。"芦"就是芦苇,在原来长了很多芦苇的地方盖了一所房子,不是供人住的,而是供人赏景的,或者在里面组织个聚会活动,比如在里面吃烤肉。他们这次准备了鹿肉,还有牛肉、羊肉等,拿来烤着吃,还有一些由牛奶做的食品。这个也有意思,因为中国内地原来这种大块的肉食应该说是有限的,而且这种直接烤来吃的做法也是少见的。北方的牛羊肉增加了,还上了鹿肉,而且直接烤着吃,这个和元朝的时候蒙古族、清朝的时候满族入主中原带来的文化有关系。对这个特别兴奋的,首先是贾宝玉跟史湘云,他们嚷着要吃鹿肉,而且传出话来,说他们俩要吃生鹿肉。李纨好像是这帮少男少女中的一个头儿,当然她是一个很可爱、非常好的头儿。这个头儿就说,你们俩要吃生肉,我先把你们送到老太太那里去,这样你们就算吃一头生鹿,病了,我也不管。她的意思是,你们要是跟着我吃,吃生肉吃出毛病来了,这责任我负不起。宝玉解释说,不是,我们烧着吃。李纨说,这还行。然后老婆子们拿来了铁炉。用炉子得有火,我的理解是,如果是烧煤的话,烟气就会很多,所以烧的应该是炭。她们用铁叉这样的炊具或者炉具,主要的工具还有铁丝网。他们吃的这个肉,不是放在铁板上烧,是放在铁丝网上烧,当然必须是粗铁丝网。炉子下边烧的是炭火,把铁丝网放在火上,把鲜肉放在上头烤,翻两个个儿就能吃了。凡是这么吃的,就是吃熟的,但也没有在那使劲烧,烤半天的。看西餐牛排的吃法,越是牛气的人,越是牛气的餐馆,说问你要几成熟,回答三成熟、四成熟的人居多,回答七成熟、八成熟的人就少多了,说完全熟的就更少了。

他们在那儿吃着吃着,先是史湘云和宝玉两个人在那儿吃,然后探春过来了,说太香了,我也得去,探春就去了。又过了一会儿,平儿来了,还有谁谁谁,陆续都来了,来吃烤肉的人越来越多。因为有火在那儿虚着,女孩子都把手上的镯子拿下来,放在了一边。因为镯子要是被火烧上了,或者让烟给熏着了,会影响成色。大家都着急吃着,然后一边吃着烤肉,一边还商量吃完烤肉以后要在这儿举行诗歌联句比赛。林黛玉说了一句打趣挖苦他们的话,说看芦雪亭这么漂亮的一个地方,让你们又是火烤又是烟熏的,还有腥味、膻味,你们太糟践这个地方了。史湘云马上就给怼回去了,说"真名士自风流",

用不着在那装模作样,该吃吃,我们现在就是痛快淋漓地在这儿吃肉,待会儿我们作诗,还是锦心绣口。我们的心就像锦绣一样,我们的嘴就好像绣出来的花一样,我们清高得很,越是敢于世俗一点,敢于大吃大喝一下,就越显示出我们真正的清高、真正的高洁。

气氛开始热烈起来。这热烈的气氛在大观园当中是很少出现的。看到这儿,我甚至觉得,咱们中国人早就可以走向世界了。这种吃烤肉的方法,大家热热闹闹,女孩子把镯子都摘下来了,大呼小叫地吃,这种方式在西方太常见了,这不就是一个 barbecue 的招待会,一个 barbecue party 吗?你到西方的饭馆里头,经常会看到大写的 BBQ。Barbecue,就是现场烤生肉吃,现烤现吃。现场立即吃,气氛热烈,同时肉也香,肉上可能还带着那个煳烟味儿。只要你火候掌握得好,别让它冒烟,别让它有污染,轻度的煳烟味儿也是香的。

大观园里头居然在冬天办了一次 barbecue party,组织了一个招待会,这是在初冬的时候的一个招待会、一个联欢会,还是初雪时候的联欢会。这在中国又是一个有传统的事。前面我已经提到过,在西域,包括现在的新疆,尤其是在阿克苏地区,历来有一个节日,叫做乞寒节。乞寒,就是祷告上苍,希望今年很冷,希望雪多,认为只要天气冷、雪多,就可以避免春天的瘟疫,还可以避免第二年的干旱。总之,可以避免很多的灾祸。这个乞寒节在阿克苏地区叫做 suomajia,类似这么一个发音。而中国在唐朝时期出现一个词牌,叫做苏幕遮。苏幕遮就是按照当时西域的乞寒节上大家唱的歌,用歌的旋律、节奏把它变成了一个词牌。后来流传下来一些非常有名的词,尤其是唐代的词人,最喜欢用的是苏幕遮。而苏幕遮这个词牌名是谁制定的呢?是唐明皇制定的。所以这又是一次冬季的青年联欢,一次冬季的非常快乐的集会。

我们已经讲了许多在大观园里发生的悲哀的事情、互相隔膜的事情、发愁的事情、葬花的事情、悲秋的事情、闹别扭的事情、气贾母的事情、贾母连王夫人都给骂了一顿的事情。而到了冬天,在第一场雪下来之后，来了这么多人，而且大家有一个烤肉招待会，有一个冬天的青年联欢节，这是让人感到非常可喜的。下边的故事就更可喜了。

我还要说，这一回烧烤联欢，下一回诗歌联欢，就是《红楼梦》中、大观园中的"青春万岁"。生活中有太多的恶劣、腐朽、卑鄙、仇恨、丑陋、悲伤、遗憾、痛苦，即使在这样痛苦的生活当中，仍然有青春，有文化的美好，有冬天的白雪，有烧烤，更有诗歌才华，有青春万岁，有希望和期待。

所以，《红楼梦》是《红楼梦》，不是《金瓶梅》，人生也不仅仅是丑恶的展览。

第五十讲 大观园冬日诗歌嘉年华

《红楼梦》第五十回,"芦雪亭争联即景诗,暖香坞雅制春灯谜"。

他们在芦雪亭策划好了要联诗。联诗是什么意思？就是一个人作了第一句以后,第二人要接第二、三句,因为第一句是起了这个头,第二句确定了韵,第三句等于又换了一个说法。第四、五句换另一个人说,第四句要跟第三句对得上,第五句又起一个头。然后另换一个人说第六和第七句。它不是一二、三四、五六,而是一、二三、四五、六七。这个排序的方法,我不知道朋友们是否在电视上看过网球比赛,网球比赛就是这样排序的,这样的话就永远不会是你老先占着头两句,不是的。第一你要听人家的,你要接受上面的挑战,跟他对偶,对上一个词。第二你要向下边的人挑战,让那个人来对接上你。这与网球比赛的规则是一样的,你们要研究研究网球,就知道《红楼梦》里的联句,它发明的排列次序的方法,和今天的国际网球的比赛规则是完全一样的。这也是一个很有趣的事情。

联诗的这个头他们请的谁来开的呢？请的王熙凤。王熙凤没有精力放这上面,文化又有限,她识字不多,但是她见识多,反应快。她说既然你们让我起,我就起了,下雪了,我也不会说别的,"一夜北风紧"。大家就说这是真正的大手笔。因为这个开始她留了非常宽的路子、空间,"一夜北风紧",这个路子太宽了,这恰恰符合联诗的传统需要。

第二句,"开门雪尚飘",一夜北风刮得紧,早晨起来一开门,那雪花呼呼在那飘落着。第三句,"入泥怜洁白",说你掉到泥里也很可惜,这么白的雪掉到泥里头了,如此干净的雪弄脏了。这第二、第三句,是李纨接的。这前三句最好,清清晰晰,明明白白。底下香菱抢了这么两句,叫"匝地惜琼瑶",这些雪把一圈一圈地面都给糊上了,就像琼瑶一样,就像玉石一样。"惜"是爱的意思,让你怜爱它,让你喜欢它,这雪一下,这个路怎么那么好,这个地怎么这么漂亮。"有意荣枯草",这雪有心让枯草不要太枯干,让它也能够长得好一点。探春马上接住了,"无心饰萎苔",可是它也并不想给已经枯萎了的乱七八糟的野草打掩护。然后又说"价高村酿熟"。李绮接上说,"年稔府粱饶",然后又加一句"葭动灰飞管"。这里边的这些中国的老说法,太有意思了。"葭动灰飞管"是说什么?"葭"是指初生的芦苇。这点现在我也不明白,说是中国人为了要掌握这个季节的变化,掌握历法,把芦苇烧成了灰,装到合乎音律的律管当中,装到笛管或者其他乐器管里,到了冬至这一天,其中有一个管里边的灰,自个儿就飞出来了,就没了。是天冷的缘故,还是风的作用导致的,我没弄清楚。反正中国人有这种认识、有这种经验,而且古诗里也屡次提到这个事情。人们看葭灰的情况,在管乐器里头看这个灰是不是往外飘,就可以知道季节到什么情况、到没到冬至了。妙哉,中国的气象学、季候学!然后是李纨说"阳回斗转枸",上一句说到了冬至灰飞出来了,这一句就说到了冬至以后,北斗星的勺柄子那一段的三颗星,就开始往东移。这些我们现在不必再仔细去考证了,但是我们古代文化中这些可爱的说法是非常让人难忘的。一些自然规律的表现,不知道为什么到了中国古代文化里变成了奇妙的故事与趣味。带来了神妙的感觉与猜测,太棒了。然后越说越热闹,"寒山已失翠",然后岫烟说"冻浦不闻潮",然后是湘云又说什么什么,宝琴又说"光夺窗前镜",黛玉说"香粘壁上椒。斜风仍故故",宝玉说"清梦转聊聊。何处梅花笛?"宝钗说"谁家碧玉箫"。

说到这儿,史湘云就站起来了,本来她是坐在那儿说的。史湘云兴奋到站了起来，别人感觉不如史湘云，她既敏捷又扬眉挺身。底下描写说，她说着说着连眉毛都挑起来了，胸也挺起来了。在中国旧时代，一个人挺着胸，会让别人认为你不够谦虚、不够谨慎，女人挺着胸脯也不好看。但是这史湘云一说到这里，她来劲了，她要抢在别人前头接诗，所以整个诗联下来，史湘云风头甚健。香菱就是一开头出了两句，再没她的事了，她赶不上、钻不进去了。宝玉的诗也很少。史湘云最多，其次就是薛宝琴。史湘云一站起来，薛宝琴、薛宝钗、林黛玉三个人就大战史湘云，史湘云回得特快，这三个人就轮流着跟她抢，十分有趣。

然后贾宝玉联了一句，湘云说你下去下去，让宝玉闭嘴，你还不够耽误事的呢。因为宝玉说得慢了一点，史湘云认为他说得不精彩，说得平庸，让他打住不要说。之后宝琴又联，湘云又联，探春又联。史湘云因为喊得急，嗓子干，丫鬟给她倒了一杯茶来，她说正好我渴了，嘴里头一边联着诗，一边说着要喝茶。然后联着联着，由两句就变成一句了。为什么？因为对方根本不给你说两句的时间，你说完那五个字，后面的人等不及你说下一句，就抢着说出一句。湘云对完上句，说"海市失鲛绡"，然后都只抢一句，黛玉说"寂寞封台榭"，湘云说"清贫怀箪瓢"。湘云、宝琴、黛玉都在那儿说。黛玉又说"没帚山僧扫"，说雪下得大啊，山上的和尚拿着扫帚在那儿扫着雪，一下子扫下去就看不见扫帚了，只能看见扫帚上面那根棍子。宝琴回的这一句也好，"埋琴稚子挑"，过去除了有小丫鬟以外，还有小书童，在少爷读书时，给他挑着书和文具，其中有琴。琴棋书画都是过去的读书人不能少的。由于雪大，一个说没了扫帚，一个说小书童挑着的琴你都看不见了。这么说可能不准确，但是这说明他们联的诗相对比较通俗，都是写眼前的这些事。即景即席题诗，你不用细琢磨，不用往细里找一些典故，所以听着还是非常可爱的。

湘云一边说一边笑得弯了腰，她嘴里说的话别人都听不清了。然后湘云又说"石楼闲睡鹤"，石头建的楼，也没有人进来，仙鹤可以没事到里面打个盹。黛玉笑得也捂着胸口说"锦罽暖亲猫",锦罽是指一种纺织品,按我们北方人的说法,就是地上铺了一个垫子,猫可以钻到垫子里头取暖。你说仙鹤睡到石楼里了,我就说猫钻到垫子底下去了。然后黛玉说"无风仍脉脉",宝琴说"不雨亦潇潇"。大家笑成一团。笑完了以后,最后结束的是李纹和李琦,李纨的嫂子带来的两个女孩,一个说"欲志今朝乐",为了纪念、为了记下今天的快乐;另一个说"凭诗祝舜尧",我们要用我们的这首诗,祝我们的皇上就像唐尧虞舜一样久负盛名,让人民安居乐业,让大家过着幸福的生活。人家最后结束的时候,还加上对朝廷、对时政的赞美和歌颂,都有良好的感觉,叫做皆大欢喜。这诗歌也是很有意思的。

新来的六个女孩加上宝钗、黛玉、湘云、探春以及宝玉共五个,就是十一个;香菱一开头加了两句,算是十二个;王熙凤只起了个头。这是总共十二个人的大联诗,人家的诗歌活动,这水平太高了。让我去,我一句都答不上来,还没等我想明白了,人早就又说了三句、四句了。他们的诗歌联欢活动水平,远超我们电视台里的知识抢答。他们那种快乐的情形,把什么都忘了,一味在那儿说、在那儿抢,从开始说两句,到最后一句一句地抢,到在那里笑得肚子疼,这个捂着胸,那个弯着腰,这个低着头,那个在那儿嘎嘎嘎或是哈哈哈……这是什么?这叫诗歌嘉年华,这叫诗歌狂欢节。这是大观园的诗歌狂欢节,这是大观园的诗歌嘉年华,这是大观园的诗歌青年联欢会。《红楼梦》里此前此后再没有这种好时候出现,大家除了赛诗歌来表现自己的才华、表现自己的机敏以外,都再没有其他的计较,没有待遇、地位的比较,更不论前程、婚恋。这些都没有了。

在这个过程中,还有一个好玩的事情。薛宝钗有几次说,作诗填词不该是咱们女孩子的事,女孩子不适合做这么多,我们适可而止,我们应该还是多做女人要做的事情,刺绣、钉扣子、做衣裳、剪裁,可没人听她的。她跟林黛玉说,林黛玉不听;跟史湘云说,史湘云也不听。史湘云认为在为人处事上宝钗最好,但是她性子一来,作起诗来,她更接近的是林黛玉。这个也特好玩儿。

薛宝钗嘴里说着我们别老弄这个,真玩起来以后,她又很热烈。这又是我说的那种就跟袭人对贾宝玉一样,是理论上严格、实际上弹性放松。薛宝钗理论上她坚持认为作诗填词对于女孩子来说不是正路,但是她有这个兴趣。另外她不愿意成为一个孤独的人,她愿意参加兄弟姊妹们的联欢活动。所以我们从作诗里头,还看到了青春的力量。这是大观园青春的火焰,是大观园青春的欢乐,是大观园青春的文化,是大观园的前所未有的、空前绝后的一场联欢活动。不管这个世界有多少遗憾,不管你受到多少压制,不管你面临多少困难,青春仍然是美丽的,青春仍然是无法扼杀的,青春仍然是不可能被消灭的。每次看到这段我也是感动至极,感觉到各式各样的青春,但谁的青春都不是吃素的,谁的青春都不是能够扼杀的。

诗作完了以后,曹雪芹"不打等儿",北京话叫"不 dǎ děr",他不停息地很快又进行了一次关于谜语的活动。这次的谜语活动跟我们上次说的灯谜活动不一样,上次的灯谜活动侧重于去猜谜,谜语都很简单,都是一句话,也不一定是他们自己发明的,可能是从别处听说过的。可是这次这几个人,他们编谜语,用诗来写谜语,用谜语作诗。

头一个是由史湘云作的,"溪壑分离,红尘游戏,真何趣?后事终难继"。"溪壑分离",它本来是大自然当中的,是水边上的溪,是小河;"壑"是山谷,但是离开了山离开了水,不得不进入红尘,不能不在红尘里游戏,起码也得混碗饭吃。"真何趣?"这有什么意思呢?在山水之间,在大自然当中生活多么美好,名利犹虚,你却既追求名又追求利。"后事终难继",但是后事你做不成呢,很不祥。史湘云刚才还是联诗的冠军,忽然她用一个离开了大自然,一个在红尘当中,一个无趣,一个没有后事,做了个谜语。大家猜来猜去,最后猜说是猴子。为什么说猴子"后事难继"?因为猴子被人抓住,变成宠物以后,都要被刹去尾巴。在我小时候,北京常常有敲着锣耍猴的,按现在来说,你花个七八十块钱,他就把猴带到你院里去表演,旁边的一些小孩也都过来看,这个猴就在那儿围着转圈,然后给它把帽子戴上,再弄几个木头圈,它再钻圈。大概也就十分钟,他就算耍一次游戏。所以她说的是耍猴,过去有这样靠耍猴来挣钱维持生活的。

宝钗说了一个谜语,"镂檀锲梓一层层,岂系良工堆砌成?虽是半天风雨过,何曾闻得梵铃声?""镂檀锲梓",很多人把"锲"念成"器",但它实际上念"切",它也是一个运用工具劳动的动作。你用了各种方法加工,而且做了一层又一层,"岂系良工堆砌成?"然而这个东西又哪里是靠工匠能堆砌而成的?"虽是半天风雨过",半天的风雨已经过去了;"何曾闻得梵铃声?""梵"是梵文,就是指佛经,你本来想做出佛教的音响效果,有点儿像寺庙里头的房檐上的铃铛,不是院子里的大钟。咱们现在去看很多寺庙也会看得见,风一刮,那个梵铃一响,俗人也好,僧人也好,信徒也好,从高雅的声音里头想到佛,好像也能够有所觉悟。"觉悟"这词也是佛教里的词,可是这个是什么就没交代。因此对这个说法也大有不同。

有人说这个说的是贾宝玉的玉,有人说这个说的是薛宝钗的金锁。到底是什么,咱也不知道。

然后是宝玉的谜语,"天上人间两渺茫,琅玕节过谨提防。鸾音鹤信须凝睇,好把唏嘘答上苍"。"天上人间两渺茫",你在天上也看不清它是什么,也不知道它原来是什么,到了人间它也是渺茫的。"琅玕节过谨提防"。"鸾音鹤信须凝睇",你要想真正从这件东西上得到神仙的声音、鸾凤的声音、仙鹤的声音,要想从它这里得到启发,你还得把视线集中在天上,要往天上看,因为这个是在天上飞的。"好把唏嘘答上苍",你往上看的结果是,你不能不为人生而叹息,用感慨人生来表达对上苍的呼应。总而言之,这里头仍然是空虚,仍然是恍惚,仍然是抓不着、握不住的。开头除了史湘云耍猴那个谜语以外,宝钗的谜语诗,宝玉的谜语诗,令人不解,令人叹息。

我们回味一下,《红楼梦》中的鲜花着锦、烈火烹油的好戏,共有两出,一个是元妃归省,第八回,是朝廷大神礼,牛气冲天,仍然有这一家子亲人的悲凉;一个是四十九与五十回,物质、精神两手抓,青春的嘉年华,仍然有谜语的萧索。之后呢?朝廷大礼之牛也没有了,嘉年华的 BBQ 与诗歌大赛也没有了,好景不再,何日再来,呜呼哀哉。

第五十一讲 冷风渗骨

《红楼梦》第五十一回,"薛小妹新编怀古诗,胡庸医乱用虎狼药"。这一回主要讲诗意与凉风。"薛小妹新编怀古诗",薛小妹,说的是宝琴,新作了参观风景、怀念一些古迹的诗。"胡庸医乱用虎狼药",说到了晴雯的病。

在讲这个之前,我们还需要进一步总结和探讨芦雪亭联诗的意义。芦雪亭的这个活动在《红楼梦》中极其突出,只此一次,规模巨大,意义重大。我说过它是诗歌狂欢节,是诗歌嘉年华,是烤肉联欢;它又是青年联欢节,是青春的节日;它还是冬天的节日,是乞寒节,如同新疆阿克苏地区的"苏幕遮"节。所以它意义非常大。《红楼梦》从一开始就不断地、不厌其烦地讲一个道理,一切都是空虚的,好便是了,了便是好。现在你再吃喝玩乐,富贵荣华说没也就没了;现在你再美貌青春,说老就老了,说死就死了;现在你再牛气,说垮也就垮了,早晚你会树倒猢狲散,落得一片白茫茫大地真干净。

但我们在这次的青年联欢节当中,完全看到了另外的一个《红楼梦》,看到另外一种三观,另外一种意识形态。我们完全看到了对人生的欢呼,对生命的肯定,对生命的热爱,对生活的热爱,对青春、爱情、亲情、友情、文化、艺术、个性的全面肯定。为什么这么说呢?首先生命和生活本身对于一个人来说,并不是自己选择的结果。但是你有了生命,就得好好活着,这个是没有原因的,是用不着论证的,是不需要辩论的。当然如果你三观正确,生活在一个安定富强的国家,家庭文化又很好,过得很幸福,你要好好地活着。如果你赶上的那个是一个比较困难、比较痛苦、比较艰巨的年代,温饱问题并不见得准解决,你一生不见得有作为或者还有种种不如意,那你怎么样呢?应该说多数人所选择的仍然是努力活好,只有极少数人才会选择轻生或者自戕。所以即使这些很小的事情,人才穿上各式各样的冬装,也写得饶有趣味。

芦雪亭联诗还有一个重大意义,前边曾经把少女伤春写得很悲惨,林黛玉的葬花诗令人泪下,黛玉悲秋也写过了,但当大观园进入了冬天,却由于集体活动联欢活动而快活红火。四时悲喜,全在人为,青春如火,灿烂不可熄灭。从各个角落来了很多亲友、很多亲戚,主要是亲戚,但是朋友也很重要,我们从贾宝玉和蒋玉函的关系、贾宝玉和柳湘莲的关系可以看得出来,贾宝玉也很重视友情。来了客人很快乐,大家都很快乐,这些客人没有给任何人带来威胁,并非"他人即是地狱",也用不着跟他们钩心斗角,也用不着跟他们算饭钱。这也是一种肯定的态度。这么多青年男女在一块儿,其中有爱慕之情,互相感兴趣,甚至谁多看那谁两眼,甚至看见她雪白的膀子了,看到了她身体的某一部分了,这有什么了不起?他是人,他是活人哪,只要他没有暴力、没有骚扰、没有性侵,应该说谈不上他有多坏。除非他加上了那种剥削阶级的压迫的心、侵略的心、玩弄异性的心、蹂躏对方的心,有了那种种坏心,这种行为就是犯罪,就应该受到一切惩罚和一切报应。如果没有那种心的话,这也是正常的。

还有一点曹雪芹写得很先进。不管贾政说过什么,说是你不用念《诗经》,念《诗经》也是掩耳盗铃。薛宝钗也是一次又一次说女子不要作诗,起码说了三次了,但是一作起诗来,不单是林黛玉、史湘云、薛宝琴,那么包括薛宝钗本人在内,诗作得都很好。我要说这流露了曹雪芹对诗词的迷恋、向往和绝不松手。尽管曹雪芹是伟大的小说家,我不能承认他是第一流的诗人,但是他也表达了对诗词的美好的追求。曹雪芹不但对诗词有追求,他对于旦角、对于戏曲、对于所谓戏子、所谓优伶,也有非常好的心态。他喜欢这些人,而且这些人在他笔下都很可爱。蒋玉菡是可爱的人,柳湘莲不但可爱,而且还有武功,还敢揍薛蟠,打得对薛蟠本人都有很好的教育意义。龄官,后边还说到藕官,说到他们那个小戏班子里边的人,都很好。所以曹雪芹本人对人的性情、对文艺、对文学,都抱有一种肯定的态度。在中国古代,人们可能有点儿不好意思过于渲染爱情,所以过去都是讲情,情里边就包含了亲情,有父子之情、母子之情、兄弟姊妹之情,以至于各种亲戚之情,也包括友情。这些他也都是肯定的,都是重视的。这里还有他对文化的肯定、重视、欢迎、亲切、温暖之感。

尽管有很多人嘴上说得很文明,实际上干得不文明,就是包括贾宝玉在内,他有高雅的时候,也有粗俗的时候、低俗的时候。但总体来说,《红楼梦》是歌颂中国文化的。人之所以堕落,之所以说假话,不是因为他有文化,而是因为他没文化。对青春,尤其一说到这些年轻人,一说到这些少女,曹雪芹就不知道怎么歌颂她们好,半道上出了一个薛宝琴,立刻他就把薛宝琴说得可爱,其可爱程度比原有的大观园里的这些重要人物,只在其上,不在其下。在第五十一回里头,就写了薛小妹的新编怀古诗。她的怀古诗里头写到了赤壁,写到了交趾。交趾是哪里?就是现在的越南,她写到了越南。她还写到了钟山,是江苏南京一带。她还写到了淮阴,当年韩信在淮阴做过淮阴侯,所以写淮阴是为了怀念韩信。她还写到了广陵,写到了桃叶渡。她还写到了青冢,衣冠冢的那个"冢",也就是坟墓。青冢写的是王昭君的坟墓,位于现在的呼和浩特市,现在昭君坟墓还在。她还写到了马嵬。她还写到了蒲东寺,这是《西厢记》和《莺莺传》里故事的发生地,是一个虚构的地方。写到了梅花观,这是《牡丹亭》的故事发生的地方。

那么这些诗我在这里就不讲解了,很难说它们特别精彩。但是薛小妹宝琴的到来等于给大观园打开了一个门户,起码打开了一个大天窗,使大观园的人看到了各地,看到了历史。从越南看到了西安,从西安看到了呼和浩特,从呼和浩特看到了南京,从南京又看到了淮阴,然后还有其他许多地方。这说明什么呢?就是任何时代的青年人,不管他们当时的生活的条件怎么样,他们都希望扩大自己的视野,希望获得更多的信息。他们并不满足于生活在一个小圈子里,哪怕这个小圈子是个天堂。如果这个天堂只有方圆几千米的话,你就不如从天堂逃出去,逃到哪怕一个穷苦的农村,都比在天堂里待着舒服。所以这个地方突然出现一个薛宝琴,而薛宝琴的眼界居然如此之开阔,能写杨贵妃,又能够写韩信,只为给《红楼梦》、给大观园刮进了新鲜的风,带来了新鲜的空气。让为《红楼梦》的故事感到窝囊、感到难受的朋友们看到了一种希望,就是说世界还是很大的,在更大的世界里,也许我们能看到新的希望。

这里还讨论了一个问题。赤壁、交趾、钟山、怀阴、广陵、桃叶渡、青冢、马嵬,都是实有的人、实有的事,但是后边两个,一个蒲东寺,一个梅花观,是小说、戏曲里虚构的地方。这又受到薛宝钗的批评,薛宝钗说你怎么能把这两个跟那些放在一块写呢?那些是历史,是怀古,你怀的是历史人物活动过的地方,是历史事件发生的地方,而这是闲书里头胡编的地方,怎么能往里写呢?薛宝钗的这个言论想不到受到李纨的反驳,李纨完全保护、支持薛宝琴的这种创作态度。李纨说,以讹传讹,好事者故意弄出一些古迹来愚弄人,也是有的,到都城的时候,光是关夫子(关公)的坟就见了三个。关夫子再伟大,他不会有三个坟吧,他的遗体不可能在三个棺材里头分着装。她说的就是假景点。所以我老说这《红楼梦》里你看着它写的是过去很久的事,好多事现在也有,现在咱们也有假景点。比如李商隐的坟墓在什么地方?新民县和博爱县都说是李商隐的坟在它们那里。老子出生在哪儿?安徽省和河南省也都争个不休。李白出生在哪儿?四川绵阳江游县那边有李白的故里,而且有邓小平同志的题词;可是湖北也有一个地方坚持说它那里是李白的故里,为了证明这一点,还找来了吉尔吉斯斯坦的人来支持,原因是郭沫若写过,李白出生在吉尔吉斯斯坦。所以《红楼梦》里头的这些事,到现在也并没有完全消除争论。李纨是另外的态度,倒也可爱,不像薛宝钗那么古板。薛宝钗有一些比较教条主义的见解,得不到更多人的认同。

这一回里头还说了一件事,就是袭人的妈妈病重死了,袭人要回去奔丧。贾母给了她三件衣服,这些衣服穿起来都是牛死个人的衣服。王熙凤、平儿也都给了她服装,都让她这次回去穿。虽然这是一个给老母送终的悲哀的事情、悲哀的经历,但又是一个衣锦还家的光荣的经历。由于袭人不在,贾宝玉睡觉的时候就由晴雯和麝月两个人陪着。这天晚上宝玉睡着觉,想要喝水,宝玉这被伺候得多了,毛病就多了。他就叫袭人,说袭人我要喝茶水。你喝茶水,你自个儿倒一杯去不就完了?咱们看着这人真没劲,在他这里却很正常。从另外一个角度,你也可以体会作者的写法,就是说贾宝玉已经到了须臾都离不开袭人的程度了。你喜欢袭人也好,不完全喜欢袭人也好,有些事甚至你避着袭人也好,比如他送旧手帕给林黛玉,就是专门把袭人支出去,把这个任务委托给晴雯去送。但是袭人如果在,实际上能减轻晴雯、麝月这些人的夜间服务值班的任务。正是因为袭人不在,贾宝玉又在那儿叫袭人,这也是使晴雯和麝月不能不服的一个情况。因为贾宝玉即使在梦里,即使在刚睡醒时,即使半夜里嘴有点干,他找的也是袭人,而不是别人。

晴雯和麝月两个人本来在那儿正说着话,好像听到点儿什么声音,麝月出去检查一下,发现是贾宝玉醒了要水喝,麝月就给他倒水去了。这时的天气已经相当凉了,刚才前边还讲到众人大雪天里头联诗。这时候晴雯要出去,想吓唬麝月,麝月不是到院里去了吗。麝月是披上冬季的衣服出去的,晴雯自以为气壮、火力旺,东北话叫"傻小子睡凉炕,全凭火力壮",穿着单衣服就出去了。外边月光如水,一阵微风吹过,只觉侵肌透骨,毛骨悚然。晴雯从此就病了,而且这个病开启了晴雯各种悲剧的过程。这个过程是一阵冷风引来的,而且这个冷风描写得让你也瘆得慌,说晴雯被风吹这一冷,果然厉害。晴雯回到屋子里,宝玉一摸她的手,这个手凉得不得了,只觉冰冷。宝玉就说,你手太冷了,快搁到我这被窝里头捂一捂。然后又嘎噔一声门响,麝月说我吓了一跳,黑影子里头我以为有一个人蹲着,我才要叫喊,原来是一只大锦鸡——一种野生的鸡,见到人一飞,飞到亮处来,把麝月吓个半死。

这么一段描写实际上也非常精彩。为什么说它精彩呢?说冬天有一股子冷气,这不足为奇。冬天他们在一个园子里头生活,在山石后边有一只野生的鸡飞起来了,也不足为奇。晴雯进屋以后手脚冰凉,也不足为奇。但作者的描写不仅让你感觉到寒冷,还能让你感受到有妖气、有厄运,这个厄运来到了怡红院,降临到了晴雯身上。作者就是要高度地把这自然界、气候、月光、飞禽、走兽,要把这一切都写得好像有什么暗示、有什么玄机,好像有什么深入人心的感觉,让你看了以后心怦怦地跳起来。所以说这描写太不一般了。

晴雯的故事让你不得不关照。底下说晴雯看病,开的一些药让贾宝玉给否定了,因为里边有一些药的药力比较强,有些可能会导致泻肚子什么的,他认为不适合一个娇弱的女孩子。与其说贾宝玉琢磨医术,倒不如说贾宝玉对少女的一种特殊的怜爱、一种体贴。女孩自己不说话,他要替女孩说话,他必须娇生惯养,他必须用最娇嗲嗲的态度来对待晴雯,这样造成的后果是他所想不到的。然后曹雪芹借机又谈了谈他的中医学的辨证治疗这方面的学问,这也不是写到一次了。《红楼梦》已经写了好多次看病了,写了给秦可卿看病,给贾母看病,给巧姐看病,现在又写到了给晴雯看病。但是看病写得再好,学问再大,也不如这一阵凉风写得动人心魄。

第五十二讲　洋鼻烟与一丈青

《红楼梦》第五十二回,"俏平儿情掩虾须镯,勇晴雯病补雀毛裘"。这一回主要讲平儿稳妥保守,晴雯疾恶如仇。平儿帮助掩盖了一件令人不愉快的事情,晴雯在病中还完成了一个艰巨的任务。

我们上次说到,晴雯受凉生病了,她得病的描写非常神奇,让你切身感觉到一股阴森森的凉气,凉气里头有一点儿祸害,有一点儿神秘,有一点儿恐怖,而且好像还有很多预兆。小说如果写得大的话,里边会牵扯很多人物,这些人物所谓的通塞祸福、处境变化,有时候会非常大。这也是符合中国人的观点,就是世界上一些事都是有原因的,都是有因果关系的,也都是有预兆的。也许本来算不上预兆,但是当某些事情发生了以后,人们很愿意把它理解成预兆。

比如说这人得了一场大病,他忽然想起来了,三年以前他做了一个什么梦,其实那个梦跟这个病未必有什么关系。晴雯的病带有一种很不幸的预兆性。可是她底下又请了医生来,这医生似乎也有点二五眼,也不见得真是二五眼。然后底下作者岔开了一点,写到一下子来了这么多客人,这么多沾亲带故的、可爱的、美丽的客人,所以王熙凤就又做了一些安排,就是大冬天的让更多的孩子、年轻人到园子里来吃饭,免得有人来回说好像吃东西受到冷空气的危害。这受到贾母的表扬,老太太说,你看,王熙凤她想的事就是这么周到,平常我都不愿意夸她,因为她值得夸的事太多了,一个人被夸得太多了会折寿的。王熙凤听了这个话,怎么个反应呢?一个人说你是真好,可是我不能夸你，我老夸你会折你的寿的。王熙凤的反应也绝了。她说，老祖宗你说错了，别人这么说行，说谁谁太聪明了，谁谁太会办事了，谁谁太可爱了，夸奖得太厉害他受不起，折了寿，他会变得短命。可是您可不能这么说，因为老祖宗您比我聪明多了，至少比我聪明十倍：我的聪明是一的话，你的聪明是十；我的聪明是十，你的聪明是一百。您有福又多寿，身体这么健康，到了这样的高龄了，还是这么棒。我呢，我得拿您当榜样，我得跟您学，我得想办法活得更长久。为了要看到您的长寿，至少我得活一千岁。想一想，贾母比王熙凤大了五十岁左右，如果王熙凤活一千岁的话，那暗含着的意思就是老祖宗得活一千一百岁了。在您有生之年，我不能死，我要是死了，就办不成事了，最后得我给您送终，我还得尽孝。尽了孝，送了终，我这才放了心，也就可以走了。

这当然是一种夸张的说法，还把表扬与自我表扬结合在一起。她说得很神奇，因为活一千岁当然是不可能的，不可能的事贾母也爱听。她接受了贾母为了爱护她才不及时表扬夸奖她的理论，她感谢贾母对她的爱护，同时她又声明，她有一个比这更重要的理论：为了给贾母尽孝，为了给贾母养老送终，她不能死，她不会死的，哪怕别人都死了，她也死不了。这说得贾母只剩下笑，说得大家也笑。然后贾母回答一句，要是别人都死了，就剩咱们娘儿俩，也没意思啦。这也是，就把它抹平了——生死的问题。关于生死，本来是一个很严肃的话题，是一个让人伤感的话题。林黛玉在那儿葬花的时候，"侬今葬花人笑痴，他年葬侬知是谁"，它是很伤感的。可是到了这个场合，生死的话题变成了一个玩笑话，变成了贾母跟王熙凤之间的相互打趣，而且还显示了王熙凤的口才。自古宠臣，一方面，你得按照主子的意思去办事，尤其还要能说出好听的话来，而且让你的主子爱听，另一方面，你还要经常逗着你的主子笑。在莎士比亚的戏剧里边，在意大利的歌剧里边，都写过这种宠臣。有一个歌剧《弄臣》，弄臣就是整天逗着帝王笑的人。王熙凤她做到了这一点。

这里头又写到,晴雯受凉感冒很不舒服。宝玉就想出了主意,说他们家有鼻烟,而且是欧洲进口的洋鼻烟,说找着这鼻烟来给她抹上,她会非常舒服。说抹到鼻子上,她打喷嚏起码能痛快一下。她鼻子堵着,嗓子疼,咱都有经验,感冒时人是很不舒服的。麝月就把鼻烟盒找来,是"金镶双扣金星玻璃的一个扁盒",里面是一个西洋珐琅做的"黄发赤身女子",一个赤身裸体的女子,这可了不得了。大观园里头,就是贾宝玉、贾母、王熙凤这些人见过西洋的赤身女子的裸体,两肋又有肉翅,她身上还长着两个翅膀。这个肉翅是从肉里头长出来的,不是安上的翅膀,这应该算是天使。她应该是 angel,安琪儿,天使。但是我也愿意和朋友们交流一下,外国的天使都是男神,作者说西洋女子,这不对。可能是曹雪芹有误,要不就是我的见识不够,没见过这样的。那扇着翅膀的可都是男身,都带着小男孩的标志。他说鼻烟盒里边盛着的叫汪恰洋烟。汪恰是当时的一个什么牌子还是一个音译,我现在闹不清楚了。里边描写了晴雯抹上以后,鼻子里头又麻又酥又痒,痒得不行,然后砰一个喷嚏打出来,眼泪也出来了,鼻涕也出来了,她觉得身上马上就轻松了一点。这个也很真实,你打一个喷嚏,当然它会影响房间或者空气的清洁,但是她自己觉得舒服了。

然后宝玉还跟她说,再找些西洋治头疼的膏子药,就是洋膏药。关于洋膏药这一点,我也没有把握,我没有这方面专门的研究。现在你去医院里头看病,有各种西洋的膏药,日本用的是西药的膏药,这个膏药跟咱们中国的膏药最大的区别在于,它不是特别粘,容易掉,中国的膏药粘上以后往下撕还挺费劲的。他说把洋膏药贴到她身上什么地方,减轻她的头疼,主要她感冒了以后头非常疼。这膏药有个名字,叫依弗哪膏药。现在还有化妆品的牌子,叫伊弗奈尔,这个和《红楼梦》里头说的依弗哪很相近,这也很奇怪。在《红楼梦》那个时代,已经有一点关于欧洲的信息,那个时期远在道光以前,曹雪芹出生离现在快三百年了,他的书写出来的时候是在他本人三十九岁左右，离现在也有二百六十多年，当然那时候是鸦片战争以前。但是这证明了当时大清国已经和西方世界，尤其是跟欧洲已经有一些联系了，那时候美国还不显山不露水呢。当时有欧洲的东西传进来，刚才说有膏药，有鼻烟，还有过欧洲出产的玻璃，中国叫琉璃，琉璃也是用水晶那些东西炼出来的。后来用的这种大片的玻璃，也是吸收了欧洲的技术。

《红楼梦》里头前边已经提过了，后边还有几次提到金星玻璃，据说也是欧洲的。在晴雯上药、贴药的过程中，我们可以看到，中国，在清朝中叶，已经和欧洲在各个方面有各种各样的联系了。当然你要联系到元朝的马可·波罗、明末的利玛窦，中国和欧洲的联络更多。他们聊起这些来了。薛宝琴就说，我爸爸带着我出去走过，我们还认识了一个真真国的女子，这个女子大约十五岁，长得跟西洋画上的美人一样，黄头发，打着联垂，头发往下垂着，带一点点披肩发的感觉。真真国的女孩子满头还佩戴着珊瑚、猫眼、祖母绿。祖母绿是指一种绿宝石，猫眼是一种什么样的宝石，我就不知道了。但是祖母绿是波斯的一种绿宝石，叫 zumurud。说是人人身上装饰着很多这样的东西，穿着金丝织的锁子甲，杨棉袄袖，还佩戴着倭刀。倭刀就是日本刀。据说曾经有一段时间，日本刀很受欢迎，而大量的欧洲人，连中国都有许多人佩戴日本刀，可以当武器用，也可以当做一种装饰。

问题在于，真真国的这个十五岁的女孩子，她精通汉学，而且用中文写了一首诗，她写的什么诗呢？说是"昨夜朱楼梦，今宵水国吟。岛云蒸大海，岚气接丛林。月本无今古，情缘自浅深。汉南春历历，焉得不关心？""昨夜朱楼梦"，昨夜在一个红颜色的楼里，我做了梦。"今宵水国吟"，今天晚上我又出来了，是在水国。那水国吧，起码是靠近水的一个国家，或者是靠近水的一个地区，她说的既不是苏伊士运河的水，也不像中国这边的水，弄不好更像欧洲那边的，类似威尼斯这样的地方。"岛云蒸大海"，这是往海上走了，云彩罩着海岛,在整个海上都看得到云彩。"蒸大海",实际上大海好像被蒸汽给托起来的云彩一样。"岚气接丛林",而那种山风将树林里边的气体吹出来,和大片大片的树林连接在一块。"月本无今古,情缘自浅深",月亮本身谈不上是今天的还是古代的,因为月亮是不变的。当时是这么认为的,其实不见得。要隔上二十万年的话,月亮也有变化。隔三年、五年,月亮当然没有变化,所以看不出月亮是现代的还是古代的。缘分呢,对一个地方的风景、对一个海岛、对一片树林、对一汪一汪的水、对山峰,这感情是有浅有深的。"汉南春历历,焉得不关心",在汉南地区,现在湖北也还有汉南市,就在武汉的南边。但是我不认为薛宝琴的诗、她引用的所谓外国女孩的诗和现在的汉南市有啥关系。她还说这一份挂念就是对故乡的挂念,或者是对中国的挂念,或者是相互之间的挂念。这首诗谈不上特别好,但是曹雪芹告诉我们,中国诗也可以带洋味,这个诗跟唐朝的诗不一样,跟汉朝的诗不一样,跟《诗经》里的诗也不一样,跟屈原的《楚辞》更不一样。这首诗带出一种新鲜的感觉,让你感觉到世界上有很多海洋,世界上除了中国以外还有外国,还有完全不一样的生活。曹雪芹在那种开放的程度下,仍然表达了对世界的兴趣,表达了对中国以外的,包括对有裸体金发,身上戴着各种钻石、各种珍宝还有珊瑚的跟我们的装扮完全不同的人的兴趣,这也是一个值得重视的事情。

这里又出了一个事。平儿到宝玉这边来了,看到晴雯正在生病,就跟晴雯说了几句话,听说你不舒服了,我来看看你,说完了以后又急急忙忙地走了。宝玉在这儿伺候晴雯、照顾晴雯呢,平儿走了之后,晴雯就跟宝玉说这平儿从来不这样的,怎么今儿好像还假装来看望我,可是她心又不在我身上,不知道她想什么,赶紧跑了。宝玉说,她不是专门来看你的,这不可能。晴雯说,她跟宋嬷嬷有什么事。宝玉说那我去调查调查,于是宝玉就出去了,他正好听到平儿跟宋嬷嬷说话。《红楼梦》里多次描写两个人说话被别人听到了,比如说坠儿和小红说话,被薛宝钗听到了,而且听得清清楚楚。听别人说话,我们家乡管这叫听窗户根儿,就是人家在屋里说话,你在那窗户根儿那里隐蔽着偷听了。从现代的礼貌上来说这不太好,你要听你就进去听,你不应该在别人说话的时候悄悄地在一边听。但是书上就是这么描写的,让宝玉听见了,是说一个什么事呢?说他们在芦雪亭吃烧烤、吃鹿肉,吃得来劲,平儿把腕子上的两个镯子都摘下来放在了一边。别的女孩子也都把镯子摘下来了,因为烤肉冒着烟、冒着气,下边是炭火,要是直接伸手去拿,手腕上那个镯子挺大的话,叮叮当当的,若撞到那个肉上,不是把肉弄脏,就是把镯子弄脏,若被烟熏火燎了,镯子的成色又会变化。所以有好多镯子搁在那里了。平儿吃完了以后,发现自己的镯子少了一只。就说这么个事。平儿说这事现在查出来了,说当时王熙凤就说了,告诉前边,就是大观园之外的系统的那些人,都给我查这镯子到底哪里去了。现在被宋嬷嬷查出来了,镯子就是跟小红说话的那个坠儿偷的。宋嬷嬷将这个事告诉了平儿,平儿就跟宋嬷嬷商量,说这个事目前王熙凤还不知道,但是我不准备给她报告,报告的话这事就闹得很大。那小丫头没有见识,也没有出息。你要一报告吧,坠儿是宝玉这个系统的,是怡红院的服务班子的,虽然是小丫头,属于二道门、三道门之外的干活的人,但如果事情闹大了,宝玉听见了也会不高兴。现在幸亏袭人不在,袭人给他妈奔丧去了,如果要是袭人知道了,袭人会感觉到自己有责任,她没把这些人带好,才会出这事。

如果把这个事报到贾母那儿,老太太也不高兴,因为正是贾母最快乐的这么几天,又是吃,又是烧烤节,又是诗歌狂欢嘉年华,又是冬季青年联欢节,结果这时候出来一个偷东西的,太恶心人了。所以我就告诉王夫人说找到了,掉到雪里头了。当时雪很深,这两天天一晴,雪一化,它就在路上躺着呢。平儿编了一个瞎话,想把这个事瞒下来。但是宝玉听到了以后,为了取消晴雯对平儿的怀疑,说平儿好像有什么事瞒着她似的,就把这个事告诉了晴雯。晴雯本来是在病中,一听说这个事,就气得脸色都变了,眼光也变了,简直要大怒。这一点是宝玉没有想到的。晴雯趁着宝玉不在的时候,下令把宋嬷嬷找来,说把这个小丫头给我轰走,晴雯还叫这帮子小丫头过来,其中包括坠儿。坠儿来了以后,晴雯说,你过来,坠儿过来以后,她就拿起她的一丈青——一种发饰,类似簪子——就扎坠儿的手。她一只手攥着坠儿的手,另一只手攥着一丈青就扎扎扎扎,扎得坠儿鸡猫子一样喊叫,然后把坠儿轰走,通知她妈妈来领走她,再不许回来。晴雯就做了主了,麝月也赞成,她们都是非常重视自己的服务道德的。坠儿的妈妈还想稍微说几句便宜话,说小孩子家有点什么毛病,你们可以教育她之类的,又被麝月大骂了一顿。这麝月要是说起噎别人的话,也是活活能噎死人。她说,你想在这个地方跟我们讲理吗?这个地方有人跟我们讲理吗?那意思是说,你根本就不配来这儿,你算什么玩意儿?我们这里什么规矩,我们自己知道,你在这儿站得时间够长了,我们不轰你,外边其他管接待的、管保卫的人马上就会过来请你走。

即使都在奴婢的序列里边,她们仍然又分三六九等,遇到像坠儿和她母亲这种干杂活的低等的奴婢,奴婢里边这些高等的大丫头自我感觉极其良好,舌头底下压死人,足以把坠儿的妈妈活活压死。而且晴雯拿着一丈青扎坠儿的手,不可能不让我想起黄世仁的妈妈扎下人的手,不可能不想起王熙凤扎她的小丫头的嘴。甚至会令人想到,晴雯固然是一个非常可爱的人,但是她如果掌了权,不一定能比王熙凤更善良,因为她也有一个特色,一动手就可以给比她更低贱的人施加肉体惩罚,施加身体伤害。这是让人感到非常遗憾的。

第五十三讲　外头体面里头苦

《红楼梦》第五十三回,"宁国府除夕祭宗祠,荣国府元宵开夜宴"。

说到他们过这个年,是从除夕一直到元宵节,实际上他一直写到了正月十五、正月十六、正月十七,包括后续的某些事情也写上了。

在讲这个之前需要补充一点,上一讲还提到一个事情,"勇晴雯病补雀毛裘"。贾宝玉的舅舅过生日时,贾母特意将一件雀金裘送给宝玉,这是一件氅衣——大衣,是"俄罗斯国拿孔雀毛拈了线织的",只剩这一件,因此非常宝贵。结果宝玉穿了半天就给烧坏了。贾府里还有很多用孔雀毛纺成的线,但是怎么用线把烧坏的那一块给补上呢?来回那么一缝,那会变成一个疙瘩,不成样子。晴雯说,在女红针线活里头有一个特殊的操作,叫做"界线"。这个"界线"不是当名词用的,直白的意思是把线变成界,就是纵横交织着走线,有竖线,有横线。这个技术非常复杂,除了晴雯,整个荣国府没人会这个。可见晴雯也是太可爱了,她既有能力,又有真心,还有才艺,有自己的绝活,别人办不了的绝活。晴雯就在晕头涨脑、高烧未退、头疼眼花的状况下,缝织了差不多一夜,把贾宝玉的这件外衣给补上了,让他不至于造成遗憾,也不会被他的妈妈、他的奶奶和他的爸爸发现,不会挨骂挨说,宝玉本人得到了很大的安慰。

上次我们说过她令人遗憾的地方,这里又表现了晴雯讲义气的一面。晴雯病中熬夜帮宝玉补外衣,表现的是晴雯讲义气,晴雯并不关心自己个人的身体如何，并不像有些人那样注意保护自己，而是更注意拿出自己的情义来。她对宝玉有情有义。情，当然这里也有少女对一个少男的欣赏、留恋、羡慕。至于很具体的安排，她不可能想得更多，她和袭人什么关系，她和将来宝玉娶的正式的夫人是什么关系，这些她都不会想到，但是她喜欢宝玉这个人，宝玉也喜欢她，这都是事实。另外他们之间还有一种共处之谊，主仆之谊，知音之谊。贾宝玉确实不是以主子的姿态来压迫和剥削她，而是以一种欣赏的态度、一种纵容的态度、一种极感兴趣的态度，乃至以一种讨好的态度来对待她。既然这个主子这么可爱，又处处讨好你，现在主子遇了难了，你难道就不能有所奉献吗？中国这一类讲主仆之间恩义情谊的故事非常多。而晴雯带病熬夜补衣这一行为表现，却让她的身体健康状况又下降了一个台阶。

然后到了第五十三回，主题转到过年上来了。关于过年的第一件事说的是什么呢？说过年的时候要祭祖，说要由朝廷里关给他们祭祖的津贴补助。这里"关"是"发放"的意思，过去的军队里头发军饷，叫做"关饷"。朝廷给你们这么一批人这么多的优待，是因为你们的祖上为朝廷、为帝王、为大清国都做出了大贡献。当然，《红楼梦》的特点是不明说哪朝哪代，宁可作朝代时代不明状。在第五十三回先描写这一段祭祖的安排，派了贾蓉去领津贴，贾蓉到了那儿，排了半天队，后来还换了个地方排队。这祭祖的津贴原来是朝廷的一个部门发的，现在改成朝廷一个御用的佛寺发钱，通过这佛寺拨款给他们。他们说，我们有了这笔钱，上领皇上的恩，下托祖宗的福，哪怕是用一万两银子供奉祖宗，也赶不上这样的体面。

这意思是说，尽管皇上发给他们的钱并不够用，他们自个儿还得贴很多很多的钱，他们也是感到无比荣耀的。清朝的时候，不光是祭祖，朝廷很多时候往下边发的钱都是很少的，比如科举之后往各地派官，这个官前去上任，路费都是自行解决，朝廷并不给你发。可是现在有这么一笔钱是朝廷发的，是皇上给的，那是什么？那是牛气，可以在祖宗面前夸口,可以非常满足地向祖宗汇报。这是皇上给的钱,让我们好好纪念您,好好祭奠您,好好举行各种的仪式,说这叫沾恩赐福。我们就沾上了,我们身上挂上了皇上的皇恩,我们得到了皇上赏赐的荣耀。开头先把这个过节铺垫得非常充分。

底下紧接着是写他们的庄头,就是他们在乡下的地产。朝廷给他们发的钱是有限的,但是他们有大量的地产,是大地主。这个庄户头姓乌,叫乌进孝。乌进孝来了,因为快过年了,一是带来大量的农畜产品,一是带来了在家乡收的地租,有的地租是用银子来交纳的,用现在的话说就相当于现金。乌进孝一来,就由贾珍出面收这个地租,乌庄户头就报告了一下这次进租、交租的货物名单单据。这也是毛泽东主席看《红楼梦》最注意的地方。上边说的是什么?大鹿三十只,獐子五十只,狍子五十只,暹猪二十个,汤猪二十个,龙猪二十个,野猪二十个,家腊猪二十个,野羊二十个,青羊二十个,家汤羊二十个,家风羊二十个,鲟鳇鱼二个,各色杂鱼二百斤,活鸡、鸭、鹅各二百只,风鸡、鸭、鹅二百只,野鸡、兔子各二百对,熊掌二十对,鹿筋二十斤,海参五十斤,鹿舌五十条,牛舌五十条,蛏干二十斤,榛、松、桃、杏穰各二口袋,大对虾五十对,干虾二百斤,银霜炭上等选用一千斤、中等二千斤,柴炭三万斤,御田胭脂米二石,碧糯五十斛,白糯五十斛,粉粳五十斛,杂色粱谷各五十斛,下用常米一千石,各色干菜一车,外卖粱谷、牲口各项之银共折银二千五百两。除了这些以外,还有给哥儿姐儿们的,就是给这些孩子特意另加孝敬的活鹿两对、活白兔四对、黑兔四对、活锦鸡两对、西洋鸡两对。一个大名单,这是最不文学的内容,要形象没有形象,要抒情没有抒情,要风光没有风光,等于填了一个表。一个表有什么好看的,有什么好说的呢?但是这也是一绝。《红楼梦》有点儿超前性,这种写法非常像什么呀?非常像二十世纪中叶一些法国作家提倡的新新闻主义。提倡新新闻主义的作家,反对把人物和故事当中心、当小说来写,即反对把戏剧性的情节、悬念当做小说的内容,反对以人物为中心来写小说。他们认为应该以物质的世界、以世界的真实的生活、以世界上发生过的真实的事情作为内容来写作,他们甚至还反对作家用笔名,强调作家必须用真实的名字表达对这个世界的责任,表达对自己的写作的这种责任心。他们特别赞成用非小说的文体表达小说要表达的真实的生活的内容。这个《红楼梦》大家千万别小瞧它,《红楼梦》里头有很多东西表明在两三百年以前的中国已经开始有了一些超出了古典主义,超出了浪漫主义与现实主义,超出了中国式的写作方法,甚至有些和现代、后现代的一些写作的方法能够连成线的东西。

比如说魔幻现实主义,《红楼梦》这里写实的地方就不用我说了,吃饭拉屎写得都很实,治病、生病都写得非常实。但是它同时还有太虚幻境、警幻仙子,有一僧一道,还有大荒山、无稽崖、青埂峰等,这些虚构的元素都有。再比如关于人的生命的符号,这也是非常现代的观念。再比如说弗洛伊德的性心理学说,实际上《红楼梦》里头也包含这样的信息,写得非常准确。我讲过春天时的青春苦闷感,几句话他就写得地地道道。这些地方写得挺绝的,现在在这一回里,在小说里头突然来这么一个跟报表一样的内容,让你感觉到这里一点儿文学性都没有,确实又是一绝,使你感到了它的真实感。

我们刚才一念,就知道从乡下送来的粮食是各种各样的好米,这里头没有提小麦,也没提到玉米和白薯,送来的物品代表的是江南区域,因为这里头普通米和糯米都非常好,质量也非常好,级别都非常高。除了这以外,还有现银两千五百两。听到只有两千五百两银子,贾珍就立刻表达了不满意,说我计算了,你至少应该拿回五千两银子,甚至一万两银子,现在怎么才这么点儿银子呢?乌进孝就又说了很多话,那些话也是毛泽东主席喜欢引用的。大意就是说现在农村的情况怎么怎么糟糕,有洪灾,春天的时候又有旱灾,导致收成不好,很多地方赔钱。总而言之,就是说经济危困,民生维艰,没有办法。作为大地主,贾珍、贾蓉就向这庄户头,向农村的那些佃户头诉苦,说我们这生活也非常困难,尤其是贵妃省亲以后,我们家已经全部空了。乌进孝这个庄户头,他也是受他们信任的,就跟他说,您再困难,朝廷皇上给您随便拨拉一点儿就得了。贾珍哈哈大笑,跟他儿子贾蓉说,你看他们以为朝廷皇上的银行是我们的了,那时候不叫银行而叫银库,他以为皇上的银库能归我们家管,我们能得的那一点儿其实就是象征式的,朝廷意思意思就完了,我们家现在是非常困难了。里头还讲了这样一大段,说他们贾府现在的生活就好比黄柏木做磬槌子,外头体面里头苦。

贾蓉就跟乌进孝说,你们不知道,我们看着很体面,你们只看着我们这么大的房子、这么大的园子、这么好的衣服,而我们的苦处你们是不知道的。贾蓉他来了这么一嘴,预示着贾府,乃至整个封建社会、封建国家在走向没落。它最后在一九一一年被孙中山先生领导的国民党所推翻并不是偶然的。整个封建社会,各个地方都是只维持面子,维持不住里子了,内部的矛盾越来越多,而且在经济上、财政上已经完全破产了。这里写的虽然只是一家,代表的却是整个大清国,代表的是整个中国的封建社会。

贾府过年祭奠祖宗,那规模非常之大,到处都挂着最高级的对联,最外边一副对联写着"功名贯天,百代仰蒸尝之盛",祖先的功名顶天立地,一代一代乃至一百代人都要仰视,都要尊敬,都要感恩,都要佩服。"肝脑涂地,兆姓赖保育之恩",说他们的祖宗肝脑涂地来保住了江山,当然是协助皇上了,在皇上的鸿福指挥下保住了江山。这是谁写的呢?是请孔子的后代衍圣公给他们题的词。因为孔子是圣人,这副对联也表明是从圣人那里传下来的。进入院中,是白石甬路,两边苍松翠柏,然后又是一个大金匾,上面写着"星辉辅弼",就是他们像用星星的光辉一样来辅佐、来陪伴、来支持圣上,就是皇上的恩德。这个是先皇,是更早的一个已经去世了的皇上御笔亲题的,两边的对联也是御笔,也是皇上写的:"勋业有光昭日月,功名无间及儿孙。""勋业有光昭日月",你们有像日月一样的功勋,带着日月般的光辉;"功名无间及儿孙",这个功名中间没有断,到了儿孙他们也都有功名,也能获得御笔题词。然后青匾上写的是"慎终追远",我们现在还引用这个词,这个出自《论语》,古时指祭祖,今天用来指对历史与先辈的尊敬、传承、胸怀长远。旁边一副对联是"已后儿孙承福德,至今黎庶念荣宁"。"已后儿孙承福德",你们的儿孙仍然继承着你们的福祉、你们的福气、你们的德行。"至今黎庶念荣宁",到现在老百姓也还没有忘记宁国公和荣国公对国家的贡献。

祭祖的时候,他们分两排站好了。"贾敬主祭",这次贾敬他不敢不出来了,因为这是皇上象征性地给点钱,然后要祭奠他们的祖宗。"贾赦陪祭",贾赦这个没出息的浑人也参加了祭奠。"贾珍献爵","爵"是大的酒器,贾珍就上去献酒。"香烛辉煌,锦幛绣幕",然后是"拜毯,守焚池,青衣乐奏,三献爵,拜兴毕,焚帛奠酒",把那个绸子烧了,跟我们普通老百姓烧纸那个感觉一样,然后还有所谓奠酒,就是把酒泼到地上,是献给祖宗喝的。然后"礼毕乐止",祭奠的仪式结束以后,乐队退出。这个就是中国文化礼制的部分,这是孔子提出来的,就是说与其用行政的手段、用法律的手段、用管制的手段来治理国家,不如用道德和礼节、礼法的手段来把这个国家治理成一个君子之国。所以孔子特别重视这些礼仪,尤其重视对祖宗的祭奠,认为对祖宗的祭奠越好,你就越能记住先人艰苦奋斗的历史,就能永远当一个最忠诚、最仁爱、最遵守信用、美德最多的人。

但是孔子不可能想到,后世这种祭奠礼仪可以搞得很大,什么好词儿也都用上。匾上的、对联上的、孔子的后代衍圣公写的、先皇御笔的,好词儿全有了,但是这些词祭奠完了以后跟谁都没关系。贾宝玉没琢磨过这些词对他有什么意义,有什么约束;贾敬根本也不考虑这个,他自个儿又炼丹去了;贾赦除了娶小老婆以外,也从来不考虑这些词;贾母也不会考虑这些。这是第一点。光靠礼,光靠好词儿没用,甚至可能出现好话说绝、坏事做尽的结果。那么第二点,这么多词都是表扬称赞贾宝玉的曾祖父那一代、那一辈的。贾母更上一辈现在已经一个人都没有了,这一辈还有一个贾母在,别人也没有了。这些好词的意思是,你们现在的这些享福的人,享的是你们曾祖父的功劳。现在这些人没有功劳,不但没有功劳,而且还有罪恶。一批有罪恶的寄生虫,还在那儿强调他们曾祖父功劳大到和日月同辉,不间断也没有距离地继承、充当那个曾祖父的角色,这不是自己欺骗自己吗?曾祖父一辈肝脑涂地,在战场上保卫国家,现在到了他们,有哪个人做出了什么贡献,使国家更强大、更幸福了?他们对老百姓做过什么好事?可是一切的荣华富贵、一切的享受、一切物质的与台面上的讲究都在你这里,这样的一种封建社会能不完蛋吗?

第五十四讲　义正词严与莫名其妙

《红楼梦》第五十四回,"史太君破陈腐旧套,王熙凤效戏彩斑衣"。这一回主要讲贾府过年,在正月十五大宴请活动的情况。

按老北京的习惯,初一至少到初四互相不请客,都是自己在自己的家里活动,所以初五叫破五,到了初五就可以拜年串门来往了。从大年三十,更早一点的话,从腊月二十三,都是各自在家里活动。

《红楼梦》里是一直到十五才宴请。到了十五,贾府请了十几桌客,沾亲带故的各种亲朋都在那儿吃饭。贾母非常高兴,一边吃饭一边跟大家聊天,她设了一个护屏矮足短榻,因为她是有派头的人,另外如果要张罗招待各方亲友,她也张罗不过来。她就半倚半靠在这么一个短床上。接待各方的客人,也显出她的谱、她的辈分高来了。这靠背、枕头、皮褥俱全,榻的一头设了一个非常轻巧的、洋漆描金的小茶几,一个小的、矮矮的几,上边摆着茶吊、茶碗、漱口盂、毛巾,它写的是洋巾。那时候的这种毛巾已经采取了一些国外的纺织方法,不是土布纺织的。还有一个眼镜匣子,当然那个时候的眼镜是那种夹鼻镜,是旁边带一根棍的,需要手持着举在眼睛前看东西。三百年以前的眼镜不会是我们现在这种样子的,但是那时候的镜片肯定已经有了一些作用,既有保护的作用,又有凹透镜或者是凸透镜的作用。老年人需要戴的花镜它也有,近视镜也有。

我们上次已经提到了鼻烟、洋膏药、小雕像,还有外国人写的中国诗,现在这里又出来了眼镜。最后贾母把一口袋钱,大概就是铜钱,哗地往地上一撒,叮当叮当、咕噜咕噜地转。然后从外面来的这些小孩子就去抢,这就是为了一玩了。这种风俗欧美也有。在美国过万圣节的时候,不管认识不认识,小孩子们到处敲门去要糖,欧洲也有类似的,撒钱的也有。欧美也有人认为撒钱是对底层人的侮辱,这是另外的话题了。但是贾母听到这个铜钱哗啦往地上一倒的声音,心中大悦,她很喜欢这样的场面。

到了正月十六、十七的时候,他们一块儿看节目,在家里头唱堂会。这次看的不是唱戏了,是有两个女演员,我看用现代的语言就像说书的,也可能是说唱,讲一段故事,再唱一段。说它像苏州评弹吧,它是讲究又说又唱,也有的主要靠说。宋朝以来,说话人,说评书这种形式特别普遍。关于这次说什么书,史太君,就是贾母,怎么破陈腐旧套呢?下面的人说你们想说什么,大家想听什么,得问老太太。老太太就问,你们今天想讲什么?说书人是两个女演员,应该算是曲艺演员。这两个女演员回答说,这次说的是一个书生,这个书生叫王熙凤。和王熙凤的名字一样,这都没有什么特殊的意义。书生和一个小姐发生了情感,主要讲两个人的婚恋故事。贾母一听,说你们说的这些书、这些段子太没意思了。好模好样的一个小姐,看见一个长得清俊一点,鼻子、眼睛长得稍微看得过去的人,不管是亲是友,就想起终身大事来了,就想把自个儿嫁给人家。把父母也忘了,书理也忘了,这小姐要是这种人的话,说鬼她不算鬼,说人她也不算人,她既不是人又不是鬼,不人不鬼。她也不是盗贼。好好一个小姐,见着模样长得还算过得去的男人,就马上想嫁给人家,这还像个小姐吗?这还能算个佳人吗?这样的人就算满腹文章,也不能算是佳人,不能算是美女,不能算是小姐。就好比一个男人,你读的书再多,要是当了盗贼,谁还承认你是个好男人呢?

贾母忽然发表了这么一段抨击性讲演,红学家们对它有各种说法。一种说法是说贾母这个话是为了说给林黛玉听的,因为她已经发现林黛玉对贾宝玉有一种痴情,已经想入非非了。所以贾母借这个机会警告林黛玉,给林黛玉发出黄牌警告,让她不能再胡思乱想了。要是胡思乱想,你就会人不人、鬼不鬼、贼不贼,也不算佳人,这话很厉害。这个靠点儿谱,尤其是中国比较早先的社会里头,又是在家族之内,人们经常是用声东击西、借古讽今、指桑骂槐、含沙射影、暗示不挑明的这种方法来给别人以规劝、警告,乃至于斥责。这是经常有的。但是这个时候贾母说这个话,似乎是早了一点儿。贾母对林黛玉还没有什么不满意,也许她是想既告诉这些孙子辈,也告诉林黛玉、薛宝钗,更是告诉贾宝玉,不要搞自由恋爱,不要搞一见钟情,不要搞私订终身,不要想着脱离开父母的主持自己去找对象。这个也有可能。

另外,中国文艺有这么一个麻烦,从理论上说,贾母的这一套都是对的,但是从大家欣赏文艺的兴趣上来说,不可能离开贾母痛斥的这些东西,完全没有这些东西那是不行的。许多戏里边、故事里边都有这个,《西厢记》里头有这个,《牡丹亭》里头有这个,《陈妙常》里头有这个,到处都是这一类的故事,多得很。就是卓文君,《当垆曲》里头也有自主恋爱。所以很多古人是一种什么形象呢？理论上坚持主流意识形态,说起话来坚持原则,坚持规矩,不准青年人放肆,不准青年人任性。但是另一方面,在欣赏作品的时候,他又会打擦边球,欣赏走得远一点的人物。可是这一次,贾母连这样的节目都不看了。总而言之,这些地方让你心里头咯噔一声,又不能完全肯定,这是看小说的一个很好的效果。作者在小说里用不着每一个情节都交代说这里这么说是由于三个原因、四个目的、五个步骤,而是让你自个儿琢磨去,这才更好。

到了正月十六的晚上,上元佳节的活动也快该结束了,正月十七以后又有其他的活动。大家在一块喝小酒,玩击鼓传花。击鼓,这是用打击乐了,这还不是一般的击鼓,而是专业水平的击鼓。说击起这个鼓来,或紧或慢,或如残漏之滴——过去计算时间靠的是"滴漏",就是用底下有一个小孔的容器,里面的水通过小孔一滴一滴往下掉,从滴水的量来判断时间。或如蹦豆之急,就跟炒豆子的时候,那豆子蹦起来似的;或如惊马之乱驰,你听着就好像马受了惊以后,马蹄子乱成一团;或如电光而忽暗,有时又像雷电。然后鼓声忽然一停,花停在谁手里谁就该敬酒了,这次没有说别的酒令,就是每人给他敬酒的时候,他要讲一个故事。

于是贾母就讲了一个故事,说今天这么多儿孙,我这就给你们胡说八道一个故事吧。说一家有十个儿媳妇,那前面的九个儿媳妇都不受待见,九个都很孝顺的,但是不会说话,也不知道怎么陪老人说话,只有最小的儿媳妇特会说话,特别受老人家的喜爱。这九个儿媳妇就越想越生气,她们去找了孙悟空,说你教我们个法子,怎么着能让我们说话说得受待见。孙悟空说这个你们是学不到手的。九个人就说那学不到手,为什么老十那个妹子小嘴说那么好?孙悟空说你们不知道,那天我撒了一泡尿,她喝了,然后她的嘴就变得会说话了。你们要是想学好说话,我给你们撒一泡尿。大家听了就开玩笑说,老祖宗一讲这故事,我们可就知道了咱们这里头是谁喝了猴尿了。然后就说是王熙凤,瞎逗。这个是瞎逗有没有特别的含义?我也说不清楚。

更值得揣摩的呢,是老祖宗说完了以后接着又打鼓,忽然一停,停在王熙凤那里,就让王熙凤讲故事。王熙凤讲这个故事绝了。王熙凤说有这么一家子正过正月十五,合家赏灯吃酒热闹非常。这家有什么人?有祖婆婆、太婆婆、婆婆、媳妇、孙子媳妇、重孙子媳妇、亲孙子、侄孙子、重孙子、灰孙子,还有滴里耷拉的孙子,北京话叫滴里嗒啦,她当时说是滴滴嗒嗒的孙子;还有孙女、外孙女、姨表孙女、姑表孙女,好热闹。她这么说,大家也笑,因为她嘴利落,有点儿像相声里头的贯口、报菜名什么的,说得特别好。大家说,你又耍贫嘴,你编派谁呢?你想骂谁?你想拿谁开涮?凤姐拍手笑道,人家挺费劲地在这儿说,你们在这儿跟我捣乱,我不说了。贾母说,你说你说,底下怎么样了?凤姐想了想,笑道,底下就坐着一堆呗,吃了一夜酒就散了。大家听了就愣在那儿了,怎么说得这么没意思?说一家子有这么多人在那儿一块吃饭,过正月节,来得齐齐的,然后吃完就散了。大家傻了,愣在那儿了,都看着她,尤其是史湘云看了她半天。戛然而止的故事,似有大包袱却突然秃噜了,走着走着,线断了,人没了,有头无尾了,无端失踪了。绝了!这是凤姐的一个文学构思或评书表演上的贡献,无结尾小说,走失了的故事!凤姐笑了,说再说一个:过正月半时,几个人抬着一个跟房子一般的炮仗,抬往城外,要放这个炮仗,引了上万人跟着他们走,到城外等着他们放炮仗。有一个性急的人等不得,就在半路上偷偷点着一根香,用这香把这个炮仗给点着了。过了一会儿,只听扑哧一声,众人轰然一笑就散了。又是散了。这么大的一个炮仗没放响,只是扑哧一声,而那个抬炮仗的人,其中一个主要的工人还在那里疑问,说这个炮仗怎么一点声都没有,这个炮仗的质量太差了吧?大家听完了就说,这个不合理啊,它只是扑哧一声,炮仗没出大声,只是出了一小声就散了。然后王熙凤说,你们不知道,抬炮仗的这个人是个聋子,再大的声响他也听不见。她就说了这么一个故事。这是什么意思?古往今来的红学家对此很难做出很圆满的解释。

  你可以解释说,这两个故事,一个有头无尾,一个虎头蛇尾。那么大,跟一个房间一样大的炮仗,扑哧一声就散了。散了,这是两个故事的同一个主题。你想一想,可不就是这样吗?你的节日、你的活动、你的礼仪、你的大官、你的大富、你买卖搞得再大,庆祝完了,举行完了,或者说完做完,就散了,不散还能怎么办?举行宴会,你十桌也得散,一百桌也得散。跟坠儿说悄悄话的小红早就说过了,"千里搭长棚,没有不散的筵席"。你这个棚子从这条街搭到那条街,从这个市搭到那个市,你能吃一百年吗?吃完了你就走了,走了就走了,就散了,散了也就散了。这可以作为一种解释。

  但是看到这里,我又想出了一个新的解释,什么解释?这个正跟新新闻主义一样,这个是新小说派。新小说派就是讲这一套的。新小说派讲什么呢？就是讲小说里头人物不要像古典的小说里边一样，忠臣受了伤害，然后翻身，冤案平反，好人好报，恶人恶报，最后把真凶手抓出来了。这些在生活里有什么特别的意义？新小说派讲求的就是你写的跟过去的小说越拧着越好，有头必须有尾是一种过去的写法。说如果墙上放着一杆枪，那么你这出戏到最后的时候，这个枪一定要亮相，被人拿起来放一声响，这是契诃夫的写法，也是传统的写法。

为什么非这么写呢？我偏偏不这样写，有何不可？你可以有头有尾，也可以有头无尾。你可以唤起人们极大的期待，你也可以让他期待落空而失望。人生中失望的事还少吗？他以为他官当到哪一个级别，就可以是过上天堂的生活，他过上了吗？他以为他所喜爱的一个异性跟他结成佳偶，他就能天天过幸福的生活，他过上了吗？虎头蛇尾的事还少吗？有头无尾的事还少吗？所以恰恰是王熙凤女士，早在二百七十年以前已经开始了欧洲在二十世纪才有的新小说派的探索。

这个也许大家有点儿不能接受，说这有点勉强，他们怎么可能是 new fiction（新小说）的路子？他们不可能是这个路子。但是我并不是持古已有之的态度，外国不管有什么新的发明，我这都说中国古已有之，早就有了。我不是这个意思。我的意思是什么？就是在文学中，文学的本体大于方法。

我们对文学创作的方法，对小说的创作方法，有很多说法，有现实主义、印象主义、达达主义、浪漫主义、古典主义、魔幻现实主义，还有现代主义、后现代主义，等等。我们可以有很多说法，但是你说下大天来，你的主义玩得再邪乎，再出乎人的意料，它仍然是从你的生存、从你的生活、从你的经验当中来的。你可以写得很神奇，《西游记》写得很神奇，但是如果一个人没在社会上生活过，他能写出孙悟空那样的人物来吗？他能写出猪八戒那样的人物来吗？好多人分析说猪八戒就是一个中国农民。

在《红楼梦》里边，曹雪芹对人生的沧桑、人生冷暖、世态炎凉，对人的酸甜苦咸辣、生离死别、幸运或灾祸，一切的一切都体会得足够足够了。他既体会了所谓烈火烹油、鲜花着锦，又体会了只能喝粥、只能赊账的穷困和低贱。他什么都体会到了，在这里他写梦幻，因为他有梦幻感；他写荒诞，因为他有荒诞感；他写现实，因为他对现实的经验极端丰富；他写浪漫，因为他年轻的时候可能是一个多情的种子，他本身就是一个非常浪漫的青年、少年；他写诗词歌赋，他甚至给你胡抡两段让你摸不着底。一切都来自他的生活，来自他生命中的最切实的、最真实的体验。就是最假的体验也建立在他真有的体验上，他最痛苦的那种描写也是他克服了痛苦以后才写的，并不是在痛苦当中来写的。所以他怎么写怎么有理，他怎么写都靠谱，怎么写都沾边，怎么写都有创造性，这正是《红楼梦》成为不朽的作品的原因。

平常谈文学、谈小说，我们强调的是作品的个性、非一般性、特殊性乃至唯一性，但《红楼梦》这几回连续写祭祖、写过年，似乎是在追求写出某种时代的共性、风习性、礼俗文化性。小说如此，中华古典诗词也是如此，这也扩大了我们对于中华文学的认知。

第五十五讲　探春不客气

《红楼梦》第五十五回,"辱亲女愚妾争闲气,欺幼主刁奴蓄险心"。这一回主要讲探春这个角色。

先写到凤姐的病。在《红楼梦》里,病也是一个重要的角色,没有病就没有林黛玉的许多特色,没有病也没有凤姐的往后的发展,没有病就没有秦可卿的死亡,没有病就没有一些非常重要的预言。凤姐得的是妇科方面的病,关键在于对这个病有一种解释,说她用心过度、操劳过度、好强过度,她有这几方面的过度,她这个病也就变成必然了。这是中国传统文化的一种整体主义思维的结果。病不仅来自病毒、病菌、病灶、外伤,而且来自天地阴阳、五行八字、道德举止、衣食住行、兴衰通塞……说是凤姐已经面黄肌瘦、人都走了形了。王夫人就让她休息,安排李纨来代替凤姐管理家里边的这些事。李纨是个老好人,王夫人很快就发现光李纨不行,她就又找了探春。探春年龄虽然小,但头脑清醒,思考问题周密。王夫人觉着一个老好人李纨,加上探春这么一个小姑娘,还有点儿不太放心,就又找了薛宝钗。王夫人跟薛宝钗说,无论如何你也得帮这个忙。薛家这么多人都住在人家这里,人家有事你不管也不行。薛宝钗虽然不爱管这些事,但是也参与管理了。这样《红楼梦》就形成了三驾马车式的领导,这也很有趣。

英国人对"三"有特别的兴趣,他们认为"三"是保持平衡和稳定的最好的方法。三条腿的家具是最稳的,四条腿的家具不一定,它总会有一条腿不是晃到这边就是晃到那边。一个家里有三个孩子最稳定,因为有三个孩子的话,任何一个孩子你都要想办法去争取另外两个孩子中的一个支持你,因为有一个孩子支持你,你们两个就是多数,受到压力的是那个不支持你的孩子,他就不太可能一意孤行。这个理论就是这样。当然大家团结一致是最好的,但是常常不可能团结一致,那就需要有什么事也不至于形成两方的冲突。三驾马车在《红楼梦》里也出现了。《红楼梦》里你要是往现在的新鲜词上找,几乎什么都能找到。但是目前这三驾马车主事很难,因为这里头牵扯一个问题,就是那些奴仆、这些下人不好惹。

此前,王熙凤智力输出帮助协理宁国府的丧事的时候就说过,我知道就这批奴仆下人,他们是坐山观虎斗、借剑杀人、引风吹火站干岸、推倒油瓶不扶,都是全挂子的武艺。这是王熙凤的名言。坐山观虎斗的那就是看热闹,你斗得越好越有意思;借剑杀人,挑拨是非,我恨谁了,我挑拨另一个傻小子甚至挑拨一个主子,去收拾那个人去;引风吹火,就是唯恐事情不大,一个小矛盾搞得越大越好,他好钻空子,站干岸儿就是,别人身上湿了,他躲得远远的,遇到什么事都躲得远远的;推倒油瓶不扶,这个不用解释了,各位自然明白。

这三驾马车执政刚刚开始就碰到一个问题,赵姨娘的哥哥叫赵国基,他死了,贾府要按标准给他一些丧葬用的费用。吴新登家的就来问,说赵国基、赵大舅子去世了,该给多少钱?这个吴新登是谁呢?首先他是贾府的高级管家之一,前面说过贾府最高级的管家是赖大,赖大的孙子后来都当了官了,已经升级变成主子了。其次他是林之孝家的总管,吴新登的作用不低于林之孝,因为他是银库总管,有点儿会计师、总会计师的那种角色。所以吴某人家里来请示事宜不是小事,不能随意处置。

李纨就问吴新登家的,说那个刚刚发生的事件,袭人妈妈死了给了多少钱呢?回答说是给了银子四十两。李纨就说,那好吧,这个也给四十两。她认为赵姨娘和袭人一样重要,所以她说也给四十两。

吴新登家的拿着牌就要走,但是探春说,站住,我问问你,咱们家过去的规矩,家仆分两种,一种是家生子,一种是从外头买来的。遇到家生子家里丧葬,给的标准就低一点儿;如果是从外头买进来的,给的丧葬费就多一点儿。花钱从外头买的家仆,他不一定在你这里干得很长久,外头的人不是你这里的奴才。这样的人如果死在你们家了,在伺候你们家的岗位上死掉了,这个给的就要多一点。所以探春就问,当年老太太房间里头还有几位姨奶奶?老姨奶奶她们去世或是她们的亲属有死亡的,给了多少钱?大家一听就明白了。老姨奶奶是什么人?是跟老太太在一个家里边的,贾宝玉的爷爷的姨太太。吴新登家的说,管那个干吗?姑娘您这儿说了话,他们还有人敢争吗?吴新登家的这话明显带有不顾通例、不讲规矩、任性胡为的性质。贾府里头好几百个奴仆,处理这一类的事是大事。就跟人事部门负责管理员工的薪酬一样,必须有一定的标准,不能想高就高一点儿,想低就低一点儿,变化无常。

所以探春说,这叫什么话,简直是胡闹,依我说赏一百两挺好的,但有这规矩吗?有这个旧例吗?吴新登家的这次真是糊涂了。王熙凤管事时遇到这种事,她来请示该给多少丧葬费的时候,必须报告说根据我查的结果,这个应该给多少多少,合适不合适,请姑奶奶您指示再说,由您来定。她还会举例说过去这样岗位上的人是什么标准,甚至她会报告两三个方案,还把有特殊情况的加以解释说明,有一次谁因为什么增加了多少银两,还有一次谁也增加了。通过比较,然后再提建议这次按特殊情况办还是按一般情况办。她应该是这样处理事情。可是这次吴新登家的心里根本就没拿探春当回事,结果被探春严厉地训斥了一顿。她满脸通红,她是有头有脸的奴仆,是高级奴仆,是管理人员的配偶,遭受了这样的训斥,很没面子。其他人就面面相觑,知道这探春不可低估。就在这种情况下,赵姨娘来了。赵姨娘是赵国基的妹妹,探春是她亲生的女儿。她认为现在探春掌了权了,应该为她谋福利。所以她一来就说,是我现在到处受踩乎,别人踩乎我没关系,我的闺女不能踩乎我。赵姨娘来之前,已经查出旧例来了,像这种家生子的亲属,赵国基这样的奴仆,他的丧事经费只有二十两银子,不可能再多。所以她说,姑娘你踩乎我,我就更受不了了。探春就站起来说,我没有踩乎您的意思。赵姨娘又哭又闹,说了许多不讲理的话,说你就不能行行好吗?你就不能替你舅舅说两句话吗?探春立刻严肃地加以驳斥,说我的舅舅是王子腾,就是她只能够承认王子腾,王夫人的哥哥才是他舅舅。简单地说,她的父亲是贾政,她的亲生妈妈是赵姨娘,但是她不承认赵姨娘是母亲。她是主子,她的母亲是王夫人,那么她的舅舅就不能姓赵,只能姓王,只能是王子腾,最近才刚刚升了官的王子腾。赵姨娘就说了许多话,说我怎么怎么受欺压,我亲生姑娘把我们也忘了,把弟弟贾环也忘了。这就是一句话的事,你都不能说吗?你说一句话,多给上几十两银子,我脸面上也好看,为什么就对我这么苛刻?说了一堆类似的话。平儿来了,才把赵姨娘给轰走。

平儿说,我们二奶奶,指王熙凤,怕你们三位闹不清这个情况,就让我来给你们介绍一下。我们不知道旧例,若按常理是给二十两,但要多给一点也行。过去有过先例多给的,是因为要把他的遗体运到外地去,和他家里的人合葬,因此多给了二十两。还有一次,也是因为特殊的情况,多给了二十两。这次赵国基按旧例是给二十两,如果姑娘愿意,多给一点也可以。探春立即大怒,说这是什么意思?好模好样地添钱干什么?谁是二十四个月养下来的呢?意思是说,都是同样的人、同样的情况,因为他是赵国基,是我亲妈赵姨娘的哥哥,就让我添钱,说他是在马背上背着主子逃出了命来的人吗?这里指的是焦大那样的,有特殊功绩的人。说你主子倒是轻巧,让我开先例,她做好人,拿着太太的钱不心疼,乐得做人情。你告诉她,我不敢添钱。她不要乱出主意,她添让她去施恩,让她给自己拉拢人气,等她好了出来爱怎么添怎么添去。这平儿一听,就知道刚才已经出了事了,立刻垂首站立,多一句话也不敢再说。平儿的特点就是清醒,探春是主子,我是奴才,主子高兴,跟你逗着玩,你推我一把我推你一把,互相开玩笑,说说笑话,都可以。但若是主子不高兴了,你就得立正在旁边站好,等着主子训,多一句废话也不能有。

平儿回到王熙凤这儿以后,报告了这些情况。王熙凤就说,有探春这么一个厉害的太好了,咱们家里的事,过去就靠咱们俩,咱们俩只有四只眼睛、两颗心,所以那些坏人,那些不好好干活还浑身坏毛病,有着全挂子武艺的人,整天恨死咱们了。现在出来这么一位坚持原则的、敢管理的、敢改他们臭毛病的小姐,还可以替咱们分担一些责任,这个很好。再有一个,你别看着这个探春年轻孩子一个,平常说话文静、客客气气的,但要是厉害起来,可比我强多了。人家王熙凤还是慧眼识英雄!说探春实际上比我还厉害,因为她有文化,读过书,比我强。现在她管事了,她要树立威信,她甚至肯定要先从我这儿做起,她一定会挑出我这时候做得不妥当的事,改正错误,树立权威,遇到这种情况,记住,你千万别替我辩护,你要跑到那去替我辩护跟探春顶嘴,你就傻了。越是这样,你就越要支持探春,探春说我不对的,你一定说,姑娘说得对,我们二奶奶没想到,二奶奶想得不全,得按您的意思办。一定要这么说话才行。

平儿的反应也很有趣。平儿说,是,二奶奶,您把我估计得太低了,连这点儿事我都不懂吗?我当然不能跟探春闹别扭,我们跟探春只能联盟,只能联手,只能友好。这个也非常有意思。王熙凤很能干,但心眼儿不好,这个心眼儿不好的人,她是很注意实力的。心眼不好人的特点,是一定要拉几个实力强的人结盟,欺负那些说也说不过她、干事也干不过她、知识也没有她多、人脉也没有她广的人。对这些人,我想怎么收拾你就怎么收拾你,我想怎么榨你的油就怎么榨你的油。王熙凤这一点,你可以说她很英明,可以说她很正确,也可以说她很狠。该团结的一定要团结,该韬光养晦的时候一定要韬光养晦,该低声下气的时候就低声下气,总之不要跟探春抬杠。

这个事件里头还有一个值得感慨的事情,这个贾府,它只是一个家族,一个私人的家族,私人的家族跟国家的政事没有什么关系。贾府没有一个人关心朝廷的事,没有一个人关心农村的事,没有一个人关心国家的边疆,没有一个人关心朝廷和外部的关系,战争、和平、国内的社会秩序,统统没有人关心。但是它既然是一个大家族了,所以又私中有公。《红楼梦》里几处提到,说这个钱是"大官中"的钱,是官方的钱,为什么?贾府的总体经费,里面包含了作为地主从自家庄园获得的收入,有各种送礼的、行贿的收入,还有朝廷的赏赐,或者说是津贴,所以它私中又有公。王熙凤等在管理家族事务的时候,在公中又有私,把一些钱弄到她自个儿的小口袋里头了。她有她的私,贾琏有贾琏的私,就是贾芸、贾蔷,什么管个铁槛寺、管个园子的绿化,其中也有猫腻,也会把那点小的公款化公为私。还有以私为公的,比如说贾母一高兴,就说贾宝玉和林黛玉的月钱从我这儿发,她就发了。王夫人一高兴,就说给袭人提高标准,增加津贴,再增加两个特菜。所以它既有化公为私,又有以私助公。这种公私关系也是非常复杂的。贾府是私,贾府整个的经费,基建的经费、保养的经费、各种的人工的经费、活动的经费,这是下面的公,这私中有公;又有各种人从整个公费中得到月钱,得到工资、工薪、薪水、津贴,还有因为搞各种猫腻得的钱,所以它又公中有私。中国有各式各样的贪腐的历史,当然也有清官,有一分钱都不贪污的人,这也是令人非常敬佩的。

还有一件事,赵姨娘找探春闹,把探春气得直哭,眼睛也哭肿了,平儿来了,为了好看,她不仅洗了脸,还稍微打扮一下,她重新梳洗了一番之后才接待的平儿。然后她在平儿面前显示了自己的威风,这也让人非常感慨。这体现了什么?毛主席说《红楼梦》讲的是阶级斗争,这个阶级斗争在封建社会有明的,有暗的,有忽然上升扩大的。这里面体现了阶级,这是一种情况;行情行市又是一种情况,主仆之间既有阶级、有身份的差别,又有行市、权威的差别。探春之所以非常注意这件事情,就是她知道,自己算主子,但是毕竟她的妈妈是赵姨娘,地位没办法和别人比,没法和薛宝钗、林黛玉或者贾宝玉比,虽然她管贾宝玉叫二哥,贾宝玉管她叫三妹。所以她非常注意在这个阶级上不能让步,她甚至能做到拿她的亲妈当奴才看待。她必须坚持她妈是奴才,她自己不是奴才,她必须坚持她亲舅舅赵国基是奴才,这样她才笃定不是奴才。

关于这个问题,王熙凤跟平儿也有一个议论,说探春三姑娘太厉害了,可惜她不是正式的夫人生的,而是姨娘生的。平儿当然也是为了表达自己对探春的尊敬,说姨娘生的怕什么呢?人家是主子,人家的母亲是王夫人,父亲是贾政。王熙凤说了一句话,你说的理是这么个理,但是实际上三姑娘将来嫁人的话,她是姨娘生的这个身份,拿到社会上,有时候她就吃不开。有些找儿媳妇的,很在乎这个身份,虽然你本身是主子,但是对方要问你是嫡生的还是侧室生的——如果你是侧室生的,是如夫人生的,是小老婆生的,是妾生的,你找的婆家就不一样。两个人叹息了半天。显然,探春年龄虽然小,她在这些方面的警惕性、自觉性、自保性极强,为私而做到了铁面无私。赵姨娘在《红楼梦》里是很讨人厌的,她没有一件事、没有一句话不讨人嫌。即使如此,探春绝不承认她是妈,绝不承认她的兄弟是舅舅。看到这个地方,我后脊梁背直冒凉气。

第五十六讲　包产到户

《红楼梦》第五十六回,"敏探春兴利除宿弊,贤宝钗小惠全大体"。这里的"贤宝钗"有的版本叫"时宝钗",这是因为孟子曾经说,孔子是"圣之时者也",就是他知道在什么时间,在什么时机、什么条件之下该怎么做事,所以称之为"时"。"贤"当然是说她很贤惠。"敏探春"是说探春做事很有效率。在《论语》中,孔子对于官员、官吏提出一套标准,叫恭、宽、信、敏、惠。恭,是要恭恭敬敬;宽,是要包容;信,是要守信用;敏,就是要有效率;惠,就是要为老百姓谋福利。这个"敏"也是很重要的美德。

为什么这一讲叫包产到户?《红楼梦》太伟大了,《红楼梦》里探春就提出来要在大观园里实行包产到户。这回一上来先是探春问平儿情况,问园子里的姑娘们,包括这些女孩子,每个月怎么消费。她们月薪里有好几项二两银子,其中有一项二两银子,是让她们用来买什么梳头油,就是化妆用品。平儿就做了一些解释,说这些小姐,尤其是这些女的服务人员,她们需要化妆,她们不能太邋遢,不能太不好看了,影响观瞻。这二两银子并不发在她们手里头,而是给到这批人的总管,专门有一批人负责出去购买,然后她们发实物,用来搽脸的,用来抹头发的,还有做装饰用的头饰。探春马上就指出,说我怎么看着有些姑娘,还用自个儿的钱出去买化妆品?平儿说很可能统一采购的东西不适合这个孩子,就自个儿再花点儿钱去买适合自己的,这也花不了多少钱。探春说这一项是不怎么多,可加在一块也不少。这一项里就不定有多少猫腻呢,不定有多少人在中间搞贪污呢。

我们前面讲到,大观园里头公中有私、私中有公。大观园里也有大锅饭,也有不负责任的人,也有做事没效率的,也有购买的东西并不适合你的需要的。所以探春就提出,这项费用从我这里开始免了,这钱不再给总管了。《红楼梦》里用一些比较老的字,这个免了呢,叫"蠲",在这儿念 juān,探春说这笔钱从现在起蠲了,免掉了。给她们购物津贴,买什么她自个儿负责,这样不糟蹋钱,也不糟蹋东西。这点说得非常好。在大观园里,越是人头众、大锅饭多的地方,猫腻就越多,效率就越低,物品的质量就越差,供给和需求就对不上,这种情况下,适当地分开权与责,至少,每个人要对自己负责,这是建立责任制的第一步。

然后她们又聊起这么一个事儿来。说元宵节过了以后,赖大家里为了庆祝赖大的孙子、赖嬷嬷的重孙子当官,邀请大观园里的人到他们家去,说他们家也有一个园子。平儿说,那园子连咱们这一半都够不上。但是我一看吓了一跳:赖大的儿子就是一个县官,原来的奴才造园子一下子能够将近大观园的一半,这不得了。谁能够跟荣国府、宁国府比?荣国府、宁国府是两个国公加在一块,而且还有一个贵妃元春,这才能造起一个大园子来。赖大家里出来一个知县,就造了将近半个大观园大小的园子,平儿说"连一半都够不上",说明赖大家的园子起码得有大观园的百分之四十,否则平儿用不着说"不够咱们一半"了。探春是有心之人,说我问了问赖大家里头那些工人、那些农奴,他们说园子是包给人管的。包给人管,你就不用雇花匠,不用雇绿化的匠人,园子里有很多东西是有用的,是能卖钱的,包给别人以后,这些树木花草上的收益,就归了承包者,承包者每年给他们交租子。这就是说,赖大家里的园子是收益性、生产性的,而这边的大观园是纯粹消费性、奢靡性的。呜呼哀哉!探春说,我想的是,咱们这个家里头,管得不好,责任分工也不明确,而且你不知道得花多少钱,得有多少人在这里管花花草草。一草一木,其中好东西多了,谁那儿有玫瑰花,那个玫瑰花就能够卖钱,谁那儿又有药材,那个药材也能卖钱。

平儿说你的主意想得很好,就找了一批人来商量,说也把我们的园子分包给大家,我们订好合同,你们一年给我们交多少钱或者交多少东西即可。你们管理得好、出产的东西多,质量还好,干净不招虫,所得的收益多出的部分归你们。怎么承包呢?小丫头们都伺候年轻的主子去了,她们找的都是一些婆子,起码是三十岁以上的。这些婆子听了以后高兴极了,说这太好了,本来就是好东西,一样都不能糟蹋。过去我们从这里拿点东西,得经过账房,得打报告,要这儿申请、那儿批准,这儿签名那儿画押的,一次还拿不了多少东西。以后我们自己把它管起来,管好了以后,我们按照事先商量好的,该给主子交多少钱,一分都不能差,而且年年都有钱。他们计算的结果,说是一年能交给主子四百多两银子。四百多两银子对于贾府可能不多,但是这让一个消费性的大观园变成了一个有一定收益的园子,让一个纯消费的大观园,变成了一个能够略有经营、略有进益、略有红利的大观园。这是谁办到的事呢?是探春办到的事。

薛宝钗跟探春谈起这个事,两个人还从古书上找了一些话来做分析。薛宝钗说"登利禄之场,处运筹之界者,窃尧舜之词,背孔孟之道",说我们一算计利益、一算计俸禄、一算计收入,我们开始动心眼,开始运筹。她们谈不上运筹帷幄,起码开始有了算计,你算计的时候,不要忘记利用尧舜的这些语言,但是你做的时候也很可能就违背了孔孟之道。孔孟是不大讲利益的,孔子的话是君子喻于义,君子讲的是义理,小人喻于利,小人才讲利益。探春与宝钗一研究利益,或者可能有小人气了。但同时她们从古书里头,又发现朱子——就是宋朝的朱熹,所谓的理学大师,甚至有人认为,朱子和明朝的王阳明是属于孔孟层次的大儒、大师、圣贤——有一篇著名的文章,叫做《不自弃文》,说自己别糟践自己,也不要糟践东西。它里边有一些非常有名的话,"盖顽如石而有攻玉之用"。他说一个东西顽如石,它很粗野、很坚硬,也不好用,就跟石头一样,而有攻玉之用。虽然它本身是石头,但是你加工一块玉器的时候,也许它能辅助你将玉器磨光磨平,也可能在哪个地方打眼,又在哪个地方画图,所以一块顽石可以用来加工玉。"毒如蝮而有和药之需",一个东西有毒,这个毒跟蛇毒一样,但是它还可以配药,你光吃那个毒药是不行的,可以将它配到别的药里头,也许它就成了最有用的药。"粪其秽矣,施之发田,则五谷赖之秀实",大粪很脏,如果你把它当肥料用到地里头,五谷就能结穗结得大,就能长得好。"灰既冷矣,俾之洗浣,则衣裳赖之以精洁",你烧出来的灰本身是凉的,也不能再烧着了,但是可以用它来洗衣服,可以将衣服洗得很清洁。古人发现灰有类似肥皂的作用,因为灰很容易溶解并被水冲掉。比如你的衣服上有油,有脏东西弄不掉,可是你把灰抹在脏的地方,然后再拿水一冲,那些脏东西就跟着灰走了。"食龟之肉,甲可遗也,而人用之以占年",吃了龟的肉,那个龟背扔了就完了,但是南方人用它来占卜,用它来预见来年的事情。"食鹅之肉,毛可弃也,峒民缝之以御腊",你吃了鹅的肉,鹅毛可以扔掉,但是人家峒民,是指山里边的人,可以把鹅毛缝在一起,冬天用来抵御寒冷。"类而推之,则天下无弃物矣",所以你这么推导一下,天下没有东西是全无用处的。这个文章很著名,但是后人呢,真正的学问家认为,这不是朱熹的文章,是冒充的。虽然它是冒充的,就跟说岳飞的《满江红》是伪作一样,但这个文章内容本身是对的,讲的道理也是对的。李纨开玩笑说,让你们管点儿事,瞧你们俩在这里还转起学问来了。宝钗说,学问说的也都是正事,我们在小事上用学问来提一提,把我们的思想水平、认识境界提高一点,要不然就流入世俗了。

这薛宝钗别的干不成,但你这干完了活,出完了主意,她给你从旧书上找点儿根据把你夸一夸,也是一件快乐的事。宝钗很敏感,探春太务实了,宝钗不打算对探春亦步亦趋,又不打算反对探春的运筹,就一边说大话、漂亮话,一边善意旁观探春的务实路线,有点儿打着左灯向右微调的意思。宝钗的表现精微中庸,平衡平稳,胸有诗书气自华,言行无懈可击,却又多了点儿封建文化,少了点儿少女情性。

然后这些跟大家一说,没有人说不愿意的。那个说那一片竹子你交给我,一年工夫,明年又发展一片竹子,有了竹子就有很多笋,我们不但能吃上鲜笋,还能卖一点,也可以交一点钱粮。另外一个说李纨那一片稻地交给我,一年这些玩的雀鸟的粮食也就不必动用大观园中的钱粮,我还可以交钱粮。我们养的那么多小鸟,起码可以不用再买鸟粮了。这里提到购买鸟粮,就是用了大观园中的钱,就是我说的"私中有公"的那部分钱。这一项钱,又蠲了,又免了。在大观园中,大集体得到利益,她们可是做了相当的成绩。所以这个道理不需要太多例子讲。二百五十多年后,中国搞包产到户也是这么一个道理,责任明确、利益明确,责任与利益挂钩,按劳取酬,干得好,你分的就多,你得到的就多。当然,利益讲得太多了,思想境界也需要提高。

这一章里头还有另一面,也挺绝的。就是在这期间,江南的甄家来了。这个甄家,家里有一个甄宝玉,他的长相、脾气,都和贾宝玉一样。贾宝玉一开始不信,后来贾母带着他亲自去看了,还真有这么一个甄宝玉。贾宝玉有一天白天有点瞌睡,叫昼寝,是不是午觉,我现在不能肯定。就是他一次昼寝时梦到甄宝玉了,他非常惊讶,甄宝玉到底是不是我呢?他嘴里头喊着"宝玉救我",被袭人发现了,袭人就把他推醒了。那天睡觉的时候,他正好睡在两边都有镜子的这么一个地方。

这是一个很有趣的哲学问题。就是我究竟是谁?和我一样,或者和我相对应的,还有没有另一个我?镜子里边的"我"究竟是谁?从一个人来说,人有头脑,他是一个主体,他可以研究自己,就是主体的自己研究客体的自己。比如说我叫王蒙,我想一想王蒙最近这两天做的事里头、在这讲课里头有哪些话没有说清楚,这时候又把自己当成客体了。主客体能不能互相变化?有了贾宝玉,是不是必须有一个甄宝玉?有了甄宝玉,是不是一定还要有贾宝玉?如果只有甄宝玉,没有贾宝玉,行不行?如果只有贾宝玉,没有甄宝玉,行不行?这是非常有趣的哲学,这既是禅宗的哲学,也是主观与客观的哲学。《红楼梦》能够启发我们思考的东西太多了。

一个人如果有足够的思想能力,就会碰到一个问题,就是:我是谁?我是从哪里开始的?我是怎么发现了我自己的?这里,每个人的体会都是不一样的。最有名的埃及的那个狮身人面像,它的故事是怎样的呢?每次有人从那里经过的时候,它就要提出一个问题,说有这么一个动物,小时候是四条腿走路,长大了以后是两条腿走路,老了以后是三条腿走路,这是什么?它的正确答案是人。小时候他只会爬,所以用四条腿走路;长大了用两条腿走路;等年老了,他得借助一根 stick(拐杖)走路,所以用三条腿走路。可是这个问题到了哲学家那儿,哲学家反过来问,人是什么?人什么时候发现自己是人?人什么时候有了我与他人的这种感觉?人考虑我与他,古代不叫"他",叫"物",物指的就是外界,主观以外的世界。那么我与物是一种什么关系?我能不能主宰物?我能不能选择我成为物,就是我能不能选择我成为他。这样的故事非常多。东晋的时候开始相信会有此生和来生,你在这一辈子死后,还能托生或者投生到另外一家去。一个大人物就问小人物,说你下一辈子是不是愿意做一个像我一样的大人物?小人物认真想了半天,说我想来想去,我觉得作为一个大人物很累,也很危险,我下辈子就还接着做小人物吧。这些都是非常有趣的说法。禅宗里头也讲到,一切的存在实际上都是不存在。一切的色,这里的色不一定是讲男女之事,说的是一切的物质性的感觉,都是靠不住的,都可能是不存在的;一切的不存在,又都是可能变成存在的。

这里,到了第五十九回了,贾宝玉的故事里头,突然出来一个甄宝玉。应该说,甄宝玉的形象、性格与故事并没有写好,底下发展得也并不好。但是这个能证明曹雪芹有一种哲学的思维,他要把哲学的思维放在这里边,世界上既然已经有了贾宝玉这样的人,肯定还有另外一个和贾宝玉很相像的人。他在后边写到甄宝玉,如同贾宝玉到后来就改邪归正了,变成了一个按儒家的教条行事、完全符合封建主流意识形态的人了。这些他写得都不成功,但是甄宝玉的出现,让你心神都受到了一点儿刺激,甚至产生了一种动摇。这会促使你去想自己对自己的认识够吗?你自己对自己的期待能实现吗?你自己对自己应该有期待吗?你自己对自己是不是还有不满足、还有不满意?

这里有一系列人生的问题,你要往深里一想,你也二乎了,觉得很多东西想不清楚。在《红楼梦》里边,他既写了烈火烹油、鲜花着锦,又写了树倒猢狲散、灭亡、衰危,变成了"白茫茫大地真干净"。他还写了,你在成为这样的时候,和你对应的另一个人,也许恰恰是相反的情况,也许是比你更糟糕的情况。所以你不但为自己操心,也为你自己的、自我在世界上的投影操心。这些故事要再说起来,恐怕还得再写几部《红楼梦》。

第五十七讲　我为情狂

《红楼梦》第五十七回,"慧紫鹃情辞试莽玉,薛姨妈爱语慰痴颦"。很贤惠、很聪明的紫娟,说一些跟感情有关系的话来试探莽撞的贾宝玉;慈爱的薛姨妈用非常慈爱的语言来安慰林黛玉。

这一回写贾宝玉到林黛玉的潇湘馆去,他到的时候,林黛玉还没有起来,他就跟紫娟说话。紫娟说,你说话就说话,离我远一点儿。她说我们姑娘,就是林黛玉,她说了,现在也越长越大了,你说话那么随便,不像回事。她告诉我们以后要注意躲着你,不要跟你太近乎了,让别人看见不好。类似的这么一些话。贾宝玉说,这什么意思?这是怎么了?出什么事了?又赶上林黛玉起来以后,贾宝玉觉得林黛玉对他也不怎么热情。他一想紫娟跟他说的这话,他觉得林黛玉也长大了,他们原来是两个小孩,在一个床上睡过觉,在一个桌上吃过饭,整天坐在一块儿,你挨着我,我挨着你,林黛玉睡午觉了,贾宝玉还躺在旁边跟她瞎逗着玩。现在长大了,她不认我了,她不想多搭理我了。

他自个儿就出去,也不回家,坐在潇湘馆外边的一块石头上,两眼发直,脑门子上出虚汗。总而言之,他这一切的一切表现就跟傻子一样,得了呆病了,得了傻病了,得了糊涂症了,他不正常了,他精神状态已经向精神病态上发展了。过了很久,他不动,也不走,紫鹃出来问他,你这是干吗呢?该回家你就回家,老坐在这儿是怎么回事?我们也不可能都来陪着你在这儿坐着,而且黛玉又有病,她病还没有完全好，你在这儿坐着干什么呢？谁能陪谁一辈子，谁能和谁永远不分离？我们现在在这儿，你今天这么想，明天那么想，今天两眼发直，明天又是眼珠子乱转，这是什么毛病？我们将来要走了，我们怎么办？贾宝玉就说，林妹妹父亲也没有了，母亲也没有了，你们上哪儿走？紫娟就说，上哪儿走？就你们贾家有人，就你贾宝玉有亲戚，三亲、六姑、四侄子、五外甥这么多亲属，我们这边就什么人都没有吗？在苏州我们家也大着呢。其实紫鹃也不是从苏州跟过来的，是贾府这边的丫鬟，但是她跟黛玉相处得特别好，也特别关心黛玉的未来，包括黛玉的终身。因为她的命运已经和林黛玉的命运捆绑在一块了，所以她把林黛玉的事当自己的事，说我那边林家也还有老太太，人家还惦记黛玉，说不定用不了多久我们就要回苏州了。

听紫娟说完了这个话，贾宝玉的情况更严重了。这个时候袭人来接贾宝玉，一看贾宝玉这样，觉得这个人完蛋了，已经完全没有正常人的状态了。回到怡红院那边，跟他说话他也没有反应，你摸他的手脚是冰凉的，是不正常的，你掐他的人中也不管用了。过去中医都说这个人如果是晕眩了，如果他有神经迟钝这方面的表现，或者头晕眼花眼睛睁不开了，掐一下鼻子下边的人中，他就能醒过来。可是掐人中也不管用，袭人就非常紧张，她就找李嬷嬷去了。前边我们看到的都是李嬷嬷令人讨厌的那些地方，她对袭人都到了忘年妒的地步了，她那么大年纪了，还嫉妒花袭人。可是袭人并不想得罪李嬷嬷，李嬷嬷毕竟是宝玉的奶妈，所以她也是非常顾全大局，去把李嬷嬷请来。她想老奶奶一定见识多，人的各种怪病，哪怕是发神经，她都见过。李嬷嬷来了，一看见宝玉的样子，捏这儿不起作用，撸那儿不起作用，拍脸不起作用，叫他的名字不起作用。李嬷嬷就说，我看这个人不中用了。不中用了，就是说这人快死了，活不了了，不可能再健康、再缓回来了，不可能再成为正常人了。

一听这个，袭人就哭起来了。这一哭，就惊动了很多人。然后袭人就找到紫娟，问她你跟他说了些什么话？你现在都已经把他害死了,他现在已经不中用了,李嬷嬷都说他没救了。林黛玉在里边听到这个话,哇的一声把吃的东西吐出来了,把喝的水吐出来了,把血也吐出来了,这情况越闹越严重。紫娟就说,我跟他开两句玩笑,说了两句笑话。林黛玉也埋怨紫鹃,说你要是把贾宝玉害死,你就先害死我吧。这跟王夫人那个逻辑一样,王夫人说贾政你不是想勒死贾宝玉吗?好,你先把我勒死就完了。林黛玉也是这个逻辑。你说他本来就有点犯傻,你跟他说了什么话,让他活不下去了,要是这样的话,你把我也勒死好不好?都到了这个程度了。

然后林黛玉回来再对宝玉说,别人也跟他说,紫娟说的都是玩笑话,她们不会去苏州的,苏州那边一个人都没有了,她们怎么可能回苏州?这样的一些话一说,贾宝玉还过点儿阳来,算是有了点儿阳气,有了点儿生机。底下更可笑的是,宝玉一病,各方面都轮流来看望,包括那些有头有脸的大管家、大丫鬟,其中有林之孝家的。一说有林之孝家的,贾宝玉又急了,说林家来了人了。别人给他解释说这个不是黛玉家的,贾宝玉就说,从此除了黛玉妹妹以外其他人都不准姓林。这又出来一个绝的,这有点像鲁迅《阿Q正传》里,说阿Q姓什么,阿Q说姓赵,赵太爷说你怎么配姓赵,你不许姓赵。《红楼梦》居然早就有了不许姓林的小说情节了。说到这儿,贾宝玉一点儿一点儿就好了。贾宝玉好了以后说了一句什么话呢?他跟紫娟说,跟黛玉说,今后如果我们俩活着,我们就在一块活着;如果我们死了,我们就烧成灰,把咱们的灰放在一块儿。这个多像著名的山西民歌《兰花花》。《兰花花》最后一句就是"咱们俩死活呦长在一搭","一搭"就是一块儿、一起,一个地方的意思,这个完全达到了民歌里头所说的那种为爱而狂的程度,为爱而疯。

所以我这一讲的题目是"我为情狂",不但我为情狂,而且我可以为情死。这就是世界著名的匈牙利的诗人裴多菲的名言:"生命诚可贵,爱情价更高。"有多少文学作品都是描写为爱而狂、为爱而死,死了之后为人们所纪念、所怀念、所谈论、所感慨的故事。这一类文学中把爱的感情抒发到了极致。说实在的,也有的文学把爱的感情写得很卑劣,写得非常像动物、非常像牲口、非常像畜生,非常丑陋。

《金瓶梅》在中国是一部非常重要的长篇小说,《红楼梦》的许多地方都受《金瓶梅》的影响,写一个家庭里头多少人,写各种的世道世故、人情世态,写生活的各个方面。但是它没有《红楼梦》里头这样的真正的对爱情的追求,而《红楼梦》把中国的对爱情的追求、对爱情的向往写到了极致。中国的封建社会为爱情定了许多清规戒律,尤其是视女性的爱情为仇敌、为管制的对象、为扼杀的对象。中国的爱情故事越是这样就越令人珍惜、越动情,越不惜为之发疯,不惜为之献出生命。

其实人人有自己的高低层次不同、成败不同、美丑不同的爱情婚姻或者是男友、女友,这个并不是什么新鲜的事,也不是什么特别了不起的事。但是正是这些爱情的悲剧,渲染了爱情的伟大,渲染了爱情的动人。在中国,早在汉代的乐府里就有长诗《孔雀东南飞》,写焦仲卿和他的妻子刘氏,由于被焦仲卿的母亲所破坏,刘氏被赶走了,被休了,最终投水而死,焦仲卿也上吊而死。《孔雀东南飞》这个题目非常好,这个故事也非常好,令人感动不已。宋朝的《钗头凤》,说的是陆游和他的妻子唐婉的爱情故事,他们也是受恶婆婆的阻挠而最后不得不分手。后来在绍兴的沈园,陆游和唐氏再次见面,感慨万千,便写下《钗头凤·红酥手》来表达内心的痛苦,而唐婉也写下《钗头凤·世情薄》作为回应。他们的爱情故事也非常动人。到现在沈园还在,而且对外开放,那里有陆游和唐氏的词。其他像《梁山伯与祝英台》,像《天仙配》,讲牛郎织女的故事,也非常感人。牛郎织女的故事,悲剧性还没有那么强,但是也有一种遗憾,成为中国的情人节的故事,只有在阴历七月初七的时候,他们才能于天河相会。文学在爱情上的书写可以说是一个永远的主题,爱情的主题并不是就爱情写爱情,并不是就爱情写生理的操作。恰恰相反,正是爱情的故事让你看出了世道，看到了世情，看到了人对自己的人生更美好的一种理想、一种幻想，看到这个世界给人制造了许多的障碍，制造了许多的麻烦，但是人仍然希望自己有幸福的生活，有相对高雅一点儿的生活，还希望自己能实现像苏东坡的诗里写的"但愿人长久，千里共婵娟"。这也就像我上次讲到的，月老祠里边所写的就是"天下人尽成眷属"。

然后后面就写到了薛姨妈，碰巧她和宝钗都去看望多病的林黛玉。这母女俩对黛玉摩挲着，一会儿拉着她的手，一会儿搂着她的脖子，一会儿她们母女又互相摩弄。在母亲面前，薛宝钗也变成了一个儿童，在那儿娇滴滴地撒娇。黛玉说我真羡慕你们，你们的家庭多幸福。虽然宝钗的父亲不在了，母女俩在一块，宝钗还有哥哥，你看我这孤身一个人，她一边说着一边就又流眼泪了。然后宝钗就跟她逗着玩，说不能让你孤身一个，孤身一个怎么行呢？说这样吧，你跟我哥哥薛蟠结婚，当我的嫂子就完了。她这当然是瞎逗黛玉玩的，因为此前这里边还加了一个小的情节，那个邢岫烟，邢夫人的侄女，这女孩非常好，还没有对象，薛姨妈就求贾母、王夫人她们做主，把邢岫烟许配给薛蝌，就是薛蟠的从弟。她们还议论说，本来按道理应该先给哥哥薛蟠说媳妇的。

正说应该给薛蟠先说一个媳妇，这当然是瞎逗。林黛玉说不行，你别在这儿胡说八道，薛姨妈也说别胡说八道了，我先给薛蝌说媳妇了，我现在不能先考虑给薛蟠说媳妇，别害了人家姑娘，你这么胡说干什么？薛姨妈就说，总而言之黛玉你别嫁远了，嫁就嫁咱们贾府这里边的人，要不你就嫁给贾宝玉吧，我看宝玉你们俩正合适。当然这林黛玉马上脸就红了，说姨妈这么好的人怎么能这么说话，说您说的这叫什么话，兴这么说话的吗？多不好。薛姨妈哈哈一笑，紫鹃听见了，就过来说，姨太太您是真要给我们姑娘说宝玉吗？您要说，就快去办。于是薛姨妈又拿紫鹃开了半天心，说你怎么这么着急，你是不是也在琢磨你以后的事？你是不是也在考虑终身大事呢？在那里瞎逗半天。

  这一段写得很生动,两个人绝对没有任何恶意。而且从章回的题目上可以看得出来,她说的这些话使林黛玉得到了很大的安慰,不是被将了一军,也没有感觉到这里有其他的问题存在,但是毕竟从来没有一个人跟黛玉公开说,你就和宝玉你们俩配在一块儿吧,没有人这么说过,也没有人敢这么说话。现在挑明这个事儿的角色变成了薛姨妈了,薛姨妈到底是一个什么角色呢?如果薛姨妈会考虑林黛玉和宝玉合适,那么她不会为自己的女儿着想吗?这也是留下的一个疑案,让你既不能认为薛姨妈是来摸林黛玉的底,也不能说薛姨妈这样谈话只是无心无意,随便提到。那么第二点,薛姨妈来谈这个,给我一个很不一般的感觉,封建社会,尤其是这样的一个家庭,考虑婚姻,就跟一个人事单位考虑人事一样,除了不考虑爱情,什么都要考虑到,要考虑门当户对,要考虑相互的背景。而且婚姻状况是一个以家族为政治单位的社会的非常重要的因素。婚姻搞好了,可使一个家族由衰变兴、由软变硬、由尿变牛;婚姻搞不好,可以给这个家族带来灾难,带来不知什么样的后果。所以这种婚姻的谈论,父母和有关亲属对于婚姻的思考,它的社会性、人事安排性太强了,这样的话,青年男女的爱情几乎就不占什么分量了。

第五十八讲　低层动乱

《红楼梦》第五十八回,"杏子阴假凤泣虚凰,茜纱窗真情揆痴理"。"杏子荫假凤泣虚凰",本来说凤凰是一对的,但是这里头好像还有虚拟的凤与凰。"茜纱窗真情揆痴理",说的是在贾宝玉的窗户下边,这里讲到了人的真情,真情里面又有一种痴呆的心理。

这里一上来说了这么一个事,是前边略略提到的一点:皇宫里太妃去世了,太妃是上一代老皇帝时期的老皇帝的妃子,是贵妃。这个太妃非常重要,去世后,她的丧事得办得很隆重,规格很高。凡具有诰命夫人头衔的,全部要"入朝随班按爵守制"。随班,用现在的话讲就是排队;按爵,就是按级别,按爵位等级排成队;守制,就是按照礼制,有该在那陪着的,有该敬礼的,有该添香的,全都遵照应有的礼节进行。这葬礼前前后后要搞一个月,去的人很多。贾家这儿,贾母,还有邢夫人和王夫人等一众祖孙前去进宫参加葬礼。我还没有完全研究清楚,这里说的孙子到底包括了谁,贾宝玉并没有去,而贾珍夫妇必须去。他们这么一走,家里头就没有主子了,没有主子了怎么办?只好就捏造一个理由,说贾珍的夫人尤氏生孩子了,留下她在家。我看到这里很吃惊,一方面是非常隆重、非常气派,说老实话,你有资格参加太妃的丧葬,这也是高级别的表现。你要是级别低了,不是诰命夫人,你进不了前去参加丧葬的这个圈子,就算哭一鼻子也没有你的份儿。可是敢跟朝廷撒谎,随便捏造一个理由,这不是开玩笑吗?你谎称尤氏快生孩子了,如果朝廷认真了呢?在那个年代说谎

409

话,如果撒谎的目的是可以理解的,似乎能被人原谅;我推测,那些参加葬礼的人,他们听到了,应该不会认真追问此事,不能来就不来呗,应该没人详细追问说什么时候过满月啊,我们去给送礼。这是一种公开的秘密,符合制度,但是不符合真实,这也是让人没法说的。

皇帝敕谕天下,"凡有爵之家,一年内不得筵宴音乐,庶民皆三月不得婚姻"。就是朝廷以皇帝的名义指示天下,有爵位的在一年内一切宴会活动停止,连音乐活动都得停止。因为这一年内要表示悲伤。庶民,就是老百姓,三个月内不得婚嫁,因为一旦有婚嫁,又吹喇叭又喝喜酒的,跟丧事的气氛也不合。通过这个可以知道老太妃的丧葬活动有多大、多隆重。这就牵扯一个问题,有爵位的家里头有演戏的小班子、有文艺奴才的,就解散了。这戏班子里的人,有的是花钱买的,像在贾府,戏班子的人是从小买来训练出来的。元妃省亲以后,贾府的财政非常困难,用贾政的话说,都拼光了,收入又少,所以解散小戏班子,财政困难也是一方面的原因。解散小戏班子的时候,王夫人有个说法,我们听听也长见识,说这学戏的比不得使唤的,她们不是那种被指使来劳动的人,她们也是好人家的女儿,因为父母无能,没有别的本事、别的出路,家里没有别的经济上的收入,只好学了戏,装丑弄鬼好几年。

什么叫学戏,为什么古人在中国那么看不起戏子?为什么是七优八倡九儒十丐,这第七等才是优?"优"就是优伶,唱戏的。原因就是人们认为,好人哪有唱戏的,尤其都是女孩子,你让人家盯着你看,看你的色相,看你的身体,这本身就已经不庄严了。戏里头又有各种情节,一会儿哭了,一会儿笑了,一会儿做各种姿势,装丑弄鬼的,多丢人。所以优伶男女者一概蠲免遣发,给她们几两银子作为盘缠,各自去吧。可是这事没做通,为什么呢?首先有一部分人不走,不是说她们留恋这样的戏剧生涯,有的说我们家生活特别惨,家里人才把我卖给你们了,现在让我回家,哪有人管我,哪有人欢迎我,我回去吃什么?还有的说,我家里父母双亡了,只有一个哥哥,我那个嫂子人又坏,我回去以后,他们马上就会把我卖出去,卖到别处去,没准儿还不如留在您这里唱戏好呢;要是把我卖到妓院里头去了,把我卖给土匪了,那我更可怜、更悲惨、更下贱了。所以大部分人都不愿意离去。王夫人挺可怜这些人,说要是这样的话,就分到这几家,去给少爷小姐们近距离服务。因为她们跟其他的仆役、奴婢,跟其他的女奴,有很多矛盾。这些人没干过粗活,而且脾气还都不小,各个都自以为有两手,没两手能唱戏吗?起码她们形象美丽,嗓音也好,机灵,会表演。所以把她们分到各家去,就不会有人去捣乱了,特别能防止一些婆子捣乱。婆子是怎么回事呢?这些人买来的时候年龄非常小,所以每个人还都给配备一个婆子。所谓婆子,也不见得非常老,三四十岁或者四五十岁吧,她们充当这些小丫头的监护人兼服务员,实际上有些婆子是借这机会捞钱。这小丫头们,她们的待遇比一般的奴婢,比干粗活的,比如说烧水的、扫地的,挣得还多,所以婆子们跟这些小丫头关系很深,但是又跟这些小丫头整天闹各种矛盾。结果最后就把她们这些人分配了一下去处。

其中主要的一个是芳官,芳官是一个很聪明、很机灵也很淘气的孩子,她被分到了怡红院;一个叫蕊官的,被分到了薛宝钗那里;还有一个藕官,被分到了林黛玉那儿;有个葵官,被分到了史湘云那里;有个豆官,被分到了薛宝琴那儿;有个艾官,被分到了探春那儿;有个茄官,被分到了尤氏那里。这样的话,她们还都被分到这些高枝上去了,免得以后吃亏。应该说王夫人的指示还是不错的,这个分配并没有问题,但是贾家出了问题。刚才说了,主要人物都去办丧事去了,家里头没剩几个管事的人,所以仆役、奴婢们认为趁这机会我们可以轻轻松松了,我们应该享点儿福了,该报仇也应该报仇了,该捣乱也应该捣捣乱了。下人这一圈子人里头,就乱成了一团,每天都出点儿小事,每天都不知道要发生多少次口角,而且发生了这些事以后,说法又都不一样。

从这一回开始,连续两三回,都是写这种主要发生在下人当中的混乱情况，和前边集中写贾母、王熙凤或者集中写宝玉、黛玉、宝钗，那个劲儿又不一样了。这里写了一件什么事呢？贾宝玉不是因为感情上的刺激生了一场大病，要死要活的病吗，他没有去参加丧葬活动。袭人说，你要多出去走一走，你现在病好点儿了，出去散散步。宝玉就杵着个棍子去散步，宝玉在十几岁不到二十岁的时候，就开始使用拐杖了，已经用三条腿走路了。

宝玉走到了一大堆杏树那儿，他看到杏树"绿叶成阴子满枝"。春天，在北方杏树是开花最早的果树，而且花开得非常密，非常好看，它结果也比较早。贾宝玉看到杏树，看到花期已经过去了，开始结出果子了，他很伤感，觉得人生无常。开花的时候是何等的热闹，现在只剩下果子了，花已经没了，今年的花再也没有了。他又看到有一只鸟飞了过来，站在杏树上，叫了半天。贾宝玉这个人多愁善感，他就分析说，这鸟可能是没看见花，它心里很难受；也可能个把月以前它看到这满树的繁花何等美丽，现在没有花了，就伤感了，感叹青春很容易就这么过去了，它正在问这些花都到哪里去了呢。这是《红楼梦》里不断重复的一个悲哀的伤感旋律。林黛玉几乎哭死在那儿，也是看到落花。贾宝玉没看到落花，但是看到只有果子了，还联系实际，想到邢岫烟，听说她要跟薛蝌定亲了，再过些日子，她就要出阁了，就要从少女变成少妇了，再过几年，邢岫烟那也不知道又得生下多少个孩子来，她也变成婆子了，她不再是非常美丽、非常克己、克服各种困难、有很好的文采，也读过很多书的聪明可爱的那个小姑娘了。

在这个时候，贾宝玉忽然闻到一股子烟味儿。他很奇怪，说这里怎么有烟味。他找了找，看到在杏树荫里头，小戏班子里的一个小演员藕官正在那儿烧纸。他感到非常奇怪，心想你在这烧什么纸啊，你祭奠死人，也不能在家里烧啊，在家里烧是很危险的。他正奇怪的时候，一个跟藕官有一些关联的婆子来了，她是芳官的干妈，叫夏婆子。这夏婆子看到藕官在这里烧纸，马上抓住她，说太太们不在，老太太也不在,你们现在简直就胡闹到这种程度,还敢在这儿烧纸,我马上就把你带走,把你轰出去。她揪住藕官就要走。贾宝玉见到年轻女孩儿打从内心里就想去爱护,他就想帮着打掩护,帮着掩饰,就要帮忙。其实贾宝玉对什么情况都不了解,他对戏班子里的这些人并不熟悉。贾宝玉赶紧过去了,说,我刚从潇湘馆那边过来,是林妹妹委托她把旧的需要烧了的文稿在这儿烧掉。可这夏婆子很精,夏婆子就走过去,从还没烧完的纸里面找出几张白纸来,说这是白纸,哪有文稿,上面哪有一个字,照样揪着藕官要走。贾宝玉有点儿吃不住了,于是他再进一步编故事,他说我做梦梦到杏花花仙了,花仙让我托人烧纸,不可叫本房烧,要一个生人替我烧了,我的病才能好得快,这是杏花神说的,她要我的一挂白纸。他就压夏婆子说,你还敢把她带走吗?夏婆子明知道,贾宝玉在那儿说瞎话,是在给藕官打掩护,但是她只能说,我错了。然后她就走了。

这夏婆子一回去,又发生了一件事。说是芳官要洗头,可是夏婆子有个闺女也要洗头。大概那时候用热水不是那么方便,起码不能随时供应冷、热水,自来水更是没有的。所以夏婆子弄来一大盆温乎水,让她的亲闺女先洗,洗完了以后再让芳官洗。芳官当然就不干了,芳官又绝对不会随便让步的,就闹起来了,而且闹得厉害了,惊动了贾宝玉、袭人这边,因为芳官已经分配给他们怡红院了。袭人就盼咐贾宝玉这边的一个大丫头说,你去给芳官送点儿洗发剂,让她自个儿另找一个地儿洗就完了。可是那个夏婆子居然说,送这个干什么!于是怡红院这边晴雯和麝月,主要是麝月,就把夏婆子足训了一顿,足打击了一顿。

前边宝玉就问藕官烧纸到底是为什么,藕官说,你回去问芳官就知道了。宝玉这些事处理完了以后,就问芳官这是怎么回事。芳官说,演戏的时候,藕官演小生,有一个药官演小旦,她们两个人老是演情人或者夫妻,时间长了,两个人越来越亲热。藕官干脆就把药官当成了自己的配偶一样,后来药官死了,藕官到了忌日或者其他固定的时间,就给药官烧纸。药官死了以后,另外一个叫蕊官的孩子演小旦,藕官又迷上蕊官了。我们跟她说,你跟药官那么深的感情,你怎么现在又跟蕊官那么亲密了?她的回答很有意思,媳妇死了再娶一个,那不是常有的事情吗?她们是在演戏中扮演情人或者夫妻,但假凤虚凰不是真夫妻,而且两个人都是女孩子,结果变成了她们俩的感情问题了。在《红楼梦》里头没有细节的描写,但是这个故事仍然很有意义。在封建社会,没有办法谈爱情,没有办法谈择偶,没有办法谈相思,没有办法谈约会,人就更容易产生各种假设,生出各种假想,也就更容易犯神经病。梦里的你也会把梦中之事当成真的。还有画中人的故事,你看见一幅画,认为这画里的人也是你的情人。甚至像这种演戏的事,会把完全不着边的事,也都看成真的。而且《红楼梦》的故事,影响至今。

朋友们很可能知道香港的女作家李碧华,还有大陆著名的导演陈凯歌。根据李碧华的原作改编,由陈凯歌执导,张国荣等演员参演的电影《霸王别姬》,想必大家都看过。《霸王别姬》的故事说的就是两个男演员,其中一个是演旦角的,叫段小楼,是演项羽的;另一个是演坤角的,艺名叫程蝶衣,演虞姬。段小楼和程蝶衣他们俩的戏里故事后来也变成了真事真感情了,虚幻的变成了真的,有些弄不清了。它既是一个艺术和人生混淆起来的故事,又是一个文艺和现实互动的故事。这个故事的根其实是在《红楼梦》里。

第五十九讲　婆子与小戏子

《红楼梦》第五十九回,"柳叶渚边嗔莺叱燕,绛云轩里召将飞符"。这一回的标题大意是说,在柳树很多的一个三面有水的半岛,过去叫渚,发生了莺儿对春燕、婆子们的嗔叱这样一件事,然后又是靠贾宝玉他们保护了这帮小孩子。

上次我们讲到,我们传统的文化,你不能说它对文艺轻蔑。孔子自己来编辑《诗经》,"诗三百,一言以蔽之,曰,思无邪"。曹丕说,"文章者","经国之大业,不朽之盛事",治国理政,是离不开文章的;而且是文章是不朽的,对一个朝代、一个治理者来说,它是很盛大光辉的事情。历代治国者对诗、对文都看得很重,对戏曲却看得非常轻。中国的戏曲,实际上是世界三大戏曲剧之一。一个是希腊悲剧,这是最古老的,公元前六百年就已经有了,以希腊神话为主要题材;另外是印度的梵剧,有很多人民的生活故事。中国的戏曲,有的说法喜欢往前推,说在孔子时期,就是公元前两个世纪、二百多年的时候,已经有戏曲的萌芽。可是真正能够叫戏曲的呢,是比那两个要晚一点儿,在十一世纪的时候,中国才有戏曲。但是中国的戏曲非常发达,它是一个宝库。国外对戏曲看得很重,英国人讲"宁可失去英伦三岛,不能失去莎士比亚"。莎士比亚是英国人的一个骄傲,是英国的一个招牌、标志。但中国把这些小戏子的地位说得那么低,就好像他们比一般劳动的人还不正派,就是供人取乐、被人玩弄的,而且是小女子。这想法很恶劣。

在第五十九回里,又出来一个问题。我们前面讲过,探春执政以后,开始在大观园里实行包产到户,把花草树木让一些婆子分工承包管起来,我们也认为这是一件好事。但是包产到户执行起来也不容易,这一回一上来就写,莺儿和蕊官要去看藕官,她们沿着大观园水边走,一路走着一面说笑,顺着柳堤走着,看到柳树叶特好看,莺儿就说,你会编东西吗?蕊官说,编什么东西啊?莺儿说,编什么都可以。莺儿会编东西,就把柳条撅下来,编出各式各样的东西,还当着蕊官的面编了一个篮子,然后摘一点儿花放到这个篮子里头,说这多么好玩啊。莺儿又采了许多嫩条,让蕊官拿着。她一边走一边就编花篮,弄得非常好看,然后到了黛玉那儿呢,受到包括她们主人,还有藕官的欢迎。

蕊官和莺儿她们要去看望的是藕官,莺儿是宝钗很主要的一个丫鬟。蕊官和莺儿两个人一边走一边编东西,被春燕看到了,就说这可够呛,春燕是何婆子的女儿,说你掐了这么多树条子,还把一些小树都撅下来,把树都给撅毁了,我妈要看见这个,非起火不行,非急了不行。这么说着,何婆子还真来了,到了一看,她们把这么多柳条子都拧下来了,气坏了,虽然是莺儿撅的柳条,但是她不敢骂莺儿,因为莺儿是薛宝钗随身带来的丫鬟。她就拼命骂她闺女,而且骂得非常难听。本来她对这帮戏子就有意见和不满,又看到她们毁了她这么多树条,她就跟她女儿嚷嚷起来了,莺儿也没把这当回事。一个是莺儿本身没有什么毛病,她处处听宝钗的教导,说话做事,各个方面的公共关系都搞得很好,所以她认为妈妈说她女儿几句,也无所谓,她别找自己的麻烦就行。莺儿进一步开玩笑说,原来您为这生气,你闺女说,摘下点来编点儿东西没关系,还催着我多编几个呢。这个话又是瞎逗的话,是故意气人的话,也是玩笑话。但是何婆子一听这话,火就更大了。我管不了别人,我不能管我的女儿吗?她走上前去,照着春燕就扇上了嘴巴子,把这个事情闹得非常严重。如果说要让园子管理得好,管理得有效率,管理得尽量节约成本、节约支出、增加效益,就不能让大家撒开了随便在这儿玩。大家要是撒开了,想掐什么就掐什么,想采什么就采什么,想用什么就用什么,那你就别谈什么效率、效益、收入了。

所以,经济学的规则,不可能和公关一致,不可能和娱乐的要求一致,不可能和你的任性一致,它不可能跟你好、我好、谁也不管谁的自由主义一致。经济学要按照经济学的规律进行。承包园子的话,就有一个利益驱动问题,我就必须维护我的利益,因为我承包了,以后我还得有义务,我还得缴应该上缴的这部分利益。我们国家开始改革开放,开始搞农村土地承包的时候,也产生过这样的故事,在文学领域也描写过这样的故事。没有承包的时候,比如说有一块瓜地,几个孩子帮着干干活,干完以后跑到瓜地里,找了个大瓜就足吃,吃得高高兴兴的。公家的瓜你足吃,你吃得再多,也没有什么了不起。但是一旦承包了瓜地以后,你就不可能随便去吃了,你如果足吃,承包瓜地的老农就会心疼,那是真的心疼。

何婆子打春燕,一直打到难以控制的程度。最后是麝月用了平儿的名义,说已经报告平儿了,平儿说了,先拉出去打四十板,然后轰走。这个何婆子还不懂,说平儿是谁?别人告诉她,你快认输吧,你快求饶吧,否则就会把你们全轰走了。在极其难过的情况下,这个何婆子才说自己错了,而别人还嘲笑她。

这里有一个令人心里很不是滋味的事情。《红楼梦》里,曹雪芹借着贾宝玉的口说了不知多少次,好好的女孩一结婚,就变成坏人了,原来漂亮的变得难看了,原来心地善良的变得自私了。而且所有的这些婆子也都痛恨这批女孩,几乎全都这样。前边已经写过李嬷嬷,宝玉的奶妈,她见到袭人、晴雯这些人,简直就恨得咬牙切齿。这里又写到这些婆子的这种情况。里边还有一个情节,婆子更是出尽了洋相。贾宝玉要喝汤,说汤热了一点儿,便让一个丫鬟来吹汤。吹汤都得找一个丫鬟吹,自个儿连喘气的劲都没有了,贾宝玉可不就得十六七岁就挂拐棍么。她这吹汤不要紧,何婆子看见了,说你吹不好,我来吹。她一过去就被大丫头们拦下了,说你快出去,这哪里是你来的地方,你什么规矩都不懂。她出去以后,别的婆子又拿她寻开心,说你先照照镜子再去吧。这让人也很难过。一个少女,她很可爱、很活泼、很单纯,脸上没有皱纹,笑声很好听,这都是可以的。但是随着年龄增加,生活的艰辛增加,有些事盘算得多一点儿,责任心强一点儿,为什么就把她说得那么讨厌?

我年轻的时候看《红楼梦》,也瞅着这些婆子特别讨厌,看到贾宝玉出来了,麝月出来了,把这些婆子给糟践一顿,打压一顿,也觉得心里很痛快,很过瘾,很解气。但是现在仔细想一想,作为一个少年男儿,有这种心理不足为奇。他自己十六七岁、十八九岁、二十一二岁的时候,只希望见到的女性都是少女,都正值花样年华。这个当然可以理解,但是为什么要把人长大变老想得那么消极?从少年本身来说,他有这种心理,希望永远岁月不往前走,希望永远年轻,可以理解;但这么反复出这些婆子的洋相,按今天的观点来说,我觉得这是一种年龄歧视,而年龄歧视跟种族歧视、性别歧视、对残疾人的歧视一样恶劣,都是不文明的表现。

这里还有一个问题,由于我们经济上的贫困,还有其他的原因,农村的一些女子,她们一旦结婚生了孩子,尤其是生了第二个孩子以后,觉得自己就是老太太了,已经老了,已经没有希望了,也不用打扮了,也不用注意自己的形象了,也不用注意自己的身材了。可是我们想一想,我们的生产发展了、生活发展了,如果我们的思想也有发展,我们对人生的态度也有发展的话,三十多岁正帅着、正漂亮着、正迷人着呢,四十岁时更有魅力,到了七十岁、八十岁,如果你有一种尊严,你有一种文化的信心,有一种对生命的珍爱,人活每一天都是可贵的,都是值得珍惜的,都是要用最好的态度来对待它的。我想我们现在,对岁数稍微大一点的妇女,不会有这样消极的看法了。

在这些地方,显出了《红楼梦》中以贾宝玉为代表的浅陋的一面、粗鲁的一面。我们要看《红楼梦》,我们喜欢《红楼梦》,同时我们也要尊重生命的法则、时间的法则,成熟的女性也好,成熟的男性也好,仍然有他们的可贵之处。十三岁的女孩是美丽的,她不能取代十八岁的女孩,十八岁的女孩也不能取代一个八十岁的有尊严、有形象又有活力的女性。下一个问题,就是贾宝玉也好,林黛玉也好,时时为光阴的逝去,为年龄的增大,为未来的,当然对于他们来说是未来,死亡的后果而悲观失望、否定人生的意义,这也是不对的。因为人生是无常的,人不可能永远停留在一个时间点上。但是无常也是一种常态,正是在变化当中,在发展当中,在新的获得和原有的失落当中,你才能够体尝人生的一切滋味。如果和无穷大相比,人接近于零;但是如果和零相比,人就是无穷大。我们有了生命,应该珍惜自己的生命,也应该珍惜别人的生命。但是我们用不着为未来哪一天会死亡而否定现在的生活。死了再说死了的事情,现在你应该活得很好。

《红楼梦》里对这些婆子各种洋相的描写,还让我想起在欧洲的中世纪也是这样的。我们知道很有名的一位英国作家的书,《简·爱》,其中描写的简·爱生活在一个叫罗伍德的教会学校里有一批成年的、年龄稍微大的,不光是婆子了,也有男性管理者,他们监督少女,对这些少女进行不近人情的压抑和迫害。简·爱的几个好朋友都死于流行病,可见当时的生活条件之差。如果看过《简·爱》电影的话,那可真就跟《红楼梦》里婆子的那种蛮横,那种对少女的仇视太像了。罗伍德教会学校的那批管理人员对少女的敌视的态度,我只能把他们的这种扭曲心理解释成像李嬷嬷一样的忘年妒。因为他们对自己的人生已经完全丧失了信心,看见这些美丽的、活泼的、聪明的、好动的少女,就火从心上来。也可能因为我自己年龄也大了,到了现在这个年龄,看到《红楼梦》里对这些婆子各种洋相的描写,我不觉得她们可笑,反而觉得她们有点可怜。当然在这方面,我们的文化也应该有所发展。

第六十讲　物混人乱

《红楼梦》第六十回,"茉莉粉替去蔷薇硝,玫瑰露引来茯苓霜"。这一讲主要围绕混乱与混战来讲。这一回的标题里面说的几样东西,或者是假冒伪劣了,或者是混在一块了,或者是以这个代替那个了,实际上这是说在给老太妃办丧事期间,贾府家里头处于混乱的、临时的半无政府状态。

具体的管理者还是那"三驾马车",这三驾马车里头实际起主导作用的,是探春;有点儿年纪、说话也有点儿分量的,是李纨;帮助出出主意与站台的,是宝钗。这说明什么呢?光有管理还是不够的,再好的管理不能代替一个强有力的权威。权威在的时候,即使具体管理上有某些问题,每个人都有自律。你的权威在,他的自律就在,有自律就不会出乱七八糟、特别可笑的或者特别气人的事。你具体管得再好,如果没有权威,下面的人仍然会乱,这是很有趣的一件事情。前边已经很明确地告诉大家了,探春的管理能力绝不亚于王熙凤,但探春的权威没法和王熙凤相比,尤其是贾母不管什么事,王夫人平常里也很少管事,可是她们在,她们的那个分量就在,压力就在,震慑力就在。婆子跟婆子吵架也好,婆子跟女儿吵架也好,婆子和戏子吵架也好,互相拆台也好,总是有一种不敢做得太过的自律。

这里头又说了一件好笑的事。经过了一番闹腾,何婆子打了春燕,又受到了宝玉这边的麝月等人的严厉打压,那何婆子也不敢牛了,也不敢嚷嚷了,她也知道自己这个事没做对,这个地方有她女儿说话的余地,没有她说话的余地,少女们有发言权,婆子们没有发言权。后来她闺女就给她出主意,说你看刚才你当着人家莺儿的面,莺儿是人家薛宝钗带来的丫鬟,你又打我,又说难听的话,这像话吗?你得罪了莺儿可不得了。她妈说我们给她赔礼去,过去叫赔礼,道歉这个词是很晚才出现的一个词。她们就一块到了宝钗那边,去给莺儿赔礼。宝钗那边还有蕊官,见到了蕊官,蕊官说你们等一等再走,她找了一瓶擦脸用的粉,叫蔷薇硝,说你把这个拿去给芳官。

这里说的就是这批小演员,她们的年龄小,比那些丫鬟都小,但聪明又机灵。当时贾府买这些演员,是精心挑选过的,笨的、难看的是不可能进来的。她们到了各屋以后,互相的横向联系还挺多。春燕也分到怡红院了,但是在怡红院里算是二等丫鬟。虽然不在前四名里边,仍然在前八名里边,春燕混得还是可以的。春燕说,我们怡红院那儿什么化妆品没有啊,比你这儿的都好,你给我们拿这个干吗?蕊官说,她有的是她有的,我给的是我给的,不是说非得她什么都没有我才给他。她有我也给她,以表达我的心意。春燕说,那好吧,就把这个拿上了。春燕还劝她妈说,以后不要再生事,不要大声喊叫,在这儿你就得听人家主子的,没有你说话的余地。她还说了一条,说宝玉对人可好了,他跟我们说过多次了,他早晚要跟他妈妈王夫人说,把我们这些人全放了。这话也挺厉害,宝玉有一种自然而然的天生的一种人和人之间应该平等的思想,虽然他没用这个语言、这个专门的名词,不可能有一个政治化的、哲学化的或者意识形态化的名词,但是他说了这个话。还有一点,这让人对春燕刮目相待。春燕跟她妈两个人说的话意义是什么呢?为什么我要讲这母女的无关紧要的一次谈话呢?我总算在《红楼梦》里头找到了这么一个少女,并不想陪着这些主子过一辈子。这个女孩也从来没有想以给哪个主子当妾当做前途的,她不愿意当奴才,她愿意出去,自个儿吃得好一点儿也可以,吃得坏一点儿也可以,她表达了劳动者追求自由的这种思想和感情。不管你这里多么好,我在你这儿当一辈子奴才,甚至我的子女也永远是你们的奴才,这是我所不愿意的。这点不一样。

她们娘儿俩把蔷薇硝拿回去给芳官,正好赶上赵姨娘的儿子贾环在。贾环也是属于赖皮型的那种孩子。贾环问芳官,说你拿的是什么?芳官说,这是刚才春燕到蕊官那边去,蕊官给我带的搽脸用的蔷薇硝。一说蔷薇硝,贾环说给我点儿,我要给彩云用。因为贾环经常用的丫鬟是彩云,他那儿有两个"彩",一个是彩云,一个是彩霞。芳官刚把蔷薇硝拿到手里头,也没多少,很少的一点儿,她舍不得给贾环。可是宝玉一见他弟弟说要,就让芳官给他分一点儿。芳官不想给他,就把蔷薇硝悄悄放在一边,找一个小包,包了一点儿茉莉粉。茉莉粉和蔷薇硝是什么样的化妆品,二者的性能品质一样不一样,用起来舒服不舒服,我一无所知。反正芳官拿给贾环的不是蔷薇硝而是茉莉粉,说这个您拿走吧。

这里又反映一点,连这些丫鬟都对贾环不感兴趣。贾环的人缘为什么这么坏?他有一些缺点、一些毛病。但是主子里有毛病的人也多了,贾敬怪怪的,贾赦更令人烦。可是为什么他们都对贾环这种态度?从贾母、王熙凤、王夫人到贾宝玉都烦这个贾环,对待贾环和赵姨娘,能够善待与团结的,只有薛宝钗。贾环兴冲冲拿着这玩意儿就回去了。他现在年龄稍微长大了一点,也希望讨好这些给他贴身服务又有一定姿色的丫鬟。他回去见到彩云说,我给你拿来了蔷薇硝,你搽脸上可好看了,这个是我跟芳官要来的。彩云一个女孩子,脸上该搽什么粉,别人搽什么粉,她当然知道了。她拿到手打开一看就笑了,说这哪儿是蔷薇硝?这分明是茉莉粉。对化妆品,彩云不是外行。贾环说茉莉粉也挺好,我看这挺好的,你好好搽。可是这几句话一说,赵姨娘就冲出来了,说的话也是特别有声有色:明明是茉莉粉,告诉你是蔷薇硝,你还就认为是蔷薇硝,人家有好的能给你吗?你能够算得上,你能排得上这个号吗?类似这种话。他们都是欺负你的,他们都是踩乎你的,谁叫你要去了?怎么能怨她们要你?她们根本就不想给你,她们要你。依我的主意,你现在拿着这包茉莉粉就过去,你就照着这个芳官的脸,摔到她脸上。别人瞧不起你,耍弄你,她一个小粉头,一个出卖色相的烂玩意儿,她有什么资格耍你?话说得那个难听。赵姨娘还说,趁着这会子,撞尸的就去撞尸,挺床的就让她挺床,躺在床上睡觉的就让她们躺着睡觉吧。过去这也是骂人,把一个人睡觉说成在那儿挺尸,不是跟死人一样吗?说趁着这机会我们不闹什么时候闹,好好吵一出,大家都别心净,也算报仇了。现在我们是有了理了,你跟她要的是蔷薇硝,结果给的是茉莉粉,她就这么骗你,你要去斗争,要去打。可是这贾环真不敢去打,贾环有他不那么凶恶的一面。坏水儿他有,一直到后边他坏水儿越来越多,他坏水儿虽多,但是并不凶恶。贾环被赵姨娘骂得实在是抬不起头来了,就说那儿都是宝玉的人,里里外外一大堆,哪有我说话的份儿,你有本事你去闹。你没有胆子闹,不敢去跟宝玉说几句硬话,也不敢跟袭人说几句硬话,你在这儿骂我算什么本事?

贾环这么一说,把赵姨娘的疯劲给拱起来了,而且赵姨娘分析了,她说这几个小粉头没什么了不起,咱们闹大发了,别人知道了也不会把咱们怎么样。她有一个掂量,这些小粉头不是袭人、晴雯这个级别的,更不是平儿这个级别的,一个唱戏的小戏子那还能算人吗?她实际上是这种心理。越是低等级的人,就越要寻找比自己低等级的人,来证明自己还不算最低。结果她就气呼呼地拿着茉莉粉去打架,一出门就正好碰见夏婆子。夏婆子问她说,姨奶奶您这是干吗去?她就说了自个儿怎么受了气了,怎么让芳官给骗了。夏婆子为洗头的事儿正记恨着芳官,就拼命地煽火,说我的奶奶,你今天才知道,昨天这小戏子还在这个地方烧纸钱,贾宝玉还护着她们,结果让我还没办法。她说的是藕官在这里烧纸钱的事。这个屋里头除了太太,除了王夫人,谁能比得上您?您赵姨娘就是最大的,谁敢跟您比?这几个小粉头本来就不是正货,得罪了她们后果也有限,没什么了不起,需要的时候我给你做证人。她们骗你,她们不守规矩,她们胡来,我给你当证人,您老把威风也抖一抖。讲到这里,我们也觉得夏婆子很可笑,很无聊。难得的是曹雪芹写到哪儿,他真出形象,真出性格,真出身份。他写贾元春说话绝对不是这个味儿的,写袭人说话也不是这个味儿。写谁说话就是谁的话,这个话你一听就是夏婆子说的。而前边骂贾环的那一大套话,一听就是赵姨娘说的。

赵姨娘准备搞一场大战、一场混战。她到那儿以后,什么小粉头、小娼子的,骂了一大堆难听的话。然后又说,你这么骗我,怎么怎么不好。芳官不承认骗人。瞪着眼就是一个不承认。芳官说没办法,他跟我要蔷薇硝,蔷薇硝已经用完了,没有了,我能怎么办?我只好给他找了点儿茉莉粉,茉莉粉也很好,也是好东西,我还舍不得给他。她就用这种话、这种口气来应对。赵姨娘一看,你一个小唱戏的敢跟我这姨奶奶顶嘴,而且我还给贾政生过一儿一女,她就来精神了,她就再骂,骂一些更难听的话。芳官说,你说话嘴里干净一点儿,我们还都是小孩。你说的什么粉头?我们不知道什么叫粉头,你什么都知道,我们不知道。这芳官也是伶牙俐齿,说话也很厉害。然后芳官又说了一句话,你也好,我也好,咱们是梅香拜把子,都是奴才。她这是提醒赵姨娘,别以为你能算老几。你听梅香这个名字,这就是一个丫鬟的名字,这丫鬟拜把子、拜干姊妹,可不都是奴才?主子不可能给你当姊妹,你进入不了那个层次、那个级别。这个话,就说到了赵姨娘最疼痛、最要害之处。赵姨娘上来就给了芳官两嘴巴子,芳官一头撞了过去,她们俩就完全变成了武打,变成了搏击,这完全是动武了。她们打架的消息很快就传出去了,来了一堆什么葵官、蕊官,她们来了以后就跟赵姨娘对骂。尤其葵官,个儿大,力气也大,差点儿没把赵姨娘撞倒了。然后葵官、蕊官一人攥着她一只胳膊,从两边拉起来,芳官又从后头撞,把赵姨娘整得不轻。一直搞到探春来了,才把赵姨娘弄走。探春对这些人的态度,袭人也说了一句,意思就是这帮官儿们、这帮小戏子们真可恶,而这些婆子不敢当着探春的面骂赵姨娘,真没出息。她的评论是婆子们没出息,小演员们可恶,这个事就算过去了。但是这个热闹劲让人看到贾府的其中一面,除了那么些主子在那儿耀武扬威,其实背后也是很黑的。下人里边,你说我,我说你,你挑动我,我挑动你,添油加醋,各种矛盾多了。治一个家就如此困难,想把这一个家弄得体面一点儿、像样一点儿,谈何容易?

底下又讲了一个故事,体现了贾府的另一面。夏婆子有个小外孙女叫小蝉儿。小蝉儿是在探春那儿服务的,但也是低级的服务人员。小蝉儿被探春那边派遣到厨房里去拿点心,一种称之为糕的东西。管厨房的是柳嫂子,柳嫂子的女儿叫五儿,五儿年龄不大,才十五岁,但是也是一心一意要想办法钻到宝玉的身边的,她们看重的是宝玉。小蝉儿正在这说着话领这个糕的时候,芳官来了。柳嫂子把芳官视若上宾,因为芳官已经得到了贾宝玉的青睐,已经到怡红院去了,她觉得通过芳官的关系,有利于把她的女儿推到贾宝玉身边去。芳官见到小蝉儿,说了几句话,说你这糕点挺好吃,我吃一块。小蝉儿不给她,说我们这儿还多少人等着吃呢。这时候柳嫂子说,你跟她要干什么,我这儿多了。那意思就是,你芳官吃多少,我这儿管够,然后马上就给芳官端了来。芳官就向小蝉儿示威,意思是说厨房柳嫂子人家认的是我,人家不认你。这个厨房是咱们开的,我在这儿想怎么吃就怎么吃,一边吃一边还将那糕弄成小碎粒喂鸟,最后就把这个小蝉儿气走了。

然后芳官向柳嫂子说,五儿的事儿我们都在帮忙,但是现在不宜去说。因为现在家里各种情况,去说的话,说一个,探春那儿就驳回一个,这事办成的可能性就极小,得等着气氛变了再说。现在主子们在外边,家里各种乱,探春又刚接手,稍微等一等更好。说着,她还给了柳嫂子一点儿玫瑰露,这是从宝玉那儿要来的,是比较高级的一种浓缩饮料。这种玫瑰露柳嫂子是从未看到过的,她这个级别的下人根本连想也想不到的。但是芳官从宝玉手里头拿来给了她,说因为五儿正闹点儿病,吃玫瑰露能帮助她治病。本来玫瑰露接到手已经很好了,可是柳嫂子想显摆自己,她说有这玫瑰露太好了,她让五儿把这个玫瑰露送给他们家的一个亲戚,是一个侄子或外甥。以显示柳嫂子地位上升了,别人看不到的东西她看到了,别人喝不着的东西她喝着了。结果她亲戚又给了她一批茯苓霜。她亲戚是看门的,这看门的也有猫腻,说因为有一个什么人家来送茯苓霜,因为平时不常来,所以看门的都不让他进。他就把这一箱子茯苓霜上贡,送给看门的了。连看门的人也会搞猫腻,也会以权谋私,也会搞贪腐。他又让五儿拿了点茯苓霜,带回到柳嫂子这儿来了。严格地说,这都是胡作非为,都违反制度,都是猫腻,都是私自转移。虽然量不是很大,但是这种私自转移要是不控制,还不知道会发生什么事情。所以这次玫瑰露和茯苓霜的事情也留下了极大的后患引子。

第六十一讲　大事化小,小事化了

《红楼梦》第六十一回,"投鼠忌器宝玉瞒赃,判冤决狱平儿行权"。这一回主要讲平儿的治理之道,继续前面两回,接着说贾母等一众主要人物不在家的时候,下人之间出现各种混乱、各种事故。

上回先说了这么一件事,柳嫂子,作为厨房里主要的厨娘,对芳官的到来非常欢迎,对贾宝玉怡红院的丫鬟她有所求,她希望自己的闺女也能够进入贾宝玉那边。这也体现了贾宝玉在大观园、在荣国府里行市高。

这回是迎春的大丫鬟司棋,她派了一个小丫头莲花到厨房,要一碗鸡蛋羹给小姐吃。这莲花就过来跟柳嫂子说,我们这边需要一碗鸡蛋羹,而且需要蒸得嫩嫩的。柳嫂子对迎春、对司棋的态度跟对宝玉怡红院那边的差得老远。柳嫂子就说现在没鸡蛋,最近鸡蛋特别困难,价钱又贵,不好买,哪里有鸡蛋呢？莲花说,没鸡蛋？这么大一个厨房连鸡蛋都没了,我找去。然后她就找,找到了一个柜子,她一打开,发现有鸡蛋,数量也真不多,就十来个。这里插一句,这鸡春天下蛋最多,我也养过鸡,但一过五一,鸡往往都进入休眠期或者孵鸡期,蛋就下得特别少。所以柳嫂子说有点儿困难,这也是真的。可是莲花就很不高兴,说我们要这么一两个鸡蛋,你这就没有了,而别人来,芳官来,你屁颠屁颠伺候人家,我们要一两个怎么就不行呢？你可惜什么啊？我们有我们的定例,我们有我们的那一份,我们吃我们的那一份,你又不会下蛋,这也不是你下的蛋,你心疼个什么劲？莲花这小孩说话也不好听,柳嫂子一听就更生气了,说你才下蛋,要这个要那个,每天有肉、有肥鹅还不行吗?今天想吃鸡蛋,明天想吃豆腐,过两天吃面筋、吃酱萝卜鲊儿,一处要一样就是十来样,我怎么伺候你们呢?人家有要的,都是另外带钱过来的。她还说,我得先伺候头一层、第一级的主子,你们也是主子,但你们是第二层的。

这个事说到这里我也觉得有点儿奇怪,因为前面没有铺垫,也没有说柳嫂子对司棋她们有什么讨厌之处,反正她说话不太好听。这小丫头就非常生气,一个鸡蛋居然要不来,蒸个鸡蛋羹蒸不来。这是最不应该随便说的话,你在这儿是做饭的,到厨房来的人都是来吃饭的,你不能说谁是一等吃饭的、谁是二等吃饭的。迎春是贾赦的女儿,人家也是二小姐,大小姐是元春,是贵妃,她们的排行算是靠前的了。莲花回去跟司棋一说,司棋马上火就上来了,带上一帮小孩说,跟我走。她们来了厨房,然后就是一通打砸,说这菜呀,全给我扔出去喂狗;这鸡蛋,给我全往外扔;无论什么,都给我往外扔,甭管那一套。她耍起横,气势汹汹,这司棋不是善茬。

我们想一想,这已经是第六十一回了,要是按八十回算,《红楼梦》已经过了四分之三了;按一百二十回算,也过了一半了,这司棋才刚出场。而且司棋出场,跟芳官出场一样,没有任何铺垫。她们不像林黛玉,出场以前先是说贾雨村跟冷子兴的事,然后说了半天贾家的事,然后才是贾雨村带上林黛玉过了多少天来到贾府。她们也不像王熙凤出场,人未到,先是这个说、那个说,然后听到声音哈哈一笑,声音先到。司棋一出场就砸,这个是出手不凡、气势不凡。有人给做主,小丫头们搞起破坏来,别提多高兴了。这里也写到,就是说厨房里的众人,在厨房里,显然柳嫂子是工头,是厨房头,除了柳嫂子,还有很多人。这些人就都过来劝司棋,说姑娘不要生气,那个小孩传话传得不对,她不过是个孩子,柳嫂子能有几个胆子,姑娘的事她能不好好办吗?她前面不过是跟这个小孩拌了嘴,现在鸡蛋羹已经给您蒸上了。其实鸡蛋羹并没有开始蒸,她们不过是打个圆场,让司棋消消气。可是这司棋也砸得差不多了,带着这帮小孩子就走了。柳嫂子憋着气,她没法说,她已经做好了准备去蒸鸡蛋羹。鸡蛋羹蒸好了,柳嫂子又专门派厨子给司棋送去。送到那以后,司棋就把鸡蛋羹全泼在地上,不吃,火气相当大。

第一,说明司棋不是善茬。这个人自尊心非常强,你侮辱我是不可以的,士可杀不可辱,司棋也可杀不可辱。后边她的戏越来越重。咱们国家还有位导演拍过一部电影,名字就叫《司棋》。这司棋是个有个性、有尊严的丫头。第二,她敢砸。曹雪芹没有分析,但我们可以分析,在这种情况下,她认为砸不出娄子来,而且砸之有理。因为她可以让莲花做证把柳嫂子的态度重复一遍,柳嫂子站不住脚。柳嫂子你死活不应该这样说话,你这样说话就等于在挑战,等于在斗气。第三,这绝了,《红楼梦》里头有好多事能够让人联想到后来的事,这个情节就叫什么呢?就叫打、砸、抢。因为咱们社会的动乱当中,也发生过这种打、砸、抢的事,《红楼梦》里抢倒是没有,打、砸是真有了。所以《红楼梦》真是部百科全书,不但是旧中国的百科全书,而且其中有些痕迹、有些臆想、有些回想,在后世的闹事当中偶有体现。这司棋打、砸、抢的故事说明的是,打、砸、抢也是一种人性冲动。怎么讲?咱们点到为止,请大家琢磨。

这时候柳嫂子这边张罗的事儿主要还不是对付司棋,司棋这种事对付完了也就完了,当然她从此知道司棋不是好惹的了。她琢磨的还有什么?就是从她弟弟那儿拿来的那个茯苓霜,让五儿给芳官送去。芳官不是给了她玫瑰露吗,玫瑰露也是很高级的东西,玫瑰露是浓缩饮料,茯苓霜是茯苓做的类似的一种点心。柳嫂子给五儿说,你给芳官送去好了。

五儿到了怡红院,她不敢随便敲门,在门口站了半天,站了喝一杯茶的工夫,估计有七八分钟。过去有很多形容时间的说法,抽一袋烟的时间,喝一杯茶的时间,一般喝一杯茶的时间比抽一袋烟的时间还略长那么一两分钟。五儿看见有个叫小燕的丫头出来,她就跟这个小燕说,我这点儿东西是带给芳官的,你帮我把这个拿给芳官。五儿不能太明目张胆地送这个东西,她来送的时候,天已经比较晚了,就在她要回去的时候,正碰到二号管家林之孝家的,她这个时候已经升为一号管家了,因为赖大家的已经脱离了奴仆的地位,变成了官员的家属了。林之孝家的从这儿经过,碰见五儿,就问她来这来干什么,因为她这儿是有规矩的。五儿并不是怡红院的人,她又不敢说是来找芳官,给芳官送什么东西的。五儿就谎称说,我是跟我妈妈来的,我妈妈刚才也进去了,办完事她先走了,我也正准备走。但是五儿说话没底气,一慌张,话说得也不合乎逻辑。林之孝家的说,你妈妈刚才从那儿过,我见着了,她还跟我说快把门早点锁好,安安稳稳地把怡红院这边的门锁上,她连你来这里都不知道。然后就质问五儿说,你究竟来干什么了?然后她就到怡红院里边去查,查出来了,把芳官也吓得一跳,因为五儿给她送了茯苓霜。这茯苓霜显然不是本院的。这个茯苓霜是五儿舅舅看门时截下的,并不是送到贾宝玉这里来的,整个荣国府大着呢,不一定是送给谁的,所以茯苓霜的来源有疑问。林之孝家的感觉到这个事情不对头,就把五儿给扣起来了。然后领着一堆人到厨房搜,结果搜到了来自怡红院的玫瑰露。这玫瑰露厨房里也是不应该有的,这不是公众的伙食里边的东西。这是从哪里弄来的?问芳官,芳官当然解释说那个是我给她的。芳官想茯苓霜的事千万别给五儿找麻烦,人家是好心给我送东西,就说这茯苓霜本来就是我的,我在这儿唱戏,认识的人多,这个给我点这个,那个给我点那个,也不知道这茯苓霜到底是谁给我的了。

　　听芳官说了一顿,林之孝家的就觉得这个问题很不正常,一个是五儿这么晚了跑到怡红院来,说话东拉西扯不着边际,说不清楚,说明心里有鬼。第二,在厨房里发现了玫瑰露,恰恰还赶上王夫人丢了一罐子玫瑰露,一罐子的量算是比较多了,现在为这个事王夫人正非常愤怒。偷王夫人的玫瑰露就等于偷玉钏的玫瑰露,因为金钏自杀以后她的妹妹玉钏管着这些事,那么当然就是要问责玉钏。玉钏就怀疑玫瑰露是彩云偷的,而且是彩云偷给贾环的。但是彩云坚决不承认,相反彩云反过来说这自然是玉钏拿走了,因为玉钏负责管理,玉钏拿最为方便,怎么可能是我偷的呢?这个玫瑰露的事情还真引起了麻烦,又加上跟王夫人这边有关联,林之孝家的当时就把柳嫂子和五儿母女俩扣起来了,用现代语言说,有点儿刑事拘留的那种意思。她把五儿关到一个屋里,这个屋里可能要喝水没水喝,要吃饭也没饭吃,晚上想睡觉没有床也没被子,把五儿狠狠地整了一宿。经过这一宿折腾,五儿的身体就更坏了。然后林之孝家的就去报告王熙凤和平儿,王熙凤一听就火了。王熙凤说,她们不承认偷东西,那好办,把有嫌疑的人拉到太阳底下,让她们跪瓷瓦。不承认就甭给饭吃。一个钟头不承认就跪一个钟头,俩钟头不承认就跪俩钟头,一天不承认就跪一天,三天不承认就跪三天,直到最后承认。再不行就拉出去打四十板,然后赶出去,这两个人从此都不再使用,不准再进门。王熙凤说得非常严重。

林之孝家的说,厨房这儿我们看柳嫂子这个人也靠不住,现在正在审问她,我们怕明天早晨开不成饭,临时已经派了秦显家的去管厨房。秦显家的是谁呢?是司棋的婶子,司棋叔叔的配偶。说让她临时先管一下,底下怎么解决再说。平儿说了林之孝家的一句,说她处理得太急了。林之孝家的走了以后,平儿就对王熙凤说,我看不必这样,您何苦操这个心呢?您就是在咱们屋里操上一百分的心,终究咱们是那边屋里的。因为贾琏他们并不住在大观园里边,他们等于是另外一个小系统的。平儿这意思就是说,无缘无故没有多少必要结这些小人的仇恨,使人含怨,让别人都怨恨咱们。再说了,您看看您自己,三灾八难的,又是这病又是那病,好不容易怀了一个男孩,结果六七个月还流产了;咱们就是管事太多,心累,结怨太多,还是算了,您睁一只眼闭一只眼,这个事就过去了。这也怪,李纨就说过,说王熙凤是主意最大、火气最大的,没有人敢驳王熙凤。但是平儿敢,因为平儿是为了王熙凤好,她希望王熙凤少生点儿气,少管点小事儿,有些事放开一点儿,有些事马虎一点儿,不要什么都是针尖麦芒,什么事都那么计较,因为她根本照顾不过来。这么多下人,很少的主子,主子又没有多大本事。说实在的,你看下人这一大堆,什么心眼儿都有,他们互相也斗心眼儿,又都跟你斗心眼儿,等着看你出笑话。平儿是用这种和稀泥的姿态劝说王熙凤,用上海话说,这叫捣糨糊,她用捣糨糊、和稀泥的方法,希望把这个事平息下来,王熙凤还真接受了她这个意见。

更着急的是她要处理王夫人的玫瑰露失窃事件,平儿做了非常仔细的调查,已经知道是彩云应赵姨娘的要求,偷了一罐子玫瑰露给贾环喝。她说这个事本来我们可以立刻指出是彩云偷的,但是彩云偷的实际上就是赵姨娘偷的,小偷是彩云,窝主是存赃的和指使彩云的赵姨娘。如果我们揭露彩云,必然要牵扯出赵姨娘,牵扯出赵姨娘,必然会使探春感到极大的不快。这就叫投鼠忌器。老鼠跑到一个花瓶或者是一个坛子里边,你砸老鼠,也会把这个花瓶给砸碎了。你不能为了砸老鼠而把那个很值钱的、很可爱的、非常宝贵的、有文物价值的器具破坏了,我们宁可放过老鼠,也不能砸坏它。为这个事,平儿和贾宝玉作了协商,贾宝玉同意了。贾宝玉本来就对这些少女、少妇抱有好感,他愿意为她们打掩护。所以贾宝玉说这个好办,都包揽到我身上。就说有一次我到亲妈王夫人那儿,看到她那儿玫瑰露还不少,而我这儿的玫瑰露已经喝完了,我就拿点儿来给大家喝,却忘了跟我妈说了。玫瑰露、茯苓霜那些东西也都是我的,我结交的人多,这个给我点儿,那个给我点儿,芳官看了以后也想给她的朋友点儿。这都是常有的事,她们跟我之间关系那么好,感情那么好,五儿怎么可能上我这里来偷东西?没有的事。贾宝玉就表了态。

然后一天中午平儿找了玉钏,也找了彩云,分别跟这两个人谈话,说偷王夫人的玫瑰露的人已经查清楚了,贼就在咱们眼前,但是我们不能因为抓这个贼而影响很体面的、非常好的人;现在贾宝玉已经应承下来了,一切都是他造成的。这事我跟你们说清楚,就算过去了,谁也不许再提这个事了。她这么一说,彩云良心发现,脸上实在挂不住了,就说姐姐不要再说了,玫瑰露是我偷的,是赵姨娘非让我拿不可。现在你们就把我捆起来,送到太太那儿,该杀该剐该怎么处置,全听太太的,原来我不但不承认,还往玉钏姐姐身上推,这个我太不对了。彩云检讨而且认错,使得听到这个话的所有人都很佩服,觉得这个彩云如此侠肝义胆,真碰到关键的时候,她有做人的良知,有底线。第一,不能偷东西。第二,你偷东西,不能推到别人身上。第三,你偷的东西你负责。平儿能做到这一步,最后又费了很多口舌说服,这个事也过去了。所以说,平儿能做到大事化小,小事化了。我年轻时每次读到这儿,都觉得平儿真是一个好人。可是现在再看,我又有点儿糊涂,你说她真是一个好人,这样处理事情,就表示一切记录都是不可靠的,为了不出大事,就得掩盖一些真相,那么用掩盖真相的方法来处理问题,到底好不好呢?

中国的文化有这一条,就是什么事要处理得妥善,事实放在第二位,妥善放在第一位。比如说很有名的故事,东周列国时期,楚庄王平叛打了胜仗,非常高兴,他们那儿乱了好久了,现在彻底胜利了。回来以后他宴请立了战功的武将喝酒,从白天一直喝到晚上,说今天要尽兴地喝,我们就是要高兴。楚庄王还让自己后宫的姬,就是皇后以外的那些嫔妃,来给这些大将军递酒、斟茶。晚上喝着喝着酒,灯灭了,大将军里有一个带着醉意拽住了一个嫔妃的袖子,这个嫔妃就把拽她袖子的这位将军头盔上的缨子给揪下来了。然后她告诉楚庄王说,有一个小子不规矩,居然敢动您的嫔妃,他揪着我的袖子不撒手,我把他缨子拽下来了,待会儿灯亮了,您去查,查出来您可以立即处理。楚庄王听了,说在座的各位将军、各位英雄,把你们头上的缨子全给我拽掉,今天咱们就是为了喝痛快了,就是为了庆祝胜利。他就用这种办法来处理问题,而且被传为佳话。就是说人喝醉了酒,有些行为不太妥当,那让他自己检讨去吧,让他自己认识去,也没造成什么后果。如果为这事当场惩办一个人,这多难看,本来这是一个庆功会,最后不是变成一个抓流氓、处理流氓犯的事了吗?它是这个道理。楚庄王和平儿处理问题的态度是一样的。但是从真正的法制的观点、求实的观点看,这种做法又令人感觉到不足为训。

这里还有一个小问题也非常有趣。这个时候管事的是谁?是李纨、探春和宝钗。宝钗实际不怎么来,王夫人丢玫瑰露的事,她们那边也知道,问题解决了,平儿都报告给了探春。但是这些事没有让探春直接去处理,因为探春她们是从全局上代理王熙凤的职务。像我们前边说过包产到户,这个是探春决策的,奴仆家里的丧葬者按照什么标准给多少津贴,是由探春决定的。至于下人之间的这些矛盾,平儿的意思是趁早解决,不要去扰乱探春那儿。探春完全信任她,她们也都非常尊敬探春,她处理完了以后,报告给探春就完了。所以大大小小的事情平儿都有自己的考虑。

第六十二讲　夺权插曲与文字游戏

《红楼梦》第六十二回,"憨湘云醉眠芍药茵,呆香菱情解石榴裙"。这一回主要讲大观园里的这些年轻人,各有各的可爱。

王夫人这儿丢玫瑰露的事就这么硬性给处理了,处理了以后也没出意料之外的事,各方反应也很好。以至于我们国家里头有些人物,对平儿处理问题的方式,还特别给予赞扬。柳嫂子跟五儿的偷窃和私下交换食品的问题怎么解决的呢?平儿亲自找了柳嫂子和五儿,说你们的事没有大问题,你们还是回去工作。她又告诉林之孝家的,既然你已经吩咐秦显家的管今天的早饭,就让她管,管完早饭之后让她该干什么还干什么去,厨房里没有她的事,你告诉她柳嫂子的事情查清了,没有问题,人家恢复原来的工作,正常上岗。

可笑的是秦显家的,秦显家的一直就想进厨房,在厨房里工作油水比较大,也能够得到别人更多的尊重,比搞个清扫、看看门强多了。尤其她又是司棋的婶儿,司棋也非常高兴她能进厨房工作。司棋要鸡蛋、砸厨房、扔蔬菜,就是酝酿着找个机会把柳嫂子赶出去。没想到还真就成功了,机会自天而降,太好了,司棋乐死了。秦显家的也非常兴奋,在厨房内忙于接收柳嫂子留下来的家伙,各种的用具、米、粮、煤炭等,而且还从中查出了许多亏空。因为原来厨房有账本,里面列着笸面用的笸有多少个,案板多少个,菜刀多少把,还有其他厨具有多少,等等。但是这些明细跟实际对不上,里面有亏空。她一来,没待多大会儿,就提出来说,精米短了两袋,常用米多支了一个月的,烧火的煤炭也欠着额数。另外,她能来到这里,全靠林之孝家的,她要表示感谢,所以赶紧预备了一篓子炭、五百斤木柴、一袋粳米,送到林家去了。林之孝家的很快任命秦显家的来代替柳嫂子,因为她跟秦显家的也有私人的利害关系。秦显家的是要拍林之孝的马屁的,她们之间也有利益的交换、利益的输送。秦显家的还悄悄地打点账房,她要在厨房里站住脚,购买、采购什么东西,得从账房这儿支钱,所以她给账房也有利益的输送。她预备了几样蔬菜,请几位跟她一块在厨房里做事的人分,说以后全仗着列位扶持。可是她想不到的是,正在这兴头上,上边传来了话,说你吃完早饭就可以离开厨房了,已经查清楚了,柳嫂子没有问题,她"工"复原职,以后这里没你什么事了。秦显家的听了,如轰去魂魄,垂头丧气,偃旗息鼓,卷包而出,这几个词把她描写得太可笑了。她不但没有从柳嫂子那儿追回补偿,而且送人之物白白丢了许多,自己倒要折变,得赔补亏空。她刚上任一个半小时,就已经送出去了好多东西,用现在的话说已经弄出去三五百块钱的东西了,怎么办?你得赶紧补上,不补上你就甭想在这儿再混差事了。还有司棋,也是气得一个倒仰,差点儿站不住了,这个也可笑。

《红楼梦》里头描写的人生经验、世道、人情太丰富了,太有趣了。平儿一再讲,大事化为小事,小事化为没事,方是兴旺之家。若一点子小事,便扬铃打鼓地乱折腾起来,只能出洋相,只能丢人。这里也表达了一种中国式的哲学。老子有个非常重要的观点,叫"知其白,守其黑",这是什么意思呢?你本来明明白白的,对什么事早都看清楚了,但是你要保持一个半清楚半不清楚的状态,别以为你什么都清楚,什么事都是你给人家讲,这个事是怎么回事、那个事是怎么样。这叫"知其白,守其黑"。还有"知其雄,守其雌",你知道怎么样才能表达自己的这种雄武之气、强硬之气,可至少外表上你仍然做出一种雌性的态度,没有那么雄强,比较温吞。至于"知其荣,守其辱",你知道怎么样最光荣,怎么样最威风,但是你仍然保持低调,保持一个你们谁爱威风自个儿威风去,我依然踏踏实实地往前走。老子就是这样的主张。这可以解释为,你本来什么事都知道得清清楚楚,但是面对人和事的时候,你按"难得糊涂,不知其详"来处理。中国还有句古话,叫做"水至清则无鱼",其中的奥妙,其中的得失,则是另外的问题了。

但是具体到这件事身上,我觉得很难分析。这里头林之孝家的跟秦显家的显然关系也友好,林之孝家的对柳嫂子以及五儿也有坏印象。就从柳嫂子的这些事迹来说,她死乞白赖地把五儿往怡红院推,哪有那么容易?想进去,就准能推进去吗?芳官给她一点儿玫瑰露,你喝两口就完了呗,芳官人家也没多想,送你玫瑰露也是看在跟五儿私交的分上。可柳嫂子非要显摆一下,将玫瑰露送给弟弟,恨不得让所有人都知道她现在混得有多好。五儿做事也太过,她有些急于求成,有些轻举妄动,有些没事找事、自取其辱,不可取。这次柳嫂子和五儿可以说命悬一线,如果要是按王熙凤的意思来处理,她们从此很可能就灭亡了。急着往上爬,最后反而把自己搞灭亡了。这样的事也值得所有读者深思。确实这也是曹雪芹对人生的深刻体会。这也是他的忠言,告诉大家无论做什么事不要太着急,不要急于求成。

司棋跑到厨房里砸鸡蛋的时候,我对她没有什么反感。但是说到秦显家的时候,在某种意义上我看着很讨厌,她怎么是这样的人?你到了厨房,什么工作还没做,就急着调查前任的错误,准备折腾一番。她不是一个来做饭的人,而是一个来捣蛋的人,一个没事找事的人。所以这个故事看着很可笑,在这个章回里头虽然没有仔细写,但是你觉得这一类的事你也很可能碰到过,或许暂时还没碰到,说不定过两年就会碰到。《红楼梦》里头提供的人生经验和学问,实在太多了。

六十二回的开头,这些小风波,鸡毛蒜皮,乱七八糟,告一段落,就转到写贾宝玉过生日上来了。过生日,《红楼梦》里写过多次,表达的是中国过生日的文化。贾宝玉病好了,虽然到哪儿去经常还挂着拐棍。贾母因为在忙着别的事儿,所以他这个生日,理论上不可搞得很大。但是他们年轻人自己搞得声势不小。先是给贾宝玉送礼,各个单元,从贾母那儿、王夫人那儿、邢夫人那儿都给送来了礼。其中有一样礼物很好玩,是王熙凤送的,说是一件波斯玩器。波斯就是现在的伊朗,跟咱们明、清也好,民国也好,到现在中华人民共和国也好,都有各种来往。玩器不是玩具,王熙凤不大可能在贾宝玉十五六岁、十六七岁的时候,送他一个玩具。我去过伊朗,伊朗的传统工艺品特别多,我认为这很可能是波斯的一种工艺品。

那天他们喝了一天酒,史湘云担任酒官。他们行的酒令和前边说过的都不一样,这次是临时掷骰子,然后按骰子的点数,若是有两个人一致,这两个人就一个人覆、一个人射,玩射覆。我必须承认,我并没有完全弄清楚射覆是什么,我也不会玩射覆。射覆,就是你把一个东西藏到一个地方,然后依据《易经》,你把这个东西和其中的什么话联系起来,可是不能直接说这原话,只能说跟它有关系的一个字,比如我问你一个字,你说出来,然后由另外一个人从你这一个字来想、来分析可能和哪一类的东西有关系,可能和哪个地点有关系,可能和哪个藏具,就是装着它的一个盒子,也可能是一个罐子、一只碗或一个罩子有关系,你把它们分析清楚,然后说出一个字来,他还得马上明白,你猜对还是没猜对。这个既拿文字做谜语,又拿知识做谜语,又拿现实的生活做谜语。这种射覆的方法是《易经》提出来的,《易经》上是用这种方法来占卜,这和测字有点关系,和占卜也有点关系。所以一说到这个,好几个人,包括最聪明的史湘云都说,这个射覆我干不了,脑袋疼,我想不清楚也想不明白。她是酒官,但是又这么说话,就被大家先罚了一杯酒,说你不按规矩办事,你一上来先捣乱可不行。

于是不用射覆的方法了,用另外的方法,造句的方法,集锦、集句。旧体诗过去有集句,就是东一句西一句放在一块,非常可爱。比方说曹禺改编的巴金的《家》这个话剧,里边那个四十多岁的老顽固冯乐山的家里挂着一副对联,上联是"人止乐者山林也",写的是"止",但是它的意思和"之乎者也"的"之"是一样的,人的快乐在于山林;下联是"客亦知夫水月乎"。第一句话出自欧阳修的《醉翁亭记》,第二句话出自苏东坡的《赤壁赋》。但是这两句搁在一块漂亮极了,既工整又美丽,"人止乐者山林也,客亦知夫水月乎",用的就是集句的方法。湘云说,酒面,酒面是指酒令的前半部分,要说一句古文,一句旧诗,一句骨牌名,一句曲牌名,还要一句时宪书上的话,总共凑成一句话;酒底要关人事的果菜名。咱们讲过,经常有一些酒令里头是有骨牌的,戏曲的唱词有曲牌,就像词牌,如《菩萨蛮》。"时宪书"就是皇历,不仅含有很详细的日历、年历,还要加上各种节气,以及今日宜干什么、不宜干什么等说明。酒令的内容包括这些,是测试你有没有这方面的知识。

头一个就是林黛玉帮着贾宝玉想出来的词,贾宝玉的脑子乱成一锅粥了,想不出词来。林黛玉说先罚你一杯酒,你的词我帮你想。林黛玉替贾宝玉想的词,先是一句古文"落霞与孤鹜齐飞",然后是一句古诗"风急江天过雁哀",然后"却是一只折足雁,叫的人九回肠,这是鸿雁来宾"。依据骨牌和曲牌,这骨牌是"折足雁",曲牌是"九回肠","鸿雁来宾"应该是皇历上的话了。最后她说酒底,因为贾宝玉已经替她喝过酒,林黛玉自己不需要喝了,她拿了一个榛子瓢,说出酒底:"榛子非关隔院砧,何来万户捣衣声?"这个榛子并不是隔壁院子洗衣服捶打衣服时的那个石头砧,你又怎么能够从这个榛子想到很多家捶衣服的声音?你说这个话不通吗?这话挺好玩的。"落霞与孤鹜齐飞",这好听,而且她连上了"风急江天过雁哀"。前边有孤鹜,这里有过雁,却是一只折足雁,这么一只大雁,叫得人九回肠。这"鸿雁来宾"是皇历上的一个话。这前后就都连起来了。

《红楼梦》的创造力很多是常人所想不到的。法国有一个作家创造了扑克牌小说,小说的题目叫《作品第一号》,是全世界唯一的一个作家的一部扑克牌小说作品。它没有页码,是活页,厚厚一沓子纸,你爱怎么看怎么看,怎么翻着看都行。小说围绕一个男人和三个女人展开,三个女人中可能有一个是他的妻子,其他两个是他的情人。看这个故事,可以通过"洗牌"随便来回翻牌,这么一翻,看出这个男人是个窝囊废;又洗一下牌,看到这个男人还挺厉害的,有两下子;再洗牌,翻来覆去三换两换,然后看到这男人是一个真正的英雄。这说明什么呢?就是语言文字不足为训。但人不能够整天玩这个,也不可能这样读书,所以全世界这样的小说只有一本,影响很大,但是也没有人再写第二本。

它体现了语言和文字的相对独立性,语言和文字当然是为了表现内容的,比如说手,这就是手,对不对?大家想一想,手有自己的声音,它的辅音 sh,它的元音是一个复合元音 ou。如果没有中间那个 o,是 shu;没有后边这个 u,是 sho。这都不对,它的声音有它自个儿的讲究。这是发音。它还有它的形状、它给你的联想,有和它接近的一系列的词。如果你陷入了语言和文字,抠哧它,来回变,搞各种各样的排列组合,把手也是手,手柄也是手,手指头也是手,握手也是手,联手也是手,摇手也是手,手势也是手,你要陷入了这个以后,你这个手到底当什么讲呢?你得不出结论来了,所以像这样的酒令,并没有特殊的含义,但它反映了中国的文字文化,反映了中国语言的发音学、形体,它的讲究和它可能引起的联想,等等。所以这一部《红楼梦》,你真是花一辈子时间也研究不完。光是这酒令,你都佩服得不得了。再想想咱们现在喝酒行酒令,真是惭愧得不得了。

这里还写到一个特别动人的地方。史湘云喝酒喝多了,她跑出去,躺在一个石凳子上呼呼地睡着了。"四面芍药花飞了一身,满头脸衣襟上皆是红香散乱,手中的扇子在地下,也半被落花埋了,一群蜂蝶闹穰穰的围着他",花都掉到她的身上了,蜂蝶都围着她飞。这个描写稍微过了一点,要真是一堆蜜蜂在那儿飞着,对这个睡觉的人是有威胁的。有红学家认为,看《红楼梦》看到最幸福的时候,看到最天真的时候,看到最没有那些人间卑劣、那些阴谋诡计的时候,就是看史湘云睡在石头上,周围全是蜂蝶,身上全是花。太美丽了,她变成了自然之子,变成了青春、幸福、单纯、光明之子。周汝昌先生,一个大红学家,他就写文章说,我看《红楼梦》最喜欢的、我爱上的就是史湘云。《红楼梦》里头有卑劣也有高尚,有复杂也有单纯,有黑暗也有光明。而且这个画面非常浪漫,不管它的真实性有多少。

到了晚上,他们又在怡红院举行了很大规模的宴会,开头人没那么多,越玩人越多。他们在那里玩了另外的酒令,是一个相对简单一点儿但仍然很有趣味的酒令。还发生了一件事,就是吃完了饭、玩完了以后,香菱跟一帮小演员、小戏子在那瞎逗弄。他们弄花草,我捡这个花了,这是什么什么花。香菱说,我这个叫夫妻蕙草,因为它是一对一对的。因为香菱已经是薛蟠的妾了,所以其他小丫头,就拿她开玩笑。香菱就追打她们,结果掉到泥地里头,把裙子弄脏了。她为这个事非常发愁,这是宝琴送给她的石榴红色的裙子,所以叫石榴裙。这么好看的裙子弄脏了,她可怎么见宝琴呢?另外她也怕让她家的老太太薛姨妈知道。宝玉——凡是遇到这事,宝玉都表现得最好——说没关系,袭人那儿有一件裙子跟你这大小差不多,也是这颜色的。你把这个脏了的裙子给袭人,让她处理去,让袭人把她的裙子给你,她现在也不穿,她还在给她妈妈守孝。如此这般,香菱就找了袭人换了裙子。

这一回的题目叫"呆香菱情解石榴裙",这个话带着点儿跟情人要上床的架势。当然这里头绝没有这层意思。香菱那么好的一个人,她没有要和宝玉上床的意思,宝玉也没有这个思想。但是最后临走的时候,香菱忽然回过头来脸都红了,跟宝玉说,我弄脏裙子这个事你可别告诉薛蟠。宝玉说我傻啊,我闲着没事能干这种事吗?这事就过去了。我觉得这里作者实际上是在表示,哪怕是那么一瞬间,哪怕是只有百分之零点一的成分,就是在这样一个穿石榴裙、解石榴裙、为弄脏的石榴裙找一个代替的石榴裙的过程之中,贾宝玉对香菱产生了兴趣,香菱面对贾宝玉感到了羞怯。这少男少女之间有这么一种蛮好玩的,又没有任何问题的,绝没有什么肮脏、不道德之事的心情。在那个年代,曹雪芹写少男少女各种感情片段,就好像一个水流,突然出来那么一个小浪花,又流过去了,这也太难得、太珍贵了。

第六十三讲　花与人

《红楼梦》第六十三回,"寿怡红群芳开夜宴,死金丹独艳理亲丧"。这一回接着写了贾宝玉的生日和贾家出现的一个盛大的丧事。

到了宝玉生日这天晚上,贾宝玉的丫鬟,主要是八个丫鬟,她们每人出资半两银子,庆祝宝玉生日。拿出半两银子,对丫鬟来说也算是尽了力了,放在现在起码是一二百块钱,她们凑份子请柳嫂子专门做两桌饭。柳嫂子一直和怡红院关系好,她也很配合,饭做得非常好。她们要在怡红院给贾宝玉过生日,本来商量说是谁也不告诉,就私下偷偷地弄,因为干涉她们的人太多。比如林之孝家的,因为家主不在,她领着一群老妈子来查岗,监督她们说,早点儿睡觉,好好休息,别再喝酒了,白天已经喝过了,不要喝多了。她还特意提醒宝玉早点儿睡觉。所以这个世界很麻烦,贾宝玉受到溺爱、受到宠爱、受到关心、受到羡慕,得到每个人的服务,也受到每个人的干预,这个说你少吃点儿,那个说你多吃点儿,这个说你该睡觉了,那个说你别喝酒了,这种事很多。所以丫鬟们就要把这些岁数大的人都对付过去,说好好好,我们马上就睡觉了,我们马上就锁门。这帮小丫鬟先说谁都不请,就她们几个陪着宝玉好好玩玩;后来又说要行酒令,人少了不行,所以就把薛宝钗请来,把林黛玉请来。薛宝钗、林黛玉请来了,就得把史湘云也请来;史湘云请来了,探春就得请来;探春请来了,还得把李纨请来。越请越多,最后就都来了。一帮人来了以后,又是行酒令。曹雪芹对喝酒本身描写得很少,到现在我们也看不清楚他们到底喝了什么酒。我个人分析喝的是黄酒之类的——像绍兴那边的加饭酒。他们说咱们来一个好玩一点的、简单一点的玩法,就是抽签,签上写的全是花名,你抽中了哪种花,哪种花就代表你。这个很简单,也非常可爱;但用花来比喻女性,这是全世界都常见的,也太一般了。

可是这里不是一般的用花来比喻女性的美丽,而是把花的性格和人的性格、人的命运都结合在一起了。头一个抽签的是薛宝钗,薛宝钗抽的是什么花呢?是牡丹花,签上的批语是"任是无情也动人",哪怕你无情,你也动人。这一句话够你喝一壶的。签上的题字是"艳冠群芳",说明她是牡丹,是群芳之冠,是最美丽的花,虽然无情但是非常动人。这个《红楼梦》不得了,作者写这么一大帮女孩子,每个女孩子有自己的特点、有自己的命运。他除了正面写她们的遭遇、她们的处事、她们的语言以外,又用各种方法,如通过谜语,通过作诗,通过在太虚幻境里看到她们的画册、她们的判词、她们的歌词,一直到代表她们的花,用完全新的角度来体贴这些少女,来关心这些事,来刻画这些少女,太难得了。

接下来是芳官献唱。宝玉的这次生日宴会,芳官也在场,她不但在场,而且某种意义上还是个核心人物。这个芳官也很有意思,前边也没说贾宝玉对芳官有什么好感,或者芳官和袭人、晴雯她们有什么关系,袭人和晴雯她们其实都是很排外的,什么小红想进来,没门儿,好几个人想往里钻,都让她们给嘲笑回去,用很不好的态度给轰走了。但是芳官受欢迎,她们就说我们既然在一块儿喝酒了,现在也没别人,芳官你得给大家唱出戏,唱一首曲段。

芳官当然不能不唱,她是半专业的或者专业的,她唱得太有意思了。我年龄比你们大一点儿了,但是我过去也完全不了解,她是从汤显祖的《邯郸记》里边选的一个段子,何仙姑送吕洞宾。吕洞宾要下凡到人间,到了人间以后要让一个人做邯郸一梦。这一段歌词还特有感情,敢情这仙姑对吕洞宾大师也有情有义,甚至也是一种爱情。当然神仙之间的爱情到底什么样,咱们说不太清楚。

何仙姑的词儿是什么呢?

> 翠凤毛翎扎帚叉,闲踏天门扫落花。您看那风起玉尘沙。猛可的那一层云下,抵多少门外即天涯。您再休要剑斩黄龙一线差,再休向东老贫穷卖酒家。您与俺高眼向云霞。洞宾啊,您得了人可便早些儿回话;若迟啊,错教人留恨碧桃花。

"翠凤毛翎扎帚叉",何仙姑正在这儿用翠凤——就是翎毛——做的大笤帚扫地。"闲踏天门扫落花",在天门内外正在扫落花,天上有天上的花,地上有地上的花。"您看那风起玉尘沙",天上没有黄土,没有什么污染物,没有硫化物,也没有可吸入的颗粒物,天上的尘土也是玉的沙子,所以叫风起玉尘沙。"猛可的那一层云下,抵多少门外即天涯",你稍微一看云的下边,天门出去就叫天。"你再休要剑斩黄龙一线儿差",吕洞宾有一次剑斩黄龙时差了一条线。"再休向东老贫穷卖酒家",你也不要随随便便进喝酒的地方。当然喝酒地方在过去不叫酒吧,过去喝酒的地方,就是有一个酒窖,或者有的地方叫酒缸,旁边是一些木头桌子,很简陋,在那个地方喝酒的人不可能是太阔气的人,但是太穷了你也喝不起。店面还会有鸡腿、炸豆腐、咸鱼等之类的小食。这何仙姑劝吕洞宾说,你到了人间以后,别老进什么酒缸或酒窖那儿,不要到那儿喝太多的酒。"你与俺高眼向云霞",我们看看这云霞吧,好看。"洞宾啊",这何仙姑怎么用上这个称谓,这有点儿爱称的感觉,或是有点儿像称呼 my dear 的这种感觉了。"你得了人可便早些儿回话",你到了人间,找了一个人要让他做这个邯郸一梦,要知道人生的空虚。你找着合适的人,想办法给我个信,告诉我一声。"若迟啊,错教人留恨碧桃花",如果晚了,你要是耽误了而没告诉我,我会感到非常遗憾的,我的遗憾会留在天宫的碧桃花里。当然这是把人间的事升上了天了,用仙姑的口吻来表达对一位大师、一位得道的神仙送别的感情。真是不服不行，词写得很漂亮，这词当然不是曹雪芹在《红楼梦》里原创的，这是汤显祖的词。但是这曹雪芹满腹经纶，张口就来，就没有他不知道的事，无论是高大上的还是粗黑黄的。诗词、歌赋、戏曲也没有他不知道的，他真是挥手就来，来什么像什么，说什么就是什么。

然后到了探春这儿，探春抽中的是杏花，上面写着"瑶池仙品"。签上说抓着这个签的人会得到贵婿，会有一个好对象，会有一个好老公。她说哪有这么胡说八道的？史湘云给她解释说是有这样的话，这就算这里面说得最过分的话了。这也还是很正常的话，并不肮脏，没带黄色，不刺激，也没有侮辱性的词语。李纨抽的签，上面画的是一棵老梅树——梅花，写着"霜晓寒姿"。在一个结了很多霜的早晨，在寒冷的空气中，梅花摆出了她的尊严和姿态，这都是非常好的一些话。史湘云抽的是海棠，上面题的字是"香梦沉酣"，诗句里头还有一句话，是"只恐夜深花睡去"，说的是湘云。这黛玉也就笑了，说夜深两个字改成石凉，只恐石凉花睡去，就怕这个石头太凉，黛玉是戏谑史湘云上次醉酒睡在石头上的事。黛玉的签上是芙蓉，上边批的字是"风露清愁"，风吹着露，露水很快就干了；"清愁"，她有很多忧愁，但是这忧愁是很单纯的，又是很清高的、很清爽的，不是那种低级的、某种庸俗的忧愁。下面的诗文是"莫怨东风当自嗟"，如果这花儿受到了外部环境的干扰，长不好了，不要埋怨是风不好，你就为你自己而嗟叹吧，为你自己而叹气吧。

他们一边喝着酒，一边抽花签，抽出了这么多花，用这么多花来影射、来描绘、来暗示这些少女、少妇的命运。所以这写作方法真是太多了，你可以正面写，可以很直接地写，可以很朴素地写，可以绕着八个弯写；也可以上天入地、生前死后，再加上各种稀奇古怪、梦幻遐想，生发出去写。在某种意义上我觉得曹雪芹把写女性能用的方法都用完了。然后林黛玉这里又注着一句话，"自饮一杯，牡丹陪饮一杯"。林黛玉永远跟薛宝钗分不开，林黛玉其实没有喝这酒，因为她身体健康的原因,她趁着别人不注意的时候就把酒倒掉了。薛宝钗喝没喝这酒没有仔细描写。但是这说明林黛玉的命运和薛宝钗是分不开的,这两个人你离不开我、我离不开你。在某种意义上,从情爱层面说,她们俩好像是对手,然而又彼此不可分,这也是很稀奇古怪的一个写法。让你想来想去,有叹息,又有惦念,让你总是说不清楚。

还有一个有趣的事情,第二天早晨宝玉收到了妙玉的贺笺,装在一个很好的信封里。"妙玉亲笔",妙玉字写得很漂亮,上边写着"槛外人","槛外人妙玉,恭肃遥叩芳辰"。我是人间世界这个门槛以外的人,恭恭敬敬、严肃认真、庄重、远远地致意、问候您的芳辰——您那美好的出生的日子。她是这么写的。这就非常不一样,这词也绝。贾宝玉就不知道该怎么回答人家了,要是搁现在用微信,也得有个回答。"嗯",也是一种回答;"好的",也是回答;"谢谢",也是回答;打一个表情,笑了,也可以。可是那个时候没有微信,你不能这么任意回复,所以贾宝玉为这个事发愁。他去请教黛玉,路上正好碰到了岫烟,就是那邢岫烟,很贫穷,但很可爱、很单纯、很聪明,她是妙玉的朋友,因为处境不好,她平时也比较低调,妙玉对她的才情也很佩服。他们就一块儿说起来了。说是妙玉最喜欢说的就是"纵使千年铁门槛,终须一个土馒头",她说自己是槛外人,不是这红尘里边的人。宝玉说,我应该怎么回答呢?邢岫烟说这个已经告诉你了,妙玉既然是槛外人,你就回答"槛内人宝玉",你是感谢也好,是恭谢也好,是敬谢也好,你说槛内人就完了。宝玉又提高了一步,从邢岫烟这儿又学到了一种东西,虽然邢岫烟不显山不露水,但是人家也是有文化的。

贾宝玉刚过完生日,贾府出了一件大事:贾敬死了。贾敬就是宁国府那个整天炼丹、整天跟一帮道士等着飞升的人。他是怎么死的呢?就是他们炼了丹,他真吃,那炼出来的丹是不能吃的。那个丹是用什么炼出来的?它是用汞,就是水银,用大火烧水银还有什么东西制成丹,人吃下去根本消化不了。可是贾敬这个糊涂人一辈子就想

447

着长生不老,想着能飞升上天,他认为吃了丹就会变成那样的人,所以他就不停地吃。那一帮小道士挺害怕的,拦着他说你不要吃,但是他非要吃,这次吃太多,死了。贾敬之死,在《红楼梦》中很重要。因为从辈分上来说,贾家真正的头号人物不是贾母,贾母辈分虽然最高,但是她是女人。贾敬、贾政这两个人都是国公级的贵族,是有头衔的。贾敬的死在贾宝玉他们又吃又喝又玩闹的情况下,是一声丧钟。

这贾府的丧钟正式敲响了。可卿的死没有这么重要,可卿是贾蓉——辈分比贾宝玉低一辈——的媳妇,而且是贾蓉从养生堂里领来的,她的娘家也没听说有什么人,她有个弟弟,弟弟后来也死了。所以她不能跟贾敬比。贾敬,从他的存在来说,他的死亡真正敲响了贾府的丧钟。这个丧钟一响,底下的《红楼梦》就是另一个味道的了。前边不管有多少坏事发生,还有一种青春的活力在里边,有一种亲密的、温暖的亲情在里边;而往后贾府就越来越走向没落。贾府的衰亡、贾府的没落已经再也无法阻止了。

这里还留下了值得咀嚼、值得反刍的一件小事。头一天晚上,姐儿几个在那儿喝着酒,是宝钗、黛玉她们先走了,剩下的人越喝越多,就东倒西歪地睡着了。芳官是和宝玉睡在一个床上的,当然这睡一个床上没别的含义,因为那一屋子一大堆人,就跟学生们在一块玩儿似的,十个二十个人乱成一团,就地睡着了。这个芳官也跟司棋一样,在很后面才突然出现,却在宝玉的生日宴会上又唱歌,又跟宝玉坐得很近,而且两个人同床共枕一夜,也算是少男少女一次快乐的经验。

第六十四讲　宁国府的丧事和丑闻

《红楼梦》第六十四回,"幽淑女悲题五美吟,浪荡子情遗九龙佩"。在这一回里,二尤——尤家姐妹二人出场了。

第六十三回里写到了贾敬的死亡,贾敬的死亡光秃秃地就出现了,因为他和《红楼梦》里我们最关心的贾宝玉、林黛玉、薛宝钗的爱情线没有关系,和贾母、王夫人、王熙凤、荣国府的家政事的线也没什么关系,但是他的死亡又非常重要。《红楼梦》里不断地写过生日,一次比一次写得热闹。可是写死亡写到贾敬这儿就没什么意思了,它再怎么写葬礼规模之大,也赶不上秦可卿的丧事,有一些地方可以说是混着就过去了,就是几句话,"丧仪焜耀,宾客如云,自铁槛寺至宁府,夹路看的何止数万人",一笔带过。他们从宁国府把遗体装到棺材里,然后将棺材拉到铁槛寺,这一路上有几万人在那里看,"有嗟叹的",又一个大人物死了;"也有羡慕的"。还有这么一句话,"又有一等半瓶醋的读书人",还有这么一些一瓶子不满、半瓶子咣当的读书人,这些人在那儿说,"说是丧礼与其奢易莫若俭戚",这是古人说的话,尤其是墨子主张,办丧事要节俭,但是要有足够的悲伤,表达出悲伤来就行了,不要太折腾太浪费了。曹雪芹这里说了一句,这一帮子半瓶子醋的文人对什么事都要评论一下,但是又不起任何作用。这个问题还不大,更难堪的、不成样子的是跟丧事关系最直接的贾珍父子,贾敬的儿子和孙子,他们俩对丧事的兴趣根本就是假的,贾敬平时跟他们也不住在一块儿。贾敬是一个特殊人物,稀奇古怪、不知所云,不知他要干什么。

但是贾珍父子对什么事有兴趣?就这一次办这么大的丧事,尤氏的继母尤老太太岁数挺大了,已经糊里糊涂了,还带着跟这个尤氏同父不同母的两个妹妹,尤二姐、尤三姐。书里没有认真地写,但是让你看到尤二姐、尤三姐原来就跟贾珍父子打过交道。对贾珍来说,她们是小姨子;对贾蓉来说,她们应该是姨娘,但是年龄可能比贾蓉还小,还都没结婚。父子俩跟她们原来就有一些不干不净的关系,这里头有一句非常难听的话,说贾珍、贾蓉跟他们"素有聚麀之诮"。聚麀之诮,现在已经很少有人用这个词了,甚至很多人也不认得这个词。《礼记》中就有这个话了,是说古人不懂得礼仪,不懂得文化,不懂得规矩,就会出现某种动物性的现象——父子共占一个女人。这种事情历史上多了,外国也很多,很有名的司汤达的小说《红与黑》里是反过来,主人公于连同时和母女保持不伦关系。至于父子,比如说唐明皇,杨贵妃本来是唐明皇的儿媳妇。但是不管怎么说,它不符合道德,也不符合优生学。贾蓉一见尤二姐,说二姨娘来了,我父亲可想你了。这话说的就不是人话。尤二姐她们警告他,说正在办丧事,你可不要乱说话。书上还描写他们在铁槛寺办丧事,条件很艰苦,生活很单调,父子俩都觉得有点儿受不了。只要外人不在,他们就趁机寻小姨子们、姨娘们厮混。有一次贾蓉跟尤二姐说吃豆腐的话,带有调情性的、挑衅性的、略带猥亵性的那种话。尤二姐正在嚼着砂仁,就把一嘴的砂仁吐到了贾蓉的脸上。砂仁是一种中药,可以清洁口气。贾蓉不但不嫌,而且还把砂仁抹下来,一粒一粒全吃了。他居然有这种行为,令人无法忍受。

写着这些,作者又转移到别的地方去了。宝玉因为身体不好,所以没去参加贾敬的丧礼。他去了林黛玉的潇湘馆,宝钗也去了。林黛玉脸上有忧郁悲伤的颜色,没说她有什么别的情况,而是说她写了五首怀旧的诗,是吟咏古代五位美女的。她写得不能算特别好,但是有点儿意思。比如她写西施,"一代倾城逐浪花,吴宫空自忆儿家。

效颦莫笑东村女,头白溪边尚浣纱"。"一代倾城逐浪花",倾城倾国的美女,已经随着浪花消失了,已经变成了往事了。"吴宫空自忆儿家",她被越王勾践作为美人计送给了吴王夫差,目的是使吴王越来越不上进。到了吴宫,也许她会想念曾经作为越女时的生活,但是空自想念也没什么意义。"效颦莫笑东村女",不要再嘲笑东施效颦了,因为她们都很可怜。"头白溪边尚浣纱",东施没有西施的美貌,她想学着西施把自己的表情弄得好一点,又被大家所嘲笑、所讥笑。可是东施的命运是什么?就是洗衣裳、洗衣服,一直洗到头发白,一直洗到老死,最终也不过是个洗衣妇罢了。不像西施,由于貌美可人,有一段不平凡的历史。她又写到虞姬,说"肠断乌骓夜啸风,虞兮幽恨对重瞳。黥彭甘受他年醢,饮剑何如楚帐中?""肠断乌骓夜啸风",说的是项羽,项羽最后败了,是跟乌骓马一起死的。"虞兮幽恨对重瞳",说项羽他有两个瞳,一只眼睛里头有两个聚焦的瞳仁,跟一般人不一样。"黥彭甘受他年醢",刘邦手底下有两员大将,一个叫黥布,一个叫彭越。黥彭到后来在刘邦杀功臣的时候被残杀,而且被剁成了肉馅儿。那个"醢"也是一个很少见的字,古代这是指一种酷刑,把人剁成肉酱的刑法。"饮剑何如楚帐中",与其胜利以后被刘邦剁成肉酱,还不如当时在跟楚霸王的战斗中英勇牺牲,死在他手下,你也算条汉子。这跟前边说东施是一样的,她不是吟咏虞姬本人,而是从虞姬牵扯到别人。还有其他三首,这里就不多说了。

然后薛宝钗就发表评论,说写怀古、怀古人、怀人的这些诗,关键在于你得翻过用意来。比如一般人都说这个人是什么什么情况,你得能翻案,你得能更换角度,提出新意。这个话对不对?这话对,但只对了一半。这个观点强调的就是,你在他的身上有什么新的发现没有,你在评论他的角度上有没有新的发现,你在结论上有没有新的发现,你在判断上有没有新的东西。她说的观点显然只能有一半对,因为写诗翻案,"翻"其意或者"反"其意,不能为了"反"其意而"反"其意,那有什么意思?诚心抬杠呗。相反有很多著名的怀古的诗、怀旧的诗并没有表现出要翻案的意思。像杜甫写诸葛亮:"三顾频烦天下计,两朝开济老臣心。"他没有翻任何的案,说他"三顾茅庐",说的是他既辅佐了刘备,也辅佐了刘禅。苏东坡《赤壁怀古》:"大江东去,浪淘尽,千古风流人物,乱石穿空,惊涛拍岸,卷起千堆雪。江山如画,一时多少豪杰。"他也没有翻案,真正好的诗不会为了翻案而翻案。薛宝钗太实用主义了,这不是诗人谈诗,而是算计者在谈诗。这里写林黛玉的这些诗,是讲不出什么道理来的。这些诗可以有,也可以没有,但是毕竟读起来还有点意思。这里放林黛玉的这几首诗,有用意的原因就在于《红楼梦》写的人物多,写的生活面广,它写的事不是单纯的一件事。一个是上次说过的吃烤肉,像过诗歌节一样,一下子就添上九个人;一个是像贾敬突然就死了,然后他的丧事也写不出什么新鲜花样来了;再一个就是像这里,突然来几首林黛玉的诗,林黛玉的诗跟那些事都联系不上,跟贾敬的死没有关系,和王熙凤生病也没有关系,和赵姨娘的下人们乱成一团也没有关系。这样的写作让人觉得不是最理想的,但是你没有办法,因为他是曹雪芹,它是《红楼梦》。不是被曹雪芹的威望给镇住了,而是他写到什么不需要和前后左右都有联系。你要仔细分析,也会分析出联系来,但是它们之间联系得不太紧。写什么像什么,写什么是什么,走到哪儿说到哪儿,也能写得很好。这是《红楼梦》写作上的一个特点。

然后就写到贾珍父子在那里跟尤氏姊妹黏黏糊糊,故意说一些挑逗的话,在那儿调情,比调情的级别还要低一点儿,用陕西的说法是"骚情"。骚情是什么意思?就是百般撩拨,眉目传情。响应这种骚情的,是贾琏。贾琏听了贾珍父子说尤氏的这两个妹妹美貌无比,性情又好,简直跟别有用心的处于饥饿状态的人一样,就想着认识她们,认识她们之后也是百般撩拨。可是尤三姐对他们淡淡相对,二姐倒是十分有意,贾琏就找机会跟尤二姐多说几句话,对人家看来看去。有一次尤二姐在吃槟榔,贾琏说你这个槟榔真好,给我一点儿,把这口袋给我。这是不适宜的事情,但是他们以亲情为幌子,他们沾着亲戚。他把这个槟榔袋子拿过去,看来看去,因为从这里头看出尤二姐的一些手工活。然后还她的时候,他把自己身上戴的九龙珮,有九条龙的花纹的这么一个玉珮、一个装饰物,这个装饰物当然也是显示他有钱,显示他是大爷的一面,给了尤二姐,尤二姐也就接受了。这说起来也太可怜了,在封建主义的中国,他放一样东西,你拿过来了,这两个人就要成了事了。底下干脆由贾蓉出面给他们撮合,贾蓉是晚辈,按道理贾蓉应该管贾琏叫叔叔,管尤二姐应该叫姨娘或者姨妈。再加上贾珍的撮合,尤二姐居然就答应了,同意嫁给贾琏。在贾琏这边说是娶尤二姐为二房,在尤二姐这边并没有说大房二房,而是说他花一笔钱在外边找了一个住的地方,三弄两弄他们就成了。

  作者在这里头提醒了几件事。一是这个时候贾琏身上"有服",他还办着丧事,而且是他的伯父贾敬,有宁国公的名衔的这样一个大人物的丧事。二是贾琏"停妻再娶",这尤二姐不是奴仆,不是花钱买来的,看起来她们比较贫穷,也许是平民,但跟你一样,都是自由人。所以这是停妻再娶。还有一个很大的问题,尤二姐很年轻的时候曾经许配过一个叫张华的男子,但是后来张华家道比较破落,所以尤二姐不想嫁到张家去,但是贾琏跟尤二姐结婚并没有跟张华交代,在程序上完全是不合法的。有这么多的问题,他们还是结了婚。更可怕的是他们俩住在一块以后,贾珍、贾蓉仍然不断地来骚扰。贾蓉帮贾琏办好这事,是说好了他的目的的,就是他要跟贾琏一样,与尤二姐保持那种下三滥的关系。贾蓉认为这事办成了,他就更方便了,他随时可以过来,既来看叔叔,又来看姨娘,这个姨娘同时又成了一个新的婶婶。他来捣乱、来吃喝的时候还叫上尤三姐同去。

  问题是尤三姐太厉害了,一次贾珍和贾蓉调戏尤三姐,一开头还有尤二姐,尤二姐后来看这气氛不对,就躲出去了,但是后来又被叫回去。可是尤三姐太厉害了,这是《红楼梦》里非常精彩的一段。他们想调戏她,尤三姐就来了个以恶治恶、以毒攻毒。尤三姐见过世面,她不在乎。贾珍父子在那儿跟尤三姐说那些挑逗性的、骚情性的话的时候,尤三姐干脆亮出底牌来了。她说"你们不用跟我花马吊嘴,清水下杂面,你吃我看见",说咱们之间,你们想吃什么,就像清水煮杂面一样,我看得清清楚楚。现在是"提着影戏人子上场,好歹别戳破了这层纸",她说的就是皮影戏,说我给你一戳也就破了,你们的心思我清清楚楚。"打谅我们不知道你府上的事"吗?你宁国府的各种丑闻,你以为我不知道吗?这回花了几个臭钱,"你们哥儿俩拿着我们姐儿两个权当粉头来取乐儿",当陪大爷喝酒的甚至是娼妓之类的人物,你拿着我们取乐,你们"打错了算盘了"。"我也知道你那个老婆太难缠",你有个老婆,如今把我姐姐拐了来做了二房。"偷的锣儿敲不得",又不敢对外说,偷偷做了你的黑二房。"我也要会会那凤奶奶去",我姐姐怕,我不怕,我可以去见见凤二奶奶,看看她几个脑袋、几只手。"若大家好,取合便罢",要是不好,"倘若有一点叫人过不去,我有本事把你两个",指的就是贾珍和贾蓉。"把你两个的牛黄狗宝掏了出来",什么叫牛黄狗宝?这是中药,指的就是把你们父子俩的睾丸之类相关的东西,我能给你都掏出来,她是真敢说!我"再和那泼妇拼了这命",如果想欺负我姐姐,第一我先跟你们俩算账,连你的那点儿牛黄狗宝我都给你掏出来,而且我还敢跟那凤二奶奶拼命。如果我做不到这样,我就不算你们的尤三姑奶奶。你们找我喝酒,喝酒怕什么?现在就喝。她就抄起壶来斟了一杯,自个儿先喝了半杯。然后搂过贾琏的脖子,说这半杯你喝,你喝不喝?她搂过贾琏脖子,往他嘴里就灌。她为什么灌贾琏呢?她说,我跟你哥哥贾珍我们已经吃过了,现在咱们俩喝了这个酒亲热亲热、亲相亲相。吓得贾琏酒都醒了。

  这些坏小子们共同的特点,就是他们都是懦夫,都是下三滥的坏小子,遮遮掩掩地做坏事,不敢玩真的。可是尤三姐一下子把这变成了一场闹剧,大喊大叫的。说拿嫖娼来说,不是贾珍父子想嫖尤三姐不成,是尤三姐嫖了他们这几个流氓、坏人,把这几个认识的人弄得哑口无言、一脑袋汗,什么事都办不成。而且尤三姐在说这话的时候,故意松松地挽着头发,大红袄子半掩半开,露着葱绿的抹胸,一痕雪脯,胸前起码是上方肌体的那个颜色样子你都看到了,底下穿着绿裤红鞋,一对金莲一会儿跷起来,一会儿并在一块儿,没有半刻斯文。耳朵上的两个坠子打秋千一般,随着她晃动。这段描写非常生动。这帮子淫棍、色魔、坏蛋流氓,都是偷偷摸摸的,哪见过这个世面。在尤三姐面前,这帮流氓也不知道该说什么好了,从此吓住了,再见到尤三姐,多说一句话都不敢。

这是《红楼梦》中描写得最精彩的段落之一。我们想一想,尤二姐、尤三姐来到了贾珍、贾琏、贾蓉两辈这三个男性流氓,而且是贵族之中,她们属于弱者;但是拼了一下子,弱者就变成了强者,把这仨小子全都镇住了。要是没有《红楼梦》,你在全世界都很少看到这样的场面、这样的故事。

第六十五讲　尤三姐看中了柳湘莲

《红楼梦》第六十五回,"贾二舍偷娶尤二姨,尤三姐思嫁柳二郎"。这一回主要讲二尤走向死亡。

贾琏跟尤二姐在外头找了一个住处,成了所谓二房夫妻。贾琏对尤二姐满意得不得了,整天跟尤二姐说你怎么好、你怎么漂亮;他说王熙凤,我那个夜叉,都说她长得挺好看,跟你比她根本就不配说好看,她根本就太差了,等等。

这里头当然有一个问题,就是尤三姐怎么办?上次讲到尤三姐跟他们大闹了一回,以毒攻毒,以恶胜恶。所以他们就商量说这尤三姐整天在我们这儿,她的脾气不好,不好惹,这该怎么办?于是尤二姐连同贾琏这些人就正式地、比较严肃地问了问尤三姐,你对自己的终身有些什么想法,你也不可能老是在这儿这么住着。尤三姐就说我喜欢一个人,如果他也看得上我,我愿意嫁给他,需要等一年我就等一年,需要等五年我就等五年,需要等十年我就等十年;如果说等不到,我就去佛寺当尼姑,这一辈子也不结婚了。她说得非常坚决。她说从今以后你们看着我,我吃斋念佛,做好事,我把一切毛病全都改掉,我连大声说话都不会有了,也不再说脏话,等等。从此她变了一个人,变成了淑女,变成了雅人,变成了吃斋念佛的善人,变成了具备一切优点的好人。

这里写得相当绝对,但是我们一言还难以说清楚。因为在文学作品里,在小说里,你想写一个人性格完全转变,是很不容易的,也很难让人理解。但是尤三姐做到了。在外国小说里也有这种情形,但是大多写的是男人,给人印象比较深的,一个是雨果的《悲惨世界》。《悲惨世界》的主人公冉阿让因为偷窃蹲了监狱,后来他跑出来了,在第一个接待他、帮助他的主教家里住了一晚上,第二天却偷了人家最好的餐具逃跑了,又被抓着了。警察问主教说,他是不是偷了你家的东西?主教说不是的,那些是我送给他的,他应该拿走,我本来还想多送他一点儿的。冉阿让受到了教育,从此变成了一个和天使一样的人物。雨果是个浪漫主义者,他可以用感情、用更夸张的手段来写人物。还有一个是托尔斯泰的《复活》。《复活》的主角是聂赫留朵夫公爵,暑假的时候他在姑妈家里喝了酒、吃了肉以后,跟一个婢女发生了关系。姑妈发现以后,认为这婢女是一个作风不好的坏人,就把她轰走了。这个婢女成了妓女,还陷入了一场官司,明明不是她害的人,可是非说是她害的人。聂赫留朵夫听见这个事以后,完全变了,他对自己的罪恶、对自己给别人带来的伤害,有了深刻的认识。

尤三姐是一种什么性质呢?我觉得只能解释,虽然她在少女的时代做过荒唐事,跟贾珍父子有过"聚麀之诮",但是等她越来越大了,越来越看到有些王公贵族在男女事情上的道德之低下、人格之卑劣、手段之恶劣以后,她真是不想随便跟男人接近了。但是这个时候柳湘莲进入了她的视野,为了柳湘莲,她可以重新做人,从此成为另外一个人,成为一个淑女,成为一个最好心的人,成为一个最温和的人,成为一个最坚贞的人,一句脏话都不说,一点儿脏事都不干。"非礼勿视,非礼勿行,非礼勿闻,非礼勿言",成为一个完满的、最理想的女人。这么一个故事,也是让人非常感动的。

贾琏就答应了她,说柳湘莲现在在哪里我们也不知道,我想办法给你找去。他跟宝玉关系挺好,说我也问问宝玉,让大家都想办法,找着这个人。我们想办法撮合你们的婚事,让你也能够和自己喜欢的人在一起。他给她做了保证。

这期间又加了一个插曲,让你也是哭笑不得。贾琏跟尤二姐偷偷偷摸摸在外面有了另一个家,谁来伺候他们呢?他找的是鲍二家的。鲍二家的在王熙凤生日那天和贾琏胡搞,被王熙凤知道了,对鲍二家的一顿打骂,鲍二家的就上吊死了。贾琏不得不做善后工作,安抚鲍二,给了鲍二一些银子,算是抚恤金。贾琏还对鲍二说,我要帮着你再娶一个媳妇。最后鲍二娶了谁呢?是前边更早时描写过的、跟贾琏睡过觉的、厨子多混虫的媳妇。多混虫已经死了,多混虫家的就成了寡妇。经过贾琏的撮合,把多混虫家的跟鲍二捏合在了一块,现在又安排她来伺候他和二房。

贾琏在贾府的这个家里,还有一个随从小厮兴儿。兴儿见到尤二姐,就给尤二姐介绍一些贾府的情况。《红楼梦》它并不怕重复,作者从各种不同的角度来介绍贾府。一上来有皮货商人冷子兴向贾雨村介绍;接着就是通过林黛玉的眼睛来看贾府的情况;第三是刘姥姥来到贾府,而且还逛了大观园,描写她所看到的贾府;现在是第四个,是通过兴儿向尤二姐介绍贾府,再次看贾府。这也是《红楼梦》里极有名的一段话。兴儿是贾琏的随从奴仆,是很低等的人。越是低等的人,说话就越形象,因为他们不爱分析,不爱从概念上、从定性上来说一个人。

兴儿跟尤二姐说,你要是能不见王熙凤就不见,别见她才好。他说,王熙凤的特点是"嘴甜心苦,两面三刀,上头一脸笑,脚下使绊子"。使绊子,就是伸出脚绊你摔跤。"明是一盆火,暗是一把刀,都占全了"。他就把每个人都介绍了一下,说迎春这个人好像就那样,她起不到什么作用。说探春可惜是生在赵姨娘下边的,她非常能干。他说得最精彩的,是这大观园里的两个女孩,一个林黛玉,一个薛宝钗。他说林黛玉又美又瘦又弱,说一阵风来了,真怕把林黛玉给刮跑了;薛宝钗特别温柔,像雪堆出来的,真怕一口气就把她给暖化了。曹雪芹非常善于从旁观者的角度进行写作,他通过和贾家有相当距离的人的眼睛,来看贾家、看大观园、看王熙凤、看其他人。这个家太大了,他不断地换观点、换视角来写贾府,写大观园,让你不断地对这个家族产生新的印象。

底下就写到了贾琏,因为爸爸贾赦那边有点儿事,他需要出差十五天左右。贾琏管很多事,他不可能老待在家里头。即使待在家里,他也得两头跑,有时候在二房这里不回去,他说个瞎话;有时候他还得回他和王熙凤、平儿的那个家。这回他这一出门也是赶巧了,头一天在外边住店的时候,就碰到了薛蟠和柳湘莲。柳湘莲把薛蟠臭揍一顿以后,两个人倒成了朋友。因为柳湘莲武功还算好,在薛蟠碰到强盗的时候,柳湘莲帮了他的忙,两个人之间的不愉快也过去了,变成了肝胆相照的朋友。机会难得,贾琏就向柳湘莲介绍了尤二姐、尤三姐这个事儿。他告诉柳湘莲说,我已经娶了尤二姐,但是这个事儿你先不要跟别人说。柳湘莲说,明白,我不说。但是贾琏不敢直接对柳湘莲说尤三姐看中他了。因为中国旧社会的时候,女人是不能自己看中哪个男人的。如果女人说她看中哪个男人了,这本身就说明她是个坏女人。所以只是说我们家里的一些人觉得你们俩挺合适的。

贾琏的面子大,薛蟠跟柳湘莲已化敌为友,面子也很大,薛蟠也帮着贾琏一通鼓吹,柳湘莲就答应了。贾琏和薛蟠说,只答应不行,空口无凭,得有个信物。你是个浪迹天涯的人,到时候我们上哪儿找你去。柳湘莲就把他家里的一对雌雄剑拿出来,说是祖传下来的,并把其中的一把给了薛蟠。因为薛蟠要回家了,而贾琏还要出门办事,所以剑就给了薛蟠。柳湘莲说这个就是我要娶尤三姐的一个信物。这事就这么很容易地办成了。

我们从这里看到了什么呢?看到了《红楼梦》所描写的环境里的感情婚恋已经变得千奇百怪,什么都有。贾宝玉和林黛玉的感情是诗一样的爱情,是歌曲一样的爱情,是一种共同的对人生的追求、对情的珍贵、对自己个性的保护,没有任何功利要求的爱情。贾宝玉对薛宝钗的感情是一种既含有敬意,也被薛宝钗的身体和容貌所吸引的好感。宝玉对袭人的感情,实际上是对服务的满意和对服务的要求。薛蟠的那种乱七八糟的感情，带着他的蛮横性，带着他像大爷一样耍大牌的感情，很难叫做爱情，而只是一种带有发泄、戏耍和霸气的性情的表现。贾赦、贾珍、贾蓉、贾琏这些人，确实带有一种完全是动物性的滥交的特点，是比较低下的一种表现。而且《红楼梦》里所有的男人对女性的态度，除了贾宝玉好一点儿以外，其他人都不拿女性当人，而是当做玩物，当做纵欲的对象、欺骗的对象。

这些不仅仅是男女之情的问题，不仅仅是性关系、性道德的问题，正是在这些地方，说明了贾家已经进入了没落的阶段，已经进入了灭亡的阶段，它已经走向衰落。为什么？像贾琏的这种做法，光为他的这些不道德的性关系，得多花多少钱呢？他常常要拆了东墙补西墙，不惜用各种诈骗、借贷的方法来满足自己这方面的要求。而薛蟠为这个事儿打死过人，冯渊冯公子就是被他打死的。所以他们许许多多的表现预告着、标志着贾家要灭亡了，贾家已经没有办法再持续下去了。贾家的灭亡是通过许许多多事件的侧面表现出来的。贾政只会说空话，实际上是一个废物蛋，除了嘴上正经得不得了以外，他一件正经事也没办成过，填词、作诗他不行，拟对联他也不成。贾赦不但什么都做不成，而且只有最低下的一些对生活的贪欲。贾敬是想入非非，走火入魔，最后吃丹把自己活活撑死。他们从各种不同类型的路线上，把贾家引向灭亡。

曹雪芹还说了一个情况，令人叹息。他说回想过去那些非常高级的、享受的生活的时候，同时想到自己周围的这么一批人，他对不起祖宗，对不起朝廷，辜负了天恩，辜负了祖德。相对来说，女性比他们还好一点儿，女性多少有些精彩。就像王熙凤，她会使绊子，像一把刀，还会给你挖坑，但至少她能处理好多事情，维持着贾家的运转。还有很多女孩也比他们可爱。这个也值得我们分析，我觉得中国的旧社会对女性的束缚更大，这是一件坏事，但是女性起码在男女之事上不可能像那些男人那么"拆烂污"，不可能像那些男人那样丑态毕露，不可能像那些男人一样造那么多的罪孽。相对来说，这是女性第一点比男人强的地方。第二点，就是女性不管怎么样，还得管点家里边的事，你得管吃饭的事，你得管屋里的陈设，你得管女工、服装、打扮，管各种器皿，所以相比男人，女性在生活上的内容更充实一点。第三点，男人读书读得多。书是好书，书里有很多非常美好的思想、许多美好的想法，但是长期以来，这些书和实际是脱离的。嘴里头说的是一套，书上念的是一套，实际上做的是另外一套，互相之间是不接茬的。所以在男人身上这种说一套做一套，所谓的满口仁义道德、满肚子的男盗女娼，比女性更厉害。

《红楼梦》写到这儿，在贾敬的丧事当中，这个家族里最重要的几个男性，贾珍、贾琏、贾蓉他们所表现出来的这一切，这种恶劣、堕落、卑鄙、丑态都达到了顶峰，达到了极限。表面上看是写男男女女、杂七杂八之事，但是实际上让你看到贾府没救了，贾府非灭亡不可。

第六十六讲　刚烈的尤三姐

《红楼梦》第六十六回,"情小妹耻情归地府,冷二郎一冷入空门"。这一回讲到了尤三姐之死。

上次说到,尤三姐为柳湘莲的魅力所打动,为完全做新人、做好人下了最大的功夫,期待着能够得到自己希望的一个人,从此告别所有的耻辱的、被轻视的、被玩弄的、被侮辱的生活。过了一段时间以后,柳湘莲来了,他先去找贾宝玉,说上次我在路上碰见贾琏、薛蟠他们了,他们热情地说有一个合适的人而且也是一个美女,希望我们能成婚,我不好意思拒绝,就答应了,还送了一把剑作为信物。但是我对她毫无了解,她到底是个什么人呢?贾宝玉就很简单地说了一下,说她是宁府贾珍的夫人尤氏的妹妹。柳二郎一听就愣了,立刻就做出强烈的反应,说除了门口那两个石头狮子以外,整个宁府没有一处是干净的。这说得太可怕了,弄得贾宝玉脸都红了,因为毕竟宁府是他大爷家,他能说什么呢?

柳湘莲回去以后想来想去,觉得这门亲事绝对不能成。这个女人不定有什么样的过去,讨这么一个女人在家,自己成什么人了?这里我插一句,后来王熙凤对这事的反应,是说柳某人做得对,省得当"活王八"。当然这都是旧时的说法,一些现在不能完全接受的说法,但是王熙凤也不是无缘无故才这样说的。

曹雪芹很有意思,有些事情他写得很充分,可写到尤氏姊妹,尤二姐、尤三姐当年到底和贾珍、贾蓉有过什么样的关系,是挑逗的关系，打个招呼的关系，还是其他的关系，他都不仔细说，不正面说。他只说因为他们之间有什么问题，所以柳湘莲后悔了。因为宁府是很肮脏的，劣迹斑斑，他们家的人都是不干净的。有些红学家说，这个"聚麀之诮"，首先不是指他们和尤二姐尤家，而是指秦可卿时期，贾珍和贾蓉已经是聚麀之诮了。这要多恶心就有多恶心。

第二天，柳湘莲就到了二姐和贾琏在府外的那个偷偷摸摸的家，说上次见到你们，你们给我说起亲事来。当时正在路上，我也不好意思说什么，就答应了，而且把信物也给了你们了。但是我回到家，我的母亲已经为我说了媳妇，已经把婚事定下来了。这个是我父母为我做的主，我不能自己再做主了。实在对不起，跟尤三姐的婚事不能办了，而我那信物，我的宝剑那是祖传的，就麻烦尤三姐把宝剑拿回来。贾琏也不知道该回答什么，看来他也心虚，不然柳湘莲这样处理婚姻大事，他岂有不义正词严发怒的道理？贾琏说这是怎么回事呢？你别这样。柳湘莲说，咱们别在屋里谈，出去找个地儿，我们把这个再仔细地谈一谈。贾琏和他说话的时候，尤二姐、尤三姐都在家，他们说的话尤三姐都听见了，听得明明白白的。他知道了我过去的事了，婚事没希望了。文学作品里也好，影视作品里也好，我都看到过这种故事，就是一个人或者是犯过错误，或者是做过坏事，或者是进过监狱，悔悟之后想走好的道路，希望做好人，也不容易，整个舆论、整个世界似乎并没有给你一个改恶从善、重新做人的机会。尤三姐就出来了，说我知道了，我把这个剑还给你，她拿起剑来照着自己的脖子一刺，就倒在那儿了。这里写得非常悲惨。

但是我说一个技术性的问题，这是我的一个心病，我一看到这儿我较劲。你拿着一个冷兵器，一把刀也好，一把剑也好，要自杀，绝非那么容易。我知道，拿一把刀自杀比上吊自缢要麻烦得多。脖子上好几根管，你如果刺开的是食管，绝对死不了，刺开气管也死不了。一个人要自杀，把自己气管刺断了，他的肺还能呼吸，人在这种情况下不是马上就可以死的。除非一个人受过训练，刺断了动脉，才会很快致死。甚至我还产生一个故意捣乱的思想，就是作为信物的宝剑，应该是没有开过刃的，如果说这宝剑是已经磨砺过的，吹毛断玉、削铁如泥，那应该是侠客的宝剑。好比你拿一把左轮手枪当做求爱的信物，你不可能把手枪打开，如果是那种款式很老的左轮枪里面可以放六个子弹，你把六个子弹全推进去，然后打开保险，说这个是我给你的信物，哪有这么送礼的？除非你当场要杀人，这个人可能是你的敌人，或者是你准备自杀用的，否则不太可能送一把上了膛的手枪。

我不是说这个情节虚假，也不是说尤三姐的故事曹雪芹写得不可信。作为一个写作的人，我完全明白，你写自己有实际的经验的事物，如果放开了写，那就叫生活流，大事小事哪一点都不放过，也会很有意思。两个人说正事以前先逗着玩说两句，这逗着玩的话和正事一点关系都没有，但是你写出来，也像真的，也是那么回事。你递他一碗茶水喝，他怎么接过去，他怎么喝，你这些细节写出来，非常真实，无懈可击，细致丰满，甚至过于丰满。你们看看《红楼梦》里头，写吃饭、写穿衣、写斗嘴、写嫉妒、写不愉快、写吵嘴、写弄鸟儿、写弄花、写酒令，没有不仔仔细细的。但是在尤二姐和尤三姐的婚恋的事情上，这尤三姐当然也谈不上婚恋，还没等婚恋这人都没了，怎么会写得那么简单呢？这里，作者写的是听说的故事，不是亲眼所见的、有实际体验的故事。还有一点，柳湘莲是学过武功的，尤三姐把刀拿起来，她能在万分之一秒当中把自个儿动脉割断吗？柳湘莲怎么着也能飞脚一踢，把那个剑踢出三丈以外去。她怎么可能立即就死了呢？但是我也不坚持。因为我说这个，很多红学家听了以后都笑，也不反驳我，他们觉得我说的没有多大的意义，但是我说有意义。

第一，"红楼二尤"这个故事，写的是传闻，写的是道听途说，不是亲眼所见。第二，他写的是一个戏剧性最强的故事。前面已经说过，《红楼梦》里抒情的东西多，写生活的片段多，写生活的小侧面多，所以有很多东西都编成了曲艺节目，变成了大鼓词儿，梅花大鼓、京韵大鼓、奉调大鼓，还有河南坠子等。但《红楼梦》里能选出来编成京剧的,主要是《红楼二尤》,就是因为《红楼二尤》故事的戏剧性特别强。《黛玉葬花》只是一个折子戏,带有歌舞表演的性质。我老说《黛玉葬花》是行为艺术,里头没有别的人物,也没有情节。而"红楼二尤"在《红楼梦》当中是一个变调,就像一个大歌剧里忽然出来一段味儿跟它不一样的反串,也像京戏里忽然插进几段昆曲。戏曲表演艺术里常常有这种东西,全都是这一个味儿的也不行,插入这么一段,是很不一样的。

好,咱们底下再说。

尤三姐就像剑侠一样,一两秒钟之内就结果了自己的性命。虽然在技术性上有可以质疑之处,但是确实表现了尤三姐刚烈的性格。因为尤三姐越长大,就越明白了与其耻辱地活着,与其被自己所心爱的人蔑视,不如死掉,死了就死了,没什么了不起。从这一点上来说,尤三姐还真是个人物:一个是她以恶制恶、以毒攻毒,大战贾珍、贾蓉父子,以及贾蓉的叔叔贾琏;一个是她自己提出来要嫁给柳湘莲,而且从此像变了一个人;一个是她飞速地结束了自己的生命,非常刚烈。她这一死,尤二姐家里的人还揪住柳湘莲,要让柳湘莲负责。相反贾家的人说,这事你就甭说了,他负什么责?人家也没跟尤三姐见过面,人家干什么了?人家说不结婚了,你也不能想怎么样就怎么样啊。

柳湘莲非常悲伤,他糊里糊涂地离开了贾琏的这个家。走在路上,冥冥之中,他看见尤三姐来了。尤三姐说,我是奉警幻仙子之命接你来了,你应该把一切事情都看清楚了,应该也把人生看透了。等到柳湘莲清醒过来,发现自己在一个类似道观的庙里边,庙里有一个瘸腿的道人。这道人说,你跟我走吧,柳湘莲从此遁入了空门,跟此岸的人间烟火的世界再无关系,从此失联。这是一段很有戏剧性的故事,是《红楼梦》整个故事里最能够改编成戏剧的一段。这个故事非常"红楼梦",以至于显得简单化与人工化。

这一情节还让我产生了这样的一些想法。第一,有一句名言,叫作"条条大路通罗马",在看到尤三姐手一挥就结果了自己性命的时候,我想起一个词来,就是《红楼梦》告诉我们"条条大路通灭亡"。这里说的灭亡,是个人的生命的消失,也是指整个封建主义、封建制度、封建思想的变化与崩溃。

《红楼梦》离二十世纪还有二百多年,那个时候要灭亡的劲儿已经非常明显了,灭亡之路千姿百态,灭亡之状千姿百态——条条大路。贾敬炼丹,这是灭亡之路。贾母享福,贾母是最会享福的人,那些零碎事她全都不管,她就信任王夫人、王熙凤,但是她这种享不完的福通向什么呢?通向的是家国的灭亡,是子孙的灭亡,是自己的灭亡。宝玉是性情中人,他这性情中人,通向的是什么?他的性情能够改善他们家族的哪一点命运呢?他的性情能帮助他喜欢的哪个女孩子呢?他帮助金钏了吗?他能帮助晴雯吗?他能帮助芳官吗?他能够帮助秦可卿吗?他都做不到,这也是通向灭亡。宝钗面面俱到,没有错误,她通向的也是灭亡。凤姐贪腐弄权,更是通向灭亡。条条大路通向灭亡,不是指人的自然死亡,而是指家国、社会的灭亡。这确实是《红楼梦》给人的很大的一个刺激,也使人警惕。

即使在灭亡的过程中,仍然可以有不同的选择,人的选择仍然有高低、美丑、清浊、文野的区别。有刚烈的,就像尤三姐。鸳鸯也是刚烈的,当然现在鸳鸯最刚烈的事情还没有表现出来。金钏也是刚烈的,她只不过是和贾宝玉说个笑话,挨了王夫人的几个嘴巴子,就投井自杀了。刚烈的意思就是,她认为与其受侮辱还不如死,如果真是能够坚持这样一种价值观,到底是好还是坏呢?有时候我自己也跟自己闹矛盾。要是按照庄子的说法,一个人应该完成他的天年,应该把老天爷给你的寿命完成,你不应该随便就死了。所以庄子对这些壮烈牺牲的人都是抱批评态度的。可是我们反过来又想,《红楼梦》中必然还有一些刚烈人物,晴雯也还算刚烈的,司棋也是刚烈的。为了自己的尊严,为了自己的感情,受到了冤枉,《红楼梦》里毕竟还有宁死不屈的这样一些人。

另外,你不能说由于这个社会制度快要灭亡了,因此你干什么坏事都是应该的。在社会的灭亡当中,你是糊里糊涂地跟着就灭亡了,还是尽一切可能留下你的一切清白光明的记录,然后才灭亡的?在这个灭亡的过程中,你选择干伤害别人的事情,害人害己、卑鄙下流、阴暗龌龊,烂到了根子,北京话叫"脑瓜顶上长疮,脚底下流脓";或者选择洁身自好,至少不做坏事,在力所能及的范围内做好事。你是选择第一种方式呢,还是第二种方式呢?所以即使有了一个注定会灭亡的方向,《红楼梦》仍然提供了各式各样的人生的图景。

在这种图景当中,只剩下了一帮少年少女。很少的少年就是贾宝玉一个,至于秦钟这些人,他们的境界不能和贾宝玉比。尤其是这批少女,让你感觉到人生中还有一些美好的东西。但就是这些人也无法扭转和改变这样一个封建社会、封建家族灭亡的必然性和命运,他们只不过是留下了一点记录而已。他们曾经说过非常聪明有趣的话,曾经有过非常美好的动情的场面,尤其是他们作诗词歌赋,还有点亲情的美好,等等,也算难得。在灭亡的过程中,你有自己的选择,有自己的尊严,有自己的坚持,也有你自己的"青春万岁"。因此你在某种意义上也是虽死犹荣。

礼崩乐坏、言行不一表现出了一种危险性。在秦可卿的丧事当中,秦可卿的亲弟弟在那儿表演的是和智能儿胡闹瞎混,贾宝玉表演的是抓奸。在贾敬的丧事当中,也是在铁槛寺,贾珍父子表演的是聚麀之诮,是这种乱伦的性关系。这些都太可怕了。这种很庄严的丧事变成了一个空的东西,你口中讲述的美德变成了空话,你坚持的礼仪变成了形式,你在种种大场面上的活动显得既威严又正经,但实际上和你私底下的那些行为又完全接不上茬、完全不通气儿。这个也是让人感到非常遗憾的。

所以《红楼梦》写美好的东西的时候,是真夸它;写那些不美好的东西的时候,它的揭露丝毫不打折扣,一点也不客气。但它的揭露当中仍然有某种留恋、有某种记忆,那是曹雪芹刻骨铭心的记忆。他家是织造厂的,为宫廷提供服装、为皇族提供服装,是一个非常重要的行业。他曾经过过很高级的生活,接待过乾隆皇帝,到后来家里犯了事,走向没落,直至灭亡。家里的一些奴仆是插上草标在市场上卖掉了,各种人间惨状,曹雪芹都经历过。所以他写这些坏事的时候,有一种忏悔的心情。所以说《红楼梦》既是一部小说,又是一部忏悔录。

西方很时兴这个,尤其是卢梭,老了以后回想自己一生的时候,他不光写那些美好的东西,还要写他犯的所有罪孽,他作下的所有的恶。在《红楼梦》里能够做到这样的一种忏悔,能写得这么真切、那么深入人心,这在中国的其他文学作品里是很少见的。

第六十七讲　余波与恶浪

《红楼梦》第六十七回,"见土仪颦卿思故里,闻秘事凤姐讯家童"。这一回说的是林黛玉看到南方的土产,"仪"在这里当礼物讲,她想自己的老家了。还有王熙凤知道了尤二姐的事后,审讯她家里的仆人。

上一讲讲到尤三姐自刎、柳湘莲出家,这些事传到薛家,薛蟠哭得眼睛都肿了,可是薛宝钗冷静得根本未以为意,对这个事什么反应都没有。连薛姨妈都说,你看这是怎么闹的,这个柳湘莲现在跟你哥哥很铁,他一下子出家了,你哥哥难过得不行。薛宝钗说各有各命,死也好,走也好,要死要走,我们有什么办法呢?她完全不在乎,连一个好奇的反应都没有。我看到这儿,心里头有一点儿遗憾。薛宝钗关心的是什么事呢?她哥哥出去做生意,带回来好多南方的土产。她哥哥是做生意的人,买的东西多,物流量也很大,她计划了一下,就把该送礼的全备齐并送到了。不但黛玉、湘云、迎春、探春、惜春这些人的礼送到了,袭人、晴雯这些人的礼也送到了,还有包括赵姨娘、贾环等人的礼物,她都送到了。她特别周到,她关心的是这个事。薛宝钗的这种表现、这种情况,你要从理论上说她是正确的,有人暴死,有人自杀,有人跳井,有人发财,这些是跟你很生疏的人,你琢磨他干什么?老子很早就提出一个观点,叫"静胜躁"。你的心越安静越好,比你躁动、急躁、不安好。你的心应该安静,你的头脑就正常,身体也会好。"寒胜热",你自己的情绪降降温,比你热乎乎地去做好事、坏事好。不要发烧,也不要急躁。"清静为天下正"。薛宝钗能做到这一点。

  送这么些东西,这个也有点怪,礼物就送到林黛玉这儿了。这个时候林黛玉对薛宝钗、对薛姨妈的看法非常好,把薛姨妈、薛宝钗看得就跟自己的亲妈、亲姐姐一样。这次薛宝钗给她送来了很多熟悉的东西,这不是应该很快乐吗?但是林黛玉想起自己的身世来了,她在江南苏州生活的时间很长,现在已经回不去了,没有可能再回去了。人家薛宝钗也不用回去,她有哥哥从那边带回各种好吃的、好玩的土特产。她为这个感到非常难过。"物离乡贵",土特产越离开老家就越贵重。假设我的老家在热带,而我生活在寒带,看到热带的东西,就觉得太宝贵了。但是林黛玉动辄情绪低落,动辄流眼泪,动辄哭肿眼泡,这个也有稍稍过线的地方。我想起老子的一句话:"吾所以有大患者,为吾有身,及吾无身,吾有何患?"人为什么会有忧愁?为什么会跟得了病一样?为什么动不动心情不好?因为你有自身,什么事你都往你自个儿身上想,你看到别人高兴,马上想到你没有那条件高兴。你太为难自己、太放不开了嘛。你对你自己的态度是捧在手里怕掉地上,搁在嘴里怕化了,怎么着你都舒服不了,就整天惦记自己的这点事儿,对别人倒不那么惦记。所以说,老子说的话是有一定的意义的。

  这本来是一件小事,好像没有什么意义,但是也让人想到,人在有限的生命里能够健康地、正常地生活,真不容易。太冷了觉得凉,太惦记自个儿了,又常自寻苦恼。庄子有个说法,对这姐俩也很有意义。庄子讲的是"坐忘"。你坐在那儿正正常常的,就把什么事全都忘了,没有什么可惦记的事。人生有很多该做的事,有很多让你高兴的事,也有很多让你不高兴的事,你不要跟它纠缠,你跟它纠缠,你只能找病。真正有境界、有觉悟的人,不会天天在那儿惦记各种事,该忘的就忘了,该想起来的时候你得想起来,尤其重要的是你要有"坐忘"的能力。庄子还有一个更可爱的话,叫"心斋",就是说吃斋。咱们说吃斋,很简单,不吃肉了,不吃油腻的了,不吃辛辣的东西了。和尚吃斋,我们知道他吃素不吃肉,他也不吃葱、蒜、辣椒等刺激食欲的食物,甚至被认为刺激性欲的食物,这是进食进饮的吃斋。对于林黛玉、薛宝钗来说,这不是吃斋的问题,她们不是饕餮者,不是一顿饭吃涮羊肉必须吃三斤,不是那种人。"心斋"说的是你心里头少惦记事,少想事,让心里空荡一点儿,素素净净。每天从早到晚,如果每分钟琢磨二十件事,你这一天光琢磨事就把自个儿琢磨死了。所以从林黛玉、薛宝钗对一些事情的反应上,从她们的心理状态上,也可以探讨《红楼梦》对于人们,尤其是对青年人、对女性的心理健康的启示。

这一次薛宝钗送东西还有一个绝门的事儿,是赵姨娘。因为得到薛宝钗送的礼,赵姨娘太兴奋了。我们知道她跟她儿子在贾府这一圈子里头不招人待见,她的言行举止都不合适,都不怎么样。宝玉跟黛玉、跟宝钗、跟史湘云,乃至于跟秦钟、柳湘莲、蒋玉菡,一直到跟袭人、晴雯、芳官,都能说到一块去,可是一见到贾环和赵姨娘,宝玉这样一个最没有成见的人,也烦他们娘儿俩。越被烦,赵姨娘就越生气,越生气,她说的话越是横着出来的,都是带挑拨性的,就使贾环也更生气。可是这次赵姨娘一看,人家薛宝钗对我没有歧视,没有不待见,而对贾环跟对待宝玉一样,也是当自个儿的表弟来看待的。所以赵姨娘得到这个礼物以后,"蝎蝎螫螫",坐不住了,她是高兴得坐不住,就非常想拍薛宝钗的马屁。她一想,薛姨妈是王夫人的妹妹,她借这茬既可以拍薛宝钗的马屁,又可以拍王夫人的马屁。她就像蝎子蜇了似的,蝎蝎螫螫地浑身哆嗦着去找王夫人了。她还把薛宝钗给他们的东西拿上给王夫人看,说你看看人家宝姑娘,那是什么人家出身?是什么修养?你看宝姑娘给环哥儿的礼物,人家想得这么周到,做得这么细致,人家做的事又展样又大方。展样,有气派,很疏朗、不小气,大方,从容,明朗,叫人敬服,让人尊敬。宝姑娘太好了,我过来给太太报告,让太太看看,我们环儿也得到这些礼物了,我们多高兴,让太太也喜欢喜欢。

　　王夫人一看赵姨娘说话的模样,用词也不恰当,举止也不得当,说话那口气,那蝎蝎螫螫的样子,好像离文明的程度、高贵的程度都差得远。但是,这人家说的是好话,王夫人不理她又不好,就说行行行,你把它拿走吧,你给环哥儿玩去吧。王夫人是这么对待赵姨娘的。

　　我觉得《红楼梦》写什么都很客观、很立体。但是对赵姨娘和环哥儿,一写就是出他们的洋相。赵姨娘屁颠屁颠地去给王夫人拍马屁,王夫人只是说好好好,拿走。赵姨娘回去以后,自说自话:你看我这没事跑那儿去,拍拍人家马屁,人家也不理我,我这算办了件什么事呢?她自个儿坐在那儿生了半天闷气。这就把赵姨娘又踩咕了一回,糟践了一回。我看到这一段,认为不能说赵姨娘不对。薛宝钗他们一家和王夫人有那么密切的关系,她拍你两句马屁,王夫人至少可以回答说,太好了,是的,你们好好玩去。你不应该是这种不耐烦的态度。从另一方面来说,人家贾政跟赵姨娘在那儿过得挺好,同房也是跟赵姨娘,伺候贾政的还经常是赵姨娘。反正这些地方让人看到,甭管是多么伟大的人,里里外外对待他人都会有自己的偏见。

　　底下又出了一个事儿,有个小丫鬟,这个小丫头在最外面那层门外伺候,平时是见不着主子的。她在那儿议论,说是琏二爷娶了一位新奶奶,这新奶奶人可好了,长得又俊,脾气好,比王熙凤,比原来这位奶奶脾气还好,对下人态度也好。王熙凤有一个亲信,叫来旺,这里就管他叫旺儿。旺儿听见她在那儿胡说,就对她说,不许胡说八道,什么新奶奶、旧奶奶的,叫里头的人知道了,把你们的舌头给割下来。这个话让平儿听到了,平儿回家以后,就给王熙凤汇报。平儿在各个方面都是非常优秀的,在家里也非常受欢迎,但是这个告密是平儿做的。因为在家事上,平儿坚决地站在王熙凤这边,而不替贾琏遮掩什么。虽然前面她为贾琏遮掩过一缕头发什么的,可是这次是她告的密。《红楼梦》不是直接写平儿告密,凤姐大怒,然后怎么样。

它说袭人到凤姐这儿,要说句什么话或者要拿个什么东西,远远地听见凤姐和平儿在说,这是把咱们当成什么人了,咱们快要变成院里的犯人了,现在是防咱们呢,类似的这种很愤怒的话。袭人一听,坏了,正赶上王熙凤愤怒,可是她已经进了院了,已经有人看见她了,她不回头就走。但是王熙凤和平儿在愤怒地说话的时候,她出现是不合时宜的,所以她就赶紧先大声叫一声,叫平儿,说姐姐我来了,我来办什么什么事,稍微岔开。这样通过袭人先预告给读者,王熙凤正在愤怒。当然袭人进去了,王熙凤对她很有礼貌、很客气,说了几句不相干的话,就跟闲笔一样。一部大的小说里会出现可有可无的闲笔,有了闲笔,在写作上、阅读上都能引起一种愉快。袭人还没走呢,外边又有人来报告说,旺儿已经给叫来了。袭人知道不是在这儿说闲话的时候,赶紧就走了。

旺儿进来了,凤姐就问出什么事了。旺儿怕王熙凤太愤怒,就说了个大概。他说他们在议论,二爷又娶了一个新奶奶,而这个事估计兴儿知道。这时候贾琏又到南方去办事了。王熙凤把兴儿叫来,她的厉害就显示出来了。兴儿一进门,看见王熙凤那一脸的怒气,已经魂飞天外,快吓死了。他知道出事了,就跪下了,说是奶奶有什么指示,有什么事。王熙凤说,你办的好事。兴儿说是,我陪爷有些事儿没干好。王熙凤说你现在还瞒着我,事并不是你干的,但是你瞒着我,到现在还瞒着我,打嘴。接下来的这个细节也好玩。王熙凤一说打嘴,旺儿就走过去,要打。凤姐说,谁让你打了?待会儿我让你们俩互相打。王熙凤的威风就出来了,旺儿也吓得直哆嗦。主子发怒的时候,你再有一句话说得不合适,能要你的脑袋。王熙凤说,用得着你打吗?让他自己打!兴儿就左右开弓,乒乓、乒乓,自己打了自己十几下。王熙凤说,停。真威风。然后兴儿就全招了。

这个很简单,因为你再是男权社会,贾琏再不中用,还得出去跑,出去办很多事儿。他们跟南方还有密切的关系,在外边他们还有房产、地产,有养的家畜等各种各样的东西,他整天在外头跑。当然王熙凤的控制能力是强的，所以兴儿把这一切都告诉了王熙凤，一个字也不敢隐瞒，全都说了。王熙凤问，他们现在已经结婚了？兴儿说，对，他们已经草草结了婚了。王熙凤问，他们结婚的时候宁国府有谁参加了？尤氏来了没有？就是说贾珍家的，尤大嫂来了没有？兴儿回答说，尤大嫂当天并没有来，过了两三天带着几样礼物过来过。王熙凤说，当天到底谁去了？兴儿说，当天贾蓉来了，总共没有几个人在场。王熙凤明白了，这个事和尤氏有关系，不管怎么样，尤二姐是尤氏的妹妹。第二，这个事和贾蓉有关系，王熙凤就给他们扣上一个帽子，说他并没有明媒正娶。过去婚姻虽然没有上民政局登记发结婚证，但是得明媒正娶，你得禀报各方亲友，尤其是本方的家长。这个事老太太贾母不知道，王夫人不知道，贾琏他爸爸贾赦不知道，邢夫人不知道，他周围的兄弟姊妹都不知道，因此说这是一个没有明媒正娶的、偷偷摸摸的、不合法的婚姻。

王熙凤把这个掌握了以后，心里头就已经有了主意了。兴儿吓得光磕头，把帽子抓下来，光着脑门就往砖地上咕咚咕咚碰得头如山响，嘴里还不断求奶奶饶他一命。王熙凤毫不客气地说，如果不是看到你今天见了我真有点儿害怕，按你办的这个事，我真不能饶你，真应该要了你的命。她的意思大致就是这样。然后，她又给他分析说，这个事本来你没有任何责任，是贾蓉他们在那儿办的。是尤氏支持着办的。但是你为什么不告诉我？你跟在爷身边，他办什么事你以后都得告诉我。

把这些下人都打发走了，她又跟平儿说这事要怎么样来办。平儿只能说，对，好。因为这个是平儿告的密，如果平儿不告这个密，尤二姐的死亡至少会往后推迟一点儿。这也是让人感到有所嗟叹的一件事情。不管多么好的人，既然你的利害在其中了，你的生死存亡也跟这件事发生了关系。在关键的时候，你的某种行为极有可能导致连你自己也不愿意看到的后果。在某种情况下，好人也可能起残酷的作用。做好人，不是总能做到的，做到了也不是都管用的。

第六十八讲　五路重兵团团转

《红楼梦》第六十八回,"苦尤娘赚入大观园,酸凤姐大闹宁国府"。被"赚"进来了,就是说让人做局给骗进来、逼进来了。这在河北或者天津的话中说成"攥",说你可别攥我,意思就是你可别骗我。这里的"攥"应该就是"赚"。他做了局,你进了他的局,是这个意思。

贾琏在外边办事,原来说出去十五天,实际上出去了两个多月,这两个多月的时间,大观园的主角、能够指挥整个大观园的是王熙凤。王熙凤让兴儿带着她跟平儿等一堆人,到了贾琏和尤二姐在外边置的那个小院。尤二姐一听,吓了一跳,她不能不出去见她们,也不能不表示欢迎,她还得客客气气地说,不知道姐姐今天前来,如果知道的话,我应该早早在外头站立着接您。再一看王熙凤,她穿的还是孝服,还在为贾敬守着孝。书上是这么描写的,"只见头上皆是素白银器,身上月白缎袄,青缎披风,白绫素裙。眉弯柳叶,高吊两梢;目横丹凤,神凝三角"。"身上月白缎袄",她穿着缎子做的小袄,月白色,就是白色中带一点点蓝色。"青缎披风",上身披着一件披风,用来挡风的,颜色是青的,这青是蓝是黑,说不太清楚。然后"白绫素裙",她穿着一身孝服。"眉弯柳叶,高吊两梢",她的眉毛细又弯,像柳树叶一样,眉梢往上翘起。"目横丹凤",眼睛就像丹凤眼,不是八字眼,八字眼睛是眼尾向下出溜着,而丹凤眼尾处往上翘起一点儿。"神凝三角",在脸部可以看出,她一副很凝重的表情。"俏丽若三春之桃",她就像春天的桃花一样俏丽。"俏",既有巧的意思,也有灵的意思,又巧又灵;"丽",这里当然是美丽的意思。"清洁若九秋之菊",因为她穿着一身白衣服,所以显得特别干净,简直就像天仙一样。王熙凤每次出场,简直像出席外交场合。她这次也等于开展了一次外交,见了尤二姐以后,说话之好听,文词之礼貌,态度之良善,披心沥胆,真像把尤二姐当成自己的亲姊妹一样。她说的这个话啊,如果我是尤二姐,我听完了都服了,为什么?因为她说得太完满了。

她自称奴,把尤二姐称作姐姐,其实应该是尤二姐管她叫姐姐,无论从年龄上还是从地位上都应该如此。但是王熙凤自称"有冤难诉,惟天地可表",说由于我没有儿子,所以特别支持贾琏娶二房,但是他太年轻,包括老太太,还有太太,指的是王夫人和邢夫人,都担心他。担心他整天在外边"眠花醉柳",整天在妓院、茶坊这些游乐且具有性服务的地方,怕他和一些不好的人接近,而且他年轻时在外头眠花醉柳的事太多的话,对他的身体也不好。所以我有时候管得严一点儿,不希望他动不动就到外边花天酒地,也是为了他的健康,为了保持他的正派形象。至于说你们在一块儿,我十天以前就知道了。她不能说她不知道,而是说早就知道了。我其实是最支持不过的,但是又怕二爷不高兴,所以我就不多问他。我也没有早点儿过来,我要是早点儿过来,他心里头也不知道会不会多想什么。既然他不说,就算了,我希望你们能够生活得好,所以不敢先说,也不敢更早地来看望你。现在可巧二爷远行在外,奴家亲自来拜见你,希望姐姐"下体奴心,起动大驾挪至家中"。王熙凤说我来的目的是把你接到咱们家里头去,你现在是二爷的二房,你现在跟他已经是夫妻了,你住在外边这叫什么事?

首先,这对你不好,你嫁给贾琏却不敢进贾家,多窝囊,这叫什么事。第二,这对我不好,人家就说,说她为什么不进来,因为王熙凤是母老虎,你要进来了,你就要灭在她手下。这对我的名声也不好,传出去以后都说我是坏人。第三,这对二爷的名声也不好,说二爷胡闹,偷偷摸摸地又搞了一个女人。这个女人也没有地位,也不知道她算什么,人们不承认她是贾家的一员,这证明了二爷是个坏人,是个不负责任的人、胡闹的人、不守规矩的人。王熙凤说,我知道会有些下人说我怎么横、怎么狠、怎么不好,这很简单,因为我管家,我管得严格一点,他们当然恨我,他们希望我是个傻子,是个糊涂人,他们就能胡来。不管你是不是好人,你管得越好,他就越恨你。类似的话她就给尤二姐讲了一大堆。王熙凤文化不高,是半文盲,但是她用的都是非常美好的词,里头一句粗话也没有,没有尤三姐戏弄贾珍父子时说的那种词,更不像薛蟠一张嘴就是大荤大素的词。她说得尤二姐无话可说。她说,那些下人、小人之言,您不能信,姐姐乃何等人物,您这么高级的人怎么能信那些下人胡说八道呢?上头公公婆婆有三层。她指着三层公婆,一是贾琏的父母贾赦、邢氏——邢夫人,这是公婆;二是贾政、王夫人,这也是公婆;还有贾敬这边,这也算公婆,贾母算是超级太婆婆了。她说上边管我的人多了,上边有三层公婆,中间有无数姊妹妯娌,贾府是世代名家,岂可信真?如果我是一个母老虎似的人物,我是个母夜叉似的人物,我能在贾家待得住吗?正是天地神佛不忍让我被小人们诽谤,才发生了二爷和你结婚的事。这个事正好证明我不是毒害别人的人,我不给任何人造成伤害。我是一个善良的人,古代表扬女人叫做"贤良",我是一个贤良之人,我是一个守礼法之人。三说两说,她就把尤二姐说动了。王熙凤回去以后做好了准备,给她腾出了好几间房,都弄好了,派好了奴仆、丫鬟,把尤二姐接来了。

把尤二姐接来以后,她调动了五路大军,派出了向五个方向出击的突击队员。第一路,是尤二姐原来许配的张华。张华是一个无赖,被家里赶出来了,住在赌场,专干各种坏事。她派旺儿找到张华,给张华钱并对他说,我们是贾府的人,找你办一件事,你要写状子告状,告贾琏在国孝、家孝之中,"背旨瞒亲"。因为朝廷说了,贾敬丧事的规格之一,是要停止很多娱乐活动,包括婚嫁活动,所以贾琏娶尤二姐是违背了朝廷的旨意。这个上纲堪称冲顶了,可以说是一剑封喉。而且贾琏瞒住了自己的双亲,瞒住了贾母,瞒住了王夫人,瞒住了贾政,瞒住了贾赦,瞒住了邢夫人。所以他既违背了朝廷的旨意,又没有请示家长,没跟家长报告。因此他是"背旨瞒亲,依财仗势",他有钱,他势力比你大;"强逼退亲",他是强迫你退亲的,你不愿意退,你不想退,你退不着,你凭什么退亲?"停妻再娶",明明他有大老婆,也不跟自己的大老婆说就又娶了一个,因为他毕竟不是花钱买了一个丫头、奴婢放到自个儿屋里头这么简单。说你就好好告这个状。这是一路。

第二路,旺儿出马。张华不敢告,王熙凤就骂,说这种真是赖人,有我支持他打官司,他有什么不敢告的,银子都给了他了。她派出来旺,说你找张华,让他告你,这样的话审案的时候你陪着他一块审,该说的话你就说,他也就明白了。于是又把来旺放出去。

这里提到衙门,还有一个地方提到督检,咱们现在说就是检察院、检察官。那时候虽然没有检察院、检察官这种说法,但是"检"这个字是有的,就是管这一类官司的人。他们听说张华又告了状,而且还告了贾家的奴仆旺儿,他们不敢进贾家抓人,正在为难呢,旺儿已经换好衣服,带上东西在那儿等着了。他一看衙门的人来了,就过去说你们是来抓我的吧,我在这儿等了半天了,您快点儿带着我走吧。这么一来,张华也来了精神了,有旺儿陪着他,这事又不是他要闹的,是有钱的主子这边闹的,白花花的银子正在往他这里来,这不是白给的事吗?这是天上掉馅饼。这是第二路,旺儿。

第三路是衙门。衙门这边她拿出二百两银子送去了,这个事要求衙门干什么?虚张声势。你也别来真的,你就虚张声势。这个案件受理了,贾琏不在,贾琏来了的话,要传贾琏,要传旺儿,要审旺儿,说宁国府那边还有什么问题,我们还要去调查。你就虚张声势,这个事你越说越大,说他们这是不孝,不合王法,他们没有告诉家长,我们要找贾家的大人物,要通报这方面的情况,你干这个就行。二百两银子送到了,衙门也调动起来了。

第四路是二姐,尤二姐这边也开始动作了。什么动作?王熙凤派去了一批人伺候尤二姐,实际上是收拾尤二姐去了。头两天还过得去,没过两三天就完全是另外一种态度了。尤二姐说是一看梳头油没有了,就跟伺候她的人说,没有梳头油了,是不是找奶奶要点儿梳头油,我这么一点儿梳头油用两回就没了。伺候她的人怎么说的?她说,你知道奶奶有多忙吗?奶奶每一天的正经大事也有二三十件,加上其他的事也有五六十件,你这梳头油能算回事吗?为你梳头油的事,我们敢去打搅二奶奶吗?然后又说,咱们又不是明媒正娶的,这个帽子给尤二姐扣上了。除非碰到了王熙凤这样一个亘古以来都见不着的贤良的人,这样对待你,把你都接到贾府的园子来了,你还要怎么着?如果她要是为这个事吵嚷起来,把你扔出去,让你半死不活,你也没办法,只能受着。这种话不是要尤二姐的命吗?这个服务班子的任务,与其说是服务,不如说就是收拾尤二姐。

那么最后更大的一路人马,是宁府。王熙凤到了宁府那里就又哭又闹,一把鼻涕一把眼泪,说督检衙门那边传出来了,要抓贾琏和尤二姐了,因为这个婚姻不合法,这是一个非法的行为。你们怎么会干这样的事?你们也不告诉我,我刚知道,这怎么行呢?隐瞒、背旨、背亲,又是重孝期间,你们干这样的事。她骂尤氏,说天底下再没男人了吗?男人死光了吗?非得在贾家找男人,你们尤氏到底什么想法?这尤氏平常跟凤姐说话还大模大样的,遇到这事她一句话都说不出来了。贾蓉来了以后,她更是骂了一个狗血喷头,把贾蓉骂得跪在地上给她磕头。书里是故意这么写的,她骂贾蓉的时候,态度有一些不同,一边骂贾蓉一边说,那意思是你对不起我,她自己眼睛都红了,贾蓉也哭上了。因为王熙凤跟贾蓉之间有些不雅的事情,不是一个很严肃的婶子和侄子的关系,互相之间起码是打情骂俏、胡说八道,过嘴瘾也好,过什么瘾也好,是一种不高级的关系,在当时来说也是不道德的关系。

总而言之,一个王熙凤,把整个贾家的跟这件事有关系的全部人与事推得团团转。五路重兵团团转,张华也为她服务,让他告状就告状,让他再加告一个人就再加告一个人。旺儿更给她服务,因为旺儿的情况太特殊了,怎么特殊呢?《红楼梦》前边有一个交代,王熙凤嫁过来的时候,陪她嫁过来的有四个丫鬟。这四个丫鬟,三个都死了,怎么死的也没说,甚至可以理解为都是被王熙凤整死的。因为像贾琏这种无耻之徒,他见到哪个丫鬟都有邪念,都是王熙凤所不能容忍的。其中一个丫鬟,是许配给来旺了,所以旺儿是跟她从娘家带来的一个丫鬟有婚姻关系的人。旺儿是各种非法的事情都参与,都敢干。前边还提到有一次她们正说话的时候,旺儿来了,他是替王熙凤收黑利去了。王熙凤掌握着家里的财政,给所有这些大大小小的人发月银的时候,她都晚几天发,把钱拿去放高利贷,得了黑利以后,旺儿给她取来。旺儿也是她的一个重要的亲信、大将。

另外她给了督检这边银子,让督检虚张声势,不要动真格的。督检这边乐得有这种事,因为这种事就叫吃了原告吃被告,而且吃原告很有意思,是让你闹腾,不让你玩真的,也不让你抓人、杀人,你的责任很小。为什么说吃被告呢?王熙凤在尤氏那儿一闹、一折腾,尤氏就给吓住了,就给督检、衙门这边送钱,她怕衙门真的派人把贾蓉给抓走了,或者把尤二姐给抓走了,这不要了命了吗?所以赶紧送钱。尤氏一边往衙门送钱,一边还给王熙凤送钱。她为什么要给王熙凤钱?因为王熙凤说,张华已经告状告了两次了,两个状子都写了,我给督检送了五百两银子呢。其实她送的是二百两。可尤氏一听,这个钱怎么能够再让凤姐来花呢?我们来花,马上她就变卖东西也好,干什么也好,赶紧凑够五百两银子给凤姐送去。凤姐在这场大战之中还有经济效益,花了二百两,赚进五百两。看到这儿,你就觉得王熙凤实在太厉害了。她把一切因素全调动起来,为她的利益而奔走。尤二姐已经没有活路了。

第六十九讲　完胜与后患

《红楼梦》第六十九回,"弄小巧用借剑杀人,觉大限吞生金自尽"。

王熙凤把尤氏折腾成这样了,尤氏问如果人家还老告个没完,咱们怎么办?王熙凤就出了一个主意,说咱们第一步得让尤二姐得见天日,我带上她去见贾母,见王夫人,得到她们的批准,这样她就有合法的地位了。现在她是一个不见天日的人,她算什么人呢?怎么对外说?咱们就说尤二姐这个人很好,性格好,人又漂亮,咱们都认为她可以做贾琏的二房,我这儿又没儿子,这是个很好的道理。但是现在家里的丧事刚刚完,他们是不能够圆房的,不能在一块生活,所以先把她接到咱们家里来,一年以后圆房。这就跟预购的一个期货一样,没到期,这个货就不会给你。为什么要收到她这儿?因为她们家生活困难,现在来尤氏这儿,她没地儿待,怎么办呢?她有了这么一个身份,二房的期货,就可以先在这儿待着,要不然她连这儿也没法待,也不好办。尤氏一听,这个办法还行,说就这样。

实际上咱们想一想,这招也够损的。第一,她把尤二姐置于势利的世界当中,尤二姐成为一个很低贱的人,一个在这儿连房子都找不着的人,一个接受了他们救济的"难民"。第二,一年之后尤二姐才能跟贾琏圆房,这期间贾琏就算回来了也不能随便进她那屋。你别以为你还可以和贾琏恩爱,还能发挥对贾琏的影响,没门儿。你琏二爷没与尤氏同房,到这儿来见一个女人干什么?第三,显示了王熙凤的大方，显示了王熙凤对男权社会的尊重，显示了王熙凤绝不是妒妇，不是吃醋的人，完全是一切都为了贾琏，为了他的快乐和子嗣绵延。王熙凤当了好人，却把尤二姐进一步踩到脚底下了。

　　尤二姐听了以后，反倒觉得这是好意。这里说明了一个问题，如果我们仅仅说王熙凤毒辣，尤二姐老实、听话，容易上钩，是不对的。因为尤二姐碰到了一个很大的问题，她不见天日，是被贾琏偷着娶来的，她没名分，不可能走向社会，不能会见亲属。哪怕是二房，哪怕是小老婆、是妾、是丫鬟、是伺候贾琏的，总算有个身份，而她没有。所以尤二姐对这个事也非常痛苦。她当时稀里糊涂就跟贾琏过起日子来了，这些问题他们当时连想都没想，利令智昏，色令智昏，根本就没有想到这是不合法的。现在贾琏正在守孝期，而且他已经有正室了，有正经的老婆、太太了，所以你这些都是不合适的。这些不合适都被王熙凤抓到了手里。所以王熙凤说什么，你就必须听什么。不能光说尤二姐上了当。从前边的描写来看，尤二姐跟尤三姐不一样，但是她也不是善茬。跟贾蓉开一个玩笑，她能把一嘴的槟榔全吐到贾蓉的脸上，这是什么行为？所以你也不要简单地认为尤二姐如何之温柔，如何之听话，如何之容易上当，看来不是。

　　这里描写王熙凤、尤氏陪着尤二姐去见贾母，写得也好玩。贾母就问，说这个孩子是谁，看着还挺俊的，挺好看的。王熙凤玩了这么一手，她说，您先甭管是谁，您拿这个孩子跟我比一比。贾母年岁大了，眼花了，说你走近一点，过来让我再看看，她还摸摸她的皮肤，看她的皮肤细不细、白不白、干净不干净、弹性怎么样。贾母那就跟看一个货物一样，看一条狗一样，摸摸皮儿，看看脸儿，然后告诉王熙凤说，说实话，她比你强，她赛过你了。王熙凤听了哈哈大笑，非常高兴。请注意，这都是按王熙凤的计划一步一步走的。她心里说你赛过我，赛过天仙，赛过王妃，但是你现在在我的手心里头。她的哈哈大笑说明了她的信心满满。接着她把所有的情况汇报给了贾母，贾母一听说还没有圆房，就同意说你们要认为行那就可以，一年以后再圆房吧。尤二姐开始有了合法地位了。可是与此同时,王熙凤去调动张华,又去调动督检、衙门。

她让张华说我也不要求抓人了,我也不要求你们治贾琏的罪了,也用不着治旺儿的罪了,也用不着治贾蓉的罪了。因为他们在进行了一次审讯以后,旺儿和张华这把贾蓉也供出来了。张华说我只要求一个条件,就是把尤二姐还给我,她是我的未婚妻,我们俩该办事了。督检听了这个话,说你们既然这样的话,就算是经过调解了,人家也不要求治你们罪了,也不用抓人了,你们把尤二姐还给张华。这叫什么事?这不是活活要尤家的命吗?王熙凤居然出了这么一个损招,而且还把这个事报告给贾母。贾母一听,说那也行,反正还没有圆房,她又不是咱们贾家的人,只是个期货,中间退给别人了,让给别人了,或者转移了生意的方向了,这跟咱们有什么关系?把她送回去吧。然后她再回过头来跟尤二姐一说,你说尤二姐还怎么活?王熙凤向尤二姐表示说,我替你打这个官司,咱们死活就是不去。尤氏跟贾蓉这儿更是觉得这个事丢丑丢大发了,如果这种情况下再把尤二姐送到张华那里,而且张华又是一个坏人、一个无赖,咱们脸往哪里放,咱们今后在这儿还怎么做人呢?所以贾蓉又使了一些他那边的势力,调动他那边的一些流氓、黑社会,加上贾蓉自己,就劝张华说,你现在钱也到手了,官司也赢了,你不要再坚持要尤二姐了,你真要再坚持,就得罪了贾家,那你还活得了吗?贾家找个机会要了你脑袋,那不是很轻易的事吗?你快跑,这时候你给贾家的王熙凤也出了力了,坏事也干了,干完了你还分到了钱,你如果还在本地待下去,那是非丢命不可的。

张华这种无赖完全懂这个道理,你替别人火中取栗,取完了栗,你也分到好处了,快滚蛋,继续在这儿待下去,你就必然丢命。该滚就快滚,这是黑社会的金科玉律之一。所以他就跟自己的家人说了,就趁夜逃跑了。宁府反过来给王熙凤报告,说张华本来就是诬告,在你给他钱以前,我们已经给过他钱,他已经同意了,也已经应承了,可以退婚,尤二姐才跟贾琏住到一块去的。不是我们硬逼着他退婚,从来没有这个事。说他现在已经落荒而逃,畏罪而逃。

王熙凤还没完。王熙凤越琢磨,说这个事是我的主意,张华他全都知道,告状也是我让他告的状,告旺儿也是我这边的主意。他早晚要一说出去的话,那还得了?所以她又给了旺儿一个任务,你给我追张华去,追着张华以后,你可以在当地告状,说他是诈骗犯,或者说他欺负人了,违法了。张华的劣迹非常多,他不是好东西,再不行你就请俩杀手把他给做了,你再回来。狠了她还能再狠,胜了她还要再胜,这太让人惊叹,以至于连旺儿跟她有这么亲密的关系、跟她联合做了这么多坏事的一个人,也心想,我干吗再要他一条命?旺儿也不听了,旺儿出去跑了好多天,回来编了一套瞎话,说没找着张华,有人告诉我,因为他身上有点银两,带着家里的人往外跑,走到一个比较荒凉的地方,被抢匪给抢了杀了,人已经没了。因为王熙凤不可能再派人去查,她再派人去,等于把这个事透露出去,让更多的人知道。她只好说以后要注意,听到什么消息可要注意,这个事就过去了。

尤二姐这边就麻烦了。两个多月以后,贾琏终于从南方回来了。他是给他的亲爹贾赦办事去的,办得很好,贾赦就把一个叫秋桐的丫鬟,赏给贾琏做了妾。这个秋桐属于野蛮女友型的人物,把秋桐赏给贾琏算是光明正大,这是他爸爸给他一个丫头。贾琏回来,先到了跟尤二姐在外面的那个家,一看门锁着,再一问,王熙凤把尤二姐接走了。他恨得直跺脚。可是回来一看,王熙凤不但不说什么,相反,对他态度很正常,说话也和气。贾琏这种人,你以为他对尤二姐真有感情吗?他又有了新欢秋桐,就陷入了和秋桐的男女关系中了,把尤二姐也就忘了。对他把秋桐带回来这件事,王熙凤当然也是非常愤怒的。但是她掩盖了这种愤怒,她觉得秋桐正好是她要借的一把刀,是用来杀尤二姐的,先借秋桐之刀杀掉尤二姐,再想办法收拾秋桐。她完全把家里边的这些事,当做跟敌国的斗争一样。我得借用同盟者,一定要有同盟者,她就造各种谣言,说尤二姐现在最得宠,连我都得让着,我可不敢粗声大气地说话。她三句话一说,秋桐的火气上来了,她算什么东西?谁怕她?把她交给我,我给她好看。她把各种言论,对尤二姐都是极其侮辱性的言论,都传给了尤二姐。还发生一件更小儿科的事情,尤二姐生病了,请人来给她算卦。算卦的人说,有一个属相不好的人,一个属相带有阴性的人,妨碍了尤二姐的身体健康,冲撞了尤二姐的命运。而这属相不好的人就是秋桐,秋桐属什么?属兔。兔为什么不好?我是完全不懂,但是王熙凤造成一个舆论,说尤二姐那边说要赶走属兔的人,这又把秋桐气得跳脚大骂。尤二姐在自己房间里待着,也是属于躺着挨枪,一声不吭也挨枪。秋桐视尤二姐为死敌,从早骂到晚。尤二姐各种病就都生出来了。尤二姐知道自己怀孕了,已经两个多月了,但请的大夫又恰恰是庸医,乱施虎狼药,不知道他给尤二姐用了什么药,尤二姐吃完他的药就小产了。这庸医把贾琏的孩子整流产了,可以说尤二姐已全部失败,一点希望都没有了。贾琏那儿已经被秋桐掌握,秋桐这儿被王熙凤的怒火挑拨所燃烧,王熙凤也不过来理会尤二姐,王熙凤说我也病了,我不能跟你一块儿吃饭了,不能跟你聊天了。尤二姐就越来越感觉到她在这儿是彻底走向毁灭了。

最后她是怎么死的?她是吞金而死。过去的人认为吃了金子是要死的,因为金子比重太重,会把你的肠子搞破,把你的胃搞破,当然那就更痛苦、更可怕了。但是《红楼梦》里把尤二姐的死写得让她还保留了尊严,也没有说她多么痛苦,当天晚上换好衣服,穿得整整齐齐,然后把一块生金吃了,盖上被子躺在那儿一动不动,就死了。她死后的遗体怎么处理?王熙凤先向贾母报告,说她死了,说她跟贾琏还没有圆房,不能算贾家的人,只是在咱们这儿借住一下,她死了,咱们不能管。贾母也同意了。贾琏说,咱们好赖得把尤二姐给埋了。王熙凤说埋不埋的,把她烧了吧。烧了以后把骨灰往乱坟岗子一扔就完了。贾琏说,行了,你甭管了,我来办,你给我找二百两银子。王熙凤表示没钱,她说咱们现在经济拮据,没有银子。平儿帮着找了半天找了二十两银子给了贾琏。后来平儿很为尤二姐的下场感到难过,反正最后钱给贾琏找够了。但凤姐还坚持一条,说你们并没有婚姻关系,必须等一年以后你们才能有婚姻关系,因此她不能进咱们的家庙。于是她又制造了许多麻烦,人死了,我也不能给你一个更风光一点儿或者更礼貌一点儿的待遇。当然首先是贾琏的各种行为留下了空子。但是凤姐做得非常过分。从表面上看,凤姐取得了完胜,而贾琏也好,尤二姐也好,在所谓二房婚事这样一个事件当中,他们完败,根本没有任何还手之力,没有任何讨价还价的余地。

凤姐说什么就是什么,但是后患无穷。从战役上说,她完胜;从战术上来说,她精彩、完美;从战略上来说,凤姐彻底失败了。她忽略了一个最大的问题,就是她在贾家有这么大的权,这么大的势力,当然贾母喜欢她是一个原因,但是她头一个身份,贾琏再坏,她也是他的夫人。既然是这么讲究权势、权术、斗心眼的一个人,怎么能够没有这个心眼儿呢?你把贾琏得罪得太苦了。从这件事开始,贾琏对王熙凤的态度有了一个质的改变,他已经把王熙凤视为仇人,必欲除之而后快。王熙凤聪明了半天,聪明反被聪明误,她只顾在尤二姐身上显威风,让你生就生,让你亡就亡,让你出丑就出丑,而且让你一句话都说不出来。但是她没有从长远的战略上考虑自己的处境,这是一个令人叹息的地方。

还有一个令人叹息的地方,老子有句非常有名的话,可是这句话有好多人不理解。老子说"天下皆知美之为美,斯恶已"。你知道什么是最美好的,什么是最美丽的,但伴随而来的各种坏事就出来了。自古以来,包括一些大学问家,认为老子这个话太过分了。老子无非是说,他知道他美了,那不美的人就知道自己丑了。但是这不美的人丑,并不能由美人来负责,东施效颦显示出了东施的丑陋,但她并不恶,顶多是丑陋。而东施的丑陋,西施没有责任,又不是西施给她毁了容。

但是我们从尤二姐的故事里,从红楼二尤的故事里,甚至从整个

《红楼梦》的故事里,不断看到美丽带来了欲望,带来了灾难。尤二姐美丽,所以被贾珍、贾蓉、贾琏垂涎三尺。作为一个男性,柳湘莲非常美丽,所以带来了尤三姐和柳湘莲的这样一个悲剧。甚至我还要说,王熙凤非常美丽,王熙凤的美丽使她得宠,使她在大观园有不同于常人的位置,但她的美丽被用到了最坏的地方。因此王熙凤变成了一个美女毒蛇,变成了一个吃人不吐核(hú)的狠毒的人的代表。所以"皆知美之为美,斯恶已",这句话解释起来里面的内容还真是不得了。中国人的智慧早在几千年以前已经看到了这一点,平常我们说红颜薄命,也是说美给你带来的危险。我们喜欢美不喜欢丑,但是要看到美带来的危险。我们懂得珍惜美,懂得支持美,懂得不要毁灭美,这也是很有意义的。

第七十讲　又一个春天

《红楼梦》第七十回,"林黛玉重建桃花社,史湘云偶填柳絮词"。他们还要写诗。

上次讲到红楼二尤——尤二姐和尤三姐的悲惨故事,也讲到了王熙凤的害人阴谋,让人喘不过气来。《红楼梦》的作者写到了这个时候,好像想把气氛松一松,把节奏变一变。写一部长篇小说跟写一个交响乐是一样的,交响乐紧锣密鼓叮当响,各种声音、各种变奏,让你心惊肉跳,让你喘不过气来,然后又慢悠悠停下来。这里一上来就写了林黛玉写诗,而且写得很有感情,又写到了桃花。这时应该是春天,而且是早春,因为在春天,玉兰、桃花、杏花都是开得比较早的。

贾宝玉他们过来看到了林黛玉写的关于桃花的诗,这个诗跟她的《葬花词》一样,《葬花词》出现在第二十七回。写第一个春天的时候,写得很周到,更早是从第十九回出现,"情切切良宵花解语,意绵绵静日玉生香",从贾宝玉、林黛玉两个少年的角度对春天抒发了一些感受——一些青春的遐想和苦闷。第二十三回写到了他们看《西厢记》《牡丹亭》这样一些戏曲的书,在某种意义上来说唤醒了少年人的春思和春情。现在一下子就到了第七十回,此后他就没有再正经写过什么春天。到了后四十回,写到大观园,全是一片荒芜、凄冷、败落的景象。

现在写桃花,虽然是林黛玉写的,有一种悲情,但也还有桃花的艳丽和美妙的一面。它一上来是这样说的:"桃花帘外东风软,桃花帘内晨妆懒。"外边的东风是软绵绵的,屋里头的少女当然是懒洋洋的,是这么一种气氛和感觉。这里的懒,不是简单地说一个女子不勤劳,而是包括了娇怯的拘束与人生的被动性。"帘外桃花帘内人,人与桃花隔不远",外边有桃花,屋里有人,这人的感觉和桃花好像结合在了一起。这四句很容易接受,她的话比较白,比较通俗,她的心情也挺直露。底下又使我想起来快板,快板的特点是一韵到底说下来的。还有一种比快板还通俗的,在北京的曲艺里头叫数来宝,快板前后一个韵脚,而数来宝可以换韵,说着说着韵就变了。

"桃花帘外开仍旧,帘中人比桃花瘦。花解怜人花亦愁,隔帘消息风吹透",这里的韵就改变了,前面是"远""懒""软",到了这儿变成了"旧""瘦",然后底下是"愁""透"。它的韵改变了,像高级的数来宝似的,有它通俗的一面;又有非常明显的那种从古人的词句里边得到启发的地方,它说"帘中人比桃花瘦",来自李清照的"帘卷西风,人比黄花瘦"。这也是中国在作诗、作词的传承上独特的地方,跟国外的知识产权观念在某种意义上是相反的。就是说作为一个诗人你已经出名了,已经是大诗人了,而一个年轻人写诗,用词一定要有出处,一定要有根据。古人有正经的人用过,说明你这诗词才是雅的。如果你随便上词儿,那就说明你不雅。诗是一种文学的创作,创作是可以复印的,可以通过大量印刷,让很多人得到精神的满足,以致它有一定的价值和价格。古人不是这样,古人写这个东西,更多的是一种社交活动,一种公共关系,一种自我的欣赏,一种文艺知识和风度的表现,所以没有知识产权的观念。你在这个地方就大模大样地引用李清照的词,没关系。

"凭栏人向东风泣,茜裙偷傍桃花立",这个诗的抒情主人公——这诗的作者,被称之为抒情主人公——看到桃花谢了,她就哭了。一个穿着很美丽的服装的少女,在桃花旁边站着,也像一株桃花一样可爱艳丽。"桃花桃叶乱纷纷,花绽新红叶凝碧",底下还有"胭脂鲜艳何相类,花之颜色人之泪。若将人泪比桃花,泪自长流花自媚"。这些地方她都写得很顺,但是也都没什么新鲜的。林黛玉的这首写桃花的诗很容易接受,念着觉得特别舒服,它的音韵随便,走到哪儿就顺到哪儿,但是实际上它是比较浅的,没有厚度,也没有深度。

"泪眼观花泪易干,泪干春尽花憔悴",泪眼观花,这个也是古代已有的名句,"泪眼问花花不语,乱红飞过秋千去",这里她就来了一个"泪眼观花泪易干"。"憔悴花遮憔悴人,花飞人倦易黄昏。一声杜宇春归尽",杜宇就是杜鹃的另一个名称,杜鹃叫了,春天也快完了。这点我捎带说一下,如果在北京的话,桃花开就是春天开始了,开始进入盛期了,因为之前还有迎春花、杏花等,所以不明确它是写江南还是北方。这里头有的地方还说都城,有的还提到了"京"字,她也提到了,但是跟北京这边的时令并不完全一致。

"寂寞帘栊空月痕",我们经历了红楼二尤,经历了各种的阴谋诡计,经历了尤三姐持剑自刎、柳二郎出家以后,忽然又回到了林黛玉这边来,看看她写得顺顺当当、令人同情的诗句。贾府虽恶,诗未绝也!这些诗文还是令人很舒服的。她写的是悲哀,但是林黛玉的诗又告诉我们,你诗写得好,就是说能够把你的悲哀、你的忧愁、你的抑郁审美化,你可以让它漂亮,让它优雅。从诗学上来说,这也算是诗的一个贡献。因为一个人写诗,写快乐的诗、兴奋的诗、赞扬的诗,当然很好,非常有精神,也很励志;那么你写到一些悲哀的诗,写到一些痛苦的诗,但是你把它诗情化了、审美化了,它变成了美诗,变成了美文,变成了精神与情感的升华。

也许本来你这眼泪是要一个人流的,这给你的感觉是很难讲的,是不是?如果一个人老是在你面前哭,当然你也可能对她有同情,也可能对她有怜悯,但是你也挺心烦,甚至会觉得很背兴,这都是可能的。但是当你看到一首偏于悲哀的诗时,除了对作者写的情景有所理解、有所同情、有所叹息以外,你心里可能还有两个字,叫欣赏。她写得可真好,她写得可真顺当,她写得可真有情。所以文学有时候表达了人的悲哀,表达了人的忧郁,有时候又在某种程度上安慰了你的忧郁,宣泄着你的忧郁,或者装点了你的忧郁。你说忧郁有什么好看的?哭不一定好看,生气不一定好看,一副倒霉的样子也并不好看,但是如果你写得好,它居然成了一种装点。在忧郁当中你也是个美人,在忧郁当中你也是个才子,在忧郁当中也有你的文化、你的雅致,也有你的风度。

所以《红楼梦》里头不断地出现一些诗词,有时改变节奏与韵脚,又让你产生一种欣赏的感觉。大家就觉得黛玉这诗写得特别好,这些姐妹,还有贾宝玉都建议说,原来我们有个海棠社,好久没活动了,干脆拿你这首诗做题目,改名叫桃花社。这海棠社就叫桃花社了。

这中间还有一个插曲也很可爱。贾政在外边做官,已经有几年没有回来了,这时贾家收到了贾政的信,信上说他最近要出差到都城这边来,他要来看望贾母,看望家里的人。全家当然都很高兴,但是贾宝玉很紧张,因为贾政临走的时候给他留下了作业,说要读什么书,都是"四书""五经"等正正经经的书。他就赶快再拿来看看,然后他爸爸就回来了,问他两句,他也能答得上来,也就应付过去了。贾政还让他写字,写大字、写小楷,而且任务非常重,每天有数量上的要求。贾宝玉一听贾政要回来,第二天就开始写字。贾母没看见他,就问其他人说宝玉怎么没来,是不是病了?在旁边伺候她的人就说没病没病,是他爸爸要回来了,他要写字。贾母就说写字好、写字好,我这儿他以后不用来了。回过头来她又说,可别因为写字累着。贾母、王夫人对宝玉既希望他听他爸爸的话,写字、看书、读书什么的,又骄纵着他。所有的姐姐妹妹都来支援他,说没关系,尤其是写小字,我们写,写出来跟你写的一样,别人也看不出来。所以这贾家掀起了一个写毛笔字的高潮。宝玉在家庭作业上作弊,大家一致都来支持他,这是好事还是坏事?从贾政的要求来说,如果知道这么厚一摞贾宝玉写的文字、书法,其中一多半都是姊妹们给他支援的,贾政也得扇他嘴巴子。

　　然后诗性慢慢发酵起来了,就像节气,时间往前走,气候在发生变化,桃花开过后,柳絮出来了。要是在北京的话,从桃花开到到处飘柳絮,得二十天、个把月的样子。柳絮一出来,曹雪芹又想填词了,填一些小令,很短的那种词。史湘云写柳絮,她用的词牌是《如梦令》。"岂是绣绒残吐?卷起半帘香雾"。她也是故意把柳絮的飘飘扬扬和少女的那种可爱、芬芳联系起来。"纤手自拈来,空使鹃啼燕妒",随便把柳絮拿来看看,也挺好看。一只燕子都会嫉妒柳絮飘飞,因为柳絮飘起来也是如此之美丽。"且住,且住!莫使春光别去",等一等吧,春光不要随着柳絮就这么飘走了吧。探春写的是《南柯子》,写了一半,写不下去了。宝玉本来写不出来,看了探春的那一半,他倒想起写了一半。"落去君休惜",说柳絮慢慢落到地上了,你不用觉得可惜;"飞来我自知",柳絮飞过来了,也没有什么目的,是它自己的事情。"莺愁蝶倦晚芳时",春天快过去的时候;"纵是明春再见隔年期",虽然明年春天我们就能再见,但是又得等一年了,这也仍然是对时光的感叹。他最后这几句话写得还是有点意思的。"纵是明春再见隔年期",因为时间是存在的,逝者如斯夫,不舍昼夜,明年还见得着,然而已经是明年了,后年还能再见,然而又是过了两年,十年后还会再见。呜呼哀哉,十年都过去了,原来你十五,十年以后就二十五了,再过两个十年,你四十五了,是吧?

　　这里相对比较轻松地写了对人生变化的感叹,写了对无常人生的某种叹息。某种伤感流露出来了,但是又不沉溺在伤感里边,好像一下子就过去了。贾宝玉写的是半首词,半首词也有半首词的可爱。然后宝琴写的是《西江月》,《西江月》是比较适宜作叹息题材的词牌,就像《三国演义》一开头的那几首《西江月》一样。"汉苑零星有限,隋堤点缀无穷",她一下子扯到了汉朝,由汉扯到了隋朝。"三春事业付东风,明月梅花一梦",这样有东风的三春,那就是初春吧,或者是早春、仲春、孟春,一切的一切由东风一吹,也就告别了,三春也就过去了。剩下的这些花都开过以后,是明月下边的梅花,像做梦一样。"几处落红庭苑,谁家香雪帘栊,江南江北一般同,偏是离人恨重",她写的气象是不错的,还让你感觉这跟她也许有一点关系,但是你又找不着这个关系。这可能跟宝琴的旅行经历多有关系。她到过很多地方,见过外国人,所以她写起词来显得比其他人心胸开阔一点。

到了林黛玉写的,就又带上那悲伤的劲儿了。"粉堕百花洲,香残燕子楼。一团团、逐队成球",好像柳絮吧,一团一团地聚在那儿,你放不开我、我放不开你。"漂泊亦如人命薄,空缱绻,说风流。草木也知愁,韶华竟白头",柳絮的颜色是白的,说它这么年轻已经白头了。"叹今生谁拾谁收?"是谁把它放出来的?谁会收容它?"嫁与东风春不管,凭尔去,忍淹留",它和东风是一家子,但是春天也不管它,随便你爱飞到哪儿去就飞到哪儿去吧。你要有耐性,你要留得住,就留一会儿吧。这还是林黛玉的特色。

难得一个柳絮,史湘云有史湘云的味儿,贾宝玉有贾宝玉的味儿,探春有探春的味儿,宝琴有宝琴的味儿,到了林黛玉又是这个味儿了。这里头真正写柳絮写得好的是薛宝钗,薛宝钗说她要反过来作。"白云堂前春解舞,东风卷得均匀。蜂团蝶阵乱纷纷。几曾随逝水?岂必委芳尘?万缕千丝终不改,任他随聚随分。韶华休笑本无根。好风凭借力,送我上青云"。柳絮是很轻的东西,是随风飘的东西,很难给你一种很正面的、励志的东西,但是薛宝钗她能做到。首先,她说是在白玉之堂前边随着风在那儿跳舞。"东风卷得均匀",在东风之下,它得到的待遇是公正的,它不特多也不特少,该过来就过来,该过去就过去。它没有叹息,没有牢骚,没有不平,均匀,也就没有不平了。也并不会马上随着水就流走,也不会很快就变成尘土落在地上,无非就是听其自然,可以聚,也可以分,而且赶上一阵好风,我青云直上,再掉下来就掉下来了,那还能怎么办,也不可能老在天上飘着。

薛宝钗写的确实是最好的,李纨这些人也都说宝钗写得好。过去我们看《红楼梦》的时候,就把人分成两派,贾宝玉、林黛玉、晴雯等这些人是反封建的;而薛宝钗、探春、王熙凤、王夫人等都是维护封建的。所以对薛宝钗这种不表达忧愁、悲哀绝望,还要表达青云直上,有很多专家持否定的态度。我觉得就诗论诗,她写得是不错的。曹雪芹是懂诗的,但是曹雪芹毕竟讲诗韵、诗律、诗语,诗的传统比较多;讲诗心、诗情、诗魂、诗境——诗境就是诗的意境,意是你主观的情况,境是你所写诗的语境——还是太少。所以,曹雪芹替这些少男少女写的诗让人欣赏,也让人珍惜,但是它们缺少深度,也缺少真正的创造性。

第七十一讲　凤姐开始受挫

《红楼梦》第七十一回,"嫌隙人有心生嫌隙,鸳鸯女无意遇鸳鸯"。这一讲围绕给凤姐制造的尴尬加与凤姐的嫌隙主题来讲。

这个嫌隙制造者说的是邢夫人。此前我们讲到邢夫人出面,替贾赦讨鸳鸯为妾的时候,标题是说"尴尬人难免尴尬事"。这次又说她是嫌隙人,这个邢夫人,曹雪芹对她的命名也够你喝一壶的。第一她是个尴尬人,做什么事弄得自己尴尬,别人也尴尬,不成样子,让大家都不舒服。第二她又是一个嫌隙,嫌隙是什么呢？她记仇,她给你找毛病,她老找各种机会跟你闹事,要跟你玩点儿阴的,说点儿难听的话,所以她既尴尬又嫌隙。遇鸳鸯是后边的事情。

八月初三到了贾母八旬大寿,八十大寿的时候亲友全来,客人非常多。包括北静王府的妃子这一级别的——因为贾母毕竟不是荣国公本身,她是荣国公的第二代的家属了,当然她是太夫人了——(妃子们)来了,南安王的老太妃也来了,一边安,一边静。来的人非常之多,规模非常之大,筵席已经排设不开。她的寿庆从阴历七月二十八到八月初五日,天天有宴会,七月二十八、二十九,当然阴历有二十九就完了的时候,好,即使没有三十,总共也是一周的时间。举办了一星期的宴会,我的妈呀,够可以的了。贾元春回来省亲的时候,不过就是庆祝了几个小时。这一回不但来的人多,而且光宴会就举行了一周,这也够厉害的了。

而且荣宁两府分开。官客,指的是男人,官客一律上宁府;堂客,女性呢,全到荣府。现在我们国家有些少数民族,有些兄弟民族,在遇到红白喜事的时候,男女还是分开的。我在新疆待过,男女分屋坐,不能在一起,有时候请吃饭也分开坐,当然现在比过去好多了,男女也有一块的时候。宴会规模一大呢,人就比较多,来来往往的。人虽然很多,但是作者并没有仔细写,为什么没有仔细写呢?用咱们现在的词,叫形式主义。你说贾母举办寿宴,其中是不是有啥特殊目的或者特殊情况呢?都没有,没啥情况,也没啥目标;就是单纯请客,吃一个礼拜的流水席。搞得很大,又不是要托谁办点什么事儿,所以它没有多少内容。没有内容,规模还很大,中间就会出一些鸡毛蒜皮无聊的事情,就会出一些让你扫兴的事情。越是没有内容的大活动,越会生嫌隙、生尴尬、生忧愁,还有人挑毛病,旧社会叫"挑礼儿",就是挑剔主办方哪些方面礼节不周全,没事找事。

　　这回说的是这么一个事,一个很小的事,就是尤氏,"红楼二尤"的姐姐,贾珍的夫人,她是宁府的,宁府那边招待的是官客,她要协助、要代表贾母招待堂客,就要到荣府这边来。那时候没有电,府里到处点着花灯什么的,到处都是灯烛。灯烛太多的话,第一浪费,第二有引起火灾的危险。因为王熙凤身体不好,她得空还得歇一歇,所以尤氏常常看不到她。尤氏呢,从她的年龄来说,从她在两个府的地位来说,她应该也完全可以关心荣府这边的事。有一次客人走得差不多了,尤氏就吩咐小丫头说你找几个婆子,让她们去把那几个院子里的那些大丫头叫来,我要吩咐几句话,告诉她们没有客人了就赶快熄了灯,把该吹灭了的该吹灭,一来节约,二来还可以避免发生火灾的危险。因为这荣府大观园这边有怡红院、蘅芜苑、稻香村等好几个院子,还有一大堆人。尤氏想得也算周到,就这么个事。偏偏那里有两个婆子吃多酒了,你想想既然大宴宾客,客人吃了,她们也有得吃,酒吃多了呢犯懒,在那儿坐着不想动。小丫头回来复命说,想找几个正经办事的人都找不着。尤氏一听就生气了,说怎么会没人?就出去瞧了一眼,那里不是有俩婆子吗,她就跟小丫头说,你就跟她们说去。这小丫头就过去了,跟俩婆子说你们上各院去找一下大丫头们,我们奶奶要跟她们说个话,这俩婆子一看是个小丫头,就问,你们奶奶是谁?小丫头说是东府的奶奶。那婆子们就有点不服气,说东府的奶奶支使我们干吗?各府有各府的奶奶,各府有各府的人,你指挥你们的人去嘛。她们的态度极其恶劣,说话也极其难听,这搁平常是不会有的。回去以后呢,偏偏小丫头又照实跟尤氏说了。小丫头不懂事,按道理来说,即使有什么不愉快,在贾母八十大寿的这么一个快乐的时期,你说这些无聊的事情干什么呢?尤氏当然就很不满意,就说这个事得跟她们谁说说,荣国府的这些用人怎么都这种态度,要真出了事还得了,我得跟凤姐说说这事。尤氏说了这么一大堆,三说两说被周瑞家的听见了,而周瑞家的呢,是陪着王夫人从王夫人娘家跟来的,除了平儿这个最得力的助手,她算是凤姐身边排第二位的得力助手。前面说过给各个院子的小姐送宫花,还有什么接待刘姥姥,都是周瑞家的协助操办的。周瑞家的一听就非常愤怒,说有这样的事,我现在就告诉奶奶去,把这两个婆子捆起来。她就跑去跟凤姐说,说着说着中间还挑着气。周瑞家的恰恰跟那两个老婆子也有嫌隙,得罪过周瑞家的,所以这次周瑞家的抓住这个辫子,跟凤姐说了。凤姐说这事好办,今天就先这样过去,等明天把这俩家伙捆起来,送到东府去。因为她们得罪的是尤氏,你不能这样随便处理她们,你处理重了不一定合适,处理轻了,尤氏那边挑眼。所以她说,你把她们送到尤氏那里去,尤氏如果说这事没什么了不起,说两个人两句就放回来,咱们也就不用管了,也就不用再往大了闹了。如果尤氏大怒,那么要打就打嘛,打她们一顿。就这样办。

  王熙凤说的是第二天把俩婆子捆起来,但是周瑞家的回去以后,立刻下令把她俩捆了起来。因为二奶奶发话了,而她对这两个人本来就讨厌,所以立即捆了她们,还让人告知了林之孝家的。《红楼梦》里头没有正面写,林之孝家的似乎是对周瑞家的,乃至对王熙凤为首的荣国府的管理的主流派,有些不尿。虽然专家们都说林之孝

497

家的是很低调的,不闹什么事,讲求平安无事的这么一个人,可她也不是没有找过事。有一件事上显示出来,她跟周瑞家的、跟王熙凤这边不见得是一致的。林之孝家的是谁呢?是那个发现了柳五儿去给芳官送茯苓霜的。发现之后,她马上就搜查厨房,搜查柳五儿她妈柳嫂子,而且立刻就撤销了柳嫂子职务,换成秦显家的了,柳五儿是拘留了一晚上,给整得够呛。后来由于这情况,平儿显然对她林之孝家的有厌恶情绪,起码说是情绪吧。相对那边,平儿对柳嫂子和柳五儿没有什么反感,甚至可能还有点好感。

但是林之孝家的是另外一路,她看到俩婆子被捆了,明白这是怎么回事。周瑞家的当然告诉她说,这是二奶奶凤姐的意思。这俩老婆子的女儿是俩小孩,一看妈妈被捆起来了,就哭哭啼啼的,去找林之孝家的,林之孝家的就说这是二奶奶发的话,跟我没关系。俩小孩就在那儿没完没了地缠着林之孝家的给出出主意,看该怎么办。林之孝家的就给她们出了一个主意,说你去找夏婆子去吧。这夏婆子咱们前边也提到过,有时候跟一帮小丫头闹矛盾,尤其是跟芳官。她当过藕官的干妈,对芳官非常不满意,也对贾宝玉不满意,是这么一个人。夏婆子是哪边的婆子?是给邢夫人服务的婆子,所以夏婆子听到这个以后,也很高兴找到了这么一个麻烦。在这个事件上,她可以骂一骂王熙凤、周瑞家的这边的这一套,甚至一直骂到宝玉的怡红院,对整个这边的系统可以有所不满,因为她是经常跟随邢夫人的,受尴尬人物、嫌隙人物的影响,而且她本身也属于又尴尬又嫌隙的类型,但是她不是夫人,而只是个婆子。

邢夫人听到这个,本来她就一直憋着气,从那次要讨鸳鸯做妾碰了钉子以后,就一直痛恨王熙凤,所以说王熙凤虽然采取了滴水不漏、无懈可击的防护措施,仍然因为这件事使邢夫人十分不愉快。而且邢夫人是她的婆婆,有这么一个关系,就非常难办。所以邢夫人又憋了一天,到了第二天晚上,她当着很多人的面告诉王熙凤说,今天是老太太的八十大寿,我们给老太太做寿,就怕老太太不高兴,只求老太太平安、快乐、健康、开心,你怎么在这时候把俩婆子捆起来了,你这样做合适吗?这俩婆子都是管家奶奶,而且她们不是干粗活的,是管理人员。时常她们和我们说话,都表现得很好,我们对她们的印象都挺好,跟我们关系也都很好,不知这两个老婆子到底犯了什么罪,论理我也不该替她们求情,但是我想想老太太的好日子,这个时候我们应该舍钱舍米,该做好事让大家都高兴。怎么着咱们也应该周贫济老,扶持帮助那些穷苦的人、岁数大的人,结果咱们家倒先折磨起老太太来了,你不看我的脸,你也还看老太太的脸嘛,就放了她们吧。说完了以后,邢夫人回头就走,不等王熙凤有任何的说明或者解释,这样弄了王熙凤一个大红脸。

你说她是嫌隙人,她是尴尬人,但是她抓着了机会,就给王熙凤扣了一顶大帽子,这个大帽子就是老太太的生日。我们应该谁也别得罪,我们应该施舍,我们应该恩赐,我们应该大方,尤其对穷人和老人我们应该拿出最好的态度,结果这个时候你还捆了俩老婆子,而且俩老婆子是管家,又不是什么坏人,有多大的错也用不着捆起来嘛。把王熙凤弄了一个脸红,撅在那儿,简直就是气得不行。

《红楼梦》到了第七十一回了,前边七十回,《红楼梦》里边王熙凤是个什么人?百战百胜。就是开玩笑也没关系,说笑话也没关系,说粗话也没有关系,老太太在哪儿她都能瞎逗,都能调侃,都能逗着玩儿。她碰到所谓敌人,也是百战百胜,什么鲍二家的、尤二姐,她是说出手就出手,她想让谁笑谁就笑,想让谁哭谁就哭,从来没有占下风。今天忽然因为这么一个破事儿,让她婆婆当众说了几句,这几句话还挺难听的,好像她婆婆求她一样,说你看不上我,我不应该来讨情,我是来求情的,你哪怕看不上我,但是你得看着老太太的面子,看在度寿日、过八十大寿的老太太的面子上,你把她们放了,您开开恩行不行?这太损了,这把王熙凤置于何地?这个事发生在红楼二尤的事件以后,并不偶然,虽然两者没有直接关系,红楼二尤的事件和贾赦、和邢夫人、和荣国府这儿的其他人,包括和所有这些青年人没有任何关系。但是这个时候它发生了。从《红楼梦》这个书来说,这就是王熙凤的所谓"水满则溢,日中而斜"。太阳到了最正地儿的最高处,就该往下走了;水装得太满了,就溢出来了。虽然是这么一件小事,实际上是王熙凤的得罪人、招人恨的一面的暴露,也是很有意义的。

另外,这一件小事还说明一个有意思的状况,两个贾府里头,各种大矛盾、小矛盾不断,互相之间成为死敌的也有,互相之间看笑话的也有。上边的不一致影响下边;反过来,下边的不一致也影响上边,任何事情都是交互的,都不是单向的。本来这件事不能算大,最早是尤氏不满,那尤氏还没有特别表现出来,由尤氏不满变成了周瑞家的不满。其实王熙凤只是应付,没把这当回事。结果现在杀出来的是邢夫人。

这一章里头还写到一个什么事,就是"鸳鸯人无心遇鸳鸯"。老太太正值八十大寿,鸳鸯办这事儿、办那事儿,正是最忙碌的时候,正是舞台的中心人物。这天也比较晚了,她离开大观园要回老太太那边去。她快走到门口的时候,想解个手。大观园当然不会有抽水马桶,不会有各种各样的设备。她就找一个旮旯,一块石头后边,她认为那个时候不会有人,在那儿解个手后就回家。她走到石头后边时,突然看到两个人影,那两个人影就往后退,她并不知道是谁,就想着吓唬一下他们。她心想,我自个儿一个人,我得先出声,我要不先出声,回头她们看见我了,她出个怪声能把我吓死。她可能觉得那个地点也不会有别的什么人,她就随便喊,司棋,你跑什么?别瞎跑,瞎跑我可喊了,别吓人。但是她没有想到那真是司棋,司棋跟她的表哥在幽会。结果司棋出来了以后就给鸳鸯跪下了,就光剩下磕头了,说姐姐饶了我,姐姐救我吧,姐姐只要不说出去,就是我的救命恩人,我这一辈子就都要报你的恩。而鸳鸯她怎么会想过这样的事情?这把鸳鸯也搞得非常狼狈。

第七十二讲　王熙凤的病

《红楼梦》第七十二回,"王熙凤恃强羞说病,来旺妇倚势霸成亲"。这一讲说说猫腻与危机。

在讲七十二回的内容之前,我们要稍微回顾一下前边所说的事情。前面讲到司棋就告诉鸳鸯,是她和表哥幽会,他们从小在一块儿,互相印象特别好,就相恋了,现在他们都长大了,他们确实是想在这儿有所亲热,但是被鸳鸯发现了。如果鸳鸯把这个事说出去,司棋只能是死路一条。如果鸳鸯不说,那么鸳鸯就是司棋的再生父母。鸳鸯表示好好好,我不会跟任何人说的,但是司棋仍然吓得不得了,吓出病来了,简直就跟得了重病一样。与此同时,她听说她那个表哥吓跑了,怕贾府人抓他,司棋恨得不行。为了和表哥幽会,她把自己的名节、自己的未来、自己的人生全都不顾了,只是为了和情哥哥在一起一会儿,他什么事都没有,比她安全得多,反而跑掉了,她竟然爱上了这么一个人。

因为司棋幽会事后发生了一些情况,后来鸳鸯还找机会专门跟司棋解释,说已经这么多天过去了,我没有跟任何人说,我现在明确告诉你,给你起一个誓,我要是跟任何一个人说这件事,我当场就死。当然司棋对她千恩万谢,古人对誓言还是相信的,因为这个事鸳鸯真急了。然后她告诉司棋,以后你注意点儿,别弄这些事了,再被人发现了,你怎么办?那个意思是你得不偿失。然后底下是非常大的一段,都是谈贾府的经济问题的。

鸳鸯听说王熙凤病了,来看望她,但是王熙凤睡着了,没看成。她就问平儿王熙凤这个病怎么样。平儿说,她这个病够呛,相当严重,又说问题是她不许人问候她的病,我一问她的病,她就跟我急。她就说,你在诅咒我,你说我有病,我有什么病?我没病,没什么了不起!她各种事还都管着,特别要强,今天忙到这儿,明天忙到那儿,也不得休息,病得不到调养。实际上她的病是妇女病,而且很严重。还说了一些当时对妇女病的说法,鸳鸯一听,说这是血山崩,底下内容就不必多说了。

然后贾琏就说,鸳鸯你来了太好了,我正急着去找你,咱们家里头已经揭不开锅了,钱已经没有办法周转了。想来想去只有一个办法,就是请你帮忙,把老太太在箱子里搁了多少年的那些金器、银器,给我弄一箱,我把它当了,换个几千两银子先应付一下,等半个月之后就能把它们赎回来。他说这话的时候,鸳鸯没有说不行,但是也没说行,她有点不敢做主。这也是很有意思的一件事。贾母高高在上,鸳鸯只是一个婢女、一个奴才,但是贾母对她非常信任。鸳鸯既然受到了贾母信任,她必须忠于贾母,她当然忠于贾母。但是她也知道贾母毕竟八十岁了,除了吃喝玩乐,听大家说吉利、开心的奉承话,她对家事已经不起作用了。现在家事的权力掌握在王熙凤手里头,是在贾琏和王熙凤夫妇这边,其他的那些小孩,那些作诗喝酒行酒令的小孩没有一个人关心家事怎么样。鸳鸯必须和贾琏王熙凤夫妇、和平儿密切合作,才能使她的主子贾母获得最大利益。就算王熙凤这边有些猫腻,她也不可以与凤姐较劲,她心中是有数的。她也知道,虽然贾琏、王熙凤他们有很多猫腻,但是他们忠于老太太,也没有疑问,因为光凭他们,在家里站不住,也起不了作用,也管不了事,也推动不了任何一个环节向前发展。所以鸳鸯必须和他们合作,即使他们提出了偷老太太的东西去当,鸳鸯也不能否定,因为这是不得已而为之。这个世界上令人矛盾的事太多了,你要把老太太伺候好了,就得让老太太高兴,你要让老太太高兴,就不能说真话。你说真话,说咱们家钱不够用了,咱们欠着好多账,咱们在元妃省亲时已经把钱花光了,咱们现在还欠着别人多少,这两天咱们就分文莫名了,只有拿您的东西去当。这个话要说出来,老太太得多生气,这是不孝。可是你不说,这个钱你拿不出来的话,就不知道第二天、第三天会出什么事,或者连续会出什么事。如果坚持十五天的话,咱们家可能会垮台,所以贾琏、凤姐又不能来真的,为了尽孝,必须玩假的。玩假的,那就必须偷老太太的东西。当然她也有把握,还有另一笔钱,半个月或者二十天以后,她可以把那个钱再拿来,只能用这种拆东墙补西墙、寅吃卯粮的这种方法。

  王熙凤听见他们的对话,就从床上起来了。我顺便说一下,《红楼梦》好像不太注意隔音的事儿,每个人在家里说的带私密性质的话都被别人听见了。或者是贾家的人听力特别好,或者是在古代门窗的隔音性能差,反正王熙凤都听见了。然后王熙凤就出来了,这个时候鸳鸯已经回去了。贾琏一见她,说你起来了太好了,王熙凤就问贾琏,他就把这事说了。听完以后王熙凤,鸳鸯答应了没有?贾琏说她没说答应,也没说不答应,我估计这个事你要过去跟鸳鸯再说两句,这事就办成了。因为你的话对于鸳鸯来说比我说的重要。王熙凤一听他这样说,就先哭穷说,我这儿更没有钱了。我不但没有钱了,而且我已经告诉来旺,原来我放出去的账全部收回,我以后一分钱也不放出去了,因为放账那名声传出去了不好听。我不放账,咱们家的经济就更困难,咱们家的开支就更不够。你们以为我放账是为了我个人吗?不是,我是为了咱们家,通过放账多少进一点儿利息,进点儿利息以后咱们这还能多顶一点儿用。比如说一千两银子放了账以后变成一千零五两银子了,这样的话一千零五两银子花着还能稍微好一点儿,否则那五两银子没地儿找去,可是现在在这方面说我坏话的人越来越多。这是王熙凤跟她丈夫诉说的这个情况,作者并没有详细地正面展开写。

  王熙凤的意思是,要是总听到这些坏话,我也不管了,坐吃山空就山空,饿死就饿死,爱怎么着怎么着。我把钱全部要回来,我一分钱不放,我不得利,这还有什么可说的?贾琏就说,你成心这么说就是了,我还不知道,你要真正想给我找点儿钱,找个几百两对你来说还算个事啊?王熙凤说,反正我也得找鸳鸯,只能用你那个办法偷老太太的东西去当了。但是你给我什么好处呢?这夫妻俩在家里头进行上金融谈判了,让王熙凤白替贾琏说话是不可能的。正在这个时候平儿过来了,她得站在王熙凤这边,说正好奶奶咱们这前几天那个事,不是还缺二百两银子吗,就请二爷先给咱们二百两,你再过去把老太太的几千两弄过来,不就完了吗?贾琏就说,你们可真够狠的,我一分钱还没拿到,倒先跟我要二百两利息来。他们就争论起来。贾琏就说,你们也太狠点儿了吧,我真是就缺个三千、五千两,从你这儿拿,也是难不倒你们的。我没跟你们借过就是了。王熙凤听到这儿又说了一些狠话,说我有三千五千的,也不是赚你的,王家的地缝子扫一扫,就够你们过一辈子了。你说什么我们狠,你说那些话不臊得慌吗?你现在过来,把太太和我的嫁妆拿出来比较比较,你就明白什么意思了。现在王家那个王子腾,她当大官的哥哥,家里的经济情况比贾府好得多,就连嫁妆,王熙凤嫁给贾琏的时候,带来的嫁妆都是高级物品,都是非常值钱的东西。她说的太太指的应该是邢夫人,而不是王夫人。王夫人跟她是从一个系统出来的,都是姓王的;王夫人是她姑,所以她说的太太的嫁妆是指邢夫人的嫁妆,邢夫人不灵,娘家不阔气,虽然她娘家不阔气,但是她现在是太太。王熙凤借这个机会又发泄了对邢夫人的不满,让人看到这里,心里头也是叹息。

中国传统文化上讲了那么多仁义道德、谦虚谨慎,还有忠孝仁爱,说了很多好的话,可是他们在家里头居然进行起商业谈判、借贷谈判,还说什么收回扣,耍各种手段,一个家混成这样也是太让人无语。贾琏只能说好好好、是是是。因为第一,王熙凤不帮他的忙,他无法从老太太那儿偷过来箱子,当不了钱。第二,他弄了这么多钱,你们以为贾琏都是为了整个贾府花吗?他自己在里头还有多少猫腻,打多少折扣,还干点什么卑鄙下流、贪污腐化、奢侈浪费的事情,谁知道?第三,王熙凤说的这话是有根据的,不是假的,混来混去,四大家族,史、王、薛、贾,现在王家,应该也包括薛家,薛宝钗的妈妈和她的哥哥那边,他们两家银钱开支、储备的状况,都优于贾府,所以不管多窝囊,贾琏一切仍然得听王熙凤的摆布,一定还得让王熙凤帮着他说话,才能通过鸳鸯采取移花接木的方法,来搞这么一个猫腻。

这些完了以后,贾琏又查了一件事情,说咱们这原来有一个蜡油冻的佛手,是一个工艺品,贾琏说账单在咱们家的货物单子上,我看到是一户人家送的,那这佛手哪儿去了?平儿说就在楼上的仓库里头,说原来是谁给老太太的,后来老太太又派人给了奶奶了,奶奶放在咱屋里头,怕你乱动,不知道你拿去以后又给谁,所以她就把它放在仓库了。这类事在书里头已经不是第一次出现了,因为前边有过王夫人找王熙凤查月钱,说怎么好多人说月钱到了日子得不到。当然王熙凤就如数家珍地讲了一番,另外又有几次,连袭人都有几次想过来问月钱发得晚的问题,所以《红楼梦》里边已经有一种力量,有一种舆论,要求对王熙凤进行审计,已经不相信王熙凤料理银钱、料理财政的可靠性。所以很多事情都是起于青蘋之末,风刮起来,说开头从哪儿起的,只不过是一个小的浮萍,或者是一个小的生长在水里边的叶子,一吹着它,动一动,然后微风慢慢就变成了三级风、五级风、六级风、十二级风。这里头也还透露了这么一点儿,更令人叹息的是什么呢?这些过去以后,这事都说好了,就这么办了。

这时候夏太监派的人来了,前边写元妃省亲的时候也写过这些太监。夏太监派的人来说什么呢?说是夏太监最近要买一处房子,还缺几百两银子。王熙凤不等说完,马上说,没问题,您稍等,马上就拿给您。别说几百两了,几百两算什么,只要有,您拿着就走。然后小太监又说,夏爷爷说上次还欠你们一千二百两银子,夏爷爷说了,等到今年年底,这一千二百两银子自然一齐就送过来。凤姐笑着说,夏爷爷好小气,这也值得一提?我说一句不怕他多心的话,要都这样记清了,不知要还我们多少呢。那意思是说,如果要您还,夏爷爷要还一千二百两;那边还有几个爷爷要还起来,还得还一万二千两。朝廷里上他们这儿找王熙凤来勒索财物、勒索银两的人一直不断,以至于平儿也学会了说双簧。她一听这个就说了,我们现在赶快给夏爷爷办银子的事,咱们家现钱是没有了,奶奶您还有一个什么黄金的镯子或者是手环啊什么的,我拿出去马上就可以当上几百两银子,让他们拿走给夏爷爷用去。这也是成心寒碜人,是不是?如果你到一个朋友家里借钱,朋友在那儿嘴上说欢迎欢迎,钱有的是,你拿上就走,说你借一万,一万哪里够,三万拿走;然后他夫人来了,甚至是他家里的奴仆来了,说咱们家里没钱,揭不开锅了,但是你还有一手表,把你那手表卖了,起码能卖五千块钱。这不是打人脸吗?但他们已经进入这种模式了,已经形成这样一个卑鄙无耻的掠夺链、贪腐链、搜刮链,是一个讹人的链条。就像我们说的食物链一样,各掠夺各的:小小的一个门房,可以掠夺到茯苓霜;贾琏可以掠夺了钱,自己另弄一套房子和尤二姐偷偷摸摸地结婚;王熙凤可以扣大家的月钱去放贷,去享受红利;贾母什么事都没干,但是她最亲信的丫鬟鸳鸯可以偷了她的一箱东西,到当铺去当;然后到了当铺当了钱,对不起,你还没等着使用,得先分百分之几给哪位太监。你剥削我、我剥削你,你坑我、我坑你,形成权力的腐败的链条。整个国家从上到下都是这样。这个社会怎么能不灭亡呢?所以说《红楼梦》是封建主义的百科全书;毛主席说《红楼梦》表现了阶级斗争,这都不是轻易下的结论,而说明了中国封建社会面临过怎样严重的课题。

第七十三讲　弄假成真

《红楼梦》第七十三回,"痴丫头误拾绣春囊,懦小姐不问累金凤"。"累金凤"是一种头饰。这里讲大观园里的一个悲哀与荒谬无奈的故事,可说是弄假成真,小题大做。

晚上快休息了,赵姨娘那边的一个小丫头跑到怡红院来,给贾宝玉报信,说刚才赵姨娘跟老爷,就是贾政,说什么话,我听到说了你的名字来着,后来老爷就说,明天早上起来让他过来,让我告诉你。一听他爸爸找他,贾宝玉这情绪一下子就完蛋了,就跟碰到丧门星一样,一切的快乐、一切的得意、一切的嘚瑟全没了。袭人、晴雯、麝月都过来帮着他想办法,商量该怎么办。她们一致认为关键在于临阵磨枪,不快也光。今天晚上晚点儿睡觉,开开夜车,把贾政去赴任当官以前让他读的那些"四书""五经"再翻翻看,到时候他爸爸问到哪儿,他能答上两句,能对付过去就行。如果一问,跟傻子似的,就回答说不知道,问他孔子的事他不知道,问他孟子的事他不知道,问他《大学》《中庸》的事他不知道,那不就完蛋了吗?

于是贾宝玉就下决心点上灯读书,也不敢睡觉。他一点灯读书,我的天,不知哪方遭难哪,整个怡红院的服务班子没人敢睡觉。袭人、晴雯这些人都在旁边看着,需要在第一时间体会出来他可能是想喝水还是想找一把尺,还是想找一张纸,还是想干什么,你得马上提供服务。他是冷了还是热了,是该给他扇扇扇子还是给他递手绢擦擦汗,都要服务好了。外面一帮子小丫头根本进不来,也不敢睡觉,

507

主子、姐姐们都没睡觉呢,你先打上呼噜了怎么行?一个个困得眼睛也睁不开了、流眼泪了,各种各样的倦态都出来了。恨得晴雯在那儿就骂,平常也没有多少事,偶然有这么一天主子有点儿情况,瞧你们都困得这滴里嗒啦的,把眼睛给我睁开,再不睁开,我拿簪子扎你们。慢慢地,半个小时过去了,一个小时过去了,两个小时过去了,已经到了大家要睡觉的时候,有一个小丫头坐着坐着自个儿就控制不住自己,身子都歪了,脑袋就往下垂,哪的一声,脑袋就撞在墙上了。她这一响又吓唬到其他小丫头,都哭笑不得。

有时候我也感慨,人的一个习惯,可能是好的,也可能是坏的,他已经养成这个习惯十年或二十年了。他就是这样一个习惯,伺候他的人也好,疼爱他的人也好,对付他的人也好,也都知道他这个习惯了。忽然他一改这习惯,必有一方遭难,弄得整个服务班子惶惶不安。秋纹、春燕,一听到这儿嘣嘣乱响,就从外边跑进来了,说不得了,刚才我们看到有人翻墙跳过来了,吓死我们了。这宝玉一听也害怕,说你们快出去看看去,就让一些婆子,还有一些在外边的男仆,去查找跳墙而入的不速之客。晴雯忽然得到了灵感,说既然有此一说,那就拿有人跳墙把二爷您吓住了为由,正好明天不能去见老爷了!因为您吓出病来了,您现在已经发烧头疼了,而且已经眼花了。只要是按这个路子汇报情况,老爷他还顾得上别的吗?这是晴雯出的主意,是高参的计策。

问题在于主意是晴雯出的,请大家记住这一点,这一点太重要、太悲剧了。宝玉一听,说甚好。他就不想见他爸爸,尤其是在赵姨娘跟他爸爸研究了一回以后,他就知道对他不会有好事,只要能躲开这一天,他爸爸的事也多,底下他就没那么火大,也许把这事就忘了。

袭人也说好主意。麝月也说好主意。秋纹也说好主意。她们一致认为要折腾大了才好。然后当天晚上就折腾大了,一直折腾到了王夫人和贾母那儿。贾母立刻下令要人来查,要看那跳墙进来的人躲到哪里去了。也有丫头说没人,不定是什么一个黑影子从那儿一过或者是怎么出了一点儿声音,怎么可能有人跳进来呢?晴雯立即说,胡说八道,就是有人从墙上掉下来了,二爷都已经吓病了,你说没人,你能负责任吗?谁敢说没人?大家都看见了有人,这么多人都来找人了,已经不允许说没人了,必须说有人跳进来了。

当天晚上闹了个鸡飞狗跳,第二天贾母亲自出马来抓贼防盗。那么问题来了,贾母说了什么呢?说我必料到有此事,这样的事情我认为早晚是会发生的。如今各处上夜都不小心,上夜班的、夜间负责保卫的都不小心,都稀里糊涂的。他们不小心还是小事,我告诉你们,只怕他们就是贼也未可知!她一下子对内外形势、敌情危殆的估计,达到了极端冲顶的程度了。贾母说,你以为这些上夜班的人都可靠吗?他们本身就是贼,他们跟外边的强盗坏人都有联系,他们什么坏事干不出来?贾母一怒,上纲就高,别人就不敢多说话了。

可是探春马上就站出来,说这个事我也做了一些调查,他们上夜班的时候,喝酒赌钱的都有。我反复警告过他们,上夜班的时候不能做其他事情,我的话有时候就管点儿用,有时候就不管用,他们照样还是胡来。探春是一个很精明的人,但是这一次她显得不够聪明,因为贾母老太太生气了,怒了。这个时候探春,在这个年龄,以这个辈分,现在在家里的这个地位,没有轮到你说话的份儿,你不该多说话。探春这么一说话,贾母马上就回应说,他们晚上喝酒赌钱这种事做出来了,你为什么不报上来?探春明白过来了,她不再多说话,当然她稍微解释一下说,觉得这个事不必惊动上边,我管管他们就行了。贾母就对探春进行了批评督促,说你们以为晚上耍耍钱是常事,没什么了不起,殊不知他既然耍钱就保不住不吃酒,他能喝酒,就免不得任意打开门户上的锁。本来天黑以后,咱们的各种活动结束以后,这么大的府,这么大的园子,这一道一道的门就都锁上了。可是下人仆役们一喝起酒来,他兴奋了,要这酒菜,想起那个事来了,想起那个人来了,一会儿这个开锁,一会儿那个开门,一会儿买东西,一会儿寻张觅李。夜静人稀的时候,还有这么几个人在那儿耍钱、喝酒、开锁、找人、买东西,这就是"藏贼引奸引盗,何等事作不出来"。"况且园内的姊妹们起居所办者皆丫头媳妇们",这还有一大批,不光有咱们的小姐,有贾宝玉,而且还有很多丫头、媳妇、婆子们。这里头"贤愚混杂",有好人,也有坏人;有细人,也有粗人。"贼盗事小",偷点儿东西是小事,还有没有别的事,你们知道吗?你们年轻人懂什么?"关系不小,这事岂可轻恕?"哪能把这说成没什么了不起,好像训他们两句就行了?这是大事,你小孩子懂什么?!

这个地方我觉得非常有意义。因为贾母她的这一面又露出来了,贾母平常宠她的孙子,这很正常。老太太喜欢孙子,没什么不对。她说话挺逗的,爱说笑话,有幽默感。幽默感是自信与优越的表现。老人家喜欢王熙凤,对王熙凤是又笑又骂,叫她凤辣子之类的名字。她的脾气还挺好的,挺好相处的。你跟贾母在一块,除了笑就是笑,她除了夸你们还是夸你们,很少说谁有什么不好。但是她露过一次,"偶尔露峥嵘"。贾赦派尤氏来讨鸳鸯为妾,贾母怒了一回,怒的时候把王夫人,甚至捎带着连薛姨妈都给绕进去了,说"你们算计我"。她用的是复数,用的是"你们",你们就是想算计我,剩了一个人也不给我留。这一次,又显示出了她对这些奴仆们的估计是有底线的,是有所提防的,她的警惕性是非常高的,她认为这些人里头就有强盗,就有窃贼,就有坏人,无所不为,什么事都可能发生。这说明什么呢?贾母不是善茬,老太太见过世面。贾母那一代,宝玉的爷爷那一代,那也是打拼出来的,能得到今天这个地位,她是拼出来的,见识过各种敌人,见识过各种坏人,包括黑社会,包括黑暗势力,包括小偷、强盗、绑匪甚至恶霸。她平常不管事就是了,一旦谁招惹了她,她就非常愤怒。她接着就主持查,这么一查,果然就查出来晚间赌钱的事情,说有三大头、三小头。赌钱都得有头,就是那张罗着给大家提供赌钱的地方,然后参加赌钱的人。旧社会我见过,打麻将的人先抽头,打麻将有所谓的锅,锅就是限额,避免你输得太多。比如说这一锅三百块钱,大家都不愿意太大的输赢,每人眼前都放三百块钱,然后从三百块钱里头抽出百分之十给头家,这一百二十块钱就入了头家了。你玩得大,往里一搁就是一万块钱,那得每人给头家一千块钱。头家给你提供茶水,晚上还会上馄饨上夜宵,提供各方面的服务,让你高兴愉快。所以这里说就查出了三大头、三小头,抓来由贾母亲自处理。三大头全捆起来了,把他们的牌全部收回毁掉,所有的钱没收,给大家均分;为首者,就是主持组织赌博的人,每人打四十大板并撵出贾府,永远不许再进这个家。跟着他一块儿或是赌博过,或是招引过赌博,或是伺候过赌博过的人,每人打二十大板,停发三个月的月钱,然后拨入圊厕。圊,是古代对厕所的一种说法。他们被分配到厕所里工作,打扫厕所、掏粪什么的。这是贾母亲自掌握的一次打击夜间赌博的活动,下手很狠。

贾母同时把林之孝家的申斥了一顿,认为她本来是管家,应该管这些事。林之孝家的情绪本来就很低落,跟她有亲戚关系的人有三个,这次也都受了处分。这里头还有一个人,迎春的奶妈。老太太在处理这些人的时候,黛玉、宝钗、探春等都来了。她们一看处理的是迎春的奶妈,就全都站起来了,这三个人当然很高洁,绝不会有污点,而且深得贾母的恩宠。这三个人都说,这个人平常挺好的,她不是很招人讨厌的或者很没有规矩的那种人,她素日不玩这个,这次不知道让谁给拉拢去了,可能玩过那么一两次,这样看在二姐姐——就是迎春——的面子上,毕竟她是二姐姐的奶妈,您就饶了她这回吧。可是贾母说,你们当我不知道她们吗?这些奶子们——奶子,就是当奶妈的——一个个儿仗着奶过哥儿、姐儿,比别人更可恶。她们专挑唆主子护犊、护短、偏向,专挑动他和别的兄弟姊妹的关系,她们觉得跟主子有特殊关系,要当代表主子的利益的发言人。这些人更可恶,就是要收拾她们。

这个事你可以说大,也可以说小。贾母这样处理,那些人没有什么冤枉的,因为你在夜班的时候,公然在贾府赌钱,而且那些行为并不是偶然的,已经变成了恶习。夜里头你又是瞎开门开锁,出溜过来,出溜过去,你们这些人的存在变成了夜间安全的破坏性因素。你们的存在让整个园子不是更安全了,而是更不安全了。贾母为此动怒,直接处理一些人,不能说有什么不妥,起码她有一个用意。按中国的文化,处理一个人的目的,都是为了今后少有这样的问题出现,是为了杀一儆百、杀鸡吓猴。所以说这个处理就严重了一点,打了四十大板的给轰走,连门都不让进了;另外几个打二十大板,整天就光剩下收拾厕所了。但她这样处理没有什么不好。

到了七十几回这儿,整个气氛越来越紧张严肃,整个大观园、荣国府的气氛变了。不能说这是贾母造成的,应该说这是宝玉造成的,尤其是晴雯造成的。晴雯出了这个主意,弄假成真,变成了一件大事,使整个贾府、整个大观园,一个吃喝玩乐、享受、养尊处优的地方,开始出现了杀气腾腾的征兆。当然你要再往前分析,这个和前边不久发生的红楼二尤的事件也有关系,就是说它这个气氛不吉利了。它从吉祥走向险恶,走向危殆。有一种冥冥中磨刀霍霍、要下手的感觉,或者可以用一个词,这个词是过去苏联人喜欢用,托洛斯基喜欢用的,就是出现了要拧紧螺丝钉的趋势。

出了这个事以后,贾府的螺丝钉越拧越紧了。看到后边你会非常感慨,因为这个事和晴雯的聪明智慧、护主,护着宝玉有密切关系。晴雯想不到自己挖的坑,最后变成了她自己的绝命之坑、痛苦之坑、冤枉之坑。出了这个事,兄弟姊妹们都去看望迎春,因为迎春觉得脸面上特别不好看。虽然说是一个奶妈,你可能对这个奶妈也不见得有多么大的兴趣,但是这些人都在一块,迎春、惜春、探春、宝玉、黛玉、宝钗、史湘云,都是一个级别的,现在又加上宝琴、岫烟等都在那儿,这些人的家里头跟这个夜班的问题、赌博问题都没有什么关系,而偏偏就弄出迎春的奶妈,而且这个奶妈现在还跟着迎春,是十几年来伺候迎春的,现在却被捆起来了,还不知道怎么样处分。迎春自觉面上无光,所以别人就都来看望她。

结果看望她中间又发生了一件事,这个奶妈不光有夜间赌博的问题,还有一个问题。迎春这儿有一个质量非常好的头饰,是她父亲贾赦的。贾赦给她的一个很值钱的东西,叫攒珠累金凤凰。他们都见过,他们每次到迎春这儿来的时候,都会欣赏一番这个用珍珠和金片做的头饰,但是现在已经好几天没见着这个头饰了。跟着迎春的还有一个小丫头绣橘,她知道这个头饰的去向。原来奶妈因为赌钱赌输了,这头饰被奶妈拿出去当了,在当铺换成了现钱,变成赌资了。绣橘正和迎春说这个事,说小姐你不能眼睁睁看着这个东西就让她拿走,她连告诉你一声都没有,就拿着去换赌资了,这样下去怎么得了?这要是报告到上边,上边会多么愤怒,您也忒好欺负了。这里曹雪芹特别强调迎春这人就是心软,说头饰她拿去了,我问她也不好意思,她反正早晚也得还给我。现在呢,已经这么多天了,她还没拿回来,实在不还的话,我也没有办法。这让你觉得,这种软人都软出了圈了,再软也没听说有这么软的。迎春这奶妈的儿媳妇叫柱儿媳妇,正赶上柱儿媳妇来找迎春,让她想办法跟老太太说句话,放了她婆婆。她听见绣橘在这说累金凤的事,就跟绣橘争吵起来了。幸亏大家都来看望迎春,柱儿媳妇一看平儿也来了,因为平儿厉害,她就过来找平儿,说姐姐我跟你说说这是怎么回事,立刻被平儿训斥:小姐们说话,有你我什么事?她讲阶级,平儿的权力再大,人缘再好,地位再高,身份是奴不是主子。你柱儿媳妇自个儿明白,你也是个奴,跑到这里,有你说话的份儿?平儿就把柱儿媳妇给轰走了。

我们是不希望人间有这样的阶级差异的,但是很奇怪,你读到这里,就觉得有平儿这么一个人很好,如果任由柱儿媳妇之类的人、迎春的奶妈这样的人猖狂起来,贾府就更完蛋了,就更没戏了。如果没有一个人站出来呵斥这种愚蠢无知、自私、不讲道理又不讲秩序、不讲文明的人,怎么办呢?所以你看到这儿,甚至还有点想为平儿鼓掌,为柱儿媳妇的退场感到快乐。

第七十四讲 抄检大观园

《红楼梦》第七十四回,"惑奸谗抄检大观园,矢孤介杜绝宁国府"。"惑奸谗","谗"就是进谗言的人,惑于挑拨也就是惑于谗言,也就是被挑拨去"抄检大观园"的人士。"矢孤介","矢"当箭讲,就是决心的意思,决心做一个孤独清高的人,"杜绝宁国府"。

《红楼梦》不是一步接着一步,一句接着一句的,它总是先从一件别的事情说起,而且说得味道无穷。就像吃橄榄一样,让你自个儿含在嘴里琢磨。这回一上来说的是什么?贾琏和他媳妇王熙凤商量说,上次咱们委托鸳鸯弄出一箱子老太太的东西当了,换了点儿钱,不知道谁把这个事报告给邢夫人了。邢夫人知道这个事后,就来找我,施压说,你们现在用这种手段从老太太那里弄来钱了,先给我弄个千儿八百的,我这儿正缺钱。贾琏说,这个事就咱们俩和鸳鸯三个人知道,怎么可能被邢夫人所掌握、所知道?他们分析一下,有两种可能:商量这个事时,只有他们三个人,但是他去当铺以前,那个箱子拿到贾琏和王熙凤的家里,然后贾琏再吩咐人把它搬上马车,再拉出去把它当了,有这么一个过程。小丫头们看到由鸳鸯押着一箱子东西过来,这个事是由小丫头们传出去的。这是一种可能。还有一种可能,就是这个事贾母其实是知道的。鸳鸯怎么敢去偷贾母的东西?鸳鸯必须把这个事汇报给贾母。贾母宁愿假装被鸳鸯偷走一箱子东西去典当,以这个名义来支持贾琏和王熙凤对全府全员的这种财政的拨划、分配和运转。因为贾母不能直接给批钱、批银子,贾母也没银子。贾母也不能说咱们现在家庭生活太困难,你们把我这箱子东西拿走,当出去吧,这起码能当八千两银子。她不能这么干,这么干别人就要说话了,八千两银子您随便就给了贾琏、王熙凤去随便乱花,我们为什么连一百两银子都沾不着边?所以他们分析也有可能这个事是贾母已经知道的,贾母并不想避讳,就说是鸳鸯从我这偷走的,家庭生活困难,实在没办法,我没有说给贾琏用,是鸳鸯偷的,我怎么办?什么事也是你推我、我推你,最后你查不出谁来负责。他们觉得这个可能也有,然后底下这个事就又不可能再提了。用一个成语就是:不了了之。但是就是上边这一点点分析,有趣之至。

然后贾琏走了,王夫人来了,面色不一样,一副愤怒的样子。第一句话就是叫"平儿出去",平儿一句话不敢说赶紧出去了。大事来了。平儿是最受宠的人,平儿是最会做人的人,平儿处处体贴王熙凤的心,又要兼顾王夫人的心、贾母的心,甚至贾琏的心,甚至宝玉、袭人,她都能团结得住。但是王夫人来了,有重大事件,奴仆们没有分享的可能,你甭想也掺和进去,而且是绝对保密的。"出去",一句话,无条件,平儿多一个眼神都没有,立刻出去了。而且让几个丫头守着门,把门关死,任何人不许进,任何人不许站在这儿听。王夫人问王熙凤说,你看看你们干的好事,说着拿出了一样东西:傻大姐捡的绣春囊——涉黄的小袋子,那上边画着裸体男女。这是怎么回事呢?邢夫人从傻大姐的手里得到绣春囊,然后派王善保家的,就是邢夫人的亲信陪房,把绣春囊送到了王夫人手里。这本身就带有严重警告,带有将王夫人一军的意思,就是说你王夫人秉承着贾母的恩宠,她又信任了你的内侄女、贾琏的媳妇王熙凤,让她管理全家,管理的结果是什么?是这种有伤风化、有悖道德、最最危险的物品出现在大观园了。中国民间有个说法,叫"万恶淫为首,百善孝为先"。百善孝为先,我们先不去讨论它。万恶淫为首,淫,在男女关系上犯的错误比杀人还严重,比谋反还严重,比贪污腐化还严重。跳墙的盗贼尚未破案,有伤风化的淫货又出现在园子里了。

凤姐说，您是从哪儿得到的？王夫人一边说一边泪如雨下，这个词可太厉害了。咱们现在的人看见这玩意儿，就算你是很不赞成，或者是场合很不对，你可能笑，也可能表示轻蔑，什么玩意儿，怎么弄这个，这有什么好看的？你不可能泪如雨下，你怎么会泪如雨下？王夫人这种态度，把王熙凤也吓死了，她立刻跪下了。因为王夫人是抱着追责的态度来找王熙凤的，而且王夫人说这些话的神情，就认定这种东西别人没有，就是你王熙凤的，你还问我这从哪里看到的。我天天坐在井里边，这意思就是她天天什么也看不见，一切信息都向她封锁了，我拿你当个细心人，我认为你是一个精明强干的人，所以我把家务事交给你，我自己也偷个空，也能多休息休息吧，谁知你也和我一样，你大白天把这样的东西明摆在园里的山石上，要是被老太太的丫头拾着，这成了什么事，咱们还怎么活下去？幸亏是让你婆婆邢夫人拾到了，如果不是你婆婆拾到，让别人看到了，早交到老太太那儿去了，咱们这脸还往哪儿放？咱们以后还怎么做人？

王熙凤一听又急又愧，当时面皮紫胀，靠着炕沿就解释说，太太说得有理，我不敢辩驳，太太说的都对，可是我也给您说明一下，这个香袋是外头的雇工仿着内部的作品。这个"内"指的是一些大户家庭，大户人家才有这种绣工，是模仿着绣的，它带的这些穗子，市场上到处可以买得到。它这绣工什么的，都不是高级的，是市井的东西，并不是府院里的东西，更不会是朝廷的东西。用现在的语言来说，是下三流的东西，不是上流的东西。王熙凤就说，我呀，第一，年轻，有不庄重的时候，有不够严肃的时候，有丢人的时候，但是我不会用这么低等的东西。第二，这个东西我能带在身上吗？我如果不庄重，我有低级趣味，我在屋里头自个儿看不行吗？我和我老公私底下看不行吗？我们就玩这玩意儿不行吗？我带在身上，我每天跑这么多地方，丫头们那边也去，婆子们那边也去，少爷老爷们那边也去，一阵风吹过来，人家要看着我带这么一个玩意儿，岂不认为我是神经病？我能达到什么目的？我纵使有，也只能放在家里。第三,我比较年轻,所以您就觉得对这一类的事情,对黄色的东西有兴趣的可能是我。可是您想想,比我年轻的还多得很,丫头、媳妇一大堆,没见过什么世面又受了各种引诱的东西也多得很哪,来来往往的人也很多,进门办事的人也有。我可以告诉您,不但我没有这个东西,平儿也绝不会有这种东西,平儿什么人呢?她弄这个干吗?我们都是有汉子的人,又不是憋出什么毛病的那种人。幸亏王熙凤是铁嘴钢牙,虽然她是双腿跪在下边,但是她分析完了以后,王夫人说我也是激你一下,让你好重视这件事。书里面说王夫人天真烂漫,这是曹雪芹的一个好听的话了。王夫人是一个没有什么见识的人,对王夫人的这段描写使我想起一个词来,叫性恐怖,就是说中国封建社会,到了清朝,看到这么一个绣春囊能跟发现了炸弹、发现了地雷、发现了一个恐怖分子浑身都装满炸药桶、炸药管、雷管一样,恐惧得不得了。

而就在这个时候,王善保家的来了。王善宝家的实际是代表邢夫人来看王夫人的反应,就说起来这家里边的情况。王善保家的就先告一状,说宝玉那边的那个晴雯就是祸水,你看她整天摆出来的那个美人的样子。一说这个王夫人又火了,立刻下令让人去找晴雯,让晴雯过来。晴雯不知道什么事就过来了,这时又恰巧晴雯的病还没好,所以她头发梳得不够整齐,着装显得不够严肃。她一进来,王夫人怒火攻心,见到晴雯就骂,好一个美人,简直是病西施,你天天做这轻狂样子给谁看呢?你干的事儿打量我不知道吗?明天我再揭你的皮,这样的妖精似的东西还没人看见吗?这晴雯一看坏了,已经被控告了,已经被告密了。她没有密可告,她很干净,什么事没有。但是现在王夫人就这样给她定性了,是妖精,是坏人,需要扒皮。所以晴雯就什么话都不说,王夫人问宝玉最近情况怎么样,晴雯又不敢多说别的,说宝玉的情况我也不太知道,我一般都是在二门上,管宝玉的是袭人和麝月。我听说看着还行吧,别的我也不敢多问,我也没有机会见宝玉,跟他说话。王夫人说不碰上你这种人,这是我们的福气,就是你们这些人,要把我的儿子教坏。

王夫人的两大特点,第一特点是性恐怖,第二特点见着漂亮的女子她极端仇恨。她不但有性恐怖,而且有美恐怖。她管家的方针是除美务尽,嫉美如仇,一个漂亮的也不能留。一见晴雯长得好看,她立刻怒火万丈,表现出了这方面的态度。

然后王善宝家的建议,现在咱们一声甭吭,等吃完晚饭,整个大观园对外交通的门锁上以后,老太太也休息了以后,咱们先搜一下,一屋一屋地搜,尤其是这些丫头。如果她有绣春囊这一类的淫秽物品,那么有这一件,她就有别的件,有别的件就证明她有这件。这也是一种非常奇怪的逻辑。有了这个一定有别的,谁说的?她就这一件怎么办?有了别的就一定有这个,这更是胡说八道了。而这个逻辑,对不起,我上一回里头讲的贾母就是这个逻辑:你只要是喝了酒,就一定会赌钱;你只要是赌过钱,就会偷盗;你只要偷盗,就会跟恶势力勾结;你只要跟恶势力勾结,一切坏事都是你干的。王善宝家的和伟大的慈祥的贾母在分析问题的逻辑上惊人地一致。

于是底下开始抄起家来了,一屋一屋搜查。先到了贾宝玉的怡红院,要搜这些丫头的东西,晴雯就出来了,把自己的箱子盖打开,把箱子一翻个,里面的东西稀里哗啦全掉到地上了。你们看吧,什么地方犯私,什么地方不对,你们看。晴雯已经遇到了最大的危机,但是她仍然咽不下这口气,她不服这口气,我没有见不得人的东西,所以她用这种方法表达了不满。后来到了探春的院子,探春说搜东西可以,你们就搜我的东西。我这个人为人狠毒,我根本不许丫头们有任何私藏的东西,她们的一切东西都得交给我,你们搜她们的不可以,要搜就搜我的。然后她就把自个儿的箱子都打开,让她们看。王熙凤见着探春这样也不好说什么,就说,行了行了,不用看了,我们都知道了。探春并不申斥别人,她对这个事主要批评的是王熙凤,探春的潜台词是,你成了什么人了?你现在变成了王善宝家的催拨儿了,你跑到这儿来搜我们的东西,你这算什么行为?所以探春说你少说便宜话,你把我这箱子也打开了,这么多东西你也看了,你还说你没搜吗?你出去以后还能说我不让你们搜吗?你们看哪,别走,哪个都不许走。这么一说,王善宝家的觉得自己威风了,她不知道探春的怒气,不知道退让,她说,是是是,我们都搜过了,我们都看过了,三姑娘这东西我们都看过了。不但东西看过了,她跑过去,大概做咱们现在的机场的安检动作,还拍拍探春的身体,从前身到后身都拍了拍,说我们都查过了。她过来摸探春的身体,探春就啪地给了她一个嘴巴子,说你还来动手动脚的。太好了,对这样一个残酷的、野蛮的、粗暴的、卑劣的专门对这些女孩的物品进行搜查的行为,晴雯用把箱子里边的东西倾倒在地上表达了自己的不满,探春给了王善保家的这种小人、这种坏人、这种害别人的人一个大嘴巴子。可惜的是,晴雯没看见,应该让晴雯看见。

探春不但给了王善宝家的一个大嘴巴子,而且对这次抄检行动进行了上纲上线的总结。她说"咱们也渐渐来了"。她说的是甄宝玉家里头出了事了,朝廷抄了甄宝玉的家,我们还正在说甄家被抄的事,现在咱们自己抄自己,"可知这样的大族人家,若从外头杀来,一时是杀不死的",要别人整你还整不死你,"百足之虫死而不僵"嘛。

这是《红楼梦》中第二次、第三次讲这个话了。原来在谈贾府的情况的时候,皮货商人冷子兴就说过,百足之虫死而不僵,它太大了,它太牛了,它实际上正在死亡,即使它死了,它都不是那么僵硬的可怜样,它仍然带着牛气,它变成了尸体也是带着牛气的,说明人们对贾府这样的家族的灭亡已经有了定论,只有先在家里自杀自灭,才能一败涂地。探春对抄检大观园竟做出了这样一个结论,这是对抄检大观园的政治结论,也是探春对贾家的命运的政治总结。探春这一个嘴巴子,它的回响,三日不绝,三年不绝,三百年不绝。

我觉得读《红楼梦》有时候读得人相当窝囊,因为里边窝囊的事太多了。但是人们读《红楼梦》并没有出现因为窝囊而得抑郁症的,原因就有探春的这一个嘴巴子,把王善保家的这样卑鄙的人、挑拨者、进谗言者、祸害别人的人,且本身又一无可取、丑陋不堪,除了坏就是粗、除了粗就是野,把这种人彻底否定了。探春打王善保家的嘴巴子这个精彩的情节,永远值得纪念。

第七十五讲　败落的景象

《红楼梦》第七十五回,"开夜宴异兆发悲音,赏中秋新词得佳谶"。

说的是抄检大观园以后,中秋节前后的一些事情。在抄检大观园当中,在怡红院并没有发现什么问题,在探春这儿并没有发现什么问题。在路上王熙凤跟王善保家的说,薛宝钗家是客人,我们不能上那儿去抄检。所以她们没有去薛宝钗那儿,其他人那儿都去了,林黛玉那儿去了,但没有描写,也没有说林黛玉有什么反应。按道理她应该有很强烈的反应。惜春那里,发现主要伺候惜春的丫鬟的箱子里头有点儿银锞子,还有男人的鞋、袜子之类的东西。她说那是她哥哥的,她哥哥也是贾家的奴仆,她哥哥的东西为什么在这儿呢?那些东西是贾珍赏给她哥哥的。她还有个叔叔也是贾家的奴仆,她哥哥跟她叔叔在一块儿,她叔叔喜欢赌博,有很多毛病,如果这些东西放在她叔叔跟前的话,他会把它拿去卖掉、当掉,换了钱去喝酒、赌钱。所以她就说,放到妹妹我这儿吧。当然这是不符合贾家的规矩的,是不允许的。在迎春这边儿,司棋这个大丫鬟已经崭露了头角。一个是带着小丫头砸柳嫂子的厨房,一个是和她姓潘的表哥有私情,有幽会。去迎春那儿搜查的时候,从司棋的箱子里头发现了男人的鞋,还发现了潘表哥给她写的情书。最让人哭笑不得的是,司棋恰恰是王善保家的外孙女,她应该管王善保家的叫姥姥。我一直说王熙凤是个半文盲,书上在这儿还特别提到,说王熙凤本来认字不多,但是她管的事多,所以她结结巴巴地也能够念得下信来。王熙凤拿出了潘表哥给司棋的情书,就念了一遍,念完了以后,讽刺王善保家的说,这回姥姥省心了,外孙女自个儿已经找好婆家了,类似的这样的话。王善保家的听了以后自己打自己的嘴巴子,说今天我真是丢大了人了。但是司棋表现得很冷静,不害怕,也不后悔。司棋是一个敢作敢当的人,一切后果我承担了,人活这一辈子什么事碰不见呢?我乐意跟我的表哥在一块儿,你们想怎么着,你们来你们的好了,我活我的。她是这个态度。

第二天,一个重要的事件,就是这些姊妹都到李纨那儿去。因为从理论上说,大观园的这批姊妹,上边撂下的话是让李纨带着她们玩一玩。因为李纨这个人最可靠,又没有缺点,谁那儿有什么情况,她年龄大一点,也能照顾到。到了李纨那儿不久,宝钗就过来了,说因为我那边薛蟠的两个姨太太,薛蟠一直还没有正式结婚,但是他有两个姨太太,这两位姨太太都在生病,我妈太孤单了,所以我从今天晚上起暂时就不住在大观园了。这个非常明显,就是头一天的搜检让大观园变成了是非之地,变成了一个涉嫌有黄色物品的地方,大观园的女孩涉嫌不干不净,毫无廉耻,大观园正在由一个邢夫人的亲信王善保家的作威作福,翻箱倒柜,抄检折腾,人家薛宝钗凭什么住在你这儿?你们又不好意思来搜查我,我就冲这个环境就不能待了,所以薛宝钗要走。本来这个事应该报告贾母和王夫人,因为是她们邀请我来的,但是我又不想麻烦她们,我就报告咱们组长、咱们班长吧。这个组长、班长就是李纨,这位谁也不得罪的李大嫂。宝钗分寸拿捏得非常好。

李纨当然表示说,你去住两天赶紧回来。探春她们又过来了,好多人也都过来了。探春对宝钗说,你走了,过几天薛姨妈那边好了,你再回来,这很好;如果不想回来,不回来也很好,不用非回来不可。李纨就说,哪能这么说话,你不是轰自个儿的亲戚吗?探春笑了,探春明白薛宝钗不会生气,这正说明探春理解薛宝钗。现在一些人把大观园搞得乌烟瘴气,让人不愉快,你在这儿待着干吗?探春说,人和人不可能老在一块。这个老话题又出来了。千里搭长棚,没有不散的筵席,什么事都有完的时候,该在一块儿的时候在一块儿,看着在一块儿并不是最好的选择,我们就甭在一块儿,各过各的就完了。探春通过这个话再次表达了她对搜检这种性质恶劣的行为有足够的估计,对这个事情的后果有足够的预计,所以她不认为薛宝钗走了以后要赶紧回来,好继续在一块儿玩。一块儿天真活泼、幸福文雅地玩儿的时代,已经过去了。别人见探春还有怒气,问她怎么了?她把昨天晚上的事说了,说我给了王善保家的一个嘴巴子,我还等着对这个事负责呢。我看看她们中有谁是不是要再把我打一顿,有知道情况的,赶紧就说,说没有,说王善保家的回去说到挨了你这一个嘴巴子以后,邢夫人又把她骂了一顿,骂她多事,骂说你跟着过来,让你说个话就完了,你还跟着去,在那儿像领导搜查,你这不是多事吗?探春说这就是做个样子,这就是掩饰一下而已。探春看得很清楚,挑动起来搞这次大搜查的就是邢夫人。但是当王善宝家的弄得自己非常尴尬,又挨了嘴巴子,还被嘲笑得一塌糊涂的时候,邢夫人表示不是她挑动的,所以探春立刻说这就是做个样子,只是掩饰。

底下就转到过中秋节了,《红楼梦》里的小情节与生活细节非常丰满,什么事它都不漏下。说到贾母把她这些儿子、孙子,还有孙媳妇、孙女等等,找了一大堆跟她一块儿吃饭。她很高兴,还要让这个让那个吃,她吃的是一种红香稻米,颜色偏红,是一种高级大米。贾母张罗着让孩子们也都吃这个。她发现她们好多人吃的不是这种红色的大米,她就问说,你们怎么吃另外一样大米呢?借这个机会,底下人又给贾母汇报了一下,说最近大米不好买,好大米更是不好买,咱们这家里吃也只能是几个人吃、每个人多少份,谁也不敢多做,这年成又不好,大米供应不足。这个也绝了。我老说《红楼梦》里边社会生活的各个方面它没有漏下的,连粮食供应不足,粮食要可着人头,要掌握好定量,类似这样的话都说出来了。

它还说到一个小事让你哭笑不得,由于是贾敬的丧葬丁忧期间,贾敬死后已经过了一年了,按规矩守丧期还有两年,不能随便开展娱乐活动。可是贾珍这些人不娱乐干什么去呢?于是贾珍就以学武的名义,说是要学射箭,后来贾宝玉也参加了。因为他们既不能搞宴会,又不能听小曲,更不能喝酒,但是他们习武,贾政之流这种偏傻的人听了以后也觉得很好,说文武这两行都要认真学习。实际上贾珍是以射箭为名,把这些人聚在一块儿,聚着聚着就搞起赌博了。这里有一个非常次要的人物,是邢家的一个人,外号叫傻大舅。傻大舅的年龄可能比邢夫人还大一点儿,否则是傻小舅了。这个人又傻又野蛮,而且喜欢男色,有一些不堪入耳的语言和表现,让你更感觉到贾府真是越来越没有希望了。

然后贾母就张罗中秋节赏月,赏月活动要怎么做怎么做。这个准备,那个准备,从阴历十四就开始赏月了。大观园那么宽广的一个地方,赏月非常好。但是贾母开始感觉到人已经非常少了,宝钗不在,谁谁谁也不在,说咱们家过去人多的时候,一说赏月,三十多个人,而现在人少了,怎么显得冷清了?就开始有这种反应。你看到贾府的没落,是一点儿一点儿在没落的。阴历十四的时候,贾珍这些人都过来给贾母请安,一块儿赏月的时候,忽然听到那边墙下有长叹之声,大家都听见了,肃然疑畏,又怀疑又害怕。所谓异兆发悲音,这是一个很奇怪的征兆,没见有人,却听见深深的叹气声,听着挺瘆得慌的,让你感觉到这么大一个家族,真是快完蛋了。天地都为之哀伤,天地都为之怜悯,天地都为之遗憾,所以墙下有人唉声叹气。众人连问了几声是谁、谁在这儿,没有人回答。尤氏说,可能是墙外边的人在那儿叹气吧。贾珍说,胡说,这墙四面都没有下人的房子,根本没有人待,况且那边又紧靠着祠堂,祠堂是祭奠祖宗的,焉得有人?

贾珍的这个话还没说完,一阵风声过墙去了。恍惚闻得祠堂内隔扇的开阖之声,这种情况其实并不奇怪,尤其一些老式的窗户和门,你关上了,一阵风不知怎么吹过来的,咚,它又开开了,你开开了,它又关上了。有的老窗户时间长了以后还嗞扭嗞扭地发出怪声,我们在电影上会看到这样的场面,听到声音感觉是相当恐怖的。起了风了、要下雨了,窗户嗞扭一声,门那儿嘣咚一声,很怪的声音,让你觉得害怕。这种害怕你可以说是风声,也可以说是木器或者旧的窗棂、旧的门道的声音,也可以说是神仙鬼怪在为你家庭的没落而悲哀与遗憾。在抄检大观园之后,他来了这么一段,没有直接地写抄检大观园的后果,但是这一声长叹,一阵风,几声怪响,让你也够瘆得慌。

　　第二天是八月十五,是正日子了。先在贾母房内,后来又到了大观园的一个山峰上,叫做凸碧山庄。在厅前平台上列下桌椅,又用一架大围屏隔作两间,桌椅都是圆的,中秋节强调的是团圆,中秋节的月亮是最圆的,起码被认为是最圆的,所以它里边的桌椅板凳全都是圆的。他们在那儿玩,根据贾母的意思,玩击鼓传花,鼓声响着传花,然后鼓声一停,花停在谁手里谁就要喝酒或者要讲笑话之类的。因为没有别人了,贾赦、贾政也都来了,年轻人也有一些,坐到这儿让讲笑话。第一次鼓声停的时候,轮到贾政讲笑话。贾政是一个极没有幽默感的人,但是在这一天,他居然说讲一个怕老婆的故事。他一说,大家就乐了,因为没人听见过贾政讲怕老婆的故事,但是他讲了。他这个故事实在太没劲了,我甚至觉得这是《红楼梦》的败笔之一。你讲粗的笑话没有关系,你讲低级的笑话,如果里头有某种含义的话,或者起码真能逗你一乐的话,也算一个笑话;但是贾政讲的这个笑话水平太低了,也不可乐,也没有新鲜感,所以我在这儿不重述了。我认为重述这个是对曹雪芹的不敬。当然这里头他也可能有一个含义,就说贾政很孝顺,贾母的文化水平有限,你讲雅的她也听不懂,但是贾政本人的杂学的知识又非常少,讲笑话,得有大知识,又要有小知识,又有正经知识,又有杂知识。比如说《东坡志林》,里面的每一句话都精彩极了,里面也有笑话,不但有笑话,还有暗含着荤意的素话。苏东坡也说过一些这一类的话,你听着是素的,实际上是荤的。苏东坡的最低级的笑话,你听着都觉得起码它真让你乐一下,起码有个巧劲,但是贾政这个没有。

第二个笑话让贾赦讲,这个倒是非常值得温习一下,值得重复一下。贾赦说,有一个老太太得了病了,心口疼——中国过去因为我也都亲眼见过,动不动就说心口疼,心口疼是心脏疼的可能性极小,很多是胃疼,但是都说是心口疼——于是就请了针灸大夫来针灸,针灸时大夫把针扎到肋条骨上去了。这个老太太就说,心不可能长到肋条骨上,古人说心是在正中间的,不偏不倚的,您怎么不在中间扎呢?大夫说现在世上偏心的父母也很多,偏向的父母也有很多,这位老人家的心就是在这条肋骨底下呢。大家就哈哈大笑了。

贾母立刻就明白了,说这个话在骂我。她稍稍抻了一下,然后说,我就是老太太,我就是偏心眼儿的人,我就是偏向的人。因为贾母很简单,她喜欢贾政,不喜欢贾赦,她各个方面都宁可和贾政这边,和贾政、王夫人、王熙凤他们站在一块儿,而不愿意跟贾赦、邢夫人那一帮子人打交道。贾母是个人物,她是敢于反击的。虽然她年事已高,但是贾母不怵。我偏向就是偏向,有我在,贾赦和邢夫人你们就甭想翻什么浪头。实际上她是这个意思。贾母说了这个话以后,贾赦就做出后悔的样子。他讲这个故事不可能没想到针对贾母,这不是我们上纲上线,实际上他早就对贾母和对待他们兄弟俩的态度不一样有意见了,他是有意这样说的。但是书上说,他一看贾母那很不高兴的样子,后悔得不得了。书上是故意这么写,因为从中国的文化来说,不允许一个五六十岁的儿子对八十岁的母亲来挑衅,讽刺挖苦嘲笑,这是绝对不能允许的。所以贾赦就在这儿不尴不尬地停留了一会儿。

然后又击鼓传花,传到贾宝玉这来了。贾宝玉本来笑话也多,他跟小丫头们、小小子们、坏小子们,跟薛蟠、冯紫英、秦钟、柳湘莲这些人在一块儿,什么没听到过呀,素的、荤的笑话他都听到过,但是他当着他爸爸的面不敢说。他说我不会说笑话,我作一首诗。他就作了一首诗,写得也挺有意思,也很合乎宝玉的心理。写的什么诗,这个没提,没有反复提他们的作品。

想不到的是，贾环随着岁月的逝去，也读了一些书，也在那儿学着作诗，会诌一两首了。一看他哥哥作诗了，他要显摆一下自己，于是他也作了两首诗，这两首还都过得去。贾政看完了以后，虽然表面上是批评他们，说我这是两难呀，两难就是我看你们这哥俩我都感到很困难，你的学习也不好，他的学习也不够，你也有很多缺点，他还有很多缺点。但是实际上是肯定了他这个诗作得还可以，作得不错。而尤其上纲上线大肆吹捧贾环的是贾赦，贾赦过来以后，一看贾环的诗，就说写得好，你有志气，你有前途，我看将来荣国府的荣衔，你很可能能够承担。贾赦这个话也是有含义的，他为什么说贾环能够承担？第一，他当然知道贾宝玉的性格，贾宝玉对读书上进、学而优则仕毫无兴趣，因此对贾宝玉不可抱什么希望。我作为大爷，我对我儿子也不抱希望，他也对贾琏并不抱希望，因为他知道贾琏根本就胸无点墨，而且整天花花哨哨，劣迹很多，所以他把希望寄托在贾环身上。第二，他通过这个表达了他宁愿和赵姨娘结盟，因为贾环事事听他妈的，赵姨娘在贾府是最不得恩宠的一位姨娘，被王熙凤像一个奴仆一样斥责，而且比斥责别的奴仆还要狠、还要恶、还要凶。但是贾赦独具慧眼，吹捧她的儿子，而且指出她的儿子早晚要世袭荣国公这样一个光荣的大头衔。第三，他通过这个，我不说你的心长得歪，但是我对贾母等于提出了另一种抗议，你就宠着宝玉吧，宝玉他哪是荣国公的后代，他算什么玩意儿？贾赦这一点点对贾环的称赞，相当独特，相当奇怪。在这一次活动中，连贾政的表现也跟过去不一样，给贾母讲庸俗的笑话，对两个儿子略有批评，总体来说是夸奖。这个和前边说到贾政出去几年，感觉到自己年纪越来越大了，老了，能够和贾母在一起、跟家里的人在一起的机会很难得了。所以贾政的这种相对的人情化、善良化，实际上从另一个角度表达了贾家的衰败。

中国人的说法是"人之将死，其言也善。鸟之将亡，其鸣也哀"。你为什么变得善良了？你为什么变得客气了？因为你快完蛋了。

第七十六讲　月光三重奏

《红楼梦》第七十六回,"凸碧堂品笛感凄清,凹晶馆联诗悲寂寞"。"凸碧堂品笛感凄清",在大观园的凸碧堂,听笛子的声音,感到了凄凉,感到了冷清。"凹晶馆联诗悲寂寞",在凹晶馆下边靠水的地方联诗,为寂寞而悲伤。

还是说中秋节,贾母兴致挺高,一再表示我们要好好玩一玩,要在这儿喝酒说说话,我们不要怕时间,不要管时间早晚,喝到四更也可以,五更也可以。贾母有这个兴致,但是这人员比平常的时候要少得多,而且由于贾母把她俩儿子贾政、贾赦,还有邢夫人、王夫人都找了来,就是他们荣国府的一家子,在这过中秋节。这样也就不方便请薛姨妈、薛宝钗和薛蟠一家子的人过来。过去认为,有男主人在场,就不方便了,男女应该分开。贾母叫了俩儿子来一块儿吃饭,他们自个儿一家子当然是很正常的。另外书里头虽然没有这么写,但薛家没来实际上还有一方面的原因。薛宝钗自从大观园抄检以后,就尽量不到大观园这边来了。大观园是个是非之地,凶险之地,他们不来了。所以空有贾母的高兴致,另外贾政、贾赦这些人在,孩子们也热闹不起来。有他爸爸在,贾宝玉能欢实吗?所以过了一会儿,贾母就显得情绪不够高了。

幸亏这时候月亮升上来了,月亮非常漂亮。贾母说这么好的月光应该听笛子,于是又找了他们家吹笛子的人来吹笛子。在月光之中品笛,仔细地鉴赏吹笛子的声音。他描写道,"只听那壁厢桂花树下,呜呜咽咽,悠悠扬扬,吹出笛声来,趁着这明月清风,天空地净,真令人烦心顿解,万虑齐除"。心里的烦乱都没有了,各种考虑、各种顾虑、各种忧虑都没有了,但是所有人都肃然危坐,默默欣赏。真正听起音乐来,有一种特别专心致志的状态,大家坐在那儿,端端正正的,和贾母在也有关系。听着这些笛子的声音,感到伤感,这个描写里头有两句话,非常耐人寻味。说什么呢?说是一听笛子声音"烦心顿解,万虑齐除",也就是说写到这里,就把前边的搜检大观园的凶险、混乱,或者说是一个疯狂的行为勾销了。在大观园搞抄家、搞搜检,真是一种疯狂的行为,且是非如此之多,这个丫鬟那里出了这个问题,那个丫鬟这里出了那个问题,这一家有这个事,那一家扇了王善保家的嘴巴子,本来是一大堆烦心的事,让你思考的事,让你忧虑的事,但是现在创造了这么一个机会,这些事现在全都没有了,所有的烦心都解除了,所有的忧虑都去掉了。但是这又让你多想:真能去掉吗?真都能解除吗?现在参加这活动的这些人,当然都没有在搜检大观园当中出现什么麻烦,但他们心里头就没有搜检大观园的噩梦伤痕吗?没有紧张、那种不愉快吗?贾母不知道这回事,别人呢?

即使如此,他们家需要过一个没有烦恼、没有忧虑的中秋节。读者读到这里,也需要一下子把那些烦恼、那些烦躁、那些钩心斗角、那些冲突、那些尔虞我诈全部先洗掉,让中秋的月光把这一切都洗掉吧。这是审美的需要,这也是结构的需要。正是在这样一个完全不同的气氛当中,让你反过来感受生活的多样。生活里可以充满搏斗、充满阴谋,可以制造一个又一个的冤案,可以迫害一个又一个的青年;但同时生活又似乎把这些都洗光了,都过去了,剩下的只有欣赏月光、欣赏笛声,在清冷之中、凄美之中,为笛声所陶醉,为中秋的明月所陶醉。写到这儿,真是有一种特殊的不同的味道,你不能老是接着打。那次我讲得特别痛快,就是探春给了王善保家的一个嘴巴子。如果这时过中秋节,接着再发生谁打了谁嘴巴子,那这成什么事了?

那就不是一个好小说了。好的小说里让你一下子好像忘了,但隐约又忘不了,让你一边沉醉在这样一种月光和笛声之中,一边又觉得心里不踏实。那怎么办?晴雯怎么办?司棋怎么办?入画怎么办?王善保家的怎么办?还有很多没查出来的事。闹了半天,是闹那个绣春囊,绣春囊现在也没查出来到底是从哪儿来的。什么问题都没解决,却弄了一个鸡飞狗跳。

到了这时,贾母也累了,鸳鸯等人就劝她说,老太太回去吧,天已经到四更了。按现在的时间概念来说,已经到了凌晨两三点了,该休息了。贾母也觉得身上凉了,情绪想高涨起来却没起来,她当然也就走了。贾母走了之后的一件小事,也挺好玩的。一件什么小事呢?是主子们都走了,最后媳妇们收拾东西时,发现少一只茶杯,想了半天,分析了半天,分析出来了,说刚才在这儿一块喝茶,一块听音乐、听笛子的,有林黛玉和史湘云,这姐儿俩先起身走了,其中一个人可能还拿着一只茶杯。就是从这找茶杯上表现出,史湘云和林黛玉仍然还难得地保持着比较清爽的心态。这姐儿俩一边溜达着,一边就说,这么好的中秋节,这么好的月亮,怎么能不作诗?咱们这次没有发起一个大的联诗活动,那么咱们姐俩作诗吧。于是她们还为薛宝钗不在而大大遗憾,说如果薛宝钗在的话,薛宝琴可能也在,一下就多好几个人,她们作诗的活动就会更热闹了。这姐儿俩一边遗憾,一边作起诗来。离水比较近的凹晶馆,她们在山坡下边凹进去的那块地方,能够看到水中的月亮。

这两个人一人一句,一人两句地在那儿说,说"三五中秋夕",三五就是十五,这时是八月十五,不说十五,而说三五,三五一十五。"清游拟上元",就像上元佳节,正月十五一样,那样可以好好游玩。我们中国的传统节日里头,正好是在十五,在月亮最亮的时候,这个是只有八月十五和正月十五。《红楼梦》一开始也提到过八月十五,就是贾雨村被娇杏那个丫鬟多看了两眼,使贾雨村的情绪上来了,还写了诗,那里头也写过八月十五。至于正月十五,《红楼梦》已经写了好几次了,元宵开夜宴也写过,小说一上来说是上元佳节看灯会,把香菱给丢了。

中国的诗歌讲风花雪月,风花雪月里边,月最多,比风、花、雪要多得多。大家考证一下就知道了,随便一张嘴,都是写月的。比如说李白,"明月出天山,苍茫云海间","床前明月光,疑是地上霜";柳永"月上柳梢头,人约黄昏后";李后主"春花秋月何时了";王安石"春色恼人眠不得,月移花影上栏杆"。大家写月亮就没个完。"五四"以后,一批年轻的左翼作家在上海还发表过宣言,表示中国诗里头写月亮写得太多了,他们下决心一辈子不写月亮。

为什么这一讲的标题叫"月光三重奏"呢?一是因为林黛玉和史湘云她们在月光下写诗;还有一个原因是因为贝多芬有《月光曲》。所以"月光三重奏"就是在大观园的月光下作诗,现在有两重了,一个是林黛玉,一个是史湘云,还有第三重,咱们底下再说。

史湘云作"撒天箕斗灿"这句中,"箕斗"是指手指头上的指纹,我们常说某人有几个簸箕、几个斗,咱们分簸箕和斗。所以湘云把这星星就按像手指头一样,把这个簸箕也好,斗也好,都扔到天空去了,星光灿烂。"匝地管弦繁",围绕这个水、围绕这个山转来转去的,地上正有笛子声,有音乐的声音。"几处狂飞盏",很多地方估计他们在喝酒吧,这是想象的,反正她们俩此时没有喝。"谁家不启轩?"又有几家不打开窗户。开窗户干什么呢?看月亮。她们处处围绕着月亮作这个诗。我这里并没有把全部诗文写上,而只是引用一些。"蜡烛辉琼宴",为月亮宴会到处点上了蜡烛。"觥筹乱绮园",那么一杯一杯的酒、各式各样的酒杯,把美丽的花园也弄得乱。"乱"在这个地方应该当热闹讲,弄得挺热闹,弄得就像节日。"人向广寒奔,药经灵兔捣",《红楼梦》里没怎么写明月,但是林黛玉和史湘云的诗里头写了,一个是月亮,另外月亮里头还有一只兔子,那月亮上有影儿,有桂树,有兔子。我小时候一直到一九四九年以后,中华人民共和国的初期,中秋节的时候,到处卖兔儿爷和兔儿奶奶,那是儿童喜欢的一种兔子形象的玩具,就说这是月亮上的那个兔子,很可爱,也很好玩。这些都是我们中华民族的一个节日的习惯性说法。

靠近最后的时候,史湘云说了"寒塘渡鹤影"。"塘"是池塘,因为已经到了阴历八月,差不多是阳历十月的时候,池塘的水已经有点儿冷了,这是实际的生活。她们看到池塘里好像有个什么东西。史湘云拿起一块石头扔了过去,那个东西就动了一下,再扔一次,那东西飞起来了。原来是一只仙鹤,一种相对大型的鸟类,脖子很长,象征着长寿,松鹤延年。"渡"就是横渡,鹤的影子移过了池塘。林黛玉作了结束语,"冷月葬诗魂",在冷冷的月光之下,把诗的魂灵、把诗人的魂灵就埋在这里。说完了以后,她们两个人都说结尾未免太颓丧了,不够乐观,不够美好。

这样说着,她们俩慢慢走到了另一个地方,这时候从石头后头出来一个人,把她们吓了一跳。是谁呢?是妙玉。妙玉说我一直在这边看着你们那边,知道你们在那儿聚会。妙玉是尼姑,她不会参加这种中秋节的酒会;行酒令,她也是不合适的。妙玉说后来我就听着你们俩作诗,你们这诗作得太好了,可是最后不能那么结尾,"冷月葬诗魂",多不吉利,我给你们结尾。她们不知道妙玉也作诗,所以她们非常高兴。妙玉把她们带到自己的栊翠庵,拿出一张纸来,提起毛笔,一挥而就,一下子又写了好多句诗,我也不一一引用了。妙玉提笔一挥而就,然后拿起自己的诗稿说,请不要见笑。其中有一些话是这样的,"振林千树鸟",一千棵树上有各种各样的鸟,一震动或者一振响就惊动它们,这鸟也就叽叽喳喳飞过来或者飞过去了。"啼谷一声猿",在山谷里边还有猴,这猴用不着待在一千棵树上、一千个谷里,有一个猴儿叫一声,到处就听到了猴的声音。"歧熟焉忘径",这里边的路有各种路口,什么交叉路口、十字路口、五岔路口,对这些路口我们都很熟悉了,不会迷路,不会忘记路径。"泉知不问源",那么这儿有一股子清泉、醴泉,我们完全知道它是怎么回事,想喝一口就喝一口,想洗脸就洗脸,用不着问它是从哪里过来的,水干净不干净。"钟鸣栊翠寺,鸡唱稻香村",栊翠寺这儿到了晚上几点,它有钟响;而在稻香村,在李纨住的稻香村那边,到天慢慢亮了,就该有鸡叫了。这妙玉中规中矩,富有生活气息地、平稳地写完这些诗。她还注上"右中秋夜大观园即景联句三十五韵",因为过去写诗是竖着写,从右往左写,所以有"右"。她说她把前边她们姐俩的诗也都写上了,这三十五韵,是她们仨作的,所以我说是"月光三重奏"。这三十五韵里头,有妙玉的十一韵,它是每两句里头有一个押韵的,十一韵就是有二十二句诗。其他二十四韵是林黛玉和史湘云完成的,她们每人有十二韵。大观园的《月光三重奏》,是她们三个人写的。

《红楼梦》的写法真有意思。先是远远地从宝玉开夜车读书开始,他怕爸爸检查他读书的情况。晚上说是有人跳墙,搞得鸡飞狗跳。然后贾母突然出现,而且定了一个比较凶险的调子,就是说家里头有问题,有强盗、有贼,得好好查,开始处理聚赌人等,而且处理得非常严重。后边两章连续着写,从捡到绣春囊起,到王夫人训斥晴雯,再到王夫人审问王熙凤,然后是搜检大观园。搜检大观园弄得惜春非常不愉快,结果是把入画赶走了,把司棋看管起来了,晴雯呢,等于在那儿等候处理。然后开夜宴,写的是月光,写的是笛声,写的是联诗,太妙了。真让你五味杂陈,雅俗共赏,中秋月明,凉意入骨,听不明白,想不明白,大户人家,美丽青春,众色成空,万有俱化,从容不迫、凄美多姿地走向灭亡。

《红楼梦》里的这样一个家庭,它是文雅的还是粗鄙的?他们这儿的人际关系是美好的、艺术的、道德的,还是相互之间不讲道德、是乌眼鸡似的关系?《红楼梦》给我们讲的是一个乌七八糟、很恶心人的故事,还是一个无限美好、令人羡慕、使人难忘的故事?他都写到家了,他都写到头了,他都写到极致了。《红楼梦》里头不但有抄家,有冤案,而且有笛声,有中秋的月光,更有诗的"三重奏"。

第七十七讲　屠杀大观园

《红楼梦》第七十七回,"俏丫鬟抱屈夭风流,美优伶斩情归水月"。这一讲主要讲晴雯之死。"俏丫鬟抱屈夭风流",就是这么一个才华横溢、魅力无穷的风流少女,就这样夭折了。"美优伶斩情归水月",而那一个非常美丽的唱戏的小演员,把自己的感情用刀剑把它齐齐地斩断,归到水月里。水里的月亮,镜子里的花,没有真的月亮了,没有真的花朵了,从此她就出家当了小尼姑。

它说这么一个故事,也是先从远处扯起,搜检大观园以后,王熙凤的身体情况更差了。我们想一想,王熙凤在搜检大观园里头,她说话已经不算话了,起不到作用了。她是在王夫人的压力之下,是在王善保家的的推动之下,只是跟随着,变成了一个跟随者。用北京话说,她变成催拨儿了。她怎么好意思去搜怡红院的东西?她好意思去搜迎春、探春、惜春家里的东西?她是不好意思去搜的,她跟她们都是平辈儿的,是一块玩儿的朋友。所以王熙凤在经过这个事以后身体就更不好了。王夫人发现王熙凤不对,脸色不对,一切都不对,就连忙找医生给她看病。医生就给开了药,这个药里头需要有上好的人参。王夫人给她张罗看病,找来找去,全家没有一处有正经的好人参。王夫人还感慨说,原来人参多的时候,我们给这个人送,给那个人送,怎么现在我要给凤姐找点儿好人参就硬是找不到呢?最后她实在没有办法了,她只好去找贾母,说老太太,这实在不好意思了,现在医生开了药了,可是现在药房里头卖的人参也不行,我这儿几个人家里头都找过了,邢夫人、贾赦那边也找过了,都没有好人参,凤姐病得越来越重,怎么办?贾母说这好办,我这里有。但是一找,她这里也是零零碎碎的,找了挺多,弄了一大包。王夫人拿去给医生看,说你看人参行不行?医生说这人参不行了,不管多好的人参,搁一年以上就没啥效用了。用现在的话说,这药过期了,不能用了,不能达到我给你开的这个方子的目的。这可把王夫人难坏了。从这么一件小事上,也看到了贾府的衰落、贾府的没落。吃大米,高级大米不能满足供应;堂堂王熙凤得了重病,想要好人参也没有。结果是谁来支援的?是薛宝钗。薛宝钗说,我这里还有点人参,我给您找上,不够的话,咱们再让我哥哥想办法,咱们多花点儿钱,买足了。薛宝钗薛家在日常的生活的开支运转上,状况明显好于荣国府,好于贾家。

薛宝钗帮着弄来了人参,又回到抄检大观园这个事件上来了。周瑞家的向王夫人报告了抄检的情况。王夫人开头也没想到,查绣春囊没查到,也查不出来,根本没达到目的。情况最严重的是司棋,因为司棋跟她的表哥有染,有她给表哥做的鞋,又有表哥给她写的信,信的内容就是要求幽会,要求偷偷在大观园见面的。这使她感到难办,她得先处理司棋这个事。这个事是王善保家的处理的,是不是要跟邢夫人说一声,因为这个事是从邢夫人开始的,她把绣春囊当做一个战利品,送给了王夫人。她们又分析说这次抄家完了以后都不愉快,都生气,王善保家的更认倒霉。因为搜来搜去,她的外孙女情况最严重,现在又让她去处理,不等于为难她吗?要让王善保家的去处理,邢夫人会认为是她们出难题寒碜她,所以王夫人跟平儿等这些人一商量说,别的话甭说了,把司棋轰走就完了,她也有亲友在外边。底下就描写了一段轰司棋走,司棋舍不得走,给小姐磕头,希望有人替她说话求情,临走以前又给小姐,给她一块共事的这些丫鬟一个个行礼。然后走在路上见到了宝玉,宝玉当然是态度很好,见到司棋被轰走,他眼泪汪汪的,但是宝玉能起什么作用呢?宝玉碰到这种事一点儿作用也起不了。司棋拖拖拉拉老不走,负责把她轰走的两个婆子就跟她说,你这个姑娘,你别以为还跟原来似的,就跟富小姐一样,现在啊,你已经被轰出来了,你再不走,我们就动手扇你了。她们就这么连推带搡带拉地,就把司棋轰走了。

这已经很悲惨了,司棋已经被轰走了,王夫人还要亲临怡红院,处理怡红院的这帮小妖精。王夫人到了那儿,第一步,把晴雯叫来。晴雯已经病了好几天了,头两天被训斥、被威胁,已经不成人样了,站也站不起来,坐也坐不下去,话也说不清楚了,干脆就是一副完蛋了的样子。王夫人一到,说这个狐狸精在这儿呢,这样的妖精还有多少?有多少轰走多少,马上轰走。王夫人立刻就把晴雯轰走了。她轰走晴雯的时候还说,身上贴身穿的衣服让她带走,其他的衣服一件别拿走,分给大家穿。那就是说不但要把她驱逐出境,而且要没收她的一切个人财产,就这样把晴雯轰走了。这里我要补充一句,对于晴雯,王夫人如此深恶痛绝,一个是当年宝玉挨打后袭人对王夫人的小汇报的力量,一个是王夫人的弗洛伊德式本能的疯狂。点到为止,就此打住。

而贾宝玉当场一个字都没有说,他连一句"你们冤枉了晴雯"也不敢说。然后王夫人又说还有哪些妖精,都过来,自个儿说说,都说过什么话,是谁冒充跟宝玉生日是同一天的,还说生日同一天就要做夫妻?是哪个妖精说的?说来说去是谁呢?这话是四儿说的。四儿是一个小丫头,长得也不错,过去根本和宝玉没有接触的机会和可能。但是此前有一次宝玉在潇湘馆,史湘云给他梳头,被袭人看到了,袭人看到宝玉让史湘云给他梳头以后,立刻就罢工,说回来以后你的事我不管了,你有人管。她敢于向史湘云挑战。宝玉要喝茶,已经没人给他倒茶。现在我看到这儿都来气,都想骂贾宝玉。他就说,谁给我倒茶?那个四儿就进来了,这样宝玉就认识了四儿。四儿一听,吓一跳,她说这是偷着跟姐妹们这么说的,说我的生日跟宝玉的生日一样,人家说了,生日一样将来能当夫妻的。可是这话从王夫人的嘴里说出来,快把她吓死了。所以她就说是我说的,我是胡说的,说着玩的。王夫人一副掌握一切情况的样子,又让芳官过来,戏子,戏子更是狐狸精,不是狐狸精,能唱戏吗?轰出去。她们各有各的干妈,原来小孩来的时候,芳官的干妈是夏婆子,所以将芳官交回给夏婆子。

王夫人在这儿的表现,相当出人意料,平常王夫人话不多,管事也不多,正正经经的,没有粗暴的或者是不好的表现。当然有一次是她治金钏,把金钏置于死地。这一次她又是这样,她的原则是什么呢?对于宝玉来说,最危险的就是美丽的少女,尤其是美丽这一点。少女跟宝玉睡了觉都没关系,因为袭人起码是睡了觉的,但是她长得并不好看,这样宝玉就不会迷上她。这逻辑是吓死人的逻辑,也是气死人的逻辑。所以整个在搜检大观园当中的表现,王夫人做到了穷凶极恶、歇斯底里,以美为敌,而且她动机高尚,她说我为什么要驱逐这些人呢?我就是为了让我的儿子走正路,我不能让我的儿子被狐狸精迷住。她不做任何调查研究,但是有人做小汇报,她认为凡是漂亮的,轰走就完了。我觉得她有一种变态,是一个进入中老年以后的妇女,对自己失去的青春的痛苦,和对仍然享受着某种青春的美貌的少女的嫉妒、妒恨,视她们为敌人。她怎么能不问两句情况,就这样稀里哗啦,大拆大卸、大轰大嗡、对上蒙骗欺瞒?这是后边的事,但是我需要在这里讲一下。她见着贾母,因为袭人、晴雯都是贾母最喜欢、最相信的人,是她派到贾宝玉这儿来的,她是怎么说的?她不是说因为晴雯长得太漂亮,她说是这个晴雯很不好,很懒惰,而且晴雯得了女儿痨,得了慢性病了,她这个病很不吉利,能传染。贾母当场表态说晴雯这个孩子我是很喜欢的,她既聪明又能干,手工也特别好,她是个能干的人,我原来以为她是能够伺候宝玉的,没想到她得了这病,既然这样,那走就走吧。贾母也是被王夫人添油加醋、假报军情才接受了晴雯被赶走的。然后再说到把小戏子们轰了,贾母并不在意。

在处理这些问题时,王夫人的表现是相当出格的。我们还可以对比一下，贾政打宝玉打得也非常之狠，但是那个事，宝玉的错误太大了，宝玉和蒋玉菡的那种关系是不能够容许的。宝玉的错误非常之严重。贾政受了贾环的挑拨，说宝玉强奸金钏未遂，使金钏跳了井，应该说贾政因此大怒是可以理解的。可是这王夫人之怒，说来说去，就是她看着晴雯漂亮，因为晴雯没有做任何别的事。这让人看了以后实在是非常悲伤。而且王夫人是本着一种对下一代负责、对下一代的教育负责、对下一代走的人生之路负责的态度，做下这些狠毒之事的。贾宝玉不敢对他的妈说一个不字，但是贾宝玉怀疑了一个人，就是袭人。贾宝玉就去问袭人，为什么王夫人会连四儿这小丫头胡说八道的一些话都能知道，都到这儿追查来了，到这儿变成处理、驱逐、惩罚的根据来了？贾宝玉就差问一句，我看是你说的。袭人说，我也奇怪，我怎么会知道这些小丫头爱互相传话、说话又不注意呢。我可以明确说，贾宝玉对她的怀疑是完全正确的，但是贾宝玉又不敢怀疑大发了，因为袭人已经不仅仅是袭人了，她有王夫人这样一个后台。贾宝玉已经没有能力改变袭人了，但是袭人认为她有能力改变贾宝玉。

　　底下这一章，是《红楼梦》里最感人的、最动人的章节之一，就是宝玉探晴雯。晴雯被轰走后的第二天，贾宝玉偷偷找了一个机会，溜出荣国府，问了一个老婆子晴雯住在哪里，然后他一个人到了晴雯的家。晴雯已经病得不成样子，已经昏迷不醒了。她的家里头只有表哥和表嫂，而且那个表嫂又是一个心肠不好的人。不管怎么样，宝玉惊动了晴雯。晴雯醒来，看到了宝玉，非常感动，说我是不行了，走了也是早晚的事，但是我心里头非常冤枉，我除了长得好看一点，我到底干了什么事了？现在这么说我，我早知今日悔不当初。那意思是，早知道我也干点儿让我自个儿快乐一下，哪怕被认为是不道德的事，我一件不道德的事都没干，结果被当成狐狸精赶出来了。

　　贾宝玉对她的关心、对她的同情、对她的安慰，那就不用说了。不管怎么样，贾宝玉才去过袭人的家，那就是普普通通地去了一下。

而他在晴雯被驱逐出境、被当成狐狸精、被当众进行了百般侮辱和迫害以后,还过来看了她一下。所以我认为梅花大鼓《宝玉探晴雯》,在《红楼梦》里边摘选改编的曲艺段子当中,是最成功的一个。它比《黛玉悲秋》更成功,比《黛玉葬花》更成功,比《宝玉哭黛玉》都更成功。《宝玉哭黛玉》是黛玉已经去世了,《宝玉探晴雯》是在她的生前见的最后一次面,晴雯总算说了两句自个儿内心的痛苦和不平。

在《宝玉探晴雯》当中有这么一段内容,写晴雯的家庭的状况如何之坏,晴雯的表哥和表嫂如何之坏。晴雯回来后,表哥、表嫂就不拿她当人看,没人管她,你躺在床上你快死你的好了,根本没有人来管。她表嫂就更加无耻了,说是早听说晴雯在贾府伺候着的是宝玉这么一个公子哥,早听说公子哥如何之漂亮、如何之小白脸、如何之可爱,但是她没有机会见他。这次总算是见到了这个贾宝玉了,就把贾宝玉搂在怀里,用两条腿把贾宝玉的腿夹上,然后说,哎呀,我想你,我早就等着你来了,今天终于见到了。把贾宝玉吓死了。这种事情,贾宝玉碰到的这种女人,那真是比妖怪还妖怪,比野兽还野兽。然后底下又写了一些很小的细节。比如说晴雯回家已经过了一夜了,这一夜是半死不活,她渴了都没有点儿喝水。然后贾宝玉来了,她跟贾宝玉说,我想喝点儿茶,贾宝玉找来找去,找到一只碗,这碗是脏的,茶壶也是脏的,然后他怎么洗,怎么用衣襟擦也好,那茶碗搁到眼前头,还是带着一股子膻腥味。宝玉把茶水倒上,这个茶啊,红了吧叽的,茶也不像茶,不像人喝的,尤其不能和贾府的茶相比。这个让你看了以后也心有戚戚焉,为之难过。

在中国这样一个古老的封建社会,到了下层的人,在《红楼梦》里,要文化没文化,要物质没物质,要礼节没礼节。要喝茶,没有茶的香味;要茶碗,没有像样的茶碗。老百姓的生活就是这样困难。哪怕晴雯自身条件优秀,聪明、伶俐、会干活,人又漂亮,讲义气,讲道德,但是想伺候一位大少爷,想在贾府这样一个国公级的大人物的家里当一个奴隶、当一个丫鬟,谈何容易?仍然会不知不觉之中被人扣上帽子,受到处分,被驱逐出境。

所以我说这是一次大观园的屠杀。王夫人无端地、没有理由地、无厘头地发起了一场对青春和美貌的屠杀、对生命和生活的屠杀、对少女和爱情的屠杀,而且她自认为这屠杀是在维护宝玉的健康成长。她借这个理由进行了这一场大破坏、大屠杀,你越想越觉得这难以置信,越想越觉得这骇人听闻。

第七十八讲　愤怒出诗人

《红楼梦》第七十八回,"老学士闲征姽婳词,痴公子杜撰芙蓉诔"。姽婳,是指一个女性非常娴静、非常文雅的样子,曹植的《洛神赋》里边用过这个词。"芙蓉诔","诔"是指上对下的一种追悼的文章。

这回一上来还是先叙述王夫人到贾母那里问候,顺便轻描淡写又有所伪造地讲了她对晴雯和芳官的处理,并非真实的全部情况。她回来后,听王熙凤说薛宝钗离开大观园了,她很遗憾。王熙凤说找宝钗过来,当面跟王夫人说一下,因为她是宝钗的姨妈。宝钗过来了,王夫人就说你别走,你在这儿住着挺好的。宝钗非常清醒,表示说我妈妈在那儿太孤单,她还有很多事要做,我哥哥要正式娶媳妇了,她还有很多家务要做,手工活也太多,需要我帮忙。另外她很实事求是,说原来我住在园子里的时候我们都小,一块玩玩,一块走走,挺热闹的,现在都大了,各人有各人的事,不一定永远守在一起,也不可能永远守在一起。再说,姨娘您这边也有一些很不随心的事儿,园子也太大,不好照顾,园子里减少几个人更好一点儿,园子的开支也可以压缩一下、减少一点儿,这对大家都有好处,也不失咱们作为这么一个大家族的风范,因为用不着花那么多钱。她说得非常入情入理,王熙凤就跟王夫人说,咱们就别强留了,人家想来玩,随时过来,这样也好,她回去能照顾她妈妈。宝钗说,我借这个机会也带了些人来,把我的东西就搬走了。薛宝钗就正式离开了大观园,她的离开有一个过程。她先说我回去过几天就回来——李纨还跟她说,你早点回来,今儿就回来——然后她就一步一步彻底离开这儿了。

贾宝玉知道了,从蘅芜苑经过一看,原来蘅芜苑也是很漂亮、很重要的一个地方,现在人去楼空,他感到很遗憾。贾宝玉找了一个袭人和麝月都不在的机会,问两个小丫头,说你们的晴雯姐姐出去了,你们去看过她没有?这两个小丫头说我们没去看过,但是有一个婆子说她去看过了。婆子说什么情况呢?晴雯昨天叫喊了一夜,今天未正二刻——未应该是中午,中午是一点到三点,未初是中午一点,未正就是下午两点;那时候已经有一刻钟了,和现在说的一刻钟一样,约十五分钟,未正二刻就是下午两点半——的时候死掉了,而你是三点回来的。宝玉又问,她喊一夜喊的什么?这个小丫头,她上哪儿知道去,她又没去看晴雯,只能对付着,说她叫她娘来着。很多人去世的时候,在最后的时候叫自己的母亲,这个是非常合乎情理的。我也这样送过我的亲属。但是宝玉不放心,说除了叫娘,还叫什么了吗?宝玉实际想的是也许她会叫一声宝玉,有人说没叫别的,宝玉仍然不甘心,说那婆子肯定没好好听。这两个小丫头其中有一个特别精,一看宝玉对晴雯之死放不下心,有所期待,她就说,我偷偷跑去看她了,说她最后的时候还说了一句话,说是我不陪你们了,我要走了,因为天上少了一位花神,玉皇敕命我要去当花神。我如今要在未正二刻去上任了,宝玉他得两点三刻才能回来,我就见不着他了。如果要是阎王爷派小鬼把我拉走的话,你要跟他说点好话,他可以等你一会儿。可是我这个是玉皇大帝的任命,说几点就是几点,一分也不能差的,所以我也就不能等宝玉了,我就走了。这小丫头本来就是胡纂,可是宝玉听了,非常感动,非常欣慰。他说晴雯姐姐肯定是要管花的,就问小丫头,她没说管什么花?能纂会编的小丫头,往外一看,正好看见了荷花,那时候管荷花叫水芙蓉,小丫头就说她管荷花,管芙蓉花。宝玉说,这就对了,这么好的花只能她来管。这里我们也许会想起在怡红院给贾宝玉过生日的时候,最热闹、少女最多的那一次。那次他们行酒令抽签,薛宝钗抽着的是牡丹,是群花之冠,林黛玉抽着的是芙蓉,便也可以说芙蓉既是林黛玉又是晴雯。《红楼梦》开始流传的时候,就有人说袭人是宝钗的影子,是她的一个影像,晴雯是黛玉的一个影像。其实"影像说"是比较老的一种说法,就是在性格上,她们有一种相靠拢的地方,我们只能这样说就是了。贾宝玉看着芙蓉花,又回想晴雯之死,他既悲伤又愤怒。歌德有一句名言叫"愤怒出诗人",贾宝玉就写了《芙蓉女儿诔》,写得非常长,规模非常宏大,写得也非常愤怒,我没有办法在这诵读或者是一一解释它的全文。因为它用我们现在的汉字来衡量,差不多有两千字的样子,那是很长的一篇文章。贾宝玉听了两个小丫头讲的晴雯死时的情况,他的心情本是在这个头上的,但是这个时候插进了一件事,说贾政要教导他,且把他的侄子贾兰,就是那个去世了的贾珠的儿子,李纨的亲儿子,都叫了去了。

为什么要岔出这么一件事来?这正是《红楼梦》的特色,它不是用一条线来写故事的,而是用好几条线,把它铺开了写。插了一件什么事呢?贾政和几个客人正在说最近听到的一个佳话,一个英雄美人的故事。等宝玉也去了,贾环也到了,贾兰也到了,贾政就说,最近听说这么一个故事,我很感动。说咱们有一位王爷叫恒王,他碰到了土匪作乱。在贾政的口里,在那个时代,黄巾、赤眉都被视作土匪、贼盗。恒王武功特别好,他人又非常好色,养了一大堆妻妾、嫔妃,但这批人不是光在家里头伺候他,做家务、手工活,他给这批人进行军事训练,学打仗、学冷兵器、学弓箭、学功夫、学练拳,所以他说这是一帮子既能文又能武的美女。里边功夫最好的叫林四娘,恒王就给她一个称号"姽婳将军"。姽婳,是说一个女人娴静、美丽、文雅,她是一个美丽文雅的女将军。当地出现所谓的匪行,就是农民造反了,恒王没有把它放在眼里,带着人数不多的一支部队去剿灭这些造反的农民,结果被包围了,恒王死在了战场上。恒王养的那些兵都很害怕,说恒王都打不过他们,我们怎么可能打得过呢?这些兵就作鸟兽散,逃跑了。可是林四娘说不能跑,她召集所有的女兵,也都是恒王的妻妾,说恒王对我们的恩情比天还大,为了朝廷和叛匪们打仗,他死了,我们要为他而死。我现在准备和造反的这批农民打仗,你们愿意跟我去的就去,胆小不愿意去的就走,不勉强。在林四娘的鼓动之下,大家都激动起来了,说我们跟着去。她们在夜间偷袭,对方没有准备,被她们杀掉了好几个匪首。后来那边的人发现了说只来了几个女兵,就又反过来跟娘子军打起来了,最后娘子军全部牺牲了。这个是一个非常了不起的事情,贾政下令贾兰、贾环、贾宝玉为此作诗。

贾兰作了很简单的几句话,贾环作的是一首七言诗,还不错。贾宝玉是用古体,他写了一些慷慨激昂的话。"绣鞍有泪春愁重,铁甲无声夜气凉",因为是女兵骑马作战,那马鞍子上也有刺绣。"贼势猖獗不可敌,柳折花残血凝碧",这些人死的死、伤的伤,让人非常悲伤。"马践胭脂骨髓香,魂依城郭家乡隔",女兵们死在这里了,离城还很近,离家乡不远,因为是骑兵作战,马踩来踩去也就踩着了女兵们的魂魄。女兵们死了,但骨髓里还留有这些美女的香气。"星驰时报入京师,谁家儿女不伤悲",这战报报告到了朝廷上,这些女兵的父母也为之非常悲伤。"天子惊慌恨失守,此时文武皆垂首",连皇上都害怕了,都感到惊慌了,底下的文武大臣也都垂着手,表示哀悼,并为之致敬。"何事文武立朝纲,不及闺中林四娘",这么多文武大臣都是朝廷的骨干,是朝廷的纲领,建立和保卫朝廷的纲纪,可是他们居然赶不上林四娘这么一个女子。"我为四娘长叹息,歌成余意尚彷徨",我为四娘而叹息,写完了这个诗,我也为之彷徨。

《红楼梦》有一条,他写着《红楼梦》,他要突破《红楼梦》;他写着大观园,他要突破大观园;他写着贾宝玉,他要突破贾宝玉。他知道他写的宝玉是一个很有特色的人物,也是一个令人无法满足的人物。但是他就要反过来,不要认为贾宝玉只会跟姐姐妹妹们一起,一会儿心疼这个,一会儿心疼那个,一会儿为这个发愁,一会儿为那个发愁;他也有英雄主义的一面,他也有振奋的时候。也不要认为所有的女孩子都是娇滴滴的,除了画眉就是梳头,要不就是斗气,说点小笑话,还作两首什么梅花、菊花的诗。他忽然在这儿给翻了一个个儿,告诉你世界上也有英勇的女子,也有娩嫿将军,也有不怕死的女战士。通过这个不怕死的战将把晴雯的事稍微拉开一点,让你情绪上也得到一个调整,也得到一个比较和联想的机会。

所以这个写完以后,贾宝玉紧接着想的是晴雯,紧接着因为愤怒、激动,他作了《芙蓉女儿诔》。贾宝玉的《芙蓉女儿诔》写得篇幅非常长。一上来说"太平不易之元","元"就指对年代的记载,表示开始。"蓉桂竞芳之月",这是将近秋天了,蓉花也开了,桂花也开了。"无可奈何之日",这个日子让你是没有办法的。"怡红院浊玉",怡红院是污浊的,我这个平庸的贾宝玉"谨以群花之蕊、冰鲛之縠、沁芳之泉、枫露之茗:四者虽微,聊以达诚申信,乃致祭于白帝宫中抚司秋艳芙蓉女儿",他是说在上天管理众花的芙蓉女儿,指的就是晴雯,我在祭奠你了。他一上来把自己放得非常低,把晴雯看得非常高,他说"忆女曩生之昔,其为质则金玉不足喻其贵",这位女子她的高贵赛过了黄金和珠玉;"其为性则冰雪不足喻其洁",她的个性,她的清高赛过冰、赛过白雪;"其为神则星日不足喻其精",她的精神和天上的太阳、星星一样,是那样的饱满;"其为貌则花月不足喻其色",她的形象比花更美,比月亮更美。可是底下他的话是很愤怒的,是很刺激的。"孰料鸠鸩恶其高",但是那个毒鸟嫉妒她,因为她太高了;"鹰鸷翻遭罦罬",她是一只伟大的像苍鹰一样的鸟,结果居然碰到了别人织成的抓鸟的网罗,本来这网罗是抓麻雀的,但是她堂堂一只巨鸟触了网了。"花原自怯,岂奈狂飚?"她是花一样的人,是一个很谦虚谨慎的人,但是大风吹来了,她有什么办法?"柳本多愁,何禁骤雨?"她像柳树一样,本来是很温和的,但也是多愁善感的,这个暴雨轰到她的头上,她受得了吗?"偶遭蛊虿之谗",她被坏人、被小人诬告了,被小人陷害了。"遂抱膏肓之疾",所以她就像病入膏肓一样,得的这个病没法治了,病是被小人害的,是因被诬告而得的。"诼谣謑诟,出自屏帏",告状的、告密的、挑拨的、诬陷她的人,也是女子,也是在屏风、在帷帐、在一层一层的幕布后边的人。"荆棘蓬榛,蔓延户牖",她碰到的这些荆棘,这些刺儿,这些伤害她的东西,在各个门、各个窗都埋伏好了。这些话实际上是他对袭人的看法,是对袭人的控诉。然后底下作了一首歌,"天何如是之苍苍兮,乘玉虬以游乎穹窿耶?地何如是之茫茫兮,驾瑶象以降乎泉壤耶?望繖盖之陆离兮,抑箕尾之光耶?……瞻云气而凝眸兮,仿佛有所觇耶?俯窈窕而属耳兮,恍惚有所闻耶?"

他写得古色古香、大气盎然、气冲霄汉,贾宝玉还从来没写过这种文章。这是愤怒出诗人,诗文里面充满了他的愤怒。然后他说,女儿,你现在在天上遨游吗?你不能下来一下吗?这里"女儿"的意思是女孩。他说,就看见我在地上、在红尘里头这样受罪,你现在是坐着被风驱逐着的车,四处巡游吗?咱们再不能一块儿游玩,一块儿快乐了吗?老天爷怎么会把这样的变故落到你的身上呢?既然坟墓这样安宁,又何必会有这种那种的变化?我现在被各种各样的桎梏所限制,我不能到这儿,不能到那儿,也不能到你那儿去,你的魂灵,你的精神能不能过来跟我交流一下?"若夫鸿蒙而居,寂静以处,虽临于兹,余亦莫睹……何心意之忡忡,若寤寐之栩栩?余乃歔欷怅望,泣涕彷徨……志哀兮是祷,成礼兮期祥。呜呼哀哉!尚飨!"

贾宝玉用气魄宏大、愤怒洋溢、情深义重的话,对着晴雯的灵魂抒发了自己的心曲。别的他做不到。他多么后悔,他多么痛心,但是还有文字,还有文学,通过《芙蓉女儿诔》,他也算是做到了表达了心情,充分淋漓地表达了他的心愿。

第七十九讲　恶俗俗恶

《红楼梦》第七十九回,"薛文起悔娶河东狮,贾迎春误嫁中山狼"。"薛文起",就是薛蟠;"悔娶河东狮",他很后悔娶了一个河东狮。过去说这泼妇太厉害了,叫"河东狮吼",她要是叫起来,像河东那边的狮子一样,能把你吓坏了。"贾迎春误嫁中山狼",贾迎春出嫁了,对方是一个像中山狼一样的狠毒的野家伙。

上一回说到的贾宝玉在那儿吟诵他的《芙蓉女儿诔》,说着说着底下出来一个人,把他吓了一跳。贾宝玉一看原来是林黛玉。林黛玉说我听着你在那儿念念叨叨的,我就干脆听完了再出来,你写得非常好,但是有两句话,你可以稍微改一改。你写"红绡帐里,公子多情",这公子没有机会在红绡帐内、在帷帐之内跟你同居、同食、同床。过去睡觉都讲究有帐子,好像也能形成一种保护,类似比蚊帐还要遮得严实一点的帐子。林黛玉说"红绡帐"说得俗一点儿了,祭奠晴雯,你上人帐子里头去干什么呢?你不如说"茜纱窗下"。因为林黛玉潇湘馆的纱窗,前边在讲刘姥姥逛大观园的时候说过,她看到纱窗上的纱特别高级,叫茜纱。茜纱窗下,意思就是说那非常美丽的纱窗下边,这说得很文雅。可是宝玉说,不能改成"茜纱窗下",我那儿不能叫茜纱窗。就算你改得很好,"茜纱窗下",就成了你祭奠晴雯好不好?"茜纱窗下,小姐多情;黄土陇中,丫鬟薄命",林黛玉说这又变成了我追悼丫鬟的了,那除非是紫鹃死了,我可以这么写。贾宝玉说你别咒人家紫鹃,是你作的,不是我作的,两人又斗上嘴了。最后贾宝玉说干脆改成这样,"茜纱窗下,我本无缘,黄土陇中,卿何薄命"。卿,是称小姐的一个第二人称的说法。可是林黛玉一听这话脸色就变了,因为她想到了她和宝玉的关系。如果宝玉在那儿说"茜纱窗下",就是在潇湘馆这儿;"我本无缘",我没有缘分到你这儿来了,跟你在一块儿了。而你哪去了?到了"黄土陇中"了,已经埋在黄土里头了,你的命太不好了,命太薄了。所以林黛玉非常难过,但是她又不能表现出来。这是中国式的写法。如果希腊悲剧,写得比这还要悲,一死死一片,这是真正的悲剧。中国的写法,因为贾宝玉的《芙蓉女儿诔》已经愤怒到了极点,哀伤到了极点,所以到了宝玉和黛玉讨论《芙蓉女儿诔》的文字的时候,好像变成了一个编辑部的讨论了,变成了一个语言文字的推敲会,一个修辞学的推敲会了,变成了一种艺术性的、撰写性的推敲了,他一下子就把这个概念换了。无论如何这是写的文章,甚至让你感觉到给原来的愤怒起码打了八折。因为中国人习惯在写祭文、诔文,追悼死者的时候,可以把话说得过一点儿,说得狠一点儿,但是不等于你对哪一个人、哪一件事有多大的意见,因为人都去世了,你只能表达自己的痛苦。比如说在祭文当中经常出现一个词,叫天妒英才。你为什么死了呢?如果死者是我的朋友也好,是我的老师也好,你这样问,说你这么英明才干的大人物,结果刚六十岁或者刚五十岁甚至刚三十岁就死了。天妒英才,老天爷都嫉妒你的才能太高了,那他是不是在这骂老天爷呢?不是。所以《红楼梦》的这样一种写法就是似乎想挽回一点宝玉的痛苦和愤怒。于是把它变成了一个文学性的咬文嚼字的讨论,这跟中华文化中不希望什么东西太过分,希望中庸、留有余地,希望哀而不伤、怨而不怒等传统有关系。你可以有一点儿埋怨,但是不要愤怒;你可以有点儿悲哀,但是不要太伤感。在艺术的效果上,这很难说。有时候你大哭、大闹、大死、大灭,当然会觉得很刺激。有时候你不说那么多痛苦的话,不说一句极端的话,不说一句带刺的话,但是让人回味无穷,也是一个很成功的写法。

然后底下就写了一些俗而又俗的事情。一个是薛蟠看中了一个财主的女儿,叫夏金桂。夏金桂家里的人都死了,只剩寡母带着这个女儿。夏金桂十七岁,人长得挺漂亮的。不知在什么场合薛蟠跟她见了两面,她聪明又伶俐,薛蟠就看中了她,回家以后就找他妈妈说要娶夏金桂。这时薛蟠已经有姨太太了,但是没有正室,没有一个真正可以称为他的夫人的配偶,所以他要张罗,稀里糊涂地把这个人就请过来了。娶过来以后,曹雪芹自己直接跳出来,描写夏金桂。夏金桂这个人挺聪明,也知书达理,比王熙凤认字多,她的心计完全跟王熙凤是一条水平线上的,心眼儿极多。但是由于她从小父亲就去世了,只剩下母亲,处处都惯着她,所以养成了一种盗跖的性气。盗跖是春秋战国时候,跟孔子同一时期的一个强盗,他是最有名的君子柳下惠的弟弟。关于盗跖,有很多描写,说盗跖杀人,吃人心肝,但是他非常聪明,特别善于讲话。《庄子》里就提起说孔子要见盗跖,说服教育一下盗跖,但是柳下惠说,你可别去,你不一定说得过他,你说一句话,他反过来会说三句话。夏金桂这人还没正式出场,曹雪芹已经给这位夏金桂女士扣上了一顶盗跖的帽子,这吓死人了。说她"爱自己尊若菩萨,窥他人秽如粪土",她认为自己就是菩萨,她看着别人肮脏得就如粪土一样。"外具花柳之姿,内秉风雷之性",表面上她表现得像花像柳,柳是软绵绵的、很温和的,但是她的心里头动不动就刮大风、打响雷,内部是风雷之性,使性弄气、轻骂重打。说她原来在娘家的时候,对那些丫鬟就是这样,不高兴了,该骂就骂,说动手就动上手了,是这么一种性格。她嫁到薛蟠这儿来以后,立刻说我要做当家的奶奶,我得管事,比不得做女儿时腼腆温柔,遇到事情就害臊,什么事都温和,而是需要耍威风压住别人。她看到薛蟠"气质刚硬,举止骄奢",就想"若不趁热灶一气炮制,将来必不能自竖旗帜矣。"什么意思?趁着火热,我得把他煮熟了,我得把他煮烂了,我得把他炮制软了,我得把这一锅生米做成熟饭,一切全由我来控制,不能回过头来让薛蟠控制了我。这说得非常厉害,里边具体的故事,说实话相当低级,实在没有多大的意思。

在《红楼梦》里头还没见过写得这么没意思的故事。夏金桂嫁到这儿来,先是找香菱的麻烦,因为她看见香菱挺受待见的,薛蟠对香菱也不错。她想我要在这儿站住脚,第一步得彻底灭了香菱的威风。第二步,薛蟠这个人又没有出息,完全属于动物性的男人。夏金桂随身带来的丫头叫宝蟾,薛蟠看着宝蟾也有三分姿色,一眼就看中了人家。夏金桂和宝蟾来到这儿,薛蟠是吃着碗里的想着锅里的,他一下子又把兴趣集中到宝蟾身上去了,跟宝蟾在那儿打情骂俏,摸手,拽袖子,做出一些很低级的行为。夏金桂就想该怎么办,她控制得住宝蟾,认为宝蟾无论如何是自己带来的人,干脆我们俩团结起来,拿住这个香菱就更不在话下。这个故事情节就很低级,很没有意思了。夏金桂设计给薛蟠和宝蟾提供机会。有一次她认为薛蟠和宝蟾两个人很可能已经办成好事了,在这个时候,她让身边一个叫舍儿的小丫头去告诉香菱,让她到房间里把我的一个什么样的手帕拿过来,我那个房间你也不熟悉,就让香菱去拿吧。薛蟠平时在家里头胡闹,从来不认为自己有什么不妥的,所以他连门都不关。

香菱去了一见,正是薛蟠和宝蟾两个人最不雅的时刻。薛蟠气得就动了手,把香菱一通打骂。这使薛蟠和宝蟾越来越近乎,夏金桂就下令,让香菱把自己的房间让给宝蟾和薛蟠在那儿胡搞,让香菱到她的屋里头来睡觉,真实目的是让香菱来近身伺候自己。她一夜叫醒香菱六七次,想着法子折磨香菱。她就又抓住机会大骂薛蟠,你是一个多么没有出息的人,我嫁到你这没有几天,你就又跟宝蟾搞在一块,你是个什么东西?把整个家搞得乱成一团。薛姨妈没有别的办法,只好把薛蟠痛骂一顿,骂得薛蟠灰溜溜的。薛蟠在夏金桂的面前越来越直不起腰,越来越丢人。小霸王一样的人、呆霸王一样的人,没过两下就败在夏金桂的手下了。大概就是这么个情节。

说老实话,前八十回到抄检大观园、到晴雯死去,我觉得基本上就可以结束了。他费了这么多的时间来写夏金桂,又用一小段的时间写迎春。迎春也嫁出去了,嫁给一个叫孙绍祖的人,过了一段时间,回了一趟娘家,到了娘家,迎春只剩下哭了。原来孙绍祖是个虎狼之人,是一个中山狼,动不动就对迎春拳打脚踢,就不拿迎春当小姐、当夫人来看待,而且张嘴闭嘴就说,是老爷借过他五千两银子,你嫁到我们家来是还钱的。老爷指的是谁?指的是贾赦。因为迎春是贾赦的女儿。这也是惨不忍睹。为什么这个地方又写了一些这样因俗而恶、因恶而俗的事情,我想来想去,我觉得这是曹雪芹拓展自己的小说面、生活面、见识面的一个愿望。他重点写的是一个我们在过去的书里从来没见过的国公级的贵族家庭,贵族的家庭里头好事、坏事、雅事、俗事、恶心的事,他写得淋漓尽致。他还要告诉我们一些不一样的东西,就是说世界上、社会上除了有贵族以外,还有很多平民。所谓底层的劳动人民,曹雪芹写得很少、很有限,但是一般的商人、挣钱挣得也不少的商人,他也见过,没有贵族这么高雅,也没有贵族这个局面、格局这么大,这些是什么人呢?他要告诉你其中就有夏金桂这样的人。你也不要认为普通人都好惹。贵族里头有坏人,有王熙凤那样的各种计策俱全、战无不胜的人,也有王夫人那样的,忽然穷凶极恶,迫害青年人不眨眼的人;外边非贵族的一般商人里头也有坏人,也不好惹,惹不起,拿他没办法。甚至我觉得曹雪芹还告诉我们,在贾宝玉的眼光中,所有的少女都是可爱的,但是贾宝玉不是曹雪芹,曹雪芹比贾宝玉见识多多了,贾宝玉再可爱,他犯呆犯傻,他任性,他有他极大的局限性,他不知道真正的世界,人情冷暖、世态炎凉,他知道的非常少。所以曹雪芹要写一写,少女里头也有可怕的,也有毒蛇一样的,也有河东狮吼,叫起来跟狮子老虎一样的,他还要给你看这些东西。他写的宝蟾也是这样,你不要以为大家族的、阔家里边的丫鬟,不是晴雯这样的,也是袭人这样的,不是司棋那样的,坏丫头也是小红那样的,她还保留着某种文明,起码脏话没有那么多。但是到了夏金桂,到了宝蟾这儿,什么事都有了。

曹雪芹到了这个地方,一是放松一下抄检大观园和晴雯死亡、宝玉作文造成的紧张和激动,把它放得平缓一下;另一方面,他从另一个角度,一个和大观园完全不同的角度、和国公府完全不同的角度告诉读者:人生各式各样,少女各式各样,丫鬟各式各样,还有更不堪的、更低级的、更让你没办法接受的。这就是曹雪芹要告诉我们的。

第八十讲　笑更凄然

《红楼梦》第八十回,"美香菱屈受贪夫棒,王道士胡诌妒妇方"。这一讲主要的主题是:低俗的混世。"美香菱屈受贪夫棒",香菱受委屈被薛蟠暴打,薛蟠是这么一位贪色的、糊涂的、呆傻的老公。有个王道士,他胡诌妒妇方,就是治疗嫉妒的女子的一个药方。夏金桂在薛家已经闹得不可开交了,闹得以至于薛姨妈在这边骂薛蟠,夏金桂在屋里搭茬,隔着窗户还讽刺薛姨妈,薛姨妈毫无办法。

《红楼梦》里有一个最有趣的话题,就是在谈到薛家这位不好惹的媳妇的时候,林黛玉有一个评论,说世界上各个家庭"不是西风压倒东风,就是东风压倒西风"。就是说家里头往往是一分为二的,它有两股势力,不是这股势力压倒那股势力,就是那股势力压倒这股势力。毛泽东主席特别喜欢这个词。在二十世纪五十年代后期,毛泽东主席说现在世界的形势不是西风压倒东风,而是东风压倒西风。我在新疆的时候,当时新疆文联的主席、老作家刘萧芜先生,看书多,他就在某些场合说道,"不是西风压倒东风,就是东风压倒西风"。这个是《红楼梦》里头林黛玉的原话。这个不太好解释,我也解释不了。这么大的一个话,为什么会是林黛玉说出来的? 为什么林黛玉会评论一个家里边谁压倒谁,我也说不清楚。但是在某种特殊的情况下,老作家刘萧芜因为说这个话是林黛玉说的,还被骂了一顿,说怎么可能是林黛玉说的,但是这话确实是林黛玉说的。毛主席还喜欢引用《红楼梦》里边的一句话,就是说大有大的难处,这个是王熙凤说的。所以你说《红楼梦》它写的事情小吗？看看你从哪个角度来理解它了。

那夏金桂闹得太厉害了，怎么办？曹雪芹也没法办了，薛宝钗也没法办了，薛蟠也没法办了，薛姨妈也没法办了，荣国府也没法办了。这又很有趣，干脆把它变成一个笑料了。连贾宝玉都知道了，他觉得很奇怪，因为他喜欢一切美丽的少女，他就想她怎么可能是这样的人，这人长得挺好看的，才十七岁呀，说话也挺好的，笑容也挺好的，她怎么会是这样的呢？正好这个时候家里头有一个王道士，王道士是经营膏药的，据他自个儿宣传，他的膏药里有上百种药物，几乎是什么病都能治。这位王道士这次给谁来看病，贾宝玉见着了，他也喜欢说话，跟贾家的人很熟悉。宝玉就跟他说，我说一样病，你这个膏药能治吗？王道士说，你说吧，什么病？他说这女人善妒，你能不能给贴块膏药？王道士当然就笑了，说我没听说过用膏药治嫉妒的，这是不可能的。贾宝玉说你有那么大的神通，你做了那么多的药，你就找不着一样治嫉妒的药吗？王道士，他外号叫王一贴，因为他那膏药特有名，贴一贴就能好，贴了不好再贴一贴。他说实在需要药治疗嫉妒的话，我可以开个"疗妒汤"的方子："用极好的秋梨一个，二钱冰糖，一钱陈皮，水三碗，梨熟为度。每日清晨吃这一个梨，吃来吃去就好了。"贾宝玉说这个能治嫉妒吗？她吃了梨子就能好了吗？王一贴说，当然能治好，她不好就再吃，一天不行吃十天，一年不行吃十年，十年不行吃一百年，吃到最后反正人就死了，她也就不嫉妒了，自然就好了。大家只能付之一笑。贾宝玉说，你这油嘴滑舌的，说的这是什么？王一贴说，二爷、各位，我不就是为混口饭吃吗？说实话，连我那膏药也是假的，我得混饭吃。它里头来了这么一段，这又是一种转移的写作方法。

《红楼梦》里头写家庭生活、家族生活、高级生活、低级生活，都有一些无解的困难，没法解决，只有等着有关人士死亡之后也就没事了。没有办法解决，怎么办呢？干脆变成一个段子，变成一个趣话、玩笑,变成自个儿糊弄自个儿的一句废话。这也是人生心理学的一个办法,不是什么好办法,但是你又有什么别的办法呢?夏金桂,你又有什么别的办法对付她?谁能够给贾家、给薛家、给香菱出一个主意?

这时候又发生了一件事。夏金桂在自己的枕头里发现了一个纸人,纸人身上写着她夏金桂的名字,写着她的生辰八字,身上扎了好多针。她就说这是香菱要害死她才做出来的。薛蟠已经完全被夏金桂控制,听到这话就拿起棍子,照着香菱乱揍。这个场面被薛姨妈控制、阻止了,说你没弄清楚,你打人家干什么呢?说这可能吗?她是这样的人吗?如果她是这样的人,她把它放在枕头里干什么?后来夏金桂说如果不是香菱,那就是宝蟾了。她把宝蟾等人又大骂一顿,宝蟾说绝对不是她。夏金桂做了一个总结,非常有趣,说反正你们仨,指薛蟠、香菱、宝蟾,都盼着我死。薛蟠盼着我死,死了以后他好再娶一个媳妇;香菱盼着我死,死了以后她的地位会提高;宝蟾更盼着我死,她认为她可以得到机会。薛家乱成一团了,薛姨妈没法子,看薛蟠那儿闹成这样,就说找个人牙子,把香菱带走,卖到别处去吧,反正她是花钱买来的。宝钗在这里还表现了一点人情味,说是香菱是个好人,没有人说她不好,让她来伺候我,给我那儿帮帮忙就行了。当然最后的结果,是宝钗把香菱调到她的屋里边去了,从此香菱不过来,用不着见夏金桂,也用不着见薛蟠。香菱对薛宝钗感恩不尽。

《红楼梦》的前八十回暂时就讲到这里。

我们可以看到,《红楼梦》这前八十回,有写得生龙活虎的地方,有写得非常文雅、文绉绉高大上的地方,也有写得有点儿不成样子的地方。但是中国再没有一本别的书,能够像《红楼梦》写得这样动人,写得这样新鲜,写得这样可信。这样的书真是太少了。

那么为什么我们一般只讲八十回呢?因为围绕《红楼梦》一直有这么一个公案,最初它的手抄本是八十回,后来经过程伟元和高鹗他们的编辑、补录，才有了一百二十回。而在高鹗自己写的文章里面说，《红楼梦》原来流行的是八十回本，八十回本没完，大家看到这儿都很别扭，底下的事显然还远远没完。有一次他在坊间，在卖书、卖字画、卖文具的地方，看到了一个手抄本，这个手抄本就是《红楼梦》的四十回，他买回来以后把它整理整理，再找人抄写一下，就有了后四十回了。这个后四十回是"五四"以后，由胡适、俞平伯他们提出来的。这后四十回，研究的结果是说这不是曹雪芹的原本，主要的证据有两方面：第一，后四十回的很多结尾，就是这个书的结尾，跟第五回贾宝玉逛太虚幻境的时候的册子里——不是有金陵十二钗的册子嘛，有判词，还有歌词、唱的歌、表演的——说的每个人的下场不一致。比如说因为它章回的回目里头也有"因麒麟伏白首双星"，这暗含着贾宝玉后来应该是和史湘云在一起结束了自己的一生的，可是后四十回写的是贾宝玉和薛宝钗在一起了，后来他又离开薛宝钗，跑掉了，说这个不对。特别是一九四五年以后，有些红学家认为，原来《红楼梦》最后写的是"落得白茫茫大地真干净"，就是全完蛋了，全没了。可是现在的后四十回，写到最后的时候说贾宝玉还留了一个儿子。他儿子和贾兰最后参加科举考试中了举，还有了功名，有了身份，还当了小官，"兰桂齐芳"，贾家又重新有了后继之人了。说这个也不对。再有就是说后四十回写得不如前八十回好，味同嚼蜡，这也是一个原因。那么还有一些地方说，《红楼梦》有一个脂砚斋评本。脂砚斋好像是曹雪芹非常熟悉的一个朋友，而且他熟知曹雪芹家里边的经历，所以脂砚斋的评论经常说，这件事本来不是这样的，后来我不让曹雪芹这么写，这么写太难看了，太不好了。这个事本来是什么样的？这弄得也非常复杂。胡适先生还说过，高鹗说他是在坊间碰上的这么一个版本，这太巧了点，世界上哪有这么巧的事？

以上所有的说法，我不能完全接受。因为这么大部头的书，你原先计划的和最后完成的不可能一样，你写得越好就越不一样，因为你写得越好，里面的这些人物都活了，这些事自己都动弹上了。作为作家,你不能坚持原来的计划,你会随着你的艺术感觉来改变原来的计划。在世界文学史上这样的事太多了,这是第一点。第二点,白茫茫大地真干净,全死光了,还有什么可难过的?就比如说一架飞机失事了,飞机上包括空中执勤的人员在内一共四百六十人,全死光了,那还有谁能告诉你,这架飞机失事时人们的痛苦呢?恰恰是留下的几个人,通过他们的亲身经历、他们遭受的痛苦,才更让你悲哀呢!比如电影《小兵张嘎》,嘎子奶奶被日本鬼子打死了,张嘎没死,他的周围全是死尸,只有他一个人没死,他起来了,他哭了,这才悲哀嘛!这完全不影响电影的悲剧性嘛!这些东西都很难讲,说味同嚼蜡,但里头不同于嚼蜡的地方多了,里头写林黛玉的死写得多好,写贾宝玉的出家写得多好,甚至里边还写一些弹琴之类的事情,这个是前八十回里头所没有的,还有写八股文的事情,无所不有。因为我是写小说的,一个小说,尤其是《红楼梦》这样的小说,别人能替它续四十回,续三分之一,或者续曹雪芹原作的二分之一,这是不可能的,任何好书都是不能续的。电影能续,有一些电影因为它以情节为主,靠演员的演出为主。你靠文字和语言来续,不但不可能给别人续,也不可能给自己续。你自己写的小说过了十年,你再加四十回,哪怕加一回你也加不上,你再给加二百个字,你都不知道加什么。这是不可能的。还有,如果说这是高鹗续的,高鹗就是天才,是和曹雪芹差不多一样的天才,不可能有非天才的人,把这样一个天才的作品有所延续。如果有这样的人存在,我非常高兴。

白先勇先生也多次讲,他的观点跟我是一样的。白先勇先生还有一个说法,我觉得他说得很好。你说后四十回不是原作,原因是什么?世上哪有这么巧的事?这也不足以证伪。哪有这么巧的事?它就有这么巧的事!这跟说一个人过失杀人一样,一个人在窗台上摆着一盆花,一碰这个花盆掉下去了,正好把一个小孩砸死了。你也可以质疑说哪有这么巧的事,可是人已经被砸死了,还有什么巧不巧的问题?你该负责,虽然不是有意杀人,不能算杀人犯,但是要算过失杀人。所以胡适的说法不足以证明高鹗写的是伪造的,更不能说你认为它是伪造的,就否定后四十回。

朋友们、同学们,希望你们有机会再阅读一下《红楼梦》的后四十回,将来如果有机会,我也愿意和你们沟通,交换对后四十回的理解和欣赏意见。

谢谢大家!

人民文学出版社 2022 年初版